诗经

赵证 · 主编

采绿

【总评】

妇人思其君子而作,言人情居而相离则思,期而不至则忧,我今于君子何如哉。

【原文】

终朝采绿,不盈一匊。

【张居正讲评】

彼绿易采也,一匊易盈也,今我也终朝采绿,而不盈一匊者,盖情动有所制,故心不专于所事也。

【原文】

予发曲局,薄言归沐。

【张居正讲评】

诚以思我君子之归期将迩,而予发之曲局,非所以待君子也。故舍之而薄言归沐,以俟其君子之还也,一匊之不盈,何暇计哉。

【原文】

终朝采蓝,不盈一襜。

【张居正讲评】

彼蓝易采也,一襜易盈也。今我也终朝采蓝,而不盈一襜者,盖情动有所思,故心不专于所事也。

【原文】

五日为期,六日不詹。

【张居正讲评】

诚以念我君子之往也,以五日为期,而今已六日则过矣,而犹不得以见之,则所以系吾之思者,盖甚切矣,虽一襜之不盈,奚暇顾哉。

【张居正讲评】

夫我今日于君子之未归,而思之切如此,使及今日而遽归焉,吾得何如以为情耶。

【原文】

之子于狩,言韔其弓。

【张居正讲评】

苟我君子之之归,而欲往狩也,我愿为之帐其弓焉。帐弓虽非妇人事也,然因帐弓而得以亲君子,则亦为之而不辞矣。

【原文】

之子于钓,言纶之绳。

【张居正讲评】

君子之归而欲往钓也,我愿为之纶其绳焉。纶绳虽非妇人事也,然因纶绳而得以亲君子,则亦为之而不恤矣。

【原文】

其钓维何?维鲂及鱮。

【张居正讲评】

夫钓必有所获也,其鱼钓维何,则维鲂与鱮矣。

【原文】

维鲂及鱮,薄言观者。

【张居正讲评】

我于鲂鱮,则薄言往观之焉,是非重一鲂鱮也,因观鲂鱮,而得以亲君子,是固我之所以欲无往,而亦与之俱耳。我之所拟于今日者如此,不知君子何时可还而得以遂此情耶。夫情切于未归之时,而异伸于既归之后,若妇人者可谓贞静专一之至者矣。

黍苗

【总评】

宣王封申伯于谢,命召穆公往营城邑,故将徒行南行而行者,作此诗。

【原文】

芃芃黍苗,阴雨膏之。

【张居正讲评】

芃芃黍苗,则惟阴而能膏之,而有以遂其盛矣。

【原文】

悠悠南行,召伯劳之。

【张居正讲评】

况此悠悠南行以营谢者,履周道之逶迟,而有跋涉之劳苦,则惟召伯有以体其情而节其力,为能劳之者矣,宁不励吾超事之心,而激吾忘劳之念哉。

【张居正讲评】

以我南行之事言之。

【原文】

我任我辇,我车我牛。

【张居正讲评】

盖我之尔行也,有佃以负物,有辇载物,有车以任重,有牛以驾车,各司其事,莫非为营谢而行也。

【原文】

我行既集,盖云归哉!

【张居正讲评】

是行也,必同心共济,使营谢之功既成,而后可以言归耳,不然方虑无以副召伯之命也,而敢为归计哉。

【原文】

我徒我御,我师我旅。

【张居正讲评】

我之南行也,有步行之徒,有乘车之御,有二千五百人之师,有五百人之旅,各率其职,莫非为营谢行也。

【原文】

我行既集,盖云归处!

【张居正讲评】

是行也,必协力共赞,使营谢之功即集,而后可以归处耳。不然,方惧有负于召伯之劳也,奚敢为归处计哉。

【张居正讲评】

夫我之南行,固必成功而后归,然其功之成,岂吾人所能与哉。

【原文】

肃肃谢功,召伯营之。

【张居正讲评】

今此谢功,城郭寝庙之就绪,肃肃然其严正矣。而孰其营之也,惟召伯经营,区处之有方,教护劝课之有道,为能有营之耳。

【原文】

烈烈征师,召伯成之。

【张居正讲评】

维此征夫,就道趋事之奋发,烈烈然其威武矣,而孰能成之也,惟召伯节其劳而恫其瘁,作其勤而扼其怠,为能有以成之耳,他人岂得而与之哉。

【张居正讲评】

不特此也。

【原文】

原隰既平,

【张居正讲评】

疆其土田,而高下之得宜,原隰则既平矣。

【原文】

泉流既清。

【张居正讲评】

治其沟洫,而泉水之皆通,泉流则清矣。

【原文】

召伯有成,王心则宁。

【张居正讲评】

召伯营谢之功,有成如此,则有以遂王朝分封之意,而副天子待舅之情,王心不载宁乎?夫营谢一行,上有以忠其君,下有以仁其徒,若召伯可谓善于其职矣。

隰桑

【总评】

此喜见君子之诗。若曰:国家之所共理者惟贤才,则其所愿唯贤才见者亦唯贤才,我今于君子之见也,而当无所以系其心哉。

【原文】

隰桑有阿,其叶有难。

【张居正讲评】

彼隰桑有阿,然而美则其叶,有傩然而盛矣。

【原文】

既见君子,其乐如何!

【张居正讲评】

况此君子,我之所愿见者也,而今得以既见之,则夙昔之愿以慰,其乐当如何哉!盖一念欢欣之意,殆有不能以形容者矣。

【原文】

隰桑有阿,其叶有沃。

【张居正讲评】

隰桑有阿然而美,则其叶有沃然而光泽矣。

【原文】

既见君子,云何不乐!

【张居正讲评】

况此君子,我之所欲见者也,而今得以既见之,则夙昔之怀以遂,则云何不乐哉!盖一念悦怿之心,始有不容以或遏者矣。

【原文】

隰桑有阿,其叶有幽。

【张居正讲评】

隰桑有阿,则其叶有幽然而黑矣。

【原文】

既见君子,德音孔胶。

【张居正讲评】

况我既见君子,则好贤之誉以彰,德音不孔固乎。夫君子一见,而我之德音以固,宁非我之所深幸耶。

【原文】

心乎爱矣,

【张居正讲评】

夫见君子,而德音为之孔胶,则我平日之所以爱君子者,皆出于心中之诚,而非声音笑貌之伪矣。

【原文】

遐不谓矣?

【张居正讲评】

今日既得以见之,何不遂以告之,而达吾之情乎。

【原文】

中心藏之，何日忘之？

【张居正讲评】

然爱之发于言者，言尽而爱亦尽爱之，根于心者，心存而爱亦存，故我但中心藏之，而不以腾于口说，则此爱与此心，相为终始矣，果何日而能忘之乎。此我今日所以不谓之之意也欤。要之，惟求之也专，故喜之也至，惟爱之也笃，故藏之也久，若隰桑者，谓好贤之至矣。

白华

【总评】

此幽王宠褒姒而黜申后，故申后作此。曰：不可解者，夫妇之伦，不可易者，嫡妾之分。今王何悖伦而乱分也乎。

【原文】

白华菅兮，白茅束兮。

【张居正讲评】

今夫白华为菅，则以白茅为束矣，二物至微，犹比相须为用也，然则夫妇至亲，其相依之势，不亦犹是哉。

【原文】

之子之远，俾我独兮！

【张居正讲评】

何之子也，乃远弃我，使我独立无亲，曾菅茅之不如矣。

【原文】

英英白云，露彼菅茅。

【张居正讲评】

英英白云，水上轻清之气也，散而下被，则露彼菅茅矣。是云之泽物，无微不被也，然则夫之亲妇，当无时不然不犹是乎。

【原文】

天步艰难，之子不犹。

【张居正讲评】

夫我之独也，固其时运艰难则然，然之子何不思虑图谋，而遽弃我乎？则不如白云之露菅茅矣。

【原文】

滮池北流,浸彼稻田。

【张居正讲评】

池之水也,滮然北流,则有以浸彼稻田矣,是水小犹能浸灌也,然则王之尊大,其能宠泽不当通乎。

【原文】

啸歌伤怀,念彼硕人。

【张居正讲评】

何王反不能通其宠泽,而使我之不免于独,是以愤懑不胜,不得以舒其气,忧心不已,悲伤日切于怀,而念彼硕人于不忘焉。

【原文】

樵彼桑薪,卬烘于煁。

【张居正讲评】

彼桑薪宜以烹饪也,今樵彼桑薪,不以为烹饪之用,而特烘之于无釜之灶矣。然则嫡后之尊,不蒙尊宠,而反见卑贱,不亦犹是乎。

【原文】

维彼硕人,实劳我心。

【张居正讲评】

维彼硕人,其所为如此,是以我也伤尊卑之失序,而此心为之忧劳焉。

【原文】

鼓钟于宫,声闻于外。

【张居正讲评】

鼓钟于宫,则声闻于外矣。此有所感,彼有所动也,然则积诚于己而可以动人,不犹是乎。

【原文】

念子懆懆,视我迈迈。

【张居正讲评】

今我念子至于懆懆而忧,其用心不可谓不诚矣,而子反视我迈迈,略不加之意也,宁不深叹息哉。

【原文】

有鹙在梁,有鹤在林。

【张居正讲评】

鸳之与鹤皆以鱼为食者也,今有鸳在梁而鸳则饱矣,有鹤在林而鹤则饥矣,养鸳而弃鹤,人之用爱何其悖也。然则王于嬖妾而亲之,于嫡后而远之,其何异于养鸳而弃鹤乎。

【原文】

维彼硕人,实劳我心。

【张居正讲评】

维彼硕人,其所为如是,是以使我念贵贱之易位,而此心为之忧劳焉。

【原文】

鸳鸯在梁,戢其左翼。

【张居正讲评】

鸳鸯在梁,则戢其左翼以相依,夫固不失其配偶之常也,然则夫妇相亲,亦宜其有常匹者,不亦犹是乎。

【原文】

之子无良,二三其德。

【张居正讲评】

今之子所为不善,乃眷我于始,弃我于终,而二三其德之垂常焉,曾鸳鸯之不如矣。

【原文】

有扁斯石,履之卑兮。

【张居正讲评】

有扁斯石,其势本卑也,然履之者亦卑矣,然则嬖妾之贱,则宠之者亦贱,不犹是乎。

【原文】

之子之远,俾我疷兮。

【张居正讲评】

何之子也,乃远弃我,而嬖妾之是亲,是以使我忧其失身于卑贱,而念之以至于病焉。夫申后被黜而作诗,以叙其怨言,有序而不乱,怨有则而不流,申后亦贤矣哉。

绵蛮

【总评】

此微贱劳苦,而思有所托者,为鸟言以自比。

【原文】

绵蛮黄鸟,止于丘阿。

【张居正讲评】

彼绵蛮黄鸟,止于丘阿,而不能前。

【原文】

道之云远,我劳如何?

【张居正讲评】

是非不欲前也,盖道之云远,而我之劳甚矣,故不得已,而为立阿之止也。然则我微贱者之劳苦,而不能以自振,不亦犹是乎。

【原文】

饮之食之,

【张居正讲评】

斯时也,谁能饮之食之,而顾我饥渴之苦。

【原文】

教之诲之。

【张居正讲评】

教之诲之,而示我去就之途。

【原文】

命彼后车,谓之载之。

【张居正讲评】

命彼后车以载之,而加我委任之诚者鸣呼,不然,我之微贱劳苦,终无以自振矣。

【原文】

绵蛮黄鸟,止于丘隅。岂敢惮行?畏不能趋。

【张居正讲评】

绵蛮黄鸟,止于丘隅,而不能趋矣。岂敢以行为行为惮也哉?盖劳之甚,而畏不能趋也,然则我微贱者之劳苦,而不能以自振,不犹是乎。

【原文】

饮之食之,教之诲之。命彼后车,谓之载之。

【张居正讲评】

如前讲。

【原文】

绵蛮黄鸟,止于丘侧。岂敢惮行,畏不能极。饮之食之,教之诲之。命彼后车,谓之载之。

【张居正讲评】

如前讲。

瓠叶

【总评】

以燕饮之诗。若曰:燕以仁实,惟其诚之,足以相孚而已。若必拘乎礼仪之备,则将因其不可继之物,而废不可已之燕矣,今我君子之燕宾,何如哉。

【原文】

幡幡瓠叶,采之亨之。

【张居正讲评】

彼幡幡瓠叶,采而烹之,以为菹物,何薄也。

【原文】

君子有酒,酌言尝之。

【张居正讲评】

嫌其薄而不进,则于情为疏也。故君子有酒,亦必以是瓠叶与我佳宾,酌而尝之,惟知燕之当举,而不计瓠叶之为薄者矣。

【原文】

有兔斯首,炮之燔之。

【张居正讲评】

有兔斯首,炮之燔之,物之薄也。

【原文】

君子有酒,酌言献之。

【张居正讲评】

君子有酒,亦必以是酌言献之,而宾主之交欢,以敦一时之情焉,盖不知兔首之炮燔,为甚薄也已。

【原文】

有兔斯首,燔之炙之。君子有酒,酌言酢之。

【张居正讲评】

如前讲。

【原文】

有兔斯首,燔之炮之。君子有酒,酌言酬之。

【张居正讲评】

夫不计物之厚薄,而欲燕礼之必行,则其殷勤无己之意,殆有溢于瓠叶兔首之外矣。古人之贵德,其实意有如此矣。

渐渐之石

【总评】

将帅出征,不堪劳苦,而作此诗。曰:御侮折冲,固吾人之职,而履危蹈险,亦人情不堪也,试以我之出征,所经历者言之。

【原文】

渐渐之石,维其高矣。山川悠远,

【张居正讲评】

渐渐之石,何高峻也,山川荡然,何悠远也。

【原文】

维其劳矣。

【张居正讲评】

历此险远,盖不胜其劳矣。

【原文】

武人东征,不遑朝矣。

【张居正讲评】

是以我武人之东征也,但见夙夜无已而已,奚有朝旦之暇乎。

【原文】

渐渐之石,维其卒矣。山川悠远,

【张居正讲评】

渐渐之石,何崔嵬也,山川荡然,何悠远也。

【原文】

曷其没矣?

【张居正讲评】

历此险远,盖无时可尽矣。

【原文】

武人东征,不遑出矣。

【张居正讲评】

是以我武人之东征也,但知一意深入而已,奚暇于谋出乎。

【张居正讲评】

然不惟有悠远知劳,而有遇雨之患焉。

【原文】

有豕白蹢,烝涉波矣。

【张居正讲评】

彼豕喜雨也,今有豕白蹢,相与众涉水波矣。

【原文】

月离于毕,

【张居正讲评】

月,水精也,今月之所宿,乃在好雨之毕矣。

【原文】

俾滂沱矣。

【张居正讲评】

俯察物情,仰观天象,无非雨征也,则必沛然下雨,而俾滂沱矣。

【原文】

武人东征,不皇他矣。

【张居正讲评】

我武人东征也,经历险远,而逢此大雨,则不堪其劳苦之甚,而岂暇及他事乎哉。由是观之,则将帅之疲于奔命固可见,而时王之穷兵黩武,亦可知矣,国欲无亡得乎。

苕之华

诗人身逢周室之衰,作以自伤。曰:王室之盛衰,乃民生安危所系也,今予之所遇,何不幸若是乎?

【原文】

苕之华,芸其黄矣。

【张居正讲评】

彼苕之华,芸然而黄,今固盛矣。然附物而生,虽荣其能久乎?然则我之苟全性命于乱世,而不能以久存,何异是哉。

【原文】

心之忧矣,维其伤矣。

【张居正讲评】

故此心之忧,至于伤悼之不已也。

【原文】

苕之华,其叶青青。

【张居正讲评】

苕之华,其叶青青,今固盛矣。然附物而生,荣其能久乎?然则我之苟全性命于乱世,而不能以久存,何以异此哉。

【原文】

知我如此,不如无生!

【张居正讲评】

夫人贵生于世者,以其能自存,不如此而已也。倘知其如此,则不若无生之为愈矣。

【张居正讲评】

然我之不能久存者,何哉?亦以饥馑之余,百物凋耗,固难于自存焉耳。

【原文】

牂羊坟首,

【张居正讲评】

彼当国家全盛之时,羊则三百维群也。今则羊首首大,而有牂羊之坟首。

国学经典文库

诗经

·张居正讲评《诗经》·

图文珍藏版

【原文】

三星在罶。

【张居正讲评】

当世道方降之日,潜则有多鱼也。今则鱼竭罶空,但见三星之在罶,夫百物凋耗,固于牂羊鱼罶,而有征也已。

【原文】

人可以食,鲜可以饱。

【张居正讲评】

当此之时,苟且得食足矣,岂可复望其饱哉。夫以鲜可以饱之时,则亦待死而已,如之,何其能以久存哉。

何草不黄

【总评】

周室将亡,征役不息,行者苦之,而作此。

【原文】

何草不黄,

【张居正讲评】

彼草衰则黄也,今何草而不黄乎。

【原文】

何日不行?何人不将?经营四方。

【张居正讲评】

况此当征役不息之时,则何日而不行乎,何人而不行以经营于四方乎?盖无一时之得休,而一人之得逸也。

【原文】

何草不玄,

【张居正讲评】

草黄则玄也,今何草而不玄乎。

【原文】

何人不矜?

【张居正讲评】

况从役过时，而不得归，则何人不矜，而失其室家之乐乎！

【原文】

哀我征夫，独为匪民！

【张居正讲评】

夫有室家之乐，民生之常也。今哀我征夫，岂独为匪民也哉，而何使之至此耶。

【原文】

匪兕匪虎，率彼旷野。

【张居正讲评】

彼兕之典虎，则宜其率彼旷野矣。今征夫乃民也，匪兕匪虎也，胡为使之循彼旷野乎？

【原文】

哀我征夫，朝夕不暇！

【张居正讲评】

哀我征夫，奔走于旷野，而朝夕不得已闲暇，是不以民视民，而以兽视民矣，何其鄙夷之若是耶？

【原文】

有芃者狐，率彼幽草。

【张居正讲评】

有芃者狐，则率彼幽草，而往来无所休矣。

【原文】

有栈之车，行彼周道。

【张居正讲评】

况我驾彼有栈之役车，则日行彼周道而不得息矣。民何其不幸之若是哉！吁，昔周盛时，非无役也，而不见有劳苦之忧，乃渐渐何草，辄以怨咨为言，何哉？盖先王役之有时，使之有道，故民虽劳不怨。周室将亡，日敝于兵，暴骨于奔，至以兽视民，而不知恤也，民将焉堪之？吾固诵"出车""杕杜"之诗，而知周之所以兴也，诵"渐渐何草"之诗，而知周之所以亡也。

大雅

文王

【总评】

周公述文德以戒成王也。若曰：能开受命之基者，必有配天之德，而欲保先人之业也者，当有法祖之思，王今抚文祖之天下矣，亦知文德之当念乎。

【原文】

文王在上，於昭于天。

【张居正讲评】

惟我文王升遐久矣，而其神之在上者，昭明于天下，焕乎其不容掩也。

【原文】

周虽旧邦，其命维新。

【张居正讲评】

是以周自始封以来，其邦虽云旧矣，而其受命以代商者，则自今始也，其命不维新乎？

【原文】

有周不显，

【张居正讲评】

夫文王在上而昭于天，则是有周之德不随生而存，不随死而亡，盖阅万代而如见者矣，岂不显乎。

【原文】

帝命不时。

【张居正讲评】

周虽旧邦，其命则新，则是上天之命，眷顾方殷，保定孔固，正适其时而未艾矣，岂不时乎。

【原文】

文王陟降，在帝左右。

【张居正讲评】

然其命之时也,天非有私于周也,盖以文王之神,在天一升一降,无时不在上帝之左右,是以子孙蒙福泽而君有天下也。

【张居正讲评】

文王以德受命之事何如?

【原文】

亹亹文王,

【张居正讲评】

彼我文王之德,亹亹然强勉,盖纯亦而不已矣。

【原文】

令闻不已。

【张居正讲评】

故今既没,而其令闻之播,亦与亹亹者相不为已也。

【原文】

陈锡哉周,侯文王孙子,文王孙子,本支百世。

【张居正讲评】

文王之德如此,是以上帝敷锡于周也。不徒尊荣其身已也,维文王孙子,其本宗则百世为天子,支庶则百世为诸侯,而与天无极焉。

【原文】

凡周之士,不显亦世。

【张居正讲评】

然不徒其孙子已也,凡周之士为天子臣者,世修其德以辅天子。为诸侯之臣者,世修其德以辅诸侯,而与周匹休焉。凡若此者何? 莫非文王之福哉。

【原文】

世之不显,厥犹翼翼。

【张居正讲评】

然此周士,其传世岂不显著,果何所自哉? 盖忠不足以济时者,则道不足以裕后,其传世之不显毋惑矣,惟此周士也,劝其佳谋佳猷,而翌翌然勉敬,初无一毫之敢慢也已。

【原文】

思皇多士,生此王国,王国克生,维周之桢。

【张居正讲评】

夫惟厥犹之翌翌如此,则美哉此众多之贤士,而生此文王之国。文王之国能生此众多贤士,则其所赖者岂其微哉。吾知国以人才为本者也,多士以其翌翌之猷,而输其屏翰之忠,则国之元气固,神气振,不为周之桢乎?

【原文】

济济多士,文王以宁。

【张居正讲评】

　　君以安国为心者也,多士极其济济之众,既足以为周之桢,则臣效其忠,君享其逸,文王不以宁乎?夫多士有匡国安君之忠,如此则其传世之显也,宜矣。

【张居正讲评】

　　夫上帝既有命周之福,则必有绝商之祸,而要皆本于文王之德也。

【原文】

穆穆文王,於缉熙敬止。

【张居正讲评】

　　穆穆哉深远,文王之德,渊乎其莫测也,洪乎其无涯也,然岂外于一敬哉?但见缉而续之,而无一息之间,熙而明之,而无一私之污,至敬之惺惺,盖合始终贯动静而已矣。文王之德于是为盛,而神之昭者,此敬以为之昭也。令闻不巴者,此敬以为之不已也。

【原文】

假哉天命,

【张居正讲评】

　　是以上帝敷赐而大命于是乎集焉。

【原文】

有商孙子。商之孙子,其丽不亿。

【张居正讲评】

　　夫果于何而征之哉?观有商之孙子可见矣。盖商之孙子,其数不止于亿。

【原文】

上帝既命,侯于周服。

【张居正讲评】

　　然以上帝之命,集于文王,而今皆臣服于周,有所不能外者矣。

【张居正讲评】

　　然不惟及孙子已也,而又及其孙子之臣庶焉。

【原文】

侯服于周,天命靡常。

【张居正讲评】

彼商之孙子,借侯服于周者,以天命无常,惟德是与故也。

【原文】

殷士肤敏,裸将于京。

【张居正讲评】

故孙子既归周,而此殷士其容貌之肤美,趋事之敏达者,今皆执裸献之礼,而助王祭祀于周之京师矣。

【原文】

厥作裸将,常服黼冔。

【张居正讲评】

且其所裸将之士,常服黼冔之服,盖仍先代之礼,物而不之变也。

【原文】

王之荩臣,无念尔祖。

【张居正讲评】

然孙子之侯服,殷士之裸将,实本于尔祖文王之德所致也。凡尔忠荩无已而为王之荩臣者,得无念尔祖文王之德乎?尚其睹商之孙子臣庶,而惕然兴思可也。

【原文】

无念尔祖,聿修厥德。

【张居正讲评】

然欲念尔祖,岂可以他求哉?盖尔固有之德,即尔祖之德,与天命相为合一者也,是必聿修厥德,使固有之理以全焉。

【原文】

永言配命,自求多福。

【张居正讲评】

若是,则与天命合矣,然一息有间德未修也,又必常自省察,使人欲不得以间之,而长言合乎天理焉。则我今日之德,无异尔祖缉熙敬止之德矣,而今日之福,亦何异于上帝陈锡之福乎?吾见盛大之福自我致之,有不待外求而得矣。

【原文】

殷之未丧师,克配上帝。

【张居正讲评】

然尔固当以文王为法,亦当以殷事为鉴,彼殷未失天下之时,其德足以配上帝,亦如我周之今日也。今其子孙乃侯服于周如此者,惟其颠覆厥德故耳。

【原文】

宜鉴于殷,骏命不易。

【张居正讲评】

尔宜以殷为鉴,而自省焉,则知天命之予不常而又夺之,就不常而又去之,诚有不易保者矣。

【原文】

命之不易,无遏尔躬。宣昭义问,

【张居正讲评】

夫天命惟不易保,纣固以不德自绝于天矣。尔无若纣之秽德彰闻,以自绝于天,尚当布明其善誉于天下可也。

【原文】

有虞殷自天。

【张居正讲评】

不特此也,又当度殷之所以废兴存亡者,而折之于天。其在始也,天何为而兴存之,其在今也,天何为而废亡之,庶乎有以得上天予夺之故,以为自省之机焉。

【原文】

上天之载,无声无臭。

【张居正讲评】

然上天之事,无声无臭,其予其夺,有不可得而测度者。

【原文】

仪刑文王,万邦作孚。

【张居正讲评】

今与其求在天之天,孰若求在人之天乎?盖文王之所以为文,即天之所以为天也,今诚能即文王之缉熙敬止者,仪而刑之,使其德与之洽美,则万邦之人心悦诚服,以昔日之孚文王者,而受于我矣。夫人心悦则天意得,而天意之不可度者,于此而可度之矣,又何保命之难哉?嗣王诚不可不师文王矣。

大明

【总评】

此亦周王戒成王之诗。若曰:人君继天而为之子,所可畏者惟天也。人惟不观于天人之际,而始以天为不足畏矣,自我言之。

【原文】

明明在下,赫赫在上。

【张居正讲评】

德修于人,而未始不动于天,命主于天,而未始不通于人。故在下者健刚中正,为笃实光辉而有明明之德,斯在上者帝心简在,历数攸归而有赫赫之命。苟下无德,则上亦无是命矣。

【原文】

天难忱斯,不易维王。

【张居正讲评】

达于上下,去就无常,天命亦难信哉。盖有德则予,无德则夺矣,为君亦不易哉。盖命予之则为君,夺之则为独夫矣。

【原文】

天位殷适,

【张居正讲评】

不观之殷纣乎?彼位不尊者人得而废之,纣所居则天位,其势为至尊矣,统不正者人得而代之,纣则殷之嫡嗣,其统为至正矣。

【原文】

使不挟四方。

【张居正讲评】

此宜可以抚有天下也,乃使之不得挟四方而有之者,何哉?盖以无明明之德,固无赫赫之命也,信乎天之难忱而命之不易矣。

【张居正讲评】

夫有明德,斯有显命,如此然则文武之受命,孰有不本于德哉?彼我周之业基于文王,而文王之生,岂无所自乎?

【原文】

挚仲氏任,自彼殷商,来嫁于周,曰嫔于京。

【张居正讲评】

盖王季天下之贤王,难乎其为配也。惟挚国以其仲女氏任者,自彼殷商诸侯之国来嫁于周,而为京室之妇焉。

【原文】

乃及王季,维德之行。

【张居正讲评】

但见在王季也,明类长君之德,真足以修男教。而在太任也,端庄诚一之德,亦足以彰妇顺。太任也乃及王季也,均之维德之行也。

【原文】

太任有身,生此文王。

【张居正讲评】

夫惟一德咸有,则和气攸钟,太任于是有身,而生此文王焉。是文王之圣,盖自父母之贤而已然矣。

【张居正讲评】

夫文王之圣,既有所自,则其德之盛,果何如耶?

【原文】

维此文王,小心翼翼。昭事上帝,

【张居正讲评】

维此文王也,缉熙敬止,小心翌翌然以昭事上帝,静与□,动与游而对越之匪懈焉。

【原文】

聿怀多福。

【张居正讲评】

故虽无心于得天也,但见皇天无亲,惟敬是亲,盛大之福于是而毕集矣。

【原文】

厥德不回,

【张居正讲评】

且是敬德也,妙于中正,无有回邪,静至正动,明达而非僻之不干焉。

【原文】

以受方国。

【张居正讲评】

故虽无心于得人也,但见民罔常怀,怀于有德,四方来附之国,于是而咸受之矣。夫敬足以得天人如此,所谓有明明之德,则受赫赫之命,而我周一代之业,不自此基哉。

【张居正讲评】

我周之业,成于武王,而武王之生,岂无所自哉。

【原文】

天监在下,

【张居正讲评】

彼天虽高高在上,而监临实在于下。

【原文】

有命既集。

【张居正讲评】

以我周世德之盛,足以膺天与之眷也,而假载之命既集于我周矣。

【原文】

文王初载,天作之合,在洽之阳,在渭之涘。

【张居正讲评】

然不生圣子,命何由承,不生圣配,子何由生。故于文王初生之年,天已为之默定其配,在彼洽之阳也,在彼渭之涘也,实其为诞育窈窕之区矣。

【原文】

文王嘉止,大邦有子。

【张居正讲评】

是故当文王将昏之期,而大邦有子,可以为君子之好逑也。

【原文】

大邦有子,伣天之妹。

【张居正讲评】

大邦有子,其德则何如哉?但见天有刚健中正之德,彼亦有柔顺中正之德,辟则天为之兄,而彼为之妹也,盖天为文王而生之,故异以如是之淑德耳。

【原文】

文定厥祥,

【张居正讲评】

文王于是卜得吉而以纳币之礼,定其祥所以成婚礼之始也。

【原文】

亲迎于渭。造舟为梁,

【张居正讲评】

亲迎于渭而造舟以通其往来,所以成婚礼之终也。

【原文】

不显其光。

【张居正讲评】

夫以圣人而得圣女以为之配,一德相成,真旷世之善也,岂不显其光乎。

【张居正讲评】

夫文王既得圣配,宁不由是而生圣子乎。

【原文】

有命自天,命此文王,于周于京,

【张居正讲评】

彼自有命自天,既命文王于周之京,而王业之兴勃焉其莫遏矣。

【原文】

缵女维莘,长子维行。

【张居正讲评】

而克缵太任之女事者,维此莘国以其长子来嫁于我,圣子之生,端于斯人有赖矣。

【原文】

笃生武王,保右命尔,燮伐大商。

【张居正讲评】

故天又笃厚我周,使斯人生武王之明圣,保之以安其身,右之以利其行,命之以隆其宠,使之顺天命以伐商。盖天命既归周,则不得不生武王而命以伐商之事也已。

【原文】

殷商之旅,其会如林。矢于牧野:

【张居正讲评】

于是武王承上天之命,为伐商之举。当时殷商之旅,会集有如林之众,以拒我周,则与我周之师,皆陈于牧野之地。

【原文】

维予侯兴,

【张居正讲评】

以众寡论之,势虽若在于纣矣,然纣众虽多,而皆离心离德,惟我之师,同心同德,为有兴起之势也。

【原文】

上帝临女,无贰尔心。

【张居正讲评】

以此伐商,何有于不克乎?然众心犹恐武王以众寡之不敌而有所疑也,故勉之曰:事之不出于天者,或可以力胜,今商罪贯盈,周德方兴,上帝之所监临,实在于汝矣,汝当躬行天讨,以顺天命,不可以众寡之不敌而有所疑贰于心也。要之武王之心,非有所疑也,盖众人愤纣之虐,欲其速亡,故言此以赞其决耳。若是则武王之伐纣,乃顺天应人之举,岂得已哉。

【张居正讲评】

以伐商之事言之。

【原文】

牧野洋洋,

【张居正讲评】

牧野之地洋洋而广大,盖截然为王师之所矣。

【原文】

檀车煌煌,驷騵彭彭,

【张居正讲评】

以言其师众,则檀车煌煌而鲜明,驷騵彭彭而强盛,师众之盛如何耶。

【原文】

维师尚父,时维鹰扬,

【张居正讲评】

以言其将帅则官太师而号尚父者,夺神武之威,有如鹰之飞扬而搏击,将帅之贤何如耶?

【原文】

凉彼武王,肆伐大商,会朝清明。

【张居正讲评】

以将帅之贤,统师众之盛,凉彼武王,肆伐大商,以除其秽浊,但见会战之旦而天下于是清明矣,我周王业于是而成矣。所谓有明明之德,斯有赫赫之命也,享成业者可不法文武以修其德哉?

绵

【总评】

此亦周公戒成王之诗。若曰:王业之成也,不成于成之日,其必有所由,成王知周家之王业所自始乎?

【原文】

绵绵瓜瓞,

【张居正讲评】

彼瓜之为物,绵绵不绝,至末而成,则谓之瓜,而其始之,近本初生不过至小之瓞而已。瓜之先小后大如此,然则我周之业,其先小后大,不犹之瓜瓞乎?

【原文】

民之初生,自土沮漆。

【张居正讲评】

我以先小后大言之,盖我周自不□失其官守,至公刘立国于邠,而我周人之生于焉始振,是民之初生,盖自土沮漆之上矣。

【原文】

古公亶父,陶复陶穴,未有家室。

【张居正讲评】

至于古公亶父之时,风俗犹陋,惟陶复以为居,陶穴以为处,而室家之制未有也,此其在邠之时亦甚微矣,然非终于此已也。

【原文】

古公亶父,来朝走马,率西水浒,至于岐下。

【张居正讲评】

逮夫古公亶父之在邠也,狄人侵之,事之而不得免,于是来朝走马,率循水浒之西,至于岐山之下。

【原文】

爰及姜女,聿来胥宇。

【张居正讲评】

斯时也,以一时迁都之举,乃万世子孙之业,不可以或苟也。于是遂及贤妃曰姜女者,聿来胥宇以居焉。盖不以播迁艰难之际,而为苟且目前之图矣。

【原文】

周原朊朊,堇荼如饴。

【张居正讲评】

夫太王既胥宇以居矣,于是遂得周原土地之美,但见堇荼苦菜,且有如饴之甘,是盖土地之美有以变其质故也,则周原之可居,太王故已定之于心矣。

【原文】

爰始爰谋,

【张居正讲评】

但以己见不如人见之为详也,于是始与邠人之从己者谋居之,于以稽其众志之同何如也。

【原文】

爰契我龟。

【张居正讲评】

又以人见不如神见之为审也,于是又契龟而卜之,于以观其征兆之吉何如也。

【原文】

曰止曰时,筑室于兹。

【张居正讲评】

既得吉兆,则己之见与人之见决矣。乃告其民曰:迁都图存,得国焉止。今周原之美既有以协之于人,又有以协之于神,如此则可以止于是而筑室矣,奚必于他往哉?

【张居正讲评】

夫国都既定,民事不可以缓也。

【原文】

乃慰乃止,乃左乃右。

【张居正讲评】

彼方迁之始,民未有所居也。于是乃慰之使无怀土之思,乃止之使有托处之乐,或列之于左,而彼闾之相望,或列之于右,而族党之相属,则夫去邠之民,咸受一廛之安矣。

【原文】

乃疆乃理,乃宣乃亩。

【张居正讲评】

方迁之始,民未获所养也。于是乃疆之而大界之必定,乃理之而条理之分明,或宣焉而布散以居,使治田之咸便,或亩焉而治其田畴,使分受之各定,则夫裹粮之民咸受百亩之田矣。

【原文】

自西徂东,周爰执事。

【张居正讲评】

是自水浒之西,以至岐山之东,凡可以居民安民者,何有一事之不为哉。

【张居正讲评】

民事既尽,营建攸举。

【原文】

乃召司空,

【张居正讲评】

彼掌营国邑司有空也,则乃召司空。

【原文】

乃召司徒,

【张居正讲评】

掌徒役之事有司徒也,则乃召司徒。

【原文】

俾立室家。

【张居正讲评】

于以使之立我室家之制,以更其陶复陶穴之陋矣。

【原文】

其绳则直,缩版以载,

【张居正讲评】

然君子将营宫室,宗庙为先,故正之以绳,而位次之既定,然后束版以筑,而上下次之相承。

【原文】

作庙翼翼。

【张居正讲评】

但见其作是宗庙也,前堂后寝,而制度之整齐,左昭右穆,而规模之严正,则所以妥先灵而崇爱敬者,不在是乎。

【张居正讲评】

宗庙既成,宫室乃立。

【原文】

捄之陾陾,

【张居正讲评】

于是捄之而盛土于器者,陾陾然其人之众也。

【原文】

度之薨薨,

【张居正讲评】

于是度之而投土于版者,薨薨然其声之众也。

【原文】

筑之登登,

【张居正讲评】

土既投矣,从而筑之,则杵声登登然相应也。

【原文】

削屡冯冯。

【张居正讲评】

墙既成矣,从而削之,则墙声冯冯然而坚确也。

【原文】

百堵皆兴,

【张居正讲评】

百堵之役,于是而皆兴矣。

【原文】

鼛鼓弗胜。

【张居正讲评】

斯时也,有鼛鼓以役事,所以戒民之勿亟也。但见人心鼓劝,乐事赴功,虽鼛鼓频击以示戒,而在民心者,则不劝而愈疾矣,鼓声安得而止之哉。

【张居正讲评】

宫室既成，门社乃立。

【原文】

乃立皋门，皋门有伉。

【张居正讲评】

彼最远在外者为皋门，乃立皋门则伉然而高大，足以耸中外往来之观也。

【原文】

乃立应门，应门将将。

【张居正讲评】

居中应治者为应门，乃立应门，则将将而严正，足以竣朝宁出入之防也。

【原文】

乃立冢土，戎丑攸行。

【张居正讲评】

又于是乃立冢土焉，凡起大事动大众，皆先祭与是，而后戎丑以行也。是其一时之开国经纶，其规模宏远如是，而周家之王业勃勃然其开于此矣。

【原文】

肆不殄厥愠，亦不陨厥问。

【张居正讲评】

夫太王迁都，安养兼全，而民事以周，营建备举，而己事以尽，则自修之道得矣。故虽不能殄绝昆夷之愠怒，亦不陨坠己之声闻。盖自修无缺而名誉自彰，虽有无妄之灾，不足为吾玷者矣。

【原文】

柞棫拔矣，行道兑矣。

【张居正讲评】

方此之时，林木深阻，人物鲜少，及至其后，积累久而培植深，生齿渐以繁，归附日以益，由是柞棫拔矣，不如向之拳曲而蒙密也，行道兑矣，不如向之蔽繁而不可由也。

【原文】

混夷駾矣，维其喙矣。

【张居正讲评】

由是昆夷见国势之日盛，不敢荐居于近地，畏之而奔突窜伏，惟张喙以舒其气之不暇而已，宁复有向之为我愠耶？要之，皆圣祖神孙世德相辉，有以服其心故耳，岂偶然而已。

【张居正讲评】

夫昆夷既服,则众国之化自行。

【原文】

虞、芮质厥成,

【张居正讲评】

但见虞芮之君,相与争田,来质其讼之平于周,于是感逊顺之风,因各处于不争之地,而四方诸侯闻之而来归周者,盖四十余国矣。

【原文】

文王蹶厥生。

【张居正讲评】

夫外而昆夷畏服,内而诸侯效顺,国运改观,天命于是维新矣,不蹶然动其兴起之势也。

【原文】

予曰有疏附,予曰有先后,予曰有奔奏,予曰有御侮。

【张居正讲评】

夫文王受命本于德,然所以致此,则犹有类于四臣之助焉。彼民心之亲附,非得人以启之不能也。以予言之,必有率下亲上之臣焉。君德之有成,非得人以辅之不能也。以予言之,必有相道先后之臣者焉。德之所施,以人而施也,以予言之,必有喻德宣誉之臣乎。威之所奋,以人而奋也,以予言之,必有折冲千里之臣乎。夫有盛德以为受命之本,又得四臣以为受命之助,此一代王业之所由基也。要之不有太王迁岐以开之于前,则无以启文王受命之基,不有文王受命以大之于后,则无以扩太王开岐之业,是我周之业起自漆沮之微,及太王迁岐,至文王而始大,则信乎其犹之瓜瓞矣。抚成业者,尚其念祖宗创述之艰也哉。

棫朴

【张居正讲评】

此咏歌文王之德,若曰:王者有君师天下之责,而苟德有未至,欲使人心之乐从难也。若我辟王之盛德感人何如?

【原文】

芃芃棫朴,薪之槱之。

【张居正讲评】

彼芃芃而盛之棫朴,则人必薪之槱以为用矣。

【原文】

济济辟王,左右趣之。

【张居正讲评】

况此济济之辟王,其盛德著于容貌,足以为斯民之具瞻。故以言其左,则左之人趋之,以言其右,则右之人趋之,而归附之者无殊矣。

【张居正讲评】

然所谓左右趋之者何以验之?试自其祭祀之时而言。

【原文】

济济辟王,左右奉璋。

【张居正讲评】

但见济济辟王也,以圭瓒裸尸于前,左右则奉璋瓒以裸尸于后,皆将以亲辟王之左右为幸者矣。

【原文】

奉璋峨峨,髦士攸宜。

【张居正讲评】

且其奉璋者,于威仪盛壮之髦士,而以之奉祭无不宜者也,文王得是人以之祭,莫极其趋附之诚,如此则所谓左右趋之者,不于髦士而可见乎。

【张居正讲评】

又自其行师之时而言。

【原文】

淠彼泾舟,烝徒楫之。

【张居正讲评】

□□□□也,淠然而行,则舟中之人,无不楫之以共济,盖不待观而自举矣。

【原文】

周王于迈,六师及之。

【张居正讲评】

况此周王事,于征伐而有所往也,则六师之众无不以从行为幸,追而及之,争先而恐后矣。夫行师之事,人之所畏惮也,而六师乐从之如此,则所谓左右趋之者,又不下于六师而可见乎。

【张居正讲评】

夫文王之德,为人所归如此者,要亦其德之盛,有以振作纲纪,天下之人故耳。

【原文】

倬彼云汉,为章于天。

【张居正讲评】

瞻彼云汉,惟其倬然而大,则其为章于天,自昭然莫掩矣。

【原文】

周王寿考,遐不作人。

【张居正讲评】

况我周王享年百岁,而获寿考之休,则德之所熏蒸者久,而人皆曰迁善而不知谁为之者矣,是遐不作人乎。

【原文】

追琢其章,

【张居正讲评】

今夫天下之物皆有文,而未必其文之至也,惟夫追之琢之,则文之美者至矣。

【原文】

金玉其相。

【张居正讲评】

天下之物皆有质,而未必其质之至也,惟夫金之玉之,则质之美者至矣。

【原文】

勉勉我王,纲纪四方。

【张居正讲评】

况凡为治者,皆有纲纪也,而其心不纯者,未必其纲纪之至也。惟勉勉我王也,至诚无息无纯亦不已,但见纲焉常张,有以范围而不过,纪焉常理,有以曲成而不遗,其纲纪四方,不亦至乎。夫文王之德,有以振作纲纪,天下之人如此,则夫髦士六师。皆其振作纲纪中人耳,其趋向而追及之,不亦宜乎?

旱麓

【总评】

此亦咏歌文王之德。若曰：圣人之生也，天与神之所助也，人极之所立也。而要之获助而感人者，以圣德之盛耳。今文王之德吾无从而名矣，试观于感应之际，不有足正乎？

【原文】

瞻彼旱麓，榛楛济济。

【张居正讲评】

瞻彼旱麓，而榛楛济济，地道美而物生自盛矣。

【原文】

岂弟君子，干禄岂弟。

【张居正讲评】

况我岂弟君子，易简得天下之理，和顺奋至德之光，虽非有心于干禄也，然德在而福自至，是干禄也以岂弟矣，夫岂于出幸致哉。

【原文】

瑟彼玉瓒，黄流在中。

【张居正讲评】

瑟然缜密之玉瓒，足以为黄流之地，则必有黄流在其中矣，宝器岂荐于亵味乎？

【原文】

岂弟君子，福禄攸降。

【张居正讲评】

况我岂焉而乐弟焉，而易之君子，足以为福禄之基，则必有福禄下于其躬矣。盛德宁乎不享于禄寿乎？此固理之必然矣。

【原文】

鸢飞戾天，鱼跃于渊。

【张居正讲评】

鸢之飞也，则必戾于天矣，鱼之跃，则必出于渊矣。

【原文】

岂弟君子，遐不作人。

【张居正讲评】

况我君子,以岂弟之德,妙感化之机,则成人有德,小子有造,固日迁善而不知为之者也,何有不作人乎？此亦理之必然矣。

【原文】

清酒既载,骍牡既备。

【张居正讲评】

祭必有酒也,清酒则既载而在樽矣,祭必有牡也,骍牡则既备而在俎矣。

【原文】

以享以祀,以介景福。

【张居正讲评】

以是而享祀于神明之前,则岂弟之德,感通有素,但见神之格之,而瑞庆为之大来矣,不有以介景福乎。

【原文】

瑟彼柞棫,民所燎矣。

【张居正讲评】

瑟彼柞棫,其生也密,则民取之以供燎爨之用矣。

【原文】

岂弟君子,神所劳矣。

【张居正讲评】

况我岂弟君子,则其德之所孚无幽不格,但见思也而神若启之,行也而神若翌之,岂不为神之所慰抚乎。

【原文】

莫莫葛藟,施于条枚。

【张居正讲评】

莫莫葛藟,其生也盛,则自施于条枚之上,而有相附之势矣。

【原文】

岂弟君子,求福不回。

【张居正讲评】

况我岂弟君子,盛德在躬而多福,自怀不待,以私意求之,则其求福何有于回邪乎？吁,上之有以得乎天,下之有以得乎人,幽之又有以格乎神,文王之德真可谓盛矣,乌能已于咏歌也哉。

思齐

【总评】

此诗亦歌文德也。若曰：惟我文王，其德之盛也，固莫有加。而其德之成也，实有所本。

【原文】

思齐太任，文王之母，思媚周姜，京室之妇。

【张居正讲评】

盖上焉有庄敬之太任以为之母，实能媚爱周姜，而恭顺之，不失允称，其为周室之妇也，以此言之，则母之圣可见矣。

【原文】

大姒嗣徽音，则百斯男。

【张居正讲评】

下焉有窈窕之太姒以为之妃，实能克尽妇道，而继太任美德之音，但见和气所钟，斯男则有百之多也。以此言之，则妃之贤可见矣。夫上有圣母，则所以胎教于未生之前，言教于既生之后者，莫非成德之地矣，成之不亦远乎。内有贤妃，则所以不溺于宴安之私，致戒于隐征之地者，莫非养心之助矣，助之不亦深乎，此文王之德所以盛也。

【张居正讲评】

夫文王之德既有所本，为德之盛何如哉？

【原文】

惠于宗公，神罔时怨，神罔时恫。

【张居正讲评】

诚以莫难格者神也，文王则能继志述事，有以顺于宗公而不违，是以宗公之神，喜其统绪之有传，而无有怨也，无有恫也，其接神不亦得其道乎。

【原文】

刑于寡妻，至于兄弟，以御于家邦。

【张居正讲评】

莫难化者人也，文王则仪法施于闺门，而寡妻以正也。至于兄弟，而兄弟以和也。御于家邦，而家邦以治也，其接人不亦得其道乎？其所文王之德谓盛矣。

【原文】

雍雍在宫,

【张居正讲评】

今夫闺门至中,以和为主,而文王至在宫也,则雍雍然而极其和之至矣。

【原文】

肃肃在庙,

【张居正讲评】

宗庙之中,以敬为主,而文王之在庙也,则肃肃然极其敬之至矣。

【原文】

不显亦临,

【张居正讲评】

地至不显,人情所易忽也,文王则几愈隐而志愈严,虽处不显之地,亦常若有临之焉。

【原文】

无射亦保。

【张居正讲评】

德至无射,宜若不待保也。文王则德愈盛而心愈下,虽至无射之时,亦常若有所守焉,其纯亦不已有如此者,文王之德可谓盛矣。

【原文】

肆戎疾不殄,烈假不瑕。

【张居正讲评】

夫惟文王之德如此,故今大难虽不殄绝,然其德之文明者,不玷而愈光,德之广大者,不亏而愈弘也,何尝因大难之加而有损乎。

【原文】

不闻亦式,

【张居正讲评】

至若事必前闻而后合于法也,文王虽事之无所前闻者,而亦无不合于法度。

【原文】

不谏亦入。

【张居正讲评】

人必有谏而后入于善也,文王虽无谏净之者,而亦未尝不入于善矣,何尝待外之资而后有益乎?

【原文】

肆成人有德,小子有造。

【张居正讲评】

夫惟文王之德,见于事者如此,故今一时之人才皆得有所成就。以言其成人则所知日高明矣,所行日光大矣,不有德乎。以言其小子,则求尊其所闻矣,求行其所知矣,不有造乎。

【原文】

古之人无斁,誉髦斯士。

【张居正讲评】

夫有德有造,则是早有誉于天下而为斯世之髦士矣,成人小子果何以得此哉?盖由古之人其德纯亦不已,无有一时之或斁而其见于事如此也。是以至诚之所熏蒸透彻,而一时人才皆有所观感而兴起焉。大亦成大,而成人以有德誉于天下,而成其俊乂之美也。小以成小,而小子以有造誉于天下,而成其俊乂之美也,夫岂偶然之故哉?夫文王有所本而臻其盛如此,诗人其能已于咏歌也哉。

皇矣

【总评】

此诗叙太王、太伯、王季之德,以及文王伐密、伐崇之事。若曰:我周之德,世济其美之德也。我周之命,长发其祥之命也。是故如受命之君者,太王也,天之命之者何如哉?

【原文】

皇矣上帝,临下有赫,监观四方,求民之莫。

【张居正讲评】

皇矣上帝,其临下甚威明也,而所以监视四方者,岂有他哉?惟以求民之遂生复性而底于安定而已矣。

【原文】

维此二国,其政不获。维彼四国,爰究爰度。

【张居正讲评】

然安民在于立君,惟此夏商二国之政,已不得其道,则无以副求莫之意矣,故于维彼四国之中,寻究其人,而谋度其称。

【原文】

上帝耆之,憎其式廓。

【张居正讲评】

苟有安民之君,为上帝之所欲致者,则为之增其疆境之规模,使之泽可远施而得以安民焉。

【原文】

乃眷西顾,此维与宅。

【张居正讲评】

于是乃眷然顾视西土,惟我太王致安民之君,而为上帝之所欲致者也,遂以此周之地与之为居宅焉。

【张居正讲评】

夫太王既承典宅之命矣,而其迁岐之事何如?

【原文】

作之屏之,其菑其翳。

【张居正讲评】

彼有屏而拔去之者,惟立死之菑,自死之翳而已。

【原文】

修之平之,其灌其栵。

【张居正讲评】

至于剪其滋蔓,理其拳曲而修之平之,非其灌其栵之可用者乎?

【原文】

启之辟之,其柽其椐。

【张居正讲评】

有启辟而芟除之者,则惟河柳之柽,肿节之椐而已。

【原文】

攘之剔之,其檿其柘。

【张居正讲评】

至于去其繁冗,使之成长而攘之剔之者,非其檿其柘之美材者乎?

【原文】

帝迁明德,串夷载路。

【张居正讲评】

其土地开辟如此,岂人之所能为哉?乃上帝迁此明德之君,使居其地,于是昆夷畏其德,载路而远遁矣。

【原文】

天立厥配,

【张居正讲评】

天又立媛淑之妃,使为之配,于是迁徙,共协其谋,聿来而胥宇矣。

【原文】

受命既固。

【张居正讲评】

夫惟迁岐,一本于天如此,是以人物渐盛,土地开辟,典宅之命坚固不摇,而卒成王业也。

【张居正讲评】

天命太王如此,天命王季何如?

【原文】

帝省其山,柞棫斯拔,松柏斯兑。

【张居正讲评】

惟彼上帝,省视岐山,见其柞棫之木,拔然而上,松柏之道,兑然而通,则知民归之者益众矣。

【原文】

帝作邦作对,自太伯王季。

【张居正讲评】

然帝既以是岐山而作之邦矣,又择其可当此国者以君之,使有以嗣其业焉。斯意也岂待太伯之让,王季之受而后定哉?盖自初生太伯王季之时,而天之意已笃于王季矣。其后太伯让国,王季嗣位,不过承此天意耳。

【原文】

维此王季,因心则友,则友其兄。

【张居正讲评】

夫以太伯而让王季,则王季疑于不友矣。殊不知王季之所以友爱其兄者,受让由是也,未受让由是也,皆出于因心自然而无待勉强也。

【原文】

则笃其庆,载锡之光。

【张居正讲评】

及其既受太伯之让,则益修其德,以厚周家之福,而与其兄以让德之光,有以彰其知人之明,而不为徒让矣。

【原文】

受禄无丧,奄有四方。

【张居正讲评】

夫以王季之德如此,是以膺作之眷,受天禄而不失,至于文武而奄有四方也,显承之谟烈,孰非其贻谋之遗休哉。

【张居正讲评】

且此王季之德,足以嗣王业如此,何莫而不本于天哉。

【原文】

维此王季,帝度其心。

【张居正讲评】

盖人心不度,则无以制义,帝以王季之心,万几所由以裁成也,则为之度之,使权衡素定于中,而能度物制义焉。

【原文】

貊其德音,

【张居正讲评】

德音不貊,则非间易生,帝以王季之德音,臣民所由以观望也,则为之貊之,使声名洋溢于外,而人无所用其非间焉。

【原文】

其德克明,克明克类。

【张居正讲评】

夫天厚王季如此,是以王季之德,无所不备,事有是非也,则能察是非于不紊而克明焉。人有善恶也,则能分善恶于不淆而克类焉。

【原文】

克长克君,

【张居正讲评】

教诲之勤,无有怠倦,不尽师道而克长乎?赏罚之公无有僭滥,不尽君道而克君乎?

【原文】

王此大邦,克顺克比。

【张居正讲评】

而其王此大邦也,克顺焉慈和一施,而人心遍服也。克比焉上亲乎下,而下亲其上也,王季之德有此六者,何莫非帝度帝貌之所为哉。

【原文】

比于文王,其德靡悔。

【张居正讲评】

且其德不特光于一时已也,至于文王虽云再世矣,但见弥久而弥光,初无一毫之遗恨焉。

【原文】

既受帝祉,施于孙子。

【张居正讲评】

夫是以既受帝祉,而膺作对之命,施于孙子而成一统之业也,岂偶然哉。

【张居正讲评】

天命王季如此,而天命文王以伐密果何如哉。

【原文】

帝谓文王,无然畔援,无然歆羡,诞先登于岸。

【张居正讲评】

谓文王,人心有所恶于此而舍之,有所欲于彼而取之,此畔与援也。人心有所欲而动于中,有所慕而循于外,此歆与羡也,是二者皆人欲之流,而欲先登道岸也难矣。尔必以道御情,无然舍此取彼,而有所畔援然也。以理制欲,无然肆情徇物而有所歆羡也。如是则不溺于人欲之流,而能以自济自然、先知先觉以造道之极致矣。

【原文】

密人不恭,敢距大邦,侵阮徂共。王赫斯怒,爰整其旅,以按徂旅。

【张居正讲评】

夫文王之德,为天所命如此,则其所为何莫而非天耶?是故密人不恭,敢距大邦事大恤小之命,擅兴师旅,侵阮以至于共之地,是故天理之当怒震怒,爰整我周之旅,以遏彼往共之众。

【原文】

以笃于周祜,

【张居正讲评】

所以然者,盖以文王为方伯,而邻国相侵,非周之福也,其伐密也,所以夷靖我邦而厚周家之福也。

【原文】

以对于天下。

【张居正讲评】

文王为方伯,而治乱除危,斯民之望也,其伐密也,所以除暴安民而答天下之望也。夫伐密之师,上以安国家,下以慰民望,是皆因其可怒而怒之,夫岂有所畔援歆羡哉。

【张居正讲评】

夫密人遏,则阮人安矣,然吊民之心,奚忍一方之未至乎。

【原文】

依其在京,侵自阮疆。

【张居正讲评】

是故文王不事临阵观兵,惟依然在京,而所整之兵既遏密人,则从阮疆出以侵密。

【原文】

陟我高岗,

【张居正讲评】

但见王师所至,其势莫敌,而陟之岗即为我岗矣。

【原文】

无矢我陵,我陵我阿。

【张居正讲评】

高冈之上有陵也,冈为我有,则密人不敢陈兵于陵以拒我,我陵即我阿矣。

【原文】

无饮我泉,我泉我池。

【张居正讲评】

高冈之下有泉也,冈为我有,则密人不敢饮水于泉以拒我,我泉即我之池矣。

【原文】

度其鲜原,

【张居正讲评】

夫密人既服，归附益众，新都不作，民何以容乎。于是度其高平之原，而作程邑焉。

【原文】

居岐之阳。

【张居正讲评】

彼地以阻山为固也，而是鲜原，则在岐山之阳矣。

【原文】

在渭之将。

【张居正讲评】

地以临水为险也，而是鲜原则在渭之将矣。

【原文】

万邦之方，

【张居正讲评】

形势得而新都建，是以万邦诸侯本有来方之望也。兹则仰新都而兴拱极之思，玉帛车书于此而攸同也，不为万邦之方乎。

【原文】

下民之王。

【张居正讲评】

天下万民本有归往之心也，兹则仰新都而切，孔迩之怀，讼狱讴歌于此，迩咸归也，不为下民之王乎？夫伐暴以安民，作邑而得众如此，何莫而非天命之所在耶？

【张居正讲评】

天命文王伐密如此，而天命文王以伐崇果何如哉？

【原文】

帝谓文王，予怀明德。

【张居正讲评】

帝谓文王，予实怀尔之明德焉。

【原文】

不大声以色，不长夏以革。

【张居正讲评】

彼形迹暴者，非明德也，尔则不言而信，不见而章，而声色之不大也。德盛而心愈下，无为而不纷更，而夏革之不长也，此其德之渊微无迹何如耶？

【原文】

不识不知，顺帝之则。

【张居正讲评】

知识未忘，非明德也，尔则不用巧识而浑然两忘，惟顺帝则以周旋也。不用私智而泯然浑化，惟顺帝则以时措也，此其德之纯粹无私何如耶？若此者皆尔之明德，而予之所眷怀者也。

【原文】

帝谓文王，询尔仇方。

【张居正讲评】

夫天既怀文王之德矣，而不可以奉天讨乎哉？于是帝谓文王曰：崇侯倡乱，逆天害民，乃尔之仇国也，尔可奉行天讨，以兴问罪之师焉。

【原文】

同尔兄弟，

【张居正讲评】

然伐国必得人以共济也，则必同尔兄弟和好之国。

【原文】

以尔钩援，与尔临冲，

【张居正讲评】

攻城必有其具也，则必以尔钩援临冲之具。

【原文】

以伐崇墉。

【张居正讲评】

于以声罪致讨之，而崇墉是伐焉。

【张居正讲评】

夫天既命文王以伐崇矣，文王遂从而伐之焉。

【原文】

临冲闲闲，崇墉言言。

【张居正讲评】

但见以临冲之闲闲，而攻彼崇墉之言言。

【原文】

执讯连连,

【张居正讲评】

执讯者,循其次连连而相属也。

【原文】

攸馘安安。

【张居正讲评】

攸馘者守其纪,安安而不轻暴也。

【原文】

是类是祃,

【张居正讲评】

是类焉,而祭上帝于出师之日,是祃焉,而祭先戎于所征之地。

【原文】

是致是附,

【张居正讲评】

其缓攻徐战如此者,盖欲致其自至,使之来附而全之耳。

【原文】

四方以无侮。

【张居正讲评】

将见四方之人,皆曰圣人之致附不杀者,非力不足非示之弱也,乃仁之至者也,谁有敢侮之者乎?

【原文】

临冲茀茀,崇墉仡仡。

【张居正讲评】

及其终不服也,以临冲之茀茀而攻彼崇墉之仡仡。

【原文】

是伐是肆,

【张居正讲评】

由是声其不赦之罪,而陈兵以伐之,奋其赫怒之威,而纵兵以肆之。

【原文】

是绝是忽,

【张居正讲评】

是绝焉,使不得以世其统也。是忽焉,使不得以有其国也。其终不服而灭之,如此者盖天诛不可以复留,而罪人不可以不得故也。

【原文】

四方以无拂。

【张居正讲评】

将见四方之人,皆曰圣人之伐,绝不贷者,非贪其土地,非利其人民也,乃义之尽者也,谁敢有拂之者乎? 夫以仁绥天下,而天下畏其威而不敢侮,以义制天下而天下怀其德而不敢拂,此所以为圣人之师也。然非文王德与天合,其孰能之哉? 夫一岐之周也,太王迁之以肇其基,王季守之以保其业,文王则伐密伐崇扩之以大其谟,祖孙父子相为终始,而岐山之地卒成王业,岂曰偶然而已哉? 要皆一德足以安民故焉耳。

灵台

【总评】

此述民乐之词也,言能先天下之忧而忧者,斯能后天下之乐而乐,我文王之所以忧民者至矣,而民乐文王之乐果何如哉?

【原文】

经始灵台①,经之营之,

【张居正讲评】

今夫国之有台,所以望氛祲而察灾祥,时游观而节劳逸者也。吾王之作灵台也,方其兴事之始,经之以度其位次,营之以正其方面。

【原文】

庶民攻之,不日成之。

【张居正讲评】

庶民已来攻之。而不日之间灵台于是遂成焉。

【原文】

经始勿亟,庶民子来。

【张居正讲评】

然岂迫于不得已之命,而若是成功之速哉,盖当经始之际,王心常恐烦民,戒令勿亟,而民之乐于趋劝,有如子之趋父事,不召而自来焉,则台之成于不日固其所哉。

【原文】

王在灵囿,

【张居正讲评】

台之下有囿也,王当万几之暇,时在灵囿以自适也。

【原文】

麀鹿攸伏,麀鹿濯濯,白鸟翯翯。

【张居正讲评】

但见麀鹿安其所而濯濯之肥泽,白鸟适其性而翯翯之洁白,鸟兽之咸若何者,而不足以供吾王之游玩耶?

【原文】

王在灵沼,

【张居正讲评】

囿之中有沼也,王当庶政之余,时在灵沼以自休也。

【原文】

於牣鱼跃。

【张居正讲评】

嗟乎,鱼之多也,牣然而充满,鱼之跃也,悠然而自得,鱼鳖之咸若何者,而不足以供吾王之快睹耶?是民乐文王台池鸟兽之乐者如此。

【张居正讲评】

然吾王不特有台池鸟兽之乐已也,又何幸吾王之有钟鼓之乐乎?

【原文】

虡业维枞,

【张居正讲评】

彼乐不可以无悬耶,植虡于枸端,设业于枸上,而崇牙之饰枞,枞然所以悬钟磬者,有其具矣。

【原文】

贲鼓维镛,

【张居正讲评】

乐不可以无统也,则贲鼓列于东亭,大镛列于西序,而乐之纲纪以备,所以统众音者有其具矣。

【原文】

於论鼓钟,

【张居正讲评】

由是以其鼓钟而奏之也,但见钟以宣之,而八音之克谐,鼓以动之,而六律之不乱,於乎此鼓钟也,何如其有伦乎。

【原文】

於乐辟雍。

【张居正讲评】

于辟雍而奏此鼓钟也,但见大射行礼之区,莫非清音之动荡,讲学明伦之地,莫非懽忻之交通,於乎此辟雍也,何如其可乐乎。

【原文】

於论鼓钟,於乐辟雍。

【张居正讲评】

於乎此鼓钟也,信乎其有伦矣。於乎此辟雍钟也,信乎其可乐矣。

【原文】

鼍鼓逢逢,矇瞍奏公。

【张居正讲评】

然使鼓钟之乐将已,则吾王之乐亦已矣,何以罄吾人之情耶?今也闻鼍鼓之声逢逢然其和,则之矇瞍之工,方奏其事,而乐音之奏于辟雍者,其乐盖悠乎而未有艾矣,则吾王之乐将与之俱未艾也,宁非吾人之所深幸耶。是民乐文王钟鼓之乐者又如此,然文王果何以得此于民哉?盖文王能与民偕乐,使之各得其所,是以其民欢乐之如此也。

下武

【总评】

此诗美武王也。若曰:大哉,孝之为道乎,上之可以扩先人之绪,下之可以垂万世之休者也。吾观武王而知其孝道,知克尽矣。

【原文】

下武维周,

【张居正讲评】

彼我周之业,大于文王,成于武王,是文王、武王实造周也。

【原文】

世有哲王。

【张居正讲评】

然非始于文武也,推而上之,则有勤家之王季,肇基之太王,盖世世有哲王矣。

【原文】

三后在天,王配于京。

【张居正讲评】

今三后虽没,其神常在于天,惟武王则能缵三后之绪而成一统之业,有以对之于镐京之中而无忝焉。

【原文】

王配于京,

【张居正讲评】

然武王所以能配于京者,何哉?

【原文】

世德作求。永言配命,

【张居正讲评】

诚以肇基口家修和辑宁,三后世有令德,而与天命相为吻合者也,武王则继志述事作而求之,而动必与理俱,静必与理游,盖长言而乎天命者矣。

【原文】

成王之孚。

【张居正讲评】

武王求德之纯如此,是以天下之人皆悦服,武王之为孝子,不有以成王者之信乎?若暂合而遽离,暂得而遽失,岂足以成其信哉。

【原文】

成王之孚,下土之式。

【张居正讲评】

夫武王既有以成王者之孚矣,吾知孚之既深,则法之自广,而有以为下土之式矣。

【原文】

永言孝思,孝思维则。

【张居正讲评】

然所以能式下土,由是者岂有他哉。盖以武王求世德配天命,其孝长存于心而不忘,是以下土之人皆则其孝耳,使其孝有时而忘,则亦伪耳,何足法哉?

【原文】

媚兹一人,应侯顺德。

【张居正讲评】

夫武王之孝,足以式孚于人如此,由是天下之人皆爱戴之以为天子,而无一人之不应矣。然岂武王有以强之哉?盖以孝者天下之顺德,而民心之同然也,武王之孝,有以触其同然,是以天下之人,媚而应之者,亦应以武王之顺德耳。

【原文】

永言孝思,昭哉嗣服。

【张居正讲评】

夫即其应之速,可以知其感之神,是武王真能长言孝思而不忘,是以天下归之,而三后之业因之益光大而不可掩矣,岂不昭哉?其嗣先王之事乎,以此而配之于天,诚不忝矣。

【原文】

昭兹来许,绳其祖武。

【张居正讲评】

夫武王继先之孝,其道之昭明固如此矣。苟后世能绳其所行之迹,以其求德者,求德以其配命者,配命而其道一如武王焉。

【原文】

于万斯年,受天之祜。

【张居正讲评】

吾知武王之孝,上孚于天者也,孝不违于亲者,则仁不违于帝,天眷帝德之维肖,岂不于万斯年而受天之祜乎?盖贵为天子,富有四海者,万年如一日矣,是武王之孝,有以贻后世得天之休如此者。

【原文】

受天之祜,四方来贺。

【张居正讲评】

武王之孝,下孚于人者也,能绳其武者,既有以受天之祜矣,则天之所与者,人之所归,由是四方诸侯皆来贺。

【原文】

于万斯年,不遐有佐。

【张居正讲评】

岂不于万斯年而赖其佐助之功乎？盖贺之者无穷,斯佐之者无穷,而万年如一时矣。是武王之孝,有以贻后世得人之休如此者,夫武王继先之孝,而有以垂裕后之休焉,信乎,武王之为至孝矣。

文王有声

【总评】

此言文王迁丰,武王迁镐之事。若曰:吾观古之圣王,所以安天下之心,何不置哉？即其宅都建邑,亦莫非以为民也,吾于周二后见之。

【原文】

文王有声,遹骏有声。

【张居正讲评】

彼人以有声为贵,声以宏大为难,惟我文王,令闻宣诏,信乎其有声也,且无远弗届,甚大乎其有声也。

【原文】

遹求厥宁,遹观厥成。

【张居正讲评】

所以然者,盖以文王之心,欲以求夫民之安宁,而遂观其成功,此其爱民之切如此,则声之聿骏有以也。

【原文】

文王烝哉!

【张居正讲评】

夫君德莫大于安民也,文王安民之心,必至于成功,而后文王其尽君道也哉。

【张居正讲评】

夫文王既以安民为心,则作丰以安民,乌容已哉。

【原文】

文王受命,有此武功。

【张居正讲评】

彼询尔仇方,上帝有是命也,文王受天之明命,遂著伐崇之武功焉。

【原文】

既伐于崇,作邑于丰。

【张居正讲评】

既伐于崇,而人归者众,由是作邑于丰,以抚归附之人,而使民得赖以为安也。

【原文】

文王烝哉!

【张居正讲评】

是文王之作丰,乃所以奉天而安民也,文王其尽君道也哉。

【原文】

筑城伊淢,作丰伊匹。

【张居正讲评】

且其作丰也,其筑城则因旧沟为限,而不过其制也,其作邑居则与城相称,而不侈其规也。丰邑之制,有如此。

【原文】

匪棘其欲,遹追来孝。

【张居正讲评】

然当甫定之秋,即为土木之举,文王岂以急成己之欲哉。特以先人皆有安民之志,而阻于机会之未集,故今急于作丰者,盖追先人安民之志,而来致其继述之孝焉耳。

【原文】

王后烝哉!

【张居正讲评】

是文王之作丰,乃所以继先而安民也,王后其尽君道也哉。

【原义】

王公伊濯,

【张居正讲评】

夫文王常以安民为心,但见其伊昭布于天下,人皆仰之,可谓濯濯著明矣。

【原文】

维丰之垣。

【张居正讲评】

所以然者,以其能筑此丰之垣,立归往之地,有以安民故也。

【原文】

四方攸同,王后维翰。

【张居正讲评】

由是四方之人,莫不来同,于是皆以文王为模干,而赖之以安耳,则观成之功于是而始就,而求宁之心于是而始遂矣。

【原文】

王后烝哉!

【张居正讲评】

文王之迁丰如此,武王之迁镐何如?

【原文】

丰水东注,维禹之绩。

【张居正讲评】

彼丰水之东注也,实维禹治水有以顺其就下之性,而成其永赖之功耳。

【原文】

四方攸同,皇王维辟。

【张居正讲评】

是以四方之人,得以遵丰水以来同,而戴武王以为君焉,而兹媚之风尽天下矣。

【原文】

皇王烝哉!

【张居正讲评】

夫君道以得人心为至,武王居丰而能安民,以大得人心如此,皇王其尽君道也哉。

【张居正讲评】

夫武王居丰,而得民归,则镐京之迁,乌容已哉。

【原文】

镐京辟雍,

【张居正讲评】

于是审镐京之地为新都之建,于以莅四海而制六合者在是矣。然立国居民,建学为先也,于是乃作辟雍以为行礼之地。

【原文】

自西自东,自南自北,无思不服。

【张居正讲评】

但见教化大行,人心悦服,自镐京以至四方,盖有无思而不服者矣。

【原文】

皇王烝哉!

【张居正讲评】

夫君道以教化为先务,武王迁镐建学,而悦服于天下如是,皇王其尽君道也哉。

【张居正讲评】

然是镐京之迁也,夫岂徇一己之见者哉。

【原文】

考卜维王,宅是镐京。

【张居正讲评】

但见武王当相土之初,遂稽之于卜,以宅是镐京之何如? 盖将审之于神,而不敢以自是己见也。

【原文】

维龟正之,武王成之。

【张居正讲评】

及夫维龟正之,而决其疑矣。于是武王乃从而成之,而邑居以定焉,其慎于谋始如此者。

【原文】

武王烝哉!

【张居正讲评】

盖以始之不慎,后必有重迁之扰,非所以安民也,此其为天下虑也深矣,武王尽其君道也哉。

【张居正讲评】

然是都邑之作也,又岂为一时计者哉。

【原文】

丰水有芑,武王岂不仕?

【张居正讲评】

彼丰水之旁,犹有芑生焉,岂以武王身创业之责无所事乎?

【原文】

镐京复原图

诒厥孙谋,以燕翼子。

【张居正讲评】

盖其镐京之建,固可以创业垂统,而贻其孙以居重驭轻之谋,则此能敬之子,不过安享其成而无俟于缔造之艰,可以无为而治矣,不有以燕翌子乎?

【原文】

武王烝哉!

【张居正讲评】

夫其为谋之远者如此,盖以谋之不远,则必无长治之休,益非所以安民也,此其为后世虑也周矣,武王其尽君道也哉。噫,有文王之迁丰,而一代之王业肇,有武王之迁镐,而一代之王业成。总之为生民计也,抚成业者尚其体文武之心哉。

生民

【总评】

周公制礼尊后稷以配天,故作此诗。曰:有天下之大功者,斯可享天下之大祭,今日南郊之祭配天以稷矣,抑知稷之德真足配天者乎?

【原文】

厥初生民,时维姜嫄。

【张居正讲评】

粤稽生民之伊始,实维有邰之姜嫄。

【原文】

生民如何？克禋克祀，以弗无子。

【张居正讲评】

生民如何？彼姜嫄当玄鸟始至之日，精意以祀郊禖，所以弗无子而求有子也。

【原文】

履帝武敏歆。

【张居正讲评】

但见上帝监一念之诚，使之具大人之迹而履其拇，遂欣欣然如有人道之成。

【原文】

攸介攸止，载震载夙，载生载育，时维后稷。

【张居正讲评】

于是即其所大所止之处，而震动有娠矣，及月辰而肃居侧室，其所生而育者，实维后稷焉。所谓厥初生民者在是人也，其受孕之祥有如是者。

【张居正讲评】

夫后稷既生矣，而其降生之异者何如？

【原文】

诞弥厥月，

【张居正讲评】

但见居乎侧室，既终十月之期。

【原文】

先生如达，不坼不副，无菑无害。

【张居正讲评】

而首生乎后稷，其易有如达，初不坼副，而无灾害之苦焉。

【原文】

以赫厥灵。

【张居正讲评】

若此者是天欲以显其灵异于天下，使其生有不同于凡人也。

【原文】

上帝不宁，不康禋祀。

【张居正讲评】

以此观之何也？禋祀之祭，但知有子之求，而未之上帝之宁我康我，否也尽也，既肇履拇之祥,又得降生之异,则上帝岂不无怨无恫,而宁我之禋祀乎,岂不来格赖享而康我之禋祀乎。

【原文】

居然生子。

【张居正讲评】

惟其宁我康我,是以使我无人道而居然生是子,且显其异如此也,是其降生之异有如此者。

【张居正讲评】

夫无人道而生子,固天意之有在也,但人之闻见不习,而不祥之疑难,其母未能释然者,于是举而弃之焉。

【原文】

诞置之隘巷,牛羊腓字之。

【张居正讲评】

其始也,则置之隘巷,以为不免于牛羊之践矣,而牛羊乃腓字之,若有以动其感者,是固异也。

【原文】

诞置之平林,会伐平林。

【张居正讲评】

尤以出于偶也,其继则置之平林,以为不对于荒芜之中,乃会人伐木而收之,若有以速其会者,是又异也。

【原文】

诞置之寒冰,鸟覆翼之。

【张居正讲评】

尤以值其适也,其终也乃置之寒冰,以为沍寒迫体将无生理矣,鸟乃以一翌覆之,以一翌藉之,若有使之然者,适不为大异乎?

【原文】

鸟乃去矣,后稷呱矣,实覃实訏,厥声载路。

【张居正讲评】

既而鸟乃去矣,后稷呱矣,覃然而长訏,然而大厥声充满于道路之间,而闻之者皆知其非凡儿矣。夫以摧折困踣之余而其声且如是焉,其异又何如耶? 于是姜嫄始收而养之,其见弃之祥又如此者。

【张居正讲评】

夫后稷之生，既本于天，故其所事自异于人。

【原文】

诞实匍匐，克岐克嶷。

【张居正讲评】

方其匍匐之时，克岐克嶷，状貌何茂异也。

【原文】

以就口食，蓺之荏菽，荏菽旆旆，禾役穟穟，麻麦幪幪，瓜瓞唪唪。

【张居正讲评】

及其能就口食之日，遂有种植之志焉，但见其游戏之间，或艺之荏菽也，荏菽则枝斿旆旆然而扬起。艺之禾也，禾则成列穟穟然而美好。艺之麻麦也，麻麦则幪幪然而茂密。艺之瓜瓞也，瓜瓞则唪唪然则多实。随其所艺，无不咸若者，盖上天默相其能，故虽游戏之种植，遂有以得造化之神妙者，是其幼志之异有如此者。

【张居正讲评】

夫幼即有志于种植，长遂为农师以教民。

【原文】

诞后稷之穑，有相之道。

【张居正讲评】

诞惟后稷之穑也，必尽人官之能，以助天地之所不及焉。

【原文】

茀厥丰草，种之黄茂。

【张居正讲评】

谓丰草异类也，黄茂嘉谷也，丰草不除，则黄茂自而生矣，于是茀厥丰草而种之黄茂焉。

【原文】

实方实苞。

【张居正讲评】

然种之而岂徒哉，其渍种也方焉而成房，而生意已涵于桴甲之中矣，苞焉而未坼，而生意将露于桴甲之外矣，始其渍种之时则然也。

【原文】

实种实褎，实发实秀。

【张居正讲评】

既而甲坼可为种矣,且皆褎然而渐长,既而受气之已足而尽发矣,且皆秀然而始穟,是其苗而秀也,后稷尽有相之道,于其始也。

【原文】

实坚实好,实颖实栗。

【张居正讲评】

既而保合太合而实坚矣,抑且形味之既好,既而繁硕垂末而实颖矣。抑且不秕而实栗,是其秀而实也,后稷尽有相之道于其终也。

【原文】

即有邰家室。

【张居正讲评】

故尧以其有功于民,于是即有邰之地而为后稷之家室焉,周之有国,实自此始矣。

【张居正讲评】

夫稷既受有邰之封,而遂创有国之祀。

【原文】

诞降嘉种,维秬维秠,维穈维芑。

【张居正讲评】

但见其降是嘉种于民也,不惟有黑黍之秬,而且有一稃二米之秠焉,不惟有赤粱粟之穈,而且有白粱粟之芑焉。

【原文】

恒之秬秠,是获是亩;恒之穈芑,是任是负,以归肇祀。

【张居正讲评】

遍种是秬秠也,既成则获而栖之于亩焉。遍种是穈芑也,既成则任而负之以归焉。若此者岂特可以育民人而已哉,而亦可以供祭祀焉。酒礼取之秬秠,粢盛取之穈芑,于以祭夫内外之神,而肇有国之祀,胥此矣。

【原文】

诞我祀如何?

【张居正讲评】

夫后稷既肇有国之祀矣,诞我之祀则如何哉?

【原文】

或舂或揄,

【张居正讲评】

祭必有粢盛也,则或舂焉而致其精,凿或揄焉而取来出臼。

【原文】

或簸或蹂。

【张居正讲评】

或簸焉而扬其糠粃,或蹂焉而取谷以继。

【原文】

释之叟叟,

【张居正讲评】

由是释之于水,则燥湿相投,而声之叟叟矣。

【原文】

烝之浮浮;

【张居正讲评】

由是烝之浮浮,则水火既济而气之浮浮矣。粢盛何其备耶?

【原文】

载谋载惟。

【张居正讲评】

祭必吉蠲也,则载谋焉,卜日择士之皆善,载惟焉而斋戒具修之皆洁,吉蠲何其谨耶?

【原文】

取萧祭脂,取羝以軷。

【张居正讲评】

祭始于求神也,择取萧与脂而焫之以祭宗庙之神,取羊之羝而用之以祭行道之神,而求神之义无不周矣。

【原文】

载燔载烈,

【张居正讲评】

祭重于献尸也,则载燔焉以备庶羞,载烈焉以实俎豆,而献尸之物预矣。

【原文】

以兴嗣岁。

【张居正讲评】

所以然者,以今岁之举来岁之倡也。兹一肇祀而四者之无处不降者,正欲以兴来岁而嗣我往岁之兴于不穷,使宗庙有常享斯已也。

【张居正讲评】

夫后稷受命于天,有功于民,而封国肇祀之远如此,择与天合德矣。今日南郊之祭,命稷其谁配哉。

【原文】

卬盛于豆,于豆于登。

【张居正讲评】

盖南郊之祭,必有菹醢也,则盛之于豆矣,必有太羹也,则盛之于登也。

【原文】

其香始升,上帝居歆。

【张居正讲评】

但见豆登之香始升,而上帝之神居然而享之矣。

【原文】

胡臭亶时。

【张居正讲评】

此何但芳臭之荐,信得其时而已哉,是必有感孚素溢于豆登之外者。

【原文】

后稷肇祀,庶无罪悔,以迄于今。

【张居正讲评】

盖自后稷立国肇始之日,诞降加种粒,我蒸民有以承上帝率育之命,而成万世永赖之功,其庶无罪悔于天地也,盖已迄于今如一日矣。夫惟其功足以配天而无愧如此,是以南郊之际而居歆之速者,盖监稷之德也,而岂我之芳臭云乎哉?吁,周公尊稷配天而以是为言,其知所本者矣。

行苇

【总评】

此祭毕而燕父兄耆老之诗。若曰:国以宗姓为重,以燕好为情,情洽而后宗姓无失其亲也。今祭祀毕矣,宾客归矣。嗟,我兄弟何无燕矣,笃亲亲乎?

【原文】

敦彼行苇,牛羊勿践履。方苞方体,维叶泥泥。

【张居正讲评】

彼敦然勾萌之行苇,其生意之毕达而未成也,惟牛羊勿践履之,则方苞方体甲而未坼者,渐以成形,维叶泥泥而柔泽矣。

【原文】

戚戚兄弟,

【张居正讲评】

况此戚戚然至亲至兄弟,其分义本相属而不睽也。

【原文】

莫远具尔。或肆之筵,或授之几。

【张居正讲评】

惟今之莫远而具迩,则我或肆之筵,或授之几,意笃亲亲之情,而燕礼在所必行矣,不然虽有筵几当复,为何人而设之哉。

【张居正讲评】

夫是燕也,岂有一之不用其情乎?

【原文】

肆筵设席,授几有缉御。

【张居正讲评】

彼侍御不足,非所以优宾也,则既肆之筵、设之席、授之几矣,而又有相续代而侍者使令于前也,侍御何如其盛也。

【原文】

或献或酢,洗爵奠斝。

【张居正讲评】

献酬不举非所以尽情也,则主人酌酒而献宾,则从而酢之,主人洗爵而酬宾,则从而奠之而交错以遍也,献酬何如其盛也。

【原文】

醓醢以荐,或燔或炙。嘉殽脾臄,

【张居正讲评】

自其饮食言之,则醓醢荐而燔炙之,并陈嘉殽具而脾臄之盛,有肥甘不足于口矣,饮食其有不盛乎?

【原文】

或歌或咢。

【张居正讲评】

自其歌乐言之,则或比于琴瑟而为之歌,或徒击乎鼓而为之号,声音无不足于耳矣。歌乐其有不胜乎,燕饮之间随事而周,其礼有如此矣。

【张居正讲评】

然犹未也,而又有行射以为乐焉。

【原文】

敦弓既坚,四鍭既钧。舍矢既均,

【张居正讲评】

敦弓则既坚而强劲矣,四鍭既均而参亭矣,斯时也比耦齐发,舍矢既均,而皆又中矣。

【原文】

序宾以贤。

【张居正讲评】

然中不能无多寡之殊也,于是序宾而以中多者为贤焉,而寡者则取觯立饮,是非以能愧不能也,藉是以饮酒,庶有以尽相乐之情乎。

【原文】

敦弓既句,既挟四鍭。四鍭如树,

【张居正讲评】

敦弓则既句而引满矣,四鍭则既挟而遍什矣,斯时也贯革坚蒸,有如手就而树之于的矣。

【原文】

序宾以不侮。

【张居正讲评】

然心不能无敬肆之异也,于是序宾而以不侮者为德焉,而侮者则取觯立饮,是非以德病不德也,藉是以劝酬,庶有以罄相乐之情乎,一饮燕之间而行射以为乐,又如此矣。

【张居正讲评】

然尤未也,而又举酒以相祝焉。

【原文】

曾孙维主,

【张居正讲评】

今日之燕享者父兄耆老也,而主之者实维曾孙焉。

【原文】

酒醴维醹。

【张居正讲评】

必有酒也,醴则维醹矣。

【原文】

酌以大斗,

【张居正讲评】

酌以有器也,酌则以大斗矣。

【原文】

以祈黄耇。黄耇台背,

【张居正讲评】

酌之者何? 盖欲父兄耆老也,饮此旨酒,颐养天和以期黄耇鲐背之庆耳。

【原文】

以引以翼。

【张居正讲评】

然得寿固难,而善以享受尤难,又安得我父兄耆老也,相与引于善焉,使不昧于所趋,相与翼于善焉,使不息于所行。

【原文】

寿考维祺,以介景福。

【张居正讲评】

则寿不徒寿而有德以享之,为国之元老,为乡之大尊,而可以表世范俗矣,此其寿考也。盖寿考之美也,景福之介,孰有过于此哉? 一饮燕之间,而奉酒以祝颂乂如此矣。吁,周王于祭毕之燕,而恕勤笃厚如此,亲亲之至何如哉。此周道多以独隆而非后世所能及也与。

国学经典文库

诗经

·张居正讲评《诗经》·

图文珍藏版

既醉

【总评】

此父兄所以答"行苇"也。若曰：人君以一身敛天下之福，非始之难而终之难，吾人受君之恩渥矣，宁无所愿乎。

【原文】

既醉以酒，既饱以德。

【张居正讲评】

彼向者之燕，或献或酬，既醉我以酒矣，行射祝寿既饱我以德矣。

【原文】

君子万年，介尔景福。

【张居正讲评】

吾人于此将何以图报耶？惟愿君子历万年之久，当富贵无疆，震祥日衍，所以介景福者，悠乎未有艾焉，而后心始慰矣乎。

【张居正讲评】

不特此耳。

【原文】

既醉以酒，尔殽既将。

【张居正讲评】

向者之燕，洗爵奠斝，既醉我以酒矣，燔炙脾臄尔殽则既将矣。

【原文】

君子万年，介尔昭明。

【张居正讲评】

吾人于此将何以图报耶？惟愿君子历万年之久，纯嘏缉熙，离明继照，而所以介尔昭明者，悠乎未有穷焉，而后心始释矣乎。

【原文】

昭明有融，高朗令终。

【张居正讲评】

然是昭明之介也，非明而未盛也，吾见显于四方，而日新月盛何有融耶？亦非明而未虚也。吾见被于四表，一庇不累何高朗耶？然是有融高朗，又非止于一时者,盖君子历万年之久,则有融者日亦有融,高朗者日以高朗,将延之于无极矣,其有不令终乎?

【原文】

令终有俶,

【张居正讲评】

然善终为后日之事,而善始即善终之征,今虽未终矣,然有融高朗君子,今日身履其盛,而既有其始矣,则其令终之庆,不过自此而衍之于有永焉耳。

【原文】

公尸嘉告。

【张居正讲评】

然此非我之私媚也,盖向者之祭,公尸传神意既以此令终之福告于尔矣,则吾人今日之所愿者,孰非神贶之已验哉。

【原文】

其告维何? 笾豆静嘉。

【张居正讲评】

其告果维何乎? 诚以尔之祭祀也,笾豆之荐既清洁而美矣。

【原文】

朋友攸摄,摄以威仪。

【张居正讲评】

而朋友之助祭者,有威仪以当神意也。一祭也外尽其物,而且助祭之得人,是君臣之间无不敬矣。

【原文】

威仪孔时,

【张居正讲评】

尔之主祭也,威仪之著既尽善而得宜矣。

【原文】

君子有孝子。孝子不匮,

【张居正讲评】

而君子有孝子以举奠者,又因心致敬而孝诚之不竭也。一祭也,内心尽其诚,而且举奠之有人,是父子间无不敬矣。

【原文】

永赐尔类。

合君臣父子而各尽其敬如此,是以神之格思而永赐以善也。

【原文】

其类维何?室家之壸。

【张居正讲评】

然所赐之善维何?彼室家之壸甚深远而严肃也。君子之居处固在于是,而神明之敷锡亦在于是。

【原文】

君子万年,永锡祚胤。

【张居正讲评】

以善莫大于有祚也,则君子历万年之久,而永锡以祚焉,而福禄之无疆也。以善莫大于有胤也,则君子历万年之久,而永锡以胤焉,而子孙之繁衍也,锡之以善,孰有过于是也哉。

【原文】

其胤维何?天被尔禄。

【张居正讲评】

夫既永锡以胤矣,而其胤维何哉?盖胤而不先之以祚,则胤无所于承矣,故必使尔有子孙者,先被之以天禄,而富贵之咸备。

【原文】

君子万年,景命有仆。

【张居正讲评】

然不特一时已也,而天禄指所在,即景命之所在也,又必使君子历万年之久,而长为景命所附焉。若然则天命不替而君子无不祚之胤矣,锡之胤也,而岂徒哉。

【原文】

其仆维何?厘尔女士。

【张居正讲评】

夫既景命有仆矣,而其仆维何哉?盖祚而不随之以胤,则祚无所于托矣,故必厘以女之有士行者,使之为配。

【原文】

厘尔女士,从以孙子。

【张居正讲评】

然士女不徒厘也,而淑媛之作合,乃圣神之所由生也。既厘之以女士,而遂从之以生孙子焉。若然则本支百世,而君子无不胤之祚矣,锡之祚也而岂徒然哉？祚之与胤,永为相成,诚莫大之善,而为公尸之嘉告也,然则吾人今人之所颂祷者,其意实本于此矣,岂为私媚乎哉？

凫鹥

【总评】

此祭之明日,绎而宾尸之乐。若曰:人君假庙有象神之尸焉,当对越之顷,则固有妥侑之敬,举饮燕之礼,则又有欢洽之情,我今日之宾尸何如哉？

【原文】

凫鹥在泾,

【张居正讲评】

彼凫鹥则在泾,而安然自适矣。

【原文】

公尸来燕来宁,

【张居正讲评】

我公尸之来燕也,忘君臣之分,则通以宾主之情,不其安然而来宁乎？

【原文】

尔酒既清,尔殽既馨。

【张居正讲评】

酒与肴所以成燕也,尔酒则既清,尔肴则既馨矣。

【原文】

公尸燕饮,福禄来成。

【张居正讲评】

公尸燕饮于此,则荷宠之隆而福禄为之毕集,不成就于其身乎？

【原文】

凫鹥在沙,公尸来燕来宜。

【张居正讲评】

凫鹥在沙矣,公尸来燕则泰然在樽俎之间,而惬其心之所欲,不来宜乎？

【原文】

尔酒既多,尔殽既嘉。

【张居正讲评】

尔酒既多,尔肴既嘉,燕礼行矣。

【原文】

公尸燕饮,福禄来为。

【张居正讲评】

而公尸之燕饮,则沐恩光之后,而福禄为之默佑,不来为乎?

【原文】

凫鹥在渚,公尸来燕来处①。

【张居正讲评】

凫鹥则在渚矣,公尸来燕,则怡然于几席之上,而适其体之所安,不来处乎?

【原文】

尔酒既湑,尔殽伊脯,

【张居正讲评】

尔酒既湑,尔肴伊脯,燕礼行矣。

【原文】

公尸燕饮,福禄来下。

【张居正讲评】

而公尸之燕饮,则蒙宠泽之及,而福禄为之下逮,不来下乎?

【原文】

凫鹥在潀,公尸来燕来宗。

【张居正讲评】

凫鹥则在潀矣,公尸来燕,而优以为宾之礼,则来宗矣。

【原文】

既燕于宗,福禄攸降。

【张居正讲评】

何也,宗庙之祭有妥侑以致孝,有九献以致敬,福禄固攸降矣。

【原文】

公尸燕饮,福禄来崇。

【张居正讲评】

古人祭祖

今公尸之燕饮也,则恩眷之蒙无有穷已,福禄不积而高大乎。

【原文】

凫鹥在亹,公尸来止熏熏。

【张居正讲评】

凫鹥则在亹矣,公尸来燕,而畅其和悦之情,则熏熏矣。

【原文】

旨酒欣欣,燔炙芬芬。

【张居正讲评】

酒以合欢而欣欣也,燔炙以备物而芬芬也,固无一而不备矣。

【原文】

公尸燕饮,无有后艰。

【张居正讲评】

而公尸之燕饮也,则平康之庆,延之终身,又何有于后艰耶?夫燕饮之间而极道其福禄之盛,周人之于公尸,可谓爱之深而敬之至矣。

假乐

【总评】

此公尸所以答"凫鹥"也,言人君为天之宗子,必有格天之德,然后可以得天之眷,若无显德,未足以望厚福也。

【原文】

假乐君子,显显令德,宜民宜人。

【张居正讲评】

惟我可嘉可乐之君子,私欲不累天理。昭融有显显光明之令德,下足以宜民而民安其治也,上居以宜人而人习其政也。

【原文】

受禄于天。

【张居正讲评】

是以惟德动天,惟天眷德,而有以受天之禄焉。

【原文】

保右命之,自天申之。

【张居正讲评】

然天之于王,犹反覆眷顾之未厌也,既保之右之命之,而绥将宠锡之特隆,又自天申之,而保佑眷命之愈至矣,所以受天禄者,岂一时而已哉。

【张居正讲评】

然吾王以德获福,不但此也。

【原文】

干禄百福,

【张居正讲评】

今夫吾王有显德,固无心于福之干也。然德之所在,禄即从之,是王者以德干禄而得百福矣。

【原文】

子孙千亿。

【张居正讲评】

百福维何? 彼福莫大于子孙之多也,则子孙千亿而所以衍本支之传者盛矣。

【原文】

穆穆皇皇。

【原文】

宜君宜王,不愆不忘,率由旧章。

【原文】

威仪抑抑,德音秩秩。

【原文】

无怨无恶,率由群匹。

【原文】

受禄无疆,四方之纲。

【原文】

之纲之纪,燕及朋友。

【原文】

百辟卿士,媚于天子。

【原文】

不解于位,民之攸塈。

公刘

【总评】

召康公述公刘之事,以戒成王。曰:国以民为本,治国以安民为先,今王抚有一统矣,其未知尔公刘之厚民乎。

【原文】

笃公刘,匪居匪康。

【张居正讲评】

厚哉公刘之于民也,其在西戎,念民生之未安,慨国势之不振,而夙兴夜寐,不敢宁居焉。

【原文】

乃埸乃疆,乃积乃仓。

【张居正讲评】

以农者国之本,食者民之天也,乃埸乃疆,以治其田畴,乃积乃仓,以实其仓廪。

【原文】

乃裹餱粮,于橐于囊。

【张居正讲评】

既富且强,以于是裹其餱粮,于彼橐囊之中,而将为迁都之举焉。

【原文】

思辑用光。

【张居正讲评】

盖以人民不和,则国势不大,与戎狄杂处,非所以和民而光国也,其欲迁都也,思以辑和其民人而光显其国家耳。

【原文】

弓矢斯张,干戈戚扬,爰方启行。

【张居正讲评】

故当餱粮之既备,乃张弓矢,备干戈、载戚扬,爰始启行而迁都于邠,与是公刘之迁都莫非为思辑用光计也,向其厚于民哉。

【原文】

笃公刘,于胥斯原,既庶既繁,既顺乃宣,而无永叹。

【张居正讲评】

厚哉公刘之于民也,当自戎至邠之日,为相土以居之举,但见其胥斯原也,适睹从迁之众,既庶既繁,既顺乃宣,皆有乐土之安,而无思归之叹矣。

【原文】

陟则在巘,复降在原。

【张居正讲评】

公刘于是陟则在巘,于以察其势之所自,复降在原,于以审其势之所止,而邠原之形势可以为定都立国之所者,已领略其大概也已。

【原文】

何以舟之,维玉及瑶,鞸琫容刀。

【张居正讲评】

当时上下山原之间,必有所佩之饰,而果何以舟之乎？间有维玉及瑶以比德也。有鞸琫容刀以周防也,即一时所佩而立国之文德武功亦略睹于此矣。夫以如是之佩服而亲如是之劳苦,无非为思辑用光计耳,何其厚于民哉？

【张居正讲评】

相土既定,营建斯举。

【原文】

笃公刘,逝彼百泉,瞻彼溥原。

【张居正讲评】

厚哉,公刘之于民也,以为都邑之大势虽云既定,□邑居之形胜不可不详也,故广泉哉百泉之□也,则逝百泉以望广原,而在下之形胜得矣。

【原文】

乃陟南冈,乃觏于京。

【张居正讲评】

在南冈之下也,则陟南冈以观高丘,而在上之形胜得矣。

【原文】

京师之野,

【张居正讲评】

但见此京师之野,实为都会之区。

【原文】

于时处处,

【张居正讲评】

于是营夫处处之宅,以为宴息之地。

【原文】

于时庐旅。

【张居正讲评】

于是营夫庐旅之宅,以为送迎之地。

【原文】

于时言言,

【张居正讲评】

于是营夫言言之宅,以为焕发之地。

【原文】

于时语语。

【张居正讲评】

于是营夫语语之宅,以为论难之地,而建国之规模,盖已极综理之周矣。夫以公刘之营建如此,莫非为思辑用光计耳,何其厚于民哉。

【张居正讲评】

营建既周,落成斯举。

【原文】

笃公刘,于京斯依。

【张居正讲评】

厚哉公刘之为民也,向当相土营度既任其劳矣,今则宫室既成耳,安然在京焉。

【原文】

跄跄济济,

【张居正讲评】

但见燕饮以落成,而群臣之来者跄跄济济,然动皆有仪。

【原文】

俾筵俾几,既登乃依。

【张居正讲评】

使人设筵,则既登乃筵矣,使人授几,则乃依斯几矣。

【原文】

乃造其曹,执豕于牢。

【张居正讲评】

燕必有肴也,乃造于曹而执豕于牢,无有珍羞何其俭耶?

【原文】

酌之用匏,

【张居正讲评】

酌必有器也,酌之所资以匏为之,无有异器,何其质耶?

【原文】

食之饮之,

【张居正讲评】

于焉食之饮之,而上下之情意洽矣。

【原文】

君之宗之。

【张居正讲评】

然恩洽者易至于无别,则以统异姓而为之君焉,以统同姓而为之宗焉。情之所在,又有分以维之,是以一落成之燕,而恩义为之兼尽也,恩辑用光之计,至是亦渐有成绪矣,何其厚于民哉。

【张居正讲评】

邑居既定,疆理斯行。

【原文】

笃公刘,既溥既长,

【张居正讲评】

厚哉公刘,至于民也,当芟夷垦辟之余,土地则既溥而且长矣。

【原文】

既景乃冈,

【张居正讲评】

由是考日景以正四方之田,复登高以望田之形势。

【原文】

相其阴阳,

【张居正讲评】

盖以物性有寒暑之异宜,故景之以相阴阳,使向背之不失也。

【原文】

观其流泉。

【张居正讲评】

水势有高下之异向,故冈之以观其流泉焉,使灌溉之有利也。

【原文】

其军三单,

【张居正讲评】

有田必有赋也,则寓兵于农,计井而出军,而三单之制立矣,何尝尽民以为兵耶。

【原文】

度其隰原,彻田为粮。

【张居正讲评】

有田必有税也,则度其隰原,彻田为粮,而九一之制行矣,何尝竭民制财而取之也。

【原文】

度其夕阳,

【张居正讲评】

然居民众多,其田不足以授之也,于是又度山西之田以广之,凡所以辨土宜定赋税者,无不为之计也。

【原文】

幽居允荒。

【张居正讲评】

但见无一地而非民之所耕,则无一地而非民之所处,而邠人之居于是益大矣。夫公刘之辨土授民,事无不周如此,其思辑用光之心可谓勤矣,何其厚于民哉。

【张居正讲评】

吾又自其始终而概言之。

【原文】

笃公刘,于豳斯馆。涉渭为乱,取厉取锻。

【张居正讲评】

厚哉公刘之于民也,当裹粮始至之时,客馆于豳之际,以材木所以造宫室也,则涉渭为乱以取之,砺锻所以成宫室也,则取厉取锻以成之。

【原文】

止基乃理。

【张居正讲评】

但见既顺乃宣也,于京斯依也,而止基之事以定矣。既景乃冈也,度其夕阳也,而疆理之务亦周矣。

【原文】

爰众爰有,

【张居正讲评】

夫定民居于先,则所以安之者有其道,授民田于后,则所以富之者有其方,由是民之居者日益繁庶,视向之既庶既繁者,为有加矣。日益富足,视向之乃积乃仓者,为益盛矣。

【原文】

夹其皇涧,溯其过涧。

【原文】

止旅乃密,芮鞫之即。

【张居正讲评】

然止居之众日益密,而泉过之地又不足以容之也,乃复即汭水之外而居之,而邠地日以益广矣,民之富庶何其盛哉。至是则民人以辑,国家以显,而公刘之心遂矣。非厚于民何以能此乎?然则今日之民,固公刘所遗之民也,王当思所以厚之矣。

泂酌

【总评】

此召康公戒成王作也。若曰：天生民而立之君，使周恤保护之，无至失所，而苟仁德之不足，则非所以庇民而承天意也。今王亦知修德以宜民乎。

【原文】泂酌彼行潦，挹彼注兹，可以馈饎。

【原文】

岂弟君子，民之父母。

【张居正讲评】

而况有德之君，岂无所益于民乎？吾知岂弟君子，体天地好生之德也，备乾坤易简之仁也，则有以为民之父母矣。盖民莫不好善而恶恶，惟其岂也，必有以强教乎民，而遂其迁善去恶之性，民无不好逸而恶劳，惟其弟也，必有以悦安乎民，而遂其好逸恶劳之情，则民皆有父之尊、母之亲矣，不然恶在其为民父母耶？

【原文】

泂酌彼行潦，挹彼注兹，可以濯罍。

【张居正讲评】

远酌彼行潦，挹彼注兹，尚可以为濯罍之用矣。

【原文】

岂弟君子，民之攸归。

【张居正讲评】

况我岂弟君子也，有以强教乎民，而民皆归以就其教也。有以悦安乎民，而民皆归以就其养也，不为民之攸归乎？使无是岂弟之德，民何以归之哉。

【原文】

泂酌彼行潦，挹彼注兹，可以濯溉。

【张居正讲评】

远酌彼行潦，挹彼注兹，尚可以为濯溉之用矣。

【原文】

岂弟君子，民之攸塈。

【张居正讲评】

况我岂弟君子也，有以强教乎民，而民皆赖其教以为安也。有以悦安乎民，而民皆赖其养以为安也,不为民之攸墍乎? 使无是岂弟之德,民强所墍乎?

卷阿

【总评】

此召康公从成王游于卷阿而作。曰:后乐必本于先忧,吾兹从游于王而不能无言矣。

【原文】

有卷者阿,飘风自南。

【张居正讲评】

彼卷然而曲之阿,有以钟地道之胜,适飘风自南而来,则以斯地而际斯时,诚有可乐也。

【原文】

岂弟君子,来游来歌,

【张居正讲评】

我岂弟君子,当万几之暇,来游于此,玩游之下而情以舒,于是咏歌作焉,其宛然喜起之遗音乎。

【原文】

以矢其音。

【张居正讲评】

奭也以师保之任,叨莘毂之陪,君臣同游,千载一遇,而载歌不实非所以鸣其盛也,于是写欲言之意于声诗之间,以□□矢其音焉,庶几为吾王保治之一助矣。

【张居正讲评】

所矢之音何如?

【原文】

伴奂尔游矣,

【张居正讲评】

今日卷阿一临,是尔之游也,兹当太平无虑,此心旷然无所系累,盖泮涣尔之游矣。

【原文】

优游尔休矣。

【张居正讲评】

卷阿一堆，是尔之休也。兹当四海无事，此心怡然得以从容，盖优游尔之休矣。

【原文】

岂弟君子，俾尔弥尔性，似先公酋矣。

【张居正讲评】

是在今日亦既善其始矣。然岂但一时已哉，岂弟君子，必使尔终其寿命，似先公指善始善终焉，而所以泮涣优游者，诚未有艾矣。

【原文】

尔土宇畈章，

【张居正讲评】

且尔之土宇也，一统之盛，尔无窃据之邦以紊其制，何畈章耶？

【原文】

亦孔之厚矣。

【张居正讲评】

四封之广而无杌陧之患以启其衅，何孔厚耶？

【原文】

岂弟君子，俾尔弥尔性，百神尔主矣。

【张居正讲评】

是在今日为百神之主矣，然岂但一时已哉。岂弟君子必使尔终其寿命，常为天地山川鬼神之主焉，而所畈章孔厚者，诚未有穷矣。

【原文】

尔受命长矣，

【张居正讲评】

且尔自幼冲践祚以来，亦为有日，其受命长矣。

【原文】

茀禄尔康矣。

【张居正讲评】

业抚盈成而无缔造之劳，茀禄康矣。

【原文】

岂弟君子，俾尔弥尔性，纯嘏尔常矣。

【张居正讲评】

是在今日已有纯嘏之福矣,然岂但一时已哉。岂弟君子,必使尔终其性命常享纯嘏之休,而受命长者日益长,茀禄康者日益康矣。

【张居正讲评】

夫有寿考以享福禄之盛,此固莫大之庆也,然所以致此,岂无其由哉。亦曰得贤以修德耳,而今则不患无可用之贤矣。

【原文】

有冯有翼,

【张居正讲评】

但见有托志忠稚足为心膂之寄而可为凭者,有忠谅不阿足为股肱之任而可为翼者。

【原文】

有孝有德,

【张居正讲评】

又有善事其亲而以孝称者,又有得道于己而以德称者。

【原文】

以引以翼。

【张居正讲评】

若此者无非可用之才也,王诚用之为引相导前后,使不迷于所适用之为,翼而赞襄左右,使不怠于所行,则其德日修矣。

【原文】

岂弟君子,四方为则。

【张居正讲评】

岂弟君子,德之所在既足以建天下之极,则近不厌远,有望而仪刑于一人者济如矣,岂不四方为则乎?

【张居正讲评】

夫惟用贤而德修也。

【原文】

颙颙卬卬,

【张居正讲评】

但见形之为体貌,则极其尊严而颙颙卬卬也。

【原文】

如圭如璋，

【张居正讲评】

蕴之为德性，则极其纯洁如圭如璋也。

【原文】

令闻令望。

【张居正讲评】

声名洋溢于中外，而令闻为之昭宣矣，威仪可法于臣民，而令闻为之丕肃矣。

【原文】

岂弟君子，四方为纲。

【张居正讲评】

夫君子德之克修，既足以系天下之心，则离者合、涣者萃，而维系于一人者翕如矣，岂不四方为纲乎？

【张居正讲评】

夫得贤固有自辅之益，而贤才亦有效用之忠，独不观之凤凰者乎。

【原文】

凤凰于飞，翙翙其羽，亦集爰止。

【张居正讲评】

凤凰于飞，翙翙其羽，亦集于所止也。

【原文】

蔼蔼王多吉士，维君子使，媚于天子。

【张居正讲评】

况此凭翌孝德，蔼蔼然众多者，皆王之吉士也，岂无所媚于上乎？特王未之使耳，一维王之所使以事君也，则媚爱于天子，俾有以成为纲为则之德，而上不负于天子矣。

【原文】

凤凰于飞，翙翙其羽，亦傅于天。

【张居正讲评】

凤凰于飞，翙翙其羽，亦傅于天矣。

【原文】

蔼蔼王多吉人，维君子命，媚于庶人。

【张居正讲评】

　　况此凭翌孝德蔼蔼然众多者,皆王之吉人也,岂无所媚于下乎?特王未之命耳,一维王之所命以治民也,则媚爱于庶人,俾有以被为纲为则之治,而下不负苍生矣。

【张居正讲评】

　　然贤才固忠于效用,而所以用之者,其机则在于上耳,又不观之凤凰与梧桐者乎?

【原文】

　　凤凰鸣矣,于彼高岗。

【张居正讲评】

　　彼凤凰鸣矣,于彼高岗,固将择梧桐以栖也。

【原文】

　　梧桐生矣,于彼朝阳,

【张居正讲评】

　　梧桐生矣,于彼朝阳亦将为凤凰所栖也,是一物者诚相须矣。

【原文】

　　菶菶萋萋,雍雍喈喈。

【张居正讲评】

　　然要其所以招徕之机,则有哉梧桐,而不在凤凰者,是必梧桐之生于朝阳者,极菶菶萋萋之盛,足以来凤凰之集矣,然后凤凰之鸣于朝阳者,极雍雍喈喈之和,有以显梧桐之盛焉。不然凤凰将终翔于高岗之上矣,何有于梧桐哉?然则治世之贤才思效用于君,治朝之贤君将委用乎?贤其相溺甚殷矣,然必贤君有待贤之礼,而后贤才乐为之用,其视凤凰与梧桐相须而相遇者,不同一机乎?

【张居正讲评】

　　夫感召贤才之机在于上矣,然今岂患于感召之无其具哉。

【原文】

　　君子之车,既庶且多。君子之马,既闲且驰。

【张居正讲评】

　　今夫菶菶萋萋,则雍雍喈喈矣。彼绎络于卷阿之上者,君子之车也。君子之者则既庶而且多矣,自供乘舆之外,皆虚器也,驰骤于卷阿之上者,君子之马也。君子之马则既闲而且驰矣,自备法驾之外,皆留良也。则凡天下之事,有资于车马者,诚足以待用而有余矣。王能之所以用之,则菶菶萋萋者在朝廷,而雍雍喈喈不在国家乎？是我所矢之音如此。

【原文】

矢诗不多，维以遂歌。

【张居正讲评】

夫以君臣同游之日，正言语得尽之时也，而我所矢之音，惟至于此，则矢诗盖不多矣，惟以王歌之于前，而我不可不实之于后，故继王之声而遂歌之，以聊寓吾忠爱之一二焉，若我一念无穷之意，则岂此歌之所能尽哉。王诚绎于此歌必知用贤以修德，而享寿考福禄之盛，不亦宜哉。吁，召康公以此戒王，其惓惓忠爱之心，见于词矣。

民劳

【总评】

此同列相戒之诗，言人君用贤以行保民之政，人臣事君，当尽保民之道，惟我僚友，尔固有保民之责也，而可不加之意乎？

【原文】

民亦劳止，汔可小康。

【张居正讲评】

方令中外之民，憔悴困苦劳亦甚矣，亦庶几小有以康之也。

【原文】

惠此中国，以绥四方。

【张居正讲评】

是必惠此中国，先固其根本之区，以绥四方，使措诸咸宁之域，则民劳庶其小康矣。

【原文】

无纵诡随，以谨无良。式遏寇虐，憯不畏明。

【张居正讲评】

然斯民之不安，以小人有以戕之也。小人之得志，由我有以纵之也，故必无纵诡随之人，使无良者有所儆而自肃，寇虐无畏之人有所惩而自止。

【原文】

柔远能迩，以定我王。

【张居正讲评】

则民害既宁,而众民止泽可施,由是于四方之远者宽而抚之,使远者以安,于中国之迩者顺而习之,使迩者以宁。吾之王者以天下为家,中外乂安,而王室不于此而定乎。

【原文】

民亦劳止,汔可小休。惠此中国,以为民逑。

【张居正讲评】

民亦劳止,亦可以使之小休也。是必惠此中国以为民逑,使内有奠安之庆,而外无涣散之虞,则民劳庶其小休矣。

【原文】

无纵诡随,以谨惛恢。式遏寇虐,无俾民忧。

【张居正讲评】

然民害不除,民何以休,是必无纵诡随之人,使惛恢者知谨而不敢惑听,寇虐者知止而不敢肆威,以无俾斯民之忧可也。

【原文】

无弃尔劳,

【张居正讲评】

去小人以安民,此乃今日之劳也,要当惟怀永图,始终不渝,以无弃尔之前功焉。

【原文】

以为王休。

【张居正讲评】

则安在天下,美归一人,不惟尔职克尽,而且以为王之休矣,可不务乎?

【原文】

民亦劳止,汔可小息。惠此京师,以绥四国。

【张居正讲评】

民劳甚矣,亦可使之小息也,是必惠此京师,以绥四国,使内有被泽之悦,而外有辑宁之风,则民劳庶其小息矣。

【原文】

无纵诡随,以谨罔极。式遏寇虐,无俾作慝。

【张居正讲评】

然民害不除,民何以息,故必无纵诡随之人,使罔极者知谨而不敢恣恶,寇虐者知止而不敢肆威,以无俾作慝于民可也。

【原文】

敬慎威仪,以近有德。

【张居正讲评】

然远小人,莫先于亲君子,而亲君子则自谨仪始,要必谨慎尔之威仪,使无侮慢自贤之态,以近乎有德之人,则君子进而小人退,民于是安矣,可不务乎?

【原文】

民亦劳止,汔可小愒。惠此中国,俾民忧泄。

【张居正讲评】

民劳甚矣,亦可使之小愒也。是必惠之所施,先及中国之近,使四方之民亦得以去忧困之情焉。

【原文】

无纵诡随,以谨丑厉。式遏寇虐,无俾正败。

【张居正讲评】

然民之所以有忧者,以小人蠹政而为正道之败耳。故必无纵诡随以谨丑厉,式遏寇虐,使不得肆意妄行,以为正道之败,则民之忧于是可泄矣。

【原文】

戎虽小子,而式弘大。

【张居正讲评】

夫去小人以安民,正尔所任之职也。今汝年虽小子而其职则甚大也,知其职之大而可不思以尽其职乎?

【原文】

民亦劳止,汔可小安。惠此中国,国无有残。

【张居正讲评】

民劳甚矣,亦可使之小安也,是必惠之所加,先及中国之迩,使四方之国亦得以免伤残之害焉。

【原文】

无纵诡随,以谨缱绻。式遏寇虐,无俾正反。

【张居正讲评】

然民之所以有残者,以小人固宠以为正道之反耳。故必无纵诡随,以谨缱绻,式遏寇虐,使不得拂经乱常,以为正道之反,则国之残于是可去矣。

【原文】

王欲玉女,是用大谏。

【张居正讲评】

夫去小人以安民,亦王所托之意也,是王宝爱于汝者,诚不轻矣。故我用王之意作为民劳之章,以大谏正于汝,使汝知王爱之深也,而可不思以副其爱乎?

板

【总评】

此亦同列相戒之诗。若曰:治道有二,敬天爱民而已。然勤民所以敬天也,敬天未始不勤民也。嗟,我诸友当艰难之际,岂可忽焉而不图耶?

【原文】

上帝板板,下民卒瘅。

【张居正讲评】

彼求民之莫者,天道之常也,今上帝乃反其常道,而使下民皆至于尽病矣。

【原文】

出话不然,为犹不远。

【张居正讲评】

然病民固天之变而所以致之者,则由于人也。今尔出话不然,而皆背理之言,为犹不远,而皆目前之计。

【原文】

靡圣管管,不实于亶,犹之未远。

【张居正讲评】

若此者,盖其心以为当今无复有圣人,但恣己妄行而无所依据,又不诚之为贵,虚伪反复而不实于亶,其话之不然,犹之不远,正坐此故耳,岂其识见之未远乎。

【原文】

是用大谏。

【张居正讲评】

是以我也尽言相规,以大谏诤于汝,使汝改图,于言犹之间,以回版版之天,而靖卒瘅之民也。

【张居正讲评】

所以谏之者云何？

【原文】

天之方难，无然宪宪。

【张居正讲评】

今夫天方艰难，将有困穷之患，正人所当恐惧也，无得欣然自适而宪宪可乎？

【原文】

天之方蹶，无然泄泄。

张居正故居

【张居正讲评】

天之方蹶，动将有颠覆之虞，正人所当修饰也，无得怠缓不救而泄泄可乎。

【原文】

辞之辑矣，民之洽矣。

【张居正讲评】

然天变固有以病民，而安民亦有以回天，彼出话不然，既能使民卒瘅矣，故尔诚能言必先王之道，有以质之天理而顺，而辞之辑焉，则顺理之辞，自有以保乎民心，而涣者以萃，不于是而洽乎？

【原文】

辞之怿矣，民之莫矣。

【张居正讲评】

言必先王之道，有以协之人情而安，而辞之怿焉，则协情之词，自有以安乎民心，而争者以息，不于是而莫乎？夫辞辑与怿则合乎理而异于不然者矣，民洽与莫则所谓卒瘅者，庶乎有瘳矣。而天难天蹶之变，不可回哉，尔于出辞之际，诚不可不加之意也。

【张居正讲评】

夫慎言固可以安民而回天变矣，何尔终不能舍己以从人耶？

【原文】

我虽异事，及尔同僚。

【张居正讲评】

夫我之与尔职事虽不同也，然与尔同为王臣，则有同僚之好焉。

【原文】

我即尔谋,听我嚣嚣。

【张居正讲评】

既为同僚,则不可无尽言之美,故我即尔谋,而天难天蹶之变,民洽民莫之道,无不言之悉焉,故望尔之能听也,尔乃听我嚣嚣,自足而不肯受。

【原文】

我言维服,勿以为笑。

【张居正讲评】

岂以我之言为迂而不可听乎?不知我之所言,正今日之急务而不可不听者也,尔勿以为笑可也。

【原文】

先民有言:询于刍荛。

【张居正讲评】

况先民有言曰:询于刍荛。夫以刍荛之言,古人犹必询之者,以言无微而可忽也,况以僚友之言,而可不听哉?汝其勗之哉。

【张居正讲评】

使其言不听,则其祸终不可救矣。

【原文】

天之方虐,无然谑谑。

【张居正讲评】

今夫上帝板板,方肆暴虐之威,人当恐惧修省,无然戏谑以处之,而重干天怒可也。

【原文】

老夫灌灌,小子蹻蹻。

【张居正讲评】

故我老夫也知天变之可畏,灌灌然尽其款诚以告之矣,奈何小子也视天变为不足畏,乃以吾言不足信,蹻蹻自是而骄焉。

【原文】

匪我言耄,尔用忧谑。

【张居正讲评】

是非我老耄而妄言,果不足信也,乃汝以尤为戏而不知之意焉耳。

【原文】

多将熇熇,不可救药。

【张居正讲评】

夫忧未至而救之犹可为也,苟俟其忧之益多,将如火之炽盛,则虽有善者无如之何而不可救药矣,是岂可不虑哉。

【张居正讲评】

夫祸多既不可救矣,又况妨贤病民,国几何而不至于灭亡乎?

【原文】

天之方愫,无为夸毗。

【张居正讲评】

今夫天至之示人其怒甚矣,而所赖以靖之者,犹有藉于善人也。尔无为大言以夸人,而肆为矜高之形乎?无为谀言以毗人而务为侧媚之态乎?

【原文】

威仪卒迷,善人载尸。

【张居正讲评】

夫维言语夸毗,则将使威仪之迷乱,无复恭敬之节。彼善人者,皆敛手屏息,不得一有所为,而如尸之在位矣。

【原文】

民之方殿屎,则莫我敢葵。

【张居正讲评】

夫善人既锢,民病日滋,方今之民,其愁苦呻吟,诚必有故也,而乃莫敢揆度其所以然,则岂有敢任其责而救之乎?

【原文】

丧乱蔑资,曾莫惠我师。

【张居正讲评】

是以至于丧乱灭亡,咨嗟之声不已,卒无有能惠我之师也。夫妨贤病民而卒至于不可救,如此是岂可以不惧哉。

【张居正讲评】

然欲惠民,莫先于谨道民之路。

【原文】

天之牖民,如埙如篪,如璋如圭,如取如携。携无曰益,牖民孔易。

【张居正讲评】

今天之于民也,与之以本然之理,以开其未觉之知,但见天授之民,即受之有如埙唱而篪和,如璋判而圭合也,如求取于人携而得之而无所费于己也,上天牖民之易,有如此者。

【原文】

民之多辟,无自立辟。

【张居正讲评】

然则上之化下,其易不犹是耶?是故上道之以善则善矣,道之以恶则恶矣。方今之民愁苦呻吟,不聊其生,已多邪僻矣,又岂可自立邪僻以道之乎?一或导之则民之邪僻将何时而已哉?

【张居正讲评】

然导民不可不慎矣,而辅君以修德,尤其所当先者。

【原文】

价人维藩,

【张居正讲评】

今夫大德之人,足以弭患,则维藩矣。

【原文】

大师维垣,

【张居正讲评】

百姓之众,足以守邦,则维垣矣。

【原文】

大邦维屏,

【张居正讲评】

大邦强国,吾恃其捍外以无恐,屏之谓也。

【原文】

大宗维翰。

【张居正讲评】

大宗之强族,吾恃其居中以为翰之谓也。

【原文】

怀德维宁,

【张居正讲评】

人君怀德而自修,而宗社可以久安,不维宁乎?

【原文】

宗子维城。

【张居正讲评】

宗子合族以联亲,而根本日益固,不维城乎?

【原文】

无俾城坏,无独斯畏。

【张居正讲评】

此六者皆君之所恃而德其本也,有德者则得是五者之助,不然则亲戚叛之而城坏,城坏则藩垣屏翰皆坏而独居,独居而所可畏者至矣。是必辅君修德,使亲戚助之,无俾城坏可矣。无俾城坏,则藩垣屏翰皆不坏,而无独居可畏之祸矣。若坐视君德之不修,则不免于可畏而何以安民为哉?

【张居正讲评】

然安民莫要于敬天,敬天斯可以安民。

【原文】

敬天之怒,无敢戏豫。敬天之渝,无敢驰驱。

【张居正讲评】

诚以板板也、难也、蹶也、虐也、怞也,其天之怒而变也甚矣。是必敬天之怒,无敢戏豫可也。敬天之渝,无敢驰驱。

【原文】

昊天曰明,及尔出王。昊天曰旦,及尔游衍。

【张居正讲评】

所以然者,盖以天之于人也,有所及有所不及,则人之于天也,可以敬可以无敬。殊不知人之出往一跬步之间而已,而昊天之临下,赫然其甚明,凡尔之出往无不与之俱焉。人之游衍一瞬息之间而已,而昊天之鉴观,昭然其甚旦,凡尔之游衍无不与同焉。苟有一念之不敬,固不能逃天日监之下矣,尚可以戏豫驰驱为哉? 夫苟知当敬而敬之,则所以安民者,自不容已,而天之变怒可回,卒瘅之民以瘳矣。尔同列固有敬天安民之责者,可不知自修省也哉。吁,作是诗者不惟忠于僚友之谋,而亦有爱国之心已。

荡

【总评】

诗人以厉王之将亡而作此。

【原文】

荡荡①上帝,下民之辟。

【张居正讲评】

荡荡广大之上帝,其赋予无私,天下之民无不得其理以生者,乃下民之君也。

【原文】

疾威上帝,其命多辟。

【张居正讲评】

今此上帝,肆其疾威之虐,其降丧之命,乃有不善而多僻焉,则恶在其为民之君哉?

【原文】

天生烝民,其命匪谌。

【张居正讲评】

以此言之,天生众民,其命有不可信者,而难以皆善必之矣。

【原文】

靡不有初,鲜克有终。

【张居正讲评】

然要之天之生人,皆与之以继善成性之理,其初无有不善者,惟形生神发之后,乃有安于暴弃而淫用匪彝,遂至失其本然之初,而鲜克有终焉耳。然则致此大乱,使天命亦罔克终,如疾威而多僻者,是人之所为也,而天之荡荡,固自若矣,岂可归咎于天哉。

【张居正讲评】

夫厉王所为之不善,大抵与纣之所为无异者,故托为文王之咨,嗟殷纣者而言之。

【原文】

文王曰咨,咨女殷商,曾是强御,曾是掊克,曾是在位,曾是在服。

【张居正讲评】

昔者殷纣不道,文王嗟叹而言曰:咨,女之殷商也,强御之臣,暴虐以戕民命,掊克之臣聚敛以伤民财,不可使之在位而用事也。今则命之以爵,而曾是在位焉,任之以事而曾使在服焉,则民之被其害有不可胜言者矣。

【原文】

天降慆德,女兴是力。

【张居正讲评】

夫强御掊克,皆所谓慆德也。固天降之以害民,然非其能自为也,乃汝兴此人使之在位在服,而力为此强御掊克之恶耳,岂可以天降而遂咎之于天哉。

【原文】

文王曰咨,咨女殷商,而秉义类。

【张居正讲评】

文王嗟叹而言曰,咨汝之殷商也,善类有益于国家,汝当秉而用之也。

【原文】

强御多怼,流言以对,寇攘式内。

【张居正讲评】

今乃任此强御多怼之臣,使之用流言以应对,不以为佞而以为忠,则是寇盗攘窃而反居内矣。

【原文】

侯作侯祝,靡届靡究。

【张居正讲评】

夫强御得志,则流毒天下,而怨归一人,吾知民不堪命,相与侯诅侯咒而无有穷尽之期矣。是赏其纳忠而不知其大不忠也,嘉其任怨而不知其怨从于上也,则亦何利之有哉。

【原文】

文王曰咨,咨女殷商,女炰烋于中国,敛怨以为德。

【张居正讲评】

文王嗟叹而言,咨女之殷商也,女用此强御之臣,盛其暴虐之威,以炰烋于中国,多为可怨之事,而反自以为德,何乖谬若是耶?

【原文】

不明尔德,时无背无侧。

【张居正讲评】

然此岂无故而然哉。盖为政在人，取人以身也。今尔不明其德，故用舍失宜，前后左右皆非正人，以无背无侧矣。

【原文】

尔德不明，以无陪无卿。

【张居正讲评】

尔德不明，故举措失义，公卿大臣皆不称官，以无陪无卿矣。然则强御之焘然，中国岂非尔殷商任用之失当耶？

【原文】

文王曰咨，咨女殷商，天不湎尔以酒，不义从式。

【张居正讲评】

文王嗟叹而言曰，咨女之殷商也，天之立君，望其修德而用善也，岂使尔沉湎于酒，而惟不义之事是从而用之哉？

【原文】

既愆尔止，靡明靡晦。

【张居正讲评】

但见以言其威仪，则以酒迷乱而既愆焉，靡明靡晦，穷明晦以为乐也。

【原文】

式号式呼，俾昼作夜。

【张居正讲评】

以言其言语，则以酒讙呶而呼焉，俾昼作夜以为乐也，其沉湎之非如此，是岂天立君之意哉？

【原文】

文王曰咨，咨女殷商，如蜩如螗，如沸如羹，小大近丧。

【张居正讲评】

文王嗟叹而言曰：咨女之殷商也，今天下将危，人皆愁苦呻吟嗷嗷然有怨谤之声，扰攘骚动，汹汹然有反侧之状，有如蜩螗之噪乱也，有如羹沸之腾湧也，而小大之国皆已近于丧亡矣。

【原文】

人尚乎由行，

【张居正讲评】

而宜恐惧修省，急于改图可也，尚且由此而行，安危利灾而不知变。

【原文】

内奰于中国,覃及鬼方。

【张居正讲评】

是以内自中国之近,外延鬼方之远,皆之悔祸之无期,而怨怒之不释也,夫至内外怨怒,国欲不亡其可得乎。

【原文】

文王曰咨,咨女殷商,匪上帝不时,殷不用旧。

【张居正讲评】

文王嗟叹而言曰,咨女之殷商也,当今天下怨乱,大小近丧,时之不善固如此也,然岂上帝为此不善之时哉,乃尔不用先王之旧,致此祸耳。

【原文】

虽无老成人,尚有典刑。

【张居正讲评】

彼老成人者,先王之旧臣。典型者先王之旧法,此二者所恃以为治者也。今尔不秉义类,而惟愔德之是任意以当,今无复有老成人矣,然纵使耆旧凋谢,虽无老成人之可用,尚有先王之典刑在焉,独不可以为扶持凭藉之资乎?

【原文】

曾是莫听,大命以倾。

【张居正讲评】

惟其并人与法皆莫之听用,是以大命卒至于倾覆而不可救也,而可诿于上帝之不时哉?

【原文】

文王曰咨,咨女殷商,人亦有言,颠沛之揭,枝叶未有害,本实先拨。

【张居正讲评】

文王嗟叹而言口,咨女之殷商也,人亦有言,大本之颠沛,揭然将蹶,其枝叶茂盛未有所伤也,惟其本根之实已先绝,然后此木乃相随而颠拨耳。今殷商之衰,典刑未废,诸侯未叛,四夷未起,枝叶固无害也,而为人君者乃先为不义而自弃于天,莫可救止,何异于本实止拨哉。

【原文】

殷鉴不远,在夏后之世。

【张居正讲评】

昔于夏桀之失天下,亦由其本之先乱,故我殷先王之所由以革命也。往事覆辙,昭然可睹,然则尔之所当鉴者,夫岂远哉? 亦近在夏桀之世而已。夫殷纣之当鉴者,既在于夏,然则厉王之当鉴者,宁不在于殷乎? 吁,此诗人所以托意于文王,而假借于殷纣以重嗟叹也。

抑

【总评】

武公作此诗,使人日诵于其侧以自儆。曰:人君以身位臣民之上,凡修己治人之事,孰非所当尽哉? 倘忽焉而不加意,甚非所以,则斯民而当天心也。吾试以德之当修为尔陈之。

【原文】

抑抑威仪,维德之隅。

【张居正讲评】

彼人之威仪,抑抑然缜密,而合显微于无间者,非其作意而为之也,乃人人有严正之德蕴于中,而其廉隅见于外耳。

【原文】

人亦有言,靡哲不愚。

【张居正讲评】

夫德仪之相符如此,则有哲人之德者,固必有哲人之威仪。今之所谓哲者,乃未尝有其威仪,则有靡哲而不愚矣。

【原文】

庶人之愚,亦职维疾。

【张居正讲评】

众人之愚,盖其禀赋之偏,宜有是疾,不足怪也。

【原文】

哲人之愚,亦维斯戾。

【张居正讲评】

若夫哲人则禀赋得其全,而今亦愚焉,则反戾其常矣,岂不深可怪哉? 知戾常之可怪,则当修德以为威仪之本矣。

【张居正讲评】

然德之所以常修者何哉？亦以修德之自有其应耳。

【原文】

无竞维人，四方其训之。

【张居正讲评】

今夫莫强者人道也，四方之所共由也，人能尽其人道，使之竞然而莫强焉，则四方以之为训者矣。

【原文】

有觉德行，四国顺之。

【张居正讲评】

直大者人之德，而四方之所同得也，人能全其德行，使之觉然而直大焉，则四方皆顺从之矣。

【原文】

訏谟定命，远犹辰告。

【张居正讲评】

夫以道德之应如此，而人可不知所以修其道德哉。彼政令之间道德所寓也，是必訏其谟焉，不为一身之计而有天下之虑，至于号令则一定而不朝更以夕改，远其猷不为一时之计而有长久之规，至于播告则以时而不慢令以致期，则道德修于政令之间矣。

【原文】

敬慎威仪，

【张居正讲评】

威仪之间，道德所寓也，是必敬慎其威仪焉，暴慢之必远，使其仰之而可畏也，怠易之不形，使其则之而可象也，则道德修于威仪之间矣。

【原文】

维民之则。

【张居正讲评】

如是则所谓无竞有觉者在我矣，而不为民之则乎？吾知一政令之发而民皆信从，一威仪之形，民皆效法，所谓四方训、四国顺，不在是哉，是可见人君之当修德矣。

【原文】

其在于今，

国学经典文库

诗经

·张居正讲评《诗经》·

图文珍藏版

【张居正讲评】

夫德之当修如是,奈何尔今日所为之不善耶?

【原文】

兴迷乱于政。

【张居正讲评】

不知政为辅治之具也,而尚迷乱于政焉。

【原文】

颠覆厥德,

【张居正讲评】

不知德为出治之本也,而尚颠覆其德焉。

【原文】

荒湛于酒。

【张居正讲评】

惟荒于酒,日事沉湎之为而已。

【原文】

女虽湛乐从,弗念厥绍。

【张居正讲评】

然汝虽荒湛之是从,独不念尔所承之绪,乃受之天子,传之先君,其任为甚重而不可以如是者哉。

【原文】

罔敷求先王,克共明刑。

【张居正讲评】

彼先王已行之道,固国家昭明之法,皆可以为维持厥□之具者,今尔顾不广求先王之道,而共执其明刑焉,其何以承厥绍乎? 所为之颠覆迷乱固如是矣。

【原文】

肆皇天弗尚,

【张居正讲评】

夫尔惟所为之不善如此,故今皇天弗尚而有厌弃之心。

【原文】

如彼泉流,无沦胥以亡。

【张居正讲评】

则国势日就倾败，不将如流泉之易相与沦陷，以至于亡也。

【原文】

夙兴夜寐，洒扫廷内，维民之章。

【张居正讲评】

为今之计而欲挽回天道之变，则必以寝兴洒扫之常，虽细故也，而下民之观法系焉。于是夙夜之间，寝兴之有，即廷除之内，而洒扫之必饰，使细行以矜，大德不累，而有以为民之章焉。

【原文】

修尔车马，弓矢戎兵，用戒戎作，用逷蛮方。

【张居正讲评】

以车马戎兵之变，国大务也，而夷狄之向背关焉。于是修尔车马，而求其壮健，及尔弓矢戎兵，而求其精好，庶乎先事有备，有备无患，而可以戒戎兵之作，用逷蛮方之寇焉，虑无不周，备无不饰，则政令之修在是矣，尚何皇天之弗，尚而有沦胥之患哉。

【张居正讲评】

犹未也。

【原文】

质尔人民，谨尔侯度，用戒不虞。

【张居正讲评】

人民所以守邦不质之则，有涣散之虞矣，侯度所以治国不谨之则，有贬削之虞矣，故必质尔之人民焉，使其生养遂而伦理明也，狱讼平而争夺息也。又必谨尔之侯度焉，使其王章恪守而不悖也，成宪率出而不愆也，庶乎邦本以固，国法以立，而有以防意外之患矣。

【原文】

慎尔出话，敬尔威仪，无不柔嘉。

【张居正讲评】

然既修为治之道，又尝严自治之功，慎尔出话，凡有言也，必求其合诸道，敬尔威仪，凡有动也，必求其中乎礼而无不柔嘉可也。

【原文】

白圭之玷，尚可磨也，斯言之玷，不可为也。

【张居正讲评】

　　然出话之所以当慎者何哉？盖以白圭之玷，尚可磨镵使平，而人犹得施其巧也，若斯言之玷一出于口，则监史书之，国人传之，其失遂昭著于人之耳目，不可得而救矣，出话乌得而不慎乎。

【原文】

　　无易由言，无曰苟矣。

【张居正讲评】

　　夫言之不可不慎如此，故尔不可轻易其言，无曰欲之即言而可以苟为也。

【原文】

　　莫扪朕舌，言不可逝矣。

旧玉人面纹圭（商）

【张居正讲评】

　　当知无人为我执持其舌，言语由己，易致差失，尚当执持而不可放去也。

【原文】

　　无言不仇，无德不报。

【张居正讲评】

　　且天下之理，无有言之善而不售者，无有德之施而不报者。

【原文】

　　惠于朋友，庶民小子，

【张居正讲评】

　　尔诚谨于出话，使其在朝者有以惠于朋友，而卿大夫莫得矫其非，在野者有以惠于庶民小子，而士庶人莫得矫其非，如是则言善而有德矣。

【原文】

　　子孙绳绳，万民靡不承。

【张居正讲评】

　　岂无所售而报之乎？吾知以此为垂裕之谟，则子孙皆以为立言之法而继绳于无穷矣。以此为人民之训，则万民皆以为定保之征，而奉承于不悖矣，其售报之效为何如哉。所谓慎尔出话，尔无不柔嘉者在是矣。

【张居正讲评】

　　又以谨仪之事言之。

【原文】

视尔友君子,辑柔尔颜,不遐有愆。

【张居正讲评】

视尔接君子之时,和柔尔之颜色,固无有所愆矣,然其戒惧之意,常若自省曰:岂不至于有过乎? 其修于显者如此,人情大抵然也。

【原文】

相在尔室,尚不愧于屋漏。

【张居正讲评】

然使修之于显,而不修之于隐,则所以为德之累者多矣。又视尔独居于室之时,必戒谨不睹,恐惧不闻,使反之此心,泰然自足,虽质之屋漏而无愧焉可也。

【原文】

无曰不显,莫予云觏。

【张居正讲评】

尔无曰屋漏为不显之地,而人莫之见也。

【原文】

神之格思,不可度思,矧可射思。

【张居正讲评】

当知鬼神之妙,无物不体,其至于是也,或临之在上,或质之在旁,有不可得而测度者,此虽不显亦临,犹惧有失,况可厌射而不敬乎。一或不敬,则有愧于屋漏,而辑柔之颜亦色庄之伪矣。尔惟能敬于隐者,无间于显焉,则所谓敬慎威仪,无不柔加者在是矣。

【张居正讲评】

夫尔之修德,能至于屋漏无愧,则凡所谓修己治人之道,无一不纯而德成矣,如是而岂无其应乎。

【原文】

辟尔为德,俾臧俾嘉。

【张居正讲评】

辟尔之为德也,诚能纯然尽善而俾臧焉,粹然尽美而俾嘉焉。

【原文】

淑慎尔止,不愆于仪。

【张居正讲评】

其形之于容止之间者，一皆淑慎之休而不愆于仪焉。

【原文】

不僭不贼，

【张居正讲评】

如是则德之在我者，适顺其自然之性，而不失之僭矣，不亏其本体之全，而不失之贼矣。

【原文】

鲜不为则。

【张居正讲评】

由是表极建于一身，而仪刑遍于四国，民岂不以为则也乎。

【原文】

投我以桃，报之以李。

【张居正讲评】

此感彼应，理不容诬。辟如人投我以桃，而我报之以李之必然者也。

【原文】

彼童而角，实虹小子。

【张居正讲评】

彼谓不必修德而可以服人者，犹牛羊之童而求其角，亦徒溃乱小子之听而已，岂可得哉？

【张居正讲评】

夫修德之事，吾固尽言之矣，而听言尤修德之资也。

【原文】

荏染柔木，言缗之丝。

【张居正讲评】

今夫荏染之柔木也，则可被之纶以为良弓之材矣。

【原文】

温温恭人，维德之基。

【张居正讲评】

此温温和厚之恭人也。则其质之谦，有可以为进德之基矣。

【原文】

其维哲人，告之话言，顺德之行。

【张居正讲评】

是何也,故切者多不能容,拒谏者乃所以伐德也,惟此温温恭人,心虚而明,是即所谓哲人也,其惟哲人,告之以修己治人之善言,则一惟顺德之行,而不见其相逆矣,岂非进德之基者乎?

【原文】

其维愚人,覆谓我僭,

【张居正讲评】

若彼愚人,告之善言,则语之而不达,拒之而不受,反以我为不信矣,其何以进德哉。

【原文】

民各有心。

【张居正讲评】

夫人心不同,愚智相越之远,固如此乎。

【原文】

於乎小子,未知臧否。

【张居正讲评】

夫进德基于听言如此,於呼小子,知识未通,而导之或臧或否,皆未之能辨焉。

【原文】

匪手携之,言示之事。

【张居正讲评】

故我不但手以携之,指其向往之途而已,而又示之以事,何者为臧,何者为否,一一有成迹之可据也。

【原文】

匪面命之,言提其耳。

【张居正讲评】

不但面以命之,泛论其启迪之方而已,而又言提其耳,使从于臧,使戒于否,倦倦乎警觉之有加也。

【原文】

借日未知,亦既抱子。

【张居正讲评】

夫所以喻之者,既详且切,则尔宜知臧否矣。借日我之不知臧否,由于未有知识,则在童稚之年犹可诿也,今汝亦既长大而抱子矣,则宜有知识矣,而可不明至是耶?

【原文】

民之靡盈,谁夙知而莫成。

【张居正讲评】

所以然者,自满累之也,人若不自满假,听受教戒,则若臧否知之必早,不至于既抱子之后,而犹无知矣。知之既早,则成之亦早,岂有早知而反晚成者乎?

【张居正讲评】

然是言之听不听,而祸福攸系,尔可不知所警乎?

【原文】

昊天孔昭,我生靡乐。

【张居正讲评】

瞻彼昊天,福善祸福之理,昭然其甚明,我生斯世,而忧心为之靡乐焉。

【原文】

视尔梦梦,我心惨惨。

【张居正讲评】

何也,盖人知为善以去恶,然后可以获福而免祸,今视尔梦梦而未知臧否,则天之祸尔必矣,此我所以惨惨而靡乐也。

【原文】

诲尔谆谆,

【张居正讲评】

然尔之梦梦者,岂我诲尔之未详与?然我手携而示事,面命而提耳,所以诲之者谆谆然其详尽也。

【原文】

听我藐藐。匪用为教,覆用为虐。

【张居正讲评】

特尔之听我藐藐而忽略,非惟不以我为教,反以我为暴虐,则尔之梦梦有由然矣。

【原文】

借曰未知,尔聿既耄。

【张居正讲评】

借曰尔之梦梦,由于未有知识,而然则尔亦聿既耄,历练世故,不为不多矣,岂宜若此梦梦哉? 惟其轻忽人言,故至此耳。

【张居正讲评】

夫尔不能受言,此独不知天道之可惧也乎?

【原文】

於乎小子,告尔旧止,听用我谋,庶无大悔。

【张居正讲评】

於乎小子,我之所以告尔者皆先王旧章之所在,而可为扶持凭藉之资者,尔必听用我谋,庶可以无大悔矣。

【原文】

天方艰难,曰丧厥国。

【张居正讲评】

盖天运方此艰难,将丧厥国,是所谓大悔也。

【原文】

取譬不远,昊天不忒。

【张居正讲评】

我取此大悔以命子者,岂远而难知哉,亦视诸福善祸淫之不差忒,则不善者必降之以祸,而大悔可知矣。

【原文】

回遹其德,俾民大棘。

【张居正讲评】

今尔乃回遹其德,执迷不返,俾民至于困急,则无以当天心而其丧厥国也必矣,何以能免此大悔哉,诚不可不听用我谋矣。噫,武公使人命己之词如此,其自儆之意良切矣,此所以歌睿圣也欤?

桑柔

【总评】

此芮伯刺厉王作也。若曰:王业之衰也,由于民病之,曰滋而民受之,病不自病也,由于用舍之失当,吾今目击时事,而深有可忧者矣。

【原文】

菀彼桑柔,其下侯旬,捋采其刘,瘼此下民。

【张居正讲评】

彼菀然茂盛之桑柔,其未采也,其荫无所不遍,民得以休息而蒙其庇矣。及其采之也,一朝而尽,无黄落之渐,民不得以休息而反受其病矣。然其我周盛时而仁恩伏于天下,今日凋敝而膏泽不下于民,何以异是哉。

【原文】

不殄心忧,仓兄填兮。

【张居正讲评】

我生斯世,伤祸乱之无穷,慨至治之不复,忧戚之深,不绝于心,悲悯之甚,以至于病矣。

【原文】

倬彼昊天,宁不我矜?

【张居正讲评】

倬彼昊天,世之治乱,人之安危,无所不察者也,胡不易乱为治,转危为安,而加矜恤于我,使不至于睹民瘼而甚病乎?

【张居正讲评】

夫民之病果何以见之,观于征役之怨词,则可知矣。

【原文】

四牡骙骙,旟旐有翩。

【张居正讲评】

盖人君岂能无所役,但出于不得已,而役之有节则民犹可以自慰也。今则四牡之驾则骙骙矣,旟旐之建则翩翩矣,以此车马旌斾而日用之于征役,使民不得安息,亦独何哉。

【原文】

乱生不夷,

【张居正讲评】

斯时也大乱日生。而平定无期。

【原文】

靡国不泯。

【张居正讲评】

自国言之,丧乱之祸,非独一国为然也,盖无国而不沦胥以灭矣。

【原文】

民靡有黎,具祸以烬。

【张居正讲评】

自民言之,死亡之祸非独一民为然也,盖无黎而不惧祸以烬矣。

【原文】

於乎有哀,国步斯频。

【张居正讲评】

夫国危而民病如此,则大运将倾矣。於乎哀哉,国步不于是而日蹙乎?

【原文】

国步蔑资,天不我将。

【张居正讲评】

夫国将危亡,而天不我养。

【原文】

靡所止疑,

【张居正讲评】

故我欲有所居以图安,与则居无所定,不能一日安其身也。

【原文】

云徂何往?

【张居正讲评】

欲有往以避乱,与则往无所适无所逃于天地之间也。

【原文】

君子实维,秉心无竞。

【张居正讲评】

是祸也,岂君子为之哉?盖君子之心,欲安静和平以养天下之福,不欲纷争多事以生衅卜之变,今所以使我无所定无所往者,实非君子之有争心也。

【原文】

谁生厉阶,至今为梗。

【张居正讲评】

然事必有端,祸必有源,不知谁生厉阶,使之至今为梗乎,任事不得辞其责者矣。

【原文】

忧心殷殷,念我土宇。

【张居正讲评】

夫民生得以安其土宇者,治世之常也,我也遭此乱离之时,忧心殷殷,念我土宇怀归之思,盖与日而俱积也。

【原文】

我生不辰,逢天僤怒。自西徂东,靡所定处。

【张居正讲评】

要其所以然者,乃我生之不时,而逢上天之僤怒,是以自西徂东,无有定处,虽欲一日居我土宇,而不可得也。

【原文】

多我觏痻,

【张居正讲评】

夫惟不得归也,但见蹙足行武之间,而饥渴疲劳之并臻多矣,我之见病也。

【原文】

孔棘我圉。

【张居正讲评】

寄身锋镝之中,而死亡危急之不免急矣。我之在边也,何其不幸而至于此极哉。观征役者之怨词如此,而当时之民病可知矣。

【张居正讲评】

夫当时之民病如此,然所以靖之者,岂无其道乎哉。

【原文】

为谋为毖,乱况斯削。

【张居正讲评】

盖王之为国,非不谋且慎也,但不得其道,则不惟无以拨乱为治,所以长乱而自削耳。

【原文】

告尔忧恤,诲尔序爵。

【张居正讲评】

兹欲谋而慎之,其惟用贤乎。故我告尔以所当忧之事,惟在辨别贤否之道,使贤者皆在乎位,而不贤者不得以厕乎其间焉。

【原文】

谁能执热,逝不以濯。

【张居正讲评】

盖贤者之能已乱,犹濯者之能解热也。谁能执热而不以濯乎,谁能已乱而不以贤乎?

【原文】

其何能淑,载胥及溺。

【张居正讲评】

苟于贤者之不用,则已乱之无人,果何自而能善哉。但相引以陷于死亡而已,然则当忧之事,信无过于用贤者矣。

【张居正讲评】

夫以贤者之能已乱如此,奈何王不能然也。

【原文】

如彼溯风,亦孔之僾。

【张居正讲评】

是以君子慨民生之无聊,伤国步之日蹙,忧时感事,闷然如溯风之人唈而不能息焉。

【原文】

民有肃心,荓云不逮。

【张居正讲评】

当时虽忧切于救乱,而欲进以任其责者,皆使之日世乱矣,非吾所能及也。

【原文】

好是稼穑,力民代食。

【张居正讲评】

于是退而稼穑,尽其筋力与民同事,以代禄食而已。

【原文】

稼穑维宝,

【张居正讲评】

夫稼穑不如仕进之为宝久矣,然以今观之,则爵位之贵,贵而危者也,稼穑之贱,贱而安者也,稼穑不维宝乎?

【原文】

代食维好。

【张居正讲评】

代食不如禄食之为好久矣,然以今观之,则禄食之荣,荣而有悔者也。代食之劳,劳而无患者也,代食不维好乎?夫朝廷本赖君子以济时,而君子方以田野为安焉,其何以为国哉?

【张居正讲评】

夫稼穑代食,贤者之计得矣,孰知天变之极,虽此亦无以自存乎?

【原文】

天降丧乱,灭我立王。降此蟊贼,稼穑卒痒。

【张居正讲评】

彼天降丧乱,固已灭我所立之王矣,又降此蟊贼使我之稼穑尽病,虽欲代食而不可得焉。

【原文】

哀恫中国,具赘卒荒。

【张居正讲评】

哀恫此中国也,加以丧乱皆危,而无可安之所,因以饥谨尽荒而无可食之资。

【原文】

靡有旅力,以念穹苍。

【张居正讲评】

是以危困之极,至于无力以念天祸,独听天之所毙耳。夫使君子乐处于田野,已非家国之福矣,况至于田野,又无以自存,则世道之变,不逾甚哉。

【张居正讲评】

夫王不能用贤,而使贤者至无以自存,则何以系斯民之心哉。

【原文】

维此惠君,民人所瞻。秉心宣犹,考慎其相。

【张居正讲评】

今夫维此顺理之君,所以为民所尊仰者,以其秉至公之心,周遍谋度,而考慎其相,所用者必众人之所谓贤者也,所舍者必众人之所谓不肖者也,好恶合民心之公,用舍得当然之理,而民之瞻仰不在兹乎。

【原文】

维彼不顺,自独俾臧,自有肺肠,俾民卒狂。

【张居正讲评】

若彼不顺理之君,则自以为善而不考众谋,自有私见而不通众志,所以使民眩惑而至于狂乱也。

【张居正讲评】

夫上无明君,固有以致乱矣,使下有美俗亦可相安也。

【原文】

瞻彼中林,甡甡其鹿。

【张居正讲评】

今瞻彼中林之鹿,甡甡然众多类聚而相亲,并行而相友矣,物善其群有如此。

【原文】

朋友已谮,不胥以榖。

【张居正讲评】

况朋友之间乃嫉妒而相谮毁,不能以善道相与,是鹿之不如也。

【原文】

人亦有言,进退维谷。

【张居正讲评】

君子生今之世,而适遭所穷,岂非人亦有言,而进退维谷者乎?盖上无明君则直道难容,虽忠而不见售,下有恶俗,则独行无朋,虽贤而不见与,又安得不穷哉。

【张居正讲评】

夫世道乖乱至于如此,则丧亡之祸亦近而易见矣。

【原文】

维此圣人,瞻言百里。

【张居正讲评】

然惟此圣人,炳于几先,其所视而言者,虽在百里之远,犹在目前之近,盖无远而不察矣。

【原文】

维彼愚人,覆狂以喜。

【张居正讲评】

彼愚人者,冥然不知祸之将至,安危利灾,而反狂以喜,今日之用事者,盖如此。

【原文】

匪言不能,胡斯畏忌。

【张居正讲评】

我非不能言之于王,使之改易于用舍之间也,但言出祸随,如此畏忌何哉,今王之用不贤而拒谏饰非如此,何怪其丧亡之日近也哉。

【张居正讲评】

不特此也。

【原文】

维此良人,弗求弗迪。维彼忍心,是顾是复。

【张居正讲评】

今夫良人,国之宝也,则弗求弗迪而弃之如遗,忍心国之贼也,则是顾是复而念之不已,用命之间,倒置甚矣。

【原文】

民之贪乱,宁为荼毒。

【张居正讲评】

夫王惟弃良人而用忍心,是以恶政日加,民不堪命,惟贪乱之是行,而妄为荼毒以害人也。使忍心之不用,而民穷之未滋,则荼毒何自而生哉。

【张居正讲评】

夫王用舍命之乖如此,孰知君子小人其所行之道不同乎。

【原文】

大风有隧,有空大谷。

【张居正讲评】

彼大风之行,必有隧也,而有空大谷之中,乃其所行之隧矣。

【原文】

维此良人,作为式穀。

【张居正讲评】

况维此良人,则作为式穀而光明高洁,维善道之是用矣。

【原文】

维彼不顺,征以中垢。

【张居正讲评】

彼不顺者,则征以中垢而幽暗秽浊,几何而不为下流之归哉。夫君子小人其道不同如此,而王之所顾念重复者,乃于彼而不于此何也。

【张居正讲评】

夫小人不同于君子如此,则用之必有其害矣。

【原文】

大风有隧,贪人败类。

【张居正讲评】

彼大风之行也,必有隧,而王使贪人为政,则嗜利害民必败类矣,王用人之非如此。

【原文】

听言则对,

【张居正讲评】

故我之有所对于王也,亦能听信吾言而动其悔悟之机,则对之耳。

【原文】

诵言如醉。

【张居正讲评】

然其蔽锢已深,而知其终不能听也,故诵吾言之下知不见用,而忧愤昏迷之极,中心有如醉者焉。

【原文】

匪用其良,覆俾我悖。

【张居正讲评】

是非我之自悖眊也,由王不用善人而用贪人,大难将至而不知备,是以反使我至此悖眊也,吾王何为不悟而不听吾言哉。

【张居正讲评】

然吾之言非维吾君当听,而僚友亦所当听也。

【原文】

嗟尔朋友,予岂不知而作?

【张居正讲评】

嗟尔朋友,吾为是言以告子者,岂不知理而妄发哉。

【原文】

如彼飞虫,时亦弋获。

【张居正讲评】

盖千虑之下,或有一得之见,如彼飞虫而亦有弋获之时也,吾言岂无益于听乎。

【原文】

既之阴女,反予来赫。

【张居正讲评】

夫我以一得之见而发为忠告之词,所以来告乎尔者,乃示之以自新之道,启之以免患之方,正所以阴覆乎尔也,□汝非惟不以为厚,反来加赫然之怒于我也,何其谬哉。

【张居正讲评】

夫尔既不听吾言,则民之乱盖有由矣。

【原文】

民之罔极,职凉善背。为民不利,如云不克。

【张居正讲评】

彼民之所以贪乱而不知止者专由此人,名为直谅而实与善相反,为民所不利之事,惟恐不克,是贪乱者民而所以致之者此人也,岂得归咎于民哉。

【原文】

民之回遹,职竞用力。

【张居正讲评】

民之所以邪僻而不知反经者,亦由此人,从于匪彝,以倡率之,即于慆淫以开导之,是回遹者民而所以使之者此人也,又岂得归咎于民哉。

【张居正讲评】

不特此也。

【原文】

民之未戾,职盗为寇。

【张居正讲评】

民之所以乱离罔极,未有安定者,由此盗民以夺民之财者为之寇也。

【原文】

凉曰不可,覆背善詈。

【张居正讲评】

斯人也,其为言也亦以小人为不可为,及其背也,而反工为恶言以詈君子,是其色厉内荏,真可谓穿窬之盗者矣。

【原文】

虽曰匪予,既作尔歌。

【张居正讲评】

且又自文饰以为此非我言也,则我既作尔歌,其情甚真,其事甚明,虽欲掩伏,岂可得哉。夫小人情状反复,生事致乱如此,则所以至今为梗者,厉阶有自来矣,罔乃黯然信之,惑其利而不穷,其害亦独何哉。

云汉

【总评】

此宣王忧旱,而仍叔作诗以美之。曰:灾异儆戒,固天心之所以仁爱人君,而恐惧修省实人君之所以图回天变也,遇灾而惧,吾于我王见之矣。

【原文】

倬彼云汉,昭回于天。

【张居正讲评】

今夫倬彼云汉,昭回于天,则旱而不雨,民受其殃矣。

【原文】

王曰於乎,何辜今之人,天降丧乱,饥馑荐臻。

【张居正讲评】

吾王畏天变而重民命,于是仰天而诉之曰:於乎,今之人奚辜哉,天乃降之丧乱而饥馑之荐臻如此也。

【原文】

靡神不举,

【张居正讲评】

我遇此旱灾,咒神类皆索而祭之,凡可以祈祷者,则虽祀典之所不载,而亦不废祀焉。

【原文】

靡爱斯牲,

【张居正讲评】

牲者礼神之物也,则用之而不爱。

【原文】

圭璧既卒,

【张居正讲评】

圭璧,礼神之玉也,则用之而既尽。

【原文】

宁莫我听。

【张居正讲评】

事神之敬如此,宜乎神之有以恤我也,何为其不我听而旱之,卒不见弭也哉?

【原文】

旱既大甚,蕴隆虫虫。

【张居正讲评】

夫天久不雨,旱既甚,其阳气蓄积之盛,虫虫然燔炙之可畏者矣。

【原文】

不殄禋祀,

【张居正讲评】

我也为民之忧而求神之助,凡可以禋祀者,未尝绝也。

【原文】

自郊徂宫。上下奠瘗,靡神不宗。

【张居正讲评】

或郊焉而祭天地,或宫焉而祭宗庙也,上祭天下祭地,奠其礼,瘗其物,盖无神而不尊之矣。

【原文】

后稷不克,上帝不临。

【张居正讲评】

若此者,固将以救旱之责望之也。夫何宫之神,莫亲于后稷,固未尝不吾享也,而力不足以胜灾。郊之神莫尊于上帝,力固足以胜灾也,而又不吾享,蕴隆之旱,何时而可弭也?

【原文】

耗致下土,宁丁我躬。

【张居正讲评】

夫大旱为灾而下土为之耗致,必我有以致之耳,不然何以当吾之身而有是灾哉?

【原文】

旱既大甚,则不可推。

【张居正讲评】

夫天久不雨,旱既太甚,则不可以人力推而去之矣。

【原文】

兢兢业业，如霆如雷。

【张居正讲评】

我也遇此之灾，兢兢而恐，业业而危，有如霆如雷之震，而极其畏惧之甚者。

【原文】

周余黎民，靡有孑遗。

【张居正讲评】

盖以我周大乱之后，人民则耗，已无半身之有遗矣。

【原文】

昊天上帝，则不我遗。胡不相畏？

【张居正讲评】

而昊天上帝，又降此旱灾，使我身亦不见遗，则胡可不相畏哉？

【原文】

先祖于摧。

【张居正讲评】

盖我不见遗，则先祖之祀将自此而灭矣，是我身之存亡，系宗社之绝续，虽欲无畏，其容已也乎？

【原文】

旱既大甚，则不可沮。

【张居正讲评】

夫天久不雨，旱既太甚，则不可以力沮而止矣。

【原文】

赫赫炎炎，云我无所。

【张居正讲评】

但见赫赫，无非旱气，炎炎无非热气，将向所容于其身乎？

【原文】

大命近止，靡瞻靡顾。

【张居正讲评】

大命垂绝已在是夕之近，瞻顾四方，莫为依赖之所。

昊天上帝

【原文】

群公先正,则不我助。

【张居正讲评】

彼群公先正,昔尝有功于民者,意者可望其为助,今则坐视吾之危迫而不之助矣。

【原文】

父母先祖,胡宁忍予。

【张居正讲评】

然群公先正,犹与我相疏不敢深望之也,至于父母先祖,我身所自出者也,亦胡忍视我适此祸变,而漠然为之所乎?则是与我相亲者亦忘情,亦其将如之何哉。

【原文】

旱既大甚,涤涤山川。旱魃为虐,如惔如焚。

【张居正讲评】

夫天久不雨,旱既太甚,则在山者涤涤然而无木,在川者涤涤然而无水,是旱魃焉虐,有如惔如焚之甚炽矣。

【原文】

我心惮暑,忧心如熏。

【张居正讲评】

当此之时,我心惮暑,其忧惧之至,诚有如火燔灼而不得以自宁也。

【原文】

群公先正,则不我闻。

【张居正讲评】

彼群公先正,吾尝有以告之,固欲其我闻也,今则未告犹是既告,亦犹是而曾不我闻焉。

【原文】

昊天上帝,宁俾我遁!

【张居正讲评】

昊天上帝,则又司主宰之柄,擅趋避之权者也,亦何为使我不得逃遁而去坐受此患也哉。

【原文】

旱既大甚,黾勉畏去。

【张居正讲评】

夫天久不雨，旱既太甚，使我黾勉畏去，而无所之也。

【原文】

胡宁瘨我以旱，憯不知其故。

【张居正讲评】

然变不虚生，必有其故，今反而思之，天胡为病我以旱乎？欲求其故，曾有所不知焉。

【原文】

祈年孔夙，方社不莫。

【张居正讲评】

若以我祭祀不时，失礼于神而致然欤？则孟春祈谷于上帝，孟冬祈来年于天宗，祈年之礼既孔夙矣，祭四方以报其成物之功，祭后土以报其生物之功，方社之礼亦不莫矣。夫我之自反，初无致灾之由如此。

【原文】

昊天上帝，则不我虞。敬恭明神，宜无悔怒。

【张居正讲评】

今昊天上帝，曾不度我之心，如我之敬恭明神，宜可以无悔怒者也。顾乃瘨我以旱而悔怒之不免，亦独何哉？诚不知其故矣。

【原文】

旱既大甚，散无友纪。

【张居正讲评】

夫天既不雨，旱既太甚，则朝廷之上，以忧旱而废事，皆散无纲纪矣。

【原文】

鞫哉庶正。

【张居正讲评】

但见众官之长有庶正也，今则奔走于蕴隆之侯，而精力为既竭矣，鞫哉我庶正乎！

【原文】

疚哉冢宰，

【张居正讲评】

众长之长有冢宰也，今则劬劳于云汉之瞻，而精力为甚病矣，疚哉我冢宰乎！

【原文】

趣马师氏。

【张居正讲评】

掌王马之政为趣马,掌王门之守为师氏,或废而不秩,或弛而不陈,不能安其职矣。

【原文】

膳夫左右,

【张居正讲评】

掌王之膳羞为膳夫,供王之侍御为左右,或彻而不举,或布而不修,不能率其常矣。

【原文】

靡人不周,无不能止。

【张居正讲评】

自庶正而下,以至左右而下,莫不尽心竭力以救百姓,宁有一人以不能自逶而随止不为者乎。若是则不惟我忧旱之甚,而在廷之臣,亦均受其病者矣。

【原文】

瞻卬昊天,云如何里。

【张居正讲评】

瞻仰昊天,旱虐而不见悯,竭诚而不见恤,使我无聊赖如此,如之何而不忧也哉。

【原文】

瞻卬昊天,有嘒其星。

【张居正讲评】

旱既太甚,而仰天望雨,则有嘒然之明星,未有雨征也。

【原文】

大夫君子,昭假无赢。

【张居正讲评】

大夫君子竭其精诚助我以昭格于天者,已不遗余力矣。

【原文】

大命近止,无弃尔成。

【张居正讲评】

然谓之无余力则可,若以无余力而自怠则非也。故今死亡虽近,而亦不可弃其前功,当益求助以昭格者而修之,庶乎精诚之极,而天意可回也。

【原文】

何求为我,以戾庶正。

【张居正讲评】

然此非但求为我之一身而已,盖旱既太甚,俾民不宁,则庶正亦因以不安矣。今日格天弭变,固所以求惠斯民而定尔庶正也,诸臣可不勉图成功哉。

【原文】

瞻卬昊天,曷惠其宁。

【张居正讲评】

瞻仰昊天,以莫民为心者也,不知果何时惠我以安宁,而使我臣民之各得其所乎。吁,即宣王之忧旱可以见其事天之敬焉,有恤民之仁焉,惟其敬天而仁民,是以卒能消灾而弭变也。中兴之功,盖以有所本矣,仍叔作诗以美之宜哉。

崧高

【总评】

宣王封申伯于谢,而尹吉甫作诗以送之,则国家分封之典固所以隆懿亲也,而实所以彰贤德也,人知申伯以亲故而受封矣,抑知其生有所自而出有所为乎。

【原文】

崧高维岳,骏极于天。

【张居正讲评】

彼崧然高大之岳,山有以骏极于天焉。

【原文】

维岳降神,生甫及申。

【张居正讲评】

夫山之高者,则其神必灵,故此岳山者尝降其神灵,以生甫侯于前,今又降其神灵以生申伯于后。

【原文】

维申及甫,维周之翰。四国于蕃,四方于宣。

【张居正讲评】

夫申伯之生，即不异于甫侯，则其功业之隆，宁不与甫侯而前后相望哉。但见惟申及甫，其居中而夹辅王室也，则能尊朝廷固国本，而为周之桢干矣。其在外而总领诸侯也，则能杜外患御外侮而为四国之屏蔽矣。其奉行德意以宣于民也，则自近及远，恩惠浃洽而四方皆赖之以休息矣。夫以申伯之功足以继乎甫侯如此，则王朝分封之典，其乌容以不举乎。

【张居正讲评】

以王分封之典言之。

【原文】

亹亹申伯，王缵之事。

【张居正讲评】

亹亹然忠勤之申伯，本其先世尝为方岳之长，而总领诸侯也，则王命之继其先世之事。

【原文】

于邑于谢，南国是式。

【张居正讲评】

邑之于谢，使南国诸侯皆得有所矜式焉。

【原文】

王命召伯，定申伯之宅。

【张居正讲评】

既邑于谢，居宅所当定也。王乃命召伯课督经营，以定申伯之居宅。

【原文】

登是南邦，世执其功。

【张居正讲评】

其意盖欲南邦居宅成功之后，而申伯之封传之无穷，凡为子孙者得以世守其功于不坠也。王于申伯委之重而期之远，有如此。

【原文】

王命申伯：式是南邦，因是谢人，以作尔庸。

【张居正讲评】

夫此申伯也，王既命之，式是南邦之诸侯，遂因谢人之所聚而作之城，使其定都于此矣。

【原文】

王命召伯,彻申伯土田。

【张居正讲评】

然土田不彻,何以为食禄之资,王命召伯彻申伯土地,而什一之制定矣。

【原文】

王命傅御,迁其私人。

【张居正讲评】

私人不迁,何以遂燕居之乐,王命傅御,迁其私人而亲亲之情遂矣,王于申伯委之重而待之周有如此。

【原文】

申伯之功,召伯是营。

【张居正讲评】

夫申伯定宅之事,王尝命召伯矣,但见王命之召伯任之,则凡此申伯之邑功,孰非召伯之所营乎。

【原文】

有俶其城,

【张居正讲评】

彼城郭,君子之所以守邦也,今谢邑之城,则始作矣。

【原文】

寝庙既成,既成藐藐。

【张居正讲评】

寝庙,君子所以祀先也,今寝庙之成则藐藐矣。

【原文】

王锡申伯,四牡蹻蹻,钩膺濯濯。

【张居正讲评】

召伯之营谢有成,则申伯之往谢有日,于是王锡申伯以就国之仪焉,其锡之以驾车者,则四牡之蹻蹻也,锡之以饰马者,则钩膺之濯濯也,等威辨而物采昭,一时之赐予不有以极宠遇之隆乎。

【原文】

王遣申伯,路车乘马。

【张居正讲评】

夫既锡之矣,王遂遣申伯以行,但见有路车焉,有乘马焉,而就国之仪备矣。

【原文】

我图尔居,莫如南土。

【张居正讲评】

王乃以分封于谢之意而告之曰:方今一统,皆我周之天下,非无可为,舅封而必于南土也,但我图而居,莫如南土之美,地辟而民聚也。

【原文】

锡尔介圭,以作尔宝。

【张居正讲评】

故我分封兹土,锡尔以介圭,使尔执之为传国之宝,而永于无穷焉。

【原文】

往迓王舅,南土是保。

【张居正讲评】

然王者分封以守邦为要,臣子受封以保国为忠,元舅此往,其必树一方之保障,而南土之是保,以无负吾分封之意可也。

【原文】

申伯信迈,王饯于郿。

【张居正讲评】

夫申伯既承王命之遣,遂为信迈之行,王乃笃亲亲之恩而饯之于郿。

【原文】

申伯还南,谢于诚归。

【张居正讲评】

既饯之,于是申伯指南国以言,旋诚望谢邑以于归,非若向之数留欲行而屡不果者矣。

【原文】

王命召伯,彻申伯土疆,以峙其粻,式遄其行。

【张居正讲评】

然使委积之不豫而道路之无备,亦何以速其行哉?殊不知王于召伯营谢之时,已命之彻申伯土疆敛其赋税,以积其馈粮,而庐市皆有止宿之委积,是以申伯无留行也。此可见王于申伯之封,不惟其饯之厚,而且待之豫矣。

【原文】

申伯番番,既入于谢,徒御啴啴。

【张居正讲评】

维此申伯番番而武勇,既入于谢,徒御啴啴而众盛。

【原文】

周邦咸喜,戎有良翰。

【张居正讲评】

周邦咸喜而相谓曰:惟兹谢邑,南方之重镇,京师之屏障也。今也得人如申伯以封于谢,比能树一方之桢干,而为京师之所恃以安矣,汝今不亦有良翰乎。

【原文】

不显申伯,王之元舅,文武是宪。

【张居正讲评】

且不显申伯之元舅,其文德足以附众而人莫不法其文,武德足以威敌而人莫不法其武,则王命申伯式是南邦者,吾知其不虚矣,申伯之贤何如哉。

【张居正讲评】

申伯之贤,不止足以法人也。

【原文】

申伯之德,柔惠且直。

【张居正讲评】

惟我申伯之德,刚柔不偏,不惟柔惠而和顺之可挹,又且正直而严敬之可畏,德何全也。

【原文】

揉此万邦,闻于四国。

【张居正讲评】

以是全德而建之为事业也,则仁以育民,义以正民,有以统治万邦而范围之无外矣,树之为风声也,则仁声洋溢,义问宣昭,有以闻于四国,而无远之弗届矣,申伯德望之隆如此,则王命申伯南土是保者,今固有可期也已。

【原文】

吉甫作诵,

【张居正讲评】

然则就封之际,我吉甫其容以无言哉。于是岳高之诵以作焉。

【原文】

其诗孔硕,

【张居正讲评】

诵之词为诗也,则降生之异,德业之隆,眷顾之厚,无不备载于其中,其诗何孔硕耶?

【原文】

其风肆好,

【张居正讲评】

诵之声焉风也,则降生之异,德业之隆,眷顾之厚,吟咏间真有脍炙人口者,其风不肆好耶?

【原文】

以赠申伯。

【张居正讲评】

以是诗也风也,以赠申伯,盖亦彰其贤以为美盛之观,表其素以为荣行之助,夫岂张大而溢美也哉。

烝民

【总评】

宣王命樊侯仲山甫筑城于齐,而尹吉甫作诗以送之,曰:贤才之生不偶然也,以禀赋则无不全,以事业则无不尽,吾尝求瑞于天,而知山甫之有异于人矣。

【原文】

天生烝民,有物有则。

【张居正讲评】

彼天之生众民也,气以成形,理亦付焉。故有是物,必有是物之则,有如耳目,则有聪明之德,有父子则有慈爱之德之类,是其则也。

【原文】民之秉彝,好是懿德。

【张居正讲评】

是物则也,乃一定不易之理,而纯粹至善之精,是乃所谓彝而为天下之懿德者也。故人之生,莫不禀此一定不易之理,而为秉执之常性,其性不亦善乎。性善则情亦善,是以发之为情无不好,此懿德而于纯粹至善之精有同然焉,是天之生物,而厚于人如此。

【原文】

天监有周,昭假于下,保兹天子,生仲山甫。

【张居正讲评】

然则天之生人,不尤厚于圣贤哉?盖天监视有周,能以昭明之德感格于下,故保兹天子,以为中兴之主,而遂为之生贤侯曰仲山甫焉。凡其辅天子之德而佐天子之业者,皆于斯人有托矣。是仲山甫之生,天为天子而生也,则所以钟其秀气而全其美德者,岂特如此凡民已哉。

【张居正讲评】

仲山甫之生既出于天矣,则其德之全为何如哉?

【原文】

仲山甫之德,柔嘉维则。

【张居正讲评】

但见仲山甫之德,妙柔嘉则之休,而无过则之衍,盖沉潜刚克,不偏于柔。故不过则如是也。使过则焉得谓之柔嘉乎?

【原文】

令仪令色,小心翼翼。

【张居正讲评】

以言其动容,则仪色之皆善,以言其存心,则恭敬之不忘表里,盖交修也。

【原文】

古训是式,威仪是力。

【张居正讲评】

以言其学问则取法于古训,而无自足之心,以其进修则致力于威仪,而有践履之实,知行盖并进也。

【原文】

天子是若,明命使赋。

【张居正讲评】

且其发挥于事业也,则猷为协九重之心,而天子之是若经营,宣德意之美而明命之是赋,体用盖兼全也,仲山甫之德曷有一之不备哉。

【张居正讲评】

仲山甫之德既无不备,岂不足以膺全职也乎。

【原文】

王命仲山甫,式是百辟。

【张居正讲评】

使之居冢宰之位,而式是百辟,外有以总领诸侯矣。

【原文】

缵戎祖考,王躬是保。

【张居正讲评】

缵戎祖考之职,而王躬是保,内有以辅养君德矣。

【原文】

出纳王命,王之喉舌。

【张居正讲评】

王之明命赖之以出纳,而为王之喉舌,非入则典司政本者乎。

【原文】

赋政于外,四方爰发。

【张居正讲评】

王之德政赖之以敷布,而使四方之丕应,非出则经营四方乎?仲山甫之职曷有一之不全哉。

【张居正讲评】

以仲山甫之尽职者言之。

【原文】

肃肃王命,仲山甫将之。

【张居正讲评】

彼肃肃王命,未易将也,惟仲山甫则奉行惟谨,悉副乎九重之托,为能将之焉。

【原文】

邦国若否,仲山甫明之。

【张居正讲评】

邦国若否,未易明也,惟仲山甫则旌别不忒,莫逃洞监之精,为能明之焉。

【原文】

既明且哲,以保其身。

【张居正讲评】

人臣之身,天子是毗,不保之,非智也。彼则明于理焉,察于事焉,顺事理以惟行,自足以保身而不陷于凶咎矣,何待趋利避害以全躯也。

【原文】

夙夜匪解，以事一人。

【张居正讲评】

人君之身，人臣是辅，不事之，非忠也。彼则夙而兴焉，夜而寐焉，效处恭于匪懈，于以事一人而不私于其躬矣，何尝怠惰荒宁以废职也，仲山甫之职业，宁有一之不尽哉。

【张居正讲评】

故尝合而观之，而知仲山甫柔和之德，与夫举德尽职者，果有以异于常人者矣。

【原文】

人亦有言：柔则茹之，刚则吐之。维仲山甫，柔亦不茹，刚亦不吐。

【张居正讲评】

人亦有言，柔者易制，人则茹之，刚者难御，人则吐之，此常情之偏也。惟仲山甫，柔亦不茹，刚亦不吐。

【原文】

不侮矜寡，不畏强御。

【张居正讲评】

惟不茹柔，故柔莫柔于矜寡也，则仁以抚之，而皆在保恤之中，何尝陵而侮之乎？惟不吐刚，故刚莫刚于强御也，则刚柔合德，中正不偏，则仲山甫之柔嘉维则者，于此可见，其保身亦何尝枉道以徇人也。

【原文】

人亦有言：德輶如毛，民鲜克举之。

【张居正讲评】

人又有言曰：德輶如毛，夫其德之甚轻如此，若易举也。然凡民不免溺于拘蔽而鲜有能举之。

【原文】

我仪图之，维仲山甫举之，

【张居正讲评】

我仪图其能举之人，则惟仲山甫独得乎天性之厚，而不亏其物则之良，所以举之者全尽而无遗焉。盖其内外交修，知行并进者，实所以全其美德也。

【原文】

爱莫助之。

【张居正讲评】

故我也,心诚爱之,虽欲助之而不能者矣何也,彼故能举之也,而我奚所庸其助,是其举德不亦异于人乎?

【原文】

衮职有阙,维仲山甫补之。

【张居正讲评】

人君一身万机系焉,不能以无缺失也。常人既不能举其德矣,又孰能补王之缺乎?仲山甫既能举德,则以己之善格君心之非,至诚以感动之,尽力以扶持之,为能补衮职之阙,悉复于无阙之地焉,是其举职不亦异于人乎?即人言观之,信乎天生人而厚于圣贤,果非如凡民已也。

【张居正讲评】

夫仲山甫能举德尽职如此,则城齐不易易哉?

【原文】

仲山甫出祖,四牡业业,征夫捷捷。

【张居正讲评】

惟兹仲山甫当出行之时,举祖道之祭,四牡则业业而健矣,征夫则捷捷而疾也。

【原文】

每怀靡及。

【张居正讲评】

斯时也,仲山甫念才力之弗堪,思职之难称,每怀靡及之心,而不能自已焉。

【原文】

四牡彭彭,八鸾锵锵,王命仲山甫,城彼东方。

【张居正讲评】

所以然者,盖以驾四牡之彭彭,鸣八鸾锵锵,是行也,王命之以城东方,域民国在此一举,其职盖甚重矣,乌得无靡及之怀哉。

【张居正讲评】

虽然此亦仲山甫敬谨之心,自不容已耳,以我观之。

【原文】

四牡骙骙,八鸾喈喈。仲山甫徂齐,式遄其归。

【张居正讲评】

四牡骙骙而强盛,八鸾喈喈而和鸣,仲山甫乘之以徂齐也,吾知举德如斯人,尽职如斯人,则一指顾之下可以集事,不旋踵之间可以言归,而仲山甫之心于保王躬补王阙者得以自尽矣,夫岂久于齐哉。

【原文】

吉甫作诵,穆如清风。

【张居正讲评】

然此惟我能谅之,而心怀靡及者不自知也。故我吉甫作为烝民之诵,原其降生之异,道其德职之全,其意味之深长足以动人,殆如清微之风,有足以动物者乎。

【原文】

仲山甫永怀,以慰其心。

【张居正讲评】

此其意非有他也,盖以仲山甫远行,有所怀思,故作此诵以送之,使彼闻言之下,知城齐之事乃其才之所优为,而无不及者,于以慰其永怀之心耳。是则非仲山甫不能承王命之重,非尸吉甫不能慰仲山甫之心,君臣之间,僚友之情,两得之矣,其一时相与之盛何如哉。

韩奕

【总评】

韩侯初立来朝,始受王命而归,诗人作此以送之,曰:诸侯不得专有其国,故继世必请命于天子而后臣职明,我韩侯知是道矣,而其受命以归,其事岂可无可言者乎。

【原文】

奕奕梁山,维禹甸之,有倬其道。

【张居正讲评】

彼奕奕梁山,昔禹荒度土功,甸而治之,成倬然之道。

【原文】

韩侯受命,

【张居正讲评】

故今韩侯初立,由此道以受命于王,盖以国难传于先君,实出于天子而不敢不禀命之礼也。

【原文】

王亲命之:缵戎祖考,

【张居正讲评】

于是王亲命之,以为尔之祖考,尝为诸侯者也,则命尔缵祖考之旧服而为一国之诸侯。

【原文】

无废朕命,夙夜匪解,虔共尔位,朕命不易。

【张居正讲评】

汝当无废朕命而夙夜匪懈,以虔共尔位,则朕之命于汝者,山河带砺而终不改易矣。

【原文】

榦不庭方,以佐戎辟。

【张居正讲评】

然不来庭之国,正尔职之所当榦者也,是必布德宣威以正彼不来庭之国,使九重无北顾之忧,于以弼佐戎辟中兴之治可也,如是则职业已修,而缵戎之命可无负矣,汝往钦哉。

【张居正讲评】

来朝受命如此,王之锡予何如?

【原文】

四牡奕奕,孔修且张。韩侯入觐,以其介圭,入觐于王。

【张居正讲评】

韩侯之初来朝也,驾四牡之奕奕,孔修而且张,以土服入见天子,执其介圭以合瑞于王焉。

【原文】

王锡韩侯,

【张居正讲评】

斯时也,诸侯之命既于是而授,则诸侯之仪卫亦于是而锡矣。

【原文】

淑旂绥章,

【张居正讲评】

所锡维何? 有交龙之淑旂,有注旄之绥章,所以表其仪者至矣。

【原文】

簟茀错衡,

而饰之于车者,则方文之竹簟以为蔽,错文之车衡以为凭,车之饰何美焉。

【原文】

玄衮赤舄,

【张居正讲评】

有衮龙之玄衣,有金缕之赤舄,所以华其躬者备矣。

【原文】

钩膺镂锡,

【张居正讲评】

而饰之于马者,则领下有钩,而膺有樊缨之饰,眉上有锡,而锡有镂金之文,马之饰抑何美耶。

【原文】

鞹鞃浅幭,

【张居正讲评】

然车之饰不惟有簟茀错衡已也,又有去毛之革以持式中,有浅毛之皮以覆式上,车之饰无一不弗备矣。

【原文】

鞗革金厄。

【张居正讲评】

马之饰不惟有钩膺镂锡也,又以鞗为辔有余而垂,以金为环缠扼辔首,马之饰无一不全矣。韩侯乘此以返国,不有以昭宠锡之隆耶?

【张居正讲评】

韩侯既受命予之隆,遂为返国之举。

【原文】

韩侯出祖,出宿于屠。

【张居正讲评】

但见韩侯之出也,行祖道之祭而出于屠。

【原文】

显父饯之,清酒百壶,其殽维何? 炰鳖鲜鱼。其蔌维何? 维笋及蒲。其赠维何? 乘马路车。

【张居正讲评】

显父于是承王命而饯之,以酒言之则清酒百壶,以殽言之则炰鳖鲜鱼,以蔌言之则维笋及蒲,以赠言之,则乘马路车。

【原文】

笾豆有且,侯氏燕胥。

【张居正讲评】

斯时也,供帐侈都门之外,笾豆列有楚之多,但见侯氏与显父献酬交错,于以尽相乐之情焉,返国而膺饯赠之隆,有如此者。

【原文】

韩侯取妻,

【张居正讲评】

韩侯当返国之余,遂为娶妻之举。

【原文】

汾王之甥,蹶父之子。

【张居正讲评】

以妻子之族类言之,则为汾王之甥,而母族贵矣,蹶父之子而父族贵矣。

【原文】

韩侯迎止,于蹶之里,百两彭彭,八鸾锵锵,不显其光。

【张居正讲评】

韩侯亲迎于彼蹶里之中,百两彭彭,八鸾锵锵,以物采则彰也,以声名则扬也,允乎邦君之仪卫矣,岂不显其光乎。

【原文】

诸娣从之,祁祁如云。韩侯顾之,烂其盈门。

【张居正讲评】

当时一娶九女,诸娣从之,祁祁而徐观,靓如云而众多,韩侯一顾之下,盖烂然其盈门矣,不有以遂其婚姻之乐乎。

【张居正讲评】

夫韩侯亲迎之乐如此,而韩姞于归之情何如。

【原文】

蹶父孔武,靡国不到。为韩姞相攸,莫如韩乐。

【张居正讲评】

彼蹶父以孔武之资,膺出使之命,盖靡国而不到矣,乃因为韩姞择可嫁之所,而莫如韩土之可乐者焉。

【原文】

孔乐韩土,川泽訏訏,鲂鱮甫甫,麀鹿噳噳,有熊有罴,有猫有虎。

【张居正讲评】

以孔乐之韩土言之,南襟大河,流而为川,川则訏訏而大也,北控追貊潴而为泽,泽则訏訏而大也,地势何其广耶? 既有鲂鱮之甫甫,又有麀鹿之噳噳也,或熊或罴固无不有,或猫或虎亦无不有也,物产何其多也耶? 信乎莫如韩土之乐矣。

【原文】

庆既令居,韩姞燕誉。

【张居正讲评】

蹶父于相攸之下,既庆韩姞之有令居,则韩姞于归之后,岂不遂其安乐之情乎。

【张居正讲评】

夫韩侯既受王命而归,而遂室家之乐如此,则所以钦王命者岂可苟哉。

【原文】

溥彼韩城,燕师所完。

【张居正讲评】

溥彼韩城,实召公率燕师之所完也,其立国有自来矣。

【原文】

以先祖受命,因时百蛮。王锡韩侯,其追其貊,奄受北国,因以其伯。

【张居正讲评】

今王之封韩侯,盖以韩之先祖尝受命于先王而为百蛮之长,则夫守藩服而因统蛮方者,乃韩之旧职也,故王锡韩侯以追貊之比国,使之奄而受之而因为之君,所以缵乎先世之绪也。

【原文】

实墉实壑,实亩实藉,献其貔皮,赤豹黄罴。

【张居正讲评】

然使职业之不修,何以继此世业乎? 彼为国之道,安养为先,是必修城池,治田亩也,正税法也,于以尽安养之道焉。事君之礼,贡献为先,是必献貔皮也,与赤豹也,及黄罴也,于以修贡献之礼焉。韩侯返国而能此,则王所谓缵戎祖考者可以无负,而朕命不易者可以永膺矣,韩侯其勉哉。吁,诗人既述王命而复申告之以此,则丁宁劝戒之意切矣,所谓不以颂而以规也欤?

江汉

【总评】

宣王命召公平淮南之夷,诗人美之,曰:戡乱者,人臣之弘功,报功者,人君之大典,我召虎今日之成功而获报,果何如哉?

【原文】

江汉浮浮,武夫滔滔。

【张居正讲评】

方召虎承王命之重而为平淮之行,其所涉之江汉则浮浮而水盛矣,所率之武夫则滔滔而顺流矣。

【原文】

匪安匪游,淮夷来求。

【张居正讲评】

是行也,六师之众者,皆怀敬戒之心,不敢安游,而曰:淮夷倡乱,天讨所当加,我之来也,将以求正淮夷之罪焉耳。

【原文】

既出我车,既设我旟。

【张居正讲评】

非车无以制敌,我车则既出矣,非旟无以统众,我旟则既设矣。

【原文】

匪安匪舒,淮夷来铺。

【张居正讲评】

是行也,三军之士皆恃戒惧之心,不敢安舒,而淮夷肆侮,王法所当诛。我之来也,将陈师以伐淮夷耳,使淮夷无可伐之罪,则王朝岂为无名之师哉。

【张居正讲评】

夫淮夷当行则天讨斯行。

【原文】

江汉汤汤,武夫洸洸。

【张居正讲评】

但见遵江汉以有行,则汤汤而水盛矣,率武夫以从事,则洸洸而武勇矣。

【原文】

经营四方,告成于王。

【张居正讲评】

于以经营淮夷之四方,凡发谋出虑以为荡平之策者,罔不尽也,但见一指顾而淮夷屈服,则南征之功有成,遂持檄以告于王矣。

【原文】

四方既平,王国庶定,时靡有争。

【张居正讲评】

夫王国以四方为安危者也,四方既平,则国家不摇而王国庶定矣,人心视四方为向背者也,四方既平,则人心知戢而时靡有争矣。

【原文】

王心载宁。

【张居正讲评】

若然则土宇如故,人心攸同而天子南顾之忧以释矣,王心不因之而载宁乎。

【张居正讲评】

夫经营既成,则疆理斯举。

【原文】

江汉之浒,王命召虎:式辟四方,彻我疆土。

【张居正讲评】

故即此江汉之浒,王命召虎以四方为淮夷侵扰,而疆土因之以紊也,于是命之以式辟四方之侵地,而以彻法正疆界焉。

【原文】

匪疚匪棘,

【张居正讲评】

夫经营而疆理无有宁日,非不恤困苦而以病民也,经营而即疆理曾不后时,非更张无渐而以急欲也。

【原文】

王国来极。

【张居正讲评】

盖以彻法乃王国中正之法,其辟而彻者,惟以四方皆来取法,正于王国而无有贪暴兼并之患,斯已矣。

【原文】

于疆于理,至于南海。

【张居正讲评】

召虎乃承王命,往而疆之,而画其大界,往而理之而别其条理,直至于南海而止焉。盖无一处之疆土而不彻者矣。

【张居正讲评】

夫经营疆理告成,召虎之功懋矣,王岂无所以报其功乎。

【原文】

王命召虎,来旬来宣:

【张居正讲评】

盖昔淮夷倡乱之时,王命召虎来此江汉之浒,经营疆理,而遍治其事以布王命焉。

【原文】

文武受命,召公维翰。

【张居正讲评】

因勉之曰:昔我文武受命,尔祖召公循行南国,辟国百里,实为周之桢干,今其事犹可稽也。

【原文】

无曰予小子,召公是似。

【张居正讲评】

尔今淮南之行,毋曰为予小子之故也,继尔召公之事是似耳,盖忠以为国,即孝以承家也。

【原文】

肇敏戎公,用锡尔祉。

【张居正讲评】

尔诚肇敏戎公,无愧于召公之翰文武,则我当用锡尔祉,无异于文武之报召公矣,是其当临遣之时,期以立功,而欲厚报之如此。

【张居正讲评】

乃今功既成矣,而王锡祉以报之,何如哉?

【原文】

厘尔圭瓒,秬鬯一卣。

【张居正讲评】

但见圭瓒秬鬯已得而专也,则厘尔圭瓒秬鬯一卣,使之以祀其先祖焉。

【原文】

告于文人,锡山土田。

【张居正讲评】

山川土田已不得而专也,则告于文人锡山土田,使之得广其封邑焉。

【原文】

于周受命,自召祖命。

【张居正讲评】

然此策命之词,不徒使之受命于朝廷之上而已也,盖以岐周之地,乃文王命召公而召公受命之所也,王又使之往受命于岐周,从其祖受命于文王之所焉,一以昭我周之有世臣,一以昭康公之有贤胤,其所以宠异之者,不亦至乎。

【原文】

虎拜稽首,天子万年。

【原文】

虎拜稽首,对扬王休。

【张居正讲评】

夫召虎既拜赐于周矣,及其归而献之于庙也,复拜于稽首,以答天子之美命,昭君赐也。

【原文】

作召公考,

【张居正讲评】

乃作召公之庙器,以勒王策名之词。而记其成功。

【原文】

天子万寿。

【张居正讲评】

且其所勒之词,祝天子以万寿,盖欲使君寿考与庙器相为悠久矣。

【原文】

明明天子,令闻不已。

【张居正讲评】

然不特此也,明明天子,今日经营疆理,卓有成功,令闻固洋溢矣,又必使如是终亦如是，而令闻为之不已焉。

【原文】

矢其文德，洽此四国。

【张居正讲评】

今日淮夷之服，四方之平，武功既丕振矣，又必矢其教化之文德，自朝廷而江汉，以洽于四国之远焉，则至治垂于无疆，而令闻延于有永矣。不然武以戡乱，虽足以成一时之闻，而文德不敷，治日以替，令闻如何能不已哉。此故虎之深愿，而报谢之意至此其少罄矣乎。吁，宣王之报功臣也，必致其宠锡之隆，召虎之答君恩也，必极其报称之意，君臣之间可谓两无负矣。

常武

【总评】

宣王自将以伐淮北之夷，诗人作此以美之，曰：人君之御夷有大法焉，有大本焉，法在取乱而侮亡，本在耀德不观兵，今我天子之比伐成功，深有德于此矣。

【原文】

赫赫明明，王命卿士，南仲太祖，太师皇父：

【张居正讲评】

吾王愤淮夷之乱，为自将之举，其当时所命以董师者果谁人乎？但见纶音涣发，赫赫明明，乃谓南仲为太祖，官太师而字皇父者焉，盖以世臣之家，文事武备皆其素谙，太师之位尊官重望，足以服人耳。

周宣王

【原文】

整我六师，以修我戎，既敬既戒，

【张居正讲评】

命之云何，以太师所以从行也，则整之使士卒之辨，治以戎事，所以之敌也。则修之使器械之精好，而其具已预矣。又必既敬焉，无有怠慢之心，既戒焉，无有轻忽之念，而其本以得矣。

【原文】

惠此南国。

【张居正讲评】 【文恩】

所以然者,盖以淮夷倡乱,而南国为之不宁,故今之治军戎而敬戒者,正欲除淮夷之乱以惠此南方之国耳。钦哉,皇父无废朕命,是其亲命皇父以董其师者如此。

【原文】

王谓尹氏,命程伯休父:

【张居正讲评】 【文恩】

然军事既有皇父以统之,不可无司马以副之也,于是王谓掌策命之官尹氏者,使之命程伯休父为司马焉。盖必彼此协谋斯能万全以取胜,左右替襄斯能克敌以成功焉耳。

【原文】

左右陈行,戒我师旅。 【文恩】

【张居正讲评】

命之云何?以师旅不戒,恐其失律,而于纪也,则左右陈其行列而警戒之,俾我师我旅不愆于步伐之法也。

【原文】

率彼淮浦,省此徐土。 【文恩】

【张居正讲评】

以徐土不省,恐其滥及于无辜也,则使之率彼淮浦之地而省徐土焉,惟渠魁者歼之,而协从者则赦之不治。

【原文】

不留不处,三事就绪。 【文恩】

【张居正讲评】

然使之所处荆棘生焉,又必罪人既得,即班师而归无久留,而于彼使三农之事,得以就绪可也。钦哉,休父无废朕命,是其策命休父以副其师者如此。

【张居正讲评】

军士既备,王遂将之以行。 【文恩】

【原文】

赫赫业业,有严天子。 【张居正讲评】

【张居正讲评】

但见威灵之振,赫赫其甚显,气势之张,业业其甚大,而若是可畏者,盖以天子自将,故其威之可畏,有如是耳。

【原文】

王舒保作,匪绍匪游。

【张居正讲评】

斯时也,王师始出,舒徐安行,故不失之纠紧也,亦不失之遨游也,惟率其常度而已。

【原文】

徐方绎骚,震惊徐方,如雷如霆,徐方震惊。

【张居正讲评】

然而先声所在,徐方之人已连络而骚动,震叠而惊惧,有如雷如霆之作于其上,而徐方之震惊如是也,是王师未至而畏之可畏如此。

【原文】

王奋厥武,如震如怒。

【张居正讲评】

及其既至于徐也,王之威武愤扬,有如雷霆之震怒。夫故足以发舒华夏之气而寒淮夷之胆矣,岂特如闻风之绎骚震惊而已哉。

【原文】

进厥虎臣,阚如虓虎。

【张居正讲评】

于是进厥虎臣以布列也,则忠愤激烈,阚然如虓虎之雄,是将帅以天子之怒为怒者也。

【原文】

铺敦淮濆,仍执丑虏。

【张居正讲评】

陈其师旅于淮浦也,则厚集其阵而有仍执丑虏之势,是士卒以天子之怒为怒也。

【原文】

截彼淮浦,王师之所。

【张居正讲评】

斯时□□□淮浦之地,实惟王师所陈之所矣。凝复有恃□而负固者哉,是王师既至而势之难犯如此。

【张居正讲评】

以王师之无敌言之。

【原文】

王旅啴啴，

【张居正讲评】

但见大权统于天子，而六师为之张皇，以师旅则啴啴而众盛焉。

【原文】

如飞如翰，

【张居正讲评】

自其应变之速，从事之敏也，则如飞如翰，何其疾也。

【原文】

如江如汉，

【张居正讲评】

自其步卒之众，骑士之多也，则如江如汉，何其盛也。

【原文】

如山之苞，

【张居正讲评】

其敛而静之也，如山之苞，其静不可扰也。

【原文】

如川之流，

【张居正讲评】

其进而动之也，则如川之流，其动不可御也。

【原文】

绵绵翼翼，

【张居正讲评】

其布伍联属绵绵而不绝焉，行列整肃翌翌而不可乱焉。

【原文】

不测不克，

【张居正讲评】

攻则敌不知守，守则敌不知攻，而其极之密也，不可测也。以攻则无不胜，以守则无不固，而其锋之锐也不可克也。

【原文】

濯征徐国。

【张居正讲评】

以此万全之师,濯征徐方之国,有不战,战必胜矣。

【张居正讲评】

然王之服远,岂特恃兵威之胜已哉。

【原文】

王犹允塞,

【张居正讲评】

良由王道之大,正身以率物,肫肫乎实德之孚,由中以达外,鉴鉴乎实事之布。

【原文】

徐方既来,徐方既同。

【张居正讲评】

是以至诚所感,徐方则既来日切,服从之愿,徐方则既同众致归附之诚。

【原文】

天子之功,

【张居正讲评】

若此者以为资六师之勇,则非勇之所能怒,以为资士卒之力,则非力之所能致,既来而既同者,皆由于王犹之允塞,实惟天子之功也。

【原文】

四方既平,徐方来庭,徐方不回。

【张居正讲评】

且天子之所以有此行者,正为淮夷之乱四方故耳,以今四方则既平,而叛涣者息矣,徐方则来庭而稽首称藩矣,徐方则不回而倾心向化矣。

【原文】

王曰还归。

【张居正讲评】

吾王于此乃曰:吾之自将,正欲省徐土以惠南国也,今来同则徐土靖而南国惠矣,岂可久处以妨农事哉?于是班师而旋归,庶乎武不黩矣。夫诗人于宣王之伐淮北也,始著其兵威之盛,终归其王道之大,其亦美不忘归之意也,吁。

瞻卬

【总评】

此刺幽王嬖褒姒、任奄人，以致乱之诗，若曰：天下无不败国之妇寺，所贵乎人君者，惟其心之不惑，则能修身以用贤，而乱亡无自至矣，吾于今有惑焉。

【原文】

瞻卬昊天，则不我惠？孔填不宁，降此大厉。邦靡有定，士民其瘵。

【张居正讲评】

彼昊天以惠民为心，而民之所恃以安者也。今也瞻仰昊天，则不我惠，使我甚久不宁而降此大厉之乱焉。所以邦国杌陧靡定，而士民皆为之受其病也。

【原文】

蟊贼蟊疾，靡有夷届。

【张居正讲评】

夫小人虐民而戕之，民之蟊贼也，今蟊贼之为害，靡有平止之期。

【原文】

罪罟不收，靡有夷瘳。

【张居正讲评】

淫刑而陷民于死，民之罪罟也，今也罪罟之不收，靡有平愈之日，则士民之受其瘵将何时已哉。

【张居正讲评】

何以见蟊贼罪罟之为民病也。

【原文】

人有土田，女反有之。人有民人，女覆夺之。

【张居正讲评】

夫蟊贼之小人，王任之也，未有任蟊贼而民不为蟊贼者。故土田民人，官之事守存焉，王之予夺贵当也，今人有土田，女反奄而有之，人有民人，汝仅谋而夺之，是其侵牟攘取于人者若此，其尤常予夺何不当也，是王之自为蟊贼蟊疾矣。

【原文】

此宜无罪，女反收之。彼宜有罪，女覆说之。

【张居正讲评】

罪兴之罔民,王揉之也。未有罪罟虐民而刑罚能中者,故五刑五用,民之命脉系焉。王之刑罚贵中也,今此宜无罪者,汝反从而收之,彼宜有罪者,女反从而脱之,此其拘系纵实于人者若此,其失实刑罚何不中也。是王之罪罟信不收矣,此王政之所以为昏乱也,而士民其瘵奚惑哉。

【张居正讲评】

然其所以至此,岂无由哉?

【原文】

哲夫成城,哲妇倾城。

【张居正讲评】

诚以男子为国家之主,故有智则能立国,妇人以无非无仪为善,无所事哲,哲则是以覆国而已。

【原文】

懿厥哲妇,为枭为鸱。妇有长舌,维厉之阶。

【张居正讲评】

故此懿美之哲妇,人反目之为枭鸱之恶者,盖以妇有长舌,能变乱是非而为祸乱之阶梯,以倾人之国焉耳。

【原文】

乱匪降自天,生自妇人。

【张居正讲评】

如此则大乱之作,岂真白天降哉,特由于妇人而已。

【原文】

匪教匪诲,时维妇寺。

【张居正讲评】

今夫人之言,非养德则规过,是皆有教诲之益也。若夫徒事言而无教诲之益,则惟妇人与寺人耳,岂可近哉?近之适以阶乱而已。

【张居正讲评】

且夫妇寺之恶,可胜道哉。

【原文】

鞠人忮忒,

【张居正讲评】

盖妇寺能以知变而穷人之言,其心忮害而变诈无常。

【原文】

潛始竟背，岂曰不极，伊胡为慝。

【张居正讲评】

其或倡为潛妄而偶有所验，因欣然以取信于君矣。纵使为潛于始而终或不验于后，此可谓不极而甚慝矣，则亦不复自为其言之放恣无所极，已而反曰是何足为慝乎？夫始则纵其妄极之奸，而终略无忌惮之意，若而人也，岂可使之为国家哉。

【原文】

如贾三倍，君子是识，妇无公事，休其蚕织。

【张居正讲评】

且朝廷之事，非妇人之所宜预，辟之商贾之利，非君子之所宜识，则今如贾有三倍之利，君子识其所以然，是喻于义者反喻于利也，固为莫大之耻矣。妇人无朝廷之事，舍其蚕桑以图之，是位乎内而反以谋乎外也，岂不为莫大之慝哉。

【张居正讲评】

夫致乱者妇寺，而任乎妇寺者王也。

【原文】

天何以刺？何神不富？

【张居正讲评】

彼王为天子，其见爱于天者宜也，今天何用责王而有祸乱之降？为神之王其见佑于神者宜也，今神何用不富王而有饥馑之生？凡以王信用妇人之故，此所以天变而不之爱，神怒而不富之也。

【原文】

舍尔介狄，维予胥忌。

【张居正讲评】

吾见内乱既深，外变将作，所可忌者夷狄之大祸也，今王乃舍此夷狄之大祸而不之忌，反以我之正言不讳为忌何哉？

【原文】

不吊不祥，

【张居正讲评】

夫天之不祥，所以儆戒人君，庶几王惧而自修，今王乃降灾而不之恤。

【原文】

威仪不类。

【张居正讲评】　　　　　　　　　　　　　　　　　　【文惠】

身为邦国之本也,则不能谨其威仪以修身,而恣其荒淫之行。

【原文】

人之云亡,

【张居正讲评】

才为邦国之辅也,则不能用贤以共事,而致其人才之亡。

【原文】　　　　　　　　　　　　　　　　　　　　　【文惠】

邦国殄瘁。

【张居正讲评】

如是则上无以保恤乎国家,下无以共安乎生民,邦国不自此而殄瘁乎。

【张居正讲评】

夫亡国之机如此,有心者宁能以恝然矣乎。

【原文】

天之降罔,维其优矣。

【张居正讲评】　　　　　　　　　　　　　　　　　　【文惠】

彼天厌周德而降其祸乱,殆无宁日,维其优矣。

【原文】

人之云亡,心之忧矣。

【张居正讲评】

使有贤人犹可维其乱也,而且人之云亡,谁与共理,则天变终不可弭,而邦国之瘁也必矣,我心安得而不忧哉。

【原文】

天之降罔,维其几矣。

【张居正讲评】

天厌周德而降其祸乱,已为穷促,维其几矣。

【原文】　　　　　　　　　　　　　　　　　　　　　【文惠】

人之云亡,心之悲矣。

【张居正讲评】

使有贤人犹可持其危也,而且人之云亡,谁与共理,则天变日以益迫,而邦国之瘁也必矣,我心安得而不悲哉! 盖以文武之基,创成康之培植,历数百年全盛之业,而一旦为之倾覆,诚不能不令人为之咨嗟而叹息矣。

【张居正讲评】

夫祸之已成，故可为悲。然天心仁爱，人君宁终有不可弭之祸乎。

【原文】

觱沸槛泉，维其深矣。心之忧矣，宁自今矣。

【张居正讲评】

彼泉水潢涌上出，其源深矣，我之心忧，非适今日而然也，其所从来亦以久矣。

【原文】

不自我先，不自我后。

【张居正讲评】

盖以祸乱之极，不自我先，不自我后，固已无可为者，此其忧之不容已耳。

【原文】

藐藐昊天，无不克巩。

【张居正讲评】

然改过自新，宁非君之所当勉哉。彼维天高远，虽若无意于物，而其功用神明不测，虽危乱之极，亦无不能巩固之者，盖下有遇灾而惧之君，则天有反灾为祥之应，理固然也。

【原文】

无忝皇祖，式救尔后。

【张居正讲评】

今王诚能改过自新，亲其所当亲，而不溺于闺门之爱，任其所当任，而不狎于奄竖之私，于身而修之，于人而用之，视之皇者无所愧焉，则天意可回，来者犹必可救，而子孙亦蒙其福矣。所谓无不克巩者如此，不然吾不知其所终矣。吁，使深刺王之惑于妇寺而终深冀其改过，以回天变，非有君爱国之心者，其能然哉。

召旻

【总评】

此刺幽王任用小人，以致饥馑侵削之诗。

【原文】

昊天疾威，天笃降丧，瘨我饥馑。

【张居正讲评】

彼昊天本仁忧悯下者也，今乃肆其疾威，厚降以丧乱之灾，而病我以饥馑之祸焉。

【原文】
民卒流亡，我居圉卒荒。

【张居正讲评】
是以斯民失所，尽以流亡，内自中国，外及边圉，皆荒虚而无人矣，天之虐人何其惨哉。

【张居正讲评】
然所以致此者，以王所任之非人耳。

【原文】
天降罪罟，蟊贼内讧，昏椓靡共。

【张居正讲评】
彼天降罪罟而使民卒流亡者，岂真自天为之哉？良由蟊贼之人内溃其心志，民椓之人靡共其职事也。

【原文】
溃溃回遹，实靖夷我邦。

【张居正讲评】
若此者，是溃溃邪僻之人，不可使之为国家者也，王乃使之司均平之责，宰政令之权，以靖夷我邦焉。则小人得志，恶政日加，是以上干天怒，而致此罪罟之降也，岂可以归咎于天哉。

【张居正讲评】
然小人之用，由王之取舍不明故也。

【原文】
皋皋訿訿，曾不知其玷。

【张居正讲评】
彼昧道废职，皋皋然肆其顽慢，巧言如流，訿訿然务为谤毁，此其素履玷缺者，王宜有以灼其奸矣，顾乃为其所迷而不知其玷焉。

【原文】
兢兢业业，孔填不宁，我位孔贬。

【张居正讲评】
至于夙夜匪懈，兢兢而戒谨，朝夕惕若，业业而恐惧，如是而甚久不宁者，王宜有以悯其情矣。顾乃更见贬黜而不得以安其位焉。夫以王之取舍颠倒如此,小人之用有由然矣。

【原文】

如彼岁旱,草不溃茂,如彼栖苴。　　　　　　　　　　　　　　　　　　　【文熟】

【张居正讲评】

夫惟任用小人,是以国脉已促,民生就竭,流离饥困之余,无复人世之望,如彼草遇岁旱而不遂其茂,其生意已绝矣,如草栖木上,而不泽其枯槁已甚矣。

【原文】　　　　　　　　　　　　　　　　　　　　　　　　　　　　　【文熟】

我相此邦,无不溃止。

【张居正讲评】

夫民,国之本也,民生如此,吾想此邦,终于溃乱而已矣,其将何以为国哉。

【张居正讲评】

夫国之于溃乱,则吾之忧其能以自已耶。

【原文】

维昔之富,不如时。维今之疚,不如兹。　　　　　　　　　　　　　　　　【文熟】

【张居正讲评】

仰为先王之世,民生乐利,未有若是之疚也,据今之疚,饥馑切身,又未有若此之甚也。

【原文】

彼疏斯粺,胡不自替?　　　　　　　　　　　　　　　　　　　　　　　【文熟】

【张居正讲评】

然今日之病皆小人为之耳,夫小人之与君子,其善恶邪正不相为谋,如疏与粺其分审矣。为小人者宜自退逊使君子得行其志可也,故乃妨贤病国不自替以避君子,则斯民之病,当何时而已也。

【原文】　　　　　　　　　　　　　　　　　　　　　　　　　　　　　【文熟】

职兄斯引。

【张居正讲评】

是以我心专为此,故至于怆怳引长而不能自已也。

【原文】

池之竭矣,不云自频。泉之竭矣,不云自中。

【张居正讲评】

夫小人妨贤以致祸乱，则祸乱之起有自来矣，犹池之竭自外之不入也，泉之竭自内之不出也。今之论者不究其所自来，而曰池之竭矣，不云自频。泉之竭矣，不云自中。是以祸乱为适然之数，而不为小人致之也。

【原文】

溥斯害矣，

【张居正讲评】

则小人益无所忌，日恣其乱而其为害也益广矣。

【原文】

职兄斯弘，不烖我躬？

【张居正讲评】

是以我心专为此故，至于怆悦日益弘大而忧之曰，岂不烖及我躬也乎，吾知其无以自免矣。

【张居正讲评】

夫祸乱至于如此，吾心宁无思于古哉。

【原文】

昔先王受命，有如召公，日辟国百里。

【张居正讲评】

昔我文武受命之时，其大臣有如召公者，敷政南国，而江汉服从焉，汝墳遵化焉，卒至虞芮质成，四十国来归焉，盖日辟国百里也。

【原文】

今也日蹙国百里。

【张居正讲评】

今也犬戎内侵，诸侯外叛，乃日促国百里，何其异于昔也。亦曰蟊贼昏椓夷靖我邦，而所用之非其人耳。

【原文】

於乎哀哉，维今之人，不尚有旧？

【张居正讲评】

然王之不用贤，非曰今世无人也，於乎哀哉，今世虽乱，岂不犹有旧德可用之人乎，盖有之而不能用耳。有臣而不用，则何怪其国之日促哉。吁，亲贤臣远小人，此盛周之所以兴隆也，亲小人远贤臣，此所以衰周之倾颓也，用人得失兴亡遂判，宜诗人叹息致恨于幽王欤？

颂

周颂

【总评】

周颂凡十篇。

清庙

【总评】

此周公既成洛邑而朝诸侯,因率之以祀文王之乐歌,言自古有德之主,孰不足以感人哉!至于既没之后,而人心少有厌射焉,亦其德之未至也。予观今日之庙祭,而知文德不以久而湮矣。

周文王

【原文】

於穆清庙,

【张居正讲评】

彼于穆此清静之庙,所以安文王之神而妥文王之主也。

【原文】

肃雍显相。

【张居正讲评】

但见祀礼一行,万邦毕集,有助祭之公卿诸侯也,皆敬且和,而俨然文德之范。

【原文】

济济多士,秉文之德。

【张居正讲评】

有执事济济之多士也,皆秉文德而宛然肃雍之模。

【原文】

对越在天,

【张居正讲评】

文王之神在天,则对越其在天之神,恍乎若或见之,一和敬之所昭格也。

【原文】

骏奔走在庙。

【张居正讲评】

文王之主在庙,则骏奔走其在庙之主,趋事匪懈,一和敬之所形见也。

【原文】

不显不承,

【张居正讲评】

大以在庙之人,皆体文王之德以奉祭如此,则是文王之德显于前者,不晦于后,岂不显乎?趋于昔者不替于今,岂不相承乎。

【原文】

无射于人斯!

【张居正讲评】

信乎其盛德至善,克当人心而无有厌于人矣。使其不显不承,而一有射于人焉,则肃雍秉德者何以若是,其众对越骏奔者何以若使其诚耶?文王之德之盛于兹见矣。谓庙祭可以观德,岂虚也哉。

维天之命

【总评】

此亦祭文王之诗,言我今日赖圣祖之德以修祀矣,然不观诸天无以悉至德之蕴,不述诸后,无以慰启佑之心也,何言之。

【原文】

维天之命,於穆不已。

【张居正讲评】

自其德源于天,谓之命。於乎深远哉,此唯天之命也,一通一复,互为其根,何不已乎!而於穆者即不已之藏其朕也,此天之所以为天也。

【原文】

於乎不显,文王之德之纯!

【张居正讲评】

自其命付于人谓之德,於乎不显哉,此文王之德也,一动一静,私欲不杂,何其纯乎,而不显者即纯德之流其光也,此文王之所以为文也。天之不已维其纯也,文王之纯则亦不已矣,宁不与天而无间哉。

【原文】

假以溢我?

【文惠】

【张居正讲评】

夫文王与天同德如此,则为后人所当法矣。然所赖者文王之恤我也,不知文王在天之神果何以恤我,而大其启佑之泽乎。

【原文】

我其收之,骏惠我文王,

【张居正讲评】

有则我当受之,以大顺文王之道而修己治人,一遵其纯德而不悖也。

【原文】

曾孙笃之。

【张居正讲评】

然不特我当顺之,凡继我而为曾孙者,又当笃厚之而修己治人,故守其纯德而不忘也,盖文王之纯德,在一世则为一世之法,在万世则为万世之法,而骏惠笃厚之责实在我后人也,诚能法之,则文王与天为一,我与文王为一,不足以慰在天之灵也哉。

维清

【总评】

此亦祭文王之诗,且圣君有良法以贻子孙,而恒病于世守之难者,谓可用于古之天下,而不可用于今之天下也,吾今观于文兴而知后世之当法矣。

【原文】

维清缉熙,文王之典。

【张居正讲评】

彼我所当清而明之,使之不紊,辑而熙之而使之不坠者,其维文王之典乎。

【原文】

肇禋,迄用有成,

【张居正讲评】

夫文王之典,所以当清明缉熙者何也,盖以文王本敬止之德,运而为丕显之谟,其典尽善尽美,故自始祀文王以至今日,其用是典者非一人也。然创业者用之而成四海永清之烈,守成者用之而成四方日靖之功,皆能有成如此。

【原文】

维周之祯。

【张居正讲评】

则是典也,用之一世而一世治,是为一世之祯也。用之万世而万世治,是为万世之祯也。所以兆灵长之运基,悠久之隆者在是矣,不为我周之祯祥乎?夫以文典为周之祯,则后人乌可不清明而缉熙之哉。

烈文

【总评】

此祭于宗庙而献诸侯助祭之乐,言人君之福,非助祭谁与锡之,人臣之福,非道德谁以承之,故图报之道与自修之职,吾君臣宜交相勉焉,试言之。

【原文】

烈文辟公,锡兹祉福。

【张居正讲评】

我向者之祭,辟公竭和敬以相祀,于是神明感通,多福降焉,则兹祉福也,虽神锡之,实我烈文辟公锡之也。

【原文】

惠我无疆,子孙保之。

【张居正讲评】

但见惠我以无疆之休,使我子孙世世保之而长守其富也,长守其贵也,盖历万世而不改矣。

【张居正讲评】

夫辟公锡福之功如此,我岂可不思所以报之哉。

【原文】

无封靡于尔邦,维王其崇之。

【张居正讲评】

我念尔之在国也，赋有常法，不专利以自封，恪守吾周家九赋之规，费有常经，不侈汰以自靡，克遵吾周家九式之法则，王当遵崇汝矣。

【原文】

念兹戎功，继序其皇之。

【张居正讲评】

况今在庙有此锡福之大功，而保我之子孙，则当使尔之子孙继序而益大之，山河带砺之盟不改，与我子孙而相为无疆矣。

【张居正讲评】

然有功固我所当报，而道德亦女所当修。

【原文】

无竞维人，

【张居正讲评】

今世之人，固有以威力为强矣，然此未足以言强也，语莫强者其维人之道乎。

【原文】

四方其训之。

【张居正讲评】

女诚能尽道焉，吾见道为天下之共由，四方不以之为训哉。

【原文】

不显维德，

【张居正讲评】

亦有以爵位为显矣，然此大足以言显也，语莫显者其维人之德乎。

【原文】

百辟其刑之，

【张居正讲评】

女诚能修德焉，吾见德为人心之同得，百辟不以之为刑哉。

【原文】

於乎，前王不忘。

【张居正讲评】

吾常征之前王矣，於乎，前王所以能使人既没世而思念之不忘者，正以其能尽人之道，修君之德故耳，女辟公可不知所勉哉？盖道德者所以居功也，使于道德有不修则恃功而骄者，乃所以丧其功，王朝报功之典岂能保其常乎，凡我辟公尚其懋哉。

天作

【总评】

此祭太王之诗,言一代之王业必有所创而开其基于前,而后有所藉而成其业于后,为子孙者诚不可忘其所自矣,吾今知太王之功矣。

【原文】

天作高山,太王荒之。

【张居正讲评】

高哉,此岐山也,实上天作之,以待明德之君者也。我太王也,以明德而承与宅之命,遂从而荒之作屏,修乎以辟其土地,左右疆理,以辑其人民。

【原文】

彼作矣,

【张居正讲评】

而作之于前者,既有以垂后世之统矣。

【原文】

文王康之,

【张居正讲评】

于是文王从而康之,惠鲜怀保于以益固岐州之业焉。

【原文】

彼徂矣岐,有夷之行。

【张居正讲评】

夫祖开于前,孙承于后,由是人归者众,而此险阻之岐山,遂有平易之道路,而允为天下之一都会也。

【原文】

子孙保之。

【张居正讲评】

太王创业垂统之功如此,亦云艰矣。凡我子孙抚此岐山,则当念创业者之艰而保守之不失可也。盖岐周为我周肇基之所,正根本之地,失此岐山是失根本之地矣,岂所以慰太王始谋之心哉?吁,周人奉太王之祭而欲守太王之业,可谓得事神之本矣。

昊天有成命

【总评】

此祀成王之诗,言帝王之命,帝王之德为之也,非唯创业者藉之以闻,其统而守成者亦藉之以永其休者也,人知成王之能永命矣,而亦知其存心乎?

【原文】

昊天有成命,二后受之。

【张居正讲评】

昊天有一定之命,文王武王既以敬止敬胜之德,受于前矣。

【原文】

成王不敢康,

【张居正讲评】

使继之者非人,能保其不失乎?惟成王也虽抚盈成之运,此心常凛凛然虑成命之不易保,而不敢康宁。

【原文】

夙夜基命宥密。

【张居正讲评】

夙夜之间,其积德以承藉天命者,但见德之所成统万理于不遗,而时出之有本,何宏深耶!湛一理于凝寂,而识欲之不染,何静密耶。

【原文】

於缉熙,单厥心。

【张居正讲评】

於乎,成王能积德以基命如此,是真能继续光明文武之业,有以尽继述之心而无愧,向之不敢康者,于是乎什矣。

【原文】

肆其靖之。

【张居正讲评】

古今能安靖天下,而四方之攸同如故也,四海之永清犹旧也,不有以保其所受之命耶?吁,此成王之德于是为盛也,今日抚有成业者,诚当知所自矣。

我将

【总评】

此宗祀文王于明堂,以配上帝之乐歌也。若曰:天与亲一道,事天与事亲一心,故所以祀之者与所以未其享者,皆有本焉,吾今日之尊文以配天也,将何以尽祭之义乎?

【原文】

我将我享,维羊维牛,

【张居正讲评】

彼明堂之祭,所以祀上帝而报成物之功者也,是故我之所奉而献者,实惟少牢之羊太牢之牛也,而视圜丘之理为有加矣。

【原文】

维天其右之。

【张居正讲评】

惟此上帝庶其鉴一念将享之微,沉降而在此羊牛之右,以享我祭者乎。

【张居正讲评】

然明堂以祀上帝,而文王所以配之也,文王岂无以享我哉。

【原文】

仪式刑文王之典,日靖四方。

【张居正讲评】

盖文王以安民为心而创是典,固望后人法之以安民也,我也仪式刑文王之典,以日靖四方之民焉,而感孚之诚为有素矣。

【原文】

伊嘏文王,既右享之。

【张居正讲评】

则此能赐福之文王,岂不既降而在此牛羊之右,以享我祭乎。

【张居正讲评】

夫天与文王既皆右享矣,使或恃而弗敬,安能保其常享者哉?

【原文】

我其夙夜,畏天之威,

【张居正讲评】

彼福善祸淫而昭然不爽者,天之威也,文王之德固与天为一者也我具,夙焉畏天之威,不敢有怠朝也,夜焉畏天之威,不敢有怠夕也。

【原文】

于时保之。

【张居正讲评】

使有以孚天之心,而存文王之神,于以保天与文王所以降监之意可矣。不然明堂之祭,徒为弥文,天与文王孚我于今者,安知不弃我于后哉。夫周人之享帝享亲,其始也竭诚以来降鉴之休,其终也畏威以保降鉴之意,仁孝之至于此可见矣。

时迈

【总评】

此巡狩而朝会祭告之乐歌也,若曰:锡天子之位者惟天,而保天子之位者惟君,故之于行事则可以知天意矣,慎之于政教则可以疑天命矣,试言之。

【原文】

时迈其邦,

【张居正讲评】

彼爰革商政之始,正人心望治之初也,故我也以时巡狩诸侯之国,所以朝会者在此行,所以祭告者在此行也,是虽帝王之旧规,实我周之新命矣。

【原文】

昊天其子之?

【张居正讲评】

不知昊天于冥冥之中,其子我为天下神人之主矣乎? 我盖不敢以自必也。

【张居正讲评】

然天之子我虽不可必,而示之行事则可征者。

【原文】

实右序有周,

【张居正讲评】

天实尊我周于臣民之上,序我周于夏商之后矣。

【原文】

薄言震之,莫不震叠。

【张居正讲评】

是以朝会一行,班玉辑瑞,修礼如器,薄示震叠之威于诸侯,而诸侯莫不震惧而畏威之不遑矣。

【原文】

怀柔百神,及河乔岳。

【张居正讲评】

祭告一行神之涣者,怀以来之,萃者柔以安之,而百神皆怀柔,以至河之深广,岳之崇高,亦莫不敢格焉。

【原文】

允王维后!

【张居正讲评】

夫人君受命于天而为神人之主者也,一朝会而诸侯畏之,一祭告而百神享之,则昊天子我之意可卜矣,岂不信乎周王之为天下君哉。

【张居正讲评】

夫天既子我而为之君,则岂可不知所以保之哉。

【原文】

明昭有周,式序在位。

【张居正讲评】

盖明昭乎我周也,既除乎涉浊之乱而成清明之治矣,故庆赏黜陟,天之所以命德而讨罪也,则以此而式序在位之诸侯,而赏罚功罪各得其宜而不紊矣。

【原文】

载戢干戈,载櫜弓矢。我求懿德,肆于时夏,

【张居正讲评】

干戈弓矢,向之所以奉天而伐暴也,则于此戢而櫜之,而求其懿美之德,布之于时夏之中焉。

【原文】

允王保之。

【张居正讲评】

夫天作君师,付之以政教之柄者也。今政行有以尽作君之责,教行有以尽作师之道,则昊天子我之命益固矣,岂不信乎周王之能保天命哉!吁,武王一时巡,不敢

必天之子,既验之又欲有以保之,可谓知畏天矣。

执竞

【总评】

此祭武王成王康王之诗,若曰:先王之立德立功,后人之所藉为休者也。子孙之奉祭举祀,先王之所感而格者也。吾今赖三王之泽以奉三王之祭其功德,岂无可言者乎?

【原文】

执竞武王,

【张居正讲评】

以武王言之,但见持敬胜义之德,自强而不息,其心纯矣。

【原文】

无竞维烈。

【张居正讲评】

心之纯者功必集也,是以定一统之业而受一定之命,功烈盖莫得而竞之矣,功何隆耶?

【原文】

不显成康,

【张居正讲评】

以成康言之,但见懋宥密对扬之学,光明而不昧其德显矣。

【原文】

上帝是皇。

【张居正讲评】

德之显者,天必眷也,是以承无竞之烈而保佑序之眷,亦为上帝之所君,德何盛耶?

【张居正讲评】

然其德之不显,何如哉?

【原文】

自彼成康,奄有四方,

【张居正讲评】

盖自彼成康继体而君天下,固奄有四方之广矣。

【原文】

斤斤其明。

【张居正讲评】

而其文明之德,亦合四方以光被之无地而不察也。不亦斤斤其明亦乎,诚哉,其德之显矣。

【张居正讲评】

夫以三后功德之盛如此,我后人之奉祭何如?彼感通神明莫善于乐,以乐言之。

【原文】

钟鼓喤喤,

【张居正讲评】

钟以宣之,鼓以动之,喤喤然其声之和也。

【原文】

磬莞将将,

【张居正讲评】

磬以收之,管以会之,将将然其声之集也。

【原文】

降福穰穰。

【张居正讲评】

由是声音所感,三后之来格,降福穰穰然其多,无竟是皇之休,皆有以昭受之而无意遗矣。

【张居正讲评】

昭格神明,莫大于礼,以礼言之。

【原文】

降福简简,

【张居正讲评】

夫降福既穰穰而多,则必简简而大矣。

【原文】

威仪反反,

【张居正讲评】

然不敢恃此而自怠也,但见受福之后,威仪益愈谨重,始固如是其敬也,终亦如是其敬也。

【原文】

既醉既饱,福禄来反。

【张居正讲评】

由是诚敬所孚,而皇尸醉饱之余,神赐之厘,福禄之来反复而不厌,无竞是皇之休,盖有以祉承之而无穷矣。夫三后既以垂功德于后,又以畀福禄于祭,则我子孙之赖于三后弘矣。登歌之顷,乌容已于揄扬哉。

思文

【总评】

此尊稷配天之诗,若曰:民之所仰者天也,天之所爱者民也,而体天心以立民心者则圣人也,人知今日之尊稷配天矣,抑知其德之盛者乎?

【原文】

思文后稷,克配彼天。

【张居正讲评】

彼巍巍乎惟天为大,未易配也,惟我后稷,经纶参赞而尽有相之道,其文德之著,足以克配彼天而无间焉。

【原文】

立我烝民,莫匪尔极,

【张居正讲评】

何以见之?盖洪荒之世,黎民阻饥久矣,后稷教民稼穑,使我烝民皆得以粒食者,皆其德之至极而不可复加者也。

【原文】

贻我来牟,帝命率育。

【张居正讲评】

且其贻我民以来牟之种,乃上帝以此遍养下民,稷则承天之命以致之民,是其下民立命乃其上承天心也。

【原文】

无此疆尔界,陈常于时夏。

【张居正讲评】

但见民生即遂,民性可复,是以无此疆彼界之殊,皆得以陈其君臣父子之常道于中国矣,使非后稷之粒民,则救死不瞻,奚暇治礼义哉。夫后稷尽养道之功,而因开教道之始如此,则是天之生民不能养者,稷代为之养,所不能教者,稷代为之教矣,其德如是,岂不可以配乎天哉? 南郊之配,舍稷其谁?

臣工

【总评】

此戒农官之诗,若曰:我周以农事开国,则当以农事为重。

【原文】

嗟嗟臣工,敬尔在公。

【张居正讲评】

嗟嗟臣工,凡农官也,凡农官之副也,尔职之勤怠,生民之休戚系焉者也,是必敬尔在公之职,而恪共匪懈可也。

【原文】

王厘尔成,

【张居正讲评】

然敬职莫先于守法,王始置农官而赐之成法,颁在天朝,固昭然可为尽职之准者也。

【原文】

来咨来茹,

【张居正讲评】

尔必来咨之以致其审,来茹之以究其详,庶几成法可守而尔公可敬矣。

【张居正讲评】

然其所为成法者,不过秉天时以尽人事而已。

【原文】

嗟嗟保介,维莫之春,亦又何求?

【张居正讲评】

嗟嗟保介,职副农官者也,于今维莫之春,此正东作之时也,尔今亦何所求哉。

【原文】

如何新畬?

【张居正讲评】

其所求者不过新畬之当治耳,今新畬之治已何如哉?毋谓天时尚缓而可以舒徐为之也。

【原文】

於皇来牟,将受厥明。明昭上帝,迄用康年。

【张居正讲评】

盖於皇来牟,今已将熟,而可受上帝之明赐矣,过此以往,而此明昭之上帝,又将赐我新畬以丰年也。

【原文】

命我众人,庤乃钱镈,奄观铚艾。

【张居正讲评】

尔诚秉此莫春之时,即命众人具此钱镈以治其新畬,则奄忽之间,又见铚艾之在目矣。所谓康年之赐,诚可指日而待也。以东作未几而西成继至,则天时之相催亦甚速矣,人事其可以或缓耶?嗟,尔保介王之成法如此,可不咨而茹之以敬,其在公之职乎。

噫嘻

【总评】

此连上篇,亦戒农官之诗,若曰:服田力穑,在乎农夫,而劝课督责,在乎农官。

【原文】

噫嘻成王,既昭假尔。

【张居正讲评】

嗟,我成王,始置农官之日,已著之成法。盖已昭然以示尔之臣丁矣。

【原文】

率时农夫,播厥百谷。

【张居正讲评】

凡尔乡遂之官,司稼之属,是皆以农为职者也,尚其观明法则,思职之当尽,是必率时农夫以播厥百谷,使无后时可矣。

【原文】

骏发尔私,终三十里。

【张居正讲评】

然使耕者之力有不齐,百谷何自而播乎,盖一成之地三十里尔,必使之大发其私田,尽三十里而止,无一地而不耕也。

【原文】

亦服尔耕,十千维耦。

【张居正讲评】

一川之众十千人,尔必使之皆服其耕事,万人为耦而并耕,无一人而不力也,则人无遗力,斯地无遗利,而百谷于是可播矣。凡尔农官尚念成王之明法,昭垂以各钦厥职哉。

振鹭

【总评】

此二王之后来助祭之诗,若曰:容之在人也,难敬而易肆,誉之在人也,难得而易失,此均不足称也。今我周肇祀而先代之来助祭也,其容与誉深有足嘉者矣。

【原文】

振鹭于飞,于彼西雍。

【张居正讲评】

振振然群鹭之飞也,则爰止西雍之水焉,其清标之资,盖有极其洁白之至矣。

【原文】

我客戾止,亦有斯容。

【张居正讲评】

我客之来助祭而至周庙之庭也,则以洁白之心著于容貌之间,进退升降无不中礼,其修整之至,亦有如鹭之洁白矣,容何异美耶?

【张居正讲评】

然不特容之美已也。

【原文】

在彼无恶,

【张居正讲评】

且其在彼国也,善政善教,有以宜大夫士庶之心,则皆爱之而不忍忘,而无有恶之者矣。

【原文】

在此无斁,

【张居正讲评】

其在此国也,令仪令色,有以孚天子公卿之心,则皆敬之而不忍亵,而无有厌之者矣。

【原文】

庶几夙夜,以永终誉。

【张居正讲评】

夫人心所在声名所起也,人心无间,爱敬大同,岂不庶几自夙而夜,循环不穷,永终此誉者乎,誉何其隆耶?夫容者德之符,其容盛者其德充,名者实之宏,其名大者其实宏,而人之贤可想矣。周人既拟其容之盛,又幸其誉之久,则于二代之后所以爱之也,不亦至乎。

丰年

【总评】

此秋冬报赛田事之乐歌。盖祀田祖先农方社之属也。若曰:国家有丰年而后朝廷无旷典,然要其所以致此者,则神贶之功不可诬也,吾今日之所赖于神者何如?

【原文】

丰年多黍多稌,

【张居正讲评】

彼当丰年之际,雨旸有时若之休,固宜高燥而寒者黍也,我黍则既多矣,而凡性之类夫黍者可知矣,下湿而暑者稌也。

【原文】

亦有高廪,万亿及秭。

【张居正讲评】

及其收而藏之高廪之中也,以为万而止也,则人累万以至夫亿焉,以为亿而止也,则又累亿以至夫秭焉。

【原文】

为酒为醴,

【张居正讲评】

其收成之富如此,则其制用岂有一之不周乎?但见以为之酒,则三酒之既备矣,以为之醴,则五醴之既洁矣。

【原文】

烝畀祖妣,

【张居正讲评】

由是而进畀祖妣焉,享祀妥侑而祀事为之孔明也。

【原文】

以洽百礼,

【张居正讲评】

由是而备百礼焉,燕宾养老而仪文为之周洽焉。

【原文】

降福孔皆。

【张居正讲评】

夫以丰年之制用如此,乃田祖先农方社之神阴佑我民,而赐之丰年之庆。祖妣之烝神蒸之也,百礼之洽神洽之也,其降福不甚遍乎,神之有功于农如此,报赛之典容以不举哉。

有瞽

【总评】

此始作乐而合乎祖之诗也。言我周当治定功成之后,为崇德尚功之乐,而奏之于祖也,所以告成也。

【原文】

有瞽有瞽,在周之庭。

【张居正讲评】

是故有瞽有瞽,司乐之官也,则在周庭之上,奏象成之乐,以合格乎祖考之神矣。

【张居正讲评】

以所作之乐言之。

【原文】

设业设虡，

【张居正讲评】

设业于枸上，设等于枸端，悬钟磬者有具也。

【原文】

崇牙树羽。

【张居正讲评】

尽崇牙于枸业，树采羽以为仪式，业与簴皆有文也。

【原文】

应田县鼓，

【张居正讲评】

小鼓之应大鼓之田，而皆悬之业簴之上，则夏商之制变矣。

【原文】

鞉磬柷圉，

【张居正讲评】

柄摇有鞉，垂击有磬，而并列起乐止乐之柷圉，则始终之节具矣。

【原文】

既备乃奏，

【张居正讲评】

凡既备矣，于是三瞽之官从而奏之矣。

【原文】

箫管备举，

【张居正讲评】

然不惟有鞉磬也，又有编小竹管之箫亦备举焉。不惟有柷圉也，而又有并两而吹之管亦备举焉。乐之陈也，极器饰之备，乐之奏也，合小大之全矣。

【张居正讲评】

夫乐既备，奏而其声之和何如哉？

【原文】

喤喤厥声，

【张居正讲评】

但见其声也，八风从律而不奸，五音成文而不乱，盖喤喤乎其和矣。

【原文】

肃雍和鸣，

【张居正讲评】

然使一于肃而无雍以济之，则伤于拘迫非和也，今则皦如之中有纯如者存，肃而未尝不雍也。使一于雍而无肃以济之，则失于溷乱非和也。今则纯如之中有皦如者存，雍而未尝不肃也，其喤喤之和鸣，有如此者矣。

【原文】

先祖是听，

【张居正讲评】

是以先祖之神徂落虽云久也，然此和声所感，皆听之于冥冥之中而无有怨恫者矣。

【原文】

我客戾止，永观厥成。

【张居正讲评】

我客之心兴衰虽在念也，然此和声所融皆永观其成，而无有厌怠者矣，其乐之感乎神人有如此，诚有极情文之备，而为一代尽美之乐矣乎。

潜

【总评】

此季冬荐鱼，季春荐鲔于寝庙之乐歌，若曰：君子之致孝，非必品物之备也，即有一物之荐，以足以告虔而通神明之感者也，自今言之。

【原文】

猗与漆沮，

【张居正讲评】

猗与漆沮之水，蕃育鱼鲔之所也。

【原文】

潜有多鱼。

【张居正讲评】

其积柴所养之鱼，盖至多矣。

【原文】

有鳣有鲔，鲦鲿鰋鲤。

【张居正讲评】

但见鳣鲔有焉,鲦鲿鰋鲤有焉。

【原文】

以享以祀,

【张居正讲评】

是固四时之物,可以顺孝子之心也,于是以之享焉,以之祀焉。

【原文】

以介景福。

【张居正讲评】

一念荐物之敬,有以孚祖考之心,而感通之余,遂介以景福矣,岂但祭祀之间能获福哉。

雍

【总评】

此武王祭文王之诗,若曰:人君之□庙也,固当合天下之孝以为孝,然要非后人之能致也,实惟先德之是赖焉,我今日之祀先王也,何如哉?

【原文】

有来雍雍,至止肃肃。

【张居正讲评】

彼当四海浑一之初,而为肇祀文王之举,庙貌始开,万国毕集,但见辟公之来自侯国也,雍雍而和,无勉强之意,其至止周庭也,肃肃而敬无怠慢之心。

【原文】

相维辟公,

【张居正讲评】

而所以助我之祭祀者,实为此辟公矣。

【原文】

天子穆穆。

周武王

【张居正讲评】

如是天子夫何为哉？惟见其湛思疑虑，以交神明，非不雍雍而和也，而不可以和，名非不肃然敬也，而不可以敬象，但著其穆穆深远之容而已，是其和天下之和敬，而为一人之和敬，何其内之尽志耶？

【原文】

於荐广牡，相予肆祀。

【张居正讲评】

然不特内尽志也，但见此和敬之诸侯，各以其物来祭，于是於荐广牲以助我之祭祀，是以合天下之享献，而为一人之享献，何其外之尽物耶。

【原文】

假哉皇考，绥予孝子。

【张居正讲评】

以此而享皇考，孝子之心固望其来享也。假哉皇考，尚其鉴而享之，以安我孝子之心，而得以慰其如见之怀可也。

【张居正讲评】

然我之得人以奉祭，孰非文德之所贻哉。

【原文】

宣哲维人，

【张居正讲评】

盖人之灵万物者，惟此宣哲也，皇考则宣无不通，哲无不知，而人道尽矣。

【原文】

文武维后。

【张居正讲评】

君之称全德者惟此文武也，皇考则文足以经邦，武足以戡乱，而君德备矣。

【原文】

燕及皇天，

【张居正讲评】

夫惟宣哲则聪明所在，于人民之善恶无不知，而民以宣哲安矣。惟文武则德威所及，于民之利善无不济，而民以文武安矣，如是则有以慰求莫之心，不有以燕及皇天乎。

【原文】

克昌厥后。

【张居正讲评】

是以敷锡之休，不惟尊荣其身，享有寿考已也，且以克昌其后嗣焉，而贻之以久大之庆也。

【张居正讲评】

昌后之实何如？

【原文】

绥我眉寿，

【张居正讲评】

彼人莫难于有寿也，今则绥我以眉寿而历年有永，受命既长，其宛然周王寿考之遗乎。

【原文】

介以繁祉。

【张居正讲评】

人莫难于福也，今则介我以繁祉，贵为天子，富有四海，其恍然聿怀多福之遗乎。

【原文】

既右烈考，亦右文母。

【张居正讲评】

夫有眉寿则不患无可为之时矣，有繁祉则不患无能为之分矣。是以我得和敬之诸侯，以荐广牡。既右烈考以天子之礼，而天下以父道尊之也，亦右父母以后妃之礼，而天下以母道尊之也。使非皇考盛德之泽有以昌我后人，则今日之祭果何自而举哉？信乎，皇考之德不可忘也。

载见

【总评】

此诸侯助祭于武王庙之诗，若曰：孝子之奉祭也，能竭万国之欢心者，斯能敛万国之多福，若我今日之祭，其所赖于辟公岂其微哉。

【原文】

载见辟王，曰求厥章。

【张居正讲评】

是故我举昭考之祭,而诸侯修助祭之礼,然助祭必先入朝,而入朝所以禀王法也,于是载见辟王,曰求厥章,盖将奉一人之礼乐政刑,退而典国人共遵之也。

【原文】

龙旗阳阳,

【张居正讲评】

而其入朝之样何如哉?但见车上之建有交龙之旗,其色则阳阳而鲜明也。

【原文】

和铃央央,

【张居正讲评】

轼前之和,旗上之铃,其声则央央而和也。

【原文】

鞗革有鸧,

【张居正讲评】

马辔之鞗辔首之革,其声则有鸧而和也。

【原文】

休有烈光。

【张居正讲评】

侯度修而等威以辨,仪卫盛而又悉以彰,王国若因之以生色矣,不亦休有烈光矣乎?

【张居正讲评】

夫诸侯既来朝而禀法矣。

【原文】

率见昭考,

【张居正讲评】

于是率之以见我昭考之庙,所以修祀事也。

【原文】

以孝以享,

【张居正讲评】

斯时也精诚萃于万国,而合天下之孝以致其孝,物品备于四方,而合天下之享以成其享,所以致昭考之来格者,成有在于斯矣。

【原文】

以介眉寿,永言保之,思皇多祜。

【张居正讲评】

是以神降而赐以福,介我以秀眉之寿,使我永言保此思皇之多祜,长守其富,长守其贵也,盖不特今日而已矣。

【原文】

烈文辟公,绥以多福,俾缉熙于纯嘏。

【张居正讲评】

夫有寿以保多祜,此正所谓多福而天下之纯嘏也,然岂我之所能致哉。盖我烈文辟公竭其孝享之诚,致夫神锡之休绥以多,使我缉而熙之,有寿以保多祜,而纯嘏之至于此也,此皆辟公之功,敢忘所自哉。

有客

【总评】

此微子来见祖庙之诗。

【原文】

有客有客,亦白其马。

【张居正讲评】

我微子本先代之后,我周盖尝待以不臣之礼矣,今为朝庙之行,至止周庭之上,不为我周之客乎? 有客有客,所乘者亦白其马,盖修先代之礼物而不变之也。

【原文】

有萋有且,敦琢其旅。

【张居正讲评】

自其仪之在一身而言,则有萋有且,而极其敬慎之至,是一身之敬而莫非一心之敬也。自其仪之在从行而言,则左右便便而若出于敦琢之余,是从行之敬莫非有客之敬也,不有适我之愿耶?

【张居正讲评】

奈何朝庙既毕,遂欲舍我而去矣。

【原文】

有客宿宿,有客信信。

【张居正讲评】

是故近而计之,我客不过于此一宿又一宿而已。远而计之,我客不过于此再宿又再宿而已,信信宿宿之外,将不为我久留也。

【原文】

言授之絷,以絷其马。

【张居正讲评】

然我不欲客之逝去也,于是以彼之所乘有马而言,受之絷以絷其马焉,庶马以絷故而不得行,人亦以马故而不得去矣。

【张居正讲评】

夫以絷其马,我之计则然也,孰知我客之决于去而不可留,我将何以为情哉?

【原文】

薄言追之,左右绥之。

【张居正讲评】

于是薄言追之,欲以脱其既去之辙,凡所以安而留之者,无不用其至矣。

【原文】

既有淫威,

【张居正讲评】

且尔特不念我周之恩,犹有可留之道乎。盖我周使尔统承先王,得用天子礼乐,而制特异于群工,亦既大有等威矣。

【原文】

降福孔夷。

【张居正讲评】

然则我周之降福于尔,名分不拘,恩泽无涯,不既易而且大乎?尔诚念及于此,亦可为我而少留也,何为而悤于我哉。吁,周人于微子之朝庙既喜且至,复悲其去而留之切如此,可谓亲爱之无已矣。后世有天下者,反忌人之子孙至于殄灭无遗,亦独何哉。

武

【总评】

此周公颂武王之功,为大武之乐。若曰:圣人非以杀伐为威,而以止杀为武,能止杀则可以定王业,而极所以扩先绪也,今我武王之武何如哉?

【原文】

於皇武王,无竞维烈。

【张居正讲评】

於皇哉,此武王也。创新造之王业,济四海于永清,其功烈之盛,可以光前裕后,天下莫得而竞之矣。

【原文】

允文文王,克开厥后。

【张居正讲评】

何以言之,盖信有文德之文王,修和有夏,辑和有宁,邦家大统,几于垂成,固有以克开后人之绪矣。

【原文】

嗣武受之,胜殷遏刘,

【张居正讲评】

然殷虚未除,文德犹未洽于天下,使继之者非人,则先绪亦坠也,惟我武王嗣而受之,因其缔造之勋,而为吊伐之举,胜殷以止其杀,而救民水火之中。

【原文】

耆定尔功。

【张居正讲评】

是以天下由此大定,而成其无竞之功也。用是观之,可见非武王之武,无以成文王之文,而胜功遏刘之功未建,亦无以集克开厥后之业,此其武功所以为大,而周公象之以作乐而告成功,宜哉。

闵予小子

【总评】

成王免丧始朝于先王之庙而作此诗也。若曰:服新命者当知持危之戒,守盈成者,宜切继先之思。

【原文】

闵予小子,遭家不造,

【张居正讲评】

闵予小子，今日之继体守成，以天命则未固也，以人心则未孚也，盖遭家不造矣。

【原文】

茕茕在疚。

【张居正讲评】

况我皇考见皆茕茕然在此疚病之中，今虽免丧朝庙之日，念之有难为情矣。

【原文】

於乎皇考，永世克孝。

【张居正讲评】

夫以其眇躬而当不造之家，复失皇考之祐，我将何以为继序之图哉？亦惟法皇考之孝耳。於乎皇考也，事亲以孝，善继善述，善终其身而不忘者。

【张居正讲评】

所谓永世克孝何如？

【原文】

念兹皇祖，陟降庭止。

【张居正讲评】

观其于皇祖，既没之后，常切思念之心，善继其志，恍然若典之契也。善述其事，恍然若典之接也，有如皇祖之陟降于庭焉，其克孝于此可征矣。

【原文】

维予小子，夙夜敬止。

【张居正讲评】

今我小子之视皇考也，敢不夙夜之间敬以自持，兢兢然不忘皇考之恩乎。

【原文】

於乎皇王，继序思不忘。

【张居正讲评】

所以然者，盖於乎我皇祖之业，皇考继之，皇考之业小子继之，是其先后相传之序不可自我而坠也，故我之所以夙夜敬止者，正欲崇大化之本以就皇王之业，思继此序于不忘耳。不然先王之所望于小子者，其谓我何哉？吁，成王于朝庙之初即思以守文武之业，此所以为有周之令主欤。

访落

【总评】

成王既朝于庙,因作此诗以道延访群臣之意,言我出谅阴以听治,正继体守成之初也,不慎厥始,难图厥终。

【原文】

访予落止,率时昭考。

【张居正讲评】

咨尔群臣,我将谋之于始,以循我昭考之道。

【原文】

於乎悠哉,朕未有艾。

【张居正讲评】

然於乎我昭考也,其道乃圣人之道,极于深远,朕未之能及也。

【原文】

将予就之,继犹判涣。

【张居正讲评】

将使予勉强以就之,则强探力索者多扞格而不胜,犹恐道自道而我自我,判涣而不相合也。

【原文】

维予小子,未堪家多难。

【张居正讲评】

夫以昭考之道,既远而难继,况予小子,渺躬凉德,又未能堪国家多难也。

【原文】

绍庭上下,陟降厥家。

【张居正讲评】

是何以为继述之图哉,亦曰以道求道则远而难及,以事求道则近而可循,外而在庭,昭考之所上下于是者皆道之所著也,我则绍其上下于庭者而上下之,内而在家,昭考之所陟降于是者皆道之形也,我则绍其陟降于家者而陟降之,凡刑寡妻至兄弟,一遵其成宪也。

【原文】

休矣皇考,以保明其身。

【张居正讲评】

如此则事之所在莫非道之所在,道之所在莫非休之所在也。庶几哉,可以赖皇考之休,有以保吾身焉,而不陷于纵欲之危,明吾身焉而不迷于昏昧之途,则昭考之道于是可继,而家国之难于是可堪矣。我今之所谋始者,尔群臣以为何如耶?

敬之

【总评】

此成王受群臣之戒,而述其告己之言及己答之之意。曰:天之所命者惟君,君之保命者惟敬,而所以能纯其敬者,惟在于无间之功而辅翌之助也。向也小子以道延访群臣,而群臣以道而告小子。

【原文】

敬之敬之,

【张居正讲评】

我王当嗣服之初,正天命去留之会也,尚当体敬止之心法,守敬胜之家传,有严有翌,其敬之哉,敬之哉。

【原文】

天维显思,命不易哉!

【张居正讲评】

然所以当敬者何也?盖使大道有不显而明命之易保,犹可以不敬也。自今言之,天道甚显,凡人一念之敬肆,莫不在于洞烛之中,命遂因之,予夺有不可执之以为常矣,何不易保哉。

【原文】

无曰高高在上,陟降厥士,日监在兹。

【张居正讲评】

王毋曰:天之高高在上而不吾察也,当知其聪明明畏,常若陟降于吾之所为,盖有无日而不临鉴在兹者,无一事之或遗,亦无意一时之或间矣。天道之显如此,则其命亦因之矣,如之何其易保耶?王诚不可以不敬也。

【原文】

维予小子,不聪敬止。

【张居正讲评】

夫群臣固以敬而戒我矣，顾予小子，天质不聪，尚昧主敬之方而未能敬焉。

【原文】

日就月将，

【张居正讲评】

然未能者其质也，愿学者其心也，是必体验于幽独之中，扩之于行事之际，日有就焉，日求一日之功，月有将焉，月求一月之功。

【原文】

学有缉熙于光明。

【张居正讲评】

不但已也，又必于其日就月将者，缉而续之熙而明之，无一息之间，以造于一疵不存，万理明尽之后而复其光明之本体，斯已矣。如是则私欲不杂，此心惺惺，庶几为纯敬道哉。

【原文】

佛时仔肩，示我显德行。

【张居正讲评】

凡尔群臣当念我所负荷之任，天命于我乎？疑人心于我乎？固而非敬无以胜之，盖甚重也，是必辅助我所负荷之任，而凡为显明之德行者，一以示我，使我得以于此加日就月将之功，因缉而熙之，庶几光明之地可几而敬可能矣。不然而徒泛泛示之曰敬之哉，我将何以循哉？吁，成王既受戒而又欲交修于人已，此所以能基命宥密而为守成之令欤。

小毖

【总评】

此亦访落之意。

【原文】

予其惩，而毖后患。

【张居正讲评】

人情有所惩于前，斯有所儆于后，我今何所惩而儆后患乎？

【原文】

莫予荓蜂,自求辛螫,肇允彼桃虫,拼飞维鸟。

【张居正讲评】

夫蜂之为物,虽小而有毒,本不可使也。桃虫之小而能为大鸟,本不可信也。今予之当惩者,莫予拼蜂而自求辛螫之变,信桃虫而不知拼飞为大鸟焉,此其所以当惩者乎。

【原文】

未堪家多难,予又集于蓼。

【张居正讲评】

顾予年幼冲,未堪国家之多难,而又集于辛苦之地,有此辛螫拼飞之祸焉,使今不惩昔日之变,则恐复酿他日之患矣。凡尔群臣,诚当思以匡我之不及,而使我知所谨可也,岂可舍我而弗助哉。

载芟

【总评】

此诗疑亦秋冬报赛田事之乐歌,言农事以稼穑为先,稼穑以丰年为庆。

【原文】

载芟载柞,其耕泽泽。

【张居正讲评】

彼三农之事,莫先于耕也,然草木不除,则有妨五谷,故芟焉除草,柞焉除木,而其耕也泽泽然土膏之解散也。

【原文】

千耦其耘,徂隰徂畛。

【张居正讲评】

彼三农之事,亦莫重于耘也,然人力不协,则地有遗利,于是合千为耦同出耘,而其耘也,自为田之处以至田畔之处,而皆遍矣。

【张居正讲评】

然耕与耘之事何如?

【原文】

侯主侯伯,侯亚侯旅,侯彊侯以。

【张居正讲评】

以其耕之勤言之，内则主伯亚旅之咸在，外则侯彊侯以之咸力。

【原文】

有噎其饁，

【张居正讲评】

斯时也，妇子来饁而众食之，噎然其有声矣。

【原文】

思媚其妇，

【张居正讲评】

且为夫者则以耕吾事也，而悯其妇来饁之劳，无不媚妇之夫也。

【原文】

有依其士。

【张居正讲评】

为妇者则以来饁吾事也，而悯其夫力耕之劳，无不依士之妇也。

【原文】

有略其耜，俶载南亩。

【张居正讲评】

和内外长幼以并出，各以有略之耜始事于南亩之中焉，所谓芟作而耕者，何勤耶？

【张居正讲评】

以其耘之勤言之。

【原文】

播厥百谷，实函斯活。

【张居正讲评】

但见既耕之后，而百谷可播矣，则播厥百谷，其实含气而生焉。

【原文】

驿驿其达，

【张居正讲评】

由是驿驿其达，苗生之出土也。

【原文】

有厌其杰。

【张居正讲评】

有厌其杰,受气之足而先长也。

【原文】

厌厌其苗,

【张居正讲评】

厌厌其苗,受气之齐而均长也。

【原文】

绵绵其麃。

【张居正讲评】

斯时也,力耘非其日乎,则绵绵其麃而耘之,极其详密,既不失之卤莽也,亦不失之裂灭也。所谓千耦齐耘者,抑何勤耶?

【原文】

载获济济,

【张居正讲评】

夫耕耘之务既勤矣,及夫西成届期,百谷咸登之于野,而有济济人力之众。

【原文】

有实其积,万亿及秭。

【张居正讲评】

实之于积而有万亿及秭之多,收入之富如此。

【原文】

为酒为醴,

【张居正讲评】

则以之制用焉,有一事不周乎,但见以之为酒而三酒备矣,以之为醴,而五醴具矣。

【原文】

烝畀祖妣,以洽百礼。

【张居正讲评】

由是进之祖妣之前,以洽百礼之备,凡夫妥侑以致孝,献酬以致敬,无不有资矣,其祭祀之需焉有不足耶?

【张居正讲评】

不特此也。

【原文】

有飶其香,邦家之光。

【张居正讲评】

但见酒醴也,飶然其香,以之燕享宾客,则会明良聚道德,而邦家由之以光矣。

【原文】

有椒其馨,胡考之宁。

【张居正讲评】

椒然其馨,以之供养耆老,则养天和安气体,而胡考由之以宁矣,其燕享之具又焉有不周耶。

【原文】

匪且有且,匪今斯今,

【张居正讲评】

夫耕耘收获,稼穑之事也。祭祀燕享,丰年之庆也。然非特此处有此稼穑之事也,今时有此丰年之庆也。

【原文】

振古如兹。

【张居正讲评】

盖自极古以来,即有些稼穑之事,而不独一处为然矣。有此稼穑即有此丰年之庆,而不独一时为然。夫以稼穑,斯年之兆,于古如此,则神之有功其来久矣,报赛之典,其容以不举乎。

良耜

【总评】

此诗疑亦秋冬报赛田事之乐歌,言稼穑之事虽由人力,丰年之庆实由于神功,我周人不敢忘所自矣。

【原文】

畟畟良耜,俶载南亩。

【张居正讲评】

彼方其耕也,以此严利之耜,而始事于南亩之间,其耕之也勤矣。

【原文】

播种百谷,实函斯活。

【张居正讲评】

迨其耕也,播此百谷之种,其实皆含气而生,其播之也时矣。

【原文】

或来瞻女,载筐及筥,其饷伊黍。

【张居正讲评】

由是农夫在田,妇子馌焉,则持筐筥之器,盛伊黍之饷,而饔飧之有备也。

【原文】

其笠伊纠,其镈斯赵,以薅荼蓼。

【张居正讲评】

妇子来馌,农夫耘焉,则轻戴纠之笠,持斯赵之镈,而荼蓼之是薅也。

【原文】

荼蓼朽止,黍稷茂止。

【张居正讲评】

荼蓼既去,则草朽土熟而黍稷日见其茂盛矣。

【原文】

获之挃挃,积之栗栗。

【张居正讲评】

由是西成届期,于焉而可获也,则获之于野,挃挃然其有声,积之于场,栗栗然其甚密。

【原文】

其崇如墉,其比如栉,

【张居正讲评】

语其所积之崇则如墉也,语其所积之密则如栉也。

【原文】

以开百室。

【张居正讲评】

而向之合百事以共作者,今则开此百室而同时以入谷矣。

【原文】

百室盈止,妇子宁止。

【张居正讲评】

由是百室盈止,而比闾族党皆有积仓之富,妇子宁止而俯仰有资,皆蒙乐利之休,其丰年之庆为何如哉。

夫农夫获丰年之庆,要之皆田祖先农方社之功也,报赛之礼其容可缓乎?

【原文】

杀时犉牡,有捄其角。

【张居正讲评】

故杀此犉牡之牲,有捄其角之曲于以行报赛之礼焉。

【原文】

以似以续,续古之人。

【张居正讲评】

举是礼也,而岂徒哉?盖我先祖于农事有成之日,故常行报赛之礼,我今日之举,正欲以似续古之人之典于不替耳。不然行于昔而废于今,将何以报神功之远哉。

丝衣

【总评】

此祭而饮酒之诗也,意曰:王者有事于庙,而多士与焉,非徒以备官也,盖将萃臣工之敬焉耳。

【原文】

丝衣其紑,载弁俅俅。

【张居正讲评】

今观我周士之助祭也,丝衣之服于身者,紑然其鲜洁,爵弁之戴于首者,俅然其恭顺,盖以士者之服而助王者之祭矣。

【原文】

自堂徂基,自羊徂牛,鼐鼎及鼒,

【张居正讲评】

但见方其未祭也,有行礼之序焉,则始而省器也,升自门堂,视壶濯笾豆之属,降往于基,往告于主人曰:器皆已濯具矣。次而省牲也,出自门外,从羊至牛而视之,反于基,告于主人曰:牲皆已充矣。又次而省镬也,出自门外,举夫大鼎之鼐及小鼎之鼒,反于基,告主人曰:鼎皆已洁矣,是未祭而谨礼之序如此。

【原文】

兕觥其觩,旨酒思柔,不吴不敖,

【张居正讲评】

迨其既祭,有献酬之礼焉,则称彼觩然而曲之兕觥,酌彼柔然而和之旨酒,笑语举获,无有于喧哗也,礼仪卒度,无有于怠傲也,是饮酒而谨礼之仪如此。

【原文】

胡考之休。

【张居正讲评】

由是敬至而神以孚,神孚而福以降,岂不永锡难老而有胡考之休乎?则所以相一人之祀事者,盖未有既矣,岂直今日之祭饮而已哉。

酌

【总评】

此颂武王之诗,言天下有不可违之时,而圣人自有顺时之道,欲行事者当知所法也。

【原文】

於铄王师,遵养时晦。

【张居正讲评】

追我武王也,有铄盛之王师,非不可伐纣而成功,然天命犹在商而周时未至,时尚晦矣。武王则坚事商之小心,而退自循养,与事具晦焉,若幸国之寡而轻易其君,岂仁人之所屑者哉。

【原文】

时纯熙矣,是用大介。

【张居正讲评】

及天命既绝商,而周道已光纯熙矣,武王则著戎衣以伐纣,而天下大定,与时具显焉。若纵独夫之暴以虐其民,岂仁人之所忍哉!是其始之循养也,非有心于忘天下也,终之大介也,非有心于利天下也,为其时而已。

【原文】

我龙受之,蹻蹻王之造。

【张居正讲评】

夫酌时之下，大功以建，是以尺地莫非其有，一民莫非其臣，诚矫然为王者之造也，惟我后人无事经营之劳，安然受此矫矫然王者之功，而垂裕也亦弘矣。

【原文】

载用有嗣，实维尔公允师。

【张居正讲评】

我今所以嗣其功者，岂可他求哉，亦惟武王酌时之事是师耳。盖虽不尽袭牧野之迹，然时未可为则，法养晦之遗规，不敢先时而失之纷更也，时所可为则，法大介之遗意，不敢后时而失之废弛也，使不失其道而欲嗣其功，不亦难哉。

桓

【总评】

此亦颂武王之诗，若曰：帝王之具天命之也，故世乱而伐暴安民，世平而用贤保治，莫非所以承天命也，我观武王得是道矣。

【原文】

绥万邦，屡丰年，

【张居正讲评】

当商罪贯盈之时，万邦之失其所安久矣，惟我武王伐纣，救民于水火之中，而措万邦于久安之域，是以民心悦而天意得，阴阳顺轨，风雨时若而屡获丰年之祥焉。盖虽大军之后，必有凶年，而非所论于武王顺天应人之师者矣。

【原文】

天命匪解。

【张居正讲评】

若此者固天之眷周，然天命之于周久而不厌，不徒有屡丰之祥而已也。

【原文】

桓桓武王，保有厥士。于以四方，克定厥家。

【张居正讲评】

盖此桓桓武王，知天以安民心也，于是凡此敦商之旅，皆列爵分土，保而用之于四方，以克定厥家，使夫见休之众，愈获安守之庆焉。

【原文】

於昭于天，皇以间之。

【张居正讲评】

是以安民之德,上通于天,而天命之君天下以代商也,而一代之命于此永承于无疆矣,命之匪解何如哉？夫伐商屡获丰年之庆用矣,而膺匪解之命,武王之功所以为大也。宜周人颂而归功也欤。

赉

【总评】

此颂文武之功,而言其大封功臣之意也。若曰：帝王享有天下而必与功臣共者,非徒示宠荣也,一以广先王之德泽,一以保万世之太平。盖大公大虑存焉者也,而诸臣亦知此意乎？

【原文】

文王既勤止,我应受之。

【张居正讲评】

彼我文王,日昃不遑,以肇造□夏,其勤劳天下至矣,我也受而有之,因成一统之业。

【原文】

敷时绎思,我徂维求定,

【张居正讲评】

此则土地人民之所在,莫非文王之功德而可绎思者也,我岂敢私之为己有哉。布此文王功德之在人而可绎思者,以赉有功之臣,使其大小相制,轻重相维,于以夹辅王室而往求天下之安定焉。

【原文】

时周之命。

【张居正讲评】

然此分封之典,乃我周一代之新命,所以酬功报德而非复商之滥及恶德矣。

【原文】

於绎思！

【张居正讲评】

於,故有文王之功德,斯有今日之封爵,凡尔群臣之受封赏者,尚其绎思文王之功德于不忘焉,则所以计安天下者不容已矣。然其何以慰勤劳之意而钦我周之新命也哉,此可见不有文王之勤劳,则无以得天下而启分封之典,不有武王之分封,则无以安天下而保勤劳之业,此文武之功所以均为可颂也。

般

国学经典文库

诗经

·张居正讲评《诗经》·

图文珍藏版

【总评】

此武王巡守而朝会祭告之乐歌,若曰:自商政不纲,巡守之废也久矣,甚非所以柔百神而肃人心者也。

【原文】

於皇时周,陟其高山,隳山乔岳,

【张居正讲评】

美哉!我周当受命之始,为巡守之行,于是陟其高山,以柴望夫狭而长之隳山也,高而大之岳山也,而一方之祭告无不遍,则一方之朝会无不举矣。

【原文】

允犹翕河。

【张居正讲评】

然天下非一山,四方非一岳,于是又道翕顺之河,以周四方之岳,而四方之祭告无不遍,则四方之朝会无不举矣。

【原文】

敷天之下,裒时之对,

【张居正讲评】

所以然者何哉?故以敷天之下,皆仰一王之新政而有望于我,是以我也聚而朝之方岳之下,正朔与之一,律度与之同,五礼与之修,五瑞与之辑,以答其仰望之心耳,夫岂无事而悠游哉。

【原文】

时周之命。

【张居正讲评】

若此者,虽遵先王之旧规,然其实我周之新政,以与天下相更始者也,尔群臣知新命之

伯禽

不可玩,则当知遵守而不可忽已。

鲁颂

【总评】

鲁乃成王封周公长子伯禽也,姬姓侯爵,其诗皆臣子颂其君之词,与商周之诗子孙颂其先德者异矣。然其即奏皆依颂成声,故得列之商周而无嫌。诗凡四篇。

駉

【总评】

此诗言僖公牧马之盛,由其立心之远也。若曰:大哉心乎,始于仁民,终于及物,故立心之善否,而万化之兴颓系焉。我于我侯牧马之盛而有以独观其深矣。

【原文】

駉駉牡马,在坰之野。

【张居正讲评】

彼駉駉然腹干肥张之牡马,在于坰之野,所以避民居良田也。

【原文】

薄言駉者,有骄有皇,有骊有黄,以车彭彭。

【张居正讲评】

以是马之駉者而言,有骄马,白跨之骄也。而又有黄白之皇、有纯黑之骊也。而又有黄骍之黄,色虽不同而駉则一,以之驾车见其彭彭而充盛矣。

【原文】

思无疆,思马斯臧。

【张居正讲评】

然岂无自而然哉,盖由我公之治国也有悠久之计,无浅近之规,而思之无疆也。是以一思及于马,自然蓄养有道,而马有如是彭彭之善矣。

【原文】

駉駉牡马,在坰之野。

【张居正讲评】

駉駉然腹干肥张之牡马,牧之坰之野,避居民与良田也。

【原文】

薄言驷者,有骓有駓,有驿有騏,以车伾伾。

【张居正讲评】

自其马之驷者而言,有苍白杂毛之駓也,而又有黄白杂毛之駓、有赤黄之骓也。而又有青黑之騏,色虽有异而驷则同,以之驾车,吾见其伾伾而有力矣。

【原文】

思无期,思马斯才。

【张居正讲评】

然岂无自而然哉,盖由我公之治国也有万世之虑,无一时之谋而思之无期也,是以一思及于马,自然蕃育有方,而马有如是伾伾之才矣。

【原文】

駉駉牡马,在坰之野。

【张居正讲评】

駉駉牡马,在于坰之野,牧之有其地矣。

【原文】

薄言驷者,有骅有骆,有骝有雒,以车绎绎。

【张居正讲评】

薄言驷者,有青骊鳞之骅与夫白马黑鬣之骆,有赤身黑鬣之骝与夫黑身白鬣之雒,以是马而驾夫车,绎绎然不绝可谓盛矣。

【原文】

思无致,思马斯作。

【张居正讲评】

然非无自也,盖由我公心思彻乎终始,而无一念之厌致,是以思及于马之大繁息,而绎绎之奋起耳。

【原文】

駉駉牡马,在坰之野。

【张居正讲评】

駉駉牡马,在于坰之野而牧之有其地矣。

【原文】

薄言驷者,有骃有騢,有驔有鱼,以车祛祛。

【张居正讲评】

薄言驷者,有阴白杂毛之骃者,与夫彤白杂毛之騢,有豪骭之驔与夫二目白之鱼。以是马而驾夫车,祛祛然强健也,可谓盛矣。

【原文】

思无邪,思马斯徂。

【张居正讲评】

然非无自也,盖由我公心思极正大而无一念之邪僻,是以思及于马之大繁息而祛祛以徂行耳。盖国家之盛衰,征之畜产,畜产之盛衰本之君心,僖公立心之远,则其牧马之盛,岂偶然哉?吾以是知君心之关于万化大矣,不特一牧马然也。

有駜

【总评】

此燕饮而颂祷之词,若曰:君臣相庆,熙朝之盛事,吾今抑何幸而躬逢其盛耶?

【原文】

有駜有駜,駜彼乘黄。

【张居正讲评】

彼有駜然肥强之马,则四马皆黄矣。

【原文】

夙夜在公,在公明明。

【张居正讲评】

我侯君臣夙夜在公举燕饮之礼,则君有君之仪,臣有臣之仪,皆明明而辨治矣。

【原文】

振振鹭,鹭于下。

【张居正讲评】

燕必有舞也,持此鹭羽或坐或伏,振振然如鹭之下。

【原文】

鼓咽咽,

【张居正讲评】

燕必有鼓也,击革鼓不疾不徐,咽咽然其声之长。

【原文】

醉言舞,

【张居正讲评】

斯时也献酬屡更,君臣皆醉,复命□工而起舞焉。

【原文】

于胥乐兮!

【张居正讲评】

夫以上下交泰,名分无拘,其相乐焉何如哉。

【原文】

有駜有駜,驳彼乘牡,夙夜在公,在公饮酒。

【张居正讲评】

有駜然肥强之马,则四马皆牡矣,我侯君臣夙夜在公而举燕饮之礼,以治明良之情,则在公饮酒矣。

【原文】

振振鹭,鹭于飞。鼓咽咽,

【张居正讲评】

燕必有舞也,持此鹭羽或举或扬,振振然如鹭之飞。燕必有鼓也,击此革鼓不疾不徐,咽咽然其声之长。

【原文】

醉言归,于胥乐兮!

【张居正讲评】

斯时也,献酬屡更,君臣皆醉,然后相与言归焉。夫君臣同乐,其迹无累,其乐为何如哉。

【原文】

有駜有駜,駜彼乘駽。夙夜在公,在公载燕。

【张居正讲评】

有駜然肥强之马,则四马皆駽矣。我侯君臣夙夜在公,则在公载燕矣。

【原文】

自今以始,岁其有。君子有穀,诒孙子。

【张居正讲评】

斯时也,允我群臣沐君之恩深矣,将何以为愿哉。殆必自今以始,阴阳顺轨,风雨时若,岁岁其有焉。我侯永享乐利之休矣。君子有穀,礼教是重,信义是崇,以诒孙子于无疆焉,我鲁永享亲贤之化矣。

【原文】

于胥乐兮!

【张居正讲评】

夫然则君享其臣,臣蒙其休而燕饮以乐太平者,亦自今以始,盖未艾也,其乐为何如哉。

泮水

【总评】

此饮于泮宫而颂祷之词,若曰:学校者礼义之所养,讲学者人主之盛,即兹何幸于我侯见之。

【原文】

思乐泮水,薄采其芹,鲁侯戾止,言观其旂。

【张居正讲评】

彼思乐泮水,有芹生焉,则薄采其芹矣。我侯之至止于泮也,旂建焉则言观其旂矣。

【原文】

其旂茷茷,鸾声哕哕。

【张居正讲评】

但见其旂茷茷而飞扬,目遇之成色也,鸾声哕哕而和鸣,耳遇之成声也。

【原文】

无小无大,从公于迈。

【张居正讲评】

斯时也,我侯举旷世之盛典,而人心之欢乐,无小无大,从公于迈,环桥以观听者济如矣,是其菭泮得人,有如此者。

【原文】

思乐泮水,薄采其藻。鲁侯戾止,其马蹻蹻。

【张居正讲评】

思乐泮水,有藻生焉,则薄采其藻矣。我侯之至止于泮也,有驾马焉,则骄骄其盛矣。

【原文】

其马跻跻,其音昭昭。

【张居正讲评】

夫其马骄骄,仪卫隆矣,是行也,为崇儒来也,为重道来也,其聿骏之音不复昭昭而著乎。

【原文】

载色载笑,匪怒伊教。

【张居正讲评】

斯时也,我侯妙作人之术,而敷教之在宽,色笑可亲,暴怒无形,所以教人者尽其道矣,其莅泮善教有如此者。

【原文】

思乐泮水,薄采其茆。鲁侯戾止,在泮饮酒。

【张居正讲评】

思乐泮水,则薄采其茆矣。我侯之至止,于是也当讲学行礼之余,则在泮饮酒矣。

【原文】

既饮旨酒,永锡难老。顺彼长道,屈此群丑。

【张居正讲评】

吾人将何以为愿哉?彼寿者福之先也,安得我侯饮此旨酒,愿天和安气休而永赐难老之庆者乎。民者邦之本也,安得我侯顺此大道,重礼教崇信义,而屈服鲁国之众者乎。

【张居正讲评】

然吾人之愿与我侯者,不止此已也。

【原文】

穆穆鲁侯,敬明其德,敬慎威仪,

【张居正讲评】

吾见穆穆鲁侯也,敬以明其德,而本体之不昧,敬以慎威仪,而尔止不愆。

【原文】

维民之则。

【张居正讲评】

则表里尽善,民极以建矣,由是下民皆思明德谨仪,不于我而取法矣乎。

【原文】

允文允武,昭假烈祖。

【张居正讲评】

允文焉德之所施者博,允武焉威之所制者广,而质诸烈祖之以文武开国承家者,允无愧焉。

【原文】

靡有不孝,自求伊祜。

【张居正讲评】

则继述尽善而靡有不孝矣,由是烈祖锡之以福,不自求伊祜矣乎?

【张居正讲评】

然吾人之愿于我侯者,又不止此也。

【原文】

明明鲁侯,克明其德。既作泮宫,淮夷攸服。

【张居正讲评】

吾愿明明鲁侯也,克明其德,而虚灵之本体不亏,则服远之道预矣。乃今既作泮宫,固将以为讲学行礼之区,亦所以为受成释奠之所也,当是之时,适淮夷之攸服焉。

【原文】

矫矫虎臣,在泮献馘。淑问如皋陶,在泮献囚。

【张居正讲评】

所服之淮夷,有格其左耳者,则有矫矫武勇之虎臣,而在泮献馘也。有囚获而归者,则淑问如皋陶之智臣而在泮献囚也,我侯修德服远之功,如此不亦深可愿乎。

【张居正讲评】

然不时修德以服远也,又愿其得人以成功焉。

【原文】

济济多士,克广德心。

【张居正讲评】

彼济济之多士也,皆克广其德,心有忠君爱国之诚,无自私自利之意焉。

【原文】

桓桓于征,狄彼东南,烝烝皇皇,不吴不扬。

【张居正讲评】

夫德心一广,则何功不立,固当淮夷之未克也,则奋桓桓于征之勇,以狄彼东南之夷兵,进而合有烝烝皇皇之盛也,师出有律,不吴不扬之肃也。

【原文】

不告于讻,在泮献功。

【张居正讲评】

德心一广则何功可争?故及夫淮夷之既克也,则士让于将,将让于君,不以争功之事而告于狱官也,惟以所成之功而献于泮宫也。凡若此者,皆德心之广为之矣,宁非吾人所愿于侯之多士乎。

【张居正讲评】

然不特得人以服远已也,又愿其善兵威兵谋以成功焉。

【原文】

角弓其觩,束矢其搜。

【张居正讲评】

以言角弓觩然其体之健,以言束矢搜然其矢之疾。

【原文】

戎车孔博,徒御无斁。

【张居正讲评】

以戎车则孔博而攻坚之有具,以徒御则无斁而敌忾之有人。

【原文】

既克淮夷,孔淑不逆。

【张居正讲评】

以此武备之休饬,固足克淮夷,使之效顺而不逆矣。

【原文】

式固尔犹,淮夷卒获。

【张居正讲评】

然有威而无谋,犹恐不能以万全取胜也,又必式固尔犹,有周详之虑,而无苟且之谋,则致人而不致于人,淮夷岂有不终服焉。

【张居正讲评】

夫淮夷既服,纳贡行焉。

【原文】

翩彼飞鸮,集于泮林。食我桑葚,怀我好音。

【张居正讲评】

彼翩然之飞鸮,本为恶声之鸟也,今集我泮林,食我桑葚,而怀我以好音之美矣。

【原文】

憬彼淮夷,来献其琛。

【张居正讲评】

况此蠢然之淮夷,本为难化之人也,今则悟已往之非,而来行其献琛之礼焉。

【原文】

元龟象齿,大赂南金。

【张居正讲评】

所献之琛维何?元龟也,象齿也,南金也,皆从而大赂之,虽非其土所有,莫不来献以将其诚矣。淮夷之服如此,不有以遂吾人之愿乎。

閟宫

【总评】

此僖公修庙,诗人歌咏其事,以为颂祷之词,意谓庙立于先王而修之在后人,此非徒侈伟观也,所以上妥先灵而下顺民心者也。今我公以孝敬之心为修庙之举,其事不有可言者乎?

【原文】

閟宫有侐,实实枚枚。

【张居正讲评】

但见深閟之宫,有侐然清静,以下之盘基则实实而巩固也,以上之结构则枚枚而砻密也,所以祀周公皇祖而报功德于无疆者,在是矣。

【原文】

赫赫姜嫄,其德不回。上帝是依,无灾无害。弥月不迟,是生后稷,

【张居正讲评】

然修庙之事,虽由于我公,而有鲁之庙实始于后稷,而后稷之生夫岂偶然哉。盖赫赫姜嫄,其德无有回邪,而为上帝之所眷念,是以无灾无害,终十月之期而不迟,是生后稷焉。

【原文】

降之百福,黍稷重穋,稙稚菽麦。奄有下国,

【张居正讲评】

夫天眷后稷之生,将使之教民稼穑而终率育之命者也,于是降之百福,凡夫黍稷重穆、稙稚菽麦而无不备焉,所以膺有邰之封,而奄有下国者,基于此矣。

【原文】

俾民稼穑。有稷有黍,有稻有秬。奄有下土,

【张居正讲评】

由是后稷教民稼穑,所以诞降嘉种者,稷黍有之,稻秬有之,有以遍及下土之远焉。

【原文】

缵禹之绪。

【张居正讲评】

夫向也,禹平水土,使民得以安居,今也稷教民稼穑,使民得以粒食,禹之功稷有以继之矣。夫稷生有所自出,有所为如此,固我周有天下之始,而亦我鲁有国之自也。

【原文】

后稷之孙,实维太王,居岐之阳,实始翦商。

【张居正讲评】

逮夫后稷之孙,实维太王徙居岐阳之后,人心曰归,土地日广,而王迹以肇,实始有翦商之势。

【原文】

至于文武,缵太王之绪,致天之届,于牧之野。

【张居正讲评】

至于文武,缵太王之绪,适际天命归绝商之届,于是武王奉天命以伐商于彼牧野之间。

【原文】

无贰无虞,上帝临女。

【张居正讲评】

当时人心尤恐武王有不决,而赞之曰:汝无以臣伐君非常之事而疑惑于心也,盖尔之德有以克乎天心,上帝实临女矣。

【原文】

敦商之旅,克咸厥功。

【张居正讲评】

斯时也,凶残既取,乱略以遏,治商之众,咸有其功,而周公尤在元勋之列焉。

【原文】

王曰叔父,建尔元子,俾侯于鲁。大启尔宇,为周室辅。

【张居正讲评】

故成王嗣统,呼周公而告之曰:叔父,我欲封尔一身,则王朝辅相不可以无人,兹惟建尔元子,俾侯于鲁,而列爵之崇也,大启尔宇而分土之广也,于以藩屏一方为周室之辅焉。

【张居正讲评】

夫分封之意,王既示之公矣,遂降之以分封之典焉。

【原文】

乃命鲁公,俾侯于东,锡之山川,土田附庸。

【张居正讲评】

乃命鲁公,俾侯于东而爵诸侯之尊矣,锡之山川土田附庸,而分土百里之广矣。

【原文】

周公之孙,庄公之子,龙旂承祀,六辔耳耳,

【张居正讲评】

我鲁之国既于此乎?封而郊庙或祭亦于此乎?锡是以我公为周公之孙,庄公之子,乃上承郊庙之祀,旂建于车,则交龙之旂也,辔以御马,则六辔耳耳也。

【原文】

春秋匪解,享祀不忒。

【张居正讲评】

其致敬于出则祭祀以时,春秋匪解焉,仪物有等,享祀不忒焉。

【原文】

皇皇后帝,皇祖后稷,享以骍牺。

【张居正讲评】

其致敬于郊,则主以皇皇上帝,而以皇祖后稷配焉,享以骍色之牺,而将享以致虔焉。

【原文】

是飨是宜,降福既多,

【张居正讲评】

由是郊则天神格,而是享是宜,降福之孔多矣。

【原文】

周公皇祖,亦其福女。

【张居正讲评】

庙则人鬼享,而周公皇祖亦其福汝矣。

【张居正讲评】

然致敬于庙,而获福果何如哉?

【原文】

秋而载尝,夏而楅衡。

【张居正讲评】

但见秋行尝祭,夏而楅衡其牛,礼何预也。

【原文】

白牡骍刚,

【张居正讲评】

周公祀以白牡,鲁公祀以骍刚,礼和别也。

【原文】

牺尊将将,毛炰胾羹,笾豆大房。

【张居正讲评】

祭必有器,牺尊将将而严正,祭必有品,毛炰胾羹之并陈,有笾豆以盛菹醢也,有大房以载牲体也,而礼于是乎咸备矣。

【原文】

万舞洋洋,

【张居正讲评】

以乐言之,文用羽籥,武用干戚,万舞何洋洋其盛也。

【原文】

孝孙有庆。俾尔炽而昌,俾尔寿而臧。

【张居正讲评】

礼乐明备,烈祖来格,孝孙不有庆乎?俾尔以福,既炽然而盛,且纯嘏有常而昌焉,俾尔以寿,既历年之多,且寿考维祺而臧焉。

【原文】

保彼东方,鲁邦是常,不亏不崩,不震不腾。

【张居正讲评】

有此福寿,有以保彼东方鲁邦常为我公之有,而无亏崩震腾之患矣。

【原文】

三寿作朋,如冈如陵。

【张居正讲评】

夫国有长君,社稷之福,然使无老臣以辅之,则独任虽以成理也,又必有三寿之乡而为公之朋辅,则国之元气培而神气振,有以保国如冈陵之固焉,凡若此者何莫非孝孙之庆乎?

【张居正讲评】

不特此也。

【原文】

公车千乘,朱英绿縢,二矛重弓。

【张居正讲评】

有田则有车也,我公提封万井,则出车千乘矣,在车之右而持矛者,则有朱英以为之饰,在车之左持弓者,则有绿縢以为之约,矛必以二,备击刺也,弓必以重,备折坏也,而车之卫无不备矣。

【原文】

公徒三万,贝胄朱綅,烝徒增增。

【张居正讲评】

有车则有徒,我公车既千乘,则徒必三万矣。胄戴于首,以文贝为之饰,贝饰于胄,有朱綅以为之缀,我师旅增增然而极有众矣。

【原文】

戎狄是膺,荆舒是惩,则莫我敢承。

【张居正讲评】

以此车徒,膺彼戎狄,惩彼荆舒也,吾知有不战,战必胜矣,孰敢有当吾之锋哉。

【原文】

俾尔昌而炽,俾尔寿而富,黄发台背,寿胥与试。

【张居正讲评】

夫以我公允武之功,有以昭格烈祖如此,则感孚之有其道矣。是以今日致祭于庙而神赐之以福也,俾尔昌而炽矣,俾尔寿而富矣,黄发台背而寿为有征矣。且有老寿之臣相与为公用焉,其得人之庆何如耶?

【原文】

俾尔昌而大,俾尔耆而艾。万有千岁,眉寿无有害。

【张居正讲评】

俾尔昌而大矣,俾尔耆而艾矣,万有千岁而寿为有永矣,且保艾尔后而眉寿无有害焉,其享得之吉为何如耶。

【张居正讲评】

又不特此也。

【原文】

泰山岩岩,鲁邦所詹。奄有龟蒙,

【张居正讲评】

泰山岩岩,常为鲁邦之所詹,龟蒙二山,永为鲁邦之奄有,此其视诸剖符锡壤之初,犹如故矣。

【原文】

遂荒大东,至于海邦,淮夷来同。莫不率从,

【张居正讲评】

然大东海邦,我鲁以东之国,淮夷我鲁以南之国,又势相联属,可以服从者也,必绥之以文德,震之以武威,遂荒大东至于海邦、淮夷也莫不来同而称臣焉,莫不率从而效顺焉。

【原文】

鲁侯之功。

【张居正讲评】

保所已有,服所未有,鲁侯之功,不其伟哉。

【张居正讲评】

又不特此也。

【原文】

保有凫绎,

【张居正讲评】

凫之为山,屹乎兖之东南,绎之为山,镇乎邹之南境,今皆保而有之,此其视诸山河带砺之初,犹不改耶。

【原文】

遂荒徐宅,至于海邦。淮夷蛮貊,及彼南夷,莫不率从。莫敢不诺,

【张居正讲评】

然徐宅海邦,我鲁以东之国,淮夷蛮貊,我鲁以南之国,又势相联属可以服从也,必绥之以文德,震之以武威,遂荒徐宅,至于海邦,淮夷蛮貊及彼南夷也,莫敢不率从而效顺焉,莫敢不唯诺而听命焉。

【原文】

鲁侯是若。

【张居正讲评】

保所已有而服所未服,鲁侯之心不是若哉,所谓周公皇祖亦其福女者如此。

【张居正讲评】

然其致敬于郊,获福果何如哉?

【原文】

天锡公纯嘏,

【张居正讲评】

但见天于我公感其承祀之敬,而有纯嘏之锡。

【原文】

眉寿保鲁。居常与许,复周公之宇。

【张居正讲评】

以寿为诸福之先,所以保是福者也,于是使我侯有享天寿之格而有秀眉之征。故鲁邦周公之所造也,则以是保鲁而守周公之旧,常许诸侯之所侵也,则居常与许而复周公之宇。

【原文】

鲁侯燕喜,令妻寿母。

【张居正讲评】

由身以及家,则鲁侯燕喜而有优游无事之休也。令妻寿母,而有家庭天性之乐也。

【原文】

宜大夫庶士,

【张居正讲评】

以家而及朝廷,则宜于大夫,而大夫莫敢矫其非也,宜于庶士,而庶士莫敢矫其非也。

【原文】

邦国是有。

【张居正讲评】

由朝廷以及国,则邦国之山川土田是有也,邦国之附庸是有也。

【原文】

既多受祉,

【张居正讲评】

夫以眉寿抚先世所遗之业,享燕喜母妻之乐,坐收朝廷邦国之治,则其受祉亦既多矣。

【原文】

黄发儿齿。

【张居正讲评】

然有寿以保福,岂特有秀眉之征已乎,又且发白变黄,齿落生细,凡所以享有寿之征者,无所不备,而保其受祉之多,将见悠悠也。其未有艾也,纯嘏之锡为何如哉?所谓皇皇后帝,而降福既多者,信乎无一之不备矣。

【张居正讲评】

然其致敬于郊庙,既有以获福矣,而其修庙之事则何如哉?

【原文】

徂来之松,新甫之柏,是断是度,是寻是尺。

【张居正讲评】

彼为巨室,必求大木也,于是取松于徂徕,取柏于新甫,断之以成质也,度之以授材也,或寻以度其长也,尺以度其短也。

【原文】

松桷有舄,路寝孔硕,新庙奕奕。

【张居正讲评】

但见松桷则有舄,路寝则孔硕,而新庙之成奕奕乎其甚大矣。

【原文】

奚斯所作,孔曼且硕。

【张居正讲评】

然是新庙也,我公而作之者谁乎?教护属工课其章程之事,皆董于奚斯,乃奚斯之所作也。是以奕奕新庙形制之深长也,规模之宏伟也,而孔曼且硕,所谓閟宫有侐,实实枚枚者,信不偶矣,所以祀周公皇祖者,信有地矣。

【原文】

万民是若。

【张居正讲评】

夫周公有开国之功,皇祖有承家之德,皆万民所思而欲祀者也,今以孔曼且硕之庙祀之,则有以报功报德于不尽矣,万民不是若乎。夫僖公之修庙,惟其有以若万民,此国人所以饮咏其事,而颂祷之也与。

商颂

【总评】

契为舜司徒,而封于商,传至十四世而汤有天下,诗凡五篇。

那

【总评】

此祀成汤之诗,言理□之道,莫尚于祭,而要所以感通其间者,声以动之也,敬以本之也,而尤一气以奉之也,我商人之祀先,备是道矣。

【原文】

猗与那与,置我鞉鼓,

【张居正讲评】

猗与我商之乐其多矣乎,乐之小者有鞉也,置我鞉焉,而凡类夫鞉之小者无不备矣,乐之大者有鼓也,置我鼓焉,凡类夫鼓之大者,无不备焉。

【原文】

奏鼓简简,衎我烈祖。

【张居正讲评】

于是以其所置之鞉鼓从而奏之,其声简简然而和大焉,盖虽牲牢之未迎,臭味之未成,而其和声所感,已足以乐烈祖之心矣,是其乐音之盛,于未祭如此。

【原文】

汤孙奏假,绥我思成。

【张居正讲评】

迨夫方祭之时,汤孙奏乐以格烈祖,但见格之来格有以安哉。所思而成其人矣,何也,盖子孙之所欲格者祖考,祖考未格则其思未慰,而其人未成也。

【原文】

鞉鼓渊渊,嘒嘒管声。

【张居正讲评】

然其所奏之乐何如,而列祖有思成之绥哉。以言乎鞉鼓,则渊渊而深远也,以言乎竹管,则其声嘒嘒而清亮也。

【原文】

既和且平,依我磬声。

【张居正讲评】

既和焉而彼此之相济,且平焉而高下之适均。故虽堂上之玉磬,其声最为和平,而虽依也,今皆有以依之,而堂下之音盖与堂上之音相协。

【原文】

於赫汤孙,穆穆厥声。

【张居正讲评】

於赫汤孙,声乐如此岂不穆穆其甚美乎,则其致思成之绥有由矣,此其音乐之盛于方祭者如此。

【原文】

庸鼓有斁,万舞有奕。

【张居正讲评】

迨夫既祭也,九献之后钟鼓交作,斁然而甚盛,万舞并陈,奕然而有序。

【原文】

我有嘉客,亦不夷怿?

【张居正讲评】

斯时也,虞夏之后来助祭,而为我商之佳客者,虽不能无盛衰之感也,然乐声甚和而听之者,皆尽神乐容,其善而观之者皆忘倦,岂有不夷怿乎,佳客如此,则烈祖可知矣。

【张居正讲评】

然祭固以乐为尚,尤以敬为本。

【原文】

自古在昔,先民有作。

【张居正讲评】

是敬也岂我所自行哉？盖自古在昔，有开物成务之先民者，以为非祭无以洽函明之交，而非敬无以为奉祭之本，于是制为礼以教人，而恭敬之相传。

【原文】

温恭朝夕，执事有恪。

【张居正讲评】

故我也，踵而行之，温恭自恃于朝夕之间，而执事有恪，凡夫迎牲以至送尸也，初献以至九献也，莫不尽其敬而无一时或矣，其奉祭之敬，又如此者。

【张居正讲评】

乐与敬而俱至，固幸其有思成之绥矣，然此惟将之以其类而为一气之相通者，方敢必之也。

【原文】

顾予烝尝，汤孙之将。

【张居正讲评】

今汤尚其顾予之烝尝哉，盖此烝尝之将非他人也，乃汤孙之所将也，以汤之孙奉汤之祭，则一气感通，固宜其我顾矣。不然乐特具音，礼特具文耳，乌敢必其顾哉？

烈祖

【总评】

此祀成汤之乐，言先王以垂后为仁，而后嗣以奉先为孝，吾今赖烈祖以修祀典也，而敢忘所自哉。

【原文】

嗟嗟烈祖，有秩斯祜，申锡无疆，

【张居正讲评】

嗟嗟烈祖，应天顺人，爰革夏正，于是贵为天子，富有四海，有秩秩常久之福，可以申赐于无疆。

【原文】

及尔斯所。

【张居正讲评】

是以至于尔今王之所，犹得承烈祖之祜而奉烈祖之祭也。

【张居正讲评】

然承先祜而奉祭,其事如何哉?

【原文】

既载清酤,

【张居正讲评】

彼祭必有酤也,则既载之在尊,以行其灌酒之礼。

【原文】

赉我思成。

【张居正讲评】

但见物备而诚孚,诚孚而神格,于是临之在上,质之在旁,有以赉我所思而成之人也。

【原文】

亦有和羹,既戒既平,鬷假无言,时靡有争。

【张居正讲评】

祭亦必有和羹也,则既戒而备之预,既平而味之调,以是和羹进而格之祖考,但见无有言说,无有论扰,而极其肃之至者焉。

【原文】

绥我眉寿,黄耇无疆。

【张居正讲评】

是以神监其敬,而绥我眉寿黄耇之寿,征而历万年于无疆矣,若此者何莫而非先祜之所及乎?

【张居正讲评】

不特此也。

【原文】

约軝错衡,八鸾鸧鸧,以假以享,

【张居正讲评】

今日之人心,犹烈祖联属之人心也,是以庙祭一行,群后毕集,乘约軝错衡之车,驾八鸾鸧鸧之马,以助我之祭祀,其得人之庆大矣。

【原文】

我受命溥将,自天降康,丰年穰穰。

【张居正讲评】

今日之天命,犹烈祖所昭格之天命也,是以诸侯来助祭而受命,即广大矣,又自天降康,使之丰年穰穰之相继,其得天之休大矣。

【原文】

来假来飨,降福无疆。

【张居正讲评】

协天人之休以奉祭,是以格之,而祖考来格享之,而祖考来享,而降福极于无疆矣,若此者何莫而非先祜之所及乎。

【张居正讲评】

夫载清酤和羹,既有思成之赍,我眉寿黄者之绥,萃人心得天命,又有格享之孚,降福无疆之极,然此惟祭之以其类,而一气相通者,乃敢必之也。

【原文】

顾予烝尝,汤孙之将。

【张居正讲评】

今汤尚其顾予之烝尝,盖此非他人也,乃汤孙之所将也,以汤之孙奉汤之祭,则一气之感也,固宜我顾矣,不然即清酤和羹,特备物耳,乌敢必其顾哉?

玄鸟

【总评】

此祭祀宗庙之乐,言一代之业,岂偶然哉。必有不世出之君创之前,又必有不世出之君承之后,而要之皆天命也。

【原文】

天命玄鸟,降而生商,宅殷土芒芒。

【张居正讲评】

是故我商之生,今固衍其盛矣,而生商之始,谁则开之哉?乃天命玄鸟,降于郊媒之前,因而生商焉。由是当夫唐虞之时,为司徒以敷五教,膺有国之封,而宅殷土之芒芒也,我商之生其始矣。

【原文】

古帝命武汤,正域彼四方。

【张居正讲评】

我商之业,今固享其成矣,而创业之绪谁则造之,盖维昔者上帝以汤有武勇之德,所以式于九围,于是乃命之爰革夏正而域四方之广也,我商之业其成于此矣。

【张居正讲评】

夫上帝既命汤以正域四方矣。

【原文】

方命厥后,

【张居正讲评】

是以天命所在,人不能违,而四方不受命之诸侯,而政教号令一禀王法也。

【原文】

奄有九有。

【张居正讲评】

人心既归,土宇自属,而九有无不为其所奄有,而绥甸要荒皆入其版图也。

【原文】

商之先后,受命不殆,

【张居正讲评】

夫人心土宇,皆天所以命有德也,今无不方命奄有之,则商之先后其受命亦孔固而不殆乎。

【原文】

在武丁孙子。

【张居正讲评】

惟其受命不殆,是以遗泽之飞,至于武丁孙子,犹得以赖其福也。

【张居正讲评】

夫先后之命固在武丁孙子,而武丁之中兴何如哉?

【原文】

武丁孙子,武王靡不胜。

【张居正讲评】

彼智勇锡而圣武昭,汤尝以武土作号矣,今武丁孙子亦袭武王之号,但见其武勇之德,足以拨乱反正而无所不胜,固视之汤而有光矣。

【原文】

龙旂十乘,大糦是承。

【张居正讲评】

夫德既有光于前,而业亦不替于后,以是德而联属乎人心,则庙祭一行群后毕集,皆建交龙之旂,驾十乘之车,皆奉大糦为王祭之供矣,其人心如是,视之方命厥后之日,不犹旧乎。

【原文】

邦畿千里,维民所止。肇域彼四海,

【张居正讲评】

以是德而维持乎土宇,则邦畿千里,惟民所止,固适遵先王之制而不敢过,而其封域所及,则极乎四海之广而无外矣,其土宇如此,视之奄有九州之日,不如故乎。

【原文】

四海来假,来假祁祁。景员维河,

【张居正讲评】

夫人心不改,而四海极来格之多,土宇如故,而景山皆大河之绕。

【原文】

殷受命咸宜,

【张居正讲评】

则此人心土宇之命,汤以武德受于前,固无不宜矣。今武丁亦以武德而抚有人心之众,土宇之广,则其受命不咸宜乎。

【原文】

百禄是何。

【张居正讲评】

夫天命所在,即百禄所在也,天命攸归,而百禄咸属其负荷,殆与汤之百禄是乃者相匹体矣。武丁中兴之功如此,而与契之生商汤之造商者不其克配矣乎？圣祖神孙后先相继,盛德大业启佑无疆,登歌之顷,乌敢忘所自哉？

长发

【总评】

此亦祭宗庙之诗,言我商今日抚有天下,其受命固本于汤,然非自汤始也,其所由来者渐矣。

【原文】

濬哲维商,长发其祥。

【张居正讲评】

盖惟深足以潜天下之机，惟明足以见天下之绩，此濬哲之德也。君之所以格天，而天之所以眷君者，皆在于是焉。今自我商言之，世世有濬哲之君，而其受命之祥，发见已久，非一朝一夕之故者矣。

【原文】

洪水芒芒，禹敷下土方，外大国是疆，幅陨既长。

【张居正讲评】

何以见之，尧时洪水芒芒，禹遍治下土之水，尽其疏凿之功，以外大国为中国之境，兼尽疆理之务，而宇内之幅陨由之以广大。

【原文】

有娀方将，帝立子生商。

【张居正讲评】

斯时也，有娀氏之国势方大，帝于是立有娀之女，其子曰契者，于以造商室焉。

【张居正讲评】

夫天既命契而造商室而为司徒，事何如哉？

【原文】

玄王桓拨，受小国是达，受大国是达。

【张居正讲评】

但见我玄王也，具武勇之资，足以胜治民之任，其受小国则教化达焉，而小国以宜也，其受大国则教化达焉，而大国以宜也。

【原文】

率履不越，遂视既发。

【张居正讲评】

若此者而岂徒哉，盖玄王以身率由于典礼之中，而不过越。举凡所谓亲义序别，信者无非其所身有者也，而所以为民之式者，已无不备矣。是以遂示其民，民皆发之应之，五品逊而百姓亲，小国大国之无不达，不亦此乎！是契有濬哲之德，而一代受命之祥，已基于此矣。

【原文】

相土烈烈，海外有截。

【张居正讲评】

延至相土，载嗣侯服，有烈烈显盛之德，继契而为司徒，教化之行海外，咸归于皇极之中，于是人心截然而整齐矣。是相土有濬哲之德，而一代受命之祥，已延于此矣。

【原文】

帝命不违,至于汤齐。汤降不迟,

【张居正讲评】

夫商之先祖,既有明德,是以天命未尝去之,以至于汤,正值天命去夏归商之会,而汤之生也应期而降,适当其时而不迟。

【原文】

圣敬日跻。昭假迟迟,上帝是祗。

【张居正讲评】

夫既得圣人之时矣,然岂徒恃其天而人之不继哉。但见其以礼制心,以义制事,圣敬日益跻升,以至昭格于天,犹迟迟不息,而惟上帝之是敬焉,则又纯圣人之敬矣。

【原文】

帝命式于九围。

【张居正讲评】

夫生得其时,则天命已有所属,敬极其至,则格天又有其本,于是上天畀之以君师之任,使代夏而有天下,以为法于九围之中,则濬哲之德,其传自玄王相土者,至此而益光,而受命之祥,其始自玄王相土者,至此而相成矣。

【张居正讲评】

然以敬德受命之实,果何如哉?

【原文】

受小球大球,为下国缀旒,

【张居正讲评】

彼九围之国,必有所执之玉也,汤则受小国大国贽之玉而为人心所系属,不为下国之缀旒乎?

【原文】

何天之休。

【张居正讲评】

夫人心所属即天命所及,是以有荷天之休矣。

【原文】

不竞不絿,不刚不柔,敷政优优,百禄是遒。

【张居正讲评】

然此非天有私于汤也，盖汤本其圣敬之跻以敷布其政也，不偏于竞也，不偏于緌，不偏于刚，不偏于柔，而适得其中正之则，盖优优然而宽裕矣。是以人心所属，天休荷而百禄是遒也，岂徒然哉。

【原文】

受小共大共，为下国骏庞，

【张居正讲评】

九围之国，必有所共之贡也，汤则受小国大国所供之贡，而为人心所负戴，不为小国之骏庞乎？

【原文】

何天之龙。

【张居正讲评】

夫人心所戴，即天宠所及，是以有荷天之宠矣。

【原文】

敷奏其勇，不震不动，不憜不竦，百禄是总。

【张居正讲评】

此亦非天有私于汤也，盖汤本其圣敬之跻，以敷奏其勇也，不失之震，不失之动，不失之憜，不失之竦，而莫非仁义之师，盖外不扰民，内不怯己矣。是以人心戴天宠荷，而百禄之是总也，岂徒然哉？

【张居正讲评】

吾以当时奏勇之事言之。

【原文】

武王载斾，有虔秉钺，如火烈烈，则莫我敢曷。

【张居正讲评】

武王肃将天威白斾，秉黄钺以征不义，但见无敌之威，如火之烈烈，孰敢有当其锋而遏之哉！

【原文】

苞有三蘖，莫遂莫达。九有有截，

【张居正讲评】

是故当时有一本之苞，典夫旁生之三蘖者，若夏桀之肆于上，韦、顾、昆吾之党于下，皆莫得以遂其恶，而九有之大，皆截然归商也。

【原文】

韦顾既伐,昆吾夏桀。

【张居正讲评】

然汤之伐桀,岂其得已哉。吾观其行师之序,则初伐韦,次伐顾,次伐昆吾,盖先取其党,欲桀之惧祸而自改,汤得以终守为臣之节也。夫何夏之稔恶如故,于是具鸣条之师以伐夏桀焉,初岂有心于利天下而遽以伐之哉?盖上帝眷其敬德之纯,而命之以式九围,汤亦不得而辞之矣。我商受命而有天下,肇于契,衍于相土,而后成于成汤,信乎其祥长发也。

夏桀

【张居正讲评】

夫汤之受命,虽本于德,然所以辅之者,岂无其人乎?

【原文】

昔在中叶,有震且业。允也天子,

【张居正讲评】

昔在中叶,有振且业之时,汤也道足以济天下之溺,勇足以除天下之暴,允矣天下之大君也。

【原文】

降于卿士。实维阿衡,实左右商王。

【张居正讲评】

然天以不生圣臣以辅之,王业无自而成也。于是降之以卿士,实维阿衡之伊尹也,是伊尹也实推其天,民先觅之德以左右商王焉,凡其政之敷也,勇之奏也,莫非替襄之力矣,是一代王业之成,夫岂偶然哉?夫契有濬哲之德而天命以基,相土有濬哲之德而天命以大,汤有濬哲之德而天命以受,祖宗功德之不可忘如此,吾人于登歌之顷,乌容已于揄扬哉。

殷武

【总评】

此祀高宗之乐,言王者振积衰之运,岂偶然哉。有明作之大功者,斯可称中兴之令主而享无穷之祀也,若我汤孙可语是矣。

【原文】

挞彼殷武,奋伐荆楚。

【张居正讲评】

荆楚乘商道之寝衰,而为悖逆之举,故汤孙挞然用武以奋伐荆楚。

【原文】

罙入其阻,裒荆之旅。

【张居正讲评】

夫荆楚之所以敢于叛者,徒恃其地之险阻故也,于是冒入其险阻之地,以致其众而聚之,所以使之穷迫无所逃遁也。

【原文】

有截其所,

【张居正讲评】

夫人心既聚,而无所逃遁,则此荆楚之地无有既涣,遂为截然整齐之所矣。

【原文】

汤孙之绪。

【张居正讲评】

若此者果谁之绪哉?实维汤孙也。为汤之后思欲复汤之业,故能平荆楚之乱,以振王纲于既坠,合人心既涣也,非汤孙之绪何哉。

【张居正讲评】

夫荆楚既伐,于是申大义以责之。

【原文】

维女荆楚,居国南乡。

【张居正讲评】

维女荆楚乃敢乱者,岂以其地之远哉,特居吾国之南乡耳。

【原文】

昔有成汤,自彼氐羌,莫敢不来享,莫敢不来王,曰商是常。

【张居正讲评】

独不观氐羌之事成汤乎?昔有成汤之世,自彼氐羌之远,亦以普天下皆王土,莫敢不来享而致方物之献也。率土之滨皆王臣,莫敢不来王而守世见之礼也。且曰来享来王,兹固商之常礼而我不敢以不遵也。夫远如氐羌且然,况女荆楚曷敢不至哉?此吾今日所以观兵而来也。

【张居正讲评】

荆楚既平,诸侯自服。

【原文】

天命多辟,设都于禹之绩,岁事来辟,勿予祸适,

【张居正讲评】

但见侯王君公皆天下之所命者也,九州五服皆禹之所治者也,自今视之,天命之多辟,其设都禹之绩者,各修其岁事来述职于商,以祈王之不谴焉,盖惟惧祸谪之及,何有干赏之意?

【原文】

稼穑匪解。

【张居正讲评】

且曰国家之大事在稼穑,我今土地辟,田野治,而稼穑之匪懈,王之罪谪庶乎其可免矣,其诸侯畏服有如此者。

【张居正讲评】

夫以华夷率服,则中兴矣,然所以致之者岂无。

【原文】

天命降监,下民有严。

【张居正讲评】

诚以天之降监不在乎他,而在乎民,民之所归者,天必从而予之,民之所去者,天必从而夺之。是下民虽至微,而实操乎予夺大君之权,不亦甚可畏矣乎。

【原文】

不僭不滥,不敢怠遑。

【张居正讲评】

惟我汤孙,以民心即天意,而畏民即所以畏天也,于是有赏也,与众共之,而不失之僭,有罚也与众共之,而不失之滥,且此心之兢兢于中,不敢有一息之怠遑,惟

恐其或失之僭滥也，如是则赏罚协民之心，而民心悦矣。

【原文】

命于下国，封建厥福。

【张居正讲评】

民心悦即天意得，故天命之于下国，使为华夷之主，外焉荆楚服而大建其福于外也，内焉诸侯服而大建其福于内也，其成中兴之功，夫岂偶然哉。

【张居正讲评】

夫汤孙既能中兴以成天下之功矣，则其业之盛而泽之远何如哉？

【原文】

商邑翼翼，四方之极。

【张居正讲评】

盖自盘庚既没之后，威灵不振，商邑之颓久矣，四方之不取正久矣，今也汤孙一奋，体统正而朝廷尊，礼乐刑政莫不修明，商邑盖翌翌然其整齐矣，是以四方之人，莫不守其礼乐，尊其刑政而来极于商邑也。

【原文】

赫赫厥声，濯濯厥灵。

【张居正讲评】

由是发之为声也，施中国而及蛮貊，赫然其显盛也，著之为灵也，诸侯威而四夷服，濯濯其光明也。

【原文】

寿考且宁，以保我后生。

【张居正讲评】

然岂特一时之盛哉，且获寿考之祥，遂安宁之庆，则所以嘉靖殷邦而固中兴之业者，无不至矣。故我后生犹得抚翌翌之商邑，藉赫濯之声灵，而中外畏服如故也，不有以保我之后生乎。夫高宗中兴其业之盛，遗泽之远如此，此诚百世不磨之功也。

【张居正讲评】

夫我高宗之功如此，则吾人所以报之者岂其微哉。

【原文】

陟彼景山，松柏丸丸。是断是迁，方斫是虔。

【张居正讲评】

于是陟彼景山，而取松柏之丸丸，既断之于山林之中矣，而遂迁之于造作之所，厥材其孔良也，既王之矣，绳墨之法矣，遂断之以适其大小之用，截之以协其长短之宜人，去其曲尽也。

【原文】

松桷有梴，旅楹有闲，寝成孔安。

【张居正讲评】

是以庙制皆极其美，以言乎松桷则有梴然而长也，言乎旅楹则有闲然而大也，寝庙于是乎成矣，所以祔神主藏衣冠者有地矣。以此寝庙奉我高宗为百世不迁之祀，与烈祖成汤为无穷，而不在三昭三穆之数，不有以安我高宗之神乎？高宗之神安而后吾人报功之心亦因以安矣。夫高宗有不世之功，而商人有不世之报，故祔庙而歌之，其善于美盛德而告成功也欤？要之高宗由有傅说之辅，得闻圣人之学，始终一敬，故能嘉靖殷邦，享国长久，然则不迁之庙，尤不可无傅说之配享。

第五章 名家谈《诗经》

一、名家谈《诗经》总论

《诗经》第四

朱自清

　　诗的源头是歌谣。上古时候,没有文字,只有唱的歌谣,没有写的诗。一个人高兴的时候或悲哀的时候,常愿意将自己的心情诉说出来,给别人或自己听。日常的言语不够劲儿,便用歌唱;一唱三叹的叫别人回肠荡气。唱叹再不够的话,便手也舞起来了,脚也蹈起来了,反正要将劲儿使到了家。碰到节日,大家聚在一起酬神作乐,唱歌的机会更多。或一唱众和,或彼此竞胜。传说葛天氏的乐八章,三个人唱,拿着牛尾,踏着脚,似乎就是描写这种光景的。歌谣越唱越多,虽没有书,却存在人的记忆里。有了现成的歌儿,就可借他人酒杯,浇自己块垒;随时拣一支合适的唱唱,也足可消愁解闷。若没有完全合适的,尽可删一些改一些,到称意为止。流行的歌谣中往往不同的词句并行不悖,就是为此。可也有经过众人修饰,成为定本的。歌谣真可说是"一人的机锋,多人的智慧"了。歌谣可分为徒歌和乐歌。徒歌是随口唱,乐歌是随着乐器唱。徒歌也有节奏,手舞脚蹈便是帮助节奏的;可是乐歌的节奏更规律化些。乐器在中国似乎早就有了,《礼记》里说的土鼓土槌儿、芦管儿,也许是我们乐器的老祖宗。到了《诗经》时代,有了琴瑟钟鼓,已是洋洋大观了。歌谣的节奏最主要的靠重叠或叫复沓;本来歌谣以表情为主,只要翻来覆去将情表到了家就成,用不着费话。重叠可以说原是歌谣的生命,节奏也便建立在这上头。字数的均齐,韵脚的协调,似乎是后来发展出来的。有了这些,重叠才在诗歌里失去主要的地位。

　　有了文字以后,才有人将那些歌谣记录下来,便是最初的写的诗了。但记录的人似乎并不是因为欣赏的缘故，更不是因为研究的缘故。他们大概是些乐工，乐工的职务是奏乐和唱歌；唱歌得有词儿，一面是口头传授，一面也就有了唱本儿。歌谣便是这么写下来的。我们知道春秋时的乐工就和后世阔人家的戏班子一样，老板叫作太师。那时各国都养着一班乐工，各国使臣来往，宴会时都得奏乐唱歌。太师们不但得搜集本国乐歌，还得搜集别国乐歌。不但搜集乐词，还得搜集乐谱。那时的社会有贵族与平民两级。太师们是伺候贵族的，所搜集的歌儿自然得合贵族们的口味；平民的作品是不会入选的。他们搜得的歌谣，有些是乐歌，

朱自清

有些是徒歌。徒歌得合乐才好用。合乐的时候，往往得增加重叠的字句或章节，便不能保存歌词的原来样子。除了这种搜集的歌谣以外，太师们所保存的还有贵族们为了特种事情，如祭祖、宴客、房屋落成、出兵、打猎等等作的诗。这些可以说是典礼的诗。又有讽谏、颂美等等的献诗；献诗是臣下作了献给君上，准备让乐工唱给君上听的，可以说是政治的诗。太师们保存下这些唱本儿，带着乐谱；唱词儿共有三百多篇，当时通称做"《诗》三百"。到了战国时代，贵族渐渐衰落，平民渐渐抬头，新乐代替了古乐，职业的乐工纷纷散走。乐谱就此亡失，但是还有三百来篇唱词儿流传下来，便是后来的《诗经》了。

"诗言志"是一句古话；"诗"（詩）这个字就是"言""志"两个字合成的。但古代所谓"言志"和现在所谓"抒情"并不一样；那"志"总是关联着政治或教化的。春秋时通行赋诗，在外交的宴会里，各国使臣往往得点一篇诗或几篇诗叫乐工唱。这很像现在的请客点戏，不同处是所点的诗句必加上政治的意味。这可以表示这国对那国或这人对那人的愿望、感谢、责难等等，都从诗篇里断章取义。断章取义是不管上下文的意义，只将一章中一两句拉出来，就当前的环境，做政治的暗示。如《左传》襄公二十七年，郑伯宴晋使赵孟于垂陇，赵孟请大家赋诗，他想看看大家的"志"。子太叔赋的是《野有蔓草》。原诗首章云，"野有蔓草，零露漙兮，有美一人，清扬婉兮。邂逅相遇，适我愿兮。"子太叔只取末两句，借以表示郑国欢迎赵孟的意思；上文他就不管。全诗原是男女私情之作，他更不管了。可是这样办正是"诗言

志";在那回宴会里,赵孟就和子太叔说了"诗以言志"这句话。

到了孔子时代,赋诗的事已经不行了,孔子却采取了断章取义的办法,用《诗》来讨论做学问做人的道理。"如切如磋,如琢如磨,"本来说的是治玉,将玉比人。他却用来教训学生做学问的功夫。"巧笑倩兮,美目盼兮,素以为绚兮",本来说的是美人,所谓天生丽质。他却拉出末句来比方作画,说先有白底子,才会有画,是一步步进展的;作画还是比方,他说的是文化,人先是朴素的,后来才进展了文化——文化必须修养而得,并不是与生俱来的。他如此解诗,所以说"思无邪"一句话可以包括"《诗》三百"的道理;又说诗可以鼓舞人、联合人,增加阅历,以泄牢骚,事父事君的道理都在里面。孔子以后,"《诗》三百"成为儒家的《六经》之一,《庄子》和《荀子》里都说到"诗言志",那个"志"便指教化而言。

但春秋时列国的赋诗只是用诗,并非解诗;那时诗的主要作用还在乐歌,因乐歌而加以借用,不过是一种方便罢了。至于诗篇本来的意义,那时原很明白,用不着讨论。到了孔子时代,诗已经不常歌唱了,诗篇本来的意义,经过了多年的借用,也渐渐含糊了。他就按着借用的办法,根据他教授学生的需要,断章取义地来解释那些诗篇。后来解释《诗经》的儒生都跟着他的脚步走。最有权威的毛氏《诗传》和郑玄《诗笺》差不多全是断章取义,甚至断句取义——断句取义是在一句两句里拉出一个两个字来发挥,比起断章取义,真是变本加厉了。

毛氏有两个人:一个毛亨,汉时鲁国人,人称为大毛公,一个毛苌,赵国人,人称为小毛公;是大毛公创始《诗经》的注解,传给小毛公,在小毛公手里完成的。郑玄是东汉人,他是专给毛《传》作《笺》的,有时也采取别家的解说;不过别家的解说在原则上也还和毛氏一鼻孔出气,他们都是以史证诗。他们接受了孔子"无邪"的见解,又摘取了孟子的"知人论世"的见解,以为用孔子的诗的哲学,别裁古代的史说,拿来证明那些诗篇是什么时代作的,为什么事作的,便是孟子所谓"以意逆志"。其实孟子所谓"以意逆志"倒是说要看全篇大意,不可拘泥在字句上,与他们不同。他们这样猜出来地做诗人的志,自然不会与作诗人相合;但那种志倒是关联着政治教化而与"诗言志"一语相合的。这样的以史证诗的思想,最先具体的表现在《诗序》里。

《诗序》有《大序》《小序》。《大序》好像总论,托名子夏,说不定是谁作的。小序每篇一条,大约是大小毛公作的。以史证诗,似乎是《小序》的专门任务;传里虽也偶然提及,却总以训诂为主,不过所选取的字义,意在助成序说,无形中有个一定方向罢了。可是《小序》也还是泛说的多,确指的少。到了郑玄,才更详密地发展了这个条理。他按着《诗经》中的国别和篇次,系统地附和史料,编成了《诗谱》,差不多给每篇诗确定了时代;《笺》中也更多地发挥了作为各篇诗的背景的历史。以史证诗,在他手里算是集大成了。

《大序》说明诗的教化作用;这种作用似乎建立在风、雅、颂、赋、比、兴,所谓"六义"上。《大序》只解释了风雅颂。说风是风化(感化)、讽刺的意思,雅是正的意思,颂是形容盛德的意思。这都是按着教化作用解释的。照近人的研究,这三个字大概都是从音乐得名。风是各地方的乐调,《国风》便是各国土乐的意思。雅就是"乌"字,似乎描写这种乐的呜呜之声。雅也就是"夏"字,古代乐章叫作"夏"的很多,也许原是地名或族名。雅又分《大雅》《小雅》,大约也是乐调不同的缘故。颂就是"容"字,容就是"样子";这种乐连歌带舞,舞就有种种样子了。风雅颂之外,其实还该有个"南"。南是南音或南调,《诗经》中《周南》《召南》的诗,原是相当于现在河南、湖北一带地方的歌谣。《国风》旧有十五,分出二南,还剩十三;而其中邶、鄘两国的诗,现经考定,都是卫诗,那么只有十一《国风》了。颂有《周颂》《鲁颂》《商颂》,《商颂》经考定实是《宋颂》。至于搜集的歌谣,大概是在二南、《国风》和《小雅》里。

赋比兴的意义,说数最多。大约这三个名字原都含有政治和教化的意味。赋本是唱诗给人听,但在《大序》里,也许是"直铺陈今之政教善恶"①的意思。比兴都是《大序》所谓"主文而谲谏";不直陈而用譬喻叫"主文",委婉讽刺叫"谲谏"。说的人无罪,听的人却可警诫自己。《诗经》里许多譬喻就在比兴的看法下,断章断句的硬派做政教的意义了。比兴都是政教的譬喻,但在诗篇发端的叫作兴。《毛传》只在有兴的地方标出,不标赋比;想来赋义是易见的,比兴虽都是曲折成义,但兴在发端,往往关系全诗,比较更重要些,所以便特别标出了。《毛传》标出的兴诗,共一百十六篇,《国风》中最多,《小雅》第二;按现在说,这两部分搜集的歌谣多,所以譬喻的句子也便多了。

《诗经》在春秋战国间的地位

顾颉刚

《诗经》这一部书,可以算作中国所有的书籍中最有价值的;里边载的诗,有的已经二千余年了,有的已经三千年了。我们要找春秋时人以至西周时人的作品,只有它是比较的最完全,而且最可靠。我们要研究文学和史学,都离不掉它。它经过了二三千年,本质还没有损坏,这是何等可喜的事! 我们承受了这份遗产,又应该何等的宝贵它!

《诗经》是一部文学书,这句话对现在人说,自然是没有一个人不承认的。我们既知道它是一部文学书,就应该用文学的眼光去批评它,用文学书的惯例去注释它,才是正办。不过我们要说"《诗经》是一部文学书"一句话很容易,而要实做批评和注释的事却难之又难。这为什么? 因为二千年来的诗学专家闹得太不成样子了,它的真相全给这一辈人弄糊涂了。譬如一座高碑,矗立在野里,日子久了,蔓草和葛藤盘满了。在蔓草和葛藤的感觉里,只知道它是一件可以附着蔓延的东西,决不知道是一座碑。我们从远处看见,就知道它是一座碑;走到近处,看着它的形式和周围的遗迹,猜测它的年代,又知道它是一座有价值的古碑。我们既知道它是一座有价值的古碑,自然就要走得更近,去看碑上的文字;不幸蔓草和葛藤满满的攀着,挡住了我们的视线,只在空隙里看见几个字,知道上面刻的是些什么字体罢了。我们若是讲金石学的,一定求知的欲望更迫切了,想立刻把这些纠缠不清的藤萝斩除了去。但这些藤萝已经经过了很久的岁月,要斩除它,真是费事得很。等到斩除的工作做完了,这座碑的真面目就透露出来了。

我做这篇文字,很希望自己做一番斩除的工作,把战国以来对于《诗经》的乱说都肃清了。不过我这般力弱,能够达到我的愿望与否实在不敢说定。但无论如何,总可以使得蔓草和葛藤减少一点,因为摘去几瓣大的叶,斩断几条嫩的枝,虽是力弱的人,只要肯做,也是做得到的。

我做这篇文字的动机,最早是感受汉儒诗学的刺戟,觉得这种的附会委实要不得。后来看到宋儒清儒的诗学,觉得里边也有危险。我久想做一篇文字,说明《诗经》在历来儒者手里玩弄,好久蒙着真相,并且屡屡碰到危险的"厄运",和虽是一重重的经历险境,到底流传到现在,有真相大白于世的希望的"幸运"。我关于这个问题,聚的材料已经不少了,但我心中觉得不满足,自己问道:——

历来的经学家为什么定要把《诗经》弄坏呢?

他们少数人闹,为什么大家不出来反对,反而灭没了自己的理性去盲从他们呢? 我因为要解答这一类问题,就想把《诗经》在它的发生时代——周代——中的位置考查一下,看出:

没有《诗经》以前,这些诗是怎么样的?

那时人对于它们的态度是怎么样的?

汉代经学家的荒谬思想的来源是在何处?

国学经典文库

诗 经

· 名家谈《诗经》 ·

图文珍藏版

为什么会有这种荒谬思想的来源?

因此,我把春秋战国时关于"诗"与"乐"的记载抄出了多少条,比较看来,果然得一近理的解释。这篇的前五章,就是说明这一点意思。

我做这件工作时最感困难的,便是取材的胆怯。因为除了《诗经》本身以外,凡要取来证成《诗经》的差不多没有一部书籍完全可靠。《尚书》固是一部古书,但即在完整的今文《尚书》中,文体的不同也是很显著的事实。试把《周书》一部分翻开来看,《大诰》《康诰》等是一组,《无逸》《金縢》等又是一组:上一组佶屈聱牙,不容易懂;下一组便文义明白,一目了然。我们若是承认佶屈聱牙的是真西周文字,便不得不否认文义明白的是非西周文字,因为处于同一的时代而有截然差异的两种文体,是不会有的事(除了后世人的摹古)。我们就是让步到极顶,也只能说出于后来史官的追记。出于追记,即是得之传闻,不一定可靠。《左传》和《国语》固是记载春秋时事最详细的,但做书人的态度既不忠实,并且他确是生在战国时的,这部书又经过了汉儒的几番窜乱,可靠的程度也是很低。《仪礼》是记载周代礼节最详细的,但礼节这等的繁缛,物品这等的奢华,绝不是"先进野人"之风,恐是春秋末年或战国初期的出品。《论语》是记载孔子的言行最详细的,但说及曾子的死,至少出于孔子的再传弟子所记,也是战国初期的出品。《礼记》更后了,大部分是西汉人所作,这是可以把汉人的记载证明的。我们要研究春秋时人对于《诗经》的态度,却不得不取材于战国时乃至汉代的记载,这确实的程度已经打了折扣;何况春秋时人对于诗有种种的应用,而战国时人只有说话中偶尔引到,别的地方就用不着了,我们能保证他们的记载没有隔膜与错误吗? 所以我做此文,为说明计,不得不取材于上几书,而取材时总是使得心中起了怯弱的感觉。

我对于自己的安慰和对于读者的请求,只有把这些书上记的事实不看作固定的某一事,而看作流动的某一类事的动作状况。譬如我们作宋史,决不能把《水浒传》里的故事插了进去;但我们要知道宋代的强盗状况,便觉得《水浒传》中材料甚多。如:徽宗时何以四方盗起? 这些强盗是如何结合的? 他们的目的怎样? 行为怎样? 言语怎样? 这种问题,《水浒传》中很能解释。宋江、卢俊义等的本身事实,《水浒传》中写的固是不会确,但像《水浒传》中所写宋江、卢俊义等经历的背景,必然有在世上。我们要知道的是社会状况,而小说上写的正是社会状况。这些社会状况,除了小说竟寻不到记载,小说上的记载又描写得入情入理;我们怀了一个探看背景的愿望,对于小说的记载,不取它的记事而专取它的背景,似乎不致大谬。我这文中所引的故事,请大家也把这等的眼光去看罢!

我惭愧我的学浅;我大胆发布这篇文字,只是给求真的欲望所逼迫,希望洗刷出《诗经》的真相。我能不能达到这个希望固不可知,但我总愿意向着这方面走。所有错误及漏略的地方,请大家指正!

一、传说中的诗人与诗本事

古人比现在人欢喜唱歌。现在的智识阶级发抒情感,做的是诗词写在纸上,只读不唱;非智识阶级发抒情感,唱的是山歌,很少写在纸上,也没有人注意。古人不是这样:智识阶级做的是诗,非智识阶级做的也是诗;非智识阶级做的诗可以唱,智识阶级做的诗也可以唱。所以古人唱在口里的歌诗,一定比现在人多。那时的音乐又很普及,所唱的歌诗,入乐的自然不少。这三百多篇诗的《诗经》,就是入乐的诗的一部总集。我们看了这部书,可以知道古代诗歌的一点样子;但当时的诗歌我们见不到的依然很多,因为作诗的人是无穷的,做出来的诗篇也是无穷的,没有收入《诗经》的真不知有多少。试看古书所记:——

公入而赋:"大隧之中,其乐也融"。姜出而赋:"大隧之外,其乐也泄泄"。(《左传》隐元年)

郑……伐宋,宋华元……御之:……宋师败绩,囚华元。……宋人以兵车百乘,文马百驷,以赎华元于郑。半入,华元逃归。……宋城,华元为植,巡功。城者讴曰:"睅其目,皤其腹,弃甲而复! 于思,于思,弃甲复来"! 使其骖乘谓之曰:"牛则有皮,犀兕尚多;弃甲则那"! 役人曰:"从其有皮,丹漆若何"? 华元曰:"去之! 夫其口众,我寡"。(《左传》宣二年)

邾人莒人伐鄫。臧纥救鄫,侵邾,败于狐骀。……国人诵之曰:"臧之狐裘,败我于狐骀! 我君小子朱儒是使! 朱儒,朱儒,使败我于邾"。(《左传》襄四年)

子产从政一年,舆人诵之曰:"取我衣冠而褚之;取我田畴而伍之! 孰杀子产? 吾其与之"! 及三年,又诵之曰:"我有子弟,子产诲之;我有田畴,子产殖之。子产而死,谁其嗣之"! (《左传》襄三十年)

晋侯以齐侯宴;中行穆子相。投壶,晋侯先;穆子曰:"有酒如淮,有肉如坻:寡君中此,为诸侯师"! 中之。齐侯举矢,曰:"有酒如渑,有肉如陵:寡人中此,与君代兴"! 亦中之。(《左传》昭十二年)

南蒯……将适费,饮乡人酒。乡人或歌之曰"我有圃,生之杞乎? 从我者子乎? 去我者鄙乎? 倍其邻者耻乎? 已乎已乎! 非吾党之士乎"? (《左传》昭十二年)

惠公入而背外内之赂。舆人诵之曰:"佞之见佞,果丧其田。诈之见诈,果丧其

赂。得之而狃,终逢其咎。丧田不惩,祸乱其兴"!(《国语·晋语三》)

楚狂接舆歌而过孔子曰:"凰兮!凤兮!何德之襄?往者不可谏;来者犹可追。已而!已而!今之从政者殆而!"(《论语微子篇》)

有孺子歌曰:"沧浪之水清兮,可以濯我缨。沧浪之水浊兮,可以濯我足"。(《孟子·离娄篇》)这都是随口唱歌,并没有音乐的辅助的。这一类的"徒歌"当时不知有多少首,但现在传下来的只有千万分之一了。《诗经》中一半是这类的歌,给人随口唱出来的;乐工听到了,替它们个个的制了谱,使得变成"乐歌",可以复奏,才会传到各处去,成为风行一时的诗歌。假使当时没有被乐工采去,不久也就自然的消灭了。

要问《诗经》上许多诗篇做的人是谁,这个问句可是没法回答。不必说这些诗篇没有记事的引子,便看主于记事的《左传》,也只说"城者""国人""舆人""乡人",没有指定姓名。不必说记载古事的《左传》,便看现在最流行的乐歌,四季相思、姜女寻夫、小黑驴,真可以说风靡一时了,但试问是哪一个人做的,有人能回报出来吗?不必说没有书籍记载的歌曲,便看书上记得明白的诗篇,也有同样的疑惑。《古诗十九首》《文选》上全没有作者的姓名,《玉台新咏》上把九首归到枚乘名下,到底是不是枚乘所做,我们能断定吗?"庭院深深"的一阕《蝶恋花》,到底是冯延己做的,还是欧阳修做的,我们能弄明白吗?《四时读书乐》是元代翁森做的,但一般人算作朱熹了。这种传误,年代还是相近最可笑的,"黎明即起"的一篇治家格言,是明末朱用纯做的,因为他姓朱,所以大家算作四百年前的朱熹,称为《朱子家训》。实在一首诗文只要传诵得普遍了,对于作者和本事的传说一定失了真相。《诗经》是一部古代极流行的诗歌,当然逃不了这个公例。所以我们对于《诗经》的作者和本事,决不能要求知道得清楚,因为这些事已经没有法子可以知道清楚了。

《诗经》里有在诗中自己说出作者名姓的,如:——

家父作诵,以究王讻。(《小雅·节南山》)

寺人孟子,作为此诗。(《大雅·崧高》)

吉甫作诵,其诗孔硕。(《大雅·崧高》)

吉甫作诵,穆如清风。(《大雅·烝民》)

又有虽不说出作者,但把作诗的缘故自己说出来的,如:——

维是褊心,是以为刺。(《魏风·葛屦》)

作此好歌,以极反侧。(《小雅·何人斯》)

君子作歌,维以告哀。(《小雅·四月》)

王欲玉女,是用大谏。(《大雅·民劳》)

又有虽没有把作诗的缘故说出来,但文义明白,看了便可知道的,如:——

蔽芾甘棠,勿翦勿败!召伯所憩。(《召南·甘棠》)

这首诗的意思一看就明白:作诗的人一定是很尊敬召伯的,所以召伯曾经休息过的甘棠就劝人不要去斫伐伤损。这类的诗很多,不必列举。

以上三类自然是最靠得住;次之就是古书中的记载。但古书的可靠程度就低了几等,因为传说中的事实是未必一定准的。如:——

武王既丧,管叔及其群弟乃流言于国曰:"公将不利于孺子"!周公乃告二公曰:"我之弗辟,我无以告我先王"!周公居东二年,则罪人斯得。于后,公乃为诗以贻王,名之曰鸱鸮。(《尚书·金縢篇》)

我们试打开《豳风·鸱鸮》篇来一证,它的原文是:——

鸱鸮!鸱鸮!既取我子,无毁我室:恩斯,勤斯,鬻子之闵斯!

迨天之未阴雨,彻彼桑土,绸缪牖户:今女下民或敢侮予!

予手拮据,予所捋荼,予所蓄租,予口卒瘏,曰予未有室家!

予羽谯谯;予尾翛翛;予室翘翘,风雨所漂摇:予维音哓哓!

这是一个人借了禽鸟的悲鸣来发泄自己的伤感。它的大意是先对鸱鸮说:"鸱鸮,我养育这儿子不容易,你既经把他取了去,再不要来拆毁我的房子了"!再转过来对下面站着的人道:"在天好的时候,把房子造坚固了,你们就不能来欺侮我了"!又自己悲伤道:"我为了这所房子,做得这等劳苦,我的毛羽坏了,我的房子又在风吹雨打之中,危险得很,使我不得不极叫了"!读了这首诗,很可见得这是作诗的人在忧患之中发出的悲音。说周公在避居时做的,原也很像;但这话应在"管叔流言"时说的,不应在"罪人斯得"后说的,《金縢篇》所记即使是真,也有时间的错误。况且诗上并没有确实说出是周公,《金縢篇》也不像西周时的文体,我们决不能轻易承认。再看《孟子·公孙丑篇》称引这诗"迨天之未阴雨"几句,便连引孔子的话道:"为此诗者,其知道乎"?孟子引来的孔子固是靠不住,但至少可说是孟子的意思。孔子孟子都是最喜欢称道周公的,为什么只说这诗的作者大概是一个"知道"的人,而不说是周公,好像他们并没有读过《金縢篇》的样子呢?在这种种疑点之下,我们对于《鸱鸮》一诗的作者,依然不能指定。

《左传》上关于《诗经》的记事也有好几则。说出作诗的人的,有许穆夫人作《载驰》一事:——

狄人伐卫,……卫师败绩,遂灭卫。……初,惠公之即位也少,齐人使昭伯烝于宣姜,……生齐子,戴公,文公宋桓夫人,许穆夫人。……及败,……卫之遗民男女七百有三十人,益之以共滕之民为五千人,立戴公以庐于曹。许穆夫人赋载驰。(《闵二年传》)

我们翻出《鄘风·载驰》篇来看,第一章说的是:

载驰载驱,归唁卫侯。驱马悠悠,言至于漕。(即曹)大夫跋涉,我心则忧。

这一定是卫国有难,所以去唁了。第三章说的是:

女子善怀,亦各有行。许人尤之众穉且狂。

可见去唁卫侯的是女子,而且这女子是和许国有关系的。要不是《左传》看了《诗经》去造事实,这段记载可以算得可靠。

又有几首诗,《左传》上虽没有说出作者但说及它的本事的,如:——

秦伯任好卒,以子车氏之三子——奄息,仲行,针虎——为殉,皆秦之良也。国人哀之,为之赋《黄鸟》。(《文六年传》)

这件事在诗上已经写得明明白白:

交交黄鸟止于棘。谁从穆公?子车奄息。(下二章云:"子车仲行","子车针虎")。

维此奄息,百夫之特。临其穴,惴惴其栗。彼苍者天,歼我良人!如可赎兮,人百其身!

这当然可以无疑的了。又如:——

卫庄公娶于齐东宫得臣之妹,曰庄姜,美而无子;卫人所为赋《硕人》也。(《隐三年传》)

我们翻开《卫风·硕人》篇来看,第二章说的是她的家世:

硕人其颀,衣锦褧衣。齐侯之子;卫侯之妻;东宫之妹;邢侯之姨;谭公维私。

第二章说的是她的容貌:

手如柔荑;肤如凝脂;领如蝤蛴;齿如瓠犀;螓首蛾眉。巧笑倩兮;美目盼兮。

这也说得很相符合。要不是做《左传》的人依据了《诗经》去附会,这首诗的来源也可信了。又如:——

郑人恶高克,使帅师次于河上;久而弗召,师溃而归。高克奔陈。郑人为之赋《清人》。

这句话就有些相信不过了,因为诗上说:

清人在彭,驷介旁旁,二矛重英,河上乎翱翔。

写的只是武士游观之乐,全没有"弗召"及"师溃"的意思。这句话是真是假没有证据可以判断；只能作为一个悬案。

我们审定这种材料所以严一点，并不是不愿意知道作诗的事实，实在不愿意做苟且的信从，把自己来欺骗；更不愿意对于古人有轻忽诬蔑的举动，使得他们原来的样子由我们弄糊涂了。汉代的经学家因为要显出自己的聪明，硬把《三百篇》的故事制造齐备，结果徒然闹了许多笑话。实在不但汉代人不能知道，连春秋战国间人也不能知道。试看《国语》上说：

襄王十三年，郑人伐滑。王使游孙伯请滑；郑人执之。王怒，将以狄伐郑。富辰谏曰："不可！……用文公之诗曰：'兄弟阋于墙，外御其侮'若是，则阋乃内侮，而虽阋不败亲也。……"（《周语中》）

照他这样说，常棣一诗是周公做的。再看《左传》上：

郑伯：……不听王命：王怒，将以狄伐郑。富辰谏曰："不可！……召穆公思周德之不类，故纠合宗族于成周而作诗曰：'常棣之华，鄂不韡韡。凡今之人，莫如兄弟'。其四章曰：'兄弟阋于墙，外御其侮'。如是，则兄弟虽有小忿，不废懿亲。……"（《僖二十四年传》）

看了这一段，《常棣》一诗又是召穆公做的了。这首诗到底是周文公做的，还是召穆公做的，还是一个无名的人做的？富辰说的到底是哪一人？《国语》与《左传》的记载到底是哪一种靠得住？我们对于这些问题都是回答不来的了！

我们对于《三百篇》的作者和本事，并不希望有一个完满的回答，因为没有人可以回答，单是空空的希望也是无益的。至于我们为了不知道作诗的本事，就此不懂得诗篇的内容，也无足羞惭，因为这不是我们的过失，只是古人没有把材料给予我们。

二、周代人的用诗

我们要看出《诗经》的真相，最应研究的就是周代人对于"诗"的态度。《诗经》里有许多祝神敬祖的诗，有许多燕乐嘉宾的诗，有许多男女言情的诗，又有许多流离疾苦的诗。这许多诗为什么会聚集在一处？这许多诗如何会流传下来？这许多诗何以周代人很看重它？要解释这种问题，就不得不研究那时人所以"用诗"的是怎样。

要说用诗的方法，先说作诗的缘故。

作诗方面，大别有两种：一种是平民唱出来的，一种是贵族做出来的。平民唱出来，只要发泄自己的感情，不管它的用处；贵族做出来，是为了各方面的应用。

《国风》的大部分，都是采取平民的歌谣。这在《诗经》本身上就可看出，如：

谁谓雀无角！何以穿我屋？谁谓女无家！何以速我狱？虽速我狱，室家不足！（《召南·行露》）

这明明是受了损害之后说出的气愤话，绝不是乐工或士大夫定做出来供应用的。至于：

螽斯羽，诜诜兮；宜尔子孙振振兮！（《周南·螽斯》）

桃之夭夭，灼灼其华；之子于归，宜其室家。（《周南·桃夭》）

这分明是定做出来的颂辞了。在大小雅里，采的民谣是少数（如《我行其野》《谷风》等），而为了应用去做的占多数（如《鹿鸣》《文王》等）。颂里便没有民谣了。民谣的作者随着心中要说的话说去，并不希望他的作品入乐；乐工替他谱了乐章，原意也只希望贵族听了，得到一点民众的味儿，并没有专门的应用；但贵族听得长久了，自然也会把它使用了。凡是定做出来的，都由于应用上的需要而来。如：

呦呦鹿鸣，食之苹。我有嘉宾，鼓瑟吹笙。吹笙鼓簧；承筐是将。人之好我，示我周行！（《小雅·鹿鸣》）

这是很恭敬地对宾客说的一番话，是为宴宾而做的诗。又如：

有客宿宿；有客信信。言授之絷，以絷其马。（《周颂·有客》）

皎皎白驹，食我场藿；絷之维之，以永今夕。所谓伊人，于焉嘉客。（《小雅·白驹》）

这是很真挚的留客人多住几天的话，也是为宴宾而做的诗。又如：

王命申伯："式是南邦；因是谢人，以作尔庸"。王命召伯："锡申伯土田"。王命傅御："迁其私人"。（《大雅·崧高》）

这是周王锡命申伯的话，篇末说明吉甫作了这首诗赠予申伯的，是为庆贺而做的诗。又如：

王命南仲："往城于方"。出车彭彭；旂旐央央。"天子命我，城彼朔方"。赫赫南仲，猃狁于襄！（《小雅·出车》）

这是记南仲的功绩，或是为了慰劳南仲而在他凯旋时做的诗。这种的事一时也说不尽。总之，这诗都是为了应用而做的。

为了应用而做的诗，和采来的诗而应用它的，大概可以分做四种用法：一是典礼，二是讽谏，三是赋诗，四是言语。诗用在典礼与讽谏上，是它本身固有的应用；用在赋诗与言语上，是引申出来的应用。引申出来的应用，全看用诗的人如何，而不在诗的本身如何。

典礼的种类很多,所以用诗的方面也很多,最宽广的分类可以分成两种:对于神的是祭祀,对于人的是宴会。

祭祀的诗,看《诗经》本身就很明白。如《小雅·楚茨》说祭祀的样子详细极了,且有工祝祝颂的说话,我们可以决定它是一首祭祀时应用的诗。原文如下:

楚楚者茨,言抽其棘。自昔何为,我艺黍稷。我黍与与;我稷翼翼。我仓既盈,我庾维亿。以为酒食,以飨,以祀,以妥,以侑,以介景福。

济济跄跄,絜尔牛羊,以往烝尝:或剥,或亨,或肆,或将。祝祭于祊,祀事孔明。先祖是皇;神保是飨。孝孙有庆:报以介福,万寿无疆!

执爨踖踖,为俎孔硕:或燔,或炙,君妇莫莫。为豆孔庶,为宾,为客。献酬交错:礼仪卒度,笑语卒获。神保是格;报以介福,万寿攸酢!

我孔熯矣,式礼莫愆。工祝致告,徂赉孝孙:"苾芬孝祀,神嗜饮食,卜尔百福,如几,如式"!既齐,既稷,既匡,既勅:"永锡尔极,时万时亿"!

礼义既备,钟鼓既戒,孝孙徂位,工祝致告。神具醉止,皇尸载起。鼓钟送尸,神保聿归。诸宰君妇,废彻不迟。诸父兄弟,备言燕私。

乐具入奏,以绥后禄。尔殽既将,莫怨具庆。既醉既饱,小大稽首:"神嗜饮食,使君寿考!孔惠孔时,维其尽之。子子孙孙,勿替引之"!

这一首诗把祭祀的原因,祭祀时的状况,祭祀后宾客的祝颂,原原本本地都写出了。我们可以假定这诗是依了祭祀手续的时间逐次奏的。但这诗上虽说"钟鼓既戒","乐具入奏",而奏乐的样子还没有叙述完备。把奏乐的样子叙述完备的,有《周颂》的《有瞽》。

有瞽,有瞽,在周之庭;设业,设虡崇牙树羽,应,田,县鼓,鼗,磬,柷圉;既备用奏,箫管备举。喤喤厥声,肃雍和鸣。先祖是听! ……

又如《商颂》的《那》亦与上首略同:

猗与,那与,置我鞉鼓;奏鼓简简,衎我烈祖。汤孙奏假,绥我思成。鞉鼓渊渊;嘒嘒管声;既和且平,依我声声。于赫汤孙,穆穆厥声!庸歌有斁;万无有奕……

在这上,可见祭祀用诗,是"乐""歌""舞"三事同时合作的。阮元有一篇《释颂》是很好的解释:

"颂"字即"容"字也。故《说文》"颂,皃也"。"容""頌""羕"一声之转;……今世俗传之样字……从"颂、容、羕"转变而来。……所谓《商颂》,《周颂》,《鲁颂》者,若曰"商之样子""周之样子""鲁之样子"而已。

何以《三颂》有样而《风》《雅》无样也?《风》《雅》但弦歌笙间,宾主及歌者皆不必因此而为舞容;惟《三颂》各章皆是舞容,故称为"颂",若元以后戏曲,歌者舞者与乐器全动作也。《风》《雅》则但若南来人之歌词弹词而已,不必鼓舞以应铿锵之节也。……

大概颂是乐诗中用得最郑重的,不是很大的典礼不轻易用;最大的典礼莫过于祭祀,所以颂几乎完全用在祭祀上。

用在宴会的各种典礼上的诗也是很多,我们上面举的《鹿鸣》《白驹》《有客》《崧高》都是。仪礼上乡饮酒礼、燕礼、乡射礼、大射仪各篇,都有乐工歌诗的记载。今举乡饮酒礼的一节。

设席于堂廉,东上。工四人,二瑟;瑟先。相者二人皆左何瑟,后首,挎越,内弦,右手相。乐正先升,立于西阶东。工人,升自西阶,北面坐。相者东面坐,遂授瑟;乃降。工歌《鹿鸣》,《四牡》,《皇皇者华》……

笙入,堂下磬南。北面立;乐南陔,白华华黍……

乃间歌《鱼丽》,笙《由庚》;歌《南有嘉鱼》,笙《崇丘》;歌《南山有台》,笙《由仪》。

乃合乐:[周南]《关雎》,《葛覃》,《卷耳》;[召南]《鹊巢》,《采蘩》,《采蘋》。

工告于乐正曰:"正歌备";乐正告于宾,乃降。

这一篇写奏乐的程序清楚极了。

宴会时各种游艺也是用乐诗做节制的。如《投壶》:——

司射进度壶,问以二矢半;反位,设中东面,执八算,兴。……命弦者曰:"请奏狸首,间若一"。太师曰:"诺"。左右千矢具,请拾投。……(《礼记·投壶》)

又如会射:——

故射者进退周还必中礼。内志正,外体直然后持弓矢审固;持弓矢审固,然后可以言中。此可以观德行矢。其节:天子以《驺虞》为节,诸侯以《狸首》为节;卿大夫以《采蘋》为节;士以《采蘩》为节。……是以诸侯君臣尽志于射以习礼乐。……诗曰:"曾孙侯氏四正具举。大夫,君子,凡以庶士,小人莫处,御于君所:以燕,以射,则燕,则誉"。言君臣相与尽志于射,以习礼乐,则安则誉也。(《礼记·射义》。《狸首》一诗已亡,有人说"会孙侯氏"一首即是《狸首》。)

这种种乐诗的应用,无非使得宴会中增高欢乐的程度,和帮助礼节的进行。现在乐诗虽失传,宴会的歌唱侑酒,行礼时的作乐,正和古人的意思是一样的。讽谏方面,《左传》与《国语》都屡次说起。如:——

"自王以下各有父兄子弟以补察其政:史为书,瞽为诗,工诵箴谏,大夫规诲,士传言,庶人谤"。(《左传·襄十四年》师旷语。)

"故天子听政,使公卿至于列士献诗,瞽献曲,史献书,师箴,瞍赋,矇诵百工谏,庶人传语,近臣尽规,亲戚补察,瞽史教诲耆艾修之,而后王斟酌焉。是以事行而不悖"。(《国语·周语中》邵公谏厉王语。)

"吾闻古之王者,政德既成,又听于民,于是乎使工诵谏于朝,在列者献诗,使勿兜;风听胪言于市,辨袄祥于谣,考百事于朝,问谤誉于路:有邪而正之,尽戒之术也。先王疾是骄也"!(《国语·晋语六》范文子戒赵文子语。)

从这几则看,可见公卿列士的讽谏是特地做了献上去的;庶人的批评是给官吏打听到了告诵上去的。我们看《诗经》中也有这事的痕迹,如:——

好人提提,宛然左辟,佩其象揥。维是褊心,是以为刺!(《魏风·葛屦》)

昊天不平;我王不宁,不惩其心,覆怨其正。家父作诵,以究王讻。式讹尔心,以畜万邦。(《小雅·节南山》)

为鬼为蜮,则不可得。有腼面目视人罔极,作此好歌,以极反侧!(《小雅·何人斯》)

他们作诗的宗旨,为了要去讥刺好人的褊心,要去穷究国王昏乱的缘故,要去穷究他人的反侧之心。固是这种骂人的诗未必直接送与所骂的人看,但若别人听到了,转达与所骂的人,也可以促成他的反省。所谓"师箴,瞍赋,矇诵",就是要使瞎子乐工做转达的人。再看上面引的城者对华元的讴,舆人对子产的诵,乡人对南蒯的歌,也是"庶人谤"的一类。——

所可怪的,《左传》记了二百六十年的事,不曾见过"献诗,献曲,师箴,瞍赋"的记载。只有楚国左史倚相口里说起一件故事是这一类的,但是西周的事:

"昔穆王欲肆其心,周行天下,将皆必有车辙马迹焉。祭公谋父作《祈招》之诗以止王心,王是以获没于祗宫。……其诗曰:'祈招之愔愔,式昭德音。思我王度:式如玉,式如金,形民之力而无醉饱之心'"。(《昭十二年传》)

《国语》上也有一段故事:

"昔卫武公年数九十五矢,犹箴儆于国,曰:'自卿以下,至于师长士,苟在朝者,无谓老耄而舍我;必恭恪于朝,朝夕以交戒我;闻一二之言,必诵志而纳之以训导我!'在与有旅贲之规,位宁有官师之曲,倚几有诵训之谏,居寝有亵御之箴,临事《有瞀》史之导,宴居有师工之诵;史不失书,蒙不失诵,以训御之。于是作懿戒以自儆也"。(《楚语上》)

这两段事即使可靠,也都是春秋以前的事。恐怕这种事在春秋前很多,而在春秋时就很少了。我所以不敢说春秋时绝无的话，因为看《诗经》中如：

心之忧矣，如或结之！令兹之政，胡然厉矣！燎之方扬，宁或灭之！赫赫宗周，褒姒威之！（《小雅·正月》）

周宗既灭，靡所止戾。正大夫离居，莫知我勚。三事大夫，莫肯夙夜。邦君诸侯，莫肯朝夕。庶曰式臧，覆出为恶！（《小雅·雨无正》）

这种诗都很长，很有组织意义，完全为了警戒与规劝，可以断定是士大夫为了讽谏而做的。诗中又有"周宗既灭"一类的字样，当然是东周的士大夫做的。可见东周时这类的风气还没有歇绝。但这类的诗都在大小雅中，大小雅是王朝的诗，或者献诗诵谏的事是王朝所独有，也未可知。《左传》既不注意王朝，自然没有这类的记载。至于列国，本只有"庶谤"的徒歌，所以《左传》《国语》所记与人之诵等都是很简短的；又没有给乐工收入乐府，《三百篇》中就见不到了。

赋诗是交换情意的一件事。他们在宴会中各人拣了一首合意的乐诗叫乐工唱，使得自己对于对方的情意在诗里表出，对方也是这等的回答。这件事《左传》上记得最多，那时士大夫也是看得最重。往往因为一个人不合于这个礼节，就给别人瞧不起；凶一点就闹起来。如：——

宋华定来聘，……公享之，为赋《蓼萧》；弗知，又不答赋，昭子曰："必亡！宴语之不怀，宠光之不宣，令德之不知，同福之不受，将何以在"！（《昭十二年传》）

这已经骂得够受的了；再看下面一件事：

晋侯与诸侯宴于温使诸大夫舞，曰："歌诗必类，齐高厚之诗不类"！荀偃怒，且曰，"诸侯有异志矣"！使诸大夫盟高厚。高厚逃归。于是叔孙豹，晋荀偃，宋向戌，卫宁殖，卫公孙蒯，小邾之大夫盟曰："同讨不庭"！（《襄十六年传》）

这不是因了赋诗的小事闯出一场大祸吗！因为那时看赋诗的关系这等样重，所以在宴会时选择人才很是要紧的事。如《左传》记晋公子重耳到秦国：

他日公享之。子犯曰："吾不如衰之文也，请使衰从"。公子赋《河水》；公赋《六月》。赵衰曰："重耳拜赐"。公子降拜稽首；公降一级而辞焉。衰曰："君称所以佐天子者命重耳，重耳敢不拜！"（《僖二十三年传》）

子犯因为不及赵衰会说话，所以推荐了赵衰陪了重耳；果然秦穆公赋了《六月》，赵衰就叫重耳拜赐了。所以要拜赐的缘故，因为《六月》篇是用宣王命尹吉甫帅师伐玁狁的事，诗上有"王子出征，以佐天子"的话，秦穆公赋它，是表示他对于重耳的一番期望，所以重耳应该拜谢他的厚意。可见宴会赋诗是要主宾互相称美和祝颂，使得各人的好意从歌诗里表现出来；同时要受的方面知道赋诗的人的好意，表现出受诗以后的快乐和谦谢。再看下一事：

晋侯使韩宣子来聘，……公享之。季武子赋《绵》之卒章。韩子赋《角弓》；季武子拜曰："敢拜子之弥缝敝邑，寡君有望矣"！……既享，宴于季氏，有嘉树焉，宣子誉（游也）之。武子曰："敢不封殖此树，以无忘《角弓》"！遂赋《甘棠》。宣子曰："起不堪也！无以及召公"。（《昭二年传》）

这一段写当时俯仰揖让的样子真是活现在眼前。季武子赋《绵》的末章，是赞美韩宣子的懂道理和有能力。《角弓》说："兄弟昏姻，无胥远矣"，所以季武子拜谢他联络两国的美意。《甘棠》拿召公来比韩宣子，更是即景生情的佳话。宾主到了这步田地，实在是会交际啊！

现在再把《左传》里两次最有名的赋诗抄在下面：

郑伯享赵孟于垂陇；子展，伯有，子西，子产，子太叔，二子石从。赵孟曰："七子从君，以宠武也；请皆赋以卒君贶，武亦以观七子之志"。子展赋《草虫》；赵孟曰："善哉，民之主也！《抑武》也不足以当之"。伯有赋《鹑之贲贲》；赵孟曰："床笫之言不踰阈，况在野乎！非使臣之所得闻也"！子西赋《黍苗》之四章；赵孟曰："寡君在，武何能焉"！子产赋《隰桑》；赵孟曰："武请受其卒章"。子大叔赋《野有蔓草》；赵孟曰："吾子之惠也"！印段赋《蟋蟀》。赵孟曰："善哉，保家之主也！吾有望矣"。公孙段赋《桑扈》；赵孟曰："'匪（诗作"彼"）交匪敖'，福将焉往！若保是言也，欲辞福禄得乎"！卒享，文子告叔向曰："伯有将为戮矣！诗以言志：志诬诬其上而公怨之，以为宾荣，其能久乎"！（《襄二十七年传》）

这一次的赋诗，《草虫》《隰桑》都是思慕君子，子展子产借此表示他们对于赵孟的思慕。《黍苗》是赞美召伯的功劳，子西借此以表示他看赵孟是召伯一流人物。《蟋蟀》说"好乐无荒，良士瞿瞿"，印段的意思是说赵孟的不荒淫，而赵孟也因为他赋诗的宗旨在不荒淫，就称赞他是"保家之主"。《桑扈》称颂君子"受天之祜"为"万邦之屏"，末句为"彼交匪敖，万福来求"，所以赵孟有这几句的答话。看这一次的赋诗，他们只是称颂赵孟；赵孟对于他们的称颂，有的是谦而不敢受，有的是回敬几句好话。单是伯有赋《鹑之贲贲》是特异的事。《鹑之贲贲》一诗主要的话是："人之无良，我以为兄"，"人之无良，我以为君"；内中只有怨愤的意思全没有和乐的气象。所以赵孟说"床笫之言不踰阈"，意谓怨愤是私室的话，不是在宴会场中可以公布的。

在这段故事中，有可以研究的一首诗，就是《野有蔓草》。这首诗的原文是：

野有蔓草，零露溥兮。有美一人，清扬婉兮。邂逅相遇，适我愿兮！

野有蔓草,零露瀼瀼。有美一人,宛如清扬。邂逅相遇,与子偕臧!

这明明是一首私情诗。"臧"就是"藏";"适我愿"就是"达到目的"。男女二人在野里碰见,到隐僻的地方藏着,成就他们的好事:这个意思是很显明的。在规行矩步的道学家看起来,便是真的男女相遇也不应当说出这句话,何况在宴集宾朋的时候敢公然唱出这类淫诗,岂不是太放肆了! 有人硬要解释这个难题,便说:"这并非淫诗。试看伯有赋了《鹑之贲贲》,尚且赵孟要说'床笫之言不踰阈';若这首真的是淫诗,自然更是'床笫之言'了,为什么子太叔不看伯有的榜样,再去赋这类的诗? 为什么赵孟严于责伯有而宽于责子太叔,反而说'吾子之惠'呢? 所以这首诗不是淫诗就可在此处证明"。我对于这个辩护,可以说他有两处误解。第一,"床笫之言"并不是指淫亵,用是指私室。试看《鹑之贲贲》的原诗:

鹑之奔奔("贲贲"通);鹊之强强。人之无良,我以为兄!

鹊之强强;鹑之奔奔。人之无良,我以为君!

"奔奔"和"强强"只是鹑和鹊的动作的形容词,颠倒押着"为兄""为君"的韵,并没有意义可讲。看下两句至多只有埋怨长上和不甘受长上的束缚的两个意思,和男女之欲真是没有丝毫关系。赵孟说他"床笫之言"当然不是指淫欲,所以下面他又说:"伯有将为戮矣,……志诬其上而公怨之,以为宾荣。""公"是指的"宾"一方面,"床笫"是处的"公"的反面;"上"就是"君"和"兄","怨上"既是床笫之言,就不应公然对宾客说,这个意思十分明白。若说这一首诗是淫诗,请问对于"志诬其上而公怨之"一句话要怎样的解释呢? 第二,"断章取义"是赋诗的惯例,赋诗的人的心意不即是作诗的人的心意。所以作诗的人尽管做的是言情诗,但赋诗的人尽可用他做宴宾诗。《左传》上有解释断章取义的两段文字:

庆公之士谓卢蒲癸曰:"男女辨姓;子不辟(避)宗,何也?"曰:"宗不余辟,余独焉辟之! 赋诗断章,余取所求焉恶识宗"! (《襄二十八年传》。卢蒲癸娶庆舍之女,两家同是姜姓,所以有人这样问。卢蒲癸是庆舍的宠臣,庆舍正执齐国的政,所以有"余取所求"的答。)

郑驷颛杀邓析而用其竹刑。君子谓子然于是不忠。苟有可以加于国家者,弃其邪可民。《静女》之三章,取"彤管"焉。《竿旄》"何以告之"取其忠也。故用其道不弃其人。(《定九年传》)

卢蒲癸的意思是说:赋诗只需取自己要的东西不必还出它的娘家。君子批评驷颛的话是说:《静女》的诗义并不好,只是《静女》诗中的"彤管"是一个好名目,就可取了。《竿旄》的诗也并不忠,只是《竿旄》诗中有"何以告之"一句,很有"忠告善道"的意思就可算忠了。"恶识宗",就是不管作者的本义;"弃其邪",就是弃掉不可用的而取它可用的。所以那时的赋诗很可能称作象征主义。作诗的人明明是写实,给他们一赋就是象征了。

有人说:《野有蔓草》若是私情诗,如何会收到乐章里去,供给宴会的应用呢?其实无论什么时候的乐章都脱离不了言情之作;何况春秋时并没有经过汉宋儒者的陶冶,淫风的盛翻开《左传》就可以看见,如何情诗人不得乐章!既入了乐章,大家听得惯了,自然熟视若无睹,可以移作别种意思的象征了。我常说那时人赋诗,乐工"一唱三叹"的歌着,用不到自己去唱,正像现在人的点戏。现在人唤优伶到家里做戏,祝寿演《蟠桃会》,娶妇演《闺房乐》,上任演《满床笏》,这是实指其事,和宴会中赋《草虫》《隰桑》相类的。至于偏在象征方面的,也看了事情而定。记得民国二年,二次革命起后,袁世凯差冯国璋和张勋打下南京,怀仁堂上唱戏庆贺,因为那时江苏都督一个位置给冯给张很费斟酌,所以点了一出《取帅印》,又点了一出《双摇会》。《双摇会》明明是一出妻妾争夕的淫戏,如何可以在总统府里演?也无非做得长久了,大家忘其为淫戏,只觉得可以作别种意思的象征了!

再看郑六卿为韩宣子赋诗的一段事:

郑六卿饯宣子于郊,宣子曰:"二三君子请皆赋,起亦以知郑志"。子齹赋《野有蔓草》;宣子曰:"孺子善哉!吾有望矣"。子产赋郑之《羔裘》;子曰:"起不堪也"!子太叔赋《褰裳》;宣子曰:"起在此,敢勤子至于他人乎"!子太叔拜;宣子曰:"善哉,子之言是。不有是事,其能终乎"!子游赋《风雨》;子旗赋《有女同车》;子柳赋萚兮。宣子喜曰:"郑其庶乎!二三君子以君命贶起,赋不出郑志,皆昵燕好也。二三君子,数世之主也,可以无惧矣"!宣子皆献马焉,而赋《我将》。子产拜,使五卿皆拜,曰:"吾子靖乱,敢不拜德"!(《昭十六年传》)

这一次因为韩宣子要"知郑志",所以郑六卿赋的都是郑诗。郑国的诗是情诗最多,所以这一次赋的诗也是情诗特多;如子太叔赋的《褰裳》,就是情思很荡的!

子惠思我,褰裳涉溱。子不我思,岂无他人?狂童之狂也且!

子惠思我,褰裳涉洧。子不我思,岂无他士?狂童之狂也且!

这正是荡妇骂恶少的口吻,说:"你不要我,难道就没有别人吗"?淫浪的态度真活画出来了!子太叔断章取义,用在这里比喻他愿意从晋,只恐晋国的拒绝;所以韩宣子就说:"我在这里,怎会使得你去寻别人呢"!子太叔拜谢他,他又说:"没有这样的警戒,哪能有始有终呢"!可见断章取义的用处,可以不嫌得字句的淫亵,不顾得作诗人的本义。

赋诗的应用，除了合欢以外，又有用在请求上的。如《襄二十六年传》，记晋平公把卫献公囚了起来，齐景公郑简公到晋国去替他说情：

齐侯郑伯为卫侯故如晋，晋侯兼享之。……国景子相齐侯；……子展相郑伯。……晋侯言卫侯之罪，使叔向告二君。国子赋《辔之柔矣》；子展赋《将仲子兮》。晋侯乃许归卫侯。《辔之柔矣》的诗逸去了，《将仲子兮》在郑风里，原文如下：

将仲子兮，无踰我园，无折我树檀！岂敢爱之，畏人之多言。仲可怀也；人之多言亦可畏也！

这首诗的大意只是"人言可畏"。子展要晋侯放出卫侯，所以赋了这首诗去讽他，说："别人要疑心你为臣执君（卫献公复国，孙林父愬于晋）了！你不怕他们的多说话吗"？晋侯悟得他的意思，所以也就答应了。

赋诗既可用在请求方面，自然也可反转来用在允许方面。如：

申包胥如秦乞师，曰："吴为封豕长蛇以荐食上国；虐始于楚。寡君失守社稷，越在草莽，使下臣告急。……"秦伯使辞焉，曰："寡人闻命矣；子姑就馆，将图而告"。对曰："寡君越在草莽，未获所伏，下臣何敢即安"！立依于庭墙而哭，日夜不绝声，勺饮不入口，七日。秦哀公为之赋《无衣》；九顿首而坐。秦师乃出。（《定四年传》）

《无衣》的诗是：

岂曰无衣！与子同袍。王子兴师。修我戈矛，与子同仇！

秦哀公赋这诗就是表明他已经完全允许了他的请求了。

赋诗要表现出宾主的好意是通例，也有用来当笑骂的。但我虽是说出这句话，心中却很疑惑，不敢决定它的有无。如：

齐庆封来聘，其车美。孟孙谓叔孙曰："豹闻之，服美不称，必以恶终。美车何为"！叔孙与庆封食，不敬；为赋《相鼠》，亦不知也。（《襄二十七年传》）

试看《相鼠》篇中说的是什么话？

相鼠有皮；人而无仪！人而无仪，不死何为！

这实在骂得太不成样子了。说他听了不知，我想没有这样的糊涂人罢？（这一则与上面伯有赋《鹑之贲贲》的一事，我很疑心是《左传》的作者装点出来的。《左传》的作者最欢喜把结果的成败做论人根据；他看见伯有与庆封都不得善终的，就替他们编造了不好的故事，也说不定。）

从这许多赋诗的故事看来，可以归纳出一条通例，是：

自己要对人说的话，借了赋诗说出来。所赋的诗，只要表达出赋诗的人的志，不希望合于作诗的人的志,所以说"赋诗言志"。

以上几种用诗,都是把诗唱的;还有一种用诗,是杂在言中说的。因为这些诗唱得多了,人能够晓得,所以引来说话格外觉得简明有力。又那时许多国家相处很近,交涉的事极繁,所以很讲究说话。如下一节:

叔向曰:"辞之不可以已也如是夫!子产有辞,诸侯赖之;若之仙其释辞也!诗曰:'辞之辑矣,民之协矣;辞之绎矣,民之莫矣',其知之矣"!(《襄十一年传》)

看了可见。要使自己说的话有效力,总要使得别人心折我这一番话。在现在这时候,要使别人心折我的话,便可把学理去支配事实,说某一件事是合于学理的,某一件事是不合于学理的。那时人没有学问观念所以只消用社会上传诵的话去支配事实,说某一件事是合于老话的,某一件事是不合于老话的。社会上传诵的话有两种:(一)谚语,(二)诗。谚语总带一点训诫的口气;诗却不止于训诫,还有自达情意的,有讲一件事情的,有称赞人家的。凡是要说一句话,可以在诗上找到同意义的句的,就可将诗句囫囵的搬出来。诗的应用方面既广,所以比较谚语说得更多。他们引诗,也不在于了解诗人的原义,只要说在口里顺,或者可以做得自己的话的证据。

言语中用诗句来发挥自己的情感的,如:

赵穿攻灵公于桃园;宣子未出山而复。太史书曰:"赵盾弑其君",以示于朝。宣子曰:"不然"!对曰:"子为正卿,亡不越境,反不讨贼,非子而谁"!宣子曰:"乌呼,'我之怀矣,自诒伊戚',其我之谓矣"!(《宣二年传》)

用诗句批评一件事情的,如:

卫献公自夷仪使与宁喜言;宁喜许之。太叔文子闻之曰:"乌乎,诗所谓'我躬不说,皇恤我后'者,宁子可谓不恤其后矣!……诗曰:'夙夜匪懈,以事一人',今宁子视君不如弈棋,其何以免乎!……"(《襄二十五年传》)

又如:

郑大夫盟于伯有氏。裨谌曰:"是盟也,其与几何!诗曰:'君子屡盟,乱是用长'。今是长乱之道也;祸未歇也"!(《襄二十九年传》)

用诗杂在说话里最有效力的地方,是做辩论的根据。如:

晋师从齐师入自丘舆,击马陉。齐侯使宾媚人赂以纪甗,玉磬,与地。……晋人不可,曰:"必以萧同叔子为质,而使齐之封内尽东其亩"。对曰:"萧同叔子,寡君之母也;若以匹敌,则亦晋君之母也。吾子布大命于诸侯,而曰必质其母以为信,其若王命何!且是以不孝令也。诗曰:'孝子不匮,永锡尔类',若以不孝令于诸侯,其无乃非德类也乎？先王疆理天下，物土之宜而布其利，故诗曰：'我疆我理，南东其亩'。今吾子疆理诸侯，而曰尽东其亩而已，唯吾子戎车是利，无顾土宜，其无乃非先王之命也乎！……今吾子求合诸侯以逞无疆之欲，诗曰：'布政优优，百禄是遒'，子实不优而弃百禄，诸侯何害焉！……"晋人许之。(《成二年传》)

这种话用在外交席上可以摧折对方的气焰，自是很妙的辞令。但终究觉得危险，因为诗上本只是随便一句话，并没有天经地义在内，若对方用了辞义相反的一句诗来反驳时，就很为难了。

上一段的引诗是顺着诗义说的，又有急不暇择，把诗句割裂了应用的。如：

晋却至如楚聘，且莅盟。楚子享之，子反相；为地室而县焉。却至将登，金奏作于下，惊而走出。子反曰："日云莫矣，寡君须矣，吾子其入也！"宾曰："君不忘先君之好，施及下臣，贶之以大礼，重之以备乐如天之福，两君相见，何以代此。下臣不敢"！子反曰："如天之福，两君相见，无亦唯是一矢以相加遗，焉用乐！寡君须矣，吾子其入也！"宾曰："若让之以一矢，祸之大者其何福之为！世之治也，诸侯间于天子之事则相朝也，于是乎有享宴之礼，——以训共俭，宴以示慈惠；共俭以行礼而慈惠以布政，政以礼成，民是以息百官承事朝而不夕，此公侯之所以扞城其民也。故诗曰：'赳赳武夫公侯干城'。及其乱也诸侯贪冒，侵欲不忌，争寻常以尽其民，略其武夫以为己腹心，股肱，爪牙。故诗曰：'赳赳武夫，公侯腹心'。天下有道则公侯能为民干城而制其腹心；乱则反之。今吾子之言乱之道也，不可以为法"！(《成十二年传》)

这一番话说得何等凌厉，楚国的君臣就给他折服了！但试把《兔罝》原诗看来：

肃肃兔罝，椓之丁丁。赳赳武夫，公侯干城！

肃肃兔罝，施于中逵。赳赳武夫，公侯好仇！

肃肃兔罝，施于中林。赳赳武夫，公侯腹心！

这三章诗，原只有赞美武夫为公侯出力的一个意思；因为奏乐上的需要，把它重复了两遍。武夫做公侯的干城，和做公侯的腹心，全没有什么差别。却至为了辩驳子反的"两君相见，无亦唯是一矢以相加遗"一句话，要得到"今吾子之言乱之道也"一个结论，不惜把它打成两截：以"公侯干城"属治世，"公侯腹心"属乱世。但若是有人问他"第二章的'公侯好仇'如何处置呢？"恐怕他自己也答不出来了！

以上说的都是说话中特意引诗。又有不是特意引诗，只是随便说来，和"成语"一例用的。如：

晋荀偃士匄请伐偪阳……围之弗克。……偪阳人启门诸侯之士门焉。县门

发，郰人纥抉之以出门者。孟献子曰："诗所谓'有力如虎'者也！"（《襄十年传》）

孟献子不过要称赞叔梁纥的力大，恰巧诗句中的"有力如虎"可以引用，所以就随便说了出来。

最奇怪的用诗，是把诗句当"歇后语"或"猜谜"一样看待。如：

诸侯伐秦，及泾莫济。晋叔向见叔孙穆子曰："诸侯谓秦不恭而讨之，及泾而止，于秦何益！"穆子曰："豹之业及《匏有苦叶》矣，不知其他！"叔向退，召舟虞与司马曰："夫苦匏不材，于人共济而已。鲁叔孙赋《匏有苦叶》，必将涉矣，具舟除隧不共有法。"是行也，鲁人以莒人先济诸侯从之。（《国语·鲁语下》）

为什么叔向一听到叔孙穆子这句话就知道他要渡泾？原来《匏有苦叶》的原文是："匏有苦叶；济有深涉。深则厉，浅则揭。"说的是深有深的渡法，浅有浅的渡法。叔孙穆子举了这首诗名，又说"不知其它"，分明说他渡泾的主意早就打定了。又如：

侯犯以郈叛。……叔孙谓郈工师驷赤曰："郈非唯叔孙氏之忧，社稷之患也；将若之何？"对曰："臣之业在扬水卒章之四言矣！"叔孙稽首。（《定十年传》）

《唐风·扬之水》的卒章是：

扬之水，白石粼粼。我闻有命，不敢以告人！

驷赤心中本来想逐去侯犯，所以叔孙问他，他就举了这个章名来回答，大意是说："我是有计策的；但应当秘密做去，不敢告人。"叔孙听了，也暗暗地明白，所以对他稽首。

我前面说他们用诗和用谚没有分别，现在比较一看，更可明白。那时言语中常用的诗句，概括起来也不过一百句。用得最多的，是：

赞美：——淑人君子，其仪不忒。

布政优优，百禄是遒

乐只君子，邦家之基。

骂詈：——人而无礼，胡不遄死！

人之无良，我以为君！

谁生厉阶，至今为梗！

悲叹：——我之怀矣，自诒伊戚！

人之云亡，邦国殄瘁！

我躬不阅，皇恤我后！

劝诫及陈述：——礼义不愆，何恤于人言！

兄弟阋于墙，外御其侮。

民之多辟，无自立辟。

无念尔祖，聿修厥德。

他人有心，予忖度之。

《左传》中引的周代谚语不及诗多，但也可看到一点模样：

山有木，工则度之宾有礼，主则择之。（《隐十一年传》）

匹夫无罪，怀璧其罪。（《桓七年传》）

心苟无瑕，何恤乎无家！（《闵元年传》）

辅车相依，唇亡齿寒。（《僖五年传》）

心则不竞，何惮于病！（《僖七年传》）

非宅是卜，唯邻是卜。（《昭三年传》）

在此可见谚与诗的形式是很相似的；用谚与用诗是没有分别的。唯谚语大概偏于劝诫及陈述一方面，而在赞美、骂詈、悲叹三方面不得不舍谚用诗。

诗句用得长久了，后来就真变成谚语了。如：

范蠡进谏曰："……天节不远，五年复反。……先人有言曰：'伐柯者其则不远。'今君王不断，其忘会稽之事乎？"（《国语·越语下》）

这一句先人之言，就是《豳风》中"伐柯伐柯，其则不远"的诗句；因为用得久了，就变成"伐柯者其则不远"的谚语了。

春秋时，这三百多篇诗的流传是很广的，试看上面引的赋诗便可明白。季武子与韩宣子赋诗一节，武子先赋的是《大雅》，宣子答的是《小雅》，武子又答的是《召南》。又如七子赋诗一节，子展赋的是《召南》，伯有赋的是《鄘风》，子西、子产、公孙段赋的是《小雅》，子太叔赋的是《郑风》，印段赋的是《唐风》。一时的赋诗，乐声就各各不同。更看当时人常说在口头的几个诗句，也是各处的诗都有。可见乐声虽是分了多少国，而引用它的原没有划分国界，这三百多篇诗真是行遍中原的了。这单是就地域方面看；若在阶级方面看，当初作诗时虽分阶级，而后来用诗的便无阶级。如：

穆叔如晋，……晋侯享之。金奏《肆夏》之三，不拜。工歌《文王》之三，又不拜。歌《鹿鸣》之三，三拜。韩献子使行人子员问之曰："……吾子舍其大而重拜其细，敢问何礼也？"对曰："三夏，天子所以享元侯也，使臣不敢与闻。《文王》两君相见之乐也，臣不敢及。《鹿鸣》，君所以嘉寡君也，敢不拜嘉！《四牡》，君所以劳使臣也，敢不重拜！《皇皇者华》——君教使臣曰：'必谘于周'。臣闻之：访问于善为

咨,咨亲为询,咨礼为度,咨事为诹,咨难为谋——臣获五善,敢不重拜!"(《襄四年传》)

这只是宴享一个诸侯的大夫,而天子的乐诗已经搬了出来,可见:(1)阶级制度的破坏;(2)各种阶级的乐诗,一个阶级——诸侯——都能完备。一国都有了各国的乐诗,一阶级都有了各阶级的乐诗,所以这三百多篇诗更为一般人——至少是贵族的全体——所熟习,觉得真是人生的日用品了。在此,我又觉得传说中的"太史采诗"一事是可疑的。第一:这三百多篇诗是春秋时人唱得烂熟的,也是听得烂熟的,有许多是西周时传下来的,有许多是春秋时加进去的,传了六七百年,仅仅有这三百多篇熟在口头,记在本上,若真有采诗之官,这个官未免太不管事了。第二:《左传》上记的各种徒歌全没有采入《诗经》,这都是合着"观风"一个宗旨,可以入乐的,但竟没有入乐,可见当时入乐的诗真是少之又少,完全碰着机会,并不是有人操甄录的权柄。所以我们可以说:这三百多篇诗的集成一部经书,固是出于汉人(或战国人),但《诗经》的一个雏形已经在春秋时大略固定。采诗之官即使有,也是"使公卿至于列士献诗,瞽献曲"的一类,不必定为一个专职,而且在春秋时也见不到这些痕迹了。

我们看了上面的许多叙述,可以做一个结论:

《诗经》是为了种种的应用而产生的,有的是向民间采来的,有的是定做出来的。它是一部入乐的诗集,大家对于这些入乐的诗都是唱在口头,听在耳里,记得熟了,所以有随意使用它的能力。他们对于诗的态度,只是一个为自己享用的态度;要怎么用就怎么用。但他们无论如何把诗篇乱用,却不预备在诗上推考古人的历史,又不希望推考作诗的人的事实。正如现在一般人看演戏,只为了酬宾、酬神,和自己的行乐,并不想依据了戏中的事去论古代,也不想推考编戏的人是谁。所以虽是乱用却没有伤损《诗经》的真相。

三、孔子对于诗乐的态度

孔子是和《诗经》有大关系的人,一般人都说《诗经》是经他删过的。删诗问题且放在下面再说;单说他所处的时势,真是乐诗的存亡之交,他以前乐诗何等的盛行,他以后就一步步地衰下去了。(《左传》自定公四年秦哀公为申包胥赋《无衣》后,就不曾载过赋诗的事。)再看他的生性,对于乐诗是何等的深嗜笃好。《论语》上记的:

子在齐闻韶,三月不知肉味,曰:"不图为乐之至于斯也!"(《述而》)

子与人歌而善,必使反之而后和之。(同上)

"兴于诗,立于礼,成于乐"。(《泰伯》)

他这等的欢喜乐诗,恰恰当着了乐诗衰颓的时势,使他永远在社会的逆流之中,勉力做一个"中流砥柱",他的地位的重要也可见了。现在先说他对于诗的见解,再说他遭着的乐的潮流。

孔子最欢喜说诗又欢喜劝人学诗。《论语》上说:

子所雅(常)言:诗,书,执礼,皆雅言也。(《述而》)

陈亢问于伯鱼曰:"子亦有异闻乎?"对曰:"未也。尝独立,鲤趋而过庭,曰:'学诗乎'?对曰:'未也'。'不学诗无以言'。……"(《季氏》)

子谓伯鱼曰:"女为周南,召南矣乎?人而不为周南,召南,其犹正墙面而立也与!"(《阳货》)

子曰:"小子,何莫学夫诗!诗,可以兴,可以观,可以群,可以怨;迩之事父,远之事君;多识于鸟兽草木之名。"(同上)

他说的"不学诗,无以言"即是用诗到言语中。他说的兴、观、群、怨,以至事父、事君,即是要用诗去实施典礼、讽谏、赋诗等方面的社会理论。唯"多识于鸟兽草木之名"一个意思,《左传》等书上没有说起。《汉书·艺文志》说"登高能赋,可以为大夫",恐古代也有这个应用。这些都是春秋时诗学的传统观念。所以他又说:"诵诗三百,授之以政,不达,使于四方,不能专对,虽多,亦奚以为!"(《子路》)可见他对于诗的观念离不掉当时的实用;只是所说兴观群怨有些涵养性情的见解,似比当时人稍高超些。

他较为特殊的用诗,是说诗的象征。如:

子贡曰:"贫无而谄,富而无骄,何如?"子曰:"可也;未若贫而乐,富而好礼者也。"子贡曰:"诗云:'如切,如蹉,如琢,如磨。'其斯之谓与"?子曰:"赐也,始可与言诗已矣,告诸往而知来者!"(《学而》)

子夏问曰:"'巧笑倩兮,美目盼兮,素以为绚兮',何谓也?"子曰:"绘事后素。"曰:"礼后乎?"子曰:"起予者商也,始可与言诗已矣!"(《八佾》)

"切磋琢磨"是形容君子风度的美,不即是"贫而乐,富而好礼"。"素以为绚兮"是说本质与装饰的好,也不即是"礼后"。子贡、子夏不过会用类推的方法,用诗句做近似的推测,孔子已不胜其称赞,似乎他最欢喜这样用诗。这样的用诗,替他立一个题目,是"触类旁通"。春秋时人的赋诗已经会得触类旁通了;在言语里触类旁通的,别地方似乎没有见过,或者是他开端,经他一提倡之后,后来的儒家就很会这样用了。如《中庸》说：

诗云："潜虽伏矣,亦孔之昭"。故君子内省不疚,无恶于志。君子之所不可及者,其唯人之所不见乎!

《中庸》的作者是引这句诗去讲慎独的功夫的。我们看这诗的原文：

鱼在于沼,亦匪克乐:潜虽伏矣,亦孔之炤。忧心惨惨,念国之为虐!(《小雅·正月》)

这是一片愁苦之音,意思是说像鱼的隐伏在水底,也会给敌人看清楚,没法逃遁,甚言国家苛政的受不了。《中庸》的作者把它节取去了,这句诗也就变作"莫见乎隐,莫显乎微"的意义,成为有哲学意味的词句了。这样的用诗到言语中,虽是比春秋时人深了一层,走的依然是春秋时人的原路。

总之,孔子对于诗也只是一个自己享用的态度。他看诗的作用对于自己是修养品性,对于社会是会得周旋上下,推论事物。

那时的音乐界可就大改变了! 在《论语》上,可以看出孔子时音乐界有三个趋向,孔子对它们各有反动。

第一个趋向是僭越。僭越是春秋时很普通的事情,如晋侯享穆伯便用了天子享元侯的乐,似乎由来已久,不值得注意。但《论语》中有孔子极生气的话:——

孔子谓"季氏八佾舞于庭,是可忍也,孰不可忍也!"(《八佾》)

三家者以《雍》彻。子曰:"'一相维辟公,天子穆穆,'奚取于三家之堂!"(同上)

看孔子说话的态度真是气愤极了。或者诸侯僭用天子的礼乐是由来已久,而陪臣借用天子的礼乐还是在孔子时刚才发端,亦未可知。他对于这个趋向的反动是主张正名,主张从先进,主张礼宁俭。

第二个趋向是新声的流行。《三百篇》的乐谱如何,我们固是无从晓得,但只看句子的短篇幅的少,可以猜想它的乐谱一定是极简单、极质直的,奏乐的时候又一定是很迟缓的。大概总是四拍子,每一个字合一个或数个音符;即使有唱有和,恐怕只是重复,不是繁复。唐开元时,因为要行乡饮酒礼,所以替已经亡了乐谱的《鹿鸣》《四牡》……十二首诗重新制了乐谱。现在把《鹿鸣》首章抄在下面;

呦黄清呦南鹿蕤鸣姑

食南野姑之太苹黄

我蕤有林嘉应宾南

鼓林瑟南吹黄清笙林

吹蕤笙林鼓南簧姑

承应筐黄清是姑将南

人林之南好黄我姑

示林我南周太清行黄清

（朱熹《仪礼经传通解》卷十四引。）

这虽不知真合于古乐与否，但想来差不甚远，因为照《诗经》的句法必不会有复杂的音调，这是可以推知的。到春秋末叶，音乐界上起了一种新声。这种的新声究竟如何虽不可知，然变简单为复杂，变质直为细致，是从批评它的说话里可以推见的。《国语》上说：

晋平公

晋平公说新声。师旷曰："公室其将卑乎！君之明兆于衰矣！夫乐，以开山川之风，以耀德于广远也。风德以广之；风山川以远之；风物以听之；修诗以咏之；修礼以节之。夫德广远而有时节，是以远服而迩不迁。"（《晋语八》）

师旷说旧乐，"修诗以咏之，修礼以节之，"可见新声是不合于诗，不合于礼，可以专当音乐听，不做别的应用的。又说旧乐"有时节"，当谓旧乐依于礼，有节制，不能伸缩，可见新乐因为不依于礼，没有节制，声调可以伸缩随意，不立一定的规矩的。正如现在的音乐，老六板是很平正的，变成花六板就轻巧靡曼得多了。老六板的工尺是有一定的；花六板的工尺就没有一定，只要不走板便可随着奏乐的人的能力，能加进多少就加进多少。奏老六板时，觉得调子太简单了，非有歌词跟着唱不好听；花六扳固然也可以做歌谱，但因为它本身好听，就容易供人专听乐而不唱了。

孔子与晋平公同时。《晋语》里的"新声"是否即《论语》里的"郑声"，或郑声还是另外一种乐调，这种问题现在虽未能解决，总之，新声与郑声都不是为了歌奏《三百篇》而作的音乐，是可以断言的。孔子对于郑声最为深恶痛绝。《论语》上说：

颜渊问为邦，子曰："行夏之时；乘殷之辂；服周之冕。乐则《韶舞》。放郑声；远佞人：郑声淫，佞人殆。"（《卫灵公》）

子曰："恶紫之夺朱也！恶郑声之乱雅乐也！恶利口之覆邦家者！"（《阳货》）

孔子始终把郑声与"佞人利口"并举，可见这种声调复杂了，细致了，使得人家欢喜听,如佞人利口的引得人家留恋一样。孔子说它乱雅乐,或者那时人把郑声与雅乐一起奏,如今戏园里昆曲、京调、秦腔杂然间作;或者那时人把《三百篇》的歌词改合郑声的乐调,如今把昆戏翻做京戏:这种情形可惜现在也无从知道了。但我们可以说新声的起是音乐界的进步;因为雅乐是不能独立的,只做得歌舞的帮助,而新声就可脱离了歌舞而独立了。孔子一面说出应该提倡的音乐:

颜渊问为邦,子曰:"……乐则《韶舞》。"(《卫灵公》)

子谓"《韶》,尽美矣,又尽善也。"(《八佾》)

"《师·挚》之始,《关雎》之乱,洋洋乎盈耳哉!"(《泰伯》)

"《关雎》乐而不淫,哀而不伤。"(《八佾》)

一面说出应该禁绝的音乐——郑声。他的宗旨很明白,便是雅乐中正和平,可以到"乐而不淫,哀而不伤"的程度,所以应该提倡;郑声富于刺激性,使人听了神魂颠倒,像被佞人缠住一般,一定要到"乐而淫,哀而伤"的程度,所以应该禁绝。这是他的中庸主义的实施!

第三个趋向是雅乐的败坏。僭越既成了风气,小贵族个个要充做大贵族,原有的乐工一定不敷应用,不得不拉杂充数。拉杂充数得多了,自然要失掉原有的本相了。正如从前人家出丧,凡是功名大一点的,可到督抚衙门里去请辕门执事——军事的仪仗——做诰命亭的先驱,所以六冲八标、銮驾等各种东西都是衙门里公役拿的。自从光复以来,大出丧成为普遍的风俗,不是功名人也要充做功名人,辕门执事势所必有,但督抚衙门却早已不存在,所以有专管丧仪的"六局"出来包办,谁家要用就立刻可用。辕门执事固是行用得广了,但治军的威仪从此变成了铺张人家丧事场面的东西,它的原意义已失掉了。加以一般人的心理都欢喜锦上添花,再要使得仪仗热闹一点,势必出于装点,于是辕门执事的人打扮得像做戏一般,它的真面目又失掉了。春秋末年的僭越情形,现在固不得而知,但因了要热闹而失掉真相,自是可以有的结果。何况郑声流行,大家为它颠倒,雅乐给它弄乱,明见于孔子的说话,当时雅乐的败坏自在情理之内。孔子对于这个趋势的反动是"正乐"。《论语》上说:

"吾自卫反鲁,然后乐正雅颂各得其所。"(《子罕》)

孔子秉着好古的宗旨,又有乐律的智识,所以能把雅乐在郑声掺乱之中重新整理一番,回复了它的真相。但可惜古乐到底喜欢的人太少,所以孔子和弟子随便说的诗义还有的流传下来,而用了全副精神所正的乐调,到战国时已经不听见有人说起了。

《微子篇》又有一段记载鲁国乐官四散的事：

太师挚适齐；亚饭干适楚；三饭缭适蔡；四饭缺适秦；鼓方叔入于河；播鼗武入于汉；少师阳，击磬襄入于海。

这一段话觉得很不可靠，因为一个班子分散开来，各人到一国或一处大水里去，是不会有的事。况且当时新声的流行决不会独盛于鲁，而齐楚河汉的人一点没有受到影响，可以容得师挚一班人去行道的道理。若说齐楚河汉等地方新声的盛也和鲁国差不多，这一班人又何必去。想记者的意思，也不过要形容出雅乐败坏的样子；或是听得有乐官离散的事，从而加以装点，亦未可知。要之，雅乐到了孔子时，决不能维持它的原来的地位了！

四、战国时的诗乐

孔子对于郑声，已有"淫"的批评了；到战国时，又有比郑声更淫的乐词起来。《礼记·乐记篇》说：

郑卫之音，乱世之音也。……桑间濮上之音，亡国之音也。……

如何唤做"乱世之音""亡国之音"呢？《乐记》又说：

乱世之音怨以怒；……亡国之音哀以思。

可见郑卫之音是"怨以怒"的，桑间濮上之音是"哀以思"的。照我们的猜想"怨以怒"当是悲怨中带着粗粝；用现在的声调来比，觉得郑卫之音似乎是秦腔一流。"哀以思"当是很沉下，很靡曼，要表现出缠绵悱恻的意思而不免于卑俗；用现在的声调来比，觉得桑间濮上之音似乎是申曲淮调一流。对于这个假定有《韩非子》一则可证：

卫灵公将之晋，至濮水之上，税车而放马，设舍以宿。夜分而闻鼓新声者而说之。使人问左右，尽报弗闻。乃召师涓而告之曰："有鼓新声者，使人间左右尽报弗闻，其状似鬼神；子为听而写之！"师涓曰："诺"，因静坐抚琴而写之。……遂去之晋。晋平公觞之于施夷之台，酒酣，灵公起，公曰："有新声，愿请以示。"平公曰："善。"乃召师涓，令坐师旷之旁，援琴鼓之。未终，师旷抚止之，曰："此亡国之声不可遂也！"平公曰："此道奚出？"师旷曰："此师延之所作，与纣为靡靡之乐也。及武王伐纣师延东走，至于濮水而自投，故闻此声者必于濮水之上。先闻此声者其国必削，不可遂。……"（《十过篇》）

这一段固是神话，固是战国时人依附了"晋平公说新声，师旷谏"的故事而造出来的，但很可能判定濮上之音实是一种"靡靡之乐"。因为这种音乐太靡靡了，弄得听的人流连忘返，丧了志气，所以骂它是"亡国之音"。《乐记》上形容得好：

　世乱则礼慝而乐淫，是故其声哀而不庄，乐而不安，慢易以犯节，流湎以忘本，广则容奸，狭则思欲，感条畅之气，减平和之德。是以君子贱之也。

　这种的音乐风靡了一时，中正和平的雅乐如何再会得存在！

　再看战国时的乐器，也和春秋时大不同了。除了琴、瑟、钟、鼓之外，春秋时的主要乐器，是鼗、磬、柷、敔，木石的乐器是很多的；战国时的主要乐器是竽、筝、筑、缶，偏于丝竹的方面了。春秋时乐的主要作用是做歌诗的辅佐，战国时音乐就脱离了歌诗而独立了。试看战国时声乐的故事：

　赵王……与王会渑池。秦王饮酒酣，曰："寡人窃闻赵王好音，请奏瑟"。赵王鼓瑟。……蔺相如前曰："赵王窃闻秦王善为秦声，请奏盆瓴，……以相娱乐。"……秦王不肯击瓴，相如则曰："五步之内，相如请以颈血溅大王矣"！……于是秦王不怿，为一击瓴。（《史记》八十一，《廉颇蔺相如列传》。）

　高渐离击筑，荆轲和而歌，为变徵之声；士皆垂泪涕泣。又前而为歌曰："风萧萧兮易水寒，壮士一去兮不复还！"复为羽声慷慨；士皆瞋目，发尽上指冠。（《史记》八十六，《刺客列传》。《国策·燕策》卷三同，惟"羽声慷慨"作"慷慨羽声"。）

　"夫击瓮，叩缶，弹筝，髀而歌呼呜呜，快耳目者，真秦之声也。郑，卫，桑，间，昭，虞，武，象者，异国之乐也。今弃击瓮叩缶而就郑卫，退弹筝而取昭虞，若是者何也？快意当前适观而已矣！"（《史记》第八十七卷，《李斯列传》，《谏逐客书》。）

　"临淄甚富而实，其民无不吹竽，鼓瑟，击筑，弹琴。"（《国策齐策上》，苏秦说齐宣王语。）

　"臣闻赵，天下善为音。"（《国策中山策》司悰见赵王语。）

　齐宣王使人吹竽，必三百人。（《韩非子·内储说上》。）

　从这几则看，战国的音乐重在"器乐"而不重在"歌乐"很是明白。若依春秋时的习惯，赵王与秦王在渑池宴会，彼此一定是赋诗了；但他们只有奏乐。我们读完一部《战国策》，看不到有一次的赋诗，可见此种老法子已经完全废止。至于司马悰说赵国"天下善为音"而不说"天下善为歌"，齐宣王聚了三百人专吹竽而不再使人唱歌，也可见战国时对于器乐的注重。器乐为什么会比歌乐注重？也无非单是音乐已经极可听了，不必再有歌词了。

　战国时也有诗，但这时的诗和春秋时的诗不同：有可以合乐的，有不必合乐的，文体也改变了。试看《战国策》所引：

　范雎曰："……臣闻善为国者内固其威而外重其权。穰侯使者操王之重，决裂诸侯,剖符于天下,征敌伐国,莫敢不听;战胜攻取则利归于陶;国弊御于诸侯;战败则怨结于百姓而祸归社稷。诗曰'木实繁者披其枝,披其枝者伤其心。大其都者危其国;尊其臣者卑其主'。……臣今见王独立于庙朝矣"!(《秦策三》)

王立周绍为傅,曰:"……寡人以子之知虑,为辨足以道人,危足以持难,忠可以写意,信可以远期。诗云:'服难以勇,治乱以知,事之计也。立传以行,教少必学,义之经也'。循计之,事失而累访,议之行穷而不忧:故寡人欲子之胡服以传王乎?"(《赵策二》)

我们看这两处引的诗,觉得与《诗经》文体相差很远:第一首是整整的七言,不必说是《诗经》里没有的;第二首虽是四言,然而完全像说话,并不像诗。但一看《楚辞》,七言的诗就来了:

若有人兮山之阿,被薜荔兮带女萝:既含睇兮又宜笑;子慕予兮善窈窕。乘赤豹兮从文狸;辛夷车兮结桂旗!被石兰兮带杜衡,折芳馨兮遗所思。(《山鬼》)

又一看《荀子》的佹诗,像说话般的诗也来了:

道德纯备,谗口将;仁人绌约,敖暴擅强。……昭昭乎其知之明也,郁郁乎其遇时之不祥也!拂乎其欲礼义之大行也,暗乎天下之晦盲也!皓天不复,忧无强也。千秋必反,古之常也。弟子勉学,天不忘也。圣人共手,时几将也。(《赋篇》)

《楚辞》是合乐的,尤其是《九歌》《招魂》等一类巫觋的歌诗;《荀子》的诗似乎是只读不唱了。这一类只读不唱的诗,可以说和"赋"没有分别。

从这许多的例,可见战国时《三百篇》的乐诗既不通行,(不能说绝迹,因为汉初宝公创氏还会奏雅乐,或者宗庙中还有得用;不过决没有人睬它,民众也没有听到的机会。)诗礼也很自由,和春秋时大不同了。春秋时人一举一动都可与《诗经》发生关系,战国时人便可与《诗经》断绝关系了。

战国时一般人与《诗经》断绝了关系,把春秋时的音乐唤做"古乐",丢在一旁,不愿听了。唯有儒家因为秉承孔子的遗训,仍旧是鼓吹风雅。《乐记》上说:

魏文侯问于子夏曰:"吾端冕而听古乐,则唯恐卧;听郑卫之音则不知倦。敢问古乐之如彼,何也,新乐之如此,何也?"子夏对曰:"今夫古乐:进旅退旅;和正以广;弦匏笙簧,会守拊鼓;始奏以文,复乱以武;洽乱以相,讯疾以雅。君子于是语,于是道古;修身及家,平均天下。此古乐之发也。今夫新乐:进俯退俯;奸声以滥,溺而不止;及优侏儒,獶杂子女,不知父子。乐终不可以语不可以道古。此新乐之发也……"

《孟子》上也说:

庄暴见孟子曰:"暴见于王(齐宣王),王语暴以好乐,暴未有以对也。"曰:"好乐何如?"孟子曰:"王之好乐甚,则齐国其庶几乎?"他日,见于王曰:"王尝语庄子以好乐,有诸?"王变乎色,曰:"寡人非能好先王之乐也,直好世俗之乐耳!"(《梁惠王下篇》)

这两个国君遥遥正相对,魏文侯很老实地说自己不愿意听古乐,但想不出这缘故,去问子夏。齐宣王看孟子问他好乐,恐怕他又来做古乐的说客了,所以先把自己的嗜好去罩住他一番话。齐宣王是最欢喜听三百人的吹竽的,所以他厌恶古乐的程度更高了。其实这并不是两个国君没出息,只是社会全部的心理的表现。老实说到了那时,寻常人固然不欢喜古乐,即儒家亦何曾懂得古乐?即看上面引的《乐记》,可知古乐是依于礼的;新乐是只管娱乐,和礼全没有关系的。依于礼所以听了乐会有"修身及家,平均天下"的观念;只管娱乐,所以浸在里头,非至"獯杂子女,不知父子"不止。(这并不是说古乐比新乐好,不过说古乐是为礼节而音乐,新乐是为音乐而音乐。)

这是古乐与新乐两条截然不同的路,是合不拢的。孟子一心要行王道,所以听得齐宣王好乐,就不管他好的是什么乐,立刻说"齐国其庶几乎"? 等到宣王对他说了所好的是世俗之乐,不是先王之乐,他又说"今之乐由(犹)古之乐也"。他读了古人的书,只以为好乐可以王,而不去看看世俗之乐的结果到底可以王不可以王,可见他对于古乐与新乐的真相是没有明了的。再看全部《孟子》里,除了讲诗义,没有一回讲到诗的音乐的。恐怕孟子看《诗经》已和现在人看元曲差不多了。

儒家虽读先王之诗,但不懂得"先王之乐",在领会方面已经差一点了;虽是不懂得先王之乐,但一定要去讲先王之诗,说出的话又不免隔膜了。所以战国时一班儒家讲诗,不得不偏在基本意义一方面,又揣测到历史一方面。诗的基本意义和历史是春秋时人所不讲的;到这时,因为脱离了实用,渐渐的讲起来了。孟子拿它讲古代的王道;高子拿它分别作者的君子小人(见《孟子·告子下》)。一部《诗经》,除了考古证今以外没有别的应用。他们虽极佩服孔子,然而孔子的恨郑声,正雅颂,他们不但做不到,也没有这个印象了。

五、孟子说诗

孟子是孔子以后最大的儒者,他又最欢喜讲诗,后人受他的影响不小,所以有提出详论的必要。

孟子是主张王道的人,他说诗的宗旨,就是把诗句牵引到王道上去。《诗经》本

不是圣人之作,经他一说,就处处和圣人发生了关系了。如:

孟子见梁惠王,王立于沼上,顾鸿雁麋鹿,曰:"贤者亦乐此乎?"孟子对曰:"贤者而后乐此,不贤者虽有此不乐也。诗云:'经始灵台,经之营之;庶民攻之,不日成之。经始勿亟,庶民子来。王在灵囿,麀鹿攸伏;麀鹿濯濯,白鸟鹤鹤。王在灵沼,于牣鱼跃'。文王以民力为台,为沼,而民欢乐之,谓其台曰灵台,谓其沼曰灵沼,乐其有麋鹿鱼鳖。古之人与民偕乐,故能乐也。"(《梁惠王上篇》)

王(齐宣王)曰:"……寡人有疾,寡人好勇。"对曰:"王请无好小勇!……诗云:'王赫斯怒,爰整其旅,以遏徂莒,以笃周祜,以对于天下',此文王之勇也。文王一怒而安天下之民。今王亦一怒而安天下之民,民惟恐王之不好勇也!……"(《梁惠王下篇》)

王曰:"寡人有疾,寡人好货。"对曰:"昔者公刘好货。诗云:'乃积乃仓,乃裹餱粮,于橐于囊,思戢用光,弓矢斯张,干戈戚扬,爰方启行。'故居者有积仓,行者有裹粮也,然后可以爰方启行。王如好货,与百姓同之,于王何有!"(同上)

王曰:"寡人有疾,寡人好色。"对曰:"昔者大王好色,爰厥妃。诗云:'古公亶父,来朝走马,率西水浒,至于岐下。爰及姜女,聿来胥宇。'当是时也,内无怨女,外无旷夫。王如好色,与百姓同之;于王何有!"(同上)

照这样看来,别人无论说到哪一方面,他总可拿《诗经》上的话做激劝,这自是他的好手段。至于实际上是否如此?官书的话是否可靠?诗上的话与他自己说的历史是否相适?都不在他的意想之内。

他要借《诗经》来推行他的王道,固是他的苦心,但对于《诗经》本身的流弊是多极了。第一,是没有时代观念。孟子也曾说道:

"以友天下之士为未足,又尚论古之人。颂其诗,读其书,不知其人,可乎!是以论其世也。是尚友也。"(《万章下篇》)

这段话真是很好的读书方法。可惜他自己就是最不会论世尚友的人。他看得时代的好坏是截然的,是由几个人做出来的,所以说:

"文武兴,则民好善,幽厉兴,则民好暴。"(《告子上篇》)

他因为认定《诗经》是歌咏王道的书,所以又说:

"王者之迹熄而诗亡;诗亡然后春秋作。"(《离娄下篇》)

这种话到后来便成了诗学的根本大义。他只看见《诗经》与《春秋》是代表前后两种时代的,不看见《诗经》与《春秋》有一部分是在同时代的。他只看见《诗经》是讲王道的,不看见《诗经》里乱离的诗比太平的诗多,东周的诗比西周的诗多。他只看见官撰的诗纪盛德,不看见私人的诗写悲伤。后来的诗学家上了他的当,把这句话作为信条,但悲伤乱离的诗是掩不没的,讲不过去,只得说"诗亡,黍离降为《国风》而雅诗亡也"。(朱熹《孟子》注。)可见他们已经承认"王者之迹熄而《国风》不亡"了。然而大小雅中一首一首的看去,悲伤乱离的诗也是很多,又讲不通了,只得说"幽厉无道,酷虐于民,以强暴至于流灭;岂如平王微弱,政在诸侯,威令不加于百姓乎"!(《正义》引《郑志》。)可见他们又承认"王者之迹熄而雅诗不亡"了。他们很想替孟子包谎,结果却说成"幽厉酷虐而为雅,平王微弱而为风",依然遮不住"王者之迹熄而诗亡"一句话的牵强附会的痕迹。但虽然遮不住牵强附会的痕迹,而《诗经》上一首一首的时代就因了这句话而划出界线来了!

孟子硬派定《诗经》都是西周的诗,不但"诗亡然后春秋作"一语可证,只看他引《閟宫》一诗也可见。《閟宫》上说:

"周公之孙,庄公之子。"

鲁国没有第二个庄公,则这首诗所颂的人是僖公,很是明白。下面说:

"戎狄是膺,荆舒是惩,则莫我敢承!"

原为僖公跟了齐桓公打过楚国,在召陵驻过一回兵,说的大话。孟子不看上文的"庄公之子",也不想西周有没有"荆舒是惩"的事,他以为有这样好的武功,当然是王者的功业这首诗在鲁颂里,当然是周公的功业,于是他在驳斥陈相时就引用道:

"今也南蛮鴃舌之人,非先王之道。……鲁颂曰:'戎狄是膺,荆舒是惩',周公方且膺之;子是之学,亦为不善变矣"!(《滕文公上篇》)

这绝不是随便说话的过误,因为他在骂杨墨的时候又引了这句诗:

"圣王不作,诸侯放恣,处士横议,杨朱墨翟之言盈天下。……杨氏为我,是无君也;墨氏兼爱是无父也!……诗云:'戎狄是膺,荆舒是惩,则莫我敢承',无父,无君,是周公所膺也"!(《滕文公下篇》)

可见他确认这句话是指的周公,是指的"圣王作"的时候。有人说他也是断章取义,并非过误。但春秋时人的断章取义是说得通的,因为他们只取诗句的意思,并不说作诗的人的历史;孟子就说不通了,他明明指定了周公了,明明派在"圣王不作"的反面了,他已经把颂春秋时人的诗装在西周初年的历史上了!

他的第二项坏处,是没有真确的研究宗旨。《孟子》上有一段话:

咸丘蒙曰:"……诗云:'普天之下,莫非王土;率土之滨,莫非王臣',而舜既为天子矣,敢问瞽瞍之非臣,如何"?曰:"是诗也,非是之谓也;劳于王事而不得养父母也。曰：'此莫非王事，我独贤劳也'！故说诗者不以文害辞，不以辞害志；以意逆志，是为得之。如以辞而已矣，《云汉》之诗曰：'周馀黎民，靡有孑遗'，信斯言也，是周无遗民也"！（《万章上篇》）

这一番话实在很对。他说诗直要探到诗人的心志里，可以见得他的精细。春秋时人说"赋诗言"，是主观的态度，他改为"以意逆志"，是客观的态度。有了客观的态度，才可以做学问，所以他这句话是诗学的发端。要是他在诗学发端的时候就立了一个很好的基础是何等可喜的事！不幸他虽会立出这个好题目，却不能达到这个好愿望。他虽说用自己的意去"逆"诗人的志，但看得这件事太便当了，做的时候太鲁莽了，到底只会用自己的意去"乱断"诗人的志。以致《閟宫》的时代还没有弄清楚，周公膺戎狄的志倒轻易地断出来了；《绵》诗上只说公亶父娶了姜女，而公亶父好色的志就被他断出来了，"内无怨女，外无旷夫"的社会情形也看出来了。试问这种事实和心理是如何的"逆"出来的？他能明白的答复吗？再看他和公孙丑论诗的一节：

公孙丑曰："诗曰：'不素餐兮'，君子之不耕而食，何也"？孟子曰："君子居是国也，其君用之则安富尊荣；其子弟从之则孝弟忠信。'不素餐兮'，孰大于是！"（《尽心上》）

我们试把《魏风·伐檀》篇翻来一证：

坎坎伐檀兮，置之河之干兮。河水清且涟兮。不稼不穑，胡取禾三百廛兮？不狩不猎，胡瞻尔庭有悬貆兮？彼君子兮，不素餐兮！

这明明是一首骂君子不劳而食的诗。那时说"君子"，犹后世说"大人先生"，只是"贵"的意思，并没有"好"的意思。所说"不素餐"，犹说"岂不素餐"，——《大雅·文王》篇"世之不显"，即是"世之岂不显"；《左传》里二十五年"宁子视君不如弈棋"，即是"宁子视君岂不如弈棋"，——全没有"其君用之则安富尊荣，其子弟从之则孝弟忠信"的意思。不但没有，并且适在孟子所说的反面。公孙丑的问句并没有错，孟子的回答却大错了！

这种的以意逆志，真觉得危险万分。回想春秋时人的断章取义，原是说明本于自己的意思，代他们立一个题目，可以说是"以意用诗"。以意用诗，则我可这样用，你可那样用，本来不必统一。至于孟子他是标榜"以意逆志"的人，诗人的志本只有一个不能你这样猜，我那样猜。这原是一件很难的事，然而孟子却轻轻地袭用了"以意用诗"的方法去把"以意逆志"的名目冒了！

他一个人胡乱说不要紧，影响到后来的学者，——照了他的路走，遗毒可就不小。二千年来大家作诗学遵循的是经典上的诗说；经典上的诗说可分二种：第一种是春秋时人的"用诗"，第二种是孟子以来的"乱断诗"。这一班后学者，不管得用诗与乱断诗，以为载在经典的诗说都是"以意逆志"的先正典型：于是《野有蔓草》不是淫诗了！于是《鹑之奔奔》确是淫诗了！于是《伐檀》的君子是"仕有功乃肯受禄"的了！大家心目中，以为惟委曲解诗才为以意逆志。试引清儒的话来看：

诗之学与他经异。他经直而明；诗则曲而婉，言在于此而意属于彼。故必如庄子所云"吾虚与之委蛇"而言不尽者见。此孟子所谓"不以文害辞，不以辞害志；以意逆志，是为得之"之说也。（诸锦《诗沨序》）

诗陈王业，而无一言及后稷公刘之缔造诗戒成王，而无一语述祖功宗德之艰难，诗作于周公而其辞宛然红女田父之告语：明乎此而三百五篇皆可类推。（范家相《诗沨·豳风七月篇》）

这便是说讲诗非"无中生有"不可。明明是一首红女田父的诗，一点没有诋到祖功宗德，但因为以意逆志的结果就成为"周公陈王业戒成王而作"的诗了。他们以为惟其没有说到王业，所以一定是王业；惟其没有圣人气息，所以一定是圣人。照这样讲他本身就很危险。因为我们若是替他们开玩笑说"凡是字面上说得最悲苦的，就是内幕里极快乐的；字面上说得最快乐的，就是内幕里极悲苦的"，他们有什么方法驳倒我们呢？这并不是我个人的胡闹，试看汉朝人作的《诗序》便很明白。我们上边引的《楚茨》，说：

我黍与与；我稷翼翼。我仓既盈，我庾维亿。既醉既饱，小大稽首："神嗜饮食，使君寿考！"

这不是说的收获很好，很快乐的祭祀吗？一到汉朝人手里，便同它做一个序道：

《楚茨》，刺幽王也。

为什么要刺幽王呢？他又说：

政烦，赋重田莱多荒；饥馑降丧；民卒流亡；祭祀不飨。

他为什么要这样说？我们也可以套了诗学专家的话去替他解释：

作者刺"田莱多荒"而诗言"我稷翼翼"，作者刺"饥馑降丧"而诗言"既醉既饱"，作者刺"祭祀不飨"而诗言"神嗜饮食"，盖作者言在于此而意属于彼。如必以为丰年祭祀之诗，此"以文害辞"，"以辞害志"之为也。"以意逆志"则序言为不诬矣！

这并不是我的滑稽，正是历来诗学专家保守他们附会的壁垒，抵抗别人理性的攻击的老法子。实在他们太滑稽了！

孟子把春秋时人用诗的惯例去说诗，进而乱断诗本事，又另换了一个新题目，结果，闹成了几千年的迷雾，把《诗经》的本来面目蒙蔽得密不通风。这个新题目，我们不但不反对，并且很欢迎；不过孟子实行这个新题目的态度太不对了，使得我们不能不剧烈反对。正如从前人不明白政治法律的原理，以为做官为的是一己的尊荣，只要掌到权柄，显出威风，心愿已了；我们虽是鄙薄他，但也觉得他的智识浅得可怜，用不着反对他。若是现在法政学校毕业的人做了官，口里声声说的是拥护人权，看他的行为处处是蹂躏人权；社会上糊涂人看了他们，以为蹂躏人权的实施就叫作拥护人权；我们看了就应剧烈的反对他们，说："你们既标榜了拥护人权，就不应该再做蹂躏人权的事了！你们自己说谎话的罪还小，害了一班糊涂人跟着你们走这个害处就不浅了！"孟子能够知道"尚友论世"，"以意逆志"，对于古人有了研究历史的需求，确然是比春秋时人进步得多了。但既有了研究历史的需求，便应对于历史做一番深切的研究，然后再去引诗，才是道理。他竟不然，说是说得好听，做出来的依然和春秋时人随便用诗的一样，甚而至于乱说《閟宫》所颂的人，乱说《诗经》亡了的年代，造出春秋时人所未有的附会，下开汉人"信口开河"与"割裂时代"的先声，他对于诗学的流毒，到了这般，我们还能轻易地放过他吗！

以上三章所说的《诗经》经历，我们可以在此做一结论：

从西周到春秋中叶，诗与乐是合一的，乐与礼是合一的。春秋末叶，新声起了。

新声是有独立性的，音乐可以不必附歌词，也脱离了礼节的束缚。因为这种音乐很能悦耳，所以在社会上占极大的势力，不久就把雅乐打倒。战国时，音乐上尽管推陈出新；雅乐成为古乐，更加衰微得不成样子。一二儒者极力拥护古乐诗，却只会讲古诗的意义，不会讲古乐的声律。因为古诗离开了实用，大家对它有一点历史的态度。但不幸大家没有历史的智识可以帮着研究，所以结果只造成了许多附会。

从《诗经》看殷周三世的婚姻关系
——读书笔记
骆宾基

前记

殷周之间，即殷之太丁、帝乙还有殷纣王受与周之王季、文王、武王三世之间，互有婚姻之亲的关系，这是汉代释者所没有触及过而又为历代前辈学者所忽略的一个方面，却是见于《诗经》的记载。

因为笔者根据古金文的考证，认识到古之"伯、子、男"为三族之亲称，因而对于古籍"伯"的概念有了新的理解，如帝尧称鲧为"崇伯"，殷纣封文王为"西伯"，都是母舅兼姑夫的亲族之称，所以对于《诗经》大雅各章，就须要重新来做实事求是的比较符合历史真实面貌的解释了！疏失之处，或所难免，希望有兴趣于古典文学者，有以教正。

一、且从《大明》第二章说起

《诗》（二章八句）称："挚仲氏任，自彼殷商，来嫁于周，曰嫔于京。乃及王季，维德之行。大任有身，生此文王。"

毛注："挚国，任姓之仲女也。嫔妇，京，大也！"

郑笺："京，周国之地，别名也。及，与也。挚国中女，曰大任，从殷商之畿内嫁为妇于周之京，配王季而与之共行仁义之德，同志意也。"

近代释者吴闿生注："嫔，妇也。言能行妇礼，此用尧典之嫔于虞也。"又："京，周京也。"

后一解释，完全是循汉代旧说，因而实际仍是毛郑两家的旧解，而对于"挚仲氏"之"挚"，毛以为国名，郑笺遵之不疑，分歧从此开始，离诗旨就越来越远了。

A、"挚"非国名说

"挚"为"子姓"之"子"的变笔，"任"为氏称。笔者《读书札记》已另有详论，在这里我们只说明"挚""子"古相通，举出王国维所著《"楚公钟"跋》所考，称"熊渠甚得江汉之民和"引司马《楚世家》的记载：

"乃立其长子毋康为句亶王，中子红为鄂王。"王氏说："今熊咢之器出于武昌者，武昌即鄂，盖熊渠之卒，熊挚红（原注：即中子红）虽嗣父位，乃居所封之鄂，不居丹阳。"——这一考证，就足以作"挚""子"古通用的论证了。王国维所考是很准确的。盖熊为族氏之称，属父系，"子"为姓，属母族，仲为排行，熊挚红，即熊子红。在这里所以讳称"子仲氏任"，是因为仲任为文王母，所以讳子为挚，以示尊崇。"子姓"是殷商王室奴隶主贵族的族姓。

《殷本纪》载："帝舜乃命契曰：……女（汝）为司徒而敬敷五教，五教在宽，封于商，赐姓子氏。"

准是这个"挚"姓的仲任，是殷商王室奴隶主贵族之女，这是殷周之间在太丁、王季之世有婚姻之亲的第一个论证。"挚"作国名释,不须说是错了。

B、"自彼殷商"

"挚"为"子"姓变笔,既如上论,那么,这个子姓的仲任,是来自殷商之邦,为殷商王室奴隶主贵族之女,又是第二个"挚"非国名的铁证了。

C、再说"嫔"于"京"

汉代释家毛与郑都以"嫔"为女嫁于男方,成"妇"为解,因而"京"就不能不是王季所守的周地了!毛以为"京"是大地方,而郑却以为是周之小地方的别名,至于为胡适所推崇过的姚际恒所著《诗经通论》上,"嫔"字依汉解,但于"京"字就又有异说了:"京,京师之地也。"这确是具有慧目且有胆识的讲解。但王季封邑称周,又哪里会有"京师之地"呢?姚就不做通解了。郑康成以"京"无所系,才以周之小地方的别名为释,是汉代学者已知周之大都不能称"京"。"京"如失解,"嫔"就不得确释;"嫔"如不得其义,那么"京"也就找不到它的地方了!这是一条绳上拴的两蚂蚱,彼此是相互牵制着的,方向不一致是绝不能飞起来的。

汉代的注释,到了唐代就有了非语,孔颖远疏称:

"曰嫔于京"之下:"笺易传者,以言于京,是于是处所不得,漫言于'大'。王肃以为大国近于不辞矣";又:"上遍述文王受命之事而云'将裸于京',可得以为京师。此王季,时为诸侯之子孙耳,追崇其号,得谓之'王',不得以其居为京师也。"

所以宋儒欧阳修在《诗解统序》里说:"五经之书,世人为难通者,《易》与《春秋》,夫岂然乎?……今考于《诗》,其难亦不让二经。"欧阳所论,确为衷心之语,从"嫔"与"京"两字的互相矛盾的解释上,就可以看出历代有名学者认真钻研的可贵精神了。唐代孔氏所引王肃循毛解"京"为大国,而孔毓却认为"京师",不但《诗》有"将裸于京"于前,还有"于周于京"于后,京周两称是相对的,足证,京确为"京师"帝都所在,即殷商的"天邑",并非什么周的小地方的别名。

"京"字既然得到它的确义,那么"嫔"字就自然迎刃而解了。

嫔、宾古同字,都是"婚"的概念。

王国维称:"大荒东经曰:'王亥嫔于有易河伯,仆牛。有易杀王亥取仆牛。'郭璞注引《竹书》曰:'殷王子亥,宾于有易而淫焉,有易之君绵臣,杀而放之'"。又说:"今本《竹书纪年》,帝三世十二年,殷侯子亥,宾于有易,有易杀而放之。"(见《观堂集林》之"殷卜辞中所见先公先王考")

可见"嫔""宾"古通用。此外,还有钟鼎铭中的"叔夷钟"(宋·薛尚功《历代钟鼎彝器款识》名为"齐侯镈",郭沫若公称"叔夷",甚确),"宾"字又自逊而变笔作"辟"为"避",是受庇护的概念了。不说"宾于齐侯(灵公)之所"而称,叔夷是"辟于齐侯之所","叔夷钟为晋器,是宾予齐灵公之所为婿方的自称(详论见笔者《'叔夷钟'铭新考》一稿),可见这是自古母系制以来世代相承的一种婚姻的说法。虽然,到了春秋时代,都是女方嫁于男方,但在文字上仍按古老的传统称曰宾于×(所婚之女邦)方。"

D、通解

综合以上所论,诗的意译当是:

"挚姓的仲氏女呀!是从殷商天邦来的女人。是来嫁给我们周土的,按古来传统的说法,我们周是做了京都的女婿了!

那是说和王季啊!两人同心谐意呀,大任有孕,就生下文王来了!"

E、帝乙称王季为"伯"是在传统的亲称方面的印证

周之季历(即王季)与殷商有婚姻之亲,虽然《殷本纪》失去记载,但殷纣之父帝乙嗣位之初即封王季为"侯伯"("帝乙元年命周公季历为侯伯"——见旧《辞源》之附录《中外历代大事年表》),从这"伯"的亲称,就可以与《诗》相印证,那么王季所婚为帝乙的姑辈,属于太丁的姐妹,也就可以肯定了。同时也说明《中外历代大事年表》的这一项择记,是历史实录。

二、释志文王之婚的《思齐》

首章六句

《诗》称:"思齐大任文王之母,思媚周姜,京室之妇,大姒嗣徽音,则百斯男。"

毛注:"齐,庄。媚,爱也。周姜,大姜也。京室,王室也。"又:"大姒文王之妃也。大姒十子,则众妾宜百子也。"

郑笺:"常思庄敬者,大任也,乃文王之母,又常思爱大姜之配大王之礼,故能为京室之妇。"又:"徽美也。嗣大任之美音,谓续行其善教令。"

近代吴闿生注:"思,语词。齐,庄也。周姜,太姜也。言大任能媚于太姜而称京室之妇。徽,美也。"(见《诗义会通》206页)

旧释都以周姜为太姜,即古公亶老爷子的婚偶,也就是文王的祖母,因为"大任能媚于太姜而称京室之妇",实际上古公亶老爷子婚于姜女始在岐下建立"室家",在《绵》一篇里,曾有描述,那时,那里又有"京室"之称,"思媚周姜,京室之妇"明明是指周姜为京师之妇,说明古之婚姻昭穆的实质,即男女双方是相互为婚的。大任挚仲氏,既为太丁的姐妹,那么王季也必有姐妹婚于殷帝太丁,因而太丁之子帝乙

嗣位封季历为西伯,伯为三族之首,即母族(母系制的传统亲称)之伯舅(反过来说,也是姑父)。可知周姜,即古公亶的女儿,姜为姓,婚于太丁的妃属。

古诗不管叙事抒情,都是反映了朴实之风,所以难解,一是地域封土,世有变迁,因而氏称随"胙土"之封,也是每代都有变易;二又因为古音方言各殊,又形成录笔口传的伪误,但不管怎样,它的朴直之风,是不会变的。因之,"思媚周姜,京室之妇"是绝不能迂回的,作为"思媚太姜"而大任得以"京室之妇"的尊称来强解的。

主要的关键解决了,"思齐"之"齐"以及它的名辞就可以迎刃而解了。

姚际恒读"齐"为"斋",显然是作为祭祀之作来解释,笔者以为"齐"为录笔之误,口传又有方音之差的伪误和姚的注"齐"为"斋"是相类的;但如纵读六句,连贯起来看,是"继"字的伪笔。而"徽音"又为"婚姻"的"同声假借",如果泥于本字,就很难做出明确的解释了,至于"则百斯男",是"则为伯子男"三族之亲的概念,是说周与殷王室已经由此而成为"伯、子、男"所属的亲族了。春秋时期的"叔夷钟"铭有"俾百斯男而执斯字"的说法,可见这是一语双关的美辞,既属伯、子、男三族之亲又有生百子、男以繁荣氏族之意。

综合以上所论,意释应是:

"想继承大任,文王母的亲族关系呀!想讨好周姜,那个帝都京城的贵妇人呀!大姒接续双方的婚姻,又属于伯、子、男三族之亲了!"

据此可知文王与大姒的婚姻是王季与大任的婚姻的继续,是纳于古昭穆之制的婚姻轨道里去了!大任既是殷帝太丁的姐妹,那么大姒当是殷帝乙的姐妹了!

那么文王之婚,是不是也有"自彼殷商,来嫁于周"那样明确的叙述呢?《诗·大雅·大明》第四章有八句叙事诗,比以前的记载更明确,它们是:

"天监在下,有命既集。

文王初载,天作之合。

在洽之阳,在渭之涘,

文王嘉之,大邦有子。"

汉代毛注:"集,就;载,识;合,配也。"又:"嘉,美也。"

郑笺:"天监视善恶于下,其命将有所依就,则豫福助之于文王,生适有所识,则为之生配于气势之处,使必有贤才,谓生大姒。"

现代释者吴闿生注:"集,就也。洽,水经注,说文引作郃。国策作合阳,今同州郃阳县。嘉,美也。大邦,谓莘也。"

唐·孔安国疏称:"于文王有所识,则(大姒)不过二三岁也,"因而以"载"为

"识"就讲不通了。按《说文》解"载"以为是"四时"之称,因而还是以载为"年"较确。在这里是说文王初年,"天作之合",显然"天作之合"就是"结亲"的概念,那么文王初年这个概念就并不能作初生之年,而应是初嗣侯位之年。这女方,为文王所嘉美的对象,是"大邦之子",当时称大邦的除了殷商再无第二个大国。《周书·召诰》载:

"呜呼! 皇天上帝,改厥元子。

兹(止)大国殷之命。"

又:"天即遐终大邦殷之命……"

两称"殷"都冠以"大国"或"大邦"就是旁证。另外,《多士篇》又有:

"肆尔多士,非我小国,敢翼(殪的笔误)殷命。"

周,自称小国,大邦为商。既然如此,那么大姒是生于殷商的女孩子,殷商帝都在洛水之阳,可知诗中"在洽之阳"的"洽"为"洛"的伪讹之笔,或刻板人之误。综合以上所论,正释应是:

"在上天监督之下,

命运呀! 都是有所系的呀!

文王初年,天就作合了!

一在洛水之南,一在渭水之滨,

文王所赞美的人儿呀!

是殷商大邦的女儿呀?"

如果以为"大邦"还不明确,那么紧接着的《大明》第五章的六句就更清楚这个"大邦之子"是何等身份了!

《诗》称"大邦有子,伣天之妹。文定厥祥,亲迎于渭。

造舟为梁,不显其光。"

毛注:"伣,磬也。"

郑笺:"尊之如天之娣。"

孔疏:"说文云:伣,喻也。诗云伣天之妹,谓之譬喻。"

段注《说文》:"磬,磬古通用,磬,尽也,犹言意是天之妹。"

姚际恒释:"天妹,尊称之也,犹王曰天王之义也。"

近代吴闿生注:"伣,譬也。韩诗作磬,义同。"

王逸易注:"妹者少女之称。"

旧之释"伣"如此纷纭,还是现代小学家杨树达的"释蚬"(见《小学金石论丛》)所引近于是。

杨称:"阮元《尔雅校勘记》云:'释文,蜆,孙音倪。按孙读倪,倪与磬声相转。'毛诗:'倪天之妹,韩诗作磬。'又说:'王念孙云,阮说甚精。'韩非外储说古篇云:'夫犬马,人所共知也。日暮磬于前,鬼神无形者,不磬于前。磬于前,见于前也。"

《正韵》"现"字,本作见。磬于前既现于前。据此可知,倪、磬、现都是由于方音之异而字殊,但概念是一个。因而"倪天之妹"用今天的话来说,就是"当今天子的妹妹",谁呢? 殷帝乙之妹,纣王之姑。《史记·殷本纪》有纣与文王之间的亲称可以印证。

《纪》称:纣"以西伯昌、九侯、鄂侯为三公。"

三公之二皆称侯,唯文王昌称"西伯",是殷王室三族之亲的铁证。依昭穆之序,纣王的姑父(帝乙的妹夫)自然也就是纣王的伯舅。

三、《下武》第二章首二句序解

《诗·下武》首章:"下武维周,世有哲王。三后在天,王配于京。"

第二章:"王配于京,世德作求。永言配命,成王之孚。"

毛注:"武,继也。"

郑笺:"下犹后也。"并以:"三后"为"大王、王季、文王"而以"哲王"为武王。解"成王之孚"为"欲成我周家王道之信",释"求"为"终"说:"以其世积德,庶为终成其大功。"

吴闿生释:均循旧解,只"王配于京"解为:"王,武王也。能配三后之道道于周京",解"求":"求,逑同字,匹也。"亦有异于毛、郑的解释。

按,以"求"为匹,见于王国维《与友人论诗书成语书》,内称:"诗,大雅,王配予京,世德作求,求者仇之假借字,仇,匹也。"王公静安的解释明确,但意有未足,还不能做明澈的解释,因而吴闿生《诗义会通》,虽也释"求"为"匹",但不知这是指殷周之间世为婚姻之"仇"的本旨,而误以"王配于京"是"武王配三后之道于周京"了。"三后之道"只能说"继"说"嗣",岂能称"配",且"配于周京",不但这个"配"字难解,就是周武王崩后成王命周公征武庚所颁布的《大诰》仍自称:"兴我小邦周",而《召诰》载:"惟王二月既望,越六日乙未,王朝步自周,则至丰。"丰,为文王宗庙所在。《诗·文王有声》称镐京,在这里称"周"也不称"京";又:"周公朝至于洛"更有"越翼日戊午,乃社于新邑",是"洛"又称"新邑",也不称"京"。对于殷呢? 却一称:"呜呼皇天上帝,改厥元子,兹(止)大国殷之命",再称:"天既遐终大邦殷之命"，可见殷商虽灭，仍称大邦、大国，而"京"当然是指殷纣未亡以前的帝都，如周之京，必加"镐"以区别。这是追述过去。正确的解释，应是：

"武王婚配于殷国的帝都，这是世代（前王）得以结终身俦侣的地方呀！"

如果还有疑惑，那么从武庚未叛以前，武王分封称"禄父"这"父"带着母系制古老的烙印的亲称上，也可以获得旁证。

《周本纪》司马公史笔称："武王为殷初定未集乃使其弟管、叔鲜、（蔡一伪笔后加）叔度、相禄父，治殷。"

唐·孔颖达疏引："书叙云：'继公子禄父'以禄父为公子，则同纣于国君也。"（见《诗·大雅·皇矣》之章孔疏）

《汉书·古今人表》称："禄父"注为"纣子"。"禄父"两字，前一字为氏称，后一字为亲称，因为秦汉释者，不知古史册上的亲称是源远流长，盖有古老的母系制烙印，因而找不到所系之亲，就权作男子的"美称"来解释了，实际上不然。

《春秋》有例证：

经载："冬，十有二月丁巳齐侯禄父卒。"（见桓公十四年）

又："夏四月己巳，葬齐僖公。"

齐僖公氏称一字为"禄"，禄又加父的亲称，为鲁桓公妃方（文姜）之父，婿依古老的母系制传统为氏族部落承继人，称"子"，位居"男"上。鲁桓公的史者尊之为"禄父"，父为亲称不是一清二楚吗？准此，那么"公子禄"为周武王之"父"，是周武王婚配于京师，世代与殷王室为婚姻之仇的铁证，因而"公子禄"非"纣子"，依世序推断周武王与殷纣王为姑表兄弟，武王所婚当为帝乙妃妾所生之女，或为帝乙之弟兄"公子禄"所生之女，更或许"公子禄"原为帝乙诸男之一，是纣的同辈弟兄，而有女随姑做了周武王的媵妾，因而周武王之世在"禄"（武庚）未叛以前，也得尊之为"禄父"。两者可能性都存在，只是武庚绝非殷纣王之子。那么在殷纣之世，禄为王者的诸父之一（如果是帝乙的弟兄），还能称"公子"吗？这在《左传》上也是有例可证的：

经载："冬，十有二月辛巳公子彄卒"

传称："冬，十二月辛巳，臧僖伯卒。（旧注公子彄）

公曰："叔父有憾于寡人，寡人弗敢忘，葬之加一等。"（见《鲁隐公五年》）

这是鲁隐公之世史笔称："公子彄"而鲁隐公却称之为"叔父"，足证，古殷纣之世，纣王称"叔父"的人，即帝乙的弟兄，殷周之世的史者可以称"公子"，原因是与王同祖。

根据以上所考,不但我们知道周武王与殷商王室祖、父两代都有婚姻之亲。两千年来已为旧注释家所忽视;而且更可以知道周武王分封时,不以诸侯闻名的箕子、微子为殷遗民之君,而立了"公子禄",这不是择贤,而是尊亲。

1973 年 6 月 9 日初稿

1980 年 1 月 7 日再整理

(载于《柳泉》创刊号)

孔子和《诗经》

夏传才

孔子的诗教思想

春秋末期和战国初期,是中国社会急速蜕变的大动荡时期,贵族阶级的没落及其统治的崩溃,造成原来保存在王室、公室的古文献大量散失,流传下来的乐歌结集也遭到同样的命运。春秋末年的孔子,热烈地崇拜西周的礼乐文化,致力于搜集和整理古代文献,整理出《易》《书》《诗》《礼》《乐》《春秋》六种典籍,作为他创办的中国第一所私立学校的教本。从此,这部诗歌总集一直是儒家学派所重视的经典,长期传授下来。

孔子很重视《诗》的教学。《论语》记录他督导学生和儿子读《诗》的谈话,有以下四条:

子曰:兴于诗,立于礼,成于乐。(《季氏》)

[译文]修身要学诗,立身要学礼,陶冶性情要学乐。

鲤趋而过庭。曰:学诗乎?对曰:未也。曰:不学诗,无以言。鲤退而学诗。(《季氏》)

[译文]鲤(孔子的儿子)小心地从庭中走过,夫子问:"学诗没有?"回答说:"没有。"夫子说:"不学诗,就不会说话。"鲤退回便学诗。

子谓伯鱼曰:女为《周南》《召南》矣乎?人而不为《周南》《召南》,其犹正墙面而立也与?(《阳货》)

[译文]孔子对伯鱼(鲤字伯鱼)说:"你研究《周南》《召南》了吗?人假若不研究《周南》《召南》,就好像面对墙壁站着,就一物也看不见,一步也不能前行啊!"

子曰:小子何莫学夫诗?诗,可以兴,可以观,可以群,可以怨。迩之事父,远之

事君,多识于鸟兽草木之名。(《阳货》)

　　[译文]孔子说:学生们,为什么不学诗呢? 诗有修身感化的作用,有认识现实的作用,有互相沟通思想的作用,有批评讽刺的作用。近呢,可以用来事奉父亲,远呢,可以用来侍奉君主,还可以多认识鸟兽草木的名字。

　　据老夫子督导学生和儿子学《诗》的几次谈话记录,他教学生学《诗》,有教育和教学两个方面的目的:

　　教育的目的是学做人(修身)为首,("兴于诗,立于礼,成于乐"),孔子认为,通过《诗》的"兴、观、群、怨"作用,可以使人感发意志、涵养性情,认识现实,协和群体,以及辨别善贤不肖而有所作为;"兴、观、群、怨"是孔子对三代以来对诗歌教育作用认识的理论概括。孔子以前的贵族学校也教诗,如《周礼》"大师以六诗教国子",也把"兴"列于第一位。孔子吸取三代的经验予以明确的概括,在认识上大大提高。

孔子

　　孔子所说的"兴",和《周礼》的意思一样,认识到诗有激发和感染作用,可以用于修身。古人注释《论语》,对这个词的解释基本一致,以朱熹的解释最为明晰,其《论语集注》谓"感发意志","诗本性情……其为言既易知,而吟咏之间,抑扬反复,其感人又易人。故学者之初,所以兴起其好善恶恶之心而不能自已,必于此而得之"。

　　"观"是"观风俗之盛衰",在孔子以前流行的赋《诗》以"风"诗观各国盛衰,季札观周乐而以各国"风"诗评论各国政治得失,而王官采诗或各国陈诗而使各国"风"诗采集,也正是"风"诗编集之本意。"观"的作用是指通过《诗》认识社会现实,了解政治得失和国家盛衰之由。《汉书·艺文志》又提出"别贤不肖而观盛衰焉"，通过观察国家盛衰可以知道政治上哪些当为哪些不当为，辨别贤良与不肖。

"群"的作用，古注多注相互切磋、交流感情、沟通思想，这个注解还不能完全表达孔子原来的思想。祭祀诗是促进全宗族的团结和睦，"雅"诗是促进政治上的团结一致，所谓"经夫妇，成孝敬，厚人伦，美教化，移风俗"，无不为了社会的和谐，因而朱熹注释这个词为"和而不流"。今人王运熙、顾易生解释说："群，指诗歌可使人们借以交流思想，促进感情融洽，起到协和群体的作用。"

"怨"是"怨刺上政"以及对社会不良现象的谴责，孔子指出《诗》中许多篇章已经言明的功能。孔子赞同对社会中的一些不良现象提出批评。

孔子更进一步要求学生学习《诗》要应用于社会实践。《论语·子路》有如下记载：

子曰：诵诗三百，授之以政，不达；使之四方，不能专对；虽多，亦奚以为？

[译文]孔子说：熟读《诗》《三百篇》，交给他政务，办不通；出使到四方去，不能独立行事，随机应对，虽然读得多，又有什么用处呢？

这里指的"授之以政"，是要能应用于处理政务；"专对"，指的是纯熟地引用《诗》在政务外交中能赋《诗》言志。结合他对学生还说过"迩之事父，远之事君"，即齐家治国。孔子教学生学《诗》，根本的目的是教学生修身齐家治国。

孔子教《诗》同时也有让学生提高语言表达能力和增长知识的教学目的。他说的"多识鸟兽草木之名"，属于增长知识，当然还可以增长其他知识，"多识"不会只限于"鸟兽草木之名"，可以举一反三。孔子说的"不学《诗》无以言"，也不是不会张口说话，我认为有两方面的含义，一是不学《诗》便不能在政治外交活动和社会交往中赋《诗》言志，或引《诗》言事。在孔子46岁以前，社会还是通行赋《诗》、引《诗》的，纯熟地学《诗》，是社会生活中不可缺少的知识与才能。再者，《诗》中有丰富的词汇，简劲而精辟的成语，各种使语言生动的修辞方法，通过学习，可以提高语言表达能力。《论语·雍也》有他一段话："质胜文则野，文胜质则史。"（质朴多于文采就未免粗野，文采多于质朴就未免虚浮。）孔子是主张要有点文采的。

"修身治平"以"修身"为首要，孔子不仅要求他的学生学《诗》，还希望把《诗》教推广到整个国家、社会。《礼记·经解》引"孔子曰：入其国，其教可知也。其为人也，温柔敦厚，《诗》教也"。孔颖达疏："温谓颜色温润，柔谓性情和柔。《诗》依违讽谏，不切指事情，故云温柔敦厚，是《诗》教也。""温柔敦厚"，是孔子诗教对人的政治道德和思想修养的基本要求。在政治上，统治者治人而仁民，被统治者守制而不犯上，批评而不破坏，怨刺而不作乱，表达思想感情含蕴委婉，乐而不淫，哀而不伤,怨而不怒,犯而不校。所以孔子对那些批评、讽刺、怨刺以及感情的流露,要求不超出"礼"的范围。如果人人如此,那么,社会和谐,天下太平。

《三百篇》的内容包罗社会生活和人们感情表抒的方方面面,如何去理解这些诗篇内容的主旨呢?孔子做出一个最简单而明确的概括。"诗《三百篇》,一言以蔽之,曰:思无邪。"(《论语·为政》)这是孔子对《诗经》思想内容的总评价。

"无邪,归于正也",旧注完全一致。《三百篇》的内容,有"盛世"的颂歌,有对"圣王""贤臣"的赞美,有对礼坏政乖的批评,有对衰世的怨诉;诗中既有贵族社会图景,也有人民劳动、家庭、婚姻等等生活风貌。诗的感情也是多样的;庄严和虔诚、快乐和哀愁、爱情和追求、欢愉和痛苦……孔子把这一切都归于"无邪",说明他衡量的尺度比较宽,承认文艺反映现实生活的多样性,在歌颂和赞美中寄托理想,把讽喻和怨刺当作谏书,用社会多方面的生活图景观察民俗,他把这一切都归于"无邪"。对于那些情诗恋歌,对于那些小人物对现实的怨刺,他认为不但无害,还有观风俗,知民情,增长见识,开阔眼界的作用,并不越出"礼"的规范,所以也归于"无邪"。

孔子既称《诗》《三百篇》内容"无邪",又主张以《诗》经世致用。要引用某一篇诗或对其作具体的解释,不能不作引申性的发挥。《论语》中有两段弟子向孔子问诗的记录。一段是子贡问《诗》,见《论语·阳货》:

子贡曰:贫而无谄,富而无骄,何如? 子曰:可也。未若贫而乐,富而好礼者也。子贡曰:《诗》云,"如切如磋,如琢如磨",其斯之谓与? 子曰:赐也,可与言《诗》已矣,告诸往而知来者。

[译文]子贡说:贫穷而不去巴结奉承,富而不骄傲,怎么样? 孔子说:可以,但不如贫穷而乐于道,富而好礼的呢。子贡说:《诗》中说"如切如磋,如琢如磨",就是这样的意思吗? 孔子说:赐(子贡姓端木,名赐,子贡是字)呀,现在可以同你讨论《诗》了,你能由已知的推知到其他了。

"如切如磋,如琢如磨"是《卫风·淇奥》中的两句,本来的意思是称赞一位青年仪表和风采,子贡把它这个意思引申到人的品德修养,指个人修身也要力求精进不断提高。孔子称赞子贡读《诗》能够举一反三,对诗中的意象触类旁通,引用于其他方面。

另一段是《论语·八佾》,是子夏(姓卜名商)问《卫风·硕人》中的三句诗,师生二人对话:

子夏问曰:"'巧笑倩兮,美目盼兮,素以为绚兮'何谓也?"子曰:"绘事后素。"

曰：“礼后乎？”子曰：“起予者，商也；始可与言《诗》已矣。”

[译文]子夏提问说："美人笑时两腮酒窝嫣然，美目黑白分明流盼有神，为什么又服缟素之衣而更显绚丽，怎么解释呢？"孔子说："在洁白的绢上绘画，才显出美。"子夏说："是不是礼要在后面呢？ 不合于礼，就没有美了。"孔子说："启发我的人是卜商呀，现在可以同你讨论《诗》了。"

这三句诗在原诗中只是形容一位美女的容貌，孔子发挥到"绘事后素"（先要有个洁白的底子才能画出美丽的花），子夏进一步发挥到"礼后"（后面的行事一定要合于礼的规范），这样层层发挥，虽然离原意越来越远，却受到孔子的称赞，因为发挥到孔子所主张的"礼"，孔子以为这样读《诗》符合修身的要求。

孔子称赞这样读《诗》评《诗》的方法，对后世讲解《诗经》影响很大。

孔子办学是中国历史上的一件十分了不起的大事，对中国社会发展的影响极为深远。在孔子以前，只有贵族学校，贵族子弟才能入学，平民和广大劳动人民被剥夺了受教育的权利。孔子创办了中国第一所平民学校，"有教无类"，凡是志愿入学的人都可以入学。孔子在教学内容和教学方法上也进行了重大的革新。他从濒临灭亡的古籍里整理出六种教材，这六种教材是中华民族在他以前长期积累的灿烂文化的结晶，《诗》就是其中的一个重要的读本。他的诗教思想为儒家学派继承并加以发展。

孔子"删《诗》"问题

西汉确立儒家思想的绝对权威性，把孔子偶像化，把孔子整理编纂的教材神圣化，《诗》成为孔子教化天下的经典。司马迁根据当时传闻，在《史记·孔子世家》中记述："古者诗三千余篇，乃至孔子，去其重，取可施于礼义，上采契、稷，中述殷、周之盛，至幽、厉之缺，始于衽席……三百五篇，孔子皆弦歌之，以求合《韶》《武》《雅》《颂》之音。"司马迁说孔子从三千多篇古诗中去重、正乐并选择可宣扬礼义的三百零五篇编成《诗经》。这个记述与西汉推行经学的政策和理论相一致，又记载于权威性的正史，几百年相传无人疑义。唐初孔颖达为五经作疏，开始怀疑司马迁记述失实："书、传所引之诗，见在者多，亡佚者少，则孔子所录，不容十去其九，马迁言古诗三千余篇，未可信也。"（孔颖达《毛诗正义·诗谱序疏》）宋代兴起经学的怀疑学风，宋儒严格地强调纲常礼教，认为《诗经》中有批"淫诗"，"若以圣人删定"，则借圣人之名传播"恶行邪说"，所以不能承认孔子按礼义标准删诗之事。从此删诗说与非删诗说展开论战。这场论战一直延续到清末，长达八百余年。

大体上说，在宋代，宋学派持非删诗说，汉学派持删诗说；到清代，清今文学派持删诗说，清古文学派持非删诗说。他们争论激烈，聚讼难决，双方都把这场公案提到"捍圣卫道"的原则高度。主删诗的一派，竭力维护孔子的神圣地位和罩在经书上的灵光，以清代皮锡瑞的论点最为典型，他说："不以经为孔子手定，而属之他人，经学不明，孔教不尊……故必以经为孔子作，始可以言经学；必知孔子作经以教万世之旨，始可以言经学。"非删诗的一派则认为，若以"淫奔"之诗乃经圣人手定，贻害无穷，也玷污圣人灵光，最典型例子莫过于王柏，他抢起板斧砍掉《诗经》32篇，说是代圣人删诗。

究竟孔子删诗没有，历史留下的直接记述太少，两派都以自己的论点去解释那几句简约的文字，从各处搜求旁证，加以自己的推测。应该承认，两派的论点和论证，都有一定道理，可说明问题的一个部分，但都缺乏可以确立己说的充分论据和圆满论证，又都意在竭力排斥对方观点，其中掺杂师法门户的偏见。我们可以这样总结：历史上这场公案的实质，是传统经学内部为"捍圣卫道""昌明经学"以推行封建教化所进行的争论。如果跳不出封建思想的圈子，眼界则不能开阔，继续纠缠于古诗的数量和编订的具体细节，停留在辨析两派各种论点的是非，那么再争论八百年，还是说不清楚的。

"五四"以来的现代《诗经》学，完成的第一项重大成绩是反对封建思想。"圣人""圣经""圣道""王化"这些以神圣字眼构成的桎梏，被"五四"民主与科学的狂飙一扫而光。在"五四"前期"打倒孔子，废弃经学"的思潮影响下，胡适、冯友兰都说"孔子没有删诗"；20 年代兴起的古史辨学派的顾颉刚说：孔子"只劝人学诗，并没有自己删诗"。钱玄同说得更干脆："我以为不把六经与孔丘分家，'礼教'总不容易打倒的。"所以他说："《诗经》这书的编纂与孔老头儿也全不相干。"这个论点的偏激，典型的表现当时的社会思潮和一些人的形而上学思想方法。当"五四"的狂飙过去，20 年代后期至 30 年代初，中国学者冷静地思考中国传统文化的价值，检讨形而上学的片面性，重新肯定孔子的历史贡献。学者们着手梳理过去争论的脉络，扫除"圣道王化"的迷雾，剔去臆断的偏激之词，而综合双方可取的论点、论据，首先肯定孔子整理《诗经》这一历史事实及其功绩。著名历史学家范文澜说：春秋时应用的诗不过三百多篇，说孔子从三千篇诗删成三百零五篇不可靠，但孔子"保持原来的文辞，删去芜杂的篇章……一些有重大历史意义的古诗篇，因孔子选诗而得以保存"。郭沫若则从《诗经》创作时代绵长，产生地域辽阔，而其形式和内容比较统一，肯定它经过总的编辑加工和删改，这整理删改者可能是孔子。匡亚明著

《孔子评传》,基本上也是相同的意见。这些立论谨慎、稳妥的概括,长期为大陆学术界所接受。

70年代后期起,我们开始在较为广阔的历史背景下,研究春秋时古文献和《诗经》流传的情况,研究孔子整理古文献的思想和方法,全面探讨《诗经》和孔子的关系,从新的角度、全方位地进行审视。我认为,孔子不是必须顶礼膜拜的偶像,却是对中国文化有卓越贡献的思想家、教育家和古文献整理专家。在现代回顾孔子删诗的公案,其性质已发生根本性的变化,它实质上只是一位教育家和经他编选的一部教材的关系,一位古文献整理专家和他所整理的一部上古文献的关系。这样,我们可以用新的思路来清理这一公案。

总结近二十余年学者们的研究,我们可以得出以下认识:

在孔子以前二百多年《诗》已在各国流传,并普遍应用,可以肯定必有传本。据《左传·襄公二十九年》记季札访鲁观周乐,可证明孔子8岁时已有编次和篇数与今本《诗经》大致相近的传本,"诗三百"是它的规格和通称。孔子生活于春秋末年的社会大变革时期,保存在各国宫廷和贵族那里的《诗三百》和其他文献散佚,习演的乐队瓦解而各奔西东,即孟子所说的"王者之迹熄而《诗》亡"。(《孟子·离娄下》)孔子爱好古代文献,向往西周礼乐盛世,长期搜集散佚,挽救了一批濒临失传的文化遗产。他对从各处搜集到的各种传本,比较鉴别,进行了正乐、语言规范化、去重和编订。这些,从《论语》的记述和《诗经》的内容及其形式的统一,完全可以证实。

所谓"正乐",即孔子自己所说的"'雅'、'颂'各得其所",按乐曲的正确音调校正音律,并进行篇章编次的调整,"雅"诗归于"雅"这一类,"颂"诗归于"颂"这一类。《史记》说"三百五篇,孔子皆弦歌之",他确实曾经按乐曲分类进行编订。

所谓语言规范化,即《论语·述而》所记孔子所说:"《诗》《书》、执礼皆雅言也。"从各地搜集来的传本,在当时只有抄本,十五"《国风》"又是土乐,其文辞必然古语、方言、俗语错杂。孔子运用当时的"雅言"(标准语)进行语言规范化处理,取得语言的统一。这是作为教师的孔子,对用作教授学生的教材,必然要做的。为了规范化,对某些文字和语法做必要的加工和改动,应当是必然的工作。

所谓"去重",即"删去芜杂的篇章"。皮锡瑞《经学通论·诗经》说:"东迁以后,礼坏乐崩,诗或有句而不成章,有章而不成篇者,无与于弦歌之用。"孔子将搜集到散失掉的许多传抄本加以校勘,删汰重复芜杂。《史记》说孔子从三千余篇去其重,汉代王充《论衡·正说》说:"《诗经》旧时亦数千篇,孔子删去重复,正而存《三百篇》。"都指的是从各地搜集到的各种抄本(版本)的重复芜杂的总篇数,孔子仍按原来通行的编次和规模,整理出一个比较完善的版本来。删,可以有多种情况,删篇、删章、删句、删字,都可以用这个"删"字,但绝不是将原来的《诗》删得只剩《三百篇》。

通过以上考察,只剩下最后一个问题:孔子是否按礼义标准选诗。——这个问题,只有从孔子对《诗》的内容的评价和他整理古文献的原则和方法来研究。

孔子说过:"诗《三百篇》,一言以蔽之,曰思无邪。"(《论语·为政》)可见孔子认为《三百篇》的内容都归于正,符合孔子的思想标准,据他的评论,《关雎》"乐而不淫,哀而不伤",那些自由恋爱和怨刺之作,可以知风俗、考得失,为推行德治之所需。孔子编订的《诗》,无悖于他所倡导的礼义。孔子曾说明他整理六经的三大原则和方法:一是"述而不作,信而好古"(《论语·述而》),他尊重并热爱古代文献,只是传述它们,而不是创作和增添新的内容。我们可以相信,经他整理的《诗》保持了原来的"诗三百"的编次、内容和表达风格,具有历史的真实性,通过他的整理,完成了质量提高的新版本。二是"不语怪力乱神"(《论语·述而》),在《诗经》中没有鬼神迷信的荒诞内容,没有破坏社会秩序、鼓动造反的内容;即使是为"观民俗"而采录的情诗,也"发乎情而止于礼义";那些激切的讽喻诗和怨刺诗,也与他的政治思想相一致。三是"攻乎异端,斯害也已"(《论语·为政》),异端,指与他的学说不相容的对立学说,在《诗经》中的确没有体现。综上所述,孔子的"述而不作",实际是"以述代作",通过《诗》和其他古文献的整理,表达他的哲学、政治和艺术观点。

关于孔子删诗问题,通过开阔视野,全面研究,大家的认识已经趋向明朗化:孔子挽救了这一笔宝贵的文化遗产,而且整理校勘出一个好的版本。

孔门诗教和孟、荀

孔了多年教学,有二千弟子,其中出类拔萃的有"七十二贤人"。孔子死后,他的弟子继承老师的教导,继续传经。在战国初期形成儒家学派。在战国诸子百家中,儒家是人数最多、影响最大的学派,他们大多以执礼或教学为业,教学仍一直采用孔子的六种教材,后来因乐谱不易传习而渐渐失传,只有《诗》《书》《易》《礼》《春秋》五经。这个时期与《诗经》传承关系最大的是战国前、中期先后三位儒学大师;子夏(卜商)、孟子(孟轲)、荀子(荀况)。

(一)子夏传《诗》

子夏(卜商),或称卜子,卫国温地人。在孔子弟子中,他与子游以文学优异而闻名,为战国初期儒学大师。战国初,魏、韩、赵三家分晋,魏国又跨河得河西之地,子夏到河西筑石室讲学终老。他讲学的地方在古莘国故城(文王妻太姒故里)今陕西合阳县洽川风景区莘里村。"桃花石室"是洽阳八景之一,今石室、子夏文章台遗迹仍在,均有史籍与民俗文化可考。子夏传经,是传《诗经》和《春秋》,尤以《诗经》为主。关于今本《诗经》传授源流,几种主要古籍记载为下:

陆玑《毛诗草木鸟兽虫鱼疏》:孔子删诗,授卜商,商为之序,以授鲁人曾申,申授魏人李克,克授鲁人孟仲子,孟仲子授根牟子,根牟子授赵人荀卿,荀卿授鲁国毛亨。亨作诂训传,以授赵国毛苌。时人谓亨为大毛公,苌为小毛公。

《经典释文》引吴·徐整曰:子夏授高行子,高行子授薛仓子,薛仓子授帛妙子,帛妙子授河间人大毛公。毛公为故训传于家,以授赵人小毛公。小毛公为河间献王博士。

陈奂《诗毛氏传疏》曰:"卜子亲受业于孔子之门,遂櫽括诗人本志,为三百十一篇作序。数传至六国时,鲁人毛公依序作传……授赵人小毛公。

《汉书·艺文志》等书亦有类似记载。各说虽然在由子夏至毛公之间的传承有所出入,而由子夏相传数代而传至毛公,都是一致的,子夏亲受孔子之传,更是毫无可疑的。我们现在读的《诗经》是由孔子传子夏再由子夏到现在,是可以确认的。

上面的引文中提到"子夏作《诗序》"。《诗序》的作者问题是《诗经》学长期争讼的一大学案,不敢遽下断语,而历代学者中都有人认为是子夏作,或子夏、毛公合作。这个问题下一讲还要谈,这里就简单地谈谈我的看法:我认为,《诗序》确实保留了一部分先秦古说,这些古说是从哪里来的? 过去口耳相传,而多家《诗》的序说有不少是相同或基本一致的,当然是同一个祖师传下来的,那么,至少可以相信其中有亲受孔子之传的子夏传下来的,说子夏是《诗序》最早的作者之一,应该是可以承认的。

子夏是传承《诗经》,昌大孔门诗教第一个有重要贡献的大儒,他的影响至今仍在。我于 2005 年 10 月应邀去洽川考察,往访古莘国旧城,在子夏传经遗址徘徊良久,信口吟诗一首:"子夏西河讲经洞,杏坛春雨文章台;《诗经》由此传百代,学者五洲拜师来。"2006 年 3 月随《诗经》发祥地国际考察团再访,见地方政府已刻了碑立在遗址上。诗不合律,只好由它献丑去了,权当古风吧!

(二)孟子的"以意逆志"和"知人论世"

孟子(孟轲)是战国中期的儒学大师。《史记·孟荀列传》说:"天下方务于合纵连横，以攻伐为贤，而孟轲乃述唐虞三代之德，是以所如不合，退而与万章之徒，序《诗》《书》，述仲尼之意，作《孟子》七篇。"孟子在社会大动荡、大变革，兵连祸结的战国时代弘扬孔子的仁义学说，宣传他的民本和仁政思想，也像孔子一样四处碰壁，晚年从事著述和讲学，主要是讲述《诗》《书》（《尚书》），尤以《诗经》见长。《孟子》7篇，篇篇都有引《诗》，计《梁惠王》篇8处、《公孙丑》篇3处、《滕文公》篇6处、《离娄》篇8处、《万章》篇5处、《告子》篇4处、《尽心》篇1处，共35处，其中有4处论《诗》，其余都是"引《诗》为证"。

春秋中期以后，贵族阶级退出政治舞台，不再赋《诗》言志，进入战国时期，百家争鸣，随着《诗》的流传，诸子百家著述普遍引《诗》。所谓"著述引诗"，就是在理论著述中引用《诗》中的诗句，作为理论的依据，又称"引《诗》明理"，或"引《诗》为证"。据现存文献，在这些学者中，孟子是战国中期"著述引《诗》"最早也最多的人，从春秋时期的"赋诗言志"，发展到战国时期的"著述引诗"，表明《诗》经孔子整理后，随着孔门诗教的兴盛，走出贵族宫廷而进入宽阔的社会领域。

孟子重视诗教，为了教导学生去正确地理解诗义，提出"以意逆志"和"知人论世"的方法论。关于"以意逆志"，见《孟子·万章》：

咸丘蒙曰："舜之不臣尧，则吾既得闻命矣。《诗》云：'普天之下，莫非王土；率土之滨，莫非王臣。'而舜既为天子矣，敢问瞽瞍之非臣，如何？"曰："是诗也，非是之谓也；劳于王事而不得养父母也。曰'此莫非王事，我独贤劳'也。故说《诗》者，不以文害辞，不以辞害志，以意逆志，是为得之。如以此而已矣，《云汉》之诗曰：'周余黎民，靡有孑遗。'信斯言也，是周无遗民也。"

[译文]学生咸丘蒙说："舜不以尧为臣，我已经聆听你的教诲了。《诗》（小雅·北山）说：普天之下，莫非王土；率土之滨，莫非王臣。舜既然已经做了天子，瞽瞍却不是臣民，请问是什么道理呢？"孟子说："这首诗不是你说的这个意思，是说勤劳王事而不能奉养父母。诗中说，这些事没有一件不是王事，为什么让我独自辛劳呢？所以，说诗不要拘泥个别文字而误解文句，不拘泥于个别文句而误解全篇的用意。以全篇的意思去推求作者的意旨，这就对了。假如拘泥于文句的话，《云汉》诗中说：'周余黎民，靡有孑遗。'信实这句话，就是周朝没有存留的人了。"

孟子在这段话里提出"不以文害辞，不以辞害志，以意逆志"意为不抠个别字词，不拘泥个别文句，而从全篇的意思去推求作者写诗的本旨。诗是语言艺术，常用比兴和艺术夸张的手法，读《诗》或说《诗》，"不以文害辞，不以辞害志"，是完全正确的，"以意逆志"，即通观全篇去推求作者的本意，也是对的，但做起来很不容易。把"以意逆志"理解为以说《诗》者个人的意去推求作者的志,由于立场、观点、修养的不同,难免会产生偏误乃至臆断。孟子除了提出"以意逆志",又进一步提出"知人论世"。《孟子·万章》有他这样一段话:

颂(诵)其诗,读其书,不知其人,可乎?是以论其世也,是尚(上)友也。

[译文]吟诵他的诗,读他著的书,不了解他这个人,可以吗?所以要研究他生活的时代,进而像与朋友相处一样了解他。

读古人的诗和书,像与古人相交为友,是一个很好的比喻。对作者了解得深刻、全面,对他的作品也就理解得更多,领会得更深切。知人,是对作者的生平和思想有所了解,"论世"是对其所处的时代有一定的研究。把作品看作一定时代的产物,结合作者的生活、思想和时代背景进行考察,是分析作品的正确方法。"以意逆志"和"知人论世"二者有着有机的联系,虽然孟子不是在一处说的,后世的文学理论批评家把二者结合在一起,如清代文论家顾镇说:"不论其世,欲知其人,不得也;不知其人,欲逆其志,亦不得也。"(《虞东学诗·以意逆志说》)王国维也说:"由其世以知其人,由其人以逆其志,则古诗虽有不可解者,寡矣。"(《观堂集林·玉溪生年谱会笺序》)孟子提出"知人论世,以意逆志"的方法论,是对中国古代文学理论批评的重大贡献。

孟子把这个方法论运用于读《诗》和说《诗》,也是对孔门诗教的重大贡献,两千多年来,一直是《诗经》阐释学的一个指导理论。历代的许多学者都曾经努力去认识《诗经》及其各篇的时代和作者,直到现代,依然在努力。

由于年代古远,文献匮乏,真正做到"知人论世",做好"以意逆志",是非常艰难的。即使是孟子本人,距离《诗经》的时代较近,《孟子》一书记录他说《诗》三十来处,"知人论世,以意逆志"的理论,在他的说《诗》实践中有时做得好或比较好,有时又表现为理论和实践脱节,《孟子·梁惠王》记载下面一段:

王曰:"寡人有疾,寡人好货。"对曰:"昔者公刘好货,《诗》曰:'乃积乃仓,乃裹糇粮,于橐于囊,思戢用光。弓矢斯张,干戈戚扬,爰方启行。'……王如好货,与百姓同之,于王何有?"王曰:"寡人有疾,寡人好色。"对曰:"昔者太王好色,爱厥妃,《诗》云:'古公亶父,来朝走马,率西水浒,至于岐下,爰及姜女,聿来胥宇。'当是时也,内无怨女,外无旷夫。王如好色,与百姓同之,于王何有?"

[译文]齐宣王说:"我有个毛病,我喜好钱财。"孟子回答说:"从前公刘也喜好钱财,《诗·大雅·公刘》篇写道:'外有囤内满仓,行人包里有干粮,装满橐又装满囊,人民心齐气势昂。箭上弦弓开张,干戈斧盾都上场,浩浩荡荡向前方。'王如喜

爱钱财,与百姓一道,王又有何难?"齐宣王说:"我还有个毛病,我好色。"孟子答道:"从前太王古公亶父好色,爱他的妃子太姜,《大雅·绵》篇写道:'古公亶父,清晨驰马,沿着西河岸,来到岐山下,带着姜氏女,观察地形好安家。'在那个时候,内无怨女,外无旷夫。大王如好色,与百姓一道,王又有何难?"

《大雅·公刘》的8句,是歌颂周人先祖公刘率全族迁往豳地,在行前有充分的准备;《大雅·绵》的6句,是记述文王祖父古公亶父(太王)同全族再迁居岐地,同妻子一同来考察地形选择全族建房之地。二诗与"好货""好色"毫无关系。孟子为了向齐宣王宣传他的"仁政"学说,牵强附会地把公刘和古公亶父说成是"好货""好色"而"与百姓同之"的贤君,就不顾"以意逆志""知人论世",为了政教目的而断章取义了。这种断章取义的方法,正是春秋时代"赋《诗》言志"方法的继续。

从春秋的"赋《诗》言志",到孔子时代的"引申发挥",再到孟子时代的断章取义、牵强附会,表现了孔门诗教阐释诗义的主观随意性,为了把《诗》用于教化的目的,不顾诗的本义,这种倾向在汉代以后发展得更为严重。孟子提出"以意逆志""知人论世"的方法论,他自己也不能做到。汉代的郑玄作《诗谱》,明代的何楷作《毛诗世本古义》,以他们为代表,有许多学者下了大功夫想排出一百篇的世次,因为他们要把《诗》作为社会伦理道德的教科书,宣扬圣道王化,不但做不到"知人论世",反而更加穿凿附会。

(三)荀子的"明道征圣宗经"和"隆礼"

荀子是战国后期的儒学大师,《荀子》32篇,经今人统计,其中引《诗》82次(内逸诗6次),论《诗》14次,合计96次之多。在战国诸子百家著述中,他引《诗》论《诗》最多。他又是传经大师,汉代通行的《鲁诗》《毛诗》(即今本《诗经》)是由他传授下来的;《韩诗》也极有可能得自他的传授(今传《韩诗外传》引荀子《诗》说44次),如确,汉代流传的四家诗,有三家都来自荀子。

1.明道征圣宗经

先秦时代,文学与一般学术文化是不分的,荀子提出一切文化学术和文学活动,都必须明道、征圣、宗经。《荀子·劝学》篇说:

学恶乎始?恶乎终?曰:其数则始乎诵经,终乎读礼;其义则始乎为士,终乎为圣人……故《书》者,政事之纪也;《诗》者,中声之所止也;《礼》者,法之大分,类之纲纪也。故学至乎礼而止矣,夫是之谓道德之极。《礼》之敬文也,《乐》之中和也。《诗》《书》之博矣,《春秋》之微也,在天地之间者毕矣。

[译文]学习从哪里开始?在哪里终结?回答说:学习的程序是开始要熟读六

经,终点是读其中的《礼》;学习的意义是成为士,最终成为圣人……《尚书》,是政事的记载;《诗》收集的是和平而醇正的乐歌;《礼》是法律政令的总则,一切条例、规则的准绳。

所以学到《礼》就达到终点了,可以说它是道德的最高标准。《礼》规定严谨的仪式和车服等级的标志,《乐》陶冶和平醇正的感情。

《诗》《书》的内容广博,《春秋》精微的语言包含深奥的意义;天地之间的学问都包含在其中了。

荀子是儒家学派中最早称六种教本为"经"的人,他认为这六种教本包含了天地之间一切的道理,读包括《诗》在内的诸经,最后达到通晓和力行最高的道德标准——封建政治和社会伦理道德及其制度。六经中最主要的内容是礼仪,而学《诗》也是一个重要部分,因为诗乐结合培养人的和平醇正的心意。荀子认为人"性本恶",必须学习六经才能"向善",他把学经的重要性提到这样的高度:"为之,人也;舍之,禽兽也。"(《劝学》)他主张人人都要读经,读经才可以明道,才可以为人、为世,乃至成为圣人。

荀子歌颂文、武、周公、孔子为"圣王""圣人",推崇他们有最高的道德礼义,兼知万物事理:

> 圣人也者,道之管也。天下之道管是矣,百王之道一是矣……《诗》言是其志也,《书》言是其事也,《礼》言是其行也,《春秋》言是其微也。(《儒效》)
>
> 故凡言议期命是非,以圣王为师。(《正论》)

[译文]圣人,是道的总汇。天下的道总汇在这里,百王的道都在这里……《诗》歌的是圣人的志,《书》记的是圣人的事,《礼》记的是圣人的行,《春秋》记载有圣人的微言大义。

所以一切言论、判断、是非,都必须以圣王为师。

荀子说六经表现圣人的志、事、行、和、微,全部《诗经》也都表现圣人之道,他不但要求人人读经明道,还要求一切著述、言论、诗文都要明道。他说:"凡言不合先王,不顺礼义,谓之奸言;虽辩(生动流利),君子不听。"称不合礼义的言论是"小人之辩",越是说得流利动听,为害越大,"圣王起,所以先诛也,然后盗贼次之"。(《非相》)明道、征圣、宗经三位一体,以明道为中心,一切议论、著述都为了宣扬礼义,以圣人的言行为楷模和判断是非的标准。以六经为依据和准则,这个文化学术观,由荀子传下来,经过汉代扬雄和齐代刘勰等人的继续和发挥,成为中国长期封建社会学术文化与散文创作的指导理论,对《诗经》阐释学更有直接的重大影响。

以这个理论来指导《诗经》教学,通过阐释作品来昌明政教、宣扬礼义,必然产生断章取义或穿凿比附。荀子说《诗》正是这样,与"赋诗言志"不同的地方,他是引《诗》证理,用于政教的目的。

2.审诗商,禁淫声

古代诗乐合一。孔子正雅乐、放郑声。荀子也继承和发展了孔子的思想。荀子在他著名的专论《乐论》中论述了音乐对人们精神世界的感染作用,以《诗经》中的乐歌为据,强调音乐重大的社会教育作用,他把音乐分为正声(礼乐)和淫声,提出由专职官员主持"修宪命脉,审诗商,禁淫声,以时顺修,使夷俗邪音不敢乱雅,太师之事也"。这是主张国家设立主管机关领导文艺工作,对文艺实行政治的管制。荀子强调《诗经》的政教功能,这个功能,在汉代及以后各代的孔门诗教中也是非常突出的,封建社会的王朝也是进行干预的。汉朝的办法是不聘你教书;宋朝的办法是对爱情诗、怨刺诗申斥或曲解;明、清两代更专制,明朝的大学者李贽,因为"非圣毁经"的罪名关死在监狱里;清朝的文字狱更多,而且株连九族,两派学术争论,某一方拿出个大帽子:"你敢'非圣毁经'!"对方就不敢说话了。

3.隆礼义,杀诗书

孟子、荀子是孔子之后的两位儒学大师,孟子生卒年大约在公元前385~前304年,荀子生卒年大约在公元前331~前238年,二人相差50多年,一个在战国中期,一个在战国后期。在社会大动乱的剧变时代,社会已经发生很大变化。在孟子时代,秦国崛起不久,各国正进行混战,东周王朝还在(公元前256年秦灭周),在荀子时代,强大的秦军正在横扫六合,秦始皇称帝后荀子大约还活了七八年。所以荀子晚年正是大乱甫定人心思治的时候。孟子主张法先王,荀子主张法后王;孟子主张人性本善,继承孔子"内圣"的一面,注重启发人本性中的善因来止干戈行仁政,达到天下大治;荀子主张人性本恶,继承孔子"外王"的一面,注重礼义,即以法律、制度和道德规范达到大治。孟子特重《诗》《书》的感染教化,荀子则特别重视《礼》,所以他说读经的终点是读《礼》,《礼》是"道德之极"。

在当时,儒家主要以办学为业,由于孟子几十年的影响,《诗》《书》流行,针对这种情况,荀子提出"隆礼义",杀《诗》《书》(《儒效》)。"隆"的意思是推崇,他的意思是对礼义要大大推重,如他说:"礼义者,治之始也。"(《王制》)"礼者,治辨之极也,强国之本也。"(《议兵》)"养生安乐者,莫大于礼义。"(《强国》)"杀"的意思是贬抑,把《诗》《书》当时在社会的最高地位往下面贬一贬,而把最高的位置让位给礼义。为什么呢? 他说:"《诗》《书》故而不切。"(《劝学》)这是说《诗》《书》是由不同时代的许多篇编集的,内容杂乱,没有条理连贯起来,寓意不能明确地领会,也不能直接地用于治道,而且有些内容已不切合现实。所以《劝学》篇又说:"不能隆礼,安特将学杂识志,顺《诗》《书》而已耳。则末世穷年,不免为陋儒而已。"荀子"隆礼义,杀诗书",不是不要《诗》,他还是很重视《诗》的,他本人就是传《诗》大师,汉代流传的《诗》是他传下来的,我们现在读的《诗经》是他传下来的。在诸子百家著述中他引《诗》证理最多,他论《诗》,教《诗》,启发学生读《诗》,承认《诗》的作用,贯彻孔子的诗教思想,是对孔门诗教有极大贡献的人物,不过就政教功能而论,他认为《诗》毕竟没有礼义重要。

我们从荀子引《诗》也可以得到验证。荀子引《诗》证理,引今本《诗经》中共75次,多从以美刺政治为主的"雅""颂"中引用,很少从"《国风》"中引用,今人鲁洪生做过比较详细的统计,引"雅""颂"63次,引"《国风》"仅12次。就《诗经》三部分而言,他也重视政教内容较强的"雅""颂"中的诗篇。重视《诗经》中政教功能明显的诗篇,也是荀子诗教的显著特色。

孔门诗教在中国封建社会延续了两千多年,孔子的诗教思想(思无邪、兴观群怨)一直是基本的指导理论,孟子和荀子都是推行孔门诗教的大师,他们在孔子学说的基础上又做了补充和发展。孟子的"以意逆志、知人论世"的方法论,长期是《诗经》阐释学的指导理论。荀子的注重政教和礼义,对后儒和封建统治者影响很大。因为偏重《诗经》的政教功能,解说诗义的断章取义、引申比附、穿凿附会,也一直未能消除,成为传统《诗经》阐释学的痼疾。

三家《诗》《毛诗》和《毛诗序》
夏传才

秦灭六国,一统天下,鉴于《诗》《书》在民间广泛传播,一些儒生张口"先王",闭口"仁政",妨碍他的专制统一,于是实行封建专制主义文化政策,颁布禁书令:"天下敢有藏《诗》《书》百家语者,悉诣守尉杂烧之;有敢语《诗》《书》者弃市,以古非今者族。见知不举者与同罪。"(《史记·李斯列传》)同时还活埋了600多名儒生。这就是公元前200年在秦始皇时代发生的"焚书坑儒"事件。这时,《诗》与其他一些先秦典籍,濒临几乎毁灭的浩劫。

《三百篇》是合乐的歌词,那时古乐曲还没有完全失传,韵文又便于咏诵和记忆,所以,《汉书·艺文志》说:《诗经》"遭秦而全者,以其讽诵不独在竹帛之故也"。

被杀的多是孟子学派的儒生,荀子学派的儒生没有受到最严重打击,孟子学派也没有被杀绝,潜伏在民间的儒生,保存着他们的经书,《诗经》得以比较完整地保存。

汉初开书禁,准许私人传授古学,后来又设立五经博士,把五经立为官学。当时整理的写本,为了讲述便利,都用当时通行的文字——隶书书写,称为今文经。今文《诗经》由于传授者和搜集的地区与时间不同,由于过去口耳相传记忆不准或口音不清,有多家传本,流传的主要有《鲁诗》《齐诗》《韩诗》三家,称"今文三家",简称"三家诗"。西汉中期以后,又陆续发现了一部分用战国时代篆书书写的经籍,称为古文经。古文《诗经》,只有《毛诗》一家。"三家诗"和《毛诗》不只是书写文字的不同,文句、训诂和内容解释也有很大不同。汉代传经重视师法,形成齐、鲁、韩、毛四家并传,分为今文三家和古文《毛诗》两相对立的学派。

汉初传《诗》实际有多家。《汉书·六艺略》总括说"凡《诗》六家",除上述四家,还有《后氏传》《孙氏传》。《汉书·楚元王传》又记载曰:"元王好《诗》,诸子皆读《诗》,申公始为《诗》传,号《鲁诗》,元王亦次之《诗传》,号曰《元王诗》,世或有之。"1977 年发掘安徽阜阳双古堆一号汉墓,出土今文《诗经》残简 170 余条。经考释文字,不同于今文三家,也不同于《毛诗》,因简称《阜诗》。考证墓主、时间、地点可以认为《阜诗》即是失传的《元王诗》,是今文《鲁诗》的一个支派。

一、三家《诗》

(一)《鲁诗》

《鲁诗》是西汉初年出现最早的《诗经》,由最初流传于鲁国而得名。

《鲁诗》最早的传授大师是申培。据称孔子传《诗》于子夏,五传于荀子,荀子传于浮丘伯,浮丘伯传于鲁人申培,或谓荀子直接传给申培,这自然无从稽考。《鲁诗》自称其源流传自孔子及子夏(卜商)。《史记·申公传》:"申公独以《诗经》为训以教,无传,疑者则阙而不传。"《汉书·艺文志》:"鲁申公为《诗训故》。"可见申培在汉初给《诗经》作了训诂。《汉书·艺文志·六艺略》记有《鲁故》25 卷,《鲁说》28 卷。前者当是申培所著《诗训故》,后者当为其弟子韦、张、唐、褚诸氏的补充。西汉诸家《诗》中以《鲁诗》影响最大,因申培曾任楚元王太子的师傅,武帝时又被朝廷立为博士,其弟子和再传弟子多人担任朝廷及地方要职,几代皇帝也学《鲁诗》,所以《鲁诗》盛行。《鲁诗》著作在西晋失传,今仅有石经残碑一块留于世,不足 200 字。

清陈乔枞《鲁诗遗说考序》说:从《史记》《汉书》《后汉书》以及汉代诸家著述

的称引,还能够看到《鲁诗》的一鳞半爪。荀子的《诗》说是《鲁诗》训释所本,孔安国受《诗》于申培,而司马迁受业于孔安国,所以《史记》引述的是《鲁诗》。刘向、刘歆世习《鲁诗》,所著《说苑》《新序》《列女传》以及班固执笔的《白虎通》,说《诗》都是《鲁诗》。《尔雅》也是《鲁诗》之学。《汉书·艺文志》曾做过如下评论:三家诗"咸取《春秋》,采杂众说,咸非其本义,与不得已,鲁最为近之"。三家诗都是采用《春秋》和杂说来附会诗义的,都不能解说诗的本义,而三家比较而言,《鲁诗》还是多少接近诗义的。

(二)《齐诗》

《齐诗》由齐人辕固所传,以传者地区得名。辕固在景帝时立为博士。据《汉书·儒林传》记述,他曾与道家辩论汤武革命问题,当着皇帝说汤武诛桀纣而得天下,是得民心的正义行动;后来又与奉黄老之学的窦太后当面辩论,几乎丧命。这些事实,可以说明他是坚持儒家学说的。荀悦的《汉纪》说他著有《诗内外传》。其弟子有翼、匡、诸、伏诸氏之学。这些弟子把《齐诗》进一步与阴阳五行之说相结合,兴盛于西汉后期,学《齐诗》的人大多显贵,在东汉前期更盛行一时。《汉书·艺文志》载《齐诗》主要著述目录,有《齐后氏故》20卷、《齐后氏传》39卷、《齐孙氏故》27卷、《齐孙氏传》28卷、《齐杂记》18卷。所有这些著作,都在东汉末年失传。据陈乔枞《齐诗遗说考序》说,董仲舒学《齐诗》,他的《春秋繁露》等著述及荀悦《汉纪》、焦氏《易林》、桓宽《盐铁论》所称引的《诗》说,当是《齐诗》。

《齐诗》分化的派别很多,其中最突出的是翼奉一派。他们把对《诗经》的解释阴阳五行化,并进而和谶纬神学相结合,发挥所谓"四始、五际、六情"之说。《齐诗》的"四始"说附会五行中的水、火、金、木四行,毫无实际意义。《齐诗》的所谓"五际",是以卯、酉、午、戌、亥,附会《易》卦的阴阳际会;所谓"六情",指喜、怒、哀、乐、好、恶,五行运用,阴阳际会而产生六情之变。《齐诗》把《三百篇》一一附会上"四始、五际、六情",简直把《诗经》变成推算阴阳灾异的"推背图"或占卦书。它内容的迷信成分日益荒诞驳杂,章句日益烦琐难学,使它失去上层建筑的作用,在三家《诗》中衰亡最早。

(三)《韩诗》

《韩诗》由传授者燕人韩婴得名,主要流传在燕、赵两个地区。韩婴在文帝时立为博士。《韩诗》也托称传自子夏、荀子,而其源流实无可考。《汉书·艺文志》说它"推诗人之意,而为内外传数万言,其语颇与齐、鲁间殊,其归一也"。这是说《韩诗》与《齐诗》《鲁诗》大同小异。其主要著述目录,有韩婴《内传》4卷,《外传》6卷共数万言,其后学所著有《韩故》36 卷、《韩说》40 卷。《韩诗》亡佚较晚,隋、唐还有人著述《韩诗》章句,到北宋时均失传。现在留存的《韩诗外传》,不是韩婴的原著,而是经隋、唐学者补充修改过的。

《韩诗外传》不是对《诗经》的解释和论述,而是先讲一个故事,发一通议论,然后引《诗》为证。它和荀子"引《诗》为证"的路数有继承关系,与汉代盛传的《说苑》《新序》《列女传》都相类似。在《韩诗外传》中引用荀子《诗说》44 处之多。《韩诗》的授受源流,史籍失载,韩婴于文帝时任博士,景帝时任常山太傅,文景两朝的时间为公元前 179~前 143 年,他两朝任职,只能在前 156 年前后各若干年,而荀子于公元前 238 年左右逝世。就韩婴生活年代而论,他不可能亲自受学于荀子。荀子晚年在兰陵讲学,兰陵是当时文化中心之一,其影响遍及齐、鲁、燕、赵,韩婴《诗》学源流只能来自荀子门人。

关于三家诗的异同、优劣比较,后代学者进行过不少烦琐的考证。其实,它们大同小异。所谓大同,是说它们都是从《春秋》和杂说里采取一些材料,用穿凿附会的方法,把一些诗说得有政治意义或伦理意义,实际上大都脱离诗的本义;所谓小异,是说它们各立门户,自我标榜,互相竞争,都想突出自己一家,所以它们说《诗》又有所不同。它们的著述现在只搜集到一些鳞爪,一定要比较它们的高低,是没有多少资料,也没有多大意义的。

《毛诗》

《毛诗》由毛亨、毛苌所传,称大毛公、小毛公。荀子《诗》学传自子夏,毛亨承自荀子。他在西汉初年开门授徒,著《诗故训传》(后简称《毛传》),传于赵人毛苌。河间献王任毛苌为博士,献《毛诗》于朝廷,但不被立为官学,长期在民间传授。东汉后期《毛诗》立为官学,取代了三家《诗》的地位。以后,三家《诗》衰亡,《毛诗》兴盛于世。我们现在读的《诗经》,就是《毛诗》。

相传秦焚书坑儒时,鲁人毛亨携家逃亡到当时九河之间的武桓地方(今河北省河间市),在一个偏僻闭塞的乡间(今河间市诗经村)居住,在那里作《故训传》,传给其侄毛苌。因毛苌已定居河间,河间属赵地,故称"赵人"。汉初开书禁,毛苌在乡间讲授《诗经》,被好古求书的河间献王刘德聘为博士,设君子馆公开讲学,《毛诗故训传》得行于世。今河间市仍有毛公书院、毛公墓、诗经村、君子馆遗址等遗迹,2002 年中国诗经学会和河间市人民政府联合举办了《毛诗》发祥地考察和研讨会,从史籍、方志、地方遗迹、民俗传说和毛氏后裔家谱等资料相互印证,上述《毛诗》来源是可信的,至今各地毛公后裔仍年年来祭祀。

《毛诗故训传》,简称《毛传》,是现存最早的完整的《诗经》注释本,完成时间当在秦汉之间,距今两千年。"故"通"诂",顾名思义,这是一本为《诗经》作训诂的书。毛公时代距《诗经》时代不太远,词语注释大多是符合古义的,没有《毛传》,后人根本读不懂《诗经》,这是《毛传》最大的贡献。

西汉时一直是三家《诗》占统治地位,《毛诗》不立于官学(王莽新政时一度立于官学,王莽失败后又被取消),只在民间传授,在东汉时期才逐渐兴盛,乃至完全代替了三家《诗》而独传天下。《毛诗》所以胜过三家《诗》,相比有以下四个优点:

一、在几百年的流传过程中,许多《毛诗》学者对《毛诗》的训诂和序说,不断地充实和提高。我们现在看到的《毛传》,训诂简明,虽然它的内容还有许多缺疑和不妥的地方,后来的学者又进行不断加工、补充和完善,尤其是吸收了东汉时期文字学和历史学等学术研究成果,把文字和名物训诂,建立在比较切实的基础上。《毛诗》的训诂,我们现在来看,当然是不完善的,但在当时的学术水平上,比较派别多、经说烦琐杂乱的三家《诗》,要高明得多。

二、《毛诗》学者一直坚守孔子"不语怪力乱神"的著述原则和"温柔敦厚"的诗教理论,排斥极端落后的谶纬神学,很少荒诞迷信的内容,着重发挥儒家"圣道王化"的政治理想。当阴阳灾异和谶纬迷信对人民失去欺骗作用时,封建统治阶级自然要转而利用《毛诗》的政治教化和道德教育的内容。

三、《毛诗》在长期流传过程中,每一篇诗都有简明的序,说明该诗的题旨。这些序经过许多人增补加工,按照周代历史发展,把《三百篇》解释成是依照周王或诸侯世次排列的,从而依时代顺序来解释诗义。当然,他们的解释并不可靠,有许多附会和臆说,但比毫无系统、时代颠倒错乱的三家诗说,要高明得多。

四、"毛公述《诗》,独标兴体。"(刘勰《文心雕龙·比兴》)《毛传》注重"兴义",标出 116 例。它所解释的"兴",都是譬喻,用以表现某些政治思想或伦理思想,从而把一些情诗恋歌和一般抒情诗,解释得具有封建政治教化的深意。《毛传》大量运用这种说诗方法,形成一套"兴义"理论,这同主要只用历史故事杂说来牵强附会的三家《诗》说相比,也要高明得多。

《毛诗》在以上四个方面超过了三家《诗》,能够发挥为封建统治服务的作用,所以受到封建统治阶级的推崇,能够独传于世。

《毛诗序》学案

东汉流传的《毛诗》305 篇的题目下面,各有一段类似题解式的简略文字,简述诗的题旨,或述及时代背景与作者,称作《诗序》。据说今文三家《诗》流传中也有序。如《唐书·艺文志》载目:"《韩诗》卜商序、韩婴注 22 卷。"《四库全书总目》"诗序二卷"条下注:"观蔡邕本治《鲁诗》,而所作独断,载'《周颂》'31 篇之序,皆只有首二句,与《毛诗》文有详略,而大旨相同。"所以,为了把现在流传下来的《诗序》说得更准确一些,又称为《毛诗序》。

《毛诗序》是为《诗经》各篇所做的题解,每个研究者都必然对它有所评价和取舍,所以关于它的聚讼最纷杂,头绪最繁多,争执最激烈,时间最长久。从汉代到现代,争论了两千多年,成为学术史上聚讼难决的一大学案。争论最多的中心问题是《毛诗序》的作者、时代以及对它是尊还是废的问题。这个问题解决了,派生的其他问题也会迎刃而解。

(一)作者问题

《毛诗序》的作者是谁? 20 世纪初期胡朴安《诗经学》列举十三家之说;20 世纪中期张西堂《诗经六论》列举十六家之说。我们无须再一一辨析各家已万千遍征引的说辞,而换个角度,从考察争论的来龙去脉入手。

汉代传《诗》多家,都有序,《毛诗序》是汉代各家《诗》题解的一种。古文《毛诗》的最初传授者毛亨,是荀子的学生,自称荀子得自孔子弟子卜商(子夏),所以《毛诗序》最初署名"卜商序",或称"孔子嫡传卜商序"。今文经学派传《鲁》《齐》《韩》三家诗,为了维护学术统治地位,攻击古文《毛诗》不是先秦传下来的真经,而是"小人伪托""盗名欺世"。到宋代,汉学派坚持它是"圣贤之作",宋学派攻评它是"陋儒""山东学究""村野妄人"之作。从《毛诗序》出世,两千多年争论不止,而且指称其作者的身份天壤悬殊。

考察各家《诗》传授源流,都是经由子夏—荀子传下来的。今文三家和《毛诗》,有许多相同或接近的题解,在方法上也都比附《书》《史》,引申附会,宣扬封建教化,足证四家同源。可以这样认为:相同或接近的部分,基本是从先秦传下来的,而不同的部分,则是后来汉儒的制作,西汉时代,《毛诗序》在官方处于被压抑地位,为争取其存在和发展,不断充实和提高训诂、序说的质量,终于取代三家而独传。《毛传》依《序》解诗,郑玄又依《序》的世次作《诗谱》,完成了《三百篇》世次的完整体系,《序》便成汉学封建义疏的中心。孔子传卜商、卜商序,或竟说孔子序,这个说法为汉学所尊信。

经过几百年传授,越来越多地发现《序》说的世次与《书》《传》不合,所提示的题旨、背景,也多有繁复讹误。讹误,当然不能说出自圣人,于是,南北朝学者把

《序》分出大、小,即首篇《关雎》序文中总论全经的一长段文字是《大序》,是卜商或孔子所作,其余是《小序》,是毛亨作,或卜商作第一句。这类辨别,是想把《序》中的讹误与圣贤分开。

《后汉书·儒林传》提出卫宏作《序》:"九江谢曼卿善《诗》,乃为其训:宏从曼卿受学,因作《毛诗序》,善得'风'、'雅'之旨。"此说一出,信从者不少。现代学者也颇多信从者,如鲁迅《汉文学史纲要》即从此说在大学讲授。但考察全部《序》,文辞重赘杂论,又显得非一人之作,《隋书·经籍志》乃修正《后汉书》之说,说是卫宏和其他汉儒将卜商、毛亨之作加以补充润益而成。

清代学者严可均《铁桥漫稿·对丁氏部》以为《梁书》录有卫宏所作《卫氏传》,《隋书》无录,则隋时已失传,所谓卫宏作《毛诗序》即在《卫氏传》之中,范晔著《后汉书》时尚见到,《儒林传》所称"今传于世",指传于六朝刘宋之时,故卫氏《序》不是现在传世的《毛诗序》。《后汉书》之说是袭自陆玑疏之误。

通过学者的辨析,现在逐渐明确:《毛诗序》保存了一部分先秦旧说,也有一部分是汉人陆续撰作。

说它们保存有先秦旧说,有三个证明:(一)古文《毛诗》与今文三家在汉代水火不容,而其序说有一部分相同、相近,可证其来源同一,均为荀子所传先秦旧说;(二)毛亨依《序》说诗,但也有不依《序》的,这些不依《序》的,是他没有见到旧说而自撰或由后人附益的;(三)考之《左传》引诗所取诗义有与《序》相合者。

说它们有汉人的陆续撰作,也有两个证明:(一)考证《新序》《说苑》《列女传》等汉代著述,其中引《诗》解《诗》,有许多与《序》相合而且穿凿附会的谬误相同,它们之间必定有相袭关系;(二)汉代作诗序的著述很多,都卓然成家,这些著作失传,如卫宏序即其中之一,《序》出自多人手笔,显然保留了汉人的一些诗说。

《毛诗序》的作者问题,现在我们可以做出以下结论:《毛诗序》并非出于一时一人之手,其中保留了一些先秦的古说、秦汉之际的旧说以及多位汉代学者的续作;整理执笔的有毛亨、卫宏,可能还有别的人;在保存的先秦古说中,可能有孔子、卜商之说、荀子之说、国史之说,也可能有孟子之说或诗人自己的说明,缺乏具体材料,这些已很难考察清楚。在没有发现新材料之前,现时只能做这样概括的说明。

(二)大序和小序

《序》本无大、小之分,古人著书作序体例,是在第一篇总论宗旨,然后分篇述篇旨。这一部分总论的文字,六朝人给起个名称为《大序》,这本无不可;但六朝学者说《大序》是孔子或卜商作,则缺乏根据。这一大段文字概括了自孔子以来儒家的诗歌理论,其中大段文字与《荀子·乐论》和成书于西汉的《礼记·乐记》相同,显系由二书挪袭;《大序》吸取了先秦至西汉儒家学说加以发展,只能是汉儒写定于西汉之后。

如何分别大、小序?《诗经》首篇《关雎》之前,有一段较长的序文,作《关雎》题解又概论全经;以下各篇之前,各有一小段题解式的序文。宋代人把概论全经的这一段长序文,称为"大序";把各篇作题解的序文,称为"小序"。

《诗经》有 305 篇,《毛诗》连 6 篇笙诗也作了小序,所以大序有 1 篇,小序有 311 篇,形成一篇总论,以下各篇有题解的完整体制。在中国文学史上,为诗作序,起源于《毛诗序》。以后白居易的《新乐府序》,就采用《毛诗》大、小序的体制。

白居易

后来的学者,对大序和小序的分别提出许多不同的说法。关于《关雎》的一篇长序文,有大序,也有小序,应该从哪一句断限,一般都认为其首尾几句属于《关雎》的题解,是小序,其余的是大序。具体到从哪一句开始到哪一句为止是大序,还有各种细微的不同意见。也有些人把各篇序文的首一二句叫小序,或古序,或前序,把首句以下的话叫大序,或后序,等等;这类说法把原来比较整齐的序文体制说得杂乱无统。其实,这些争论没有什么意义,在细枝末节上标奇立异,成篇累牍纠缠不休,是中世纪的烦琐哲学。

《大序》以总结《三百篇》创作经验为中心,概括了先秦以来儒家对诗歌的重要认识,并在理论上有所发展。它的主要内容可分四个方面:

一、对诗歌基本特征的认识。《大序》继承了先秦的"诗言志"和诗、乐、舞三者密切结合的观点,进一步指出这三者的核心在于言志抒情。《大序》把情志并举,是对先秦诗论的重要补充；它还进一步把二者结合起来，着眼于对情志进行封建道德的规范。

二、论述诗、乐与时代和政治的关系，通过诗、乐的感化作用进行政治和道德教育，是《大序》的中心内容。它进一步阐明诗歌为政治服务的两种形式："下以风化上"和"下以风刺上"。"下以风刺上"，就是用诗歌对统治者进行讽谏，促进统治者改良政治或改正过失。《大序》还提出，各个时代的政治情况，往往反映在诗歌里，说明不同时代的诗歌有不同的内容，进一步提出"变风变雅"之说，反映了时代政治兴衰与诗歌内容的密切关系。

三、总结《三百篇》的分类及其内容。《大序》提出的"六义"说，对风、雅、颂的分类及这三类诗的内容做出说明。它认为"风"诗是"以一国之事系一人之本"，通过个人抒情言志反映一国政教风俗。"雅"诗是"言天下之事，形四方之风"，说的是王政兴废所由，反映国家治乱兴衰；"大雅"说朝政大事，"小雅"大多说个人在政治生活中的感受。"颂"诗是"美盛德之形容，以成功告于神明"，是歌颂先王功德和祈祷神明的乐舞祭歌。它还认为，"风""大雅""小雅""颂""是谓四始，诗之至也"。指出这四类诗把诗的内容包括尽了，它们是后来各种诗歌的开始。这样的概括，基本上符合《诗经》的基本内容。

四、全文的中心思想，是要求诗歌宣扬封建伦理道德，使之成为统治阶级教化的工具，并且以此作为诗歌创作和评论的标准。它推崇歌颂和美化封建统治的作品，评价为"正始之道，王化之基"。对于《诗经》中"下以风刺上"的作品，它又强调"主文而谲谏，发乎情，止乎礼义"。诗歌为统治阶级政治服务，是全部《毛诗序》的基本思想。

《大序》把先秦到汉代对《诗经》的解说做了一次集录，一部分概括，发展了儒家诗论，并对《诗经》学的基本理论初步地做了简明的总结。作为文论史上的一篇文献，有我们可以借鉴的地方。

对《诗序》也不能一概而论。《小序》关于各诗所作题解的世次、故事、人物、题旨，有不少是比附史传、杂说，有许多谬误。但《小序》距离《诗经》时代近，而且杂采经史，保留某些先秦旧说，对某些诗篇的世次、背景的提示，或接近题旨，或有助于我们探求诗义，给我们以启发。所以仍然可以作为研究资料保存下来。至于《大序》，则是我国汉代文论著作中一篇重要的文献，具有保存和研究的价值。

（三）尊序和废序之争

关于《毛诗序》的尊、废问题，在历史上，时代不同，或尊，或废，有所不同。

在汉代《毛诗》独传以后，它是唯一通行的题解，成为封建诗说的义疏中心，这自然是"尊"。在汉学系统处于学术统治地位时，即使有人怀疑它的正确性，也未能动摇它的权威地位。

宋学反汉学，对汉学经传序说重新检讨，发现《序》的世次不合史籍，题解有谬误，不合时代思潮，从北宋开始受到普遍的批评。到南宋，终于展开声势浩大的废序运动。废序派论《序》有妄生美刺、随文生义、穿凿附会三弊，谓《诗序》害《诗》；集宋学大成的朱熹《诗集传》废《序》不录。而尊序派则坚持依《序》解《诗》；提出"学《诗》而不求《序》，犹欲入室而不由户也"。

宋代尊序和废序的论争，推动了诗经学的又一次大发展。首先，它打破汉学的僵化，开启自由研究、讲求实证、大胆怀疑、敢于反传统；废序派去《序》解《诗》，必须"覃精研思"，注重"求实"，如《诗集传》的总体水平就超过以前的汉学传本；另一方面，尊序派在争论中也不得不致力于注疏序说质量的提高，如吕祖谦的《吕氏家塾读诗记》积三十年功力，质量超过以前的汉学传本，而在依《序》说诗时遇有窒碍难通之处，也去《序》另立新说，因而宋代也产生了汉学派的一批名著。这都说明争论推动了学术进展。

元、明是宋学的继续，独尊朱熹。那时读《诗》只读《诗集传》，汉学著作不容易见到。宋学有其自身的弱点，在四百余年独尊过程中丧失其求真求实、自由研究的学风，逐渐趋向僵化。《诗集传》固然有一些正确的认识，而作为封建经学著作仍未能完全避免《诗序》的三弊，有些解说只是以新的谬误代替旧的谬误，使注重考证的清代学者并不服气。当汉学复兴，《诗序》复出时，见者"辄据以为奇货秘籍"。于是，尊序和废序的斗争又在新的历史条件下兴起。

清代学术的发展，先是新汉学反宋学，接着是新今文经学反新古文经学。新汉学的几部《诗经》名著：陈启源《毛诗稽古篇》、马瑞辰《毛诗传笺通释》、胡承珙《毛诗后笺》、陈奂《诗毛氏传疏》，以上诸书或专主古文，或以古文为本兼采今文和两宋诗说，仍依《序》说诗。如《诗毛氏传疏自序》曰："读《诗》不读《序》，无本之教也。"他们精研训诂义疏，精于考据，力驳朱熹之非。这些著述的影响压倒了《诗集传》，《诗序》又成为说《诗》的依据。

19世纪后期的清今文经学力主三家诗说而反对《诗序》，出于其宣传维新改良的政治需要，魏源《诗古微》论列"《国风》"中三家诗说与《毛诗序》之异同得失，论证《毛诗序》穿凿附会、歪曲本义之谬误十八处；他依三家诗说发挥微言大义，结果旧瓶装不进新酒，此路走不通。

在另一方面,清代发展的前、中、后三个阶段,都有学者超出尊序和废序之争,我们称之为"独立思考派",他们以康熙时代姚际恒《诗经通论》、乾嘉时代崔述《读风偶识》、同治时代方玉润《诗经原始》为代表。姚氏于其《自序》曰:"惟是涵泳篇章,寻绎文义,辨其前说,以从其是而黜其非。"崔氏《自序》曰:"惟知体会经文,即词以求其义,如同唐宋人之诗然者,了然无新旧汉、宋之念在于胸中,惟合于诗义则从之,不合者则违之。"方氏《自序》曰:"不顾《序》,不顾《传》,不顾《论》,惟其是者从而非者止。""五四"以前的国学大师梁启超很重视这一派的著作,曾著文宣扬。

以上是我们对历史上尊序废序斗争的简略回顾。

"五四"时代的学者,也发起了对《毛诗序》的批判运动,不过这与古代的废序之争,已有本质上的不同。它不是一个封建经学学派反对另一个封建经学学派,不是以一种封建经说去代替另一种封建经说,而是高举反封建的旗帜,要求用科学和民主的思想重新探求诗义,汉学、宋学、古文、今文,一切不符合实际的封建诗说都在废除之列。当时所以对《毛诗序》集中火力,因为它是汉学封建义疏的中心,其影响最大。"五四"和以后的年代,我们确实把《毛诗序》批得很臭,其影响直到现在仍然十分深刻。

30年代的文论家,做了一件有意义的工作:他们不对《毛诗序》全盘否定,称作"大序"的那一段文字抽出来独立成篇,肯定它是先秦至汉代儒家诗论的总结,作为一篇有重要文学理论价值的文献,编入大学文论教材。

50年代以后,我们开始清理尊序废序斗争的历史学案,认识到在我们的时代,不存在尊序废序的问题,应该是梳理它的发展过程,予以科学的说明,作为发展现代诗经学的借鉴。比较尊序废序各派的诗说,我们发现比附书史、穿凿附会,为宣扬封建教化而曲解诗义之弊,《毛诗序》如此,三家遗说如此,宋学诸家乃至朱熹《诗集传》亦如此,清人以考据为标榜的名著如此,乃至"独立思考派"也难免;只是程度不同,并无本质区别。但是,他们的诗说中也都有正确的或接近正确的认识。封建社会的学者不可能摆脱诗教的束缚,由于他们的立足点,以及他们从前代继承下来的研究资料,他们时代所达到的科学水平,他们的贡献只能把认识向前推进一步。我们应该看到他们各种的成绩,承认他们在不同时期的进步,尊重他们的不同贡献。

历史地具体研究《毛诗序》,可以肯定它是上古第一部完整、系统的题解,优于汉代的其他各家题解,在这个意义上,即使是《小序》,也具有历史文献的价值。

拿废《序》最有力的朱熹来说,据今人统计,《诗集传》全采《小序》说的82篇,大同小异的 89 篇,可见《诗集传》《小序》相同和基本相同的有 171 篇,占《诗经》总数的 60%。近几十年的几十种《诗经》注释,也有一部分题解袭自《小序》,或参考了《小序》。我们吸取和借鉴《小序》的某些成说,反过来又骂它一无是处,未免有欠公平吧!

《毛诗序》作为古代《诗经》题解中比较系统、完整、保存先秦古说较多,而且对后世影响最大的一种序说,自有其一定的价值。我们也应该无所尊,无所废,寻绎文义,考察背景,一一辨析,从其是而黜其非,把我们时代的诗说建立在科学的基础上。

从六诗到六义

《周礼·春官·大师》:"大师……教六诗,曰风,曰赋,曰比,曰兴,曰雅,曰颂。"

《毛诗序》:"故《诗》有六义焉:一曰风,二曰赋,三曰比,四曰兴,五曰雅,六曰颂。"

同样六个字,排列顺序相同,前者称"六诗",后者称"六义",而且它们又与现在通行的"风、雅、颂、赋、比、兴"的排列顺序不同。这几种称谓和排列形式各有什么含义,也是诗经学长期讨论难决的一个学案。经过近一百年来众多观点的比较,综合考辨和争论,现在主要问题已经明朗,取得基本一致的认识:"六诗"和"六义"虽有继承性的联系,却是两个不同的概念,风、雅、颂、赋、比、兴六个字的含义是发展的,其所指称,在不同的发展阶段有其不同的内涵。在这里,我们将历代的争议从略,只简述达成基本一致的主要的认识。

(一)六诗

《周礼》所称的"六诗",特指贵族学校教国子的并列的六类诗,其中大多是自古传下来的古诗,也有一部分西周初期制作的歌诗。因为《诗经》还没有编集,用于教国子的只能是这些作品。我们可以肯定周代前、中期,国学教学"六诗",绝不可能是《诗》《三百篇》,只可能有数量不多的一部分。如"《周颂》"中的祭祀诗、"大雅"的政治美刺诗和《国风·二南》中的一些作品以及传为"周公陈王业"的《七月》、周公寓言诗《鸱鸮》等"风"诗。分类的标准是根据诗的体裁,也是根据内容和应用,而体裁、内容和应用功能是相通的,按体裁分类和按内容、按应用分类,应该是一致的。例如,应用于宗庙祭祀的歌诗,绝不可能是有怨刺内容或男女言情的歌诗,应用于婚礼,绝不可能是弃妇的哀歌。

关于"六诗"的内涵,郑玄《周礼注》说:"风,言贤圣治道之道化也;赋之言铺,直铺陈今之政教善恶;比,见今之失,不敢斥言,取比类以言之;兴,见今之美,嫌于媚谀,取善事以喻劝之;雅,正也,言今之正者以为后世法;颂之言诵也,容也,诵今之德,广以美之。"这是郑玄对风、赋、比、兴、雅、颂六类诗名和内容的解释。换言之,他认为,"风"是以圣贤之道进行教化的诗,"赋"是铺陈直叙政治美恶的诗,"比"是不直言而以比喻或寓言批评社会不良现象的诗,"兴"是通过意象来赞美现实中美善事物的诗,"雅"即正,言政治美刺的诗,"颂"是今人以歌诗、舞蹈相结合而显扬功德的祭歌。郑玄的概括还是比较粗浅的,也不完全准确,但他说出"六诗"是指称当时流传的六类诗。

当代学者试图将《诗经》之前的古诗分别归属"六诗":

如《南风歌》《击壤歌》《采薇歌》《虞歌》《饭牛歌》《大隧赋》及《八阕》等,均似赋体诗。又如《舜帝歌》《皋陶赓载歌》《暇豫歌》《接舆歌》《龙欲上天》及逸诗《虽有丝麻》等,均系比体诗。

再如《卿云歌》《八伯歌》《涂山歌》《鹳鸹歌》等,均似兴体诗。

关于"六诗"的排列顺序为什么是风、赋、比、兴、雅、颂,历来说法不一。现代学者中刘大杰认为是由于这几个字的发音,古代无轻唇音,这样排列,读起来顺口(刘大杰《白屋说诗》),此说理由不足。郭绍虞认为因为前四者是民歌,后二者不是民歌;"风"入乐,所以居于前,赋、比、兴只是诵,不入乐,所以居后。(《六义说考辨》)此说不确。章必功认为:"'六诗'是周代的诗歌教学纲领,这样的排列反映声、义并重的诗歌教学内容由低级到高级、由简易到复杂的发展过程。风、赋是第一阶段,比、兴是第二阶段,雅、颂是第三阶段而达到能够熟练地应用于宗庙和朝会。"此说虽亦属推测之辞,却可为一家之言。

"诗三百"编集的是周代礼仪应用的乐歌,上文举出的周以前流传的诗作,不是周代的应用乐歌,所以没有编入"诗三百"。不过,可以相信,"大师教六诗",所教之中有这些诗,如果没人教,贵族们没有学,在《尚书》《左传》《国语》等等古籍中怎么会有引用的记录呢?当然,大师教的"六诗",除了古诗,也有西周前期制作的"《周颂》""大雅"中的歌诗,也会有"《国风》"中的早期作品,为二"南"和《豳风》中的早期歌诗。《周礼》的"六诗",是大师教授国子的教材,与后来的"诗三百"有联系,却不是东周时才编定的"诗三百"。古代的郑玄、孔颖达、朱熹、严粲以及近代的章太炎,论说"六诗"与"六义"相同,这个说法是不正确的。

(二)六义

《毛诗序》说："故《诗》有六义焉，一曰风，二曰赋，三曰比，四曰兴，五曰雅，六曰颂。"孔颖达《毛诗正义·诗序疏》："赋、比、兴是诗之所用，风、雅、颂是诗之成形，用彼三事，成此三事，是故同称为义。"朱熹《语类》说："风雅颂是三经，是作诗的骨子；赋比兴是里面横串的，是三纬。"

孔颖达疏所解释的"六义"，即我们现代通行的"三体三用"说：风、雅、颂是三类诗体，赋、比、兴是三种基本的表现方法。"六义"的三体三用说，与《周官》"六诗"的本义是大不相同的，但和"诗三百"的编排体制是相合的，赋、比、兴作为艺术表现方法，与《三百篇》的基本创作方法也是相合的，从唐代以来一直通行至今。"六诗"之说，就只作参考了。

"风""雅""颂"三类诗的编制是按乐调分类的，如前文已做解释。按音乐分类与按内容分类，并无矛盾，因为乐调和内容是结合的，某一类内容只能用某种乐调，按乐调分类也相当于按内容分类。除了曾有人主张"南"另为一体；《诗经》分风、雅、颂三体，再无异议。因此，现在通行的风、雅、颂、赋、比、兴的排列，前三者为三体，后三者为三用，这样的顺序是最适宜的。

赋、比、兴作为三种基本方法，从汉初的《毛传》开始标"兴"，到朱熹《诗集传》既标"兴"，也标"赋"、标"比"，《诗经》的基本表现方法是赋、比、兴三法，也成为学术界的共识，而且成为中国诗学的传统的艺术方法，为古今诗人学习、借鉴。诗人毛泽东在与陈毅元帅谈诗的一封信中说："作诗，比兴是不能不用的，赋也可以用。"这封信公开发表后，中国的文学理论研究形成赋、比、兴研究，主要是兴的研究的热潮，对兴的研究热情至今未衰。据《二十世纪诗经研究文献目录》，20世纪研究赋、比、兴的专著计221项，绝大部分发表在70年代以后。

何谓赋、比、兴，齐、梁的文论家曾有专文探讨，以如《文心雕龙·比兴》篇最有影响，以后钟嵘、孔颖达、李仲蒙、朱熹等都有论说。朱熹的解释简明扼要，又通俗易懂：

赋者，铺陈其事而直言之。（《诗集传·葛覃》注）

比者，以彼物比此物也。（《诗集传·螽斯》注）

兴者，先言他物以引起所咏之词也。（《诗集传·关雎》注）

朱熹简明扼要的解释被普遍接受。赋，是从多方面去铺叙事物，指摹景物，状写情态，借以抒情言志，用途广泛。比，就是比喻，如《诗经》中的《鸱鸮》《鹤鸣》《硕鼠》就是比体诗，但用得更多是描写和叙述中的比喻和比拟，起到渲染事物、突出特征、显示性质、强化形象的艺术效果。兴，是发端起兴的艺术手法，可以具有衬托意境,营造气氛,借景寄情,产生情景交融的效果。据明人谢榛《四溟诗话》中的统计,《诗经》中分别用赋 720 次、用比 370 次、用兴 110 次。

当代学术界对赋、比、兴的研究日趋深入。近几年主要是对比、兴进行发生学的研究。

二、名家谈《诗经》的思想意蕴

《诗经》讲义(节选)
闻一多

山有扶苏 郑八五

山有扶苏,隰有荷华。

不见子都,乃见狂且(者)。

山有乔松,隰有游龙(茏)。

不见子充,乃见狡童。

"扶苏",大树。旧注本有作小树者,误。"乔松",亦大树。诗有时要"横看",才易了解其意义。至少在观念上有"横读"的系统。(﹡当年,无论是手写还是排印,都是竖行的。因此,现在横排的上下两章诗句,当年就是左右并列的。所谓"横看""横读",就是把两章诗句并列起来看、读。后面凡提到"横读"的,均此。)如"扶苏""乔松"以及"荷花""游龙"等均并列而读。

"游龙":水草名。又称马蓼。

这诗每章前两句是"兴":"山"象征男性,"隰"象征女性。"山":高,阳;"隰":低洼,是阴。"扶苏""乔松"是大木,"荷花""游龙"是小草;前者象征男性,后者象征女性。前者雄壮,后者漂亮。象征式的思维方法可说是中国人的特点。我们的观念总是一正一反、一阴一阳的。象征的作用就影响到我们重形式,甚者流于形式主义。《诗经》(歌谣)的"兴"体,都是象征式的诗。

《易·兑卦》:"兑"为泽,同时又为少女。《艮卦》:"艮"为山,又为少男。——这与这首诗以"山""隰"(即泽)象征男、女相同。

《左传》昭公元年引用《周易》(非今之《易经》):"女惑男,风落山","风"相当于"女";"山"相当于"男"。而《易经》:"巽"为"风",为"长女"。——"山"象征男,正与此诗相同。

这里就有意义:"山"与"隰""扶苏"与"荷花"是相配的,男女亦应结为配偶。这点意思,可说是意在言外。

"不见子都"两句,是骂男子。"子都"与"子充"都是古代之美男子,作为一般标准男子之名号。这儿说没瞧见子都、子充,却碰见你这个傻瓜。

狡童 郑八六

彼狡童兮,不与我言兮。维子之故,使我不能餐兮。

彼狡童兮,不与我食兮。维子之故,使我不能息兮。

《狡童》和《山有扶苏》都是骂的。我们把骂人的诗放在前面,因为初民社会里,最早的诗歌多是骂人的。童谣多挖苦麻子与癞痢。一向说诗是"温柔敦厚"的,其实刚好相反。最早的诗都是骂人的,是"刺"诗。《诗经》里《国风》的"风",实有"讽"之意义在内。不应该有的现象而有,于是大家都敢于骂了。最早的诗是骂人的诗,正好证明当时的社会是比较健全的。只有大家都同流合污,于是不骂了。我们今天要争某一合理状态之存在,还得要敢于骂。后世讲"温柔敦厚",不骂,或委婉地骂,这都是退化的。

诗有所谓"变风""正风"。人们认为,骂人的诗都是"变风",而"温柔敦厚"、歌功颂德的是"正风"。我们以为刚好相反。

"使我不能息兮":"息"是象征,不做"安息"解,而作"寝息"解。

"维子之故":"之","是"也;"故",动词。"维子之故"即"维子是故",正与"维你是问"一样,是加重语气的说法。"故",是"要好"的意思,"维(唯)你是故"就等于"维(唯)你是好",是"好你"的加重说法,等丁"It is you I Iove"。"故"如是假借字则假借为"姻"。《声类》:"姻嫪,恋惜不能去也"。"姻"有坚固的意思,二人感情很好,关系密切,都有坚固之意。——在这一篇里,"故"无以上解释之绝对必要,也可解作"唯因你的缘故"。但在别的篇章里,不能解作"唯因你的缘故",只能解作"维子是故"。同样的一句话,当然不能有两种不同的解释。

要发现问题,可用翻译法求之。因要翻译,意义非确定不可。这就知哪里成问题了。读《诗经》亦可应用此法以考验之。

将仲子郑七六

将仲子兮，无瑜我里，无折我树杞。岂敢爱之？畏我父母。仲可怀也，父母之言，亦可畏也。

将仲子兮，无瑜我墙，无折我树桑。岂敢爱之？畏我诸兄。仲可怀也，诸兄之言，亦可畏也。

将仲子兮，无瑜我园，无折我树檀。岂敢爱之？畏人之多言。仲可怀也，人之多言，亦可畏也。

"将仲子"："将"读"昌"，训"请""愿"。"子"乃男子之美称、尊称。"仲"："伯仲叔季"之"仲"。

"墙"：园之墙。"里"：二十五家为一里，每里周围有围墙，以墙为界，以别于别的里。"无瑜我里"，即"无瑜我墙"，因墙即里墙，而墙内又是园，故"里""墙""园"一也。

古音"桑"与"杞""檀"相押韵。

在内，父母诸兄可畏；在外，人之多言又可畏。

——自《东门之僤》或《大车》起，都表示女子被压迫的地位与畏怯。从这种口气，可知这种诗是女子所作。旧注家不注意及诗作者之问题。《诗经》中，诗都是集体创作。我们不能找出个别之作家，但可找出是哪一类人作的，可找出作者群。如是，即明其社会地位，从而对于诗有较深的了解。

晨风秦一三二

鴥（鴋）彼晨（鹍）风，郁彼北林。未见君子，忧心钦钦。如何如何！忘我实多！

山有苞栎，隰有六（蓼）駮。未见君子，比心靡乐（疗）。如何如何！忘我实多！

山有苞棣，隰有树檖。未见君子，忧心如醉。如何如何！忘我实多！

这诗是男女间的情诗。旧注家总是要歪曲为君臣或别的关系的。

《诗经》多是情诗，但汉以来却硬说是说及君臣之间或朋友之间关系的。结果，后人本于《诗经》，写给朋友的诗都如此写了。这就成了虚伪的模式。

从"鴥彼晨风"可证明，我们说是情诗，这是对的。"晨风"：鸟名。《毛传》说，晨风，鹍也。鹍鹰属，鸷鸟。还说开头这两句是"赋"，实景。其实不然。《诗经》中很少风景之描写,这其实是"兴"。"晨风"也不是鹯。六朝人的书《毛诗异问》:"晨风",今之鹞。鹞亦鹰属。但《尔雅》说,雉之一种曰"鹞",五彩者也。可见雉亦称鹞。古代之名物往往会异物同名,如《尔雅》就说,"天鸡"可作鸟名,又可作虫名。《说文》:"翰,天鸡赤羽也。逸《周书》曰:'文翰若翚'。雉一名鶾风,周成王时蜀人献之。"由是,可知鹞是雉,又称翰。许慎所引之诗往往是《鲁诗》,可见许慎这儿是用《鲁诗》,《鲁诗》与《齐诗》较相近。《易林》(《易》纬书,占卦用,仿《诗经》体写卦辞,常用《诗经》典。观其用典之不同,可见他对原来诗的解释)引《小畜之革》:"晨风之(文)翰,大举就温。""晨风"与"文翰"合在一起说。又,《豫之革》:"晨风之(文)翰,随时就温。雌雄相和,不忧危殆。"《易林》代表《齐诗》,《齐诗》《鲁诗》都解释"晨风"为雉类。《诗经》中讲到雉,都是象征男女,雉是雌雄常在一起的,永远相随不相分。古诗因之以象征男女之情。——知"晨风"为雉,则可证明这两句是"兴",由是可以证明此诗乃情诗。

　　然而,问题还不止此。"鴥",《毛传》训速飞貌。这固然可以说得通,不过《诗经》里"×彼××"之句子,"彼"之前的一个字往往是形容词(如"炜彼小星")。如是,则"鴥"也不应该例外。如是,则"鴥"也不应训作副词之疾飞貌,而应亦为形容词,形容的是静态。《韩诗》此句作"鹬彼晨风"。从"矞"声符与从"穴"声符字本通用,如"眒瞲","、沕、潏"完全一样就是。"鹬",有赤色之意。《文选·魏都赋》中《刘注》:"矞,外赤内青也"(这儿是说云彩)。"鹬"其实就是翠翠鸟。《尔雅》郭璞《注》:"矞,绀色"。绀色,就是腥红色。(故橘、柑同类而色同。)《说文》说:"璚,赤玉也,重文作璃"。凡从"矞"的都有赤色意。《说文》又说,"翰",天鸡赤羽也。晨风多红色者,从此"鴥"字文可证明晨风就是雉。这样,就同下文"未见君子……"发生关系了。

　　《风》诗是情诗。从名物训诂和字句之分析,可得具体证据。

　　"郁":郁积也,形容词。

　　"钦钦":心跳声,古音读"衾"。

　　"多":甚也。

　　"苞":丛生貌。[棣:郁李,实如李,甚赤。——据《风诗类钞》注]

　　"六駮":"六"即"蓼",长貌。"駮",赤李,较李栎为小。"山""隰"对举,象征男女。

　　"乐":疗也。言忧极,无法疗治。

　　"树檖":"树"同"竖",形容词,特立貌。"檖",即梨。

这诗每章上两句都是"兴"。

《草虫》召十四

喓喓草虫,趯趯阜螽。未见君子,忧心忡忡。亦既见止,亦既觏(媾)止,我心则降。

陟彼南山,言采其蕨。未见君子,忧心惙惙。亦既见止,亦既觏止,我心则说。

陟彼南山,言采其薇。未见君子,我心悲伤。亦既见止,亦既觏止,我心则夷。

"草虫"与"阜螽"为同一物,"虫"与"螽"音亦近。"阜",大也。阜螽,煌虫属。"喓喓"是草虫鸣声,"趯趯"是其跳跃貌。"喓喓……趯趯……"两句是"兴"。这篇以阜螽形容女子多子孙。蝗虫生殖力大,故往往以之形容女子。古时重女子多子。这是女子自以螽比,等于说自己是顶好的女子,也就包含有求爱意。

《匏有苦叶》邶三四

匏有苦(枯)叶,济有深涉。深则厉,浅则揭。

有瀰济盈,有鹭雉鸣。济盈不濡轨,雉鸣求其牡。

雝雝鸣雁,旭日始旦。士如归妻,迨冰未泮(胖)。

招招舟子,人涉卬否,人涉卬否,卬须我友。

这是订婚女子等待丈夫回来结婚的诗。

"苦叶":苦,假借为"枯"。古时"草头"与"木旁"常常不分。

"匏":葫芦。

"济":指济水,源于豫,流入鲁。

"涉":名词,渡口也,后称"津"。"深涉":渡口水深也。古代船少,人常会因水深过不去。古代农村生活自给自足,不能过涉也就算了,往往等水浅了,找浅水处涉渡。这诗是在秋天唱的。秋天葫芦叶枯,葫芦也老了,不过水亦深。"匏",古人在渡水时得背着空葫芦,以之作为浮水具。这种佩葫芦之风,至今犹存。这诗该说"济有深涉,匏有苦叶",虽水深,但你有老葫芦可保险。

"深则厉,浅则揭":这句是接"匏有苦叶"来的。"厉",是厉葫芦,"揭"也是揭葫芦。"厉"训"带",动词;"揭"即"背",背负也。水深就用得着葫芦,故佩戴在腰上;浅则不用匏,可以背负在肩上。——这是说男子要过河来与作诗之女子见面,本来是没有任何困难的。

《小雅·都人士》:"垂带而厉","厉":《毛传》:"带之垂者也"。故《史记》中《汉高铭》:"黄河为带,太山为厉",厉,垂带也。"厉"本指"厉石"(磨刀石),是常带于身上的。后来即以带在身上而下垂之物称"厉"。《左传》桓公二年:"肇厉游婴"杜预《注》:"'厉',大带之垂下者"。王褒《九怀》(《株昭》):"鈆(铅)刀厉(带)御,顿弃太阿","厉",佩带也,动词。

《毛传》也说到渡水时水到带上曰"厉"。可见也知"带"与"厉"有关。但毛公以为是水至人身之程度的名称。"揭",《毛传》作水到膝。但这种解释不合。"有渟":即"渟渟",满也。"鷕":鸟鸣声。

"濡轨":意即水不太深。(车之正面图)车轨古宽狭有定,故道之宽狭亦有定,二者互相配合。普通一般轨之长短,二友国者相等,则二国能交通。如二国交恶,则道改窄,使邻车不能行进。但轨不止有长短之关系,又有高低之关系。车至水中,如水不盈轨,则水不到车厢中,车可渡。古代车相当高,可水陆两用。

"雉鸣求其牡":作诗之女子以雉自喻。诗中多以雉比男女。

"雝雝鸣雁,旭日始旦":雁鸣于秋日,"旦",天亮时。

"迨冰未泮":古人婚姻季节如何?有谓春秋两季者,有云冬者。"泮",有二相反之意:一、合也;二、分也。"迨",乘(趁)也。乘冰未合,则是秋天,仍未到严冬。旧注皆训"泮"为"分"。冰未分,则是春未至。但冬天水浅,济不会深涉,所以理应解"泮"为"合"。把《诗》中、《春秋》中讲及求爱、婚期的分析一下,知多数是讲在春天结婚的。但《氓之蚩蚩》:"秋以为期",明白指出秋。只有《北风其凉》一诗指冬天,但这诗不能定其是否指亲迎。这首《匏有苦叶》是明讲秋的。婚期于何时,有其道理。最早由于感应关系,《白虎通》(汉)以阴阳五行来解释婚期,主春,古书上多明白说是春季。初民以感应魔术之观点来定婚期,丁农事刚开始时举行婚礼,人与植物同时长,同时忙。二者配合一起。故《周礼》:"终春之月,令合男女。"《郑笺》说:"顺天时也。"秋天亦有一部分东西下种,故秋天农忙时结婚,亦顺天时之观念。不过,这是顺天时与尊人事兼顾:秋比春闲,故改为秋天结婚。《管子》就说,春秋二季结婚。及战国农业发达,则改为冬季结婚,以免妨碍农事。战国末期,书皆如此记载。所以我们应把农业社会之演化与婚期之变迁打成一片来研究,才有意义。"招招":摇也。为舟子荡桨姿态。"卬":我也。女子第一人称,与"央""阳"

同义。人涉而我却不渡,我是等我友。舟子问她是否要渡河,她说,不(这一问答诗中略去)。她要等友。

——这诗近唐人后的古诗,平铺直叙,散的,与以前往复沓踏之歌谣体不同。而且,这诗又是特殊的、个人的,慢慢变成近代的诗之形式了。

蒹葭 秦一二九

蒹葭苍苍,白露为霜。所谓伊人,在水一方。溯洄从(趴)之,道阻且长,溯游(流)从之,宛在水中央。

蒹葭萋萋,白露未晞。所谓伊人,在水之湄。溯洄从之,道阻且跻。溯游从之,宛在水中坻。

蒹葭采采,白露未已。所谓伊人,在水之涘。溯洄从之,道阻且右。溯游从之,宛在水中沚。

此诗是后人认为最富于抒情味之诗,最富诗意。

近代(六朝以下)的诗,渐渐做到不要讲解的地步;讲解则破坏其意味。只可意会,不可言传,到了语言最精炼的地步(如陶渊明"结庐在人境"等诗,就已经如此)。唐人以下的诗,在文法上就更不能讲,要越是在文法上讲不通,才算好。陶诗不必讲而可以讲,但李贺、李商隐等人就从字面上不能讲,而其诗好。但后来流弊至讲不通,而且无好诗。李长吉、李义山牺牲文字而有好诗,后人则只有牺牲而无代价。诗之"不必甚解",乃起于相当晚的时期。至于《诗经》中的诗,却是"可求甚解"的。而且,还"必得求甚解"。但后人往往已养成以"不求甚解"之态度去读《诗经》中之诗,多少好诗遭到埋没呵!

《蒹葭》一诗可用"不求甚解"的态度去领略,但要求"甚解",实不易。

"洄""游"(洄、流):旧注均不满人意。

"游""流"通用(如"上游""上流")。 旧注

以"溯""游"同为动词。"游":泅水也。逆流泅水过去,"溯游从之也"。"溯",逆也。逆水洄流即"溯洄"。"溯游"指人之动作。"溯洄"指水之状态。这是旧注说法,但这不通。

我们以为,"游":直流也;"洄":迴流也。《尔雅·释水》:"溁辟,流川(通流)

过辩,洄川(旋流)"(上注乃郭璞注):流、洄对举,可能《尔雅》根据的就是作"流"而非"游"的诗文。

"溯":在陆地逆流往上游走,亦称"溯"。

"道阻且长":"阻",为水所阻也。

"洄""游":皆指水流状态。

"苍苍""萋萋""采采":同义,同指蒹葭鲜明的颜色,皆言草颜色青苍,三字一声之转。

"晞":干。"已":完。"为霜":如霜。

"伊人":"伊",其也,第三人称。"伊人"者,"那人"也。这个解释在别的古书上少见,普通古书"伊"多作"他的"解。

"一方":彼方。

"道阻且长""道阻且跻""道阻且右":"跻",高也。"右",周也,而周即曲也,故"右"即"曲"。

"宛在水中央":"宛",蕴藏也,"宛""蕴"古通用。凡藏者则看不大清楚,隐隐若若。"音容宛在",言人虽死而音容仿佛仍在也。

"蒹葭":芦苇。

"水中坻""水中沚":"坻""沚",水中岛也。

"从之":"从",踪跡也,追踪。"踪",动词,训追。"踪"是主动的追,而"从"是被动的跟。这里应是主动的追。

"水之湄""水之涘":湄、涘,边也,水之边。

东门之池 陈一三九

东门之池,可以沤麻。彼美叔姬,可与晤歌。

东门之池,可以沤纻(苎)。彼美叔姬,可与晤语。

东门之池,可以沤菅,彼美叔姬,可与晤言。

"池":城池之池。古城外必有护城河。护城河就是"池"。

"麻""纻""菅":皆一类,纤维牢固。(菅即茅,可作绳索及屦)

"彼美叔姬":周朝姓姬,与姜姓世通婚。"姬""姜"常代表美女子。"叔"即"淑",小也,犹今"小姐"之意。"叔姬"即"姬小姐"。

"晤歌""晤语""晤言":"歌"乃"言"之一种方式,皆表达感情者。"晤",对也。

静女邶四二

静女其姝,俟我于城隅。爱而不见,搔首踟蹰。

静女其娈,贻我彤管(菅)。彤管有炜,说(悦)怿女(汝)美。

自牧归(馈)荑,洵美且异。匪女(汝)之为美,美人之贻。

“静女”:“静”作“动静”之“静”,恐是后日经学家耍的手法。以“静”为女子之美德,《诗经》时代似不如此。从“青”字得声的许多字,常训为“小”。《广雅释诂》二:“精,小也。”《说文》:“靖,一曰细貌。”《山海经·大荒东经》:“有小人国曰靖人”,《硕人》,《释文》引《王肃注》:“蜻蜻,如蝉而小。”《吕览·精喻》篇《注》:“蜻蜓,小虫,细腰四翅。”《汉书·东方朔传》

氓卫五八

氓之蚩蚩,抱布贸丝,匪来贸丝,来即我谋。送子涉淇,至于顿丘。匪我愆期,子无良媒。将子无怒,秋以为期。

乘彼垝垣,以望复关。不见复关,泣涕涟涟。既见复关,载笑载言。尔卜尔筮,体无咎言。以尔车来,以我贿迁。

桑之未落,其叶沃若。于嗟鸠兮,无食桑葚。于嗟女兮,无与士耽(酖)。士之耽兮,犹可说也。女之耽兮,不可说也。

桑之落矣,其黄而陨(殒)。自我徂尔,三岁食贫。淇水汤汤,渐(幨)车帷裳。女也不爽,士贰其行。士也罔极,二三其德。

三岁为妇,靡室劳矣,夙兴夜寐,靡有朝矣。言既遂矣,至于暴矣。兄弟不知,咥其笑矣。静言思之,躬自悼矣。

及尔偕老,老使我怨。淇则有岸,隰(湿)则有泮。总角之宴,言笑晏晏(暖暖),信誓旦旦。不思其反。反是不思,亦已焉哉!

“氓之蚩蚩”:“氓”,城外居住之农夫曰氓,居城里曰民。古代往往有许多逃亡到外地之人,城里无其地位,只能在城外空地居住,曰“氓”。因为是从外地流来的,故曰“流氓”。不管他是否有罪,总是跑来的,因此官家算他是不规矩的,无社会地位。这渐渐才演变成今日之“流氓”之义。读文艺作品,要取其多义,而不要拘定其某一义。“蚩蚩”:一、笑也;二、戏也,嬉也,嬉皮笑脸;三、痴也,装傻样子;四、《说文》："蚩"（音骋），"蚩"、蚩对转。"蚩"，虫曳行也，即虫慢慢地爬行。"蚩""蚩"二字实为一字，但后因声音变了，故变成另一个减少了一横的"蚩"字。"施"与"蚩"古不同部，声音相去远，但形体有关，因为"也"与"它"近似，而"它"就是"虫" Ǫ（回），"也""它""虫"是一个字。"蚩"从"虫"；"施"从"也"，"施施"慢行貌；又，"扁扁"（翩翩），喜悦之貌（《孟子·离娄》篇下："施施从外来。"汉人赵歧注："施施，尤扁扁，喜悦之貌。"《训诂》又说："翩翩"，从容慢行貌。）"慢行"就是"虫曳行"貌。——因此，"蚩蚩"就是：慢吞吞地、翩然地、笑嘻嘻地，走过来。

这里的"氓"，是"抱布贸丝"的。贸丝的则是行商，是"流"的。从"氓"，旧说认为可有更深的意义：这诗除同情女子外，恐怕还尤重教训之意义，责备女子喜找外来的商人（农始是本，商是末），同他结婚，此诗实寓警戒之意。《诗序》就说，《氓》刺时，骂女子活该。而且，又有排外意，外来的人，总是要不得的。

"抱布贸丝"："货币"之"币"从"巾"，"币"就是"布"。这里，"布"是"货币"的意思呢？还是以物易物之实物"布"的意思呢？不清楚。"贸"，换也。

"来即我谋"："即"，就也。"谋"，打我的主意也。

"送子涉淇，至于顿丘"："淇"，水名；"顿丘"，地名。

"匪我愆期，子无良媒。将子无怒，秋以为期"："愆"，误也；不是我故意耽误结婚之期，而是你无良媒。"将子无怒"："将"读"锵"，愿也。

"乘彼垝（音鬼）垣，以望复关"："垝"，旧注训为"毁"。但是，不必如此解释。"垝"就是"垣"，故"垝垣"也就是"垣"。《尔雅·释宫》："垝，谓之城墙，谓之墀。"其实"垝""坫""墙""墉"同为一物："垣"（墙）也。《管子·霸形》篇："水深灭垝"，《幼官》篇："诡（垝）禁不修，不过六日而窃盗者起。"总之，这句是说：爬上墙头来望复关。"复关"，旧注说是"氓"所居之地方。但我们有新的意见："关"，可能是"关卡"之"关"。《周礼》分明记载有"施关者"，古书（《左传》）也常说"关市之集"，商人经关卡要纳税。《韩非》说，宋人儿说（辩者）说"白马非马"。稷下之辩者一天乘白马而过关，则要纳"白马之赋"。可见古有关卡，过要纳税。关上有垝垣，不然就不成其为关。可见这儿的"垝垣"与"关"有关，乃于城门设有关。"复"可能是假借字，如报关，纳了税，就能过关进城。在城墙上看"氓"把交涉办好了，就高兴地与他立时言笑起来，因为他能进来了。不然，则哭，因为他进不来了。来了而进不了城，那当然急坏人。

"尔卜尔筮，体无咎言。以尔车来，以我贿迁"：卜以龟，筮以策。"体"，本指龟的体,龟壳片中钻洞,以火炙之,其背面就裂。观其裂缝(体)而定吉凶。"贿",货也,财货。你以车来,驾走我的财货。

"其叶沃若":言其叶新鲜时发之光泽盘如水泡然。今说"漂亮","漂"也是水漂子。《考工记》言丝之颜色:"丝欲沈。"《郑注》:"沈,言丝于水中色。"可见,意思一样。温庭筠:"枣叶光如湿",亦如此。

"于嗟鸠兮,无食桑葚":传说桑葚多吃会醉。古以桑葚造酒。这里以人之主观经验来测鸟,以为鸟多吃了也会醉。以鸟比女人,引出下句。

"无与士耽":"耽",沉醉之"沈(沉)"也,二者皆从"尤"得声。"沈"指沉醉于酒。言女毋与男纵酒(纵酒喻恋爱)。

"士之耽兮,尤可说也":"说",假借为"脱",故读"脱"。"脱",解脱也,就是醒。言女子不要与男子恋爱。男子有时会醒过来的,而女子则一往情深,不会醒,如喝酒然,一醉到底。——其实,女子所以如此多情,是因为经济不独立,所以不能薄情。女子 can not affort to be,因为生活成问题,但男子则反是。男性中心社会中,总是夸奖女子多情,奖励节烈。

"其黄而陨":"陨"自来训"落"。但这不大好讲,且上句已说桑落了。我们以为"陨"乃"熉"之假借。"熉"就是"燻",火烧到焦黄。熉=燻正如勳=勋一样。《汉书·礼乐志》载《郊祀歌》:"珠熉黄","熉黄"就是"焦黄"。"珠"非珍珠之谓,乃小之玉石,所谓"珠玑"也。后因珍珠形小如珠玑,故亦称之为"珠"。既是玉石,则可熉黄。《乐府·长歌行》:"长恐秋节至,焜黄华叶衰":"焜""熉"音近,意思亦差不多。陨=燻=熉,完全指其颜色而言。

"自我徂尔":"徂",往也。"三岁食贫":吃了三年苦,三年是虚数,言其多也。古书上"三""九"多是虚指。

"淇水汤汤":"汤"读"商"。"汤汤"即"荡荡",波涛貌。

"渐车帷裳":"渐",旧注言水打湿车帷裳也。但这不对。古代车子是可以走到水中的。古代船不多,造船是相当精巧的技术。《诗经》时代,贵族才有棹舟;普通人用独木舟,相当危险,而且也载不了多少人和物。因此,用船时少。北方水往往较浅,只要把车子造得高点,水浅处可渡,但水如能把车之帷裳弄湿,则水相当深,坐车就危险了。水泡到帷裳,也就到了车中,故"渐"不能如旧注所释。——易顺鼎(清末民初之才子,湖南人,号哭厂,字实甫,工诗,不研究经学,但往往谈及经学有极好见解)说:渐车,襜(裧),亦即幨也。

乃车子上面的帐幔：。"帷裳"就是把"幨"延长，有幨不必有帷裳，但有帷裳必有幨。"渐车"就是"幨车"。《竹竿》篇："淇水悠悠，桧楫松舟"，与这里"淇水汤汤，渐车帷裳"句法相同。旧注说这两句话是当初女子嫁过去渡淇水时情形，是乘幨车且有帷裳者。

"女也不爽"："不爽"，不变也。"士贰其行"："贰"就是"变"（"一"是"不变"）。

"士也罔极"："极"，常也。"罔极"，无常也。"二三其德"：变其爱也。德就是爱，恩惠（恩德）。

"三岁为妇"："三"亦虚数。

"靡室劳矣"："靡"，累积也。家中劳苦积得很多，不断地劳苦。

"靡有朝矣"：日子积累得多，言常过夙兴夜寐之生活，不是一夕一朝之事。

"言既遂矣，至于暴矣"："言"，诺言也，誓言也。诺言已实现（遂，成也）了。在"言遂"之前，则温情；今言已遂，则暴。

"兄弟不知，咥其笑矣"：女子说，如己之兄弟知其言遂即暴，就会笑她。"咥"，戏也。一定是她家中反对她与外来之氓结婚。

"静言思之，躬自悼矣"：自己静下来想想，只好自怨自艾。

"及尔偕老，老使我怨"：结婚时你说要与我白头偕老。但今天已偕老了，却使我自怨受罪。

"淇则有岸，隰则有泮"："岸""泮"同一物，坡也。"淇"，乃水名。"隰"，清蔡启盛云，"隰"应为"湿"，读为"沓"，"沓"乃水名。又，"湿"可写作"㴞"（音"累"），作为水名时读为"沓"。我们见一碑，上"显考"，作"㬎考"。又，汉碑《郙阁颂》："湿"作"㴞"。郑羲碑："隰"作"隰"。后齐宋显昌造像"顯"作"显"。平常"叠"可作"疊"，可见"田""日"可随便写。　如作"湿"，水名，则与"淇"对，在修辞上更整齐。但关系最大的还是意义上，以河道和水作性象征（Sex symbolism）。淇水有岸，以范围水，使水不泛滥。河有河床（岸），则水不应该往旁流。"岸""泮"，指河岸，乃女子自喻。而在河床中流之水，则象征男性。因此，"淇""隰"指男子。"淇""隰"都在河床里流，因此你也应守着我，不应爱旁人。如《江有汜》可与此相印证："江有汜，之子归，不我以。不我以，其后有悔。""汜"，江之支流。江有支流，则江水往别处流。那个人回来，却不爱我，而爱旁人，正如江水流入汜。这里，"岸"

"泮"表示己身份。这样,则比喻意思很清楚了。在近代诗歌中,如东川情歌:"如个砚台有水,好个娘儿有郎"。又一东川民歌:"送郎看见一条河,河边一个回水沱。江水亦有回头意,情哥切勿丢了那(奴)"。"沱",汉也,即汜。(沱,它,他,音相近。他、它,义、音一样。)《诗经》的"江有沱"就是此意义。梅县情歌:"江水大里(了)河岸奔,阿妹走里(了)何处跟。妹子走里(了)无处跟,早看日头夜看星。"《谷风》:"泾以渭浊,湜湜其沚,宴尔新婚,不我屑以",与此处比喻同其意义。

"总角之卯":"总角",年轻时之渭也。古人男未冠,女未笄时,头发分两束,曰总角。说年轻时同在一起玩,快乐得很,而且发誓也很诚恳,激动。"旦旦"即"怛怛"也,悲痛、诚恳,感动人也。

"不思其反":不思从前那些日子。

——这诗当时流传,是同情被压迫之女子。但是后来就被孔教统治者强奸了,说是用以惩戒女子者,变成站在男子之立场说话了,说氓无错,而千错万错在女子。从《诗序》《毛传》达整个封建时代都如此。我们现在才翻案,以为诗人用情在女子方面。其实,整个《诗经》里旧注都是站在统治者男子方面,把原诗意思都歪曲了。

诗部类说

傅斯年

《诗经》的部类凡三:一曰风,二曰雅,三曰颂。更分之则四:一曰《国风》,二曰小雅,三曰大雅,四曰《三颂》。此样之分别部居至迟在汉初已如是,所谓"四始"之论,即是凭借这个分部法而生的,无此分别即无"四始"说,是很显然的。然四始之说究竟古到什么时候呢? 现在见到的《毛诗》四始说在诗序中,其说曰:

是以一国之事,系一人之本,谓之风。言天下之事,形四方之风,谓之雅。雅者,政也,言王政之所由废兴也。政有大小,故有小雅焉,有大雅焉。颂者,美盛德之形容以其成功告于神明者也。是谓四始,诗之至也。这一说不是释四始,而是释四部之名义,显是后起的。今所见最早之四始说在《史记·孔子世家》:古者诗三千余篇。及至孔子,去其重,取可施于礼义,上采契后稷,中述殷周之盛,至幽、厉之缺,始于衽席。故曰:"《关雎》之乱以为风始,《鹿鸣》为小雅始,《文王》为大雅始,《清庙》为颂始。"三百五篇孔子皆弦歌之,以求合韶武雅颂之音。礼乐自此可得而述,以备王道。成六艺。

此则四始之本说,非如《毛序》之窃义。据此说,知所谓四始者,乃将一部《诗经》三百余篇解释为一个整齐的系统。原始要终，一若《吕子》之有十二纪，《说文》之始一终亥者然。且与删诗之义，歌乐之用，皆有关系。作此说者，盖以为其终始如此谨严者，正是孔子有心之编制，为礼义，为弦歌，势所必然。

现在如可证明诗之部类本不为四，则四始之说必非古义，而为战国末年说诗者受当时思想系统化之影响而创作者。现在依风、雅、颂之次序解释之。

风

所谓"风"一个名词起来甚后。这是宋人的旧说，现在用证据充实之。《左传·襄二十九》，吴季札观周乐于鲁，所歌诗之次序与今本"《三百篇》"大同。其文曰："为之歌周南、召南……为之歌邶、鄘、卫……为之歌王……为之歌郑……为之歌齐……为之歌豳……为之歌秦……为之歌魏……为之歌唐……为之歌陈……自桧而下……为之歌小雅……为之歌大雅……为之歌颂。"此一次序与今见毛本（熹平石经本，距今已见残石推断，在此点上当亦不异于毛本）不合者，《周南》《召南》不分为二。《邶》《鄘》《卫》不分为三，此等处皆可见后代《诗经》本子之腐化。《周南》《召南》古皆并举，从无单举者，而《邶》《鄘》《卫》之不可分亦不待言。又襄二十九之次序中，《豳》《秦》二风提在《魏》《唐》之前，此虽似无多关系，然《雅》《颂》之外，《陈》《桧》《曹》诸国既在后，似《诗》之次序置大部类于前，小国于后者；如此，则《豳》《秦》在前，或较今见之次序为胜。最可注意者，即此一段记载中并无风字。《左传》一书引《诗》喻《诗》者数百处，风之一词，仅见于隐三年周郑交质一节中，其词曰："《风》有《采蘩》《采蘋》，《雅》有《行苇》《泂》《酌》。"此一段君子曰之文辞，全是空文敷衍，准以刘申叔分解之例，此当是后人增益的空话。除此以外，以《左传》《国语》两部大书，竟无《国风》之风字出现，而雅颂两名词是屡见的，岂非风之一词成立本在后呢？《论语》又给我们同样的一个印象，《雅》《颂》是并举的，《周南》《召南》是并举的，说到"关雎之乱"，而并不曾说到"风之始"，风之一名词绝不曾出现过的。即《诗三百》之本文，也给我们同样的 一个印象，《小雅·鼓钟》篇，"以雅以南"，明是雅南为同列之名，非《风》《雅》为同列之名。《大雅·崧高》篇所谓"吉甫作诵……其风肆好"者，风非所谓《国风》之义。孟子、荀子，儒家之正宗，其引《诗》亦绝不提及风字。然则风之一词之为后起之义，更无可疑。其始但是《周南》《召南》一堆，《邶》《鄘》《卫》一堆，《王》一堆，《郑》一堆……此皆对《小雅》《大雅》一堆而为平等者，虽大如，其类一也。非《国风》分为如许部类，实如许部类本各自为别，更无风之一词以统之。必探《诗》之始，此乃《诗》之原始容貌。

　　然则风之一词本义怎样，演变怎样，现在可得而疏证之。风者，本泛指歌词而言，入战国成一种诡辞之称，至汉初乃演化为枚马之体。现在分几段叙说这个流变。

　　一、"风""讽"乃一字，此类隶书上加偏旁的字每是汉儒所做的，本是一件通例，而"风""讽"二字原为一字尤可证：

　　《毛诗·序》："所以风。"《经典释文》："如字。徐，福凤反，今不用。"按，福凤反即讽（去声）之音。又"风，风也。"《释文》："并如字。徐，上如字，下福凤反。崔灵恩集注本，下即作讽字。刘氏云：动物曰风，托音曰'讽'，崔云：'用风感物则谓之讽。'"《左氏·昭五年》注："以此讽。"《释文》："本亦作风。"又风读若讽者，《汉书集注》中例甚多，《经籍籑诂》辑出者如下：《食货志》下；《艺文志》；《燕王怿传》；《齐悼惠王肥传》；《灌婴传》；《娄敬传》，《梁孝王武传》；《卫青传》；《霍去病传》；《司马相如传》三见；《卜式传》；《严助传》；《王褒传》；《贾捐之传》；《朱云传》；《常惠传》；《鲍宣传》；《韦元成传》；《赵广汉传》三见；《冯野王传》；《孔光传》；《朱博传》；《阿武传》；《扬雄传》上，二见；《扬雄传》下，三见；《董贤传》；《匈奴传》上，三见；《匈奴传》下，二见；《西南夷传》二见；《南粤王传》；《西域传》上；《元后传》二见；《王莽传》上，二见；《王莽传》下；《叙传》上；《叙传》下，二见；又《后汉书·崔琦传》注亦同。按由此风为名词，讽（福凤反）为动词，其义则一。

　　二、风乃诗歌之泛称。

　　《诗·大雅》："吉甫作诵，其诗孔硕，其风肆好。"又《小雅》："或湛乐饮酒，或惨惨畏咎。或出入风议，或靡事不为。"郑笺以为"风犹放也"，未安，当谓出入歌诵，然后上与湛乐饮酒相配，下与靡事不为相反。《春秋繁露》："'文王受命，有此成功。既伐于崇，作邑于丰'，乐之风也。"（《文王受命》在《大雅》）《论衡》："'风'乎雩，风歌也。"按，如此解《论语》"浴乎沂，风乎舞雩，咏而归"，然后可通。何晏注，风凉也，揆之情理，浴后晒于高台之上，岂是孔子所能赞许的？

　　据上引《诗》之辞为风；诵之则曰讽（动词），泛指诗歌，非但谓十五国。又以风名诗歌，西洋亦有成例如 Aria，意大利语谓风，今在德语曰 Arie，在法语曰 Air，皆用为一种歌曲之名。以风名诗，固人情之常也。

　　三、战国时一种之诡词承风之名。

　　《史记·滑稽列传》：威王大悦，置酒后宫，召髡，赐之酒。问曰："先生能饮几何而醉？"对曰："臣饮一斗亦醉，一石亦醉。"威王曰："先生饮一斗而醉，恶能饮一石哉？其说可得闻乎？"髡曰："赐酒大王之前，执法在傍，御史在后，髡恐惧俯状而饮，不过一斗径醉矣。若亲有严客，髡带韝鞠跽，侍酒于前，时赐馀沥，奉觞上寿数起，饮不过二斗径醉矣。若朋友交游，久不相见，卒然相睹，欢然道故，私情相语，饮可五六斗，径醉矣。若乃州闾之会，男女杂坐，行酒稽留，六博投壶，相引为曹，握手无罚，目眙不禁，前有堕珥，后有遗簪，髡窃乐此，饮可八斗，而醉二参。日暮酒阑，合尊促生，男女同席，履舄交错，杯盘狼藉，堂上烛灭，主人留髡而送客。罗襦襟解，微闻芗泽，当此之时，髡心最欢，能饮一石。故曰：酒极则乱，乐极则悲，万事尽然，言不可极，极之而衰，以讽谏焉。"

此虽史公录原文，非复全章，然所录者尽是整语，又含韵词，此类文章，自诗体来，而是一种散文韵文之混合体，断然可知也。此处之讽乃名调，照前例应为风字。"以风谏焉"，犹云以诗（一种之诡词）谏焉，此可为战国时一种诡词承风之名之确证。至于求知这样的诡词之风是什么，还有些材料在《战国策》及《史记》中。《战

邹忌

国策》八记邹忌与城北徐公比美事，《史记》四十六记邹忌字以鼓琴说齐威王事，皆是此类文章之碎块遗留者。又《史记》七十四所记之淳于髡，正是说这样话的人，驺忌、淳于髡便是这样"出入风议"的人，他们的话便是这样诡词，而这样的诡词号风。到这时风已不是一种单纯韵文的诗体，而是一种混合散文韵文的诡词了。《荀子·成相》诡诗尚存全章，此等风词只剩了《战国策》《史记》所约省的，约省时已经把铺陈的话变做仿佛记事的话了。然今日试与枚马赋一比，其原来体制犹可想象得之。

四、孔子已有"思无邪"与"授之以政"之诗论，孟子更把《诗》与《春秋》合为一个政治哲学系统，而同时上文所举之诡词一体，本是篇篇有寓意以当谏诤之用者。战国汉初，儒者见到这样的诡词之"风"，承袭儒家之政治伦理哲学，自然更要把刺诗的观念在解诗中大发达之，于是而"周道缺，诗人本之衽席，《关雎》作，仁义凌

迟，《鹿鸣》刺焉"，于是而"'《三百篇》'当谏书"。《国语》云"瞽献曲，史献语"。一种的辞令，每含一种的寓意，如欧洲所谓 Moral 者，由来必远，然周汉之间，"诗三百"之解释，至于那样子政治化者，恐也由于那时候的诡词既以风名，且又实是寓意之辞，儒者以今度古，以为《诗经》之作，本如诡诗。而孟子至三家之诗学，乃发展得很自然矣。

五、由这看来，讽字之与风字，纵分写为二，亦不过一动一名，原始本无后人所谓"含讥带讽"之义，此义是因缘引申之义，而附加者。

六、我疑"论""议"等词最初亦皆是一种诡诗或诡文之体，其后乃变为长篇之散文。《庄子·齐物论》："六和之外，圣人存而不论，六合之内，圣人论而不议，春秋经世，先王之志，圣人议而不辨。"此处之论，谓理；议，谓谊；辨谓比。犹云六合外事，圣人存而不疏通之，六合内事，圣人疏通而不是非之，春秋有是非矣，而不当有词，以成偏言。这些都不是指文体之名称而言者，然此处虽存指文体，此若干名之源，也许是诡诗变为韵文者。《九辩》之文还存在，而以辩名之文，《大辩》外尚有非者。至于论之称，在战国中期，田骈作《十二论》，今其《齐物》一篇犹在《庄子》，在战国晚年，荀卿、吕不韦皆著论（见《史记》）。然此是后起之义，《论语》以论名，皆语之提要钩玄处。《晋书·束晳传》："太康二年……盗发魏安釐王冢，得竹书数十车……《论语·师春》一篇，《书》《左传》诸卜筮，师春似是造书者姓名也。"《左传》诸卜筮本是一时流行，至少在三晋流行之《周易》，师为官，春为名，当即传书之人。《左传》卜筮皆韵文诡诗，或者这是论一词之最古用处吗？议一字见于《诗经》者，"或出入风议"，应是指出入歌咏而言，如此方对下文"靡事不为"。又《郑语》："姜，伯夷之后也，嬴，伯翳之后也。伯夷能礼于神，以佐尧者也。伯翳能议百物，以佐舜者也。"韦昭解，"百物草木鸟兽，议使各得其宜"，此真不通之解。上句谓伯夷能礼，下句当谓伯翳能乐，作诡诗以形容百物，而陈义理，如今见《荀子·赋篇》等。

约上文言：春秋时诡诗一种之名，入战国变成散文一种之体。现在且立此假设，以待后来之证实或证虚。

七、枚马赋体之由来。汉初年赋绝非一类，《汉志》分为四家，恐犹未足尽其辨别。此等赋体渊源有自，战国时各种杂诗之体，今存其名称者尚不少，此处不及比次而详论之，姑谈枚乘、司马相如赋体之由来。枚赋今存者，只《七发》为长篇，而司马之赋，以《子虚》为盛（《上林》实在《子虚》中，为人割裂出来），此等赋之体制可分为下列数事：

（一）铺张侈辞。

（二）并非诗体，只是散文，其中每有叶韵之句而已。

（三）总有一个寓意（Moral），无论陈设得如何侈靡，总要最后归于正道，与淳于髡饮酒、邹忌不如徐公美之辞，全然一样。

我们若是拿这样赋体和楚辞较，全然不是一类，和宋玉赋较，词多同者，而体绝不同，若和齐人讽词较，则直接之统绪立见。枚、马之赋，固全是战国风气，取词由宋玉赋之一线，定体由讽词之一线，与屈赋毫不相干者也。淳于髡诸骀子之风必有些很有趣者，惜乎现在只能见两篇的大概。

因风及讽，说了如许多，似去题太远。然求明了风一词非《诗三百》中之原有部类之名，似不得不原始要终，以解风字，于是愈说愈远矣。

雅

汉魏儒家释雅字今可见者几皆以为"雅者正也"（参看《经籍籑诂》所辑）。然雅字本谊经王伯申之考定而得其确诂。《荀子·荣辱篇》云："譬之越人安越，楚人安楚，君子安雅。"《读书杂志》云："引之曰：雅读为夏，夏谓中国也，故与楚越对文。"《儒效篇》："居楚而楚，居越而越，居夏而夏"，是其证。古者夏雅二字互通，故左辽齐大夫子雅，《韩子·外储说》右篇作子夏。杨注云："正而有美德谓之雅，则与上二句不对矣。"斯年按，《荀子》中尚有可以佐此说之材料，《王制篇》云："声则凡非雅声者举废。"又云："使夷狄邪音不敢乱雅。"此皆足说明雅者中国之音之谓；所谓正者，纵有其义，亦是引申。执此以比《论语》所谓"子所雅言，诗书执礼皆雅言也"。尤觉阮元之说，以雅言为官话，《尔雅》为言之近官话者，正平可易。且以字形考之，雅、夏二字之本字可借古文为证。三体石经未出现风雅之雅字，然《说文·雅（"雅"同"雅"，下同）下》云，"古文以为诗大雅字"，然则《三体》《石经》之古文雅字必作雅甚明。《三体》《石经》《春秋》中夏字之古文作是，从日从雅，是夏字之一体，正从雅声，加以日者，明其非为时序之字，准以形声字之通例，是之音训正当于雅字中求之也。

雅既为夏，夏既为中国，然则《诗经》之《大雅》《小雅》皆是周王朝及其士民之时，与夏何涉？此情形乍看似可怪，详思之乃当然者。一、成周（洛邑）、宗周（镐京）本皆有夏地，夏代区域以所谓河东者为本土，南涉河及于洛水，西涉河及于渭水，故东西对称则曰夷夏，南北对称，则曰夏楚，春秋末季之秦公敲云："省事蛮夏。"无异谓秦先公周旋于楚晋之间，而《左传》称陈蔡卫诸国曰东夏（说详拙著《民族与古代中国史》）。然则夏本西土之宗，两周之京邑正在其中。二、周人自以为承夏之统者,在《诗》则曰:"我求懿德,肆于时夏","无此疆尔界,陈常于时夏"。在《书》则曰:"惟乃丕显考文王,克明德慎罚,不敢侮鳏寡,庸庸祗祗,威威显民,用肇造我区夏"[说详拙著《新获卜辞写本后记》,跋见《安阳发掘报告》第二期三八四一五页(文中印刷错误极多)]。然则周室王朝之诗,自地理的及文化的统系言之,固宜曰夏声,朝代虽有废兴,而方域之名称不改,犹之《诗经》中邶鄘本非周之侯封,桧魏亦皆故国之名号,时移世异,音乐之源流依故国而不改。音乐本以地理为例,自古及今皆然者,《诗》之有《大雅》《小雅》正犹其有《周南》《召南》。所谓"以雅以南",可如此观,此外无他胜谊也。

颂

颂之训为容,其诗为舞诗,阮元说至不可易。详拙著《周颂说》,今不复述。

如上所解,则全部《诗经》之部类皆以地理为别,虽《颂》为舞诗,《雅》证王朝之政,亦皆以方土国家为部类者。有一现象颇不可忽略者,即除《周诗》以外,一国无两种之诗。鲁宋有《颂》,乃无《风》,其实鲁之必有《颂》外之诗,盖无可疑。即就《周诗》论,幽王异地,雅南异统,雅为夏声,乃中国之音,南为南方,乃南国之诗。当时江淮上之周人殖民地中两种音乐并用,故可曰"以雅以南"。今试为此四名各作一界说如下:

《大雅》《小雅》　夏声

《周南》《召南》　南音(南之意义详《周颂》说)

王国　东周之民歌

豳诗　周本土人戍东方者之诗(说见后)

所谓四方之音

在后来所谓《国风》之杂乱一大堆中,颇有几个地理的头绪可寻。《吕氏春秋·音初》篇为四方之音各造一段半神话的来源,这样神话固不可当作信史看,然其分别四方之音,可据之以见战国时犹深知各方之声音异派。且此地所论四方恰和所谓《国风》中系统有若干符合,现在引《吕子》本文,加以比核。

甲,南音

禹行功,见涂山之女,禹未之遇,而巡省南土。涂山氏之女,乃令其妾候禹于涂山之阳,女乃作歌,歌曰:"候人兮猗。"实始作为南音。周公及召公取风焉,以为"周南召南。"以"候人兮"起兴之诗,今不见于二《南》,然战国末人,必犹及知二《南》为南方之音,与北风对峙,才可有这样的南音原始说。二《南》之为南音,许是由南国俗乐所出，周殖民于南国者不免用了他们的俗乐，也许战国时南方各音由二《南》一流之声乐出，《吕览》乃由当时情事推得反转了，但这话是无法证明的。

乙，北音

有娥氏有二佚女，为之九成之台，饮食必以鼓。帝令燕往视之，鸣若谧谧，二女爱而争搏之，覆以玉筐，少选，发而视之，燕遗二卵，北飞，遂不返。二女作歌，一终曰："燕燕往飞。"实始作为北音。

以燕燕于飞（即燕燕往飞）起兴之诗，今犹在《邶》《鄘》《卫》中（凡以一调起兴为新词者，新词与旧调应同在一声范围之中，否则势不可歌。起兴为诗，当即填词之初步，特填词法严，起兴自由耳）。是诗之《邶》《鄘》《卫》为北音。又《说苑·修文篇》"纣为北鄙之声，其亡也忽焉"，《卫》正是故殷朝歌。至于《邶》《鄘》所在，说者不一。

丙，西音

周昭王亲将征荆，辛馀靡长且多力，为王右。还反涉汉，梁败，王及蔡公据汉中，辛馀靡振土北济，又反振蔡公。周公乃候之西翟，实为长公（周公旦如何可及昭王时，此后人半神话）殷整甲徙宅西河，犹思故处，实始作为西音。长公继是音以处西山，秦缪公取风焉，实始作为秦音。

然则《秦风》即是西音，不知李斯所谓"击瓮叩缶，弹筝搏髀"者，即《秦风》之乐否？《唐风》在文词上看来和《秦风》近，和郑王陈卫迥异，或也在西音范围之内。

丁，东音

夏后氏孔甲田于东阳萯山，天大风，晦盲，孔甲迷惑，入于民室。主人方乳，或曰："后来，是良日也，之子是必大吉。"或曰："不胜者，之子是必有殃。"乃取其子以归曰："以为余字，谁敢殃之？"子长成人，幕动坼橑斫斩其足，遂为守门者。孔甲曰："呜呼，有疾，命矣夫！乃作为破斧之歌，实始为东音。"

今以破斧起兴论周公之诗在《豳风》。疑《豳风》为周公向东殖民以后，鲁之统治阶级用周旧词，采奄方土乐之诗（此说已在《周颂说》中论及）。

从上文看，那些神话固不可靠，然可见邶南豳秦方土不同，音声亦异，战国人固知其为异源。

戊，郑声

《论语》言放郑声，可见当时郑声流行的势力。李斯《上秦王书》："郑卫桑间……异国之乐也，今弃击缶而就郑卫。"不知郑是由卫出否？秦始皇时郑声势力尚如此大，刘季称帝，"朔风变于楚"，上好下甚，或者郑声由此而微。至于哀帝之放郑声,恐怕已经不是战国的郑声了。

己,其他

齐人好宗教(看《汉书·郊祀志》),作侈言(看《史记·孟子驺子列传》),能论政(看《管晏》诸书),"泱泱乎大国",且齐以重乐名。然诗风所存齐诗不多,若干情诗以外,即是桓姜事者,恐此不足代表齐诗。

周南 召南

《周南》《召南》都是南国的诗,并没有岐周的诗。南国者,自河而南,至于江汉之域,在西周下一半文化非常的高,周室在那里建设了好多国。在周邦之内者曰周南,在周畿外之诸侯统于方伯者曰召南。南国称召,以召伯虎之故。召伯虎是厉王时方伯,共和行政时之大臣,庇护宣王而立之之人,曾有一番轰轰烈烈的功业,"日辟国百里"。这一带地方虽是周室殖民地,但以地方富庶之故,又当西周声教最盛时,竟成了文化中心点,宗周的诸侯,每在南国受封邑。其地的人文很优美,直到后来为荆蛮残灭之后,还保存些有学有文的风气。孔子称"南人有言",又在陈蔡楚一带地遇到些有思想而悲观的人,《中庸》上亦记载"宽柔以教,不报无道,南方之强也,而君子居之"。这些南国负荷宗周时代文化之最高点,本来那时候崤函以西的周疆是不及崤函以东大的(宣王时周室还很盛,然渭北已是猃狁出没地,而渭南的人,与散地为邻者当不远于镐京,已称王了。不知在汉中有没有疆土,在巴蜀当然是没有的。若关东则北有河东,南涉江汉,南北达两千余里)。我们尤感觉南国在西周晚年最繁盛,南国的一部本是诸夏之域,新民族(周)到了旧文化区域(诸夏)之膏沃千里中(河南江北淮西汉东),更缘边启些新土宇(如大、小《雅》所记拓土南服),自然发生一种卓异的文化,所以其地士大夫家庭生活,"鼓钟钦钦,鼓瑟鼓琴,笙磬同音,以雅以南,以籥不僭"。《周南》《召南》是这一带的诗,《大雅》《小雅》也是这一带的诗,至少也是由这一带传出,其较上层之诗为雅,其较下层之诗称南。南国盛于西周之末,故雅南之诗多数属于夷厉宣幽,南国为荆楚剪灭于鲁桓庄之世,故雅南之诗不少一部分属于东周之始。已是周室丧乱后"哀以思"之音。

二《南》有和其他《国风》绝然不同的一点:二《南》文采不艳,而颇涉礼乐:男女情诗多有节制(《野有死麕》一篇除外),所谓"发乎情,止乎礼义"者,只在二《南》里适用,其他《国风》全与体乐无涉(《定之方中》除外)。只是些感情的动荡,一往无节制的。

《周南》《召南》是一题,不应分为两事,犹之乎《邶》《鄘》《卫》之不可分,《左传》襄二十九,吴季札观周乐于鲁,"为之歌周南召南"固是不分的。

诗的阶级

以地望之别成乐系之不同，以乐系之不同，成《诗三百》之分类，既如上所说，此外还有类分《诗三百》的标准吗？曰应该尚有几种标准，只是参证的材料遗留到现在的太少了，我们无从说确切的话。然有一事可指出者，即颂、大雅、小雅、二南，其他《国风》，各类中在施用的场所上颇有一种不整齐的差异。《大雅》一小部分似《颂》，《小雅》一小部分似《大雅》，《国风》一小部分似《小雅》。取其大体而论，则《风》《小雅》《大雅》《颂》各别；核其篇章而观，则《风》（特别是二《南》）与《小雅》有出入，《小雅》与《大雅》有出入。《大雅》与《周颂》有出入，而二《南》与《大雅》，或《小雅》与《周颂》，则全无出入矣。此正所谓"连环式的分配"，图之如下：

今试以所用之处为标，可得下列之图，但此意仅就大体言，其详未必尽合也。

宗庙	朝廷	大夫士	民间
			邶以下国风
		周南	召　南
	小	雅	
大	雅		
周　颂			
鲁　颂			
商　颂			

［注］邶鄘卫以下之《国风》中，只《定之方中》一篇类似《小雅》，其余皆是民间歌词，与礼乐无涉（王柏剟诗即将《定之方中》置于《雅》，以类别论，固可如此观，然不知《雅》乃周室南国之雅，非与《邶风》相配者）。

故略其不齐，综其大体，我们可说《风》为民间之乐章，《小雅》为周室大夫士阶级之乐章，《大雅》为朝廷之乐章，《颂》为宗庙之乐章。

诗篇之次序

今见"诗三百"之次序是绝不可靠的，依四始之义，这次序应该是不可移的，至少首尾如此。但这是后来的系统哲学将一总集化成一个终始五德论的办法，是不近情理的。不过传经者既以诗之次序为不可移，乃有无数的错误，即如《大雅》内时代可指的若干诗中，因有一篇幽王时的诗在前，乃不得不将以后的诗都算在幽王身上了。这个毛病自宋人起已看出来，不待多所辨证，现在但论《大雅》中几篇时代的错误。

《大雅》的时代有个强固的内证。吉甫是和仲山甫、申伯、甫侯同时的，这可以

《崧高》《烝民》为证。《崧高》是吉甫作来美申伯的,其卒章曰:"吉甫作颂,其诗孔硕。其风肆好,以赠申伯。"《烝民》是吉甫作来美仲山甫的,其卒章曰:"吉甫作诵,穆如清风。仲山甫永怀,以慰其心。"而仲山甫是何时人,则《烝民》中又说得清楚:"四牡彭彭,八鸾锵锵。王命仲山甫,城彼东方。四牧骙骙,八鸾喈喈。仲山甫徂齐,式遄其归。"《史记·齐世家》:"盖太公之卒百有余年(按,年应作岁,传说谓太公卒时百有余岁也),子丁公吕伋立。丁公卒,子乙公得立。乙公卒,子癸公慈母立。癸公卒,子哀公不辰立(按哀公以前齐侯谥用殷制,则《檀弓》五世反葬于周之说,未可信也)。哀公时纪侯潜之周,周烹哀公而立其弟静,是为胡公。胡公徙都薄姑,而当周夷王之时。哀公之同母少弟山,怨胡公,乃与其党,率营丘人袭杀胡公而自立,是为献公。献公元年,尽逐胡公子,因徙薄姑都治临菑。九年,献公卒,子武公寿立。武公九年周厉王出奔于彘,十年王室乱,大臣行政,号曰共和。二十四年周宣王初立。二十六年武公卒,子厉公无忌立。厉公暴虐,故胡公子复入齐,齐人欲立之,乃与攻杀厉公,胡公子亦战死。齐人乃立厉公子赤为君,是为文公,而诛杀厉公者七十人。"按,厉王立三十余年,然后出奔彘,次年为共和元年。献公九年,加武公九年为十八年,则献公九年乃在厉王之世,而胡公徙都薄姑在夷王时,或厉王之初,未尝不合。周立胡公,胡公徙都薄姑,则仲山甫徂齐以城东方,当在此时,即为此事。至献公徙临菑,乃杀周所立之胡公,周末必更转为之城临菑,《毛传》以"城彼东方"为"去薄姑而迁于临菑",实不如以为徙都薄姑。然此两事亦甚近,不在夷王时,即在厉王之初,此外齐无迁都事,即不能更以他事当仲山甫之城齐。这样看来,仲山甫为厉王时人,彰彰明显。《国语》记鲁武公以括与戏见宣王,王立戏,仲山甫谏。懿公戏之立,在宣王十三年,王立戏为鲁嗣必在其前,是仲山甫犹及宣王初年为老臣也(仲山甫又谏宣王料民,今本《国语》未纪年)。仲山甫为何时人既明,与仲山甫同参朝列的吉甫、申伯之时代亦明,而这一类当时称颂之诗,亦当在夷王厉王时矣。这一类时全不是追记,就文义及作用上可以断言。《烝民》一诗是送仲山甫之齐行,故曰:"仲山甫徂齐,式遄其归。吉甫作诵,穆如清风。仲山甫永怀,以慰其心。"这真是我们及见之最早赠答诗了。

吉甫和仲山甫同时,吉甫又和申伯同时,申伯又和甫侯一时并称,又和召伯虎同受王命(皆见《崧高》),则这一些诗上及厉,下及宣,这一些人大约都是共和行政之大臣。即穆公虎在彘之乱曾藏宣王于其宫,以其子代死,时代更显然了。所以《江汉》一篇,可在厉代,可当宣世,其中之王,可为厉王,可为宣王。厉王曾把楚之王号去了,则南征北伐。城齐城朔,薄伐猃狁,淮夷来辅,固无不可属之厉王,厉王反而是败绩于姜氏之戎,又丧南国之人。

大、小《雅》中那些耀武扬威的诗,有些可在宣时,有些定在厉时,有些或者在夷王时的。既如此明显,何以《毛序》一律加在宣王身上?曰,这都由于太把《诗》之流传次序看重了:把前面伤时的归之厉王,后面伤时的归之幽王,中间一段耀武扬威的归之宣王。不知厉王时王室虽乱,周势不衰,今所见《诗》之次序是绝不可全依的,即如《小雅·正月》中言"赫赫宗周,褒姒灭之",《十月》中言"周宗既灭",此两诗在篇次中颇前,于是一部《小雅》,多半变作刺幽王的,把一切歌乐的诗,祝福之词,都当作了刺幽王的。照例古书每被人移前些,而大、小《雅》的一部被人移后了些,这都由于误以诗之次序为全合时代的次序。

《大雅》始于《文王》,终于《瞻卬》《召旻》。《瞻卬》是言幽王之乱,《召旻》是言疆土日蹙,而思召公开辟南服之盛,这两篇的时代是显然的。这一类的诗不能是追记的。至于《文王》《大明》《绵》《思齐》《皇矣》《下武》《文王有声》《生民》《公刘》若干篇,有些显然是追记的。有些虽不显然是追记,然和《周颂》中不用韵的一部之文辞比较一下,便知《大雅》中这些篇章必甚后于《周颂》中那些篇章。如《大武》《清庙》诸篇能上及成康,则《大雅》这些诗至早也要到西周中季。《大雅》中已称商为大商,且云"殷之未丧师,克配上帝",全不是《周颂》中遵养时晦(即兼弱取昧义)的话,乃和平的与诸夏共生趣了。又周母来自殷商,殷士裸祭于周。俱引以为荣,则与殷之敌意已全不见,至《荡》之一篇,实是说来鉴戒自己的,末一句已自说明了。

《大雅》不始于西周初年,却终于西周初亡之世,多数是西周下一半的篇章。孟子说"王者之迹熄而《诗》亡,《诗》亡然后《春秋》作",这话如把《国风》算过去,是不合的,然若但就《大雅》《小雅》论,此正所谓王者之迹者,却实在不错。《大雅》结束在平王时,其中有平王的诗,而《春秋》始终鲁隐之元年,正平王之四十九年也。

谈谈《诗径》

胡适

《诗经》在中国文学上的位置,谁也知道。它是世界最古的有价值的文学的一部,这是全世界公认的。

《诗经》有十三国的《国风》,只没有楚风。在表面上看来,湖北这个地方在《诗经》里似乎不能占一个位置。但近来一般学者的主张,《诗经》里面有楚风的,不过没有把它叫作楚风,叫它做《周南》《召南》罢了。所以我们可以说:《周南》《召南》

就是《诗经》里面的楚风。

我们说《周南》《召南》就是楚风,这有什么证据呢? 这是有证据的。我们试看看《周南》《召南》,就可以找着许多提及江水汉水汝水的地方。像"汉之广矣""江之永矣""遵波汝坟"这类的句子,想大家都是记得的。汉水江水汝水流域不是后来所谓"楚"的疆域吗? 所以我们可以说《周南》《召南》大半是《诗经》里面的楚风了。

《诗经》既有楚风,我们在这里谈《诗经》也就是欣赏"本地风光"。

我觉得用新的科学方法来研究古代的东西,确能得着很有趣味的效果。一字的古音一字的古义,都应该拿正当的方法去研究的。在今日研究古书,方法最要紧;同样的方法可以收同样的效果。我今天讲《诗经》也是贡献一点我个人研究古书的方法。在我未讲研究《诗经》的方法以前,先讲讲对于《诗经》的几个基本的概念。

(1)《诗经》不是一部经典。从前的人把这部《诗经》都看得非常神圣,说它是一部经典,我们现在要打破这个观念;假如这个观念不能打破,《诗经》简直可以不研究了。因为《诗经》并不是一部圣经,确实是一部古代歌谣的总集,可以做社会史的材料,可以做政治史的材料,可以做文化史的材料。万不可说它是一部神圣经典。

(2)孔子并没有删诗,"诗三百篇"本是一个成语。从前的人都说孔子删诗,说孔子把《诗经》删去十分之九,只留下十分之一。照这样看起来,原有的诗应该是三千首。这个话是不对的。唐朝的孔颖达也说孔子的删诗是一件不可靠的事体。假如原有三千首诗,真的删去了二千七百首,那在《左传》及其他的古书里面所引的诗应该有许多是三百篇以外的,但是古书里面所引的诗不是三百篇以内的虽说有几首,却少得非常,因此我们可以相信前人说孔子删了十分之九的《诗经》是不可相信的了。

(3)《诗经》不是一个时代辑成的。《诗经》里面的诗是慢慢地收集起来,成现在这么样的一本集子。最古的是《周颂》,次古的是《大雅》,再迟一点是《小雅》,最迟的就是《商颂》《鲁颂》《国风》了。《大雅》《小雅》大半是后来的文人做的,有几首并有作者的真名;《大雅》收集在前,《小雅》收集在后。《国风》是各地散传的歌谣,由古人收集起来的。这些歌谣产生的时候大概很古,但收集的时候却很晚了。我们研究《诗经》里面的文法和内容,可以说《诗经》里面包含的时期约在六七百年的上下。所以我们应该知道,《诗经》不是哪一个人辑的,也不是哪一个人做的。

（4）《诗经》的解释。《诗经》到了汉朝，真变成了一部经典。《诗经》里面描写的那些男女恋爱的事体，在那般道学先生看起来，似乎不大雅观，于是对于这些自然的有生命的文学不得不另加种种附会的解释。所以汉朝的齐鲁韩三家对于《诗经》都加上许多的附会讲得非常的神秘。明是一首男女的恋歌，他们故意说是歌颂谁、讽刺谁的。《诗经》到了这个时代简直变成了一部神圣的经典了。这种事情中外大概都是相同的，像那本《旧约全书》的里面，也含有许多的诗歌和男女恋爱的故事，但在欧洲中古时代也曾被教会的学者加上许多迂腐穿凿的解说也变成了一部宗教经典。后起的《毛诗》对于《诗经》的解释又把从前的都推翻了，另找了一些历史上的——《左传》里面的事情——证据，来做一种新的解释。他研究《诗经》的见解比齐鲁韩三家确实是要高明一点，所以他的结果比他们也要充满一点。我们现在读的《毛诗》就是他的。照这样看起来，《诗经》的解释在历史上有许多的变迁，并且都是进步的了。到了东汉，郑康成读诗的见解比毛公又要高明。所以到了唐朝，大凡研究《诗经》的人都是拿《毛传》《郑笺》做底子。到了宋朝，出了郑樵和朱子，他们研究《诗经》，又打破毛公的附会，由他们自己做解释。他们这种态度，比唐朝又不同一点，另外成了一种宋代的体裁。清朝讲学的人都是崇拜汉学，反对宋学的，他们对于考据训诂是有特别的研究，但是没有什么特殊的见解。他们以为宋学是不及汉学的，因为汉在一千七八百年以前，宋只在七八百年以前。殊不知汉人的思想比宋人的确要迂腐的多呢！但在那个时候研究《诗经》的人，确实出了几个比汉宋都要高明的，如著《诗经通论》的姚际恒，著《读风偶识》的崔述，著《诗经原始》的方玉润，他们都大胆地推翻汉宋的腐旧的见解，研究《诗经》里面的字句和内容。照这样看起来，二千年来《诗经》的研究确实是一代比一代进步的了。《诗经》的研究，虽说是进步的，但是都不彻底，大半是推翻这部，附会那部，推翻那部，附会这部。我看对于《诗经》的研究想要彻底的改革，恐怕还在我们呢！我们应该拿起我们的新的眼光，好的方法，多的材料，夫大胆地细心研究；我相信我们研究的效果比前人又可圆满一点了。这是我们应取的态度，也是我们应尽的责任。

上面把我对于《诗经》的概念说了一个大概，现在要谈到《诗经》具体的研究。研究《诗经》大约不外下面这两条路：

（第一）训诂　用小心的精密的科学的方法，来做一种新的训诂功夫，对于《诗经》的文字和文法上都重新下注解。

（第二）解题　大胆地推翻二千年来积下来的附会的见解；完全用社会学的，历史的文学的眼光重新给每一首诗下个解释。所以我们研究《诗经》，关于一句一字，都要用小心的科学的方法去研究关于一首诗的用意,要大胆地推翻前人的附会,自己有一种新的见解。

现在让我先讲了方法,再来讲到训诂罢。

清朝的学者最注意训诂,如戴震、胡承珙、陈奂、马瑞辰等等,凡他们关于《诗经》的训诂著作,我们都应该看的。戴震有两个高足弟子,一是金坛段玉裁,一是高邮王念孙及其子引之,都有很重要的著作,可为我们参考的。如段注《说文解字》,念孙所作《读书杂志》《广雅疏证》等;尤其是引之所做的《经义述闻》《经传释词》,对于《诗经》更有很深的见解,方法亦比较要算周密得多。

前人研究《诗经》都不讲文法,说来说去,终得不着一个切实而明了的解释,并且越讲越把本义搅得昏昧了。清代的学者对于文法就晓得用比较式来研究。

如"终风且暴",前人注是——终风,终日风也。但清代王念孙父子把"终风且暴"来比较"终温且惠"就可知这样解是不通了。有了这一个方法,自然我们无论碰到何种困难地方,只要把它归纳比较起来就一目了然了。

《诗经》中常用的"言"字是很难解的。汉人解作"我"字,自是不通的。王念孙父子知道"言"字是语词,却也说不出它的文法作用来。我也曾有应用这个比较归纳的方法,把《诗经》中含有"言"字的句子抄集起来,便知"言"字究竟是如何的用法了。

我们试看:

彤弓弨兮,受言藏之。

驾言出游。

陟彼南山,言采其蕨。

这些例里,"言"字皆用在两个动词之间。"受而藏之","驾而出游",……岂不很明白清楚?(看我的"《三百篇》言字解"。)

苏东坡有一首"日日出东门"诗,上文说"步寻东城游",下文又说"驾言写我忧"。他错看了《诗经》"驾言出游这,以写我忧"的"驾言"二字,以为"驾言"只是一种语助词。所以章子厚笑他说:"前步而后驾,何其上下纷纷也!"

上面是把虚字当作代名字的。再有把地名当作动词的,如"胥"本来是一个地名。宋人解为"胥,相也",误认作"相度"的意思,这也是错了。我且举几个例来证明。《大雅·笃·公刘》一篇有"于胥斯原"一句,毛传说:"胥,相也。"郑笺说:"相此原地以居。"但我们细看此诗共分三大段写公刘经营的三个地方,三个地方的写法是一致的:

（1）于胥斯原。

（2）于京斯依。

（3）于豳斯馆。

我们比较这三句的方法，就可以明白，"胥"是一个地方的名称，假使有今日的标点符号，只要打一个"｜"儿就明白了。《绵》篇中说太王"爰及姜女，聿来胥宇"，胥就是这个地名。

还有那个"于"字在《诗经》里面更是一个很发生问题的东西。汉人也把它解错了，他们解为"于，往也"。例如《周南·桃夭》的"之子于归"，他们误解为"之子往归"。这样一解，已经牵强多了，但还可以解得过去；若把它和别的句子比较起来解释，如《周南·葛覃》的"黄鸟于飞"解为"黄鸟往飞"，《大雅·卷阿》的"凤凰于飞"解为"凤凰往飞"，《邶风·燕燕》的"燕燕于飞"解为"燕燕往飞"，这不是不通吗？那么，究竟要怎样解释才对呢？我可以说"于"字等于"焉"字，作"于是"解。"焉"字用在内动词的后面，作"于是"解，这是人人可懂的。但在上古文法里，这种文法是倒装的。"归焉"成了"于归"；"飞焉"成了"于飞"。"黄鸟于飞"解为"黄鸟在那儿飞"，"凤凰于飞"解为"凤凰在那儿飞""燕燕于飞"解为"燕燕在那儿飞"这样一解就可通了。

我们谁都认得"以"字。但这"以"字也有问题。如《召南·采蘩》说：

于以采蘩？于沼于沚。于以用之？公侯之事。

于以采蘩？于涧之中。于以用之？公侯之宫。

这些句法明明是上一句问，下一句答。"于以"即是"在哪儿"？"以"字等于"何"字。（这个"以"字解为"哪儿？"我的朋友杨遇夫先生有详说。）

在哪儿采蘩呢？在沼在沚。又在哪儿用呢？用在公侯之事。

在哪儿采蘩呢？在涧之中。又在哪儿用呢？用在公侯之宫。

像这样解释的时候，谁也说是通顺的了。又如《邶风·击鼓》"于以求之？于林之下"，解为"在哪儿去求呢？在林之下"。所以"于以求之"的下面，只要像今日一样地标它一个问号"？"，就一目了然了。

《诗经》中的"维"字，也很费解。这个"维"字在《诗经》里面约有两百多个。从前的人都把它解错了。我觉得这个"维"字有好几种用法。最普通的一种应作"呵，呀"的感叹词解。《老子》《道德经》也说"唯之与阿，相去几何"？可见"唯""维"本来与"阿"相近。如《召南·鹊巢》的

维鹊有巢，维鸠居之。维鹊有巢，维鸠方之。

若拿"呵"字来解释这一个"维"字,那就是"呵,鹊有巢! 呵,鸠去住了"! 此外的例,如"维此文王"即是"呵,这文王"! "维此王季"即是"呵,这王季"! 你们记得人家读祭文开首总是"维,中华民国十有四年"。"维"字应顿一顿解作"呵"字。

我希望大家对于《诗经》的文法细心地做一番精密的研究,要一字一句地把它归纳和比较起来,才能领略《诗经》里面真正的意义。清朝的学者费了不少的时间,终究得不着圆满的结果,也就是因为他们缺少文法上的知识和虚字的研究。

上面已把研究《诗经》训诂的方法约略谈过,现在要谈到《诗经》每首诗的用意如何,应怎样解释才对,便到第二条路,所谓解题了。

这一部《诗经》已经被前人闹得乌烟瘴气,莫名其妙了。诗是人的性情的自然表现,心有所感,要怎样写就怎样写,所谓"诗言志"是。《诗经·国风》多是男女感情的描写,一般经学家多把这种普遍真挚的作品勉强拿来安到什么文王武王的历史上去;一部活泼泼的文学因为他们这种牵强的解释,便把它的真意完全失掉,这是很可痛惜的! 譬如《郑风》二十一篇,有四分之三是爱情诗,《毛诗》却认郑风与男女问题有关的诗只有五六篇,如《鸡鸣》《野有蔓草》等。说来倒是我的同乡朱子高明多了,他已认《郑风》多是男女相悦淫奔的诗,但他亦多荒谬。《关雎》明明是男性思恋女性不得的诗,他却胡说八道,在《诗集传》里说什么"文王生有圣德,又得圣女姒氏以为之配",把这首情感真挚的诗解得僵直不成样了。

好多人说《关雎》是新婚诗亦不对。《关雎》完全是一首求爱诗,他求之不得,便寤寐思服,辗转反侧,这是描写他的相思苦情;他用了一种种勾引女子的手段,友以琴瑟,乐以钟鼓,这完全是初民时代的社会风俗,并没有什么稀奇。意大利、西班牙有几个地方至今男子在女子的窗下弹琴唱歌,取欢于女子。至今中国的苗民还保存这种风俗。

《野有死麕》的诗也同样是男子勾引女子的诗。初民社会的女子多欢喜男子有能力打野兽,故第一章:"野有死麕,白茅包之",写出男子打死野麕,包以献女子的情形。"有女怀春,吉士诱之",便写出他的用意了。此系求婚献野兽的风俗,至今有许多地方的蛮族还保存着。

"嘒彼小星"一诗,是写妓女生活的最古记载。我们试看《老残游记》,可见黄河流域的妓女送铺盖上店陪客人的情形。再看原文:

嘒彼小星,三五在东。肃肃宵征,夙夜在公。实命不同!

嘒彼小星,维参与昴。肃肃宵征,抱衾与裯。实命不犹!

我们看她抱衾裯以宵征,就可知道她为的何事了。

《芣苢》诗没有多深的意思，是一首民歌，描写一群女子，当着光天丽日之下，在旷野中采芣苢，一边采，一边唱。看原文：

采采芣苢，薄言采之。采采芣苢，薄言有之。

采采芣苢，薄言掇之。采采芣苢，薄言将之。

采采芣苢，薄言袺之。采采芣苢，薄言襭之。

这诗，是一个新婚女子出来的时候叫男子暂候，看看她自己装饰好了没有？显出了一种很艳丽细腻的情景。原文：

俟我于着乎而？充耳以素乎而？尚之以琼华乎而？

俟我于堂乎而？充耳以黄乎而？尚之以琼英乎而？

我们试曼声读这些诗，是何等情景？唐代朱庆馀《上张水部》有一首，妙有这种情致。诗云：

洞房昨夜停红烛，

待晓堂前拜舅姑。

妆罢低声问夫婿：

"画眉深浅入时无"？

你们想想，这两篇诗的情景是不是很相像的？

总而言之，你要懂得《诗经》的文字和文法，必须要用归纳比较的方法。你要懂得三百篇中每一首的题旨，必须撇开一切《毛传》《郑笺》《朱注》等等，自己去细细涵咏原文。但你必须多备一些参考比较的材料：你必须多研究民俗学、社会学、文学、史学。你的比较材料越多，你就会觉得《诗经》越有趣味了。

顾颉刚编著，《古史辨》三，上海古籍出版社，1982年

钱钟书（1910~1998），字默存，号槐聚，江苏无锡人，中国近现代著名作家、文学研究家。本文选自《管锥编·毛诗正义六十则》，不仅通过传统的训诂方法澄清了许多《诗经》学史上的公案，更在大量文献梳理与互证的基础上，集合各种学科知识，结合古今中外与之相关的名著做对比研究，得出了许多精碎而独到的结论，很多地方不禁让人拍手称快。

国学经典文库

诗经

·名家谈《诗经》·

图文珍藏版

《毛诗正义》十一则

钱钟书

燕燕

"瞻望勿及,伫立以泣"。按宋许顗《彦周诗话》论此二句云:"真可以泣鬼神矣,张子野长短句云:'眼力不如人,远上溪桥去';东坡与子由诗云:'登高回首坡垄隔,惟见乌帽出复没':皆远绍其意。"张先《虞美人》:"一帆秋色共云遥;眼力不知人远,上江桥。"许氏误忆,然"如"字含蓄自然,实胜"知"字,几似人病增妍、珠愁转莹。陈师道《送苏公知杭州》之"风帆目力短",即"眼力不如人远"也。去帆愈迈,望眼已穷,于是上桥眺之,因登高则视可远——此张词之意。曰"不知"则质言上桥之无济于事,徒多此举;曰"不如",则上桥尚存万一之可冀,稍延片刻之相亲。前者局外或事后之断言也,是"徒上江桥耳";后者即兴当场之悬词也,乃"且上江桥欤"。辛弃疾《鹧鸪天》:"情知已被山遮断?频倚阑干不自由";则明知不见而尚欲遥望,非张氏所谓"不知也"。唐邵谒《望行人》:"登楼恐不高,及高君已远";则虽登高而眺远不及,庶几如张氏所谓"不知"矣。张氏《南乡子》:"春水一篙残照阔,遥遥,有个多情立画桥";《一丛花令》:"嘶骑渐遥,征尘不断,何处认郎踪";盖再三摹写此境,要以许氏所标举者语最高简。梁朱超道《别席中兵》:"扁舟已入浪,孤帆渐逼天,停车对空渚,长望转依然";唐王维《齐州送祖三》:"解缆君已遥,望君犹伫立",又《观别者》:"车徒望不见,时见起行尘";宋王操《送人南归》:"去帆看已远,临水立多时"(《皇朝文鉴》卷二二、《全唐诗》误作无名氏断句);梅尧臣《依韵和子聪见寄》:"独登孤岸立,不见远帆收。及送故人尽,亦嗟归迹留"(《宛陵集》卷六);王安石《相送行》:"但闻马嘶觉已远,欲望应须上前坂;秋风忽起吹沙尘,双目空回不见人";以至明何景明《河水曲》:"君随河水去,我独立江干"(《何大复先生集》卷六);亦皆"远绍"《燕燕》者,梅、王诗曰"登"、曰"上",与张词、苏诗谋篇尤类。顾"不见"也,"唯见"也,"随去"也,说破着迹。宋左纬《送许白丞至白沙,为舟人所误,诗以寄之》:"水边人独自,沙上月黄昏"(辑本《委羽居士集》诗题无末四字,据《永乐大典》卷一四三八〇《寄》字所引补),庶几后来居上。莎士比亚剧中女角惜夫远行云:"极目送之,注视不忍释,虽眼中筋络迸裂无所惜;行人渐远浸小,纤若针矣,微若蠛蠓矣,消失于空蒙矣,已矣!回眸而啜其泣矣!"(I would have broke mine; eyestrings, crack'd them but/To look upon him, till the diminution/Of space had pointed him sharp as my needle;/Nay, followed him till had melted from/The smallness of gnat to air, and then/Have turn'd my eyes and Wept）。即"眼力不如人远"之旨。西洋诗人之笔透纸背与吾国诗人之含毫渺然，异曲而同工焉。至若行者回顾不见送者之境，则谢灵运《登临海峤初发疆中》："顾望脰未悁，汀曲舟已隐；隐汀绝望舟，鹜棹逐惊流"；谢惠连《西陵遇风》："迥塘隐舻栧，远望绝形音"；与《燕燕》等所写境，正如叶当花对也。

《彦周诗话》此节，陈舜百《读〈风〉臆补》全袭之。前引《项氏家说》讥说《诗》者多非"词人"，《朱子语类》卷八〇，亦曰："读《诗》且只将做今人做的诗看。"明万时华《〈诗经〉偶笺·序》曰："今之君子知《诗》之为经，而不知《诗》之为诗，一蔽也。"贺贻孙《〈诗〉触》、戴忠甫《读〈风〉臆评》及陈氏之书，均本此旨。诸家虽囿于学识，利钝杂陈，而足破迂儒解经窠臼。阮葵生《茶余客话》卷十一："余谓《三百篇》不必作经读，只以读古诗、乐府之法读之，真足陶冶性灵，益人风趣不少。"盖不知此正宋、明以来旧主张也。

击鼓

"死生契阔，与子成说，执子之手，与子偕老"；《传》："契阔，勤苦也"；《笺》："从军之士，与其伍约：'死也、生也，相与处勤苦之中，我与子成相说爱之思'。志在相存救也；'俱老'者，庶几俱免于难"；《正义》：王肃云："言国人室家之志，欲相与从；'生死契阔'，勤苦而不相离，相与成男女之数，相扶持俱老。"按《笺》甚迂谬，王说是也，而于"契阔"解亦未确。盖征人别室妇之词，恐战死而不能归，故次章曰："不我以归，忧心有忡"。"死生"此章溯成婚之时，同室同穴，盟言在耳。然而生离死别，道远年深，行者不保归其家，居者未必安于室，盟誓旦旦，或且如镂空画水。故末章曰："于嗟阔兮。不我活兮！于嗟洵兮，不我信兮！"《豳风·东山》末章及《易·渐》可相发明，《水浒》第八回林冲刺配沧州，临行云："生死存亡未保，娘子在家，小人心去不稳"，情境略近。黄生《义府》卷上："契'、合也，'阔'、离也'，与'死生'对言。'偕老'即偕死，此初时之'成说'；今日从军，有'阔'而已，'契'无日也，有'死'而已，'生'无日也。'洵'，信也，'信'、申也：前日之言果信，而偕老之愿则不得申也。今人通以'契阔'为隔远之意，皆承《诗》注之误。"张文虎《舒艺室随笔》卷三："王肃说《邶风·击鼓》之三章，以为从军者与其室家诀别之词；杜诗《新婚别》深得此意"。黄释"契阔"甚允；张以杜诗连类，殊具妙悟；王肃之说与黄生之诂,相得益彰。苏武《古诗》第三首:"结发为夫妻,恩爱两不疑……行役在战场,相见未有期……生当复来归,死当长相思";李商隐《行次西郊作》:"少壮尽点行,疲老守空村,生分作死誓,挥泪连秋云";均《击鼓》之"死生契阔"也。

"契阔"承"误",歧中有歧,聊为分疏,以补黄说。《宋书·刘穆之传》高祖表:"臣契阔屯泰,旋观始终",又《梁书·侯景传》齐文襄书:"先王与司徒契阔夷险……义贯终始";此合乎黄所谓正解,盖"契"与"阔"如"屯"与"泰""夷"与"险""始"与"终",分而不并,谓不论两人所遭之为祸为福,相处之为聚为散,而交谊有始有终也。《全北齐文》卷四魏收《为侯景叛移梁朝文》:"外曰臣主,内深骨肉,安危契阔,约以死生";"安""契""生"与"危""阔""死"各相当对,无一闲置偏枯,尤为黄说佳例。《晋书·齐王冏传》孙惠谏曰:"从戎于许,契阔战阵,无功可纪",《宋书·文九王传》太宗杀休仁诏:"难否之日,每同契阔",《梁书·沈约传》与徐勉书曰:"吾弱年孤苦……契阔屯遭,困于朝夕",《魏书·献文六王传》下高祖曰:"吾与汝等早罹艰苦,中逢契阔,每谓情义,随事而疏",又《自序》载魏收父子建遗敕曰:"吾生年契阔,前后三娶",《南史·恩幸传》綦母珍之上牒自论:"内外纷扰,珍之手抱至尊,口行处分,忠诚契阔,人谁不知?"《全唐文》卷三九六王焘《外台秘要方序》:"自南徂北,既僻且陋,染瘴婴痾,十有六七,死生契阔,不可问天";《旧唐书·中宗纪》:"史臣曰:'……迁于房陵,崎岖瘴疠之乡,契阔幽囚之地'";此黄所谓误解,盖或言"隔远",或言"勤苦",要皆以二字并而不分。既并而不分,复渐偏主"隔远"而恝置"勤苦";如高适《哭单父梁九少府》:"契阔多别离",即《魏书》高祖语意,以"阔"吞并"契"也。以"契"吞并"阔"者,亦复有之;如繁钦《定情诗》:"何以致契阔?绕腕双跳脱",合之上下文以臂环"致拳拳"、指环"致殷勤"、耳珠"致区区"、香囊"致和合"、佩玉"结恩情",则"契阔"乃亲密、投分之意,与"随事而疏"适反。魏、晋、南北朝,两意并用;作阔隔意用奢,沿袭至今,作契昵意用者,唐后渐稀。《三国志·魏书·公孙渊传》裴注引《魏略》载渊表言遣宿舒、孙综见孙权事:"权待舒、综,契阔委曲,君臣上下,毕欢竭情";《晋书·后妃传》上左贵嫔《杨皇后诔》:"惟帝与后,契阔在昔,比翼白屋,双飞紫阁";《全晋文》卷一〇三陆云《吊陈永长书》四:"与永曜相得,便结愿好,契阔分爱,恩同至亲","分爱"即《书》五之"情分异他";《全梁文》卷二八沈约《与约法师悼周舍书》:"法师与周,情期契阔,非止恒交";《全唐文》卷二五七苏颋《章怀太子良娣张氏神道碑》:"良娣坐华茵,驱香毂,虽委迤失于偕老,而契阔存乎与成";皆从"契"而不从"阔"。通"契"于"阔"或通"阔"于"契",同床而浸假同梦,均修辞中相吸引、相影响(attraction or influence through proximity）之例尔。曹操《短歌行》："契阔谈䜩，心念旧恩"，杜甫《奉赠王中允维》："中允声名久，如今契阔深"，并作亲近解。卢谌《答魏子悌》："恩由契阔生，义随周旋接"，亦然，句法骈枝，正类刘琨《重赠卢谌》："宣尼悲获麟，西狩涕孔丘"；沈佺期《答乔随州侃》："情为契阔生，心为别离死"，上下句意相反，而造句同卢，"契阔"解亦同卢。李善注《选》，仇兆鳌注《杜》都引毛、郑"勤苦"之解，失之远矣。胡承珙《毛诗后笺》卷三力申毛《传》，举汉、唐作勤苦解诸例；复以《韩诗》训"契阔"为"约束也"，遂谓即"絜括"，举后汉、六朝诸例，解为"不相离弃，其义亦通"。惜未闻其乡先辈黄生之说，仅见可具两解，不能提挈纲领；至谓"唐人始有以'契阔'为间别之意"，举杜句"如今契阔深"为例，则考核欠周，文理亦疏。"深"字自单承"契"字，"阔"字闲置度外，"深"可与"阔"彼此并列，不得互相形容；"契深"即"投契甚深""深相契合"，"疏阔甚深"或"情深颇阔"则不词矣。胡氏知"絜、束也"，"括、絜也"，故二文均为"约结"之义；而不知苟尽其道，《大雅·绵》："爰契我龟"，毛《传》："契、开也"，故"契阔"二文正亦可均为"间别"、分离之义耳。

谷风

《序》："刺夫妇失道也"。按此《邶风》也，《小雅·谷风》之《序》曰："刺朋友道绝"。二诗词意相肖，何须强分朋友与夫妇乎？"行道迟迟，中心有违；不远伊尔，薄送我畿"；《笺》："无恩之甚！行于道路之人，至于将别，尚舒行，其心徘徊。"按未必贴切《诗》意，而自饶情致。黄庭坚《豫章先生文集》卷二六《跋胡少汲与刘邦直诗》引胡此篇："梦魂南北昧平生，邂逅相逢意已倾……同是行人更分首，不堪风树作离声"，极称"同是"一语为"佳句"；杨万里《诚斋集》卷四《分宜逆旅逢同郡客子》："在家儿女亦心轻，行路逢人总弟兄；未问后来相忆否，其如临别不胜情。"二诗均可申郑《笺》。潘德舆《养一齐诗话》卷五："或曰：'唐宋真有分乎？'曰：'否'。胡少汲'同是行人'云云，此即唐人语矣。胡犹宋之不甚著名者也"；盖亦甚赏胡语。郑《笺》已道此情，而笔舌朴僿，遂不醒目也。

"宴尔新婚，如兄如弟"；《正义》："爱汝之新婚，恩如兄弟。"按科以后世常情，夫妇亲于兄弟，言夫妇相昵而喻之兄弟，似欲密而反疏矣。《小雅·黄鸟·正义》："《周官·大司徒》十有二教，其三曰：'联兄弟'，《注》云：'联犹合也，兄弟谓昏姻嫁娶'，是谓夫妇为'兄弟'也"；《礼记·曾子问》："女之父母死……婿使人吊，如婿之父母死，则女之家亦使人吊"，《注》："必使人吊者，未成兄弟"，《正义》："以夫妇有兄弟之义"。盖初民重"血族"（kin）之遗意也。就血胤论之，兄弟、天伦也，夫妇则人伦耳；是以友于骨肉之亲当过于刑于室家之好。新婚而"如兄如弟"，是结发而如连枝，人合而如大亲也。观《小雅·常棣》，"兄弟"之先于"妻子"，较然可识。常得志《兄弟论》云："若以骨肉远而为疏，则手足无心腹之用；判合近而为重，则衣衾为血属之亲"（《文苑英华》卷七四八；严可均收入《全隋文》卷二七，《隋书·文学传》有得志，并及此论，《全唐文》误收入卷九五三），正谓兄弟当亲于妻室。"判"即"半"，"判合"谓合两半而成整体，段玉裁《经韵楼集》卷二《夫妻胖合也》一文说此甚明。"手足""衣衾"之喻，即《续〈西厢〉升仙记》第四出法聪所云："岂不闻'夫妻如衣服'？"《三国演义》一五回刘备所云："兄弟如手足，妻子如衣服；衣服破，尚可缝，手足断，安可续？"（参观《三国志·吴书·诸葛瑾传》裴注："且备、羽相与，有若四体，股肱横亏，愤痛已深"）。元曲郑廷玉《楚昭公》第三折船小浪大，"须遣不着亲者下水"，昭公以弟为亲而妻为疏，昭公夫人亦曰："兄弟同胞共乳，一体而分，妾身乃是别姓不亲，理当下水"。《神奴儿》第一折李德仁曰："在那里别寻一个同胞兄弟，媳妇儿是墙上泥皮"（石君宝《秋胡戏妻》第二折："常言道：'媳妇是壁上泥皮'"）。皆其旨也。敦煌变文《孔子项托相问书》小儿答夫妇、父母孰亲之问曰："人之有母，如树有根，人之有妇，如车有轮，车破更造，必得其新"；虽相较者为父母而非兄弟，然车轮之喻，正与衣服、泥皮同科。莎士比亚剧中一人闻妻死耗，旁人慰之曰："故衣敝矣（old robes are worn out），世多裁缝（the tailors of the earth），可制新好者"；又一剧中夫过听谗言，遣人杀妻，妻叹曰："我乃故衣（a garment out of fashion），宜遭扯裂"（ripped）；亦谓妻如衣服耳。约翰·唐（John Donne）说教云："妻不过夫之辅佐而已，人无重其拄杖如其胫股者"（She is but Adjutorium, but a Help; and nobody values his staffe, as he does legges）；亦谓妻非手足耳。

旄丘

"叔兮伯兮，褎如充耳"；《笺》："人之耳聋，恒多笑而已。"按注与本文盖无系属，却曲体人情。盖聋者欲自掩重听，辄颔首呀口，以示入耳心通。今谚则不言聋子，而言"瞎子趁淘笑"，如赵南星《清都散客笑赞》记瞽者与众共坐，众有见而笑，瞽者亦笑，众问："何所见而笑？"瞽答："你们所笑，定然不差。"陈启源《毛诗稽古编》斥此《笺》为"康成之妄说"，正如其斥《终风》"愿言则嚏"郑《笺》（"俗人嚏，云：'人道我'"）为"穿凿之见"。就解《诗》而论，因属亡凿，然观物态、考风俗者有所取材焉。

泉水

"思须与漕,我心悠悠,驾言出游,以写我忧。"按"驾"为"或命巾车"之意。《卫风·竹竿》:"淇水悠悠,桧楫松舟,驾言出游,以写我忧";则"驾"为"或棹孤舟"也。操舟曰"驾",苏轼《前赤壁赋》:"驾一叶之扁舟",即此"驾";御车亦曰"驾",苏轼《日日出东门》:"步寻东城游……驾言写我忧",乃此"驾",故为章惇所纠,而以"尻轮神马"自解也(《东坡题跋》卷三)。

北风

"莫赤匪狐,莫黑匪乌";《传》:"狐赤乌黑,莫能别也";《正义》:"狐色皆赤,乌色皆黑,喻卫之君臣皆恶也。"按今谚所谓"天下乌鸦一般黑"。

静女

"自牧归荑,洵美且异;匪女之为美,美人之贻";《传》:"非为其徒说美色而已,美其人能遗我法则";《正义》:"言不美此女,乃美此人之遗于我者。"按谬甚。诗明言物以人重,注疏却解为物重于人,茅草重于姝女,可谓颠倒好恶者。"女"即"汝"字,犹《桧风·隰有苌楚》:"乐子之无知",或《艺文类聚》卷四三引宁戚《扣牛角歌》:"黄犊上坂且休息,吾将舍汝相齐国";或《汉书·贾谊传·服赋》:"问于子服:'余去何之?'"(师古注:"加其美称也",《文选·鵩鸟赋》作"请问于鹏兮")。呼荑、呼犊曰"汝",呼楚、呼鹏曰"子",皆后世说杜诗如孙奕《履斋示儿编》卷一。论"浊醪谁造汝"等句所谓"少陵尔汝群物"是也(参观施鸿保《读杜诗说》卷八论《废畦》:"天风吹汝寒")。卉木无知,禽犊有知而非类,却胞与而尔汝之,若可酬答,此诗人之至情洋溢,推己及他。我而多情,则视物可以如人(I-thou),体贴心印,我而薄情,则视人亦祇如物(I-it),侵耗使役而已。《魏风·硕鼠》:"三岁贯女","逝将去女";《书·汤誓》:"时日曷丧,予及女皆亡",此之称"汝",皆为怨词。盖尔汝群物,非仅出于爱昵,亦或出于憎恨。要之吾衷情沛然流出,于物沉浸沐浴之,仿佛变化其气质,而使为我等匹,爱则吾友也,憎则吾仇尔,于我有冤亲之别,而与我非族类之殊,若可晓以语言而动以情感焉。梁玉绳《瞥记》卷二考"尔汝"为贱简之称,亦为忘形亲密之称。呼人既然,呼物亦犹是也。

桑中

《桑中·序》:"刺奔也。"按吕祖谦《家塾读诗记》引"朱氏"以为诗乃淫者自作,《朱文公集》卷七。《读吕氏〈诗记〉》仍持"自状其丑"之说。后世文士如恽敬《大云山房文初稿》卷二《桑中说》,经生如胡承珙《毛诗后笺》卷四,力持异议。然于《左传》成公二年申叔跪之父巫臣所谓"桑中之喜,窃妻以逃"云云,既无词以解,遂弥缝谓诗"言情"而非"记欲",或斤斤辩非淫者自作,而如《序》所谓讽刺淫者之作。皆以为逾礼败俗,方且讳匿隐秘,"虽至不肖者,亦未必肯直告人以其人其地也"。夫自作与否,诚不可知,而亦不必辩。设身处地,借口代言,诗歌常例。貌若现身说法(Ichlyrik),实是化身宾白(Rollenlyik),篇中之"我",非必诗人自道。假曰不然,则《鸱鸮》出于口吐人言之妖鸟,而《卷耳》作于女变男形之人痫也。诗中如《玉台新咏》卷三陆云《为顾彦先赠妇》四首,一、三代夫赠,二、四代妇答;刘禹锡悼武元衡,而诗题为《代靖安佳人怨》,并有《引》言"代作"之故。词中更成惯技,毛先舒《诗辨坻》卷四论词曰:"男子多作闺人语;孙夫人妇人耳,《烛影摇红》词乃更作男相思语,亦一创也";俞正燮《癸巳存稿》卷一二论唐昭宗《菩萨蛮》结句当作"迎奴归故宫",乃托"宫人思归之词",如李后主词之"奴为出来难",均"代人称'奴'",犹《诗》云:"既见君子,我心则降",乃"代遗士之妻称'我'"。人读长短句时,了然于扑朔迷离之辨,而读《三百篇》时,浑忘有揣度拟代之法(Prosopopeia),朱熹《语类》卷八〇解道:"读《诗》且只将做今人做的诗看",而于《桑中》坚执为"淫者自状其丑",何哉?岂所谓"上阵厮杀,忘了枪法"乎:《桑中》未必淫者自作,然其语气则明为淫者自述。桑中、上宫,幽会之所也;孟姜、孟弋、孟庸,幽期之人也;"期""要""送",幽欢之颠末也。直记其事,不着议论意见,视为外遇之簿录也可,视为丑行之招供又无不可。西洋文学中善诱妇女(I' homme à femmes)之典型名荡荒(Don Juan),历计所狎,造册立表;诗文写渔色之徒,亦每言其记总账。《桑中》之"我"不啻此类角色之草创,而其诗殆如名册之缩本,恶之贯而未盈者欤。古乐府《三妇艳》乃谓三妇共事一夫,《桑中》则言一男有三外遇,于同地幽会。王嘉《拾遗记》卷一载皇娥与白帝之子游乎穷桑,"俗谓游乐之处为桑中也,《诗》中《卫风》云云,盖类此也",杜撰出典。"桑中"俗语流传,众皆知非美词。司马相如《美人赋》:"暮宿上宫,有女独处;皓体呈露,时来亲臣";沈约《忏悔文》:"淇水上宫,诚无云几,分桃断袖,亦足称多";则"上宫"亦已成淫肆之代称矣。

淇奥

《淇奥·序》:"美武公之德也";《正义》:"武公杀兄篡国,得为美者,美其逆取顺守;齐桓、晋文皆以篡弑而立,终建大功,亦其类也"。按姚范《援鹑堂笔记》卷六引《正义》此节而斥之曰："说经者当如是乎！"方东树按语："此唐儒傅会，回避太宗、建成、元吉事耳。"读书甚得间。《左传》昭公六年郑人铸刑书；《正义》娓娓百许言，论"古今之政"，"不可一日而无律"，非复经说，已成史论，亦必有为而发。

"瞻彼淇奥，绿竹猗猗"；《传》："绿，王刍也；竹，萹竹也。"按左思《三都赋·序》斥扬、马、班、张作赋，"考之果木，则生非其壤……虚而无征"，而曰："见'绿竹猗猗'，则知卫地淇奥之产"，是或不免尽信书欤？《水经注》卷九《洪水》："《诗》云：'瞻彼淇奥，绿竹猗猗。'汉武帝塞决河，斩淇园之竹木以为楗；寇恂为河内，伐竹淇川，治矢百余万，以输军资。今通望淇川，并无此物，唯王刍编草，不异毛兴。"后来如宋荦《筠廊偶笔》、陈锡璐《黄婳余话》卷三、程晋芳《勉行堂诗集》卷二三《过淇川》第一首等皆道淇奥无竹，而均不知郦道元已早言此。然则高适《自淇涉黄河途中作》之四："南登滑台上，却望河淇间，竹树夹流水，孤村对远山"，殆以古障眼，想当然耳，亦如韩愈《此日足可惜》之"甲午憩时门，临泉窥斗龙"矣（《左传》昭公十九年记"龙斗于时门之外洧渊"）。唐李匡义《资暇録》卷上谓《诗》之"猗猗"非指"笋竹"，因讥词章家用事"大误"；宋程大昌《演繁露》卷一记馆职试题赋竹，试人用"淇竹"，主者以其违注疏黜之。吴曾《能改斋漫録》卷三未见《水经注》所记，乃引《史记》以驳《缃素杂记》而申王安石《诗传》"虚而节，直而和"之解。清之经生恐世人疑《诗》语失实，博征《尔雅》《说文》《本草图经》之属，分"绿"与"竹"为二草或二菜名，非形容虚心直节之此君。特不知于《竹竿》之"籊籊竹竿，以钓于淇"，又将何说？然用心良苦，用力甚劬，过而存之斯可也。《郑风·溱洧》："维士与女，伊其相谑，赠之以芍药"；而白居易《经溱洧》云："落日驻行骑，沈吟怀古情。郑风变已尽，溱洧至今清；不见士与女，亦无芍药名。"与淇奥之竹，无独有偶。窃谓诗文风景物色，有得之当时目验者，有出于一时兴到者。出于兴到，固属凭空向壁，未宜缘木求鱼；得之目验，或因世变事迁，亦不可守株待兔。林希逸《竹溪虚斋十一稿》续集卷七《秋日凤凰台即事》有小序论李白登此台诗句"三山半落青天外，二水中分白鹭洲"云："余思翰林题诗时，台必不尔。白鹭洲问之故老，指点固尤定所；而三山则于此台望已不见，乃远落于前江之尾。若当时果尔，则诗辞不应如此模写也。谩刊正之，以俟好古者。"郎瑛《七修类稿》卷三："孟子曰：'牛山之木尝美矣'，欧阳子曰：'环滁皆山也'。余亲至二地，牛山乃一岗石小山，全无土木，恐当时亦难以养木；滁州四望无际，只西有琅玡。不知孟子、欧阳何以云然？"何绍基《东洲草堂诗钞》卷十八《王少鹤、白兰岩招集慈仁寺拜欧阳文忠公生日》第六首："野鸟溪云共往还，《醉翁》一操落人间。如何陵谷多迁变，今日环滁竟少山！"潘问奇《拜鹃堂诗集》卷二《空龄峡》:"夜静猿声听不见,古人文字恐荒唐。"丁国钧《荷香馆琐言》卷上:"王禹偁《竹楼记》言黄冈多竹,东坡黄州诗亦有'好竹连山觉笋香'句。光绪乙未,予随学使者襄校苍黄,遍游山水,未见一竹。杨惺吾丈邻苏园中以巨竹编篱,丈言黄地大小竹皆无,须渡江至武昌县乃购得。泥古不可以例今。"连类举例,聊以宽广治词章者之心胸。密尔敦诗中咏群鬼烂漫卧,喻如瓦朗勃罗萨(Vallombrosa)沼面秋叶(autumnal leaves)委积,累代传诵。而近世亲游其地者以为密尔敦必出耳食,否则植树大变(the chatacter of thc woods hasentirely changed),因弥望皆经霜不凋之松,无它木也,足与淇奥之竹、溱洧之芍药,鼎足而三。《史通·暗惑》驳郭伋竹马事曰:"夫以晋阳无竹,古今共知……群戏而乘,如何克办?"淇奥之竹,若是班乎?读诗者若缘此而有杀风景之恨,则卿辈意亦复易败耳。

"宽兮绰兮,倚重较兮。善戏谑兮,不为虐兮";《笺》:"君子之德,有张有弛,故不常矜庄,而时戏谑。"按《豳风·东山》:"其新孔嘉,其旧如之何";《笺》:"又极序其情乐而戏之",虽误解诗意,然谓周公"戏"其军士,则足与"善戏谑""不常矜庄"相发明。《礼记·表记》:"君子貌足畏也,色足惮也,言足信也";《玉藻》:"君子之容舒迟:足容重,手容恭,目容端,口容止,声容静,头容直,气容肃,立容德,色容庄。"《左传》襄公三十一年北宫文子论君子云:"有威而可畏谓之威,有仪而可象谓之仪。"《论语·学而》记孔子曰:"君子不重则不威",《尧曰》记孔子曰:"君子正其衣冠,尊其瞻视,俨然人望而畏之",《述而》状孔子之容止,亦曰:"子温而厉,威而不猛,恭而安"。然《阳货》记孔子"莞尔而笑",于子游有"前言戏之耳"之谑;《宪问》复载人传公叔文子"不言不笑",孔子以为疑;《公冶长》子欲"乘桴"而谓子路"无所取材",郑玄注曰:"故戏之耳";《雍也》述孔子谓仲弓曰:"犁牛之子骍且角",脱若《论衡·自纪》篇所言,仲弓为伯牛之子,则孔子亦双关名字为戏,正如《离骚》之"以兰为可恃,椒专佞以慢慆"之双关大夫子兰、子椒也。释迦则"恐人言佛不知笑故"而开笑口(安世高译《佛说处处经》说"笑光出者有五因缘之二"),且口、眼、举体毛孔皆笑(《大智度论·放光释论》第一四,参观《缘起义释论》第一);耶稣又悲世悯人,其容常戚戚,终身不开笑口。方斯二人,孔子"时然后笑",较得中道。韩愈颇解其旨,《重答张籍书》云:"昔者夫子犹有所戏;《诗》不云乎:'善戏谑兮,不为虐兮';《记》云:'张而不弛,文武不能也'。恶害于道哉!"即合并《阳货》及淇奥》郑笺语意耳。又按《答张籍第一书》云:"吾子又讥吾与人人为无实驳杂之说,此吾所以为戏耳。比之酒色,不有间乎?"《汉书·严、朱、吾丘、主父、徐、严、王、贾传》记武帝令王褒等为歌颂,议者以为"淫靡不急",帝曰:"辞赋贤于倡优博弈远矣!"韩愈之解嘲准此。

硕人

"手如柔荑,肤如凝脂,领如蝤蛴,齿如瓠犀,螓首蛾眉。巧笑倩兮,美目盼兮";《传》:"螓首,颡广而方。"按《鄘风·君子偕老》:"扬且之晳也……子之清扬,扬且之颜也";《传》:"扬,眉上广……清扬,视清明也;扬且之颜,广扬而颜角丰满。"《郑风·野有蔓草》:"清扬婉兮";《传》:"眉目之间,婉然美也。"《齐风·猗嗟》:"抑若扬兮";《传》:"抑,美色;扬,广扬。"再三道螓首、扬颜。异域选色,亦尚广颡,如拉丁诗咏美人三十二相、西班牙旧传美人三十相、亚刺伯古说美人三十六相,无不及之,拉丁文"supercilia",尤可为毛传"眉上"之直译。《楚辞·招魂》:"蛾眉曼睩,目腾光些。靡颜腻理,遗视绵些。娭光眇视,目曾波些",即《诗》之"凝脂""蛾眉""美目盼""清扬"也。《大招》:"靥辅奇牙,宜笑嫣只",即《诗》之"巧笑倩"也。然卫、鄘、齐风中美人如画像之水墨白描,未渲染丹黄。《郑风·有女同车》,"颜如舜华","颜如舜英",着色矣而又不及其他。至《楚辞》始于雪肤玉肌而外,解道桃颊樱唇,相为映发,如《招魂》云:"美人既醉,朱颜酡些",《大招》云:"朱唇皓齿,嫭以姱只。容则秀雅,稚朱颜些";宋玉《好色赋》遂云:"施粉则太白,施朱则太赤"。色彩烘托,渐益鲜明,非《诗》所及矣。

"大夫夙退,无使君劳";《笺》:"无使君之劳倦,以君夫人新为配偶。"按杜甫《收京》:"万方频送喜,无乃圣躬劳",即此"劳"字。胡培翚、陈奂等皆驳郑笺,谓"君"即指夫人。实则郑说亦通,盖与白居易《长恨歌》:"春宵苦短日高起,从此君王不早朝",李商隐《富平少侯》:"当关不报侵晨客,新得佳人字莫愁",貌异心同。新婚而退朝早,与新婚而视朝晚,如狙公朝暮赋芋,至竟无异也。

氓

按此篇层次分明,工于叙事。"子无良媒"而"愆期","不见复关"而"泣涕",皆具无往不复,无垂不缩之致。然文字之妙有波澜,读之只觉是人事之应有曲折;后来如唐人传奇中元稹《会真记》崔莺莺大数张生一节、沈既济《任氏传》中任氏长叹息一节,差堪共语。皆异于故作波折(suspense),滥弄狡狯,徒成"鼓噪"者也(《儿女英雄传》第六回论叙事不肯"直捷痛快……这可就是说书的一点儿鼓噪")。"兄弟不知,咥其笑矣",亦可与《孔雀东南飞》之"阿母大拊掌,不图子自归"比勘。盖以私许始,以被弃终,初不自重,卒被人轻,旁观其事,诚足齿冷,与焦仲卿妻之遭逢姑恶、反躬无咎者不同。阿兄爱妹,视母氏怜女,亦复差减。是以彼见而惊,此闻则笑;"不图"者,意计不及,深惜之也,"不知"者,体会不及,漠置之也。

"士之耽兮,犹可说也;女之耽兮,不可说也":《笺》:"说,解也。士有百行,可以功过相除;至于妇人,无外事,维以贞信为节。"按郑笺殊可引申。《硕人》:"说于农郊";《笺》:"'说'当作'禭'……更正衣服",即所谓脱换。《礼记·文王世子》:"武王不说冠带而养",《释文》谓"说"亦作"脱"。"解"之与"脱",义可相通。辩解开脱(excuse),一意也,孔氏所言仅此。男多借口,女难饰非,恶名之被,苟恕不齐,参观《周易》卷论《大过》。宽解摆脱(extricatc),又一意也:纽情缠爱,能自拯拔,犹鱼鸟之出网罗。夫情之所钟,古之"士"则登山临水,恣其汗漫,争利求名,得以排遣;乱思移爱,事尚匪艰。古之"女"闺房窈窕,不能游目骋怀,薪米丛脞,未足忘情摄志;心乎爱矣,独居深念,思蹇产而勿释,魂屏营若有亡,理丝愈纷,解带反结,"耽不可说",殆亦此之谓欤? 明人院本《投梭记》第二〇出:"常言道:'男子痴,一时迷;女子痴,没药医'";古罗马诗人名篇中女语男曰:"吾与子两情之炽相等,然吾为妇人,则终逊汝丈夫一筹,盖女柔弱,身心不如男之强有力也。"(urimur igne pari, sed sumtibi viribus inpar;/fortius ingenitim suspicor. esse viris./ut corpus, teneris ita mens infirma puellis) ——意谓男子心力不尽耗于用情,尚绰有余裕,可以旁骛;斯大尔夫人(Madame de Staël) 言,爱情于男只是生涯中一段插话,而于女则是生命之全书(LámOur.est l'histoire de la vie des femmes cést un épisode danscelle des hommes),拜伦为诗敷陈之。皆即"士耽"与"女耽"之第二义尔。

《诗经》的思想内容

张西堂

《诗经》的诗,以篇数论,虽只三百零五篇,以时代论,就从西周开始,下至春秋中叶,有约略五六百年间的距离。《诗经》的诗,是在这样长的时间所产生下的诗歌,无疑的是反映了当时人民生活的真实,政治社会的面貌,范围是颇为广阔的。《诗经》是中国古代的一部乐歌集,从"音乐是它的形式"这一点来看,《诗经》的体制是本来就分为南、风、雅、颂;但如若依思想的内容来看,南、风、雅、颂是有着不同的思想内容的。《周颂》大半是周初的诗,《鲁颂》《商颂》是春秋时代的作品。《三颂》的内容,是一些祈祷歌颂的诗篇,是对天神与祖先的颂祷,内容多一半是炫耀他们祖先的建国的功勋,战争的胜利;炫耀他们自己的畜牧的发达,农业的丰收,而其实这些都是骑在人民头上,劳役人民的结果。《二雅》的诗篇,有的是叙述周民族初步发展,有的叙述种族间战争的获胜,有的也是涉及农业畜牧的诗篇,有的不过是统治阶级宴饮酬答的歌辞。在一百零五首《二雅》的诗篇中,大约只有三十余首是当时士大夫阶级不满意于当时的统治阶级,他们描写统治阶级内部的矛盾,统治阶级日趋殁落的诗歌。这里面的思想有的是符合于人民的思想感情与愿望的。《三颂》《二雅》里面没有什么恋歌,关于劳动人民的生活也没有很多叙述,范围比较狭窄,因而它们的内容也是比较贫弱的。从思想内容来看,只有二南与风诗的绝大部分是民间诗歌,是人民歌唱他们的生活思想感情与企望的作品,内容比较起来异常丰富。我们可以说《诗经》的四诗,从思想内容的角度来看,南风的绝大部分是民间诗歌,雅颂是庙堂诗歌,而这里面还各有不同的内容。我们现在分析《诗经》的思想内容,是应当依据这一经典名言,"艺术是属于人民的,它的最深的根源,应该出自广大群众的最底层"。侧重地来分析风诗,但二雅中也有不少的涉及人民生活,符合人民思想感情的诗篇,我们在谈风诗内容时,可以附带地来谈一下雅颂。这样子我们也可以有个比较的看法,可以帮助我们更为了解它们的内容。现在我们分为四项来说明如下:

一、关于劳动生产的诗歌

在古代社会里,畋猎、畜牧是早就有了的劳动生产,以后才渐进至于农业生产。在二南与《国风》中,歌唱他们的畋猎生活的,二南中有《兔罝》《驺虞》,《郑风》中有《叔于田》《大叔于田》,《齐风》中有《还》《卢令》等六篇。《兔罝》是描写一个猎士可以作为"公侯"的"干城","公侯"的"腹心";在歌颂中,有讽刺这位猎士将来成为统治阶级的爪牙的意思。《驺虞》是赞美一个为统治阶级看守苑囿的虞人的诗,"壹发五豝",是说他一次射箭,就能射中五豝,他射猎的技术特别精巧,与众不同,所以诗人作了这首诗来赞美他。(《汉书·匈奴传》注:"服虔曰:'发,十二矢也。'师古曰:'发,犹今一放两放也。今则发一矢为一放也'"。"周礼保氏贾疏释"参连"云:"前放一矢,后三矢连续而去"。此"一发五豝",盖连续五矢而去,故可中五豝。)贾谊《新书》说是"虞人翼(驱)五豝以待就发",好像射猎的不是这位虞人,据诗句看来,"吁嗟乎驺虞",是赞叹这位虞人的。《郑风·叔于田》和《大叔于田》也都是赞美猎士的诗。但《叔于田》只说到他"于田""于狩";没有详细说出他射猎的技术。而用一些夸大描写如"叔于田,巷无居人,岂无居人? 不如叔也,洵美且仁"来衬托出这位猎士的才能。《大叔于田》第一章说:"叔于田,乘乘马;执辔如组,两骖如舞。叔在薮,火烈具举;檀裼暴虎,献于公所。将叔无狃,戒其伤女!"第二章说:"叔于田,乘乘黄;两服上襄,两骖雁行。叔在薮,火烈具扬;叔善射忌,又良御忌;抑磬控忌,抑纵送忌。"第三章说:"叔于田,乘乘鸨,两服齐首,两骖如手。叔在薮,火烈具阜;叔马慢忌。叔发罕忌;抑释掤忌,抑鬯弓忌。"是一首描写极生动的诗。这诗旧说以为是歌咏郑庄公弟太叔段的,说是"得众","国人从而归之。"并无一定的证据。不过这诗所描写的一定是一位人民所喜爱的人物。诗中说是"檀裼暴虎,献于公所",可见他能除去虎害,实际上可以为人民服务,所以人民有了歌颂他的诗篇。朱注"《叔于田》"诗说:"或疑亦民间男女相悦之辞",《大叔于田》可能也与《叔于田》一样是民间男女相悦之词。而且是比《叔于田》稍"大"一些,稍长一些的诗。这诗也是用夸大的描写手法,所以令人看得诗中的主人翁是一位贵族,其实我们可以说这"叔"不一定是贵族,更不必是什么太叔段了。《齐风》中的《还》也是一首很好的猎歌,歌辞说"子之还兮,遭我乎峱之间兮,并驱从两肩兮,揖我谓我儇兮。"描写两个猎士相遇,由诗句的流利,可以看出他们是很轻松愉快地工作着的。《卢令》诗上句写猎犬,下句写猎人,也是一首简短的猎歌。

关于畜牧的诗,在《二南》与《国风》中没有整篇叙述的。在《小雅》中有《无羊》,在《鲁颂》中有《駉》,《駉》是叙鲁僖公"牧马之盛",铺陈各种各色的马,在技术上了无生气。《无羊》诗也是说当时统治阶级的畜牧之盛,不过写得比较情节逼真。这诗第一章说:"谁谓尔无羊? 三百维群。谁谓尔无牛,九十其犉。尔羊来思,其角濈濈,尔牛来思,其耳湿湿。"第二章说:"或降于阿,或饮于池,或寝或讹,尔牧来思,何蓑何笠,或负其糇,三十维物,尔牲则具。"第三章说:"尔牧来思,以薪以蒸,以雌以雄。尔羊来思,矜矜竞竞。不骞不崩,麾之以肱,毕来既升。"第四章说:"牧人乃梦,众维鱼矣,旐维旟矣,大人占之,众维鱼矣,实维丰年,旐维旟矣,室家溱溱。"整个诗篇的主题思想是表现着拥有这些牛羊的主人翁,他如何如何地剥削劳动的牧人,他如何做着追求农产丰收、家庭繁荣的幻梦。但这里面描写牧人的形象却异常动人,牧人无论刮风下雨,荷蓑荷笠,背着干粮出去畜牧,归来的时候,还要打些柴火,劈些麻杆,《说文》:"蒸,折麻中干也。"有的时候或者打些野兽带回家去,他所牧的羊群是很矜持,很畏惧,不会有了走失。羊群到了,他用手一招挥,便全进入羊圈。这个牧人的工作是格外的劳累,显出这个领主的剥削也是异常繁重的。诗篇描写羊牛的形色动态也刻画入微,只"或降于阿,或饮于池,或寝或讹"这几句就抵一幅画图。这是真实的反映。这当是袭取自古的牧歌编写而成,在《诗经》中算是一个好诗,不过我们读这首诗,不要忽略了"尔牧"并不是这群牛羊的主人,那个梦却是这主人所理想的幻梦。

关于农业的诗,在《周颂》中就有五篇:《臣工》《噫嘻》《丰年》《载芟》《良耜》。在《小雅》中有四篇:《楚茨》《信南山》《甫田》《大田》。在风诗中只有一篇《七月》。这十篇农业诗,就思想内容来看,也是颂不如雅,雅不如风。十篇之中,以《七月》最具有坚强的人民性,我们只一比较就可以看出来。《载芟》《良耜》是周颂中的两首最好的农业诗,《良耜》篇说:

"畟畟(严利)良耜,俶(始)载(事)南亩,播厥百谷,实函(深)斯活。(阔)"接着说,"或来瞻汝,载匡及筥,其饟(饷)伊黍。""其笠伊纠(高),其镈斯赵,以薅荼蓼,荼蓼朽止,黍稷茂止!"又说,"获之挃挃(获声),积之栗栗,其崇如墉,其比如栉,以开百室,百室盈止!妇子宁止。"最后说:"杀时犉(黄牛黑唇)牡,有捄(曲)其角。以似以续,续古之人。"

这一首诗描写当时的农民从播种耕耘到收获贮存,一直到最后的祭神的一些琐事,尽管它描写得如何的生动,插入一些送饭的人的琐屑情况,农夫的服装如何别致,和他们的工具如何快当,但是在这内面说:"杂草肥了田,庄稼茂盛了。割起来喊喊喳喳的响,堆起来密密栗栗的高。高得像城墙,排起像梳子的齿,百打百间的仓库都打开了。百打百间的仓库都堆满了,大大小小的眷属都没有担心的了。"(用郭沫若译文)这是描写封建大领主在收获时的模样,我们在这里面实在看不出有丝毫农民大众的思想实质和具体生活内容。相反的我们只能想象到达百打百间的农民劳动的果实是被旁人掠夺,他们的家小并不能真正的快乐。《良耜》这诗,在技术上比起其他《周颂》固有进步的成就,但如就思想实质来说,是没有什么人民性的。其余《周颂》中的四首农业诗也大约如此,我们就不必详述了。

在《小雅》中的四首农业诗:《楚茨》是描写贵族们在秋收完毕祭神求福大家欢宴的情景。他们用新出的谷物来做酒食。牵着牛羊去赶祭祀,准备的祭品很丰盛,祭神的仪式也隆重,在祭毕之后,他们在一起欢宴,希望他们的福泽绵延,于孙万代不绝。《信南山》大意也是如此。《甫田》开始也是说他们庄稼的茂盛,接着叙述他们祭神祈雨,再叙到田畯的督率农民耕种,最后叙述到这些贵族收获的丰富,这诗在开篇就说到"倬彼甫田,岁取十千,我取其陈,食我农人"。他们是毫不知耻的叙述他们压榨农民、剥削农民。这些虽是农业诗,实际对于农民生活是丝毫没有触及的。这四首中以《大田》一诗较好,《大田》诗说:"大田多稼,既种既戒,既备乃事;以我覃耜,俶载南亩,播种百谷。既庭既硕,曾孙是若。""既方既皁,既坚既好,不稂不莠,去其螟螣,及其蟊贼,无害我田稚。田祖有神,秉畀炎火。""有渰凄凄,兴云祁祁,雨我公田,遂及我私"。"彼有不获稚,此有不敛穧。彼有遗秉,此有遗穗。伊寡妇之利。"这诗前儒推断是站在农夫一方面的叙述。先刻画他们准备好了种子与农具,拿着耒耜去播种,再说在将结实的时候去掉各种害虫。再说雨水的降下,收获的成功。在收割的时候,有了遗留下来的禾穗,这里一些,那里一些,都留给那些寡妇来拾取。作者是同情那个失去生产力,"已经做了乞丐的老寡妇"。比起雅颂中其他农业诗,歌颂统治阶级掠夺人民大众劳动的果实,所反映的人民生活的真实是大相悬殊的。

真正能达到全面反映农民生活、思想、情感的是风诗中的《豳风·七月》。这首诗将农民在全年十二个月中他们从事劳动所过的悲惨生活,用夹带着有思想情感的情调歌唱出来,同时用对比的手法将当时统治阶级压榨劳动人民的情况也做了充分地暴露。在他们整年之中,除了农业生产之外,还要为统治阶级做养蚕、织麻、打野兽、盖房屋、造酒、凿冰、祭神、祝福种种事情,无论冬夏,不分昼夜,要替他们辛勤劳动,他们"为公子裳""为公子裘",而他们自己是"无衣无褐,何以卒岁?"需要等待统治阶级来"九月授衣"。他们将整年辛勤劳动所得的果实收割完毕,就要送给人家,而他们自己的生活则是吃的苦荼,烧的臭柴。他们为统治阶级"昼尔于茅,宵尔索绹",赶忙地盖住屋。而他们自己住的是破烂房屋,要堵地洞,熏老鼠,塞住北窗,糊起门户,来度过寒冬。在衣食住各方面都用对比的叙述,暴露了当时统治阶级对他们如何地压榨剥削,刻画出他们是如何的终年劳动却过着悲惨的生活。从这些词句:"女心伤悲,殆及公子同归","嗟我妇子,曰为改岁,入此室处。""采荼薪樗,食我农夫。""嗟我农夫,我稼既同,上入执宫功。"足可以看出他们的思想感情,有着对敌对阶级极大的愤恨,虽然在表面上没有表示对敌对阶级作反抗斗争的情绪。这首诗不惟比起《周颂·良耜》《载芟》等篇的歌颂统治阶级丰收大异其趣,即比之《小雅·大田》仅仅描写些"彼有遗秉,此有遗穗,伊寡妇之利"的情况,是更具有高度的思想性与强烈的人民性的。这也可以看出风诗与雅颂诗不惟在乐调上不同,形式上不同,即在思想内容上也是有着显著的差别。

在风诗中,《芣苢》是一首很好的妇女劳动的诗歌。它的内容,虽不是描写农业生产,但是刻画了一群妇女在那里愉快地劳动,采了又采,由"采"而"有",更进一步地,"捋之""掇之",最后更用衣襟兜起它们来,全篇以复沓的词句,和谐的音调,表示出她们有节奏的劳动,歌词虽简短朴素,然而正刻画出一群妇女在集体劳动过程中劳动和歌唱的形象。方玉润在《诗经原始》中解释这首诗说:"读者试平心静气,涵咏其诗,恍听田家妇女,三三五五,于平原旷野,风和日丽中,群歌互答,余音袅袅,若远若近,忽断忽续,不知其情之何以移而神之何以旷,则此诗不必细绎而自得其妙。"这一段话,确实体会到《芣苢》这诗在当时歌唱的情景。"芣苢"旧来解释为车前子,说是妇人吃了"宜子",但是前人根据医药上的看法,车前子并不是宜子的药物,她们何以要去采,已无从考其原因。清儒牟庭在《诗切》一书中曾说芣苢是以"不""以"得声,是大家不要的东西。她们那样高兴地采去吃,也可以看出她们的困苦。这一类的诗歌,如方玉润所说的是像后世所谓竹枝词,是人民口头创作,这是雅颂中所绝对没有的。风诗是真实地反映人民的生活,具有现实主义精神的作品,这又是一个极好的证明。

　　蚕桑是古代妇女从事生产的工作,葛麻也是一样。魏风的《十亩之间》说"十亩之间兮,桑者闲闲兮! 行与子还兮。""十亩之外兮,桑者泄泄兮,行与子逝兮!"可见采桑的人很多而且工作得很快乐。但这诗的主题思想是描写男女恋爱的,还不是叙述劳动生产的,我们只可借来说蚕桑在古代的情况。《邶风》中有一首《绿衣》。全诗四章,第一章是"绿兮衣兮! 绿衣黄里;心之忧矣,曷维其已。"二章是"绿兮衣兮! 绿衣黄裳! 心之忧矣,曷维其亡。"三章说:"绿兮丝兮! 女所治兮! 我思古人,俾无訧兮!"四章是"絺兮绤兮! 凄其以风! 我思古人,实获我心。"这明明是女子在丝织缝纫的劳动中所唱出的歌声。她一方面叙述她的劳动,一方面愤恨当时社会上种种的不正常,正当的黄色不能表现出来,说明当时的社会是那样的黑暗,好人不能居在上位。她又怨到绿颜色的丝,她更不免有团扇秋风之感,她只有拿古人的事情来安慰自己。这是女子在劳动中的抒情诗,是具有强烈的人民性的。但这诗被毛诗学者歪曲了许久,以为是卫庄姜伤己的诗。朱熹的《诗集传》说,"庄姜事见《春秋传》,此诗无所考,姑从序说。"朱熹不了解古代有劳动歌,虽然怀疑《毛诗》的话"无所考",但是不敢断然的不从序说。我们现在应确认这一首诗是女子在丝织缝纫的劳动中所唱出的抒情诗歌。关于葛麻的,《周南》中的《葛覃》刻画了妇女在采葛织布时的情景。这诗第一章"葛之覃兮,施于中谷,维叶萋萋。黄鸟于飞,集于灌木,其鸣喈喈。"是叙述在葛蔓延之时,她所工作的地带,是一个风景美丽的场所。第二章"葛之覃兮,施于中谷,维叶莫莫。是刈是濩,为絺为绤,服之无斁。"这是叙说葛成之后,她采葛煮葛,织成精的"絺"葛布,织成粗的"绤"葛布,做成衣服,穿起来十分可爱,将她采葛织布做衣的劳动过程一直描画无遗。第三章"言告师氏,言告言归。薄污我私,薄澣我衣,害澣害否,归宁父母。"用复叠的字句,急促的音调,表现出她在工作完毕之后,告诉指导她的老师回她母家的愉快的心情,这愉快是她劳动得来的。这个女子生在封建社会的时代,过着奴役不自由的生活,由这末一章所表现的思想感情可以看出,她对于劳动却是十分愉快。另外还有一些与恋爱相结合的劳动诗歌,留待下节分解。

二、关于恋爱婚姻的诗歌

在《雅》《颂》中没有什么恋歌,关于婚姻的诗歌,也不过只一两首,这是《雅》《颂》多为统治阶级所作的诗的一个证明。在《风》诗中,即便我们严格一点计算,关于恋爱婚姻的诗要占三分之一以上。从这些抒情诗中,又可以看出当时劳动人民的生活思想感情,是值得我们仔细地分析的。这几十首恋爱婚姻的诗歌,我更可细分为十类:第一种描写的是各式各样的单方思想。如《汉广》《简兮》《干旄》《有狐》《丘中有麻》《有女同车》《东门之墠》《风雨》《蒹葭》《汾沮洳》《东门之池》《月出》《泽陂》等诗。第二种描写的是各式各样的两情相好,如《野有死麕》《桑中》《静女》《野有蔓草》《溱洧》《东方之日》《十亩之间》《宛丘》《东门之枌》《东门之杨》《隰有苌楚》等诗。第三种是描写暂别的想念。如《采葛》《大车》《子衿》《甫田》等诗。第四种是描写失恋后的心情,如《江有汜》《终风》《遵大路》《山有扶苏》《狡童》《褰裳》等诗,也都是各式各样的。第五种是描写女子对于封建社会恋爱不自由的控诉。如《鄘·柏舟》《将仲子》等诗。第六种是描写婚后感情的笃厚,如《君子阳阳》《女曰鸡鸣》《出其东门》《郑·扬之水》《防有鹊巢》等诗。第七种是描写婚后久别的想念,如《卷耳》《汝坟》《草虫》《殷其雷》《击鼓》《伯兮》《君子于役》《王·扬之水》《小戎》《晨风》等诗。第八种是描写婚后夫妻反目,女子遭受遗弃。如《邶·柏舟》《日月》《谷风》《氓》《中谷有蓷》《墓门》等诗。这类的诗,写的也各有不同。第九种是描写结婚、催妆、送嫁、亲迎等仪式的诗。如《关雎》《桃夭》《鹊巢》《丰》《著》《绸缪》《伐柯》。第十种是其他关于恋爱婚姻的诗,如《行露》《摽有梅》《新台》《蝃蝀》《木瓜》《萚兮》《葛生》《素冠》等诗。以上所举已是七十二首之多,还有其他意义不甚显著的未列入。这些诗歌,将当时广大人民群众关于恋爱结婚各式各样的情况,一一歌唱出来,思想都极淳朴,感情十分健康,都是很好的诗歌,现在我们选择其中比较更好的略一分析。

在写单相思的恋歌中,以《汉广》篇最能曲折的表达出单相思的思想实际。这是描写男子见到一个可爱慕的女子,但是距离很远,不易追求,而内心却是很愿意同她接近。不过这首诗实际上是一支斫柴的歌,是与劳动相结合的诗歌,是唱来解除疲劳的,并不一定实有其事。方玉润在《诗经原始》中批评此诗说:"此诗既为刈楚刈蒌而作,所谓樵唱是也,近世楚、粤、滇、黔间,樵子入山,多唱山讴、响应谷林。盖劳者善歌,所以事忘劳耳。其词大抵男女相赠答私心爱慕之情……当其佳处,往往入神。有学士大夫所不能及者。"他以为这诗"首章先言乔木起兴,为采樵地,次即言刈楚为题正面,三兼言刈蒌,乃采薪余事,中间带言游女则不过借以抒怀,聊写幽思,自适其意"。"终篇忽叠咏江汉,觉烟水茫茫,浩渺无际,广不可泳,长更无方,唯有徘徊瞻望,长歌浩叹。"《汉广》的写单相思是从内心的描写,但不是那样的苦恋,所以思想感情上都是极健康的。《汾沮洳》《东门之池》也都是与《汉广》类似的诗歌,《汾沮洳》是妇女拾菜的讴歌,她们想念的人物应是比贵族好得多的劳动人民。《东门之池》是男子沤麻的歌。朱熹说:"此亦男女会遇之辞,盖因会遇之地,所见之物,以起兴也。"一章沤麻,二章沤纻,三章沤菅,所写的都是一件事,看起来一定是沤麻的歌。但这些诗比起《汉广》来在思想内容上、在艺术技巧上都相差很远。《干旄》的"彼姝者子"应是一个女子。旄,据《周礼·旄人·注》也可以是"舞者所持以指挥"的物件,这诗应是一个男子怀念一位善于舞蹈的女子而无从表达自己心情的诗。《有狐》《丘中有麻》,朱注已认为恋爱诗。其他诗意都是很显明,可以不必一一叙述。

第二类的诗歌如《野有死麕》《桑中》《静女》《溱洧》,都是一些很好的恋歌。《野有死麕》写的是一位男子拿他猎得的死麕赠给一位女子,因而他们达到爱情的成熟。在诗句中,说"吉士",说"白茅纯束,有女如玉",这表明他们的相爱,虽没有当时封建贵族那些繁文缛节,但他们的对象是洁白如玉的,他们的爱情是纯洁健康的。《桑中》一诗应当也是与劳动相结合的诗歌,这是由一章演成三章,诗中的人不必真有,诗中的事也未必真有,只是一群劳动的人即兴唱出。后人不了解这诗本是乐歌,认为是一首"淫诗",那是不恰当的。《静女》《溱洧》就艺术手法来说,固然是通过了形象突出地刻画的好诗,即就思想而论,他们的活泼天真,恋爱自由,也是真实地反映了古代劳动人民恋爱生活的好诗。关于这两诗的艺术手法,留待下篇来详谈。《宛丘》的"洵有情兮,而无望兮",林义光《诗经通解》说"望"读若"忘"。有情而无忘,应是两人情感已合。可属于这一类。其他的诗,意思都很显明,无待赘述。

关于描写暂别后的想念的恋歌,《采葛》所想念的是一位劳动女子,她的工作或是采葛,或是采萧、采艾。"一日三秋",表达出她的渴念,在近代社会还有人拿来表达思慕的心情。《大车》想念的应当是一个赶车的劳动人民,表示女的恋着男的,只怕男的不敢,不能逃奔,所以指日为誓。《甫田》开始说"无田甫田,维莠骄骄",是从事农业的劳动妇女所唱出的;拿耕种的耗费劳力比喻思远人的耗费心力,这不是根据亲身经历,不能这样的写出。这些诗是通过了他们劳动生活的真实,所以唱出来特别的有感染力。

《江有汜》《终风》《遵大路》《狡童》写失恋的悲哀,诗意都极明显。有的诗如《江有汜》,还希望重温旧梦,但是终于决裂。《山有扶苏》诗是失恋以后自责所遇的人并不甚好,《狡童》像是在进行恋爱时自己安慰自己的戏弄之词。

对于封建社会恋爱不自由、婚姻不自由所引起的反抗,这是必然有的事情。《鄘风·柏舟》就是一个女子坚决地反抗她母亲的命令,决心要嫁给她自己认为最好的对象所作的诗。她说"髧彼两髦,实维我仪,之死矢靡它,母也天只!不谅人只!"那个额前两边披着头发的,实在是她理想的标准人物,从形象上说,从思想情感说,她宁死是决不嫁给别人。她责备她的母亲,她对于包办式的婚姻的反抗,意志坚强表现得极其明显。《将仲子》诗表现了在封建社会中一个女子对于恋爱不自由的矛盾心理和不满情绪,诗中的女子请她心爱的仲子不要攀墙踰园而来,因为经常这样做,可以折断树木,痕迹败露,是不免引起父母和诸兄的责难,其他的人的批评,她欢迎仲子采取比攀墙踰园更妥善的办法,来达到他们两相结合的目的,她承认了"仲可怀也",坚决地表明她的爱他,她重复地说不是爱惜那些树木,是怕的人们的纷纷议论,她对于她心爱的人,和她对于当时封建社会礼教束缚的不满在诗篇中是完全描画了出来。她的言词在表面上看来虽是十分委婉,但这正说明她对于仲子不是有所拒绝,相反地,只是她对于当时的社会有着极愤怒的心情的流露。

《女曰鸡鸣》是描写已婚夫妇的家庭生活的一首好诗,这诗中的男女双方应当都是爱好劳动的人,他们在天色还未大明时就起床,就一同去打野鸭和雁鹅,这是劳动也是娱乐。归来的时候将劳动果实作成佳肴,同饮为欢。在最后一章用"知子之来之,杂佩以赠之",概括地描写出他们是互爱互敬的一对夫妇。《出其东门》也是刻画夫妻情感笃厚的诗,通过男子在外面见了许多女子,但是他绝不动心。"出其东门,有女如云,虽则如云,匪我思存,缟衣綦巾,聊乐我云。"他家中穿着那白色的农服,系着深绿色的佩巾的那一个,是足以安慰他的心情的人。他的爱情是专一的。从"缟衣綦巾"看来,他的室家是贫而且陋,但是他们比那些贵族的荒淫无耻,在思想上是高出一等。这两首诗都是足以教育人民的好诗。《郑·扬之水》说"终鲜兄弟,惟予与女。"《防有鹊巢》说"谁侜予美,心焉忉忉",都是妇人惦念她的丈夫,写出妇人爱护男子的心情。

描写婚后久别思念之情的,《卷耳》《伯兮》《君子于役》《小戎》,都是刻画得极生动的好诗,《卷耳》写一个妇人在采撷卷耳之时,采了又采,但是还不满一个歪歪的箩筐,她的心并不在采卷耳,而是想念她那位颠跋在路上的行人。她想到她的丈夫在外如何上山,她的马如何疲劳,她的丈夫如何置酒解除劳累,完全通过形象的描写显示出她思慕的心情。《伯兮》说"自伯之东,首如飞蓬。岂无膏沐,谁适为容,""其雨其雨!杲杲出日。愿言思伯,甘心首疾。"写出妇人在她丈夫出征以后她头疼,心疼,不愿梳头,不施脂粉。用一些突出的事体说明她的思念的心情,在艺术上都是很有成就的。但如《汝坟》诗说,"鲂鱼赪尾,王室如毁,虽则如毁父母孔迩,"《殷其雷》说:"何斯违斯,莫敢或遑,振振君子,归哉!归哉!"用几句简单的话说出当时政治上的纷乱,影响到每个人的不安,我们在今日读来还可以看出他们是如何对当时统治阶级奴役他们的不满情绪。《击鼓》和《王·扬之水》是戍卒思家所作,更是充满反战思想的诗篇。《击鼓》末章"于嗟阔(远)兮!不我活(会)兮!于嗟洵(远)兮!不我信(伸)兮!"《王风·扬之水》的每章都用"怀哉怀哉!曷月予还归哉!"结束,都表达他们久戍在外,思归不得的心情。《击鼓》篇痛骂那个不带他回家的"孙子仲",《扬之水》诅咒那个派遣他出来的"彼其之子",方玉润解《击鼓》篇说,"夫国家大役,无过土工城漕,然尚为境内事;即征伐敌国亦尚有凯还时;惟此边防辽远,永断归期,言念室家,能不怆怀。"我们由这一类的抒情诗也可以看出当时的政治面貌,这一类诗是具有很强的思想性与人民性的。

　　《谷风》和《氓》是描写女方在结婚后遭受遗弃的诗歌。《谷风》的主题是刻画一个妇人在结婚后因男子另娶遭受遗弃,因而控诉她故夫的罪行,这一首诗通篇是用顺序的对照的手法,"今""昔"对照,"新""旧"对照,写出她在被弃以后内心的愤怒。开始她责难男子应当共同生活,不该另有外心。接着叙述:在决绝的时候,她是如何怀着满心的愤恨慢慢地走着,而她的故夫却很快地将她送出大门;不顾她的苦难,只图新婚之乐。接着拿泾渭之分来对照出她丈夫的快乐和她自己的苦闷,她也不顾一切,不让他们迈过她的鱼梁,拨动她的鱼笱。在这三章中已经是拿她丈夫对待新旧的情况,对照出今昔的不同。她又回想起她如何善于劳动生产,乐于帮助人们,她回想起她与他曾经共同患难,而在他们一旦生活好转,她就遭受她丈夫恶毒的遗弃,她回想起她丈夫行动的野蛮,性情的暴躁,他丝毫不想起从前,就狠心地将她抛弃。这些更是用回忆的手法写出今昔之别。愤慨的情绪,充满在字里行间,这首诗刻画出男子的薄情,也反映出在封建社会中婚姻制度的罪恶。《氓》诗的主题思想只是叙述男女在婚前的热恋,而在婚后女子因色衰爱弛遭受遗弃。这诗是从他们恋爱到结婚而终于感情破裂的发展过程刻画出他们的"今""昔"的不同。

前三章叙写他们的经过,马上利用他们生活环境中的形象"桑之落矣,其黄而陨,""淇水汤汤,渐车帷裳。"来形容女子的色衰,男子的爱弛,女的是三岁为妇,不以室家为劳,夙兴夜寐,丝毫没有怠惰,但是男子是忘了从前的欢爱,而终于背叛了她,最后一章。是用回忆的对照的手法提出男子原来的"言笑晏晏,信誓旦旦",更加深刻地显现出男子的三心二意,辜负了她,终于遗弃了她。这也是女子在封建社会婚姻制度下受了牺牲的哭诉。《邶·柏舟》是描写女子在婚后受到家庭各方面的压迫,她不能忍受,但是不得不忍受。通过"我心匪鉴,可以以茹。""我心匪石,不可转也;我心匪席,不可卷也。""心之忧矣,如匪澣衣。""静言思之,不能奋飞!"这些形象的描写,显示着她内心的苦痛。她说"威仪棣棣,不可选也"(选有去掉的意思,《说文》:"选,遗也"),明明是她不满意于当时的吃人的礼教。这些抒情的诗歌都是具有强烈的人民性与强大的感染力的。

《关雎》虽是一首像是"后世催妆花烛""咏新婚"的诗,但内面叙述男子苦恋不得,辗转反侧的过程,丝毫没有触及什么父母之命,媒妁之言,没有封建气息。《绸缪》的写新婚更像一首男女幽会的诗。《桃夭》《鹊巢》《丰》《著》是送嫁和迎亲的婚姻仪式诗,有的写得很精细,如《丰》《著》就是如此,有的用夸张的手法,如《鹊巢》用百两,有的用形象做此拟,如《桃夭》借桃花形容少女的颜色,都极有感染力。《摽有梅》是和现在民歌拾棉花一样的诗,是一群少女在打梅子的劳动中盼着早得对象的歌唱,《萚兮》应是青年妇女在扬场时的劳动中向男子挑战的歌唱。《新台》是嘲新婚的诗,《木瓜》"疑亦男女相赠答之辞"。《行露》写的是一个男子因家境贫困不能结婚,而被女方诉了官。《蟋蟀》写的是女子不顾一切礼法、媒妁之言、父母之命,就与人结了婚。这两首虽是关于婚姻的诗篇,但也反映出在封建社会中人民因生活的贫困,或是因礼教的束缚,婚姻不能自由的苦痛。《葛生》《素冠》是两首妇人对男子的悼亡的诗。

从上述的这些诗篇看来,在主题思想上虽是属于恋爱婚姻一方面,但我们可以看出许多的恋歌是他们在集体劳动中唱出;他们热爱着他们的劳动。许多的诗篇是在不满情绪中唱出,他们痛恨着当时的封建社会礼教的束缚和当时政治上的一切劳役。这些诗篇的思想感情都是极纯洁、真挚,而且十分健康的。

三、关于政治讽刺的诗歌

关于政治上的诗,一般的是以为在《二雅》中比《风》诗中多,其实在《风》诗中涉及的也并不少,不惟不少,而且是更具有强烈的人民性。我们现在仍主要地叙述风诗的人民性，因为这些是来自劳动人民的最底层的，比之《二雅》的诗，在作者的阶级性本身上是不同的。

在《二南》中，政治讽刺诗比较的少。诗中主题思想比较明显的只《小星》一首，诗中提到"肃肃宵征，夙夜在公。""抱衾与裯，实命不犹。"可以看出他是抱怨他"夙夜在公"的苦楚。他自己抱衾与裯，没有仆人，这主角应是一个劳动人民，不是士大夫阶级。诗人是悲叹他的命运，也是咒骂当时统治阶级对于他的奴役。

咒骂统治阶级最为突出的是《鄘风》的《鹑之奔奔》。诗篇只"鹑之奔奔，鹊之强强，人之无良，我以为兄！""鹊之强强，鹑之奔奔，人之无良，我以为君。"这寥寥的两行诗。但这两行诗却痛骂了当时的人君，痛惜了人民把不善良的人当作了人君。自来这诗是受了《毛诗传序》歪曲的解释的影响，把"君"当作"小君"，真相埋没了许久。但是古义并不如此，王先谦在《诗三家义集疏》上说："左襄二十七年传：'郑七卿享赵孟，伯有赋《鹑之奔奔》，赵孟曰，床笫之言不逾阈，况在野乎？非使人之所闻也。'杜注'卫人刺其君淫乱，鹑鹊之不若，义取人之无良，我以为君也。'又，传云'文子告叔向曰，伯有将为戮矣。诗以言志，志诬其上，而公怨之，以为宾荣，其能久乎？'杜注，'言诬，则郑伯未有其实。'正义：'伯有赋此诗，有嫌君之意。'是伯有之赋，赵孟之言，皆不以诗之'君'为'小君'。司马迁、刘向用鲁诗，而《史记·列女传》无公子顽通宣姜事，是鲁义必与毛异，不以'兄'为顽也。礼表记'子曰，唯天子受命于天，士受命于君，故君命顺则臣有顺命，君命逆则臣有逆命。诗云，鹊之强强，鹑之奔奔，人之无良，我以为君。'郑注，'强强奔奔，争斗恶貌也。良，善也，言我以恶人为君，亦使我恶。如大鸟强强于上，小鸟奔奔于下。'记义与郑注皆不以'君'为'小君'，知齐义必与毛异，不以'君'为宣姜也。"根据王先谦这一段的考证，在《左传》鲁襄二十七年郑国伯有的赋诗，赵孟的议论，以及注疏的解释，都是以"君"为当时的人君。郑伯有就是利用了诗句来诅咒当时的郑君，这是这诗在当时人民群众中已起了很大的作用。《礼记·表记》说，"君命顺则臣有顺命，君命逆则臣有逆命"，这是这首诗在后来更引起了教育人民的作用。但是经过《毛传》的歪曲，这首诗的真相，直到最近还是没有被人发现。诗意是很明显的说，像鹑那样的恶毒，像鹊那样的强狠，这个人的不好，我们竟把他当作了君。是明明指示人民要起来"逆命"，起来革命。这是如何活生生地表现出人民的希冀与愿望的诗，这真是在《诗经》中一首极具有高度的思想性与坚强的人民性的诗。

《鄘风》的《墙有茨》《相鼠》两诗也是对统治阶级咒骂的诗歌，《墙有茨》的开始第一章说"墙有茨，不可扫也；中冓之言，不可进也，所可道也，言之丑也。"《相鼠》第一章说"相鼠有皮，人而无仪，人而无仪，不死何为！"这两首诗的二三章都是由第一章扩大而成。也是从头咒骂到底，毫不容情的咒歌。《相鼠》这诗，班固的《白虎通》歪曲成为妻谏夫之辞，这也歪曲了诗意。这两诗要依《毛诗》"刺其上"的解释才是。《卫风》还有一首刺虐的《北风》，最后一章说"莫赤匪狐！莫黑匪乌！惠而好我，携手同车。其虚其邪，既及只且！""莫赤匪狐，莫黑匪乌"是指着阴险毒辣的统治阶级。后汉的人还有用"豺狼当道，安问狐狸"的话比喻小人当道的这一种说法。他们要想着逃避，准备假如急了，就要离开他们。这虽然有些悲观成分，但实际上是反抗当时统治阶级的呼声。这三首都是有极强的人民性的。《卫风》的《北门》说，"出自北门，忧心殷殷。终窭且贫，莫知我艰；已焉哉，天实为之，谓之何哉？""王事适我，政事一埤益我；我入自外，室人交徧谪我；已焉哉！天实为之，谓之何哉！"控诉他的贫困，痛骂那是天所给予的。也表现出他的劳逸的不均，正是由于当时政治的腐败所造成。这一首与《小星》一样，还不好肯定地说就是士大夫阶级的作品而不是极贫困的劳动人民所作。

《邶风》的《式微》第一章说："式微式微，胡不归？微君之故，胡为乎中露？"痛恨不是"君"的缘故为什么他们奔波在道途之中？（"露"，鲁诗作"路"）第二章说："式微式微，胡不归？微君之躬（依马瑞辰说，'躬'与'穷'通），胡为乎泥中？"痛恨不是"君"的没有办法，为什么他们在"泥中"。这明明是人民怨恨统治阶级陷他们于涂炭之中的诗。《旄丘》诗说："叔兮伯兮，何多日也？""狐裘蒙戎，匪（彼）车不东，叔兮伯兮，靡所与同。""琐兮尾兮，流离之子；叔兮伯兮，褒如充耳。"细玩全诗之意，也应是人民当卫为狄侵，人民痛恨那些大夫不早到东方去求救的政治讽刺诗。这两诗，《毛诗》认为黎臣劝君归，黎人责卫伯。依崔述《读风偶识》的考证是不确的。既非黎人之诗，那就是卫国人民所做的政治讽刺诗，这是很明显的。现在附列于此。

《王风》的《黍离》旧说是"周室东迁，大夫行役至于宗周，过故宗庙，宫室尽为禾黍，闵周室之颠复，彷徨不忍去而作是诗。"但我们从诗篇本身看来，"行迈靡靡，中心摇摇"，还只是苦于行役的诗，"悠悠苍天！此何人哉！"是指天痛骂派遣他出去行役的人。诗中的思想情感，比较《小星》是要激烈些，在全诗中并无"至于宗周，过故宗庙"之意。《王风》的《兔爰》，从诗篇的起兴看来，"有兔爰爰，雉离于罗"，是指斥着当时的虐政，到处都是网罗，所以说"我生之初尚无为，我生之后，逢此百罹,尚寐无吪。"还不只是表示时代一天一天变坏了而有没落之感。这都是对当时的政治怀极端不满的情绪的诗歌。《王风》的《葛藟》说"终远兄弟,谓他人父,谓他人父,亦莫我顾",这才是确实的表现了亡国的悲哀。

《郑风》的《清人》旧说是"郑弃其师"的讽刺,从诗句"二矛重英,河上乎翱翔",这确是人民讽刺郑君久役人民,翱翔在河上,不爱惜民众的诗。《齐风》的《东方未明》说"折柳樊圃,狂夫瞿瞿",骂的是那监工的人。说"颠之倒之,自公召之"。指斥齐国的政治上的昏乱,都很明显。从这些诗篇看来,当时的人,是毫无畏惧的可以公开指责当时的"人君",这些诗都具有强烈的人民性的。

《魏风》的《伐檀》是一首刺贪的诗,刻画出当时统治阶级剥削人民劳动果实的罪行。诗篇从一群劳动人民或劳工在河边上集体的劳动写起,"坎坎伐檀兮,置之河之干兮! 河水清且涟兮!"用这些歌句突出地刻画出他们劳动的节奏、劳动的场所。他们的工作是有利于人民的,他们的环境是那样清白的;衬托出那些既贪而污的人,是如何卑鄙龌龊有害于人民。然后用质问的语气继续着说"不稼不穑,胡取禾三百廛兮? 不狩不猎,胡瞻尔庭有悬貆兮?"这是质问,也是咒骂。最后用"彼君子兮,不素餐兮"作结。我们读到这诗,可以想象出这是一群匠人或工奴在他们工作中所发出的英勇斗争的呼声。这首诗的乐调一直流传到三国时还歌唱在广大人民群众之间,是极具有教育人民的作用,与很大的感染力的。《魏风》的《硕鼠》也是刺贪的诗。诗篇用硕鼠刻画出当时统治阶级贪而畏人的丑恶状态,从食黍食麦一直到食苗,劳动人民再也禁不起他们的剥削,只有逃到乐土、乐国、乐郊中去。郑玄解释这篇的硕鼠是指的人君。确实这诗是很明目张胆地咒骂当时的人君,对统治阶级发出反抗的斗争的呼声。"乐郊乐郊! 谁之永号"是他们理想境地。他们是想获得了解放,消灭了剥削阶级,但是可惜他们还不能做到。

《魏风》的《葛屦》应是一首缝纫女工的作品,主题思想是诅咒当时的人君悭吝刻薄,拿着夏天的葛屦去践踏秋冬的寒霜,奴役女子,叫她缝裳。这是"俭之过而至于吝啬迫隘,计较分毫之间,而谋利之心急"。由这里所刻画的也可见出他们欺压人民,剥削人民。篇中的"好人"就是指的"人君",诗篇明明指出"维是褊心,是以为刺"。是很大胆的发出反抗的呼声。《园有桃》表面上看来是一位士大夫想要逃避现实的诗,但就内容来说,也是痛骂当时的人君的。诗中的"彼人是哉"是指的魏君,郑玄的《诗笺》早已如此提出。"那个人对吗? 你说如何?"作者分明是咒骂那个贪婪的君主。他说"心之忧矣,其谁知之,其谁知之,盖(盍)亦勿思?"是明白指点人们去想想那个贪婪剥削的人,要大家起来打倒他。《魏风》的《陟岵》是一首戍卒思家的诗,想象地用登高瞻望他家的父母,父母都希望他不要死,这是他想着能生还的厌战诗。

《唐风》的《羔裘》应是一首讽刺当时大夫的诗,诗篇说"羔裘豹祛,自我人居居(倨),岂无他人?维子之(是)故(固)?""羔裘豹褎,自我人究究,岂无他人?维子之好!"居居究究,是恶的意思。林义光解释这几句诗说,"固犹拥护也。岂无他人,维子是固,谓我辈岂无他人可以拥护而必拥护汝乎?"这是诅咒当时的大夫那一阶层的诗。《唐风》的《鸨羽》是一首厌战的诗,诗中借"鸨鸟连蹄,性不树止,树止则为苦"起兴从事战争的痛苦危险。诗篇用沉痛的语句提出"王事靡盬,不能蓺黍稷,父母何食?悠悠苍天,曷其有极!"这明是一个农奴因为出征而耽误了他的农事,使父母都没有吃的。他咒骂天,也就是咒骂当时的领主。

《秦风》中的《黄鸟》是攻击当时凶恶的殉葬制度的诗。诗篇用黄鸟的止于"棘""桑""楚",借音双关显示出那是疾恨悲伤痛楚的事件,用"临其穴,惴惴其栗"的具体事实写出那殉葬的人悲惨恐惧在墓穴边的情况;然后用"彼苍者天,歼我良人"表示出人民对这件事的无比愤怒,他们表面上咒骂的是天,实际上咒骂的就是那万恶的秦君。这首抗议的诗歌,是引起了广大人民的同情的。《秦风》的《权舆》是刻画一个贵族走上没落道路的诗歌,他从前居的"夏屋渠渠",现在只有饭吃,没有其他了,从前吃的是很好的饭菜,现在每顿饭都不饱了。这是在豪强兼并的激流中社会逐渐转变所必有的现象。

《曹风》的《候人》是和《唐·羔裘》一样,讽刺当时的君大夫"彼其之子,三百赤芾"的"不称其服"。诗人是很大胆的指出当时政治上的黑暗,不用贤能。指责那些统治阶级的无能,不配占据上位。

《豳风》的《鸱鸮》,也是具有极强烈的人民性的诗,这诗假托一个小鸟咒骂鸱鸮夺取了它的爱子,还要毁灭它的家室,来咒骂统治阶级使他感到人亡家破的苦痛。将统治阶级比喻成为鸱鸮那样的恶毒,全篇中愤怒之意是完全表达出来了的。第一章叫喊着鸱鸮,"既取我子,无毁我室",说他殷殷勤勤地养着这个爱子,是耗费了心力的。而结果被这恶毒的人夺去了,这是如何的可怜。第二章就上章无毁我室的意思说他要未雨绸缪,保护他的家庭。假托着乌在树上。说你们这卑下的人们有谁能来欺侮我。欺侮他的下民正是上章所说的"既取我子,无毁我室"的鸱鸮,也是比喻着统治阶级的。第三章说他对他的家室的缔造艰难,煞费苦心。第四章终于叹息他的微弱的家庭终不免被统治阶级的暴风雨所飘摇。他只有发出很尖锐的哀鸣了。这诗因为《尚书·金縢篇》有"(周)公乃作诗以诒王,名之曰鸱鸮",而被认为周公所作的诗。而实是不合情理的。周公不应将他的兄弟管蔡比作"子"。那时的周是新兴之国,也决不会怕纣子武庚动摇了周室。他可以用武力来征服,也不应当将周室说成"予室翘翘,风雨所漂摇。"假如认为周公所作,是与全诗情节不合的。《孟子》上引孔子的话说:"为此诗者,其知道乎!"也并未以为周公作,可见这诗不是周公作的。《尚书·金縢》是一篇不可信的书篇,从宋代的程颐已怀疑其非圣人之书。金履祥《尚书表注》说:"此篇(金縢)叙事,意多浅晦,程子疑其间不可尽信。"(卷四下页九)后来王廉、王夫之、袁枚也都疑《金縢》。袁枚的《金縢辨》上下两篇列举了不下十证,来证明《金縢》是伪书。我们解释此诗。是不当依据这篇来看问题的。

《豳风》的《东山》是写戍卒归家的诗,但从诗句的"我徂东山,慆慆不归。""伊威在室,蟏蛸在户,町畽鹿场,熠耀宵行","自我不见,于今三年"写出战士,"往来之劳,离家之久",归来的时候见到他的家中一切荒废凄凉的情况,是有反战情绪的。《破斧》诗说"既破我斧,又缺我斨,哀我人斯,亦孔之将。"也是一首厌战的诗。

综合上面所述的诗歌看来,它们有的是咒骂当时统治阶级的恶毒强狠,欺压人民,如《鹑之奔奔》《北风》《黄鸟》《鸱鸮》。有的是刻画他们的剥削贪婪,如《葛屦》《伐檀》《硕鼠》。有的是揭露他们的荒淫无耻,不守礼法,如《墙有茨》《东方未明》《相鼠》。有的是怨恨他们的劳役战乱,如《小星》《式微》《旄丘》《黍离》《清人》《陟岵》《鸨羽》《东山》《破斧》。有的是讽刺一些贵族傲慢无能,如《羔裘》《候人》。有的是表现出人民被欺压得无路可走想着逃避,发出怨言。如《北门》《兔爰》《园有桃》。有的是写贵族阶级的没落,如《权舆》。有的表现出他们亡国的悲哀,如《葛藟》,只这二十几首小诗中是将当时统治阶级丑恶的面貌,人民对于他们憎恨的心情都有声有色地,如怨如诉地,刻绘出来,表达出来。像《鹑之奔奔》《伐檀》等诗,尤其是教育了人民,提高了人们在政治上的觉悟,是不可多得的诗篇。

在《二雅》中,士大夫阶层所做的政治讽刺诗大约有二三十首,最令人乐道的是:小雅的《节南山》《正月》《十月之交》《雨无正》《小旻》《大东》《四月》《北山》;《大雅》的《民劳》《桑柔》《瞻卬》《召旻》。《节南山》是东迁以后的作品,它的主题思想虽然是讽刺当时的"桓王",但主要的是刺"尹氏太师",只是当时统治阶级内部的矛盾,诗中值得我们注意的是"不吊昊天,不宜空我师,""昊天不佣,降此鞠

国学经典文库

诗经

·名家谈《诗经》·

图文珍藏版

凶;昊天不惠,降此大戾。""不吊昊天,乱靡有定。"对于天也谴责起来了。这表示统治阶级所利用的宗教思想进一步的动摇,人民对于天道的观念慢慢地认为是自然的,慢慢地可以提高到征服自然的思想。不过我们不要忽略,这些怨天之词,在风诗中是也有的,并不是士大夫阶层的独创。《节南山》末章"家父作诵,以究王讻,式讹尔心,以畜万邦",作者虽然公开的攻击"王",但还希望他能改变,不如《鹑之奔奔》直截了当地说"人之无良,我以为君。"《正月》也是东迁以后之作,诗中说是"今兹之正,胡然厉矣!""现在的政治,何以这样虐啊?"也是很能大胆说话。《十月之交》是刺幽王的诗,但主要的是刺皇父,第五章说"抑此皇父,岂曰不时? 胡为我作,不即我谋? 微我墙屋,田卒污莱。日子不戒,礼则然矣!"他们侵犯人家的墙屋,损害人家的田亩,还以为是合礼。这诗虽然没有正面的攻击礼法,而实际是对礼法的愤恨。这与《邶·柏舟》说:"威仪棣棣,不可选(去)也"一样,是对礼法不满的诗,愤怒的情绪都表现在字里行间。统治阶级枷锁人民的工具,是很容易被人民看透的,人民的眼睛是雪亮的,他们会戳穿这些假面具。《雨无正》是攻击一些官吏不负责任,"戎成不退,饥成不遂",《小旻》是攻击统治阶级误听邪言,"谋之其臧,则具是违,谋之不臧,则具是依。"《大东》的"东人之子,职劳不来;西人之子,粲粲衣服。舟人之子,熊罴是裘;私人之子,百僚是试",是用对照的手法写出当时的赋役不均,群小得志的黑暗政治。《四月》用"匪鹑匪鸢,翰飞戾天,匪鳣匪鲔,潜逃于渊",形容出他们遭受痛苦,无处投奔的悲伤情况。《北山》写的是"大夫不均,我从事独贤。"《小旻》《大东》《四月》《北山》,表现的思想情感虽不如《节南山》等四篇那样的明确,但也够激昂慷慨的。

《大雅·民劳》提到"民亦劳止,汔可小康","式遏寇虐,无俾民忧",还是用讽劝口吻的讽刺诗。这一首是大雅中较早的讽刺诗。《桑柔》说到"大风有隧,贪人败类","自有肺肠,俾民卒狂"。是毫不容情诅咒这些败类。《瞻卬》说到"人有土田,女反有之;人有民人,女复夺之,此宜无罪,汝反收之;彼宜有罪,女复说之"。《召旻》的"天笃降丧,瘨我饥馑;民卒流亡,我居圉卒荒","蟊贼内讧,昏椓靡共,溃溃回遹,实靖夷我邦",愤怒悲伤的情绪,是眼看见他们的危难就要到来发出的悲惨的呼声。

在上述《二雅》中比较著名的十二首诗之外,在《小雅》中还有《祈父》《鸿雁》《蓼莪》《渐渐之石》《苕之华》《何草不黄》六首,《大雅》中还有《板》《荡》两首,主题思想和诗中词句都很明显地可以看出是士大夫所做的讽刺诗。《祈父》是攻击

"祈父！予王之爪牙！胡转予于恤"的厌战诗，这诗和《渐渐之石》说，"武人东征，不遑朝矣"；"武人东征，不遑他矣"。《何草不黄》说，"哀我征夫，独为匪民"；"哀我征夫，不遑朝夕。"大意相同，都是苦于战役的诗。《蓼莪》诗是"人民生活劳苦，孝子不得终养"所作的诗。诗中说"鲜民之生，不如死之久矣！""民莫不谷，我独何害？"写出他那没有吃喝，痛不欲生的悲伤情况。《苕之华》更说道"知我如此，不如无生"，"人可以食，鲜可以饱"。这比起《鸿雁》的"鸿雁于飞，哀鸣嗷嗷"，写流民的悲哀表现得更要深刻；更引起人的同情。这些诗没有在正面上攻击当时的统治阶极，但在内心里蕴藏着愤怒的火焰，是不言而喻的。《大雅·板》说，"上帝板板，下民卒瘅，出话不然，为犹不远，""犹之未远，是用大谏。"《荡》篇"假托于文王所嗟叹殷纣者"，来讽刺当时的"暴虐众敛之臣"。这两篇的词意都比较软弱，但确也刻画出那些统治阶级"炰烋于中国，敛怨以为德"那种无恶不作的政治面貌。

以上所列举的二十首都是《二雅》中比较好的一些政治讽刺诗。我们由这些诗可以看出在西周末年东周初年那些统治阶级如何不顾及人民的利益，贪污剥削，欺压人民，劳役人民，连统治阶级内部一些士大夫阶层也感到他们互相欺凌，互相倾轧，一直弄到民不聊生，"日蹙国里面"的情况。这些诗歌，就是他们作出来"维以告哀"的一些显著的悲歌。《小雅》中还有一些诗如《巧言》《何人斯》《巷伯》《谷风》等等也是这一类的作品，在这里都未及详叙。在《风》诗中，如《卫风·芄兰》的刺卫君臣；《齐风》的《鸡鸣》《南山》《敝笱》《载驱》《猗嗟》的刺齐君荒淫以及《唐风》的《蟋蟀》《山有枢》《杕杜》《有杕之杜》《采苓》；《陈风》的《株林》；《桧风》的《匪风》；《曹风》的《下泉》，一些可以看出当时的政治社会面貌的诗，这里也一概从略，不能全部的叙述。

四、史诗及其他杂诗

在《风》诗中，值得我们注意的还有几首爱国主义诗篇，而且有些是女诗人的作品，这是《鄘风》的《载驰》《竹竿》《泉水》三首诗。《载驰》是卫宣姜的女儿许穆公夫人所作，她听到卫国被狄人所灭，急忙要回去吊唁卫侯，但是结果不能回去，她做了这诗。第一章说"载驰载驱、归唁卫侯，驱马悠悠，言至于漕。大夫跋涉，我心则忧。"这是她听到卫国大夫报告的消息，就很忧虑，想着回到卫国。不过"妇人既嫁不逾境"，封建礼教的束缚，在当时她是不应当回去的。她只有责备"许人尤之，众（既）稚且狂。"她还要想象地说："我行其野，芃芃其麦，控于大邦，谁因谁极"，她自己去控诉到大邦,来挽救卫国。她的爱国主义思想是不能被旧礼教和许国人束缚的。《竹竿》篇据魏源的考订,也是许穆公夫人作,她也是想象的"籊籊竹竿,以钓于淇,"而其实并没有真回去,只有"驾言出游,以写我爱。"《邶风·泉水》应当也是她的作品,第一章说"娈彼诸姬,聊与之谋,"谋是要谋救卫。第四章说"思须(沫)与漕,我心悠悠。驾言出游,以写我忧。"这与《竹竿》如出一口,也应是一人之作。方玉润认为是卫女和载驱,还未必合乎实际情形。这几首诗虽是出于许穆公夫人之手,但是因为符合于卫国人民的思想情感,所以流传在卫国,为卫国人民所歌唱。这几首诗虽是出于封建贵族之手,但里面贯穿的爱国主义精神,是符合于卫国人民的爱国主义精神,是具有人民性的爱国主义诗篇。

卫文公

《卫风》中的《定之方中》是赞美卫文公在遭受狄人侵略之后复兴卫国的诗。《魏风》中的《陟岵》虽本是一首感到父母兄弟离散厌战的诗,但由"犹来无止","夙夜必偕"这几句看来,他们不愿打败仗,也是有爱国主义精神的诗。《秦风》的《无衣》,如不依王夫之的解释,而认为秦人的作品,从"与子同仇"这一句看来,也明显是一首反侵略的诗篇,也应列入具有爱国主义精神的作品中。

在《大雅》中,有一些是歌颂周民族发展的历史,周初建国的经过的史诗,如《生民》《公刘》《绵》《皇矣》《大明》。《生民》共八章,是写周民族始祖后稷如何的诞生,如何的发明种植的故事。这诗前三章是神话式的叙述,说后稷的母亲,因为踏上了上帝脚迹而受了感应,就生下了后稷。这"知有母而不知有父"的传说,显见得那时还是母系氏族社会时代的流传下来的故事。第三章说"诞寘之隘巷，牛羊腓字之；诞寘之平林，会伐平林；诞寘之寒冰，鸟复翼之。"用神话式的夸饰的手法写出这个发明种植的人物的神异，来引起人们对于这个人物的崇敬。第四章说他所发明的能种的谷物很多："荏菽旆旆，禾役穟穟，麻麦幪幪，瓜瓞唪唪。"是用复叠的列叙的手法，写出那些农产生长的茂盛。第五章更连用十个实字："实方""实苞"，"实种""实褎"，"实发"，"实秀"，"实坚""实好"，"实颖""实栗"来形容他的庄稼如何长大结实。这些夸大的写法都是为了加强感染力来引起人们对于他们祖先的崇拜。《公刘》篇共六章，是叙述后稷曾孙公刘迁居到豳的故事。第一章叙述公刘不敢安居，他经营好了田地，贮存了许多积蓄，于是带着干粮，背着武器，去扩张他们的领土，迁居到另一地方。第二章叙说他找到了一块适合于生长繁荣、适合于大家居住而不发愁的地方；他爬到高山，下到平原，来回地考察。第三章叙述他又在那旷野平原中找到一个南山，一个高丘，他们可以在那里挖好窑洞安居起来。第四章叙述他们在那里建设完成之后，他们饮酒宴乐，他受到大家的崇敬。第五章还是叙述的他在那里"相其阴阳、观其流泉"，"度其隰原，彻田为粮，度其夕阳，豳居允荒。"好好考察地势、水利、土壤，开辟为田地，这才提出那个地名是豳。最后一章更叙述他们定居之后，疆理田地，人众财多，更扩张他们的居处到皇涧过涧两条水的涯岸。我们读到这诗，可以想象到他们是如何辛勤的勘探、而后开辟他们的新居。诗篇也是用了许多叠字来加强感染力。《绵》篇共有九章，是叙述文王祖父古公亶父从豳迁居到岐的故事。这诗第一章说他们的祖先直到古公亶父的时候还是"陶复陶穴，未有家室。"掏些窑洞居住。第二章"率四水浒，至于岐下，爰及姜女，聿来胥宇"是叙述他们牵着马匹，循着水滨，到达岐下。他同他的妻子来寻觅他们居住的地方。据《孟子》书说，这是因为"狄人侵之，事之以皮币、珠玉、犬马而不得免，"他才离开豳地的。第三章说他们找到周原那块肥沃的地方，他们计划在那里居住。第四章说"乃慰乃止，乃左乃右，乃疆乃理，乃宣乃亩，自西徂东，周爰执事。"这是他们安居在那里，开垦土地。第五章说"乃召司空，乃召司徒，俾立室家，其绳则直。"这是建筑房屋。第六章说："捄之陾陾，度之薨薨，筑之登登，削屡（娄）冯冯，"这是建筑的情况。第七章说，"乃立皋门，皋门有伉，乃立应门，应门将将，"这是说建筑城门。这几章也用各样复叠的词句，来表示他在建设时欢欣鼓舞的精神。第八章说他们建设完成之后，"混夷駾矣，维其喙矣。"他们也克服了被异族侵略的祸难，诗人在最后一章用赞叹的词句说："予曰有疏附，予曰有先后；予曰有奔奏，予曰有御侮。"更叠用"予曰"四次，诗人是要利用他自己赞叹的情感来引起人们对于他们祖先的崇敬。这三首诗都是追述周民族发展的经过的事迹的。《皇矣》篇是叙述周的开国从太王王季开始，但是天帝最是赞成文王，所以他能阻止密人的侵略，又能伐崇，所以周室日益强大起来。《大明》篇是叙述武王的事迹，篇中叙说到武王的父母与祖父母，最后一章提到他伐商。"牧野洋洋，檀车蝗煌，驷騵彭彭，维师尚父（太公望），时维鹰扬，凉彼武王、肆伐大商，会朝清明"。这是周民族在开国时的一次大胜利。合起这五首诗来看，我们可以想象到从后稷到公刘到文王的祖父古公亶父一代一代的逐渐发展的情形，而从文王才开始强大起来，诗人在诗篇中能将他们的事迹重点地加以刻画，使人读到这些诗仿佛看到当时情景。这些史诗，不过分的夸大，不过分的铺张，是很忠实的描写当时的情景的。读到这些诗，可以增强民族自豪心，也可以增长爱国主义思想，如《绵》篇的"予曰有御侮"，是极其明显的可以鼓舞人的词句。

在二《雅》中还有《出车》《采芑》《江汉》《六月》《常武》五首诗也可以当作史诗来看。《出车》叙到南仲，"狁于襄（攘）"，以及"薄伐西戎"的事迹，《采芑》叙述方叔"征伐狁，蛮荆来威"的事迹。《六月》叙述俨狁"整局焦获，侵镐及方，至于泾阳，"尹吉甫"薄伐狁，至于太原"的事迹，《江汉》叙到周宣王命召虎征淮夷的事迹，《常武》叙到周宣王命皇父征伐徐方的事迹。但这五首诗不能与《生民》等篇一样看待，这些诗的内容，赞美他们的战功多于叙述他们战事的经过。由于这些诗我们可以看到在西周末年统治阶级是如何挣扎地来反抗侵略，是值得我们注意的。这五首诗夹带着一些叙事，比起《周颂》的《昊天有成命》《武》《酌》《桓》《赉》《般》所谓大武六章，（此依王国维《观堂集林·周大武乐章考说》）只是歌颂他们的武功也不同，所以还可以当作史看待。

相当于二《雅》中这些史诗的还有《鲁颂》的《泮水》《閟宫》，《商颂》的《玄鸟》《长发》《殷武》。《閟宫》篇是颂美鲁僖公伐楚征淮夷的事迹，开始从"赫赫姜嫄""是生后稷"叙起，叙到"后稷之孙、实为太王；居岐之阳，实始剪商"；在"敦商之旅"以后，他们的祖先封侯于鲁。这是他们开国的历史。以后提到他们"戎狄是膺，荆舒是惩。"《泮水》篇叙述征服淮夷之后"在泮献馘"的事迹。后一首颂祷之辞比较多些。《商颂》的《玄鸟》说到"天命玄鸟，降而生商，宅殷土芒芒，古帝命武汤，正域彼四方。"《长发》篇说到"有娀方将，帝立子生商，"说到商汤的伐韦、顾、昆吾与夏桀。这两首诗歌是在祭祀宗庙时追述商人祖先的事迹。《殷武》也是叙述伐楚的武功的,据《史记》说,是颂美宋襄公伐楚的诗。《商颂》比起《盘庚》文字浅显,不会是殷代的作品,《史记》说是可信的。但这些诗究竟是颂诗,颂祷的气氛比起《生民》《公刘》等篇还要浓厚,不能完全地当作史诗。这些诗与《生民》《公刘》《绵》篇等,还有不同,绝对的是统治阶级的作品,应当区别看待。

以上我们将诗《三百篇》的思想内容大致的分析一下,《风》诗在上述的四类中共有一百二十多篇,其余的三十多篇,如《凯风》《二子乘舟》,是抒写母子之情的;《雄雉》《匏有苦叶》《考盘》《衡门》,是没落贵族对于政治不满具有逃避现实思想的诗。像二《南》中的《樛木》《螽斯》《采蘩》《采蘋》等篇是当时的一些礼俗诗,此外便是封建贵族或士大夫所作,或是描写他们的诗歌。但是这些诗中如《召南》的《甘棠》,《卫风》的《淇奥》,《郑风》的《缁衣》,《召南》的《羔羊》,这些诗所歌颂的人物必是能够"为人民服务"的人物,所以尽管他们是封建领主或是士大夫阶级,歌颂他们的诗得以流传到今日。从这一点来看这些诗也是与人民思想感情相符合的。再如《卫风》中有两首诗《硕人》《君子偕老》是描写卫庄姜的人物美丽的,我们由《君子偕老》的末二句来看:"展如之人兮,邦之媛(援)也。"仍是由于她是"齐侯之子",嫁到卫国,对于卫国有了帮助,所以人们对于她的美丽加以赞扬。《风》诗中完全是统治阶级所作,或为统治阶级而作,应不过于二十首,我们说风诗的绝大部分出于民歌,是人民歌唱他们的生活思想情感与企望的作品,在上述的四项分类中可以很明白地看出。

三、名家谈《诗经》的艺术精神

《诗经》谈片

顾随

《诗》有六义:风、雅、颂;赋、比、兴。前三项,《诗》之性质;后三项,《诗》之作风(法)。

诗人富幻想者好用比,如李白;老杜偏于赋,皇皇大篇,直陈其事,故有"诗史"之称。太白号称仙才,以其富于幻想、联想;天才,多用比也。其实,兴,凑韵而已,没讲儿。"小蚂蚱,土里生。前腿爬,后腿蹬。长上翅,翅棱棱。"——赋也。"小板凳,朝前移,爹爹喝酒娘陪着。"——兴也。兴只有儿歌中保有的最古、最幼稚。

诗有叙事、写景、抒情。抒情诗最易写。"《国风》"中亦以抒情诗为多,无论其写得美丽或沉痛。美丽可感动人之感觉,沉痛可感动人之感情。

写景:大自然、风月、山水,原是美的。写景亦可写得美丽沉痛,景中有情。

最难写的是叙事的诗。难于写得美,因少幻想,如白居易《长恨歌》,自开始至贵妃死都写得不好,勉强凑合,几下成诗。至"忽闻海上有仙山"才写得好了。"上穷碧落下黄泉,两处茫茫皆不见",颇有老杜气概。较为自在从容,因此乃幻想,故易写。此外就是"传奇"的,也易写得好。如《琵琶行》,虽无《长恨歌》之奇情壮彩,而尚能动人,便因其为"传奇"的。(传奇,此乃翻译,实应为浪漫的 Romantic,非真实的。)其不同于幻想者,幻想是鬼神的,传奇是人事的,而二者有一相同点,即:全为非真实的。

《诗经·豳风·七月》真是一篇杰作。唯有《七月》一类诗难写,没有一点幻想色彩,也没有一点传奇色彩,全是真实的,故难写成诗。

所谓难写,并非不能写;难,是我们才力不到。天地间事物没有不能写成诗的。《七月》所写是老百姓平常人的平常生活,难写而写出来了,而且写的是诗,不是日记,不是有韵散文,不是账本子。(我们写日常生活,不是日记,便是记账。)

同时,《七月》又是非个人的。《琵琶行》《长恨歌》皆有主人翁,是个人的。老杜名为"诗史",但如其《北征》《奉先咏怀》,亦嫌其个人色彩太重,从其个人描写中可看出别人乱离生活,虽然如此,但究竟是以自我作中心,少普遍性。普遍性令人想到近代所谓"集团"。近代作家提倡集团,但其作品仍是偏重个人而非集团性的。《七月》真是集团性的,不是写的一两个人,是写豳地所有人民。

再其次,《七月》是平凡的。这与真实相近而实不同。历史上许多真实事并不平凡。洋车夫的生活是平凡,也是真实。最要者,真实中还要有韵味,余味不尽。写"集团",难的是调和,在团体中找出共同性,平凡是难于写得伟大(神秘)。《琵琶行》是商人妇,《长恨歌》是杨玉环,而《七月》是豳地所有人民,比前二者伟大。

同时,《七月》又写出中国人民之乐天性,这是好是坏很难说。如天真是好的,而天真是幼稚;坦白是好的,坦白是浮浅。中国人易于满足现实,这就是乐天。乐天是保守,不长进;而乐天自有其伟大在,不是说它消极保守,是从积极上说,人必在自己职业中找到乐趣,才能做得好,有成就。《七月》写人民生活,不得不谓之勤劳,每年每月都有事,而他们总是高高兴兴的。这样的民族是有希望的,不会灭亡的。

《七月》从头至尾是男性的诗,硬性的,阳刚,力的表现。力即美,但分言之,力与美又为二者,只言美偏于优美。但《七月》中仅第二章一章音节柔和调谐、优美、女性美。这一章先用阳声韵,接着是后世的"四支""五微"韵,细声,是对比。前半宏大,后半纤细,前半偏动,后半偏静。第一章前半言衣是显说,后半言食是隐说,显隐之别是文字上的;第二章动静之别是音节上的。《七月》作者是男性,阳刚,但第二章写女性美写得真好,把女性的感觉感情都写出来了。但一起两句"七月流火,九月授衣"放在这里真不调和;此是"兴"也。此二句在第一章是"赋",在第二章是"兴",以此二句引出以下九句。第三章"七月流火,九月授衣"二句"赋"与"兴"皆而有之。

清代牛运震《诗志》言《七月》,一、"平平常常,痴痴钝钝",二、"充悦和厚",三、"典则古雅","此一诗而备三体,又一诗中藏无数小诗,真绝大结构也。"

充,充满之意,诚于中形于外,内心充满则所表现自是悦,"充悦",真好,真无虚拟。"充悦和厚,典则古雅",中国旧美学之高处便在此。

写长一点的作品,必须一大段中分若干小段,分之则清清楚楚,合之则浑然无迹,天衣无缝。创作必要做到此地步。若一大段糊里糊涂,分不出小段,则写的没法写,读的也没法读;然若能分不能合,零零碎碎也不成,合之要异常完密。但牛氏未言其何以能一诗中藏数小诗(分之清清楚楚,合之天衣无缝),此便因《七月》所写是团体,只写个人总差。《七月》人多、时多、事多,因而一诗内许多小诗。

写诗写长篇,必写叙事诗不可,抒情诗还是短了好。《七月》八章,章十一句;《豳风·鸱鸮》四章,章五句,即因《七月》是叙事的,《鸱鸮》是抒情的。而且《七月》是集团的,《鸱鸮》是个人的。《鸱鸮》诗人以鸟比人,且以自己比为一鸟。

《七月》是集团的,《鸱鸮》是个人的,不以是分大小。但一般理论皆以为集团的是伟大的,个人的是渺小的。《七月》是我国上古团体的、实际的生活。我们尽管以新文学眼光去看《七月》,仍有其价值在。而《鸱鸮》也与现在时代相合,仍是活鲜鲜的。实则《鸱鸮》《七月》二者半斤八两相等,若有畸轻畸重之见,则不免有所偏。(偏个人者以为《七月》琐碎、乱;偏集团者以为《鸱鸮》无用,叫唤叫唤就完了。)

《七月》写农人,而《豳风·东山》是战争后军队复员之作。"我徂东山",我虽是个人,同时也代表全体。《七月》纯乎集团,《鸱鸮》纯乎个人,《东山》写集团中有小我，小我中有集团。

《东山》共四章，每章前四句皆相同——"我徂东山，慆慆不归。我来自东，零雨其蒙。"——真好。

第三章"自我不见，于今三年"，字形上笔画少，语言上句子白话，而读后在人心里盘桓不已。这是真正白话，真写得好！现在白话文一发展便走向古典派里去了，便走入"自杀"之路。

"变雅"乃乱世之音。《诗经》"风""雅"中只正风正雅（治世之音），始表现温柔敦厚，中正和平。"变风""变雅"虽《三百篇》亦不能温柔敦厚，正如老实人遇到不共戴天之仇也会杀人放火。

《小雅》末一篇第一句便是"何草不黄"，这句真好，可是表现乱离不如《苕之华》：

苕之华，芸其黄矣。心之忧矣，惟其伤矣。苕之华，其叶青青。知我如此，不如无生。牂羊坟首，三星在罶。人可以食，鲜可以饱。

首章三"矣"字，很缠绵。次章节奏急促。诗人以自我为出发点，"忧"是薄的浅的，"伤"是深的厚的，忧可以忍受，伤便不可忍受。"知我如此，不如无生"，小我；"人可以食，鲜可以饱"，由小我推及人群。

依毛氏所分，《小雅》中《鹿鸣》《南有嘉鱼》《鸿雁》之什，多酬酢宴饮乐歌，有佳作，亦仍为中正和平温柔敦厚之音，自《节南山》之后，乃有所谓"变雅"之音（乱世之音）。《鸿雁》之什中的《黄鸟》篇，但为羁旅之词，非乱世之音。

《小雅·正月》首章用三"忧"字，"我心忧伤""忧心京京""瘝忧以痒"，后之诗人不敢如此用。

文学上以用字重复而成功者是"楚辞"之《离骚》，重复中有其价值在。

《正月》是字的重复，句法不重复。意思总之是忧，而有深浅层次之分。

中国人最敬者天地，最亲者父母。对此只有赞美，没有怨恶。而《小雅》之《节南山》怨天，《正月》怨父母，此与常情不合，是越常规。由此方知"我心"之"忧伤"。

《小雅·十月之交》是圆的，孟德诗不圆。恐怖诗颇难写得圆美，东方美以圆为最。恐怖而写得圆美者，惟《十月之交》三章。

恐怖一般不能写得圆美，但诗人能，因为他是非常人。

诗中写愉快者少，"《三百篇》"尚有，后人便不能写了。诗写伤感者最多，伤感如伤风，最易传染，诗人最爱做此。

诗中写惊悸者少,"《三百篇》"真写得好,波澜起伏。

"《三百篇》"好,而苦于文字障,先须打破文字障,才能了解其诗之美。

关于《诗经》中章段复叠之诗篇的一点意见

钟敬文

记得幼时在私塾里念书,读到《诗经》的功课,心里非常欢喜。这并不是说我那时会怎样领略出其中的妙处,乃因为它每首都有押韵,而且章段多是重叠的,记诵起来没有其他古书那么困难。

说到《诗经》中的篇章,大约可分作下列几种:

1.一篇中自首至末不分章者,如《颂》中之大部分。

2.一篇中虽分章而语意不复叠者,如《国风》中之《击鼓》(《邶风》),《雅》中之《棠棣之华》,及《颂》中之一部分。

3.一篇中有复叠之章,但不全篇如此者,如《国风》中之《燕燕》(《邶风》),《雅》中之《桑扈》,及《颂》中之一部分。

4.一篇中有两种以上的复叠章者,如《雅》中之《四牡》《鱼丽》等。

5.一篇中复叠着同样之章到底者,此项最占多数,《国风》中几乎全部都是,《雅》中也占一部分,《颂》中比较不多。

为什么《诗经》里会有这么多复叠之章段的歌谣呢? 这个问题,以前似乎没有人提起过。十三年(编者注:民国),顾颉刚先生在《歌谣》周刊上发表了一篇《从诗经中整理出歌谣的意见》之文章,里面有牵涉到这个问题的几句话:

凡是歌谣只要唱完就算无取乎往复重沓。惟乐章则因奏乐的关系,太短了觉得无味,一定要往复重沓的好几遍。

不久,魏建功先生便写了一篇文章,名叫做《歌谣表现法之最紧要者——重奏复沓》,反对顾先生的意见。他的结论是:

唱歌谣的人不是诗人一样的绞脑汁,他们大都用一样的语调,随口改换字句唱出来,儿童尤其是的;所以重奏复沓是歌谣的表现的最要紧的方法之一!

到了十四年冬(编者注:民国),顾先生又专为这个问题,草了《论〈诗经〉所录全为乐歌》一篇洋洋数万言既详且尽的大文,刊于国学门周刊中。这篇文最重要的一段话是:

我数年前采集苏州歌谣从歌谣得到一个原则,即是徒歌中章段回环复沓的极

国学经典文库

诗经

·名家谈《诗经》·

图文珍藏版

少,和乐章是不同的。

徒歌中的回环复沓,只限于练习说话的"儿歌",依问作答的"对山歌"。此外唯有两类也是回环复沓的,一是把乐歌清唱的徒歌,一是模仿乐歌而作的徒歌,但这两类实在算不得徒歌。除了上四类,所有的成人的抒情之歌,大都是直抒胸臆,话说完时歌就唱完,不用回环复沓的形式来编队制。

这文发表后,到现在已一年有半了,并不见魏先生及别的人加以反驳,或另提异论,这重公案暂时总算略被勘定了。

以上说的,是关于这问题过去的一段小史。

那是去年暑假吧,我一天在翻阅我所收集的"輋歌"。这种每首都有两章以上复叠的,全部几乎没有例外。我当时以为这很足以摇动顾先生"徒歌章段回环复沓的极少"的一个断案。但后来详细一考究,才知道不对,因为这种歌的回环复沓不是一个人自己的叠唱而是两人以上的和唱。我又想到对歌合唱是原人或文化半开的民族所必有的风俗,如水上的蛋民,山居的客人,现在都还盛行着这种风气而造成了许多章段复叠的歌谣。且举一首复叠到四章以上的蛋歌做个例子吧!

> 海里人钓鱼,
> 当今咱妞尚玻璃;
> 时尚玻璃尚后尾,
> 时街后尾放歆歆。
> 海里人钓蚶,
> 当今咱妞尚银鬃;
> 时尚银鬃尚后尾,
> 时尚后尾放松松。
> 海里人钓蚝,
> 当今咱妞尚波罗;
> 时尚波罗尚后尾,
> 时尚后尾放ㄜㄜㄜㄜ。
> 海里人钓鸭,
> 当今咱妞尚银榻;
> 时尚银榻街后勘,
> 时街役尾放ㄉㄚㄉㄚ。

咱奵,妻也。奵俗字,玻璃,本以呼布色之浅蓝者,此则直指作布也。后尾,妇女编发于头后,形如薄篱,谓之后尾。银鬃,妇人笼髻之具,取银为之者。波罗,一种夏布的名字。ㄊㄛㄊㄛ,垂貌。ㄉㄚㄉㄚ,低下也。

我于是便想到《诗经》中章段复叠的问题,而怀疑它也是当时民间多人合唱而成的歌词。现在且举出我两个小小的理由于下:

1.《诗经》一部分的歌词,是当时采风的使者从民间把它收集了来的,其时民间文化的程度正和现在客家蛋族等差不多,那么,这个事实是很有成立的可能的。

2.说《诗经》中全部复叠着的歌谣,每首除了一章为原作外,其余都是乐工加上的,这话微有点近于牵强。因为有许多复沓的章段中是很有意思和艺术的,与其说是乐工随意所增益,似不如说是多人兴高采烈时所唱和而成的,更来得比较确当点。

但我这个意思也不见得确凿而绝无可疑。依照这样说,其中有的虽有叠章,而却不全篇如此者,这种歌词应当归为一人所唱抑多人合唱的?——顾先生"叠章是乐工所添增"的论调到这个地方也颇略显出疏洞,就是在同一篇中的语句,何以有些要叠,有些不叠呢?有些叠得很多次,有些连一次也不叠呢?这也许可推托到乐谱的限制上面去,但我总觉得这是有待于再考订的。——其他类这样的疑点,也许还有呢。可是无论如何,我上面的话总算是对于这个问题在顾魏二先生论调之外另表示一种独立的意见,足以供大家讨究一番的。

末了,我诚恳地希望顾魏二先生及其他一切对于这问题感到兴味的朋友加以赐教!

一六,五,二八,脱稿于广州

起兴

顾颉刚

幼读朱熹《诗集传》,见他在"关关雎鸠,在河之洲。窈窕淑女,君子好逑",下释云:

兴也……雎鸠,水鸟……生有定偶而不相乱,偶常并游而不相狎,故《毛传》以为挚而有别。……是诗言彼关关然之雎鸠则相与和鸣于河洲之上矣,此窈窕之淑女则岂非君子之善匹乎!言其相与和乐而恭敬,亦若雎鸠之情挚而有别也。

我的心中很疑惑:雎鸠是情挚而有别的,君子与淑女是像它们的,那么,这明明

是"比"而不是"兴"了。朱熹所下的赋兴比的界说,是:

赋者,敷陈其事而直言之者也。

兴者,先言他物以引起所咏之词也。

比者,以彼物比此物也。

赋和比都轻易明白,唯独兴却不懂得是怎么一回事。看《诗集传》中他所定为兴诗的诸多篇,还是一个茫然。

如《桃夭》篇云:

桃之夭夭,灼灼其华。

之子于归,宜其室家。

他解释道:

周礼仲春令会男女,然则桃之有华正婚姻之时也。

那么,这诗是说在桃花盛开时她嫁了。咏桃花以著嫁时,乃是直陈其事的赋诗。又如《麟趾》篇云:

麟之趾。

振振公子。

他解释道:

麟之足不践生草,不履生虫。振振,仁厚貌。

这诗既说仁厚的公子同麟趾一样的爱物,又是一首以彼物比此物的比诗了。朱熹自己审定的许多兴诗,不但不足以证成他的界说,反与其他的两类相混,这如何可以使得我们明白呢!

数年来,我辑集了些歌谣,忽然在无意中悟出兴诗的意义。今就本集所载的录出九条于下:

(一)萤火虫,弹弹开。

千金小姐嫁秀才……(第19首)

(二)萤火虫,夜夜红。

亲娘绩苎换灯笼……(第20首)

(三)蚕豆花开乌油油。

姐在房中梳好头……(第51首)

(四)南瓜棚,着地生。

外公外婆叫我亲外甥……(第53首)

（五）一英笔茸碧波青。

两边两悬竹丝灯……（第 54 首）

（六）一朝迷露间朝霜。

姑娘房里懒梳妆……（第 58 首）

（七）阳山头上竹叶青。

新做媳妇像观音……

阳山头上竹叶黄。

新做媳妇像夜叉……（第 61 首）

（八）阳山头上花小篮。

新做媳妇多许难……（第 62 首）

（九）栀子花开心里黄。

三县一府捉流氓……（第 92 首）

在这九条中，我们可以看出起首的一句和承接的一句是没有关系的。例如新做媳妇的美，并不在于阳山顶上竹叶的发青；而新做媳妇的难，也不在于阳山顶上有了一只花小篮。它们所以会得这样成为无意义的联合，只因"青"与"音"是同韵，"篮"与"难"是同韵。若开首就唱"新做媳妇像观音"，觉得太突兀，站不住，不如先唱了一句"阳山头上竹叶青"，于是得了陪衬，有了起势了。至于说到"阳山"，乃为它是苏州一带最高的山，容易望见，所以随口拿来开个头。倘使唱歌的人要唱"新做媳妇多许好"，便自然先唱出"阳山头上一丛草"了。悄然要唱"有个小娘要嫁人"也许先唱出"阳山头上一只莺"了。

这在古乐府中也有例可举。如"孔雀东南飞，五里一徘徊"，原与下边的"十三能织素，十四学裁衣，十五弹箜篌，十六诵诗书"一点没有关系。只因若在起首就说"十三学织素"觉得牵直无味，所以加上了"孔雀东南飞，五里一徘徊"，一来是可以用"徊"字起"衣""书"的韵脚，二来是可以借这句有力的话做一个起势。

我们懂得了这一个意思，于是"关关雎鸠"的兴起淑女与君子便不难解了。作这诗的人原只要说"窈窕淑女，君子好逑"但嫌太单调了，太率直了，所以先说一句"关关雎鸠，在河之洲"。他的最重要的意义只在"洲"与"逑"的谐韵。至于雎鸠的情挚而有别，淑女与君子的和乐而恭敬原是作诗的人所绝没有想到的。

八百年前的郑樵他早已见到这一层。他在《读诗易法》（六经奥论卷首）中说：

"关关雎鸠"，……是作诗者一时之兴，所见在是，不谋而感于心也。凡兴者，所見在此，所得在彼，不可以事类推，不可以理义求也。兴在鸳鸯，则"鸳鸯在梁"可以美后妃也。兴在鸤鸠，则"鸤鸠在桑"可以美后妃也。兴在黄鸟，在桑扈，则"绵蛮黄鸟"，"交交桑扈"可以美后妃也。如必曰关雎然后可以美后妃他无预焉，不可以语诗也！

他在这段文中虽仍不能屏除"后妃"的成见，但他的解释兴义是极确切的。

用了这个眼光去看古人的说诗的文字，就觉得他们的说话真是支离灭裂的到了极度。他们只是随便说了一番，却使诗意因此不明。现在举一个例在下面：

《邶风·雄雉》篇云：

雄雉于飞，泄泄其羽。

我之怀矣，自诒伊阻……

雄雉于飞，下上其音。

展矣君子，实劳我心。

我们看了以上的话，便可知道这两章诗的本义原在"怀自诒之阻"及"劳心于念君子"两个意思；雄雉的"泄泄其羽"只为"阻"字的押韵，"下上其音"也只为"心"字的押韵。但作《序》的人是看定《邶风》为卫国的诗的(《邶风》是否卫诗，我觉得现在不能断定)，又从《左传》上知道卫国有淫君曰卫宣公，于是就断道：

雄雉，刺卫宣公也。

郑玄作《诗笺》，就本了《序》说及《毛传》的"兴也，雄雉见雌雉飞至，鼓其翼泄泄然"而说道：

兴者，喻宣公整其衣服而起，奋讯其形貌，志在妇人而已，不恤国之政事。

可怜雄雉的作者随便起了一个兴，累得卫宣公到汉朝时又加添了"整其衣服"的一重罪案！

在苏州的唱本中，有两句话写尽了歌者的苦闷和起兴的需要：

山歌好唱起头难，

起仔头来便不难。

《诗经》的艺术表现
张西堂

《诗经》是中国古代的一部乐歌集，是中国秦汉以前的乐府。《诗经》中的诗歌，绝大部分是来自各地方的民歌，是劳动人民歌唱他们的劳动生活，他们的思想，他们的情感,他们对于统治阶级的愤怒与斗争,是具有坚强的人民性的现实主义精神的作品。我们从艺术的角度来看,这些诗歌也是具有高度的艺术成就的诗歌。这些诗歌的表现方法,尤其是它们的艺术语言,在现在看来,有许多地方是值得我们来研究,来学习的。高尔基在谈到民歌及一般民间文艺曾说:"你在这里可以看到丰富的形象,比拟的确切,有迷人力量的朴素和形容的动人的美。"我们读到《诗经》正可以看出这里面一些朴素简短的歌词,概括了生活斗争的真实,刻绘了丰富多彩的形象,表达出生动活泼的情节,尤其在比兴方面,一些比拟,多是惟妙惟肖,成为我们中国文学的优良传统,所以流传到了现在,还是我们广大人民所爱好的光辉日新的作品。

但是在过去,尽管在《诗经》中有着迷人力量和形容动人的美,研究《诗经》的学者,受了《毛诗传序》的迷误,很少的人对《诗经》的写作方法与艺术技巧做过详尽的发挥。他们首先,有的在字句声韵方面上过分绕圈子;其实《诗经》虽以四言为主,但也有的句子并不限于四言,有时杂以二三五六七八言,这在挚虞《文章流别论》、成伯玙《毛诗指说》等书已说过。近人黄侃《文心雕龙札记》更推阐到有二十八字一句的例证。(《大雅·韩奕》"王锡韩侯"至"鞗革金厄"七句。)这些字句的长短,只是语言声调的关系,这不是重要的表现手法与写作技巧。即就声韵来说,在《诗经》中固多用一些双声叠韵的词句及一些其他重言叠字用韵的地方,固然是有助于歌调的美感,但也绝不是像丁以此《毛诗正韵》所说:"诗之于韵,亦有成式,若词曲字皆中律,不可假贷。"关于这些琐屑的形式方面的问题,我们现在是应当不必多加理会的。其次,有多少人对赋比兴的问题十分注意。赋比兴是诗的做法,对风雅颂说来,一是三经,一是三纬,这在孔颖达朱熹都说过,是不应当将赋比兴也当作诗体。关于赋的解释:郑玄在《周礼注》说:"赋之言铺,直铺陈今之政教善恶。"挚虞《文章流别论》说:"赋者,敷陈之称也。"《文心雕龙·诠赋》篇说:"铺采摛文,体物写志也。"钟嵘《诗品》说:"直书其事,尽言写物,赋也。"孔颖达《诗疏》说:"诗文直陈其事,不譬喻者皆赋辞也。"朱熹《集传》说:"赋者,直陈其事而直言之者也。"赋是直接陈述事物的写作方法,除了郑玄的说法不妥以外,其余的解释,是没有多大问题。关于比,《周礼》郑注说:"比,见今之失,不敢斥言,取比类以言之。"挚虞《文章流别论》说:"比者,喻类之言也。"《文心雕龙·比兴》篇说:"比者,附也。……附理者切类以指事。"钟嵘《诗品》说:"因物喻志,比也。"孔疏引郑司农说:"'比者比方于物',诸言如者,皆比辞也。"朱熹《集传》说:"比者,以彼物比此事也。"比是以另外的一些事物作比拟譬喻的写作方法。郑玄的说法将比限制在"见今之失不敢斥言",这是错了的。其他说法,合起来看,可以说也没有多大问题。至于兴,郑玄《周礼注》说:"兴见今之美,嫌于媚谀,取善事以喻劝之。"这个解释固是错误。但如钟嵘《诗品》是"文已尽而意有余",当作余兴讲,也是错误的,挚虞《文章流别论》说:"兴者,有感之辞也。"《文心雕龙·比兴》篇说:"兴者起也……起情者依微以拟议。"孔疏引郑司农说:"'兴者托事于物',则兴者起也,取譬引类,起发己心。"这些解释也都不十分妥当。到了宋代,苏辙在《乐城应诏集诗论》中说:"夫兴之体,犹云其意云尔,意有所触乎当时,时已去而意不可知,故其类可以意推,而不可以言解也。《殷其雷》曰'殷其雷,在南山之阳,'此非有取于雷也,盖必其当时之所见,而有动乎其意,故后之人,不可以求得其说,此其所以为兴也。"郑樵在《六经奥论》中也说:"诗《三百篇》第一句曰'关关雎鸠,后妃之德也',是作诗者一时之兴,所见在是,不谋而感于心也。凡兴者,所见在此,所得在彼,不可以事类推,不可以理义求也。"朱子也说:"兴是借彼一物以引起此事,而其事常在下句。"又说:"诗之兴多是假他物举起,全不取其义。"《困学纪闻》引李仲蒙说:"叙物以言情谓之赋,情尽物也。索物以托情谓之比,情附物也。触物以起情谓之兴,情动物也。"姚际恒《诗经通论》说:"兴者但借物以起兴,不必与正意相关也。"由这些家的说法看来,我们可以了解兴与赋比不同,兴不过是一个"起头"。"山歌好唱起头难",有的诗歌的开始一二句不直接地说出那件事情,也不用个比喻引起,只是即兴的唱出来与下文无关,既不是赋,又不是比,而只是一个"起头"。这就是兴。所谓兴的意义,只当如此解释。后人因为不能严格的这样解释兴,于是说《诗经》的又用一些:"兴而比也。"(朱注:《汉广》《椒聊》)"比而兴也","赋而兴也"(朱注:《氓》《黍离》《溱洧》《东山》)来说诗,姚际恒的《诗经通论》更加上一个"比而赋也"。以为这样才"兴此之意了然。"其实如若严格地按"起头"的意义来看,这种"兴而比""兴而赋",实在是不需要这样说的,兴而比已成了"比",兴而赋那就是"赋",不必另外立一些名语。而且姚际恒已说过:"古今说诗者多不同,人各一义,则各为其兴比赋。"赋比兴在说诗的人各有不同的看法,在《毛诗》与《三家诗》的解释,即有许多不同。(例如:《邶·柏舟》《郑·风雨》)所以我们如专从赋比兴来谈《诗经》,那我们对于《诗经》的艺术表现,既不免于纠纷,而且要分析出哪一句是比,哪一句是赋,忘了赋比兴不过只是一些笼统的说法,忘了诗歌是一个艺术完整体,我们现在是不应当过分的注意这些问题的。

《诗经》的艺术表现，在现在看来，是可以从下列的几点来看。

（一）概括的抒写　通过语言，用生动的形象，再现现实和反映生活，这是文艺的特点。而"反映生活的重要特点，首先是在反映中提出人所共知的生活现象的概括，其次是把这些现象具体地描写出来。"（毕达可夫《文艺学引论》）我们看《诗经》中的诗，因为它的绝大部分是古代的民歌，是"饥者歌其食，劳者歌其事"，这些诗歌多一半是通过劳动人民日常生活产生的，他们所唱出的，有的是他们生活中一般的情况，有的是他们生活中的突出的一面，这些作品，有的是很能概括地表现出他们生活的真实的。这些诗，有的可以是比较长篇的叙述，有的只是用很简短的语言，但是在简短的诗歌中，也不失为概括抒写的好诗。《豳风·七月》是一首长篇的诗歌，在这一首诗中概括地写出农民受尽领主的剥削的一般情况，他们自己终年劳动，但是因为受到领主剥削，他们"无衣无褐"，"采荼薪樗"，过着极艰苦的生活。这诗前半写的是他们关于衣一方面的事，后半写的是他们关于食一方面的事，从艺术的角度来看，这诗也是被后人称誉为"千古的奇文"。姚际恒在《诗经通论》批评这诗说："鸟语虫鸣，草荣木实，似月令。妇子入室；茅绹升屋，似风俗书……其中又有似采桑图，田家乐图，食谱、谷谱、酒经。一诗之中，无不具备。洵天下之至文也。"这诗的第二章写"女执懿筐，遵彼微行，爰求柔桑。"三章又说："蚕月条桑，取彼斧斨，以伐远扬，猗彼女桑。"合起来看，真仿佛是一幅采桑画图，恍然在我们眼帘之下。而那"春日迟迟，采蘩祁祁，女心伤悲，殆及公子同归"，对她们心中怨恨的描写，还是图画不能描画出的。这诗的第六章对一些食物，"凡菜豆瓜果以及酿酒取薪，靡不琐细详述，机趣横生"，确实是综合了他们的复杂多样的生活的真实，而无一丝一毫有意为文的模样。不过所抒写的不是农民的乐，而只是农民悲惨的生活。姚际恒说是"田家乐图"，那是错了的。《邶风》的《谷风》也是一首较长的诗篇，是描写一个女子在婚后因男子另娶遭到遗弃而控诉他故夫罪行的诗。这诗虽是用的顺序的对照的手法，今昔对照，新旧对照，写出她在被遗弃后愤怒的心情，所描写的好像是她个人突出的一面，但是这突出的一面正概括出来封建社会婚姻制度的罪恶。这诗第二章说："行道迟迟，中心有违（怫），不远伊迩，薄送我畿。"描写她在与她丈夫决绝之时，她是如何满心怀着愤恨出来慢慢走着，她的丈夫却很快地把她送出大门。这与后来《白头吟》所写的"蹀躞御沟上，沟水东西流"，正是一般的情况。这诗的第五章说："昔育恐育鞠及尔颠覆，既生既育，比予于毒！"第六章说："我有旨蓄，亦以御冬，宴尔新婚，以我御穷。有洸有溃，既诒我肄，不念昔者，伊余来塈(忔)!"与后来古诗"上山采蘼芜"所写的"新人不如故"的情况也大致相同。但是《谷风》控诉出他们生活一旦好转,她就遭到遗弃。她更控诉出她丈夫行动的野蛮,性情的暴躁。所发掘出旧社会罪恶的本质,是比"上山采蘼芜"那诗更具有力量的。"一般只存在个别中",这诗所描写的突出的一面是概括出了封建婚姻的罪恶的。《卫风·氓》篇等等,也是用的这样手法,当时诗人是善于运用这样的表现手法的。至于短篇,我们知道《芣苢》这诗不过从"采采芣苢,薄言采之"这一句扩大成为三章六句的诗。在三章中,只换用了六个字,但是这诗读起来便令人想出这是一些"田家妇女,三三五五,在风和日丽中,群歌互答"的劳动诗歌。这虽是一首极简短朴素的诗,但也概括出她们在劳动中的形象。从芣苢由不以得声(牟庭《诗切》说)想来,她们的生活是很艰苦的,但是这诗在艺术上的成就也正如乐府中"江南可采莲"一样,令人百读不厌。《召南》的《驺虞》是一首很简短的关于田猎的诗,但是描写出这射手比较旁的射猎的人一次射箭只能用上四矢,而这驺虞却具有一次射中十兽的本领,所以得到诗人的表扬。在全诗中只用"一发五豝"概括地叙述这一件突出的事情。《齐风》的《还》,概括地叙述两个猎人相遇,彼此赞扬,互相合作,我们一读这诗,使我们感觉得他们两人很有才干,很有技能。《章潢图书篇》批评这诗说:"'子之还兮',己誉人也;'谓我儇兮',人誉己也。并驱,则人己皆与有能也。寥寥数语,自具分合之妙,猎固便捷,诗亦轻利,神乎技矣。"《卢令》这诗,虽是每章两句的短诗,但一句表达出一个形象,我们合起来读也可见得这是一位猎人和他的猎犬出去打猎,他是有仁、有勇、有知。这首短诗是能这样简单明了地写出他的才能来的。这种概括的朴素的写法,在许多恋爱婚姻的诗歌中表现的也是这样。例如《王风》《采葛》说"那个采葛去了啊!一天不见,就像三个月啊!"这直接很朴素地说出他对于情人的想念,丝毫没有绕弯子。《郑风》的一些情歌,尤其如此,例如《狡童》的"彼狡童兮,不亏我言兮,维子之故,使我不能餐兮。"《褰裳》的"子惠思我,褰裳涉溱。子不我思,岂无他人?狂童之狂也且!"《东门之墠》的"东门之墠,茹藘在坂。其室则迩,其人甚远。""东门之栗,有践家室。岂不尔思?子不我即。"这些都是将他们心中的话毫不隐讳地和盘托出,但是在这里面,有戏弄,有嘲笑,有深情,有思念,也都表现在字里行间。一些政治讽刺的短诗,如:《鹑之奔奔》《硕鼠》《墙有茨》《相鼠》等等,咒骂当时领主的凶恶、残酷、荒乱,也都是很痛快淋漓毫无忌讳地将当时领主的丑恶形象概括地表达出来。这是《诗经》的表现手法之一,在艺术的表现上好像太简单朴素了,但是我们如想到"文体的单纯及明了,并不是由文学的质的降低所能达到,反之,只有由真正技术熟练的结果才能达到的。"
(高尔基《文学论文集》,《儿童文学主题论》。)我们可以看到这些概括的抒写,也并
不是真的那样简单,而是真的通过了他们生活的真实,有剪裁,有布置,有分量,有
精神,才能写出的。

　　(二)层叠的铺叙　《诗经》的诗全是乐歌,我们研究《诗经》的艺术表现,应当
特别地提出在《诗经》中的许多诗,是以重沓叠奏的方法一层一层的表达他们的思
想感情的。汤姆生在《论诗歌源流》中说:"劳动歌是扩大即兴部分的变化而发展
成功的。"又说:"在谣曲中,一节是一乐段,一联是一个乐句,一行是一个乐词。两
个乐词成为一个乐句,两个乐句成为一个乐段。每一对中的组成分子是互相补充
的,类似的,而又不是相同的,这就是昔乐学者所指二段体 AB……我们多数的民歌
是二段体的,可是有些便更加精细……在音乐术语中,第一乐旨之后,跟着第二乐
旨再重复第一乐旨,这就是三段体 ABA。更技巧的歌手,把第二个 A 唱得不仅是
第一个 A 的重复,这是受 B 的影响之后新的第一个 A。"汤姆生这种说法,是按音乐
的学科来说的,是很正确的说法。《诗经》中许多的诗,也正如汤姆生所说,是扩大
即兴部分的变化而发展。有的诗歌,在第二章第三章是重复了第一章的词句,有的
则字句上加以改变,但是在意义上是没有大的分别。上面我们所举的诗,如《驺虞》
《狡童》《褰裳》《东门之墠》,是后章重复前章,后章字句对于前章是互相补充的、类
似的而又不是相同的。还有《卢令》等篇是三章重叠的,但是也只是换了几个类似
的字眼。我们更看一些劳动歌,如《汉广》是一个采樵的歌,由于三章叠咏"汉之广
矣,不可泳思! 江之永矣,不可方思!"所以令人觉得是一片"烟水茫茫,浩渺无际,
广不可泳,长更无方"的景象。《鄘风·桑中》也是农民的劳动歌。这诗第一章一
二两句写出他们工作的地点,三四两句写出他们所想念的人物,但是由于三章叠咏
"期我乎桑中,要我乎上宫,送我乎淇之上矣",我们可以看出这所唱出的并非真有
其人,真有其事,而是一经道出,仿佛若有其人,若有其事,在他们的"神灵恍惚梦想
依稀之际"。这样子叠咏的,如《邶风·北门》三章都说"已矣哉,天实为之,谓之何
哉?"《王风·黍离》三章都叠咏"知我者,谓我心忧,不知我者,谓戏何求。悠悠苍
天! 此何人哉?"都是利用音乐的旋律,重叠的字句,来表达诗中的情感。所谓"一
弹再三叹,慷慨有余哀",来引起读者的同情。这也是民歌表现手法之一,这样的
表现方法,能将一些简短的诗,变成更有趣味的诗、更富有感染力的诗。

　　其次,我们读到《诗经》,我们很容易察觉出来,诗人的歌唱有一些是用渐层的

方法来描摹他们所要说出的情景的。在前面所说的诗《芣苢》是这样：先只说"采"，渐渐说到"掇""捋"，最后说到"袺""襭"。《采葛》是这样：先说"三月"，由"三月"说到"三秋""三岁"。不须详叙，就很可动人。《将仲子》诗是这样：由"畏我父母"，"畏我诸兄"说到"畏人之多言"，令人格外想起"人言可畏"。《硕鼠》也是这样：由"无食我黍"，"无食我麦"，说到"无食我苗"。连苗都吃光，更可看出当时领主的残酷。这不需要详细描写，就能将客观事物发展的情况毫不费力地描画出来。此外，还有一些以恋爱婚姻为主题的诗，也是用渐层的方法，配合着比兴的运用，来歌唱他们的恋爱是成功还是失恋，还是离婚。例如《关雎》是咏新婚的诗，诗人在第一章肯定地说了"窈窕淑女，君子好逑"以后，第二章用"参差荇菜，左右流之"，流，依牟庭的解释是捞的意思，来比喻下文的"求"。捞不一定捞着，求也可以"求之不得"。第四章说"参差荇菜，左右采之"，表示已经采得，所以可以比喻下文的"琴瑟友之"。第五章的"参差荇荣，左右芼之，"这芼字是当依《韩诗》作"覒"讲，覒是仔细端详的意思，（如今山西话说"覒一覒去"，湖北话说去瞄一瞄。）这是已经采得了更仔细地去看的意思，所以比喻的下文是"钟鼓乐之"。这是恋爱成功，所以结婚，所以编个歌儿来贺新婚。《摽有梅》是少女打下落梅时想象寻求对象的歌。第一章说"打落所有梅子，打落了的是那果实的十分之七。"比喻着寻她们的对象还可以等待一个吉日子。第二章说的是打落了的是那果实的十分之三，那么，寻她们的女婿只有更快些，只好就在现在这个时间。第三章说打落了所有的梅子，可以拿一个破筐子拾起它来。时间更急了，那么，寻她们的对象，就只有赶上那个说说就行的。这在比兴和正文上也与《关雎》一意，都是用渐层法来写出客观事物的发展的。失恋的诗，《江有汜》《终风》都是这样，"汜"是"水决复入"，比喻着女的可能后悔，回心转意，"渚"是水有歧流，比喻着女的真有变心，居然安处。"沱"是水成支流，此喻着女的再不来往，只好悲歌。《终风》在二三章的此喻还只是阴霾的天气，还有大气明朗的希望，最后说到"曀曀其阴，虺虺其雷。"不惟阴天而且有雷，这是绝无希望了。所以只有想起来就伤心。渐层的写法也只是出于重沓叠奏换上一些互相补充的类似而又不是相同的字样而来，不过渐层的方法更能描写客观事物的发展，这是不同于简单重叠的地方。

（三）比拟的摹绘　《诗经》的诗，从表现方法来看，是最善于利用形象来表现诗中思想感情的。比拟的运用，正是利用形象来表现的主要方法之一，刘勰在《文心雕龙·比兴》篇说："夫比之为义，取类不常，或喻于声，或方于貌，或拟于心，或譬于事。"比拟是没有一定的,可以从声音相貌来刻绘,也可以从一般事物上来描写,但是主要的是要比拟得确切、生动。《诗经》中比拟的确切是多不胜举的,例如拿硕鼠来比喻剥削阶级的贪而畏人,拿鸱鸮来比喻统治阶级的凶狠恶毒,拿狐乌(《邶风·北风》)来表示"豺狼当道,安问狐狸?"拿虺蜴(《小雅·正月》)来比喻一般官吏行凶作恶。这样的譬喻,既是非常恰当,又把这些为恶的人们,深刻地形象化。使读者更加深对他们的憎恶,至于《汝坟》篇说:"未见君子,惄如调饥。"拿早起的饥饿来比喻渴盼,《柏舟》篇说"我心匪席,不可卷也。"拿不可席卷来表示意志坚决。又如:形容内心的难受,说"心之忧矣,如匪浣衣。"形容拨弄是非的人说"巧言如簧,颜之厚矣。"(《小雅·巧言》)拿鹊巢鸠居形容女子出嫁,拿"草虫""阜螽",形容夫唱妇随。这些比拟,都是十分妥帖、十分恰当。刻画美人形象的如《桃夭》说"桃之夭夭,灼灼其华,"拿桃花的鲜艳,比少女的颜色,尤其可以说是善于譬喻,尤其用上"灼灼"两字,仿佛照眼方明。姚际恒说:这诗"开千古辞赋咏美人之祖。"这不是过当的称誉。《齐风·东方之日》也是用日月来比喻女子的颜色的。马瑞辰在《毛诗传笺通释》上说:"古者喻人颜色之美,多取譬喻日月,诗'月出皎兮'传,'喻妇人有美白晳也。'宋玉《神女赋》:'其始出也,耀乎若白月初出照屋梁;其少进也,皎若明月舒其光。'义本此"。《诗经》所用的比拟的确切,确是多到不胜枚举的。

我们从修辞学的修辞格的角度来看《诗经》所用的比拟的方法,在譬喻方面,有(1)明喻,例如许多用"如"的比拟。有(2)隐喻,一些不用"如"的比拟,例如朱熹《集传》在《汉广》篇说的"乔木为兴,江汉为比。"有(3)类喻,例如"我心非石,不可转也。我心匪席,不可卷也。"有(4)博喻,例如《小雅·天保》的"如山如阜,如冈如陵,如川之方至,以莫不增。""如日之升,如月之恒,如南山之寿,不骞不崩,如松柏之茂,无不尔或承。"有(5)对喻,依陈骙《文则》取喻之法所说的原则,是"先比后证,上下相符"。《诗经》所用以比拟兴起的多属于这一类。有(6)详喻,依陈骙所说的原则是用许多句来做比喻,这在《诗经》,以 ·章或一篇作比的,属于这一类。这些,我们可见当时的诗人,人民的歌手是善于用比拟的方法来形象化一些事物。还有,值得我们注意的是:在拟托方面有的是拟人法,例如《鸱鸮》一诗,是用小鸟比作人,将人民的困苦一一叙述出来,用鸱鸮比作统治阶级,将他们为恶的情况描画出来。这是很明显的:"鸱鸮鸱鸮,既取我子,无毁我室",是统治阶级的罪行。"予羽谯谯,予尾翛翛,予室翘翘,风雨所飘摇,予维音哓哓"。这是用小鸟的痛苦来比况人民所感受的苦痛。有的是拟物法,《螽斯》的"螽斯羽,诜诜兮,宜尔子孙振振兮"是将人比作物,(《周南》的"麟之趾,振振公子,于嗟麟兮!"直接赞叹麟也是如此。)但我们看《硕鼠》一篇,通篇是好像是对硕鼠的控诉,这尤其是显明的拟物的一证。至于《相鼠》的"相鼠有皮,人而无仪"。那是在比拟中更做一番的比较。可以说是"较物"。

《诗经》的比拟,不仅是在每一章的开始,也有用在中间作起兴或作承上启下的转折句子的。《氓》篇的"桑之落矣,其黄而陨,自我徂尔,三岁食贫。洪水汤汤,渐车帷裳,女也不爽,士贰其行。""淇水"二句是一个转折点。《诗经》的比拟,有的也用在一篇的首章,例如《行露》的"厌浥行露,岂不夙夜?谓(畏)行多露。"比喻着不敢冒危犯难,有的用在篇中的全章,如《谷风》的第四章"就其深矣,方之舟之。就其浅矣,泳之游之。"比喻着女方的有才德;承上文,启下文。有的是篇末全章用比作结,例如《大东》的末章,"维南有箕,不可以簸扬。维北有斗,不可他酒浆"。用来比喻西人的实在无用。

比拟是将所要铺陈的事物形象化的重要手法之一,我们的《诗经》的作者,早在两三千年的诗人,善于各式各样的运用这个手法,这是《诗经》之所以成为我们宝贵的文学遗产,尤其值得我们学习的地方。

(四)形象的刻画　形象的刻画,有的借助于比拟的运用表现出来,有的只需概括的抒写就可以表达出来,这在上面我们所举《七月》等诗已可看出来。在《诗经》中,还有一些是特别的从人物的形象、环境、动态、心理的突出的一面来刻画的。《卫风》的《硕人》和《鄘风》的《君子偕老》都是刻画卫庄姜的美丽的形象的诗。《硕人》是写的卫庄姜作为一个新嫁娘初到卫国来时的形象的诗,她的服装,她的美丽,是在这个时间,这个环境,从值得描写的,可以说诗人写的形象,是有代表性的,是有所谓"典型环境中的典型性格的"的。这诗在第一章说明她身穿着新婚服装之后,即点清她是"齐侯之子,卫侯之妻,'东宫'之妹,邢侯之姨",详细地指出她的门第、身份,接着就从她身体的各部分的美丽,一一加以形象化的描写,"手如柔荑,肤如凝脂,领如蝤蛴,齿如瓠犀,螓首蛾眉,巧笑倩兮,美目盼兮"。柔荑、凝脂、蝤蛴、瓠犀分别地刻绘出那是洁白的颜色,柔嫩的实质,肥胖的形状,齐整的模样等等的美丽,再更概括地说是"螓首蛾眉",好的头面,更最后的写出她那最传神的明眸皓齿,嫣然一笑的模样,可以说是作者是在极力摹绘她的美丽了。第三章说她初到卫国时的车服之盛,最末一章又写到她初到卫时那些郊外的自然情景,和一些陪从的人物。方玉润说这诗"从旁摹写,极意铺陈,无非为此硕人生色,画龙既就,然后点睛,潏云已成,而月自现。""从旁摹写,极意铺陈"确是这诗刻画形象的手法。《鄘风》的《君子偕老》是以服装之盛来描写她的美丽,写作的时间应在稍后。第一章"委委佗佗,如山如河"两句,拿山河的壮丽,来形容她整个的美丽的性格。第二章又用"胡然而天也?"将她夸成天仙一般。但是主要的是从"玼兮玼兮,其之翟也。""瑳兮瑳兮,其之展也"这两句提出她怎样地穿翟衣,穿白衣,怎样的是她当暑的褻衣,怎样的是她的玉瑱具象揥,怎样的是她颜色的皙白,来形容她的美丽。方玉润评此诗说:"至其藻采之工,音节之妙,则姚氏际恒谓为'神女感甄之滥觞。'山河天帝,广揽遐观。惊心动魄,传神写意,有非言辞所能释者。"我们还可以说《君子偕老》对于形象的刻画也和《硕人》一样是"从旁摹写极意铺陈"的。

《硕人》和《君子偕老》形容卫庄姜的美丽是用了许多比拟的词句,装饰的物品,来刻画出她的形象。还有一些诗只是从自然景物,从环境上的描写来烘托出人物的美丽。《陈风》的《月出》只寥寥"月出皎兮,佼人僚兮,舒窈纠兮,劳心悄兮,"几句诗,没有对人物如何刻画,但我们一读此诗,便可以想象出在月色之下"活现出一美人。""舒窈纠兮"是说她是一切都很美好(舒读为舍,是一切的意思),所以累得人想起她来心里惦念、动荡、焦急。《秦风》的《蒹葭》也这样,只"蒹葭苍苍,白露为霜,所谓伊人,在水一方。溯洄从之,道阻且长。溯游从之,宛在水中央。"几句从自然景物和环境上来看,便觉得那在水中央的是一位颜色洁白志气高超的女子,她不是随便可以令人追求的,读起这诗,比较唐人的"荷叶罗裙一色裁,芙蓉向脸两边开,乱入池中看不见,闻歌始觉有人来",是有异曲同工之妙,而更别饶风致。

在一些恋歌中,有的也是从人物的动态上加以刻画,使得诗中人物活生生的表现出来,如《野有死麕》第一二章写出一个青年男子,携带着白茅扎好了的死鹿去诱这一位情窦初开的少女,那女子却是天真烂漫,洁白如玉的,末章利用女方的口吻刻画那最紧张最突出的一幕说:"慢慢地好生点呵? 不要动我的佩巾啊,不要惹得狗惊叫啊?"至于究竟怎样,那是没有再刻画的必要的。《静女》诗刻画出一位痴情男子在城角边等待他的情人,当他还看不见她的到来的时候,他急得独自搔首走来走去,刻画出一般男子等待情人所共有的神情,二三两章叙述那女子从郊外归来,送给他一根红色的草管,一些柔嫩的白茅,红管是有光辉灿烂的,柔荑更是美而可爱,又刻绘出这痴情儿爱慕这些物品,正是由于这美人的馈赠。也衬托出他对他的情人的爱慕的心情。这是在一般恋爱中所常见不鲜的。《关雎》写一个男子在恋爱的过程中,"求之不得,寤寐思服,悠哉悠哉,辗转反侧。"《泽陂》写一位女子仿佛失恋似的"瘼瘼无为,涕泗滂沱","瘼瘼热为,辗转伏枕",这已经是后人描写相思的"忘餐广寝舒心害""一万声长吁短叹,五千遍倒枕捶床"的情况。我们古代的诗人,是早已"历历如绘"地将它们刻画了出来。

在妇人想念她的丈夫诗中,如《伯兮》的"自伯之东,首如飞蓬,岂无膏沐?谁适为容。"刻画这女人不理梳妆不施脂粉的懒散心情。"其雨其雨,杲杲出日,愿言思伯,甘心首疾。"比拟出她的渴盼,正如大旱之望云霓,"焉得谖草,言树之背,愿言思伯,使我心痗。"写出她想消愁而愁更愁以至于要求"忘尤"的心情。这诗比李清照"香冷金猊,被翻红浪,起来慵自梳头……休休,这回去也,千万遍阳关也则难留。"的词句所描绘的还更深刻。《君子于役》刻画了一个农村妇女在将近黄昏时所见到的一切,衬托出来她睹物思人的情况,"鸡栖于埘,日之夕矣,牛羊下来。君子于役,如之何勿思?"到了黄昏时候了,鸡卧了窝了,牛羊也都下山了,都回来了,但是她的丈夫却不见归来。她的"寻寻觅觅冷冷清清"的心情,也正如图画一般的呈现出来。《秦风·小戎》,更用妇人回忆她丈夫临行时情况来加以刻画,第一章主要的描写那戎车的构造与配备。第二章主要的描写马匹的毛色与类别,第三章主要的描写兵器的精良一些情况,形色并绘,琐细毕陈。姚际恒、方玉润都认为这诗"刻画典奥,瑰丽已极,为汉赋所不能及。"但是忘了这诗"方为何期? 胡然我念之?"正是描写那妇人在怎样渴盼她的男子。

在二《雅》中《小雅》的《无羊》,是刻画动物形象极好的诗,只"或降于阿,或饮于池,或寝或讹",就抵一幅图画。《斯干》诗描写新屋落成。第四章说"如跂(企)斯翼,如矢斯棘(急),如鸟斯革(翎),如翚斯飞",叠用四个比拟的词句,来形容他们房屋的高耸、直立、宽敞、华丽。尤其"如翚斯飞"这句形容他们的雕檐画栋,正如五彩的野雉正在天空中飞舞,这是如何形容得生动确切,惟妙惟肖。第六章"殖殖其庭,有觉其楹,哙哙其正,哕哕其冥"。说到他们的庭堂,说到他们的楹柱,他们正房和内面的光线,这样各面的刻绘,又给予读者一些深刻的印象。如若《无羊》这诗是有牧歌为底本,《斯干》这样描写建筑情形的诗应是从史诗脱胎而来。《大雅·绵》篇,"乃召司空,乃召司徒,俾立室家,其绳则直,缩版以载,作庙翼翼。""捄之陾陾,度之薨薨,筑之登登,削屡冯冯,百堵皆兴,鼛鼓弗胜。"以及建立皋门冢社等等,形容劳动人民在那儿建筑热闹的情形,对于建筑刻绘得是极其细腻的,《斯干》应是受到这些史诗的影响的。《小雅》的《楚茨》和《宾之初筵》是一些宴饮诗,如《楚茨》的"执爨踖踖,为俎孔硕,或燔或炙,君妇莫莫。"《宾之初筵》的"宾既醉止,载号载敗;乱我笾豆……侧弁之俄,"也刻绘了烹饪时的形象,以及一些醉汉的模样,这些也是很动人的描写。

（五）想象的虚拟　诗人的歌唱,有的是运用他的想象和推测来写出他所想念的事情的。这种想象和推测是本无其事,但是写出来时却像煞有介事,这也是刻画形象的一种手法。如《卷耳》是妇人思行役的诗,在她想起所想念的人,奔波在通到周室的大路上以后,她想象出她丈夫是在路上如何辛苦奔忙。她想到她丈夫爬上一些土山,一些高冈,他的人也困了,他的马都乏了,她更想到他会喝上一大杯酒,用的是黄金为饰的大酒杯,或是一个犀牛角样子的大酒杯,为的是不要长久因疲劳而受伤。最后更说到他上了一个石山,他的马累病了,他赶马的人也累病了,她说:"这是如何可叹呀!"其实她丈夫在路上的一切只是她想象中创造出来。《魏风》的《陟岵》也是一首用想象写成的诗,这是一个出征军人想念父母所作的诗。他说:"登上一个高山,遥望他的父亲,他的父亲正在说他的儿子在外当兵,不得休息,希望他小心一点,不要打了败仗,被人俘虏。"他母亲也正在惦念这样地说,他的哥哥也正在这样地说,希望他"早晚身体都要强壮"。其实这些都是想象所创造出来的。这样的写作方法是虚构,是艺术创造上极重要的手法,但是我们两三千年以前的人民诗人,就会运用着来创造人物形象,表现他的思想。这个优良的传统被杜甫承袭着,写出《月夜》一诗,他在长安想念他的妻子,却说:"今夜鄜州月,闺中只独看。遥·怜小儿女,未解忆长安;香露云鬟湿,清辉玉臂寒……"他想象出他妻子在月下独自玩月的形象。王维也运用着,写出《九月九日忆山兄弟》的诗:"独在异乡为异客,每逢佳节倍思亲。遥知兄弟登高处,遍插茱萸少一人。"他在异乡想到他的兄弟九日登高,计算着少了他。方玉润《评卷耳》诗说:"下三章皆从对面着笔,思想其劳苦之状,末乃极意摹写,有急管繁弦之意,后世杜甫'今夜鄜州月'一首,脱胎于此。"我想王维的诗更应是脱胎于《陟岵》,《陟岵》虽是一首小诗,其实写的比《卷耳》有好的地方,《卷耳》只是表现的一方面的想念,《陟岵》表现的是双方面的想念,而且思想健康,为《卷耳》所不及。这一点我们不当轻易忽略的。

《豳风》的《东山》是一个出征军人在还家时所作的诗,他在归途中想到他家中的荒凉景象,他想到他妻子是正准备来欢迎他,他更惦念到他在婚后久别的妻子,想到他这次还家与他妻子再相见的情况。但是最难得的是这诗每章都对他想象的事物刻画得极其细致,极其动人。第二章说:"果赢之实,亦施于宇,伊威在室,蠨蛸在户,町疃鹿场,熠耀宵行。"他想象到了他那室内外荒凉情况一些细节。第三章说

"鹳鸣于垤,妇叹于室,洒扫穹窒,我征聿至,有敦(堆)瓜苦,蒸在栗薪,自我不见,于今三年。"他想象到他的家人在叹念,在洒扫,盼望着他归来,他又想到他曾经见过的一堆瓜苦,长久放在栗薪上,也没有见到已经三年,这一些琐细的情节。末章说:"之子于归,皇驳其马,亲结其缡,九十其仪。"他回忆到他在新婚的时候,他的新妇是如何由他母亲系上蔽膝(围裙),那样隆重繁多的仪式。这诗是其善于对他所想象的情景加以精细的刻画。这样的诗,在《诗经》中是不可多得的诗篇,也是我们历来所不可多得的诗篇。

《邶风》的《泉水》《卫风》的《竹竿》是许穆公夫人的作品,她不能还家而想到还家,在《泉水》篇一则说:"出宿于沛,饮饯于祢,"再则说:"出宿于干,饮饯荒言",说到"载脂载牵,旋车言迈。"仿佛她是真的出发了,但从篇末的"驾言出游,以写我爱"看来,她并没有真的回去。她想象得像煞有介事。《竹竿》篇也如此,一则说"籊籊竹竿,以钓于淇。"再则说"洪水溦溦,桧楫松舟。"三则说"巧笑之瑳,佩玉之傩。"她想到她在洪水中荡舟钓游,她听见了她的诸姑姊妹的笑语声,行路声,佩玉声,但是这些都是她的想象,这样的写作法在后来诗词中还是很少见的,由她的作品我们更可以看到当时封建贵族女子所受的束缚,她们的行动不能自主,所以只有托之想象。

(六)生动的描写 《诗经》中有许多描写人物形象动态的诗,在前面我们所举的如《还》《野有死麕》《静女》等篇都可以看出所写的人物情景十分生动活泼。我们还可以从以下一些诗来看诗人借助对话的手法,心情的描绘,很生动地描写出诗中的人物动态。

《卫风》的《北风》,在每章最后都用"其虚其邪,既及只且。"这实在仿佛是这一对男女,他们要逃出那黑暗的环境,所以一个说"慢慢地慢慢地",而另一个说"已经急了我们只有一走。"(既及只且)这不像一个人口吻,由上面所说的"惠而好我,携手同车"可以看出。所以这一定是一对青年男女的对话。

《郑风》的《溱洧》是描写郑国人民的习俗在三月上己之日要到溱洧的水边去游春踏青的诗。这诗写出"溱与洧,方涣涣兮,士与女,方秉蕳兮,女曰观乎?士曰既且。(古字"既"与"即"通)且往观乎,洧之外,洵吁且乐。维士与女,伊其相谑,赠之以芍药。"女的说"看吗"?男的说"就走"。他们走到溱洧两水的岸边,那儿真的热闹快乐,那些男男女女,他们彼此互相笑谑,彼此互送一些芍药。我们读到这诗,可以看出在他们的节日里,他们是如何的走动,如何的狂欢度过。这诗是能将他们的愉快的心情很生动地描绘出来。

《郑风》的《女曰鸡鸣》是描写一对夫妇感情笃好，他们早晨起来射猎野鸭、野雁来当作下酒物的诗，这诗开始也是用对话的笔调写出："女曰鸡鸣，士曰昧旦，子兴视夜，明星有烂，将翱将翔，弋凫与雁。"二章说"弋言加之，与子宜之，弋言饮酒，与子偕老，琴瑟在御，莫不静好。"一个说"鸡打鸣了"，一个说"天麻麻亮了。"他们起来看看天色，还有很灿烂的明星，他们要出去游玩想射来一些凫雁。他们射中了一些回来，又作成佳肴来吃，吃着看还喝着酒，表现他们夫妇感情之笃，是如"琴瑟在御"没有不和谐的。在末后一章，更用"知子之来之，杂佩以赠之，知子之顺之，杂佩以赠之，知子之好之，杂佩以报之，"概括地作结。我们一读此诗，可以感到这比《浮生六记》的闲情记趣，只有过之而无不及。这样生动的描写，是能将诗中的神情格外地呈现出来。

《齐风》的《鸡鸣》是讽刺统治阶级荒淫无耻，不肯早起上朝的诗。全篇是用对话的方式写出：女的说"鸡既鸣矣，朝既盈矣。"催促男的起来，但男的还贪眠不起，说是："匪鸡则鸣，苍蝇之声。"第二章又用女方的口吻说："东方明矣，朝既昌矣。"但是男的仍旧推托着说："匪东方则明，月出之光。"第三章的开始，换用男方的口吻说："虫飞薨薨，甘与子同梦。"但是女的说"会且归矣，无庶予子憎。"这诗写得活像一首男女幽会的诗，他们缠绵流连，贪眠不起，不肯分手。但是这朝字很难以增字解经的讲为"朝气"，朝气也不能说出"盈""昌"，"朝"只可以解为"朝会"。这诗正是描写这一个荒淫无耻的齐君，如齐襄公之流，与人私通。所以诗人用一首像是幽会的诗，写出他的罪恶。这诗是敢于将他们的丑态很生动地活画了出来。

在《诗经》中，还有一些喜情的诗往往也是写得极生动流利的。这如《王风》的"君子阳阳，左执簧，右招我由房。其乐只且！"《郑风》的"野有蔓草，零露漙兮。有美一人，清扬婉兮。邂逅相遇，适我愿兮。"《齐风》的"东方之日兮，彼姝者子，在我室兮，在我室兮，履我即兮。"《魏风》的"十亩之间兮，桑者闲闲兮，行与子还兮。"都是以很愉快的心情写出，所以表现的人物都极生动。我们读《桧风》的《隰有苌楚》，也是这样。这诗和《桃夭》一样，用鲜花来比喻女子颜色之美的。"隰有苌楚，猗傩其枝，夭之沃沃，乐子之无知"，表现出这是一个男子与一个女子初见的时候，男的很高兴地知道她还没有知心的朋友，没有许配给人家，所以不觉冲口而出狂欢道"乐子之无知。"如若是如朱熹的解释"不如草木之无知"，那就不会说成"乐"，是应当直截了当地说成"不如子之无知。"

（七）完整的结构 《诗经》的艺术表现，除上述的一些形象的描写手法之外，我们还可以从一些诗的篇章结构来看。《诗经》中的小诗，只有两章或三章的，一般的是用重叠、渐层或是顺序这样的手法将所要叙述的内容铺叙出来。但具有三章的诗篇，有一些是在末章变调。我们试看：《二南》《国风》的三章诗末章变调的有《葛覃》《野有死麕》（《采蘩》《何彼秾矣》）《北风》《静女》《新台》《蝃蝀》《大车》《女曰鸡鸣》《子衿》《鸱鸮》《东方未明》《甫田》《匪风》这些篇。这是在第二章叙述已经达到了顶点，不能再用重叠渐层的方法作结，所以在末章将未尽之意，或最后的一幕特别的用变调写出，如《葛覃》《野有死麕》《青衿》《匪风》，这是一类。有的是将原因点出，如《新台》《蝃蝀》《东方未明》等诗，这是一类。有的则是加强篇中的叙述，如《北风》《大车》《甫田》等诗，这是一类。有的只是概括的叙述，如《女曰鸡鸣》等诗这又是一类。我们分析诗篇这样的写法，可以看到这末章的变调更加强了诗篇的感染力。这是新的一个 A，但也是由于内容决定。"绝笔断章，如乘舟之振楫。"结局是更需要有力量的。相反的有的三章诗是在第一章写法不同，例如《汉广》《草虫》《行露》《晨风》《宛丘》《东门之枌》《衡门》，这些都在第一章将全篇之意概括地说出。例如《汉广》，主要的意思是"汉有游女，不可求思。"《草虫》，主要的意思是用草虫阜螽来比喻夫妇应当形影不离。这都是将主要的先说出，然后再扩大这些主旨。这好像是一些引言的做法。诗人对于篇章的布置，我们可以看出是煞费经营的。

四章诗在《二南》《国风》中有：《卷耳》《绿衣》《日月》《终风》《凯风》《雄雉》《匏有苦叶》《简兮》《泉水》《硕人》《竹竿》《伯兮》《丰》《南山》《载驰》《候人》《鸤鸠》《下泉》《鸱鸮》《东山》等篇。有的诗如《鸤鸠》《东山》《日月》《终风》是以渐层或顺序的方法来进行的。有的在前二章与后二章句法稍有不同，但也是依着渐层或顺序的方法来进行的。如《凯风》《雄雉》。其余的也多是在末章变调，达到顶点。最显明的例证是《绿衣》《简兮》，《终风》《下泉》等篇。更有的一些诗如《匏有苦叶》《旄丘》《泉水》《竹竿》《南山》《载驰》《候人》，我们更觉着这是有起有结，是达到所谓"引论从结论中出"，"启行之辞，逆萌中篇之意，绝笔之言，追腰前句之旨"的做法。首尾照应，次第分明的布置。试以《匏有苦叶》为例，第一章说"深则厉，浅则揭，"深了要利用那个匏瓜，浅了只需牵起衣裳。表示要看时间地点条件说话。所以末章以"招招舟子，人涉卬否，人涉卬否，卬须我友"作结，如若将这诗解成女子在河边盼望情人，那就第一章与下文不相关，与全诗之意不相连，既不合乎"引论从结论出"，也不合乎开始"第一句，如同在音乐上，全曲的音调都是它给予的"（高尔基《我的创作经验》）这些原则，在民歌中也是没有此例。又如《候人》这诗，如末一章的季女指的第三章"不遂其媾"所遗弃的女子而言，则第三章"不遂其媾"照上文的比兴看来，与第二章"不称其服"是一样的意思，是"无以对答其所得之优遇"的意思，不是婚媾的意思。可见季女是不可以解释成为季女被遗弃。如若勉强这样解释，就与上文不相联系。更与第一章所说的距离太远，我们不当这样的解释来破坏《诗经》的艺术的完整。这"季女斯饥"，如若解为比喻人民受困，才与第一章相应，加强了"三百赤芾"小人当道的意思。

《诗经》中以五章以上组成的诗，我们分析起来也都是合乎诗学"起""中""结"的原则的，例如《关雎》第一章说："窈窕淑女，君子好逑"，肯定了他们是好配偶，所以用"窈窕淑女，钟鼓乐之"作结，结局是结婚了，不只是见而悦之。《邶·柏舟》第一章说："微我无酒，以敖以游"，表示她不能毫无忌讳地举杯消愁，所以末章以"静言思之，不能奋飞"作结。《击鼓》第一章说到"土国城漕，我独南行"，表示他特别被派遣远行，所以这诗以"于嗟洵兮，不我信兮！""啊呀！地点好远啊，不能随我的心呀！"作结。《葛生》也是这样，"予美亡此，谁与独处"，是男子已死了，所以说末章"百岁之后，归于其室"。更长的两首六章诗：《谷风》是这样，用"习习谷风，以阴以雨"引起来比拟她的厄运，所以篇末"不念昔者，伊余来墍"，说不想想从前，就对我生气（依王引之说），《氓》篇是这样，第一句"氓之蚩蚩"是形容那小伙子嬉笑的样子。在末章说的"言笑晏晏，信誓旦旦"，正是回忆到这嬉笑的情形。引论由结论中出，《诗经》的篇章的构造确是一个完整体。《七月》是八章的诗，朱子已分析说："一章前段言衣之始，后段言食之始，二章至五章终前段之意，六章至八章终后段之意。"在篇章结构上也是"首尾圆合，条贯统序"的。虽然这是叙述衣食的叙事诗，是顺序的，"起""中""结"不必那样的显明。

我们还要指出的就是在五章组成的诗中，在中间的一章——第三章，往往是一篇主要的环节。如《关雎》的第三章"求之不得，寤寐思服，悠哉悠哉，辗转反侧"。这是主要环节，是恋爱常经的过程。《邶·柏舟》的"我心匪石，不可转也，我心匪席，不可卷也，威仪棣棣，不可选（遣）也"是主要的环节，是表明她的意志坚定。但是她不能冲破礼教的网罗。《击鼓》的"爰居爰处，爰丧其马"，写出他的久戍无聊的模样，《葛生》的"角枕粲兮，锦衾烂兮"写出她的睹物思人的心情，这都是主要的环节，然后转到下文。《谷风》第三、四两章写出女方的才德，更说明男子的忘恩负义。《氓》篇的三、四章写出一般的色衰爱弛,说明男子的"二三其德"。也是主要环节,所以引起结论。诗篇的构造确是很美妙的。

（八）艺术的语言　我们再从《诗经》所用的语言来看,《诗经》虽然是我们两千年以前的民间诗人的作品,但是在语言的运用上是极其丰富多彩,极其巧妙的。早在《文心雕龙》的《物色篇》已说:"诗人感物,联类不穷。流连万象之际,沉吟视听之区。写气圆貌,既随物以宛转;属采附声,亦与心而徘徊。故'灼灼'状桃花之鲜,'依依'尽杨柳之貌;'杲杲'为出日之容,'瀌瀌'拟雨雪之状;'喈喈'逐黄鸟之声,'喓喓'学草虫之韵。'皎日''嘒星',一言穷理;'参差''沃若',两字穷形。并以少总多,情貌无遗矣。"我们从修辞学的修辞格的角度来看,《诗经》的修辞有:

（1）引用　有的引言,如:《大雅·板》:"先民有言'询于刍荛'";有的用事,如《大雅·荡》:"殷鉴不远,在夏后之世。"

（2）比喻　有明喻,有隐喻,有类喻,有博喻,有详喻(例已见前(三)比拟的摹绘)。

（3）拟记　有拟人,有拟物(例已见前(三)此拟的摹绘)。

（4）摹绘　有摹形,如:"肃肃兔罝。"(《兔罝》)"籊籊竹竿。"(《竹竿》)有摹状,如:"容兮遂兮,垂带悸兮"。(《芄兰》)有绘声,如:"喓喓草虫,"(《草虫》)"交交黄鸟",(《黄鸟》)"间关车之辖兮。"(《小雅·车辖》)

（5）详密　有辩言,如:"岂敢爱之,畏我父母。"(《将仲子》)"匪我愆期,子无良媒"。(《氓》)有拨言,如:"匪报也,永以为好也。"(《木瓜》)有助语,如:"日居月诸。"(《邶·柏舟》)有增字,如:"玉之瑱也,象之揥也,扬且之皙也。"(《君子偕老》)

（6）借代　如:"乘彼垝垣,以望复关,不见复关,泣涕涟涟。"(《氓》)"缟衣茹藘,聊可与娱。"(《出其东门》)

（7）省略　如:"硕人其颀,衣锦褧衣。"(《硕人》)"良马五之。""良马六之。"(《干旄》)"一之日觱发,二之日栗烈。"(《七月》)

（8）曲折　有反言,如:"好人提提,宛然左辟。"(《葛屦》)有稀薄,如:"舒而脱脱兮,无感我帨兮,无使尨也吠。"(《野有死麕》)

（9）双关　有借音双关:"琐兮尾兮,鹠鹠(流离)之子。"(《旄丘》)"交交黄鸟止于桑(丧)。"(《黄鸟》)有借义双关,如:"岂其食鱼,必河之鲤?"(《衡门》)

（10）层递　有渐层,如:《芣苢》等篇。有连环,如:"介尔昭明;昭明有融……

摄以威仪……威仪孔时。"(《大雅·既醉》)

(11) 对偶　如："观闵既多,受侮不少。"(《邶·柏舟》)"出自幽谷,迁于乔木"。(《小雅·伐木》)

(12) 对照　如："彼候人兮,荷戈与祋,彼其之子,三百赤芾。"(《候人》)"东人之子,职劳不来,西人之子,粲粲衣服。"(《大东》)

(13) 列叙　如："齐侯之子,卫侯之妻,东宫之妹,邢侯之姨。"(《硕人》)"尔羊来思,其角濈濈,尔牛来思,其耳湿湿。"(《无羊》)

(14) 复叠　有重言,如:"喓喓草虫"(《草虫》),"杨柳依依"(《小雅·出画》)有叠句,如:"终远兄弟,谓他人父,谓他人父,亦莫我顾。"(《葛藟》)有类字,如:《北山》叠用十二"或"字。《生民》叠用十"实"字。

(15) 问对　有问答,如:"女曰观乎? 士曰既且。"(《溱洧》)有设疑,如:"方何为期? 胡然我念之?"(《小戎》)

(16) 夸饰　如:"叔于田,巷居无人。"(《叔于田》)"维此奄息,百夫之特……如可赎兮,人百其身。"(《黄鸟》)

(17) 奇警　有警句,如:"鱼网之设,鸿则离之。"(《新台》)"睆彼牵牛,不可以服箱"。(《大东》)"牂羊坟首,三星在罶。"(《小雅·苕之华》)有愤激,如:"人之无良,我以为君。"(《鹑之奔奔》)"彼人是哉,子曰何其?"(《园有桃》)"不狩不猎,胡瞻尔庭有悬貆兮?"(《伐檀》)

(18) 咏叹　有顿呼,如:"母也天只! 不谅人只!"(《鄘·柏舟》)"于嗟鸠兮,无食桑葚"(《氓》)"于! 我乎! 夏屋渠渠"。(《权舆》)有咏叹,如:"已焉哉,天实为之,谓之何哉?"(北门)"哿矣富人,哀此茕独"。(《正月》)

(19) 垫拽　有抑扬,如:"仲可怀也,父母之言也,亦可畏也。"(《将仲子》)"巷居无人。岂无居人,不如叔也,洵美且仁"。(《叔于田》)有错综:"维南有箕,不可以簸扬;维北有斗,不可以挹酒浆。维南有箕,载翕其舌;维北有斗,西柄之揭。"(《大东》)有进退:"子惠思我,褰裳涉溱;子不我思,岂无他人?"(《褰裳》)

(20) 变换　有倒装,如:"无庶予乎憎",(《鸡鸣》)"叔兮伯兮,倡予和女。"(《萚兮》)有转品,如:"螓首蛾眉"。有断续,如:"及尔偕老,老使我怨,淇则有岸,隰则有泮,总角之宴,言笑晏晏,信誓旦旦。"(《氓》)

以上所举在表面上看来,大纲目虽只二十个格,实可以细分为三十多个格,这还只仅仅举了一些显著的,比较易于举出的,可以列举的还有,还可以用一篇专文

国学经典文库

诗经

· 名家谈《诗经》 ·

图文珍藏版

来研究。但我们仅就这三十多个格来看已可以明白古代的诗人,民间的诗人是如何地善于艺术地运用语言,使得我们现在读到如双关连环诸例既是十分巧妙,而在一些奇警的句子,如"鱼网之设,鸿则离之。""牂羊坟首,三星在罶;人可以食,鲜可以饱"。是如何善于利用想象联想。另外,一些比兴,如以"鹳鸣于垤",引起"妇叹于室",以"维鹈在梁,不濡其咮",此喻小人只居高位而不工作,不能对答他的优遇。他们又是如何善于观察事物,所以能创造出来一些具有鲜明的具体性和表现力的美妙的词句,描摹出来各种各样的人物,有着迷人的美,动人的力量。高尔基说:"接近民间语言吧,寻求朴素简洁健康的力量,这力量用两三个字就造成一个形象。"《诗经》在艺术方面的表现有很多的地方是值得我们好好学习的。

我们从上面概括的抒写,层层的铺叙,比拟的摹绘等等,来看《诗经》的艺术表现,我们是很可以看出《诗经》的表现手法已经达到极高度的艺术成就。当然,这里面的诗歌,在一首诗中所用的手法,并不局限在某一方面而是多种多样的。正如旧说,一篇之中,可以有赋有比有兴。也正加"在每个真正的艺术形象里,在每部著名文学里都有着概括和个性化"一样,《诗经》的诗篇在艺术表现上是不应当孤立从某一点来看的。还有,《诗经》的一些被人称诵的名句,如《小雅·采薇》的"昔我往矣,杨柳依依,今我来思,雨雪霏霏。"(谢玄说,见《世说新语》卷二)《郑风·鸡鸣》的"风雨如晦,鸡鸣不已,既见君子,云胡不喜。"(王国维说,见其所著《人间词话》)这还需要结合着诗篇的思想感情来看,不能专从手法上来说。又如魏伯子曾推重的《邶风》"泾以渭浊",说是:"四字精简极矣,却不费解"。这些地方,我们还待提出一些诗篇来详细研究,还不是本文所能详说的。在本篇中,仅仅提出一个大致的轮廓,《诗经》是我们中国的一部优秀文学遗产,在艺术表现上有高度的成就,我们是很容易看出来的。

说尽心中无限事
——《卫风·氓》赏析

马茂元　赵昌平

　　氓之蚩蚩,抱布贸丝。匪来贸丝,来即我谋。送子涉淇,至于顿丘。匪我愆期,子无良媒。将子无怒,秋以为期。

　　乘彼垝垣,以望复关:不见复关,泣涕涟涟。既见复关,载笑载言。尔卜尔筮,体无咎言,以尔车来,以我贿迁。

桑之未落，其叶沃若。于嗟鸠兮，无食桑葚。于嗟女兮，无与士耽。士之耽兮，犹可说也。女之耽兮，不可说也。

桑之落矣，其黄而陨。自我徂尔，三岁食贫。淇水汤汤，渐车帷裳。女也不爽，士贰其行。士也罔极，二三其德。

三岁为妇，靡室劳矣；夙兴夜寐，靡有朝矣！言既遂矣，至于暴矣。兄弟不知，咥其笑矣。静言思之，躬自悼矣。

及尔偕老，老使我怨。淇则有岸，隰则有泮。总角之宴，言笑晏晏。信誓旦旦，不思其反。反是不思，亦已焉哉！

《卫风·氓》叙述的是一个古老的、至今还在无数次重演的生活事件：痴情女子负心郎，诗人们曾千百次地用以作为创作的题材；然而今天我们读着这两千多年前的诗章，却决不因时代的遥远，题材的习见而厌倦。诵读之中，仿佛仍能听到女主人公催人泪下的悲怆呼声。仍能看到她那哀丽坚贞的感人形象。一首诗歌，何以能具有如此强大的、不朽的生命力呢？近代意大利美学家克罗齐说："无论是创造艺术的艺术家，还是欣赏艺术的观众，都只需要普遍与特殊，或则说得更精确些，都只需要特殊化的普遍，即全归结和集中到一种独特心境的表现上那种普遍的艺术活动。"（《美学纲要》第二章）克罗齐把这种能表现普遍的独特心境称之为"直觉"，直觉是每个人在一定情境中的心境和情感的表现。如果我们舍弃克罗齐在认识论上的本末倒置的唯心主义立场，将直觉视作激于现实而产生的，真实的不加矫饰的勃生的感情，那么这段话正道出了一切优秀的艺术作品——也包括《氓》——之所以成功的第一义谛。《氓》的作者并没有任何文艺理论作为指导，她只是将即时即地（一定情境）所触发的忆念与感喟（独特心境）一一写来。潜在意识的顺次涌现，感情节奏的自然起伏，衍成了诗歌跌宕回旋的布局，塑成了主人公浮雕般具体生动的形象。其寓神理于自然的艺术胜境，足以使后世的一切大手笔叹为观止。正由于《氓》产生于文艺创作的素朴时代，因之它的杰出的艺术成就，就更能启发我们去深入领会创作论中长期以来被忽视的一个重要问题，即作者主观意识，或称"独特心境"，在文艺创作中的重大作用。

全诗共六章，情节很简单，少女为一青年男子所追求，终于结成了夫妇，尽管她甘贫操劳，三年如一日，然而色衰爱弛最后仍逃脱不了许多弱女子共同的命运——被丈夫休弃归家。这首诗，就做于归途之中。

后人可以从这首诗中分析出许多结构与修辞上的匠心来。它并不是平铺直叙事件经过。显然,三、四二章是全诗的主旨所在,"于嗟女兮,无与士耽。士之耽兮,犹可说也;女之耽兮,不可说也!""女也不爽,士贰其行。士也罔极,二三其德!"这是女主人公在三年婚嫁生活中所得出的痛苦的经验教训:作为女子,千万不能耽溺于男女的情爱之中。男子耽于情爱,还可以自我解脱,然而女子一旦沉溺其间,就总是不能自拔! 因为女子的感情是专一不二的,而男子却往往朝三暮四,纵其心欲而无所拘谨! 围绕着这一主旋律,前此一、二两章,写了当初男子求婚,女子于归的可宝贵的甜蜜回忆;后此五章,又追溯了婚后三年女子不暇的操劳与不幸的遭遇,结末之章,发为浩叹。这样围绕着主题,前后分成了两个鲜明而强烈的对照,一是男子前后态度的变化,三年前他来求婚时,面带着嗤嗤然的敦厚的笑,还玩了一个可爱的小小的花招,他抱着布匹来换丝,其实却是来找我商量婚姻大事。然而三年之后,"言既遂矣,至于暴矣",他的欲望一旦达到,就变得如此不仁和凶暴。二是女子际遇与心情的对比,三年前,我深感于他的爱恋与诚意,曾有过多少美好的憧憬与苦乐相融的梦。他来得匆忙,连媒人也未找好;我送他过了淇水到顿丘,约他秋天再来结同好;我登上颓垣将他归来的车儿望,不见车来,我涕泪汪汪,一旦车来,我又是说来又是笑;然而三年后,尽管我担当了一切的辛苦与操劳,我早起晚寝,不分今日与明朝,谁知到头来,他却幡然变脸将我休弃掉! 这种强烈的对比,有力地表现了那男子凶黠不仁的性格与女子善良温厚的品质,从而激荡起人们的无比同情与义愤。

然而上述分析,总是隔了一层的,设身处地体味一下女主人公的特定情境,就能感到这种看似精心的结构与修辞,其实是她潜意识流露的最自然不过的系列。

这首诗中有三处提到淇水,首章之"送子涉淇,至于顿丘";四章之"淇水汤汤,渐车帷裳";六章之"淇则有岸,隰则有泮"。三写淇水正为我们提示了女主人公思绪的轨迹。作为弃妇,她的心情悲痛而又惘然,人处于这种心情之下,所产生的忆念,往往是由近边的景物唤起的,这在心理学上称作"暗示"。"淇水汤汤,渐车帷裳"是弃妇归途中的实境,当年初议婚约时,她曾"送子涉淇,至于顿丘",正是渡过了淇水,他们才订下了"秋以为期"的誓约,也才有了以后的一切。淇水,是她那段以欢乐始,以悲伤终的生活的见证人。因此诗人很自然地从对涉淇订约为中心的初恋的回顾,开始了她的歌唱。涉淇订约后经过焦心的盼望,终于盼来了行媒迎娶的归车,"以尔车来,以我贿迁",是涉淇订约的自然延展,是他们爱情的高潮,欢乐的顶峰,然而同时也是以后三岁为妇不幸遭遇的起点。正因为这是欢乐与痛苦的交点,所以回忆至此,诗人万箭攒心,不可压抑地迸发出了三、四二节的痛苦呐喊,"吁嗟鸠兮,无食桑葚",当初那达于顶峰的欢爱,原来是这么不可凭依! 可见在回忆中插入的这二节抒情议论,并非诗人自觉的巧思结撰,而是意念感情的合乎逻辑的发展,看来这是布局上的跌宕之笔,其实这是奔腾江河的自然曲折,所以虽然曲折,却更具有澎湃汪洋的力量。

　　这里可以讨论的是三、四二章起始"桑之未落,其叶沃若","桑之落矣,其黄而陨"二个对比性的托兴。为什么诗人这里不用其他景物(比如用"桃之夭夭"),而偏举桑叶? 我们以为桑树应当也是弃妇归途中所见的实物,以实景起兴的例子,在《诗经》中是屡见不鲜的,如"蒹葭苍苍,白露为霜,所谓伊人,在水一方"(《蒹葭》);"月出皎兮,佼人僚兮。舒窈纠兮,劳心悄兮"(《月出》)都是以眼前实景为发端起兴的。"桑之落矣,其黄而陨",是弃妇归返涉淇时所见到的河岸上桑树的实际形象,(所以下面又紧接着写道,"自我徂尔,三岁食贫。淇水汤汤,渐车帷裳。")而由此暗示,产生心理学上所说的"对比联想",又回忆起行媒时,"桑叶沃若"的景象。淇水之畔,桑叶现时的黄而陨与忆念中的"沃若"润美,所构成的触目惊心的对照,使得弃妇自然地取以为三、四段的起兴,所以能一气贯下,其势正与汤汤淇水浑融为一,而荡人心魄。桑叶沃若与黄陨的对比,是爱情由盛而衰的象喻(用欧阳修说),因此由叶落陨黄,又自然转入了婚后三年不幸生活的回忆。在这一节中"兄弟不知,咥其笑矣"二句尤可玩味,第四章前半是回忆婚后之不幸,而"兄弟"二句则是女子返渡淇水时所预想的到家后的情景,这与《孔雀东南飞》中刘兰芝在休归途中预想到"我有亲父兄,性行暴如雷,恐不任我意,逆以煎我怀",出于同样的心理状态。由回忆到预想的跳跃,只有在弃妇返归的特定情境中方会出现,是潜意识在此诗中主导作用的又一鲜明表现。往事不堪回首,前程又复可畏,至此这女子不禁发出了"静言思之,躬自悼矣"的哀叹,而最后第六章十句又正是想到这种进退维谷的困境时烦乱心情的自然延展:像这样下去,即使与你白首到老,只怕更增加我的哀怨。淇水还有个岸,河岸还有个边,我的怨愁又何时能完? 温存的言笑,旦旦的誓言,还在我眼前,又何曾想到竟一朝反悔;既然你反悔了呵,那就不必再苦苦追思,过去了的一切,也只有一丢了事……诗人至此,已百无聊赖,无复可言,只有那无声的哀思,在引动着读者对女主人公后来遭际的担心与关怀。

　　诗是需要反复诵读的,前析女主人公的感情起伏变化,可从本诗的音乐节奏中去体味,诗的首章,音调于缠绵中带有渺远之韵,平顺中微见恻然之感,读来似闻话语絮絮,这正是诗人刚回到久远的往事忆念中惘然若失的心声。回忆的逐渐深入,使她逐渐忘情,诗的节奏渐趋热烈而亢扬。然而乐极生悲,触物伤神,从美梦中惊醒,三、四二章长歌当哭般的呼号,又显示出诗人对一去不复返的已往情爱的深重痛惜与对负心人的强烈愤慨,于是更变为五章前半的急调促弦,从中似可闻历数切责之声。至此回忆已尽,想到前途茫茫,从激奋中落入空虚,故音节又急转直下发出五章末的哀叹,并衍为六章的一片如泣如咽之音。"诗言志,歌永言。"全诗节奏的这种起伏、扬抑、曼促变化,正有助于我们理解《卫风·氓》是女主人公在特定环境下的独特心境的自然发展。

《氓》的杰出的艺术成就,形象地说明了作者为环境所促发的意识流、感情流在诗歌创作中的重要作用,然而这并不是说,诗作是纯主观的产物,《氓》中女主人公的这种"独特心境"。既是被弃归返,重涉淇水,面对枯桑的具体环境所引发的,更是古来无数同类妇女呼声的反映。她所受到的不公平待遇,实际上是过去时代,以经济支配权为基础的男子在婚姻上的支配权所造成的(参考恩格斯《家庭私有制和国家的起源》第二章)。所谓一定情境正是上述具体与一般的、或者说特殊的与普遍的两方面的结合。《氓》的艺术成就,既说明了克罗齐所论"创作中的一定情境中的独特心境"有相当的合理性,又有力地驳斥了他把创作的原始归结到独特的心境(直觉)的唯心主义立场。从对《氓》的分析赏鉴中,可以进而理解对于西方资产阶级的文艺理论,我们应当取慎重的扬弃态度。

《氓》的成就是多方面的,它的写形传神,自然焕美的语言特色,它的融叙事、抒情、议论为一体的诗体格局,使之在《诗经》中占有重要的地位,更对后世具有深远的影响。这些都已有不少同志论及,就不再赘言了。

说《小雅·何草不黄》

廖仲安

何草不黄!何日不行!何人不将!经营四方。

何草不玄!何人不矜!哀我征夫,独为匪民!

匪兕匪虎,率彼旷野。哀我征夫,朝夕不暇!

有芃者狐,率彼幽草。有栈之车,行彼周道。

这是《小雅》的最后一首诗。

据《毛诗》的《序》说,这首诗创作于西周末年周幽王时代,当时"四夷交侵,中

国皆叛,用兵不息,视民如禽兽。君子忧之,故作是诗也。"宋朱熹《诗集传》也说:
"周室将亡,征役不息,行者苦之,故作此诗。"以后的《诗经》学者如《诗经通论》作
者姚际恒、《诗沈》作者范家相、《诗经原始》作者方玉润等论及此诗的创作时代,都
没有不同的意见。惟毛序以为此诗是"君子"所作,朱熹以为是"行者"所作,这是
大同中的小异。从诗中"哀我征夫"的口吻来看,朱熹说它是"行者"之作,较为切
当。所谓"行者"之歌,也就是民歌。《小雅》虽然多半是士大夫的作品,但如《采
薇》《大东》《苕之华》和这首诗,仍然是《国风》民歌的本色。

诗的前两章,都是以草起兴,并非偶然。读过这首诗,我们不难想象,一队队的
兵士,成年累月,疲惫不堪地在外奔走。现在,他们正走在一个衰草连天的旷野里,
看着这枯黄的秋草,自然要联想起自己天天奔走而疲病憔悴的境况。

第一章,"何草""何日""何人"三句接连着冲口而出,分明是严厉质问:哪一种
草不萎黄? 哪一天当兵的不奔忙? 哪个人不把兵当? 为的是给周王征讨四方。

第二章,仍然是质问似的语调。哪一棵草不枯朽发黑? 哪个兵不是光棍无家
室? 我们这些可怜的小兵,难道就偏偏不是人?

钱钟书《管锥编》曾经讲到比喻有两柄而复具多边。"盖事物一而已,然非止
一性一能,遂不限于一功一效,取譬者用心或别,着眼因殊。"钱先生曾举诗文中丰
富例证,说明"月"有多义。这首诗第一二两章虽然同以"草"起兴,但"草"之"玄"
与"黄",所喻似乎颇有区别。以草之萎黄,喻士卒之疲病憔悴,这是很自然的,有如
大家所熟悉的民歌:"小白菜啊,地里黄啊! 三岁两岁,没有娘啊!"不须再多说。而
由"何草不玄",引出"何人不矜(鳏)",初看起来,实在没有比喻、象征、暗示的关
系,只有玄、矜两字同韵。但由"何人不矜"再引出士卒们倾诉"独为匪民"的话,就
提出一个区别"民"与"匪民"的原则问题了。民歌的作者认为士卒们成年累月地
奔走,过着违背人伦、人道的打光棍的生活,这不是人过的生活。杜甫的名句:"人
生无家别,何以为蒸藜?"显然就是从此诗连类引申出来的。转入这一层深意之后,
我们就不难看出,诗人唱"何草不玄",显然就是以草之枯朽、短命、低贱、任人践踏
来象征着士兵们的非人的生活境遇。"草芥""草菅""草间偷活""杀人如草"……
一系列的成语都可以说明这句比兴的形象意义。看来,诗人借草的枯朽唱出"哀我
征夫,独为匪民"的话,潜台词是很丰富的。你可以想到孟子警告齐宣王的话:"君
之视臣如草芥,则臣之视君如寇仇。"(《离娄下》)可以想到唐德宗建中四年,一群
吃不饱饭的藩镇兵卒的话:"吾辈弃父母妻子,将死于难,而食不饱,安能以草命捍

白刃耶?"(《旧唐书·姚令言传》)还可以想到《水浒传》第十五回,阮小七在羡慕王伦等一伙强人的时候的话:"人生一世,草生一秋。我们只管打鱼营生,学得他们过一日也好!"

第三、四两章,都是以野兽为比喻,这也同样是以士兵在荒山草野中行军所看到的事物作为比兴。但"匪兕匪虎"的"匪"字,有两种不同的解释:一是当"非"字讲(是孔颖达的解释),我们不是野牛,不是老虎,怎么能成天在外作野生动物。一是当"彼"字讲(清人王念孙、马瑞辰之新解),只有那些野牛,那些老虎,才成天地在外奔跑。两说在语气、语感上虽有差异,但基本意思,还是一致的。总之这两句是说统治者视民如禽兽。其思想还是紧紧地承接着第二章"哀我征夫,独为匪民"的思想。

兕虎的比喻也是多边的。一则取其勇猛、壮美,如《郑风·简兮》里描绘参加万舞的、身材魁梧的壮士"有力如虎"。一则取其吃人的本性。如《小雅·巷伯》里"取彼谮人,投畀豺虎"("豺虎不食"一层暂置不谈)。以上两边的比喻,都是常见的。而在本诗里,则主要取其成天在外奔跑的野生习性。作者在自己所过的野兽似的非人生活中,忽然感到野生动物成年在荒野奔忙,也有令人可怜的一面。现在看来,这首民歌的作者体验、观察兕虎的角度还是很新鲜,不落常套的。

第四章,"有芃者狐,率彼幽草。"是说生着长毛蓬松的大尾巴的是狐狸,它来往出没之处是在茂密的草丛里。"有栈之车,行彼周道。"是说有高高木棚的是大兵们牵挽的辎重车,它走的是那空荡荡的官道。这一章,也是以狐狸出没草丛的生态,形容那些在官道上拉车不止的士兵们的非人生活。

总之,这首充满控诉、抗议的民歌,作者借行军中所见的荒草、野兽,来倾诉他们所过的非人的生活,这里虽然没有精雕细刻,但它所包含的忧愤却是很深广的。诗人把周王朝视民如草芥,视民如禽兽的情况都揭示出来了。由"四夷交侵,中国背叛"而"用兵不息";但是对所用之兵又视之如草芥,如禽兽,其结果自然是可想而知的了。方玉润说:"周衰至此,其亡岂能久待?编诗者以此殿《小雅》之终。"也算是一句"画龙点睛"的评语。

漫谈《关雎》
聂石樵

《诗经》中保存着我国比较古老的诗歌。和我国其他经书之真伪难辨不同,

《诗经》中的诗歌都是真实可信的,它为我们提供了研究古代文学的有力根据。

朱熹

《颜氏家训·文章篇》说:"夫文章者,原出五经……歌、咏、赋、颂生于诗者也。"又《文心雕龙·宗经》不但认为历代文体皆源于五经,而且认为我国诗歌的多种表现手法也本之《诗经》。虽然我们对他们的意见的理解不应过于拘泥,但他们确是看到了《诗经》对后代诗歌发展的巨大影响。所谓"别裁伪体亲《风》《雅》"(杜甫《戏为六绝句》)便道出了历代诗人在创作上对《诗经》的追摹和标榜。因此,认真地分析和鉴赏《诗经》中一些重要篇章,为今天文艺创作提供借鉴,提高人们的精神素养,是有意义的。

《关雎》是《风》之始也,也是《诗经》之第一篇。古人把它冠于《三百篇》之首,说明它的重要性和对它评价之高。《史记·外戚世家》记述说:"《易》基乾坤,《诗》始《关雎》,《书》美厘降……夫妇之际,人道之大伦也。"又《汉书·匡衡传》记载匡衡疏云:"匹配之际,生民之始,万福之原。婚姻之礼正,然后品物遂而天命全。孔子论《诗》,以《关雎》为始……此纲纪之首,王教之端也。"他们的着眼点是迂腐的,但他们对诗之本义的概括却基本正确。问题在于它所表现的是什么样的婚姻? 这关系到我们对《风》的理解。朱熹《诗集传》"序"说:"凡诗之所谓风者,多出于里巷歌谣之作,所谓男女相与咏歌,各言其情者也。"又郑樵《通志·乐略·正声序论》说:"《诗》在于声,不在于义,犹今都邑有新声,巷陌竞歌之,岂为其辞义之美哉? 直为其声新耳。"朱熹是从诗义方面论述的,郑樵则从声调方面进行解释。我们把二者结合起来,那么可以认为《风》是一种用地方声调歌唱的表达男女爱情的歌谣。尽管朱熹对《关雎》主题的解释并不如此,但从《关雎》的具体表现看,它确是男女言情之作，是写一个男子对女子爱情的追求。其声、情、文，义俱佳，足以为《风》之始，《三百篇》之冠。孔子云："《关雎》乐而不淫，哀而不伤。"（《论语·八佾》）此后，人们评《关雎》，皆"折中于夫子"（《史记·孔子世家》），《关雎》究竟如何呢？《关雎》云：

> 关关雎鸠，在河之洲。窈窕淑女，君子好逑。
>
> 参差荇菜，左右流之。窈窕淑女，寤寐求之。
>
> 求之不得，寤寐思服。悠哉悠哉，辗转反侧。
>
> 参差荇菜，左右采之。窈窕淑女，琴瑟友之。
>
> 参差荇菜，左右芼（"覒"之借字，选择）之。窈窕淑女，钟鼓乐之。

此诗原作三章：一章四句，二章八句，三章八句。郑玄从文义上将后二章又各分为两章，共五章，章四句。兹从郑玄。第一章以雎鸠和鸣于河之洲上，其匹偶不乱之意，而兴淑女是君子的好匹配。这一章的佳处，在于它那种舒缓平正之音，并以这种音调领起全篇，形成全诗的基调。而且以"窈窕淑女，君子好逑"为纲目，统摄全诗。第二章之"参差荇菜"是承"关关雎鸠"而来，也是以洲上生长之物，即景生情。"流"，《毛传》训为"求"，不确。因为下文"寤寐求之"已有"求"字，此处不当再有"求"意，应当作流动解。这是以荇菜流动无方喻淑女之难求。"求"字是全篇的中心，通首诗都在表现一个男子对女子的追求过程，即从深切的思慕到实现结婚的愿望。第三章抒发求之不得的忧思。此为一篇的关键，最能体现全诗的精神。姚际恒《诗经通论》评云："前后四章，章四句，辞义悉协。今夹此四句于'寤寐求之'之下，'友之'、'乐之'二章之上，承上递下，通篇精神全在此处。盖必着此四句，方使下'友'、'乐'二义快足满意。若无此，则上之云'求'，下之云'友'、'乐'，气势弱而不振矣，此古人文章争扼要法，其调亦迫促，与前后平缓之音别。"姚际恒对本章在全诗中重要性的分析，最为卓识。应当补充者，为此章不但以繁弦促管振文气，而且写出了生动逼真的形象，即王士禛《渔洋诗话》所谓《诗》《三百篇》真如画工之肖物。"林义光《诗经通解》说："寐始觉而辗转反侧，则身犹在床。"这种对思念情人的心理的描写，可谓"哀而不伤"者也。第四、五章写求而得之的喜悦。"琴瑟友之"，"钟鼓乐之"，都是既得之后的情景。曰"友"，曰"乐"，用字自有轻重、深浅之不同。极写快足满意而又不涉于侈靡，所谓"乐而不淫"者也。通篇诗是写一个男子对女子的思念、追求过程，写求之不得的焦虑和求而得之的喜悦。

此诗之主要表现手法是兴寄，《毛传》云："兴也。"什么是"兴"？我以为孔颖达的解释最得要领,他在《毛诗正义》中说:"'兴'者,起也。取譬引类,起发己心,《诗》文诸举草木鸟兽以见意者,皆'兴'辞也。"所谓"兴",即先以别的景物引起所咏之物,以为寄托。这是一种委婉含蓄的表现手法。如此诗以雎鸠之"挚而有别",兴淑女应配君子;以荇菜流动无方,兴淑女之难求;又以荇菜既得而"采之""芼之",兴淑女既得而"友之""乐之"等。这种手法的特点,在于寄托深远,能产生文已尽而意有余的效果。

此诗还采用了一些双声叠韵联绵字,以增强诗歌音调的和谐美和描写人物的生动性。如"窈窕",是叠韵;"参差",是双声;"辗转",既是双声又是叠韵。用这类词语修饰动作,如"辗转反侧";模拟形象,如"窈窕淑女";描写景物,如"参差荇菜",莫不活泼逼真、声情并茂。刘师培《论文杂记》云:"上古之时……谣谚之音,多循天籁之自然,其所以能谐音律者,一由句各叶韵,二由语句之间多用叠韵双声之字。"此诗虽非句各叶韵,但其对双声叠韵联绵字的运用,却保持了古代诗歌淳朴自然的风格。

在用韵方面,此诗采取偶句入韵的方式。如鸠、洲、逑叶韵,属幽部;流、求叶韵,也属幽部;得、服、侧叶韵,属职部;采、友叶韵,属之部;芼、乐叶韵,属宵部。这种偶韵式支配着两千多年来我国古典诗歌谐韵的形式。而且全篇三次换韵,又有虚字脚"之"字不入韵,而以虚字之前一字为韵的。这种在用韵方面的参差变化,极大地增强了诗歌的节奏感和音乐美。

对《关雎》,我们应当从诗义和音乐两方面去理解。就诗义而言,它是"民俗歌谣",它所写的男女之爱情是作为民俗反映出来的。相传古人在仲春之月有会合男女的习俗。《周礼·地官·媒氏》云:"媒氏(即媒官)掌万民之判(配合)……中春(二月)之月,令会男女,于是时也,奔者不禁(不禁止私奔);若无故而不用令者,罚之,司男女之无夫家者而会之。"《关雎》所咏未必就是这段史事的纪实,但是这段史实却有助于我们了解古代男女相会、互相爱慕并希望成婚的心理状态和风俗习尚。文学作品描写的对象是社会生活,而对社会风俗习尚的描写,能更真实地再现社会生活,使社会生活融汇于社会风习的画面中,从而就更有真实感。《关雎》就是把古代男女恋情作为社会风俗习尚描写出来的。就乐调而言,全诗重章叠句都是为了合乐而形成的。郑樵《通志·乐略·正声序论》云:"凡律其辞,则谓之诗,声其诗,则谓之歌,作诗未有不歌者也。"郑樵特别强调声律的重要性。凡古代活的有生气的诗歌,往往都可以歌,并重视声调的和谐。《关雎》重章叠句的运用,说明它是可歌的,是活在人们口中的诗歌。当然,《关雎》是把表达诗义和疾徐声调结合起来,以声调传达诗义。郑玄《诗谱序》云:"《虞书》曰:'诗言志,歌永言,声依永,律和声。'然则诗之道,放于此乎?"《关雎》篇亦然。

一往情深
——《周南·汉广》赏析
袁行霈

南有乔木,不可休息。汉有游女,不可求思。汉之广矣,不可泳思。江之永矣,不可方思。

翘翘错薪,言刈其楚。之子于归,言秣其马。汉之广矣,不可泳思。江之永矣,不可方思。

翘翘错薪,言刈其蒌。之子于归,言秣其驹。汉之广矣,不可泳思。江之永矣,不可方思。

此诗是一个樵夫所唱。他热恋着一位美丽的姑娘,却得不到她。在汉水之滨砍柴的时候,浩渺的水势触动了他的情怀,遂唱出这支绝妙的诗歌。他明知所爱的人不可得,却仍不能忘怀。不仅如此,还要幻想得到她的时候如何如何。真是一片痴情,一往情深!其诚挚敦厚,感人肺腑。

首章八句,四曰"不可"。二三章重复首章后四句,又各有两个"不可"。短短的一首小诗,竟浸于一片连接不断的"不可"声中。而歌者的那种无可奈何之情,遂亦沛沛然流注于听者的心田,唤起无限的同情。

首章连用了四个比喻。第一个比喻:"南有乔木,不可休息。""息"字当依《韩诗》作"思",是语尾助词。郑笺曰:"木以高其枝叶之故,故人不得就而止息也。"可是,泛泛地讲成乔木之下不可止息,总觉得于理不畅。乔木之下怎么就不能止息呢?即使是枝叶上耸的如白杨之类,也不至于没有荫凉。我想,下面的"游女"既然是专指汉水女神,那么"南有乔木"的"乔木"也应该是专指南方某一乔木而言,或许是神话传说中一株美丽的大树。心里向往着它,却不能到达它的下面;那不过是虚无缥缈不可企及的一个理想而已。乔木的比喻说出所爱之人在自己心目中乃是高不可攀追求不到的。第二个比喻是"汉有游女,不可求思。""游女",三家注均以为指汉水女神,已成定论。或即郑交甫所遇汉皋二女,《文选》郭景纯(璞)《江赋》:"感交甫之丧珮"注引《韩诗内传》;"郑交甫遵彼汉皋台下,遇二女,与言曰:'愿请子之珮。'二女与交甫。交甫受而怀之,超然而去,十步循探之,即亡矣。回顾二女亦即亡矣。""游"字,据闻一多先生考证,其义"当为浮行水上,如《洛神赋》云:'凌波微步,罗袜生尘'之类。"(《诗经新义》)"汉有游女,不可求思。"是说对汉水女神徒有爱慕之心,却不可求而得之。"乔木"和"游女"都非人间所有,更非凡人可得,只能徒然想象其高大美丽。这两个比喻,一方面是写不可能之事,另一方面又在自己心目中将所爱的人视为极高的理想。足见其倾慕之深、渴望之切与失望之极。

"汉之广矣,不可泳思。江之永矣,不可方思。"是首章的另外两个比喻。江汉并举,互文见义。"泳"字,据《文选》司马长卿(相如)《封禅文》注,是浮的意思。"方",是用竹或木编成筏以渡水。江汉既宽且长,既不能浮游而过,也不能乘筏而渡,面对一片汪洋只能长歌浩叹而已。

首章的四个比喻,都是讲不可能之事,但它们又有细微的差别。乔木的不可休,汉女的不可求,是真的做不到。而汉水的不可泳,江水的不可方,并不是真的不可能,只是表现极度失望的心情。不可泳、不可方,着重在说自己和她若有江汉之隔,而无桥梁可通。连泳之、方之的信心和勇气也丧失了。

然而他还是幻想有朝一日能得到她,这就是第二章前四句所说的:"翘翘错薪,言刈其楚。之子于归,言秣其马。""翘翘"是高出的样子。"错",杂乱。"楚"就是牡荆。郑笺云:"楚,杂薪之中尤翘翘者,我欲刈取之。以喻众女皆贞洁,我又欲取其尤高洁者。"大致不差。"翘翘"二句意思是说:就像砍柴要砍好柴一样,要娶就娶最好的姑娘。余冠英先生译得好:"丛丛杂树一棵高,砍树要砍荆树条。""之子",这个人,指自己所爱的姑娘。"于归"就是出嫁,这里的意思当然是指嫁给自己。"之子于归,言秣其马。"意思是说这个美丽的姑娘如肯嫁给我,我甘心替她喂马,当她的马夫。其中的感情正如朱熹所说是"悦之至"而"敬之深"。但这毕竟是不可能的事,所以又重复唱道:"汉之广矣,不可泳思。江之永矣,不可方思。"

第三章重复第二章,只换了两个字。"言刈其楚"的"楚"字,换成了"蒌"字。"蒌"是蒌蒿,一种水草名。"言秣其马"的"马"字,换成了"驹"字,"驹"是幼马。借着两个字的更换,把这章诗重唱了一遍,加强了抒情的效果。

这首诗的结构形式和《诗经》中其他许多民歌一样也是重章叠句。而这首诗的韵味主要就表现在"汉之广矣,不可泳思。江之永矣,不可方思。"这四句的反复咏唱上。长歌浩叹,回环往复,不能自已。这四句是就眼前之景,信手拈来,构成妙喻。《诗经·卫风》中有一篇《河广》,诗曰:"谁谓河广?一苇杭之。谁谓宋远,歧予望之。谁谓河广？曾不容刀。谁谓宋远，曾不崇朝。"江河的广狭及可渡与否，由于感情的不同感觉也会有所不同。要比喻事之易成，则曰：谁说河宽？只要以一苇就可以渡过了。谁说河宽？连一只小船都容不下。要比喻事之难成，则曰：不可泳、不可方。是不是没有客观的可信的标准呢？也不是。只是抒情诗的创作原不必拘泥于生活的细节。这种灵活的处理方法，正是诗歌艺术巧妙的地方，细细体会是颇为有趣的。

《诗经鉴赏集》，人民文学出版社，1986 年

四、名家谈《诗经》的文化散论

中和：《诗经》的审美理想与中国文化的基本品格
廖群

孔子曾称《关雎》"乐而不淫，哀而不伤"，其实，这也完全可以作为对整部《诗经》审美理想的精辟概括。《诗经》总体上正是以中节合度的中和之美作为自己的基本格调的。而且，《诗经》对中国文化最深入、潜在而又持久的影响，就表现在对它尚"和"的文化品格的塑造上。

一、"温其如玉"：一个独特的人品喻体

在具体展示《诗经》所表现出的中和为美的文化之性格前，让我们先来看一下《诗经》中这样一个特别的现象，即有时会以"玉"喻人，从而表达对人物的崇敬和赞誉。这个问题看似与本章内容关系不大，但当我们解决了其中"玉"所包含的质量内容后，便会发现它正可以引出本章的重要话题之一，这便是《诗经》人格美理想的追求所在。

《诗经》以"玉"喻人凡七见，依次如下：

林有朴樕，野有死麕。白茅纯束，有女如玉。（《召南·野有死麕》）

有匪君子，如切如磋，如琢如磨……有匪君子，如金如锡，如圭如璧。（《卫风·淇奥》）

彼其之子,美如玉。美如玉,殊异乎公族。(《魏风·汾沮洳》)

言念君子,温其如玉。在其板屋,乱我心曲。(《秦风·小戎》)

生刍一束,其人如玉。毋金玉尔音,而有遐心。(《小雅·白驹》)

追(雕)琢其章(璋),金玉其相。勉勉我王,纲纪四方。(《大雅·棫朴》)

颙颙卬卬,如圭如璋,令闻令望。岂弟君子,四方为纲。(《大雅·卷阿》)

这些诗中,用玉来赞美的有女子,有情人,有君子,有君王,可知以玉喻人的范围十分广泛。问题是,它们究竟是取玉的哪种质地,又在比喻人物的什么特点,似乎在当时的文化背景下已不言自明,所以常常只出现喻体,而不再交代喻义。《野有死麕》称"有女如玉",是赞美她的美貌、肤色还是她纯洁的品性?《汾沮洳》称"彼其之子,美如玉",看来是在赞美相貌了,但是否也含有风度、气质、品性的成分?《小戎》所谓"温其如玉"又像是在表现对象的性格了。这一切,恐怕只有深入到当时玉文化的背景之中,才可以找到答案。

玉,"石之美者"(《说文》),本是随着石器创造而被史前人类发现的制品材料。由于它比石器质地坚硬,故具有更佳的使用效果;相对来说,其采集和制品打磨也更有难度;加之它又有丰富的色彩、柔和的光泽以及温润的触觉,久而久之,便培养起人们对它的珍视态度。而一旦被视为珍贵之物后,它身上便开始凝聚观念内容,是否拥有它,以及拥有的数量,往往成为显示等级身份的一种标志,其实用意义反渐渐疏远。而且,玉的兴起正处于石制品向青铜器物过渡期间,青铜器物在实用中的优势也使玉制品难以再在实用方面有大的发展。

随着玉制实用价值的缩小,它的非实用价值则逐渐放大。人们更加费时费力地雕琢它,以增加其精美的程度。它的身上凝聚了人类当时所能达到的最高的创造力和想象力,从而更多被当成了供欣赏的美的作品,其原本就具有的珍贵质量更加凸现出来。

考古发现和史载材料告诉我们,玉制品的确很早就更多地被作为祭品、饰品和身份象征而更具精神内容的意味。距今五千年左右的红山文化就发现有璧、环、棒、珠、龟、鸟、鸮、龙等玉饰,其中辽宁喀左县东山嘴遗址石砌祭坛上出土的双龙首玉璜,则说明玉器已用于祭祀。距今四千五百年左右的良渚文化中的玉器更以制作精良、色泽美观而闻名,所出土的玉琮、玉蝉、玉璧、玉戚等均为珍稀品,它如珠、管、坠、玦、璜、瑗、镯等玉器也有许多发现,它们也都是作为祭器和随葬品留在了祭坛和墓穴中。其中江苏常州武进寺墩遗址三号墓就是一座典型的玉殓葬墓,死者四周放置玉琮，胸腹摆着玉璧，在一百余件随葬品中占绝大部分的玉器又几乎都是礼器和饰物。

玉器至殷商臻于成熟和鼎盛。此时虽已进入青铜时代，但在观念意识和审美文化领域，玉器仍占重要位置。河南安阳殷墟妇好墓随葬器物共计一千九百二十八件，包括铜器、青铜器、玉器、石器、骨器、象牙器、陶器等，玉器就有七百五十五件，是其中比重最大的器物，时人偏好于此可见一斑。而且这些玉器造型优美，品种齐全，特别是雕琢的人物、动物形象装饰品，工艺已十分讲究，像兽面纹玉斧、带柄玉人、阴阳玉人、玉蚕等皆栩栩如生。

总之，玉自始至终多被用来佩饰、摆设、祭祀。用于礼仪，是器物中的贵族、精品，是高贵的标志、灵性的化身、美好的象征，这便为周人赋予它更多精神文化的内涵奠定了基础。

玉至周不但仍保留了几千年来积淀在它身上的贵重成分，而且随着周人崇尚精神、品德文化特点的形成，玉又被赋予了新的高尚、典雅而完美的品格。在这里，玉是最重的礼品和回报："锡尔介圭，以作尔宝"（《大雅·崧高》）、"何以赠之？琼瑰玉佩"（《秦风·渭阳》）、"投我以木瓜，报之以琼琚"（《卫风·木瓜》），后者在后代虽成了"投桃报李"之意，在当时却应该是敬我一分、回你十分式的感情回报；玉是最有雅士娴女之风的佩饰："俟我乎着乎而，充耳以素乎而，尚之以琼华乎而"（《齐风·著》）、"巧笑之瑳，佩玉之傩"《卫风·竹竿》、"将翱将翔，佩玉将将，彼美孟姜，德音不忘"（《郑风·有女同车》）。

关于佩玉，《礼记·玉藻》有一段说明："古之君子必配玉，右征角，左宫月，趋以《采齐》，行以《肆夏》，周还中规，折还中矩，进则揖之，退则扬之，然后玉锵鸣也。君子无故，玉不去身。君子于玉比德焉。"原来，佩玉的摆动发出的悦耳之音正与君子规矩中节的举手措足相协调，共同组合成一种和谐的美的风范。

终于，美玉与人的精神气质发生了共鸣。对玉的偏爱，使人们在它身上有意寻找时尚所推崇的种种美德，这才有了以玉比德的独特文化。对此，《礼记·聘义》有明确的阐释和总结：

君子比德于玉焉。温润而泽，仁也；缜密以栗，知也；廉而不刿，义也；垂之如队，礼也。

叩之其声清越以长，其终诎然，乐也；瑕不掩瑜，瑜不掩瑕，忠也……

许慎《说文解字》释"玉时也提到了玉之"德"："玉，石之美有五德者。润泽以温,仁之方也;鳃理自外,可以知中,义之方也;其声舒扬,专以远闻,智之方也;不挠而折,勇之方也;锐廉而不忮,絜之方也。"

通过以上玉与人们精神生活关系演化的过程可以看到,首先是它的珍贵,在人们心目中树起了美好形象,它早已成为高贵、完美的化身;其次,到了周代,在特定的重德的文化氛围中,这一完美形象又被赋予了特定的品质。当然,上引材料皆后人所述,不免增添了一些内容,但可以肯定其中有些部分必定是当初观念的一种延续。那么,究竟哪一点是最典型最能代表以玉比德的基本内涵的呢?

我们发现,尽管上述材料内容有异,但它们都在第一条提到了玉的"温润以泽""润泽以温",也就是美玉那种圆润光滑、色泽柔和、温凉适中的特有质地。它给人的感觉不是强烈的冲突、刺激,而是温馨、宁静、和谐,是一种恰到好处的美。联系到周人崇德尚礼的文化创制、对人举止行为的规范化要求,玉的这种"温润以泽"不正可与君子文质彬彬、温文尔雅的风度举止发生共鸣吗?

现在再回到《诗经》,其中所谓"如玉"的含义就可以根据诗的语境做些具体把握了。"言念君子,温其如玉",显然是取了玉"温润以泽"的特点来赞美君子。诗见《秦风·小戎》,这是一位女性表达对出征将士的思念,那么"温其如玉"就该是指夫君温和儒雅、体贴敦厚的性情和德行高尚的品质了。至于"白茅纯束,有女如玉""彼其之子,美如玉""生刍一束,其人如玉",等等,也都可理解为是对品貌兼温惠性情的称美。至于《大雅·卷阿》赞美君王"如圭如璋",前面一句恰恰是"颙颙卬卬",即一方面温和肃敬,一方面又气宇轩昂,不正是一种抑扬顿挫、有张有弛、恰如其分的风范吗?

玉制品纯洁晶莹的质地和圆润光滑的层面是需要经过有一定难度的"切磋琢磨"才得以焕发的一种精美,《小雅·鹤鸣》言"他山之石,可以攻玉"正说明玉需要有一番攻治的功夫。于是,玉的成器就又成了修养、磨炼的象征。《卫风·淇奥》正是这样一首以玉比品德修养的君子之歌:

瞻彼淇奥,绿竹猗猗。有匪君子,如切如磋,如琢如磨,瑟兮闲兮,赫兮咺兮,有匪君子,终不可谖兮!(一章)

瞻彼淇奥,绿竹如箦。有匪君子,如金如锡,如圭如璧,宽兮绰兮,猗重较兮,善戏谑兮,不为虐兮!(三章)

歌曲从风度、修养到性格,为我们描绘出一位在时人心目中十分完美合体的君子形象。他就像经过了雕刻琢磨而纯正圆润的美玉一样,整个体态风采举止都那

国学经典文库

诗经

·名家谈《诗经》·

图文珍藏版

么恰到好处,既威武轩昂、神采奕奕,又庄重得体、心胸宽厚;既活泼风趣、善于说笑逗乐,又不粗犷无礼,这是何等难得的一种"分寸"和"度"呵！这和美玉的温凉适中、既坚硬又柔和,"燥不轻,湿不重",造型明朗又不过分棱角突凸等等,简直是天生的吻合。

值得注意的是,诗中美玉的雕琢是和"君子"连在一起的;其他篇中,凡以玉作比,亦多"君子"不离口,"言念君子,温其如玉"即是。而且,孔子在提到该诗句时,又特别指出:《诗》云,"言念君子,温其如玉气,故君子贵之也"(《礼记·聘义》)。那么,对玉的崇尚,如果落实到以玉比人这个层面上,其实就是一种君子理想。由此,我们就要又转入关于"君子"的话题了。

二、君子,理想的人格范型

的确,略翻一翻《诗经》,你马上就会被一片"君子"之声所包围。敬称君王呼"君子":"淑人君子,其仪不忒;其仪不忒,正是四国"(《曹风·鸤鸠》,)"君子万年,保其家邦"(《小雅·瞻彼洛矣》)……尊称贵族大夫呼"君子":"显允君子,莫不令德"(《小雅·湛露》)、"凡百君子,敬而听之"(《小雅·巷伯》)……称美男子呼"君子":"窈窕淑女,君子好逑"(《周南·关雎》)……妻子思夫呼"君子":"振振君子,归哉归哉!"(《召南·殷其雷》)……情人爱称亦呼"君子":"君子阳阳,左执簧,右招我由房,其乐只且"(《王风·君子阳阳》)……据统计,《诗经》中"君子"一词出现有一百八十三次之多,除一般人称代词"彼"出现三百零六次,"其"出现五百二十次之外,具体称谓中"君子"就是出现频率最高的一个词了。由此不难看出"君子"在《诗经》中的显著地位。

而且,值得注意的是,"君子"在《诗经》中并非一般称谓,上述"君子"之称几乎都是尊称、美称、爱称,可知"君子"是时人心目中人格风范的标准、楷模,是最好的形象。通过剖析"君子"风范,我们就可以把握住《诗经》的人格美理想及其对中国古代人格追求的深远影响。

(一)"君子"内涵小考

"君子"一词是周人的发明。今见殷商旧典尚未发现有"君子"之称,而西周初周人典籍中"君子"却已时有所见了。

首先,"君子"时常与小人相对,最初多是就尊贵地位而言。《周易·卦爻辞》所谓"君子得舆,小人剥庐""君子豹变,小人革面"等等,已屡见不鲜。就词汇来源考之,"君子"一词极有可能源于"君"的概念,而"君"的本义即古代大夫以上据有土地的各级统治者的通称(《说文》:"君,尊也。从尹,发号,故从口"。段玉裁注:"尹,治也,尹亦声"。《仪礼·丧服》:"君,至尊也"。郑玄注:"天子、诸侯及卿大夫有地者皆曰君"。"君"加一"子"字成为"君子"其范围当更加宽泛一些,因为"子"在上古有子爵、士大夫通称、男子美称等多重含义。《尚书·酒诰》:"庶士有正,越庶伯君子,其尔典故朕教",注曰:"众伯君子长官大夫统庶士有正者,其汝常听我教勿违犯","君子"在此即指众位卿大夫。

其次,即使在实用之初,"君子"在指称上层贵族的同时,亦含有道德品行成分。即是说,上层贵族而兼有品行者才更多地被称为"君子"。《尚书·无逸》:"君子所其无逸,先知稼穑之艰难,乃逸",注曰:"叹美君子之道,所在念德,其无逸豫。君子且犹然,况王者乎?"其中"君子"即是既有身份又有德行者;《周易·乾卦》:"君子终日乾乾,夕惕若,厉无咎。"也更多的是指一种作为君子的精神状态,以至于引出了《易传》所谓"天行健,君子以自强不息"地向美追求。

可见,"君子"乃是体现着周人等级观念和尚"德"精神的人物称谓。如前所述,较之殷商崇尚强力的文化精神,周人在其由小到大、由弱到强的发展过程中,始终都是以尚德、争取民心为其重头砝码的。有"德"是君王所标榜的优势所在,也是他们被歌颂的主要内容。"于乎不(丕)显,文王之德之纯"(《周颂·维天之命》)、"明明天子,令闻不已,矢其文德,洽此四国"(《大雅·江汉》)、"乃及王季,维德之行"(《大雅·大明》)……这些颂赞中,"德"字真是比比皆是。也难怪,他们本来就自称是"以德配天"才取代了殷人在中原的统治地位的,自然,也只有"有德",才可成为合格的君上或拥有君上尊贵的称号。这恐怕就是"君子"最初便含有德行成分的直接原因。

很快,"君子"便演化为一般的尊称、敬称。而当它成为一种理想人格的泛称后,也就开始更多地偏重于品格、修养的层面,而不再绝对拘泥于贵族的身份和地位。那么,这种"君子"风范的具体内容又是什么?或者说,究竟怎样表现才称得上"君子"呢?结合《尚书》《周易·卦爻辞》乃至《诗经》等周人早期文献考察,君子风范大致可归纳三个层面:

第一,就内质而言,君子须有仁德操守,所谓正人君子是也。"仁德"即施仁惠、得民心、受爱戴,"操守"乃持之以恒地守"德气身正行端,取信于民"。《小雅·节南山》慨叹上苍无情,期盼有君子之德的人来安国治邦,所谓"昊天不惠,降此大戾,君子如届,俾民心阕气";《周易·卦爻辞》则屡见"君子利贞"的条目,诸如"否之匪人,不利,君子贞","利涉大川,利君子贞"等等,"贞"即贞固守正之义。

第二,就外在形式而言,君子须仪表端正,举手投足合礼仪规范。《小雅·湛露》在提到君子"莫不令德"后,又提到"莫不令仪",《小雅·菁菁者莪》也曰"既见君子,乐且有仪","仪"便是指外表的威仪,其中包括了堂堂仪表、举止风度及礼仪做派等综合指标。

第三,就情性禀赋而言,君子须稳健谦和、温厚友善。《乾》卦言"君子终日乾乾",说的是强健有为,"夕惕若",则又是谨慎多思。《谦》卦反复称"谦谦君子,用涉大川","劳谦,君子有终",强调的是其谦恭态度,《大壮》"小人用壮,君子用罔",更说明君子虽强而不逞强。《诗经》凡提到"君子"常用"乐""乐胥""岂弟"等来加以修饰,诸如"乐只君子,福履绥之"(《周南·樛木》);"既见君子,乐且有仪"(《小雅·菁菁者莪》);"君子乐胥,受天之祜"(《小雅·桑扈》);"既见君子,孔燕岂弟"(《小雅·蓼萧》)、"岂弟君子,来游来歌"(《大雅·卷阿》)等等。"乐"即和和乐乐,"乐胥"即"乐兮","岂弟"之"岂"亦训"乐""弟"训"易",即平易友善。它们都旨在表现君子那种亲切和蔼、温厚友善的秉性和态度。

综上所述,"君子"乃周代崇德尚礼特定文化土壤所培植出的一种人格范型,它的基本特征便是有德有仪、温柔敦厚。难怪时人会将君子比作美玉,它的确多么像那种质地纯厚、温润适中的美玉呵!

(二)温柔敦厚与贤淑端庄:《诗经》中的人物美

现在我们再反观《诗经》,确可发现,尽管其时尚属于人类刚刚跨入文明门坎的社会发展早期,这种以温柔敦厚为基本特征的"君子"式人格范型却已经取代孔武尚勇的英雄人格,而成为时人的理想追求。在这部歌集中,无论风还是雅颂,凡赞美男子,往往总是强调其宽厚持重、温和恭谨、规矩合度的秉性。例如:

麟之趾,振振公子,于嗟麟兮。(《周南·麟之趾》)

匪直也人,秉心塞渊。(《鄘风·定之方中》)

考盘在涧,硕人之宽。(《卫风·考盘》)

彼都人士,狐裘黄黄。其容不改,出言有章。(《小雅·都人士》)

我觏之子,维其有章矣。(《小雅·裳裳者华》)

济济多士,秉文之德。(《周颂·清庙》)

"振振",《毛传》:"信厚";《诗集传》:"仁厚貌"。"塞渊","塞"即实,充盈;

"渊"即深厚。"宽",亦厚之义。"都人士"之"都",《郑笺》《诗集传》皆训都城之"都",然该诗次章便有"彼君子女"句与此对应,此"都"字亦应是修饰语。考《郑风·有女同车》"彼美孟姜,洵美且都",《毛传》训"都,闲也气",《诗集传》训"都,闲雅也",则"都人士"之"都"也可训为典雅之义,该诗句下文"其容不改,出言有章"也正是称其仪容端正、言谈有度的。"秉文之德",《毛传》称"执文德之人",《郑笺》云"执行文王之德",今从《毛传》。所谓"文德"自是与"武德"相对,突出的是有章有典、言谈斯文的作风。其实,即使是"执行文王之德",与此亦并不矛盾,文王正是以其仁德纯厚赢得天下的。可见,这些诗句都表现出了崇尚仁厚雅重之风的共同特点。

《大雅·崧高》和《大雅·蒸民》也很能说明问题。这两首诗皆王公大臣尹吉甫所做的赠别诗,前一首赠别宣王舅氏申伯出封于谢,后一首赠别卿士仲山甫赴齐筑城。诗皆分别赞美了对方的品性。值得注意的是,尽管人物不同,却都有性"柔"的赞美词,如称申伯"柔惠且直",称仲山甫"柔嘉维则"。看来,温和亲切、善良柔惠,同时又正直有则,确是时人所追求的最美的风范。用卫武公晚年面命耳提谆谆教诲的话来说,就是"温温恭人,维德之基"(见《大雅·抑》)。

上引诸诗直接歌咏君子雅士,其人格追求的偏重显而易见,而最能说明问题的是,即使是涉及征战、狩猎等题材的作品,对人物的赞誉也仍重君子之风。《大雅·江汉》叙召穆公奉宣王命平定淮夷之事,卒章歌咏的却是"明明天子,令闻不已,矢其文德,洽此四国";《秦风·小戎》中,妻子念那威武出征的丈夫的好处,却是"温其如玉""厌厌良人,秩秩德音";《郑风·叔于田》《齐风·卢令》皆夸赞矫健的猎人,首先提到的竟也是他们"洵美且仁""其人美且仁"的温文雅重气质,君子文化真可谓上行下效、深入人心了。

有趣的是,与男子尚"君子"正相对应,《诗经》中女子则以"贤淑"为美。说起来,诸诗赞美女子并非不称其貌,只是在此同时总忘不了冠以"淑"字,称其"德"美。

窈窕淑女,君子好逑。(《周南·关雎》)

彼美淑姬,可以晤歌。(《陈风·东门之池》)

彼美孟姜,洵美且都……彼美孟姜,德音不忘。(《郑风·有女同车》)

有美一人,硕大且俨。(《陈风·泽陂》)

辰彼硕女,令德来教。(《小雅·车舝》)

《毛传》训"淑"为"善",善与美相对,偏重于德行的美好;训"都"为"闲气"用于女性,指的即是安娴文静;训"俨"为"矜庄貌",即端庄持重;训"辰"为"时",而"时"义可训"善"《广雅·释诂一》:"时,善也气"。可见,这些赞美女性的诗句无一不在称其美貌的同时加上端庄贤淑文静娴雅等品性方面的颂美,鲜明体现了时人对女性的审美标准。

《邶风·燕燕》中对女性的赞美又可作为这种追求的集中代表。这是一首送别诗。《毛诗序》称"卫庄姜送归妾也"。据史载,卫庄公娶庄姜,无子,又娶陈女戴妫,生子完,庄姜以为己子。庄公另有宠妾生子州吁。庄公死,完立,为桓公。后来州吁杀桓公自立。"戴妫于是大归,庄姜远送于野,作诗见己志"(《毛传》);后人则又有兄送妹出嫁、送别情人远嫁等种种说法。不过在此我们注意的是该诗卒章有一整段对被送者的称颂之辞:

仲氏任只,其心渊塞,终温且惠,淑慎其身。先君之思,以勖寡人。

"任",诚信;"渊塞",即宽厚,可引申为心胸宽广,雍容大度;"温"和"惠"指的是性情温柔善良,"淑"和"慎"又表现了贤淑、恭谨的品性。简直是集时人理想的美德于一身了!

总之,《诗经》中标准的女性应是文静、贤淑、识大体、合规矩,正是女中君子也。凑巧的是,《诗经》中还真有女君子之称,《小雅·都人士》就有"彼君子女,谓之尹吉"句。对此,《诗毛氏传疏》注谓:"尹,正……吉,善也……此章言其德之美也。"

就这样,无论是男性的敦厚,还是女性的贤淑,都在"君子"这里汇合了。它们与"君子"的声声呼唤一道,共同托出了《诗经》理想的人格风范。

(三)君子,中国古代理想人格的代名词

如上所述,"君子"乃周人德治文化培植出的一种人格范型,而《诗经》,则最典型最生动地表现出时人对"君子"的普遍认同。这里需要指出的是,正是因了《诗经》对君子的声声歌唱,使君子形象立体化地铭刻在古代文化的史页上,使之曝光、定型。从此,"君子"便成了中国古代理想人格的代名词。古人们以理论的或实践的方式,自觉或不自觉地共同体现了对"君子"风范的肯定和认同。

首先给"君子"以具体、明确而系统的理论界定的仍要属孔子。"君子"一词在《论语》中出现的频率亦相当高,多达一百零七次,仅次于"仁"字的一百零九次。孔子在与弟子的问答中,从各个角度阐释了他的"君子"观。在这里,"君子"已由起初尊位兼道德的含义更多地向纯道德人格倾斜,随着时势变迁,其含义也被赋予了许多与时消息的新涵项，但其主导方面、基本内核仍是西周以来所形成的"君子"观念的总结和发展。

"君子"首先是道义、仁德的固守者，所谓"君子喻于义，小人喻于利""君子怀德，小人怀土""君子谋道不谋食""食无求饱，居无求安……就有道而正焉"是也。所以，当在陈绝粮，子路愠怒于色，问"君子亦有穷乎"时，孔子的回答是"君子固穷，小人穷斯滥矣"。这也就是"君子居之，何陋之有"的意思了。

"君子"同时又是温厚恭谨、礼让谦和、能屈能伸的持道者。君子为人最忌张扬，应少说多做，所谓"君子欲讷于言而敏于行""先行其言而后从之""耻其言而过其行"君子无争、忌"勇"，所谓"君子无所争""君子矜而不争""君子有三戒……及其壮也，戒之在斗""恶勇而无礼者"；君子与人为善，所谓"君子成人之美，不成人之恶""恶称人之恶者"；君子审时度势，能屈能伸，所谓"直哉史鱼，邦有道，如矢，邦无道，如矢。君子哉蘧伯玉，邦有道则仕，邦无道，则可卷而怀之"。

总之，怀持仁德道义，又以温厚得体的态度行之，这就是孔子心目中君子的做派和风范，正所谓"义以为质，礼以行之，孙（谦逊）以出之，信以成之，君子哉！"

孔子倡言君子作风，同时也在以他自身的举止塑造着君子人格的现实形象。他一生抱持克己复礼以救世的理想，无论显隐顺逆，始终未改变固守的信念，可谓贞固如一；而他在履行自许的义务时所采取的具体做法，则典型表现出他所认同的君子风格。正如他推重蘧伯玉有君子之风时所言，他也是"邦有道则仕，邦无道则可卷而怀之"，本心本极欲出仕，当季氏家臣阳货当权之时，却并不出仕；其后曾在对鲁政治存一线希望的情况下出任司寇，并积极实践其匡扶王室正统的措施，又在不满于季氏统治情况下弃官离国，出访明君。按照君子行不逾礼、恭谨处事的原则，他不会与在上者发生正面冲突，又决不苟合求同，变易志向，便用这种"卷而怀之"的君子态度表达自己的不满和对道义的坚持不渝。他平日待人接物，"温良恭俭让"（子贡语），在本乡本土，恭顺谦和，"似不能言者"，在宗庙朝廷，说话明白流畅，但说得很少。与下大夫言，温和而快乐，与上大夫言，正直而恭敬。接待外宾，矜持庄重而彬彬有礼。他为人好恶分明，但喜怒不形于色，而以委婉含蓄出之，孺悲欲见，辞以疾，又故意弹琴使之闻；樊迟问稼，答曰吾不如老农之类即是。他循循善诱、诲人不倦，又学而不已，本早以博学著称，却仍"入太庙，每事问"，"三人行，必有吾师"，从不矜夸自许。

总之，孔子以他敦厚、规矩、谦和的秉性、持一而不泥固的做派，活生生地展示了一种崇高而又平凡的君子人格。我们知道,孔了一直十分重视《诗》教,并明确指出"温柔敦厚,《诗》教也",那么,孔子无疑更多地从《诗经》那里汲取了做人的道理,获得了性情的陶冶。(应该说,正是通过孔子的理论总结和实践,《诗经》中的谦谦君子首先便成为一种儒家人格模式,后来又随着儒家文化的正统化而成为中国古代传统文化中人格追求的理想风范。)

比较而言,孟子为人要偏激得多,说起话来滔滔不绝,攻乎异端气势汹汹,甚至破口大骂,在一国之君面前常常趾高气扬,有失恭顺。这当然与战国时代雄辩之风有关,也是孟子本人的性格使然。所以在他推崇的人格中,出现了那种"富贵不能淫、贫贱不能移、威武不能屈"的大丈夫,他的刚直峻烈,在后代还颇受微词(见后)。尽管如此,在孟子的理论学说中,那种不偏不倚、中道而行的"君子"仍是理想人格的代名词,所谓"伯夷隘,柳下惠不恭,隘与不恭,君子不由也"(《孟子》)。这只能说明,在先秦时代,在儒家那里,"君子"作为理想人格已成定势,已是不以人的意志为转移的了。

分析起来,周文化乃至先秦儒家之所以一脉相承地认同君子人格,归根结底是由其在君主统治下积极入世的态度和身份地位决定的。"君子"最初固然偏于达官贵人,但除了周天子一人,任何达官贵人都兼有臣和君的双重身份,对于本封土的臣民称君,对于周天子则要称臣,这便决定了他们一方面要培养仁德以治理郡国,一方面又要规矩明礼,举止适度,以保持上下左右的均衡关系。孔子继承西周以来忧患之士的传统,始终抱有济世之心,但其身份已沦为一般士大夫;他所教授的弟子,亦贵贱参半;这样,他们必须在周天子乃至各诸侯国君王的君临下依赖君臣和合才有可能施展抱负。除非他们也如隐士弃世,无君离群,否则就不可能是自由人,就不得不在保持自身道义人格与适应环境、求得生存发展之间找到最好的平衡点。在这种情况下,"君子"这种以齐家治国平天下为己任又修养得体、不卑不亢、有理有节的处世态度,无疑是最好的选择。

秦汉之后,君主集权乃是整个古典时代基本的统治形式,儒家一统的理论学说"义不容辞"地成了独尊的统治思想。出于集权政治下实现个人价值的现实需要,"君子"人格也就随之贯穿始终地成为古代士人的理想追求。这在历代有代表性的思想家那里都有所体现。

董仲舒作为汉代"罢黜百家,独尊儒术"的直接倡议者,本人即严格遵守儒家行为规范,"进退容止,非礼不行"(《汉书》本传);他在贤良对策中又主张"兴太学,置明师,以养天下之士",提出"量才而授官,录德而定位"。(同上),从而倡导引发了汉代以贤良文学之士为选拔对象的文官制度,以至于"自是以来,则公卿大夫、士吏斌斌多文学之士矣"(《史记·儒林列传》)。君子式的儒家人格遂成为古代士人的普遍追求。

经历了魏晋南北朝四分五裂的历史动荡和思想体系的再次交锋、遴选之后,隋唐一统天下的出现,重又将弘扬儒家学说提到了议事日程,隋代著名思想家王通,处于这一转折的开端时期,自觉肩负起复兴儒学的重大使命,被称为"隋代孔子"。王通极重人格修养,并追随孔子"君子"观,亦将理想人格称为"君子"。在其《中说》一书中,提到"君子"共五十七次,大大超过"圣人"的十次,"成人""义人""至人"的各二次和"敏人""毅人""智者"的各一次。他认为仁义礼智是君子修养的四条纲,缺一不可,并进一步提出一系列培养君子的"目",诸如孝、忠、恕、悌、安、爱、信、无私、至公、知微、知章、知柔、知刚、躬耕、中道、无辩、无争等等,可谓全面而均衡。

时至宋代,随着社会政治由外向拓展转向内向退守,文化意识领域也开始向主观内心倾斜,儒家学说遂转而以理学面孔出现。理学较之此前任何时代的学说都更讲求心性修养,君子人格更被赋予修身养性,心平气和的时代特征。比如北宋重要思想家张载即要求学子"求为圣人",实现自我完善,其具体途径便是:要进德不已,"言有教,动有法,画有为,宵有得,息有养,瞬有存"(《正蒙·有德》);要处逆不忧;要克己寡欲,"以理义战退私己";要自律慎独,"只有责己无责人","人当以己心为严师"。理学大师朱熹为白鹿洞书院定的学规中,修身之要是:"言忠行,行笃敬,惩贪窒欲,迁善改过";处事之要是:"正其谊不谋其利,明其道不计其功";接物之要是:"己所不欲,勿施于人,行有不得,反求诸己"。

明清之际,随着封建社会内部矛盾的激化和资本主义因素的萌生,文人士大夫的人格追求也发生了一些新的变化。晚明东林书院和东林学派的主要领导人顾宪成可谓"皎皎清明,彪炳寰宇",为人品德高尚,正道直行,敢作敢为,极具气节。而他心目中的圣贤也是既要尊经,又要立志,既要博文,又要约礼,既要善心德行,又要有真本领,用他自己的话来说,便是:"是必有口忘食、夜忘寝之真精神焉,是必有独立不惧之真力量焉;是必有行一不义杀一不辜而得天下不为之真节概焉,是必有遁世无闷不见是而无闷之真胸次焉,是必有夭寿无二之真骨格焉,是必有为天地立心、为生民立命、为往圣继绝学、为万世开太平之真气魄焉"(《年谱》)。不难看出,在顾宪成这里,更突出了君子人格中内在方正的一面,贞一、行善、以天下为己任,这直接影响了封建王朝濒临寿终正寝之时学士精英图求变法的真君子精神,增添了"君子"形象中刚正不屈的成分。不过,在待人接物方面,顾宪成仍以宽厚为要旨,他为"丽泽堂"题的楹联便是:"乐道人善,愿闻己过",教人注意道德修养,严于律己,宽以待人。

纵观我国古代自《诗经》对君子人格塑造始,历代有代表性的思想家都涉及了人格修养问题。尽管朝代不同,所面临的具体情况有异,他们对理想人格的要求和称谓也各有偏重,但他们所提倡和推重的人格风范其基本面显然都未离"君子"的固有特征,这就是讲求道德,注重品行,为人处世待人接物又极富涵养,有理有度。用形象的话来说,就是外圆内方。

(四)文化对两种性格的取舍臧否

在这种崇尚君子风范的文化氛围中,符合这一人格理想的自然获得了社会的普遍接受和认同,反之则受到微辞甚至排斥和责难。

孔子之被中国文化推为至尊,恐怕就不只是统治阶层需要他的治国法宝,而也在于他人格的伟大而平凡、执着而圆通,允厥执中,易于为人们接受和效法。东晋大诗人陶渊明在当世并不为人所重,钟嵘《诗品》仅列其诗为中品,然而后来随着时间的推移,陶渊明却几乎成了文人士大夫的精神偶像,究其因,恐怕也并不单纯是在于其诗的高下,更重要的还是他那方正的人格与自适平和心境恰到好处的结合令人仰慕。李白与杜甫本为唐诗双璧,但宋人独崇杜甫,也不能排除其温柔敦厚的品性在其中所占的比重和分量。

与此形成鲜明对照的是,历史上凡锋芒毕露、有失中和者,则不被整个文化所接纳。战国伟大诗人屈原在后世的遭遇就很典型。屈原在后代已作为一位爱国主义诗人的典范为世人所崇仰,其实,忠君爱国的屈原,是被后代儒家文化所改造后变异了的屈原形象。屈原作品中所塑造的抒情主人公身上体现出来的屈原,更有着"殉道"、抗争、傲岸的一面,他执着地追求理想,"虽九死而犹未悔",在同一切虚伪丑恶决不妥协的前提下追求自身的至纯至洁;他愤世嫉俗、卓然独立、骄傲自负、张扬自我、愿为人先、不容污浊、出口伤人。这一切显然有悖于温柔敦厚,因此而招来了非议和责难。班固便认为屈原"露才扬己,竟乎危国群小之间,以离谗赋……忿怼不容,沉江而死",是"贬絜狂狷景行之士"(《离骚序》);刘勰只肯定他文辞华美,但就其言行举止,则认为"异乎经典"(《文心雕龙》);朱熹肯定他的"忠君爱国之诚心",但也指出"其志行"有"过于中庸而不可以为法","不知学于北方,以求周公仲尼之道,而独驰骋于变风变雅之末流,以故醇儒庄士或羞称之"(《楚辞集注序》)。应该说,真正的屈原精神正是因其不合于"中庸"的君子之道而未被纳入传统文化的有机结构中。此外,还有一位值得一提的就是孟子。孟子因其"反求诸己"的性善主张契合了宋代文化的内向需要而在宋代被捧到亚圣的宝座,从此孔孟并提,然而孟子的锋芒却并不同时被推崇。程朱理学的代表人物之一程颐便称孟子作文宽舒,"只是中间有些英气",指出"才有英气,便有圭角,英气甚害事",并以孔子之言作为比较,认为"如冰与水精,非不光,比之玉,自是有温润含蓄气象,无许多光耀也"(《遗书》卷十八"伊川语四")。这里虽是论文,但文如其人,其实也是关于二位圣人为人做派的取舍评价。

总之,古人所普遍推重的是温柔敦厚、文质彬彬的谦谦君子之风,这构成了中国古代文化审美理想的重要层面,即为人的风范之美。而这种君子风范体现的正是一种中和之美。

驷马车中的诗思
扬之水

诗的时代,车于社会生活有着十分亲切的关联,诗之为兴为比,设譬取喻,便也很自然的,常常举车。"有力如虎,执辔如组"(《邶风·简兮》),"子有车马,弗驰弗驱。宛其死矣,他人是愉"(《唐风·山有枢》),等等,都是。不过《小雅·正月》中用到的一个比喻,虽然也很平常,却牵涉了制车的道理,今比照实物,适可达其眇微。

诗作于幽王时代。时时天人交变,乱形已著,镐京危在旦夕,而君臣尚纵饮宣淫,不知忧惧,诗人愤极为诗,是明知无可救药而犹存救药之心,故往复顿挫,悲壮激切,或直陈,或拟喻,极见忠厚恻怛。九、十两章更痛言得人者昌、失人者亡,而通以譬喻出之:

终其永怀,又窘阴雨。

其车既载,乃弃尔辅。

载输尔载,将伯助予!(九章)

无弃尔辅,员于尔辐。

屡顾尔仆,不输尔载。

终踰绝险,曾是不意。(十章)

负重行远,又阴雨泞滑,总见车之不可以弃其辅的道理。辅,是依附在车轮上的一个部件,《左传·僖公五年》所以有"辅车相依"之说。"无弃尔辅,员于尔辐",正表明辅是附加在辐上的——《毛传》"员,益也",孔疏:"辅是可解脱之物,盖如今人缚杖于辐以防辅事也。"朱熹《诗集传》则综合二说:"辅,如今人缚杖于辐,以防辅车也(防、辅,俱作动词)","员,益也。辅,所以益辐也。"又李樗《毛诗集解》"辅,辐傍之斜木也",所释更为明确。但后世持异说者或曰辅是伏兔,如马瑞辰;或曰辅是车栏,如陈奂,而陈说从者尤多,今人犹有是者。其实毛、孔、朱、李不误。

车轮接地的轮圈,称作牙。牙是直木经火烤后揉为弧形而对接成的,通常合二木以成圆。牙的接口处则常常装有牙箍,即把青铜薄片锤成 U 字形,套在牙上,然后用铜钉固定。牙上凿有榫眼,以便装辐。辐则两头有榫,一头插牙,一头插毂。河南辉县战国墓出土的一辆轻车,辐条都作成偏榫,装成之后,辐条均向着车毂一面偏斜,从外侧看,轮子的形状便像一个中凹的浅盆,《考工记》称之为"轮缚"。(图5-1)这是合于力学原理的一种辐条安置法,它的作用是增加车轮对侧向推力的反抗力——来自侧向的推力只会把辐条更牢固地推进牙和毂的榫眼里去。不过,如果负载过重,特别是行进于泥泞险阻的道路,这种中凹形的车轮,轮牙的构造就必须具有极强的切向牢度,于是而有对付拉力的"辅"——辉县车的车轮,除了二十六根辐条之外,另有车辅一对,即略粗于辐条的两根木条,互相平行,一边一根,夹在车毂两边,而以两端接于轮牙。(图5-2)或称此车辅为"准直径撑",可以视作对辅之形制与功用的一种解释。山东临淄后李春秋车马坑中发现的车辅,是用绳索绑在车辅上的,故孔疏云"辅是可解脱之物"。诗在这里特以行车为譬,一反一正,两面设喻:先假设"乃弃尔辅",于是在阴雨泥泞中陷入危境;再言"无弃尔辅",于是虽逾绝险,而终于无恙。辅之功用虽止于"辅弼",但弃与不弃,却关系安危存亡。"夹辅周室",原为西周封建之制的核心,《诗》《书》与金文乃一再强调,《周颂·小毖》有桃虫飞鸟之喻、多难集蓼之言,是国家不靖之时,急求辅助也;毛公鼎铭"引其唯王智,迺唯是丧我或(国)",亦"翢翢四方大纵不静"之势下的戒惧之辞。《正月》因"切类以指事,依微以拟议",昭示存亡在于一念的危局,犹期幽王法先王,急求辅助,以逾绝险。只是此际之周王,早已没有"小毖"之心,于是"弃辅"之车不能不覆了。

车在诗中又或者是道具,是布景,全用来表现人的行止悲喜,舒急偓敬,风神气

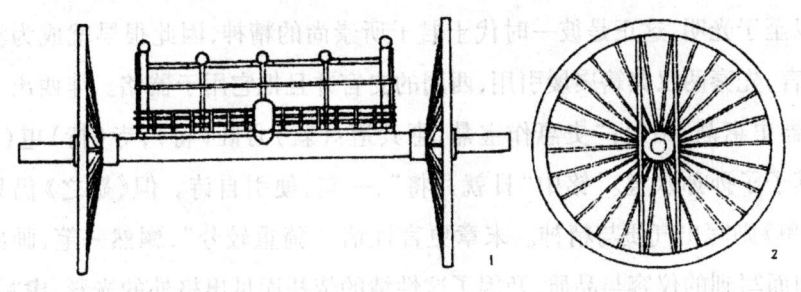

图 5-1　辉县琉璃阁战国车马坑出土第十六号车上所见轮綆(1)与车辅(2)

度,资质德性,如《鄘风·载驰》《卫风·硕人》《齐风·载驱》《秦风·车邻》,如《小雅》之《庭燎》《蓼萧》《裳裳者华》,等等。而《卫风·淇奥》似乎运用最妙。

　　瞻彼淇奥,绿竹猗猗。

　　有匪君子。如切如磋,

　　如琢如磨,瑟兮僴兮,

　　赫兮咺兮,有匪君子,

　　终不可谖兮。(一章)

　　瞻彼淇奥,绿竹青青。

　　有匪君子,充耳琇莹,

　　会弁如星。瑟兮僴兮,

　　赫兮咺兮。有匪君子,

　　终不可谖兮。(二章)

　　瞻彼淇奥,绿竹如簀。

　　有匪君子,如金如锡,

　　如圭如璧。宽兮绰兮,

　　猗重较兮。善戏谑兮,

　　不为虐兮。(三章)

　　序曰"美武公之德也",历来没有太多的异议。卫武公的事迹见于史籍,乃兼诸侯与王官于一身,文治武功都可以称美,以至于他的老寿都是美的标志之一。或曰诗是"公入卿士时国人思慕而作",也合于情理。不过《淇奥》之好,并不在于诗为"这一个"武公画像,而是因为它用充满活力的文字,写出了士君子美与善集于一身的最古之风范,而这美与善,便只是用兴、用比、用形容咏叹见出来的一片神韵。"如切如磋,如琢如磨""如金如锡,如圭如璧",自言锻炼学问,便是《周颂·敬之》"日就月将,学有缉熙于光明"之意。缉熙者,积渐之明;光明者,广大之明——积渐广大,以至于光明,这正是彼一时代士君子所崇尚的精神,因此很早就成为流布广远的名言,先秦两汉典籍屡屡引用,西周的史官并且把它用于器铭。沣西出土的西周晚期器史惠鼎,铭曰:"史惠作宝鼎,惠其遭:(就)月旺(将),寺(持)屯(纯)鲁命,惠其子子孙孙永宝。"铭中"日就月将",一句,便引自诗。但《敬之》仍只是说理,《淇奥》则写出气质与精神。末章更言性情,"猗重较兮",飘然一笔,画出瞬间意态,前面写到的仪容与品质,乃因了这性情的依托而见出格外的光彩,虚写、实写的气质与精神,好像只是蓄势,总要待这一句出来,才光景分明的窥见风神。

猗即倚之假借,毛传:"重较,卿士之车。"孔疏:"人相为卿士,倚此重较之车。"《说文·车部》"较"作"较",云:"车輢上曲钩也。"《论语·乡党》皇侃疏:"古人乘露车……皆于车中倚立,倚立难久,故于车箱上安一横木,以手隐凭之,谓之为较,诗云'倚重较兮'是也。"毛传只讲到重较标明身份等级,孔疏则解释此身份等级之由来;皇侃说到的是较,《说文》所释,方涉及重较的形制。

车舆四面纵横交结的矮木栏,通称作轛。若细分,则横木称作轵,纵木称作树。车左右两旁之栏又称作輢,《战国策·赵策三》,魏牟曰:"……今王憧憧,乃辇建信以与强秦角逐,臣恐秦折王之椅也。"此"椅",即輢,《说文·车部》:"輢,车旁也。"輢最上面的一根横木,称作较,此即《考工记·舆人》中说到的较,亦即皇侃《论语义疏》所云之较,但却不是诗中的重较。士乘栈车,栈车的车轮只糅漆而不覆革——覆革,即《大雅·韩奕》之"鞹鞃浅幭",但均有较。陕西陇县边家庄五号春秋墓、山西临猗程村春秋车马坑出土的车,车舆四面除后边留出一个车门外,四周都有纵横交合的矮栏,车舆左右外缘,却又各做出一道高扶手,边家庄车的扶手并且煨出一个弯曲的弧,这便是重较。(图18—2)重较也可以做成活动的铜把手,即《说文》所说"车上曲钩"者,张衡《西京赋》中称之为"金较"。河南浚县辛村春秋墓、山西侯马上马墓地的东周车马坑、河南淮阳马鞍冢楚墓车马坑,均出土有铜较,较的样子,正如曲钩。(图5-3)直的一端有銎接木,可以插在车栏的短柱上,接木处有骨钉横固于铜銎;钩曲的一面,向上打一个弯,然后反钩而外迤,如辛村所出四件。上马墓地出土的较,一面做出云雷纹,一面做出一溜儿奔跃的虎,更见精巧。小小一乘驷马车,深不足一米,广不足两米,却俨然一座周旋履仪的小舞台。伏轼以示谨敬,超乘以见英武,而《淇奥》之"猗重较兮",上承"宽兮绰兮",下启"善戏谑兮,不为虐兮",正由严肃敬谨、温纯深粹之外,别见一番神姿高朗的雅人深致。重较装饰了车,也装饰了人,但必要有诗中这实在却空灵的一"猗",一切才都活起来,

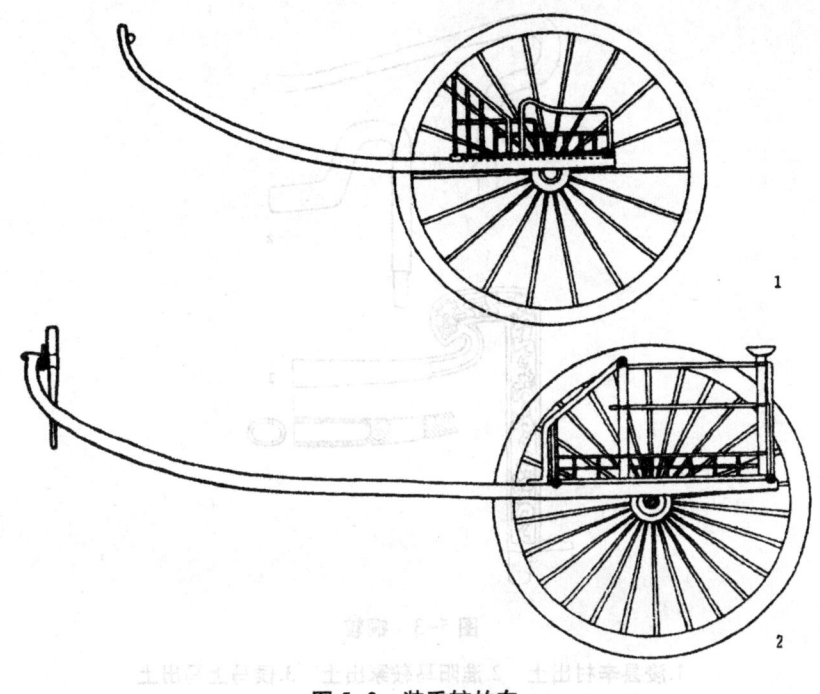

图 5-2　装重较的车

1.陇县边家庄春秋墓出土　2.临猗程村春秋车马坑出土

物与人才因此而有了永久的生命。

诗中说到车马的篇章,近六十;更有不言车,而车在其中、人在车中之篇,如诗中最短的一首,《齐风·卢令》:

卢令令,其人美且仁。(一章)

卢重环,其人美且鬈。(二章)

卢重鋂,其人美且偲。(三章)

诗写行猎,此篇之外,尚有《召南·驺虞》《郑风·叔于田》《大叔于田》《齐风·还》《秦风·驷驖》,《小雅》之《车攻》《吉日》。《国风》诸篇,无不轻情活泼,战国刻纹铜器上刻画细致的狩猎场面,差不多都可以看作诗的图解。田猎原是遥承远古的狩猎遗风,虽然此际已多为娱乐,但仍然见武也见文。《风》写武,《雅》写文,而赞美之意则一。

诗序曰:“《卢令》,刺荒也。襄公好田猎毕弋,而不修民事,百姓苦之,故陈古以风焉。”襄公好田猎,史有所载,但《卢令》未必与之有直接关联,所谓“陈古以风焉”,已明明读出它意在赞美,作为解诗,这便足够了。

车是悠长的短章中虚虚实实、实有似无的一道布景,这布景助成诗之简——简

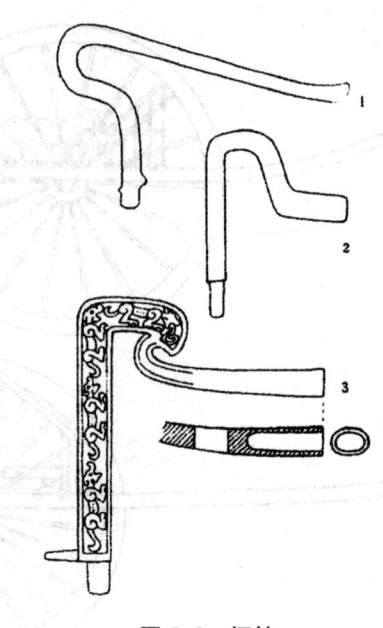

图 5-3　铜较

1.浚县辛村出土　2.淮阳马鞍冢出土　3.侯马上马出土

到只有二十四个字;又助成诗之繁——不断重复的节奏把时空推开拉近,诗于是章短而韵长。飞驰的车,全由田犬写来,其实田犬也没有,只有附丽于田犬的嵌了重錣的环。由闻声而见形,一点一点金光跳荡,于是轻尘里的一路环声,撑开远远近近的烟光草色;于是画里画外的无限风流,清清亮亮,又朦朦胧胧。

錣,毛传:"一环贯二也。"旧释均据此而解做一个大环上穿了两个小环,其实不确。錣即各式各样制作精巧的小铜管、小铜泡。铜泡以圆者为多,一面铸出花纹图案,一面有鼻儿,缀在皮革上,多用于马具,又或者作成田犬颈上的项圈。一枚铜环的上面缀了两行錣,便是重錣。河北平山县中山王墓出土的一对狗项圈,大约可以算作重环重錣中的极品:长方形的金片和银片卷成扁管,一节一节交错成十八节盘旋围绕在革带上,项圈的一侧,更有一个小鼻儿,把一个小小的铜环钩在上边。金管银管向外的一面则特别做出一道浅凹,把管平分为二,于是一枚管有了两枚的视觉效果,在项圈上便正好成为两行。(图5-4)虽然铜泡易作金银管,但同样是重环重錣的设计匠心。项圈出在墓葬杂殉坑中一对狗骨架的脖子上,同坑尚有马骨架、车马器和车的痕迹,可知这里埋葬的是田车与田犬。中山国虽为北方少数民族白狄所建,但结合古中山所属地域的考古发现,却可以看出白狄中山华化的轨迹,即如田猎,已与"夏声"无别——墓葬中出土的奸蚉壶铭文描写中山王室狩猎之状,与

《车攻》中的情景十分相近,由这重环重锴,自然更可以见出《卢令》的远韵。

诗与楚骚不同,前者多写实,后者多想象。但诗也是有想象的,只不过这想象格外老实,而且,依然用了写实的手法。《邶风·泉水》,通篇只是思归,归不得,思也,即便末章,"我思肥泉,兹之永叹。思须与漕,我心悠悠。驾言出游,以写我忧",所谓"驾言出游",也仍是想象中事。《卫风·竹竿》,与《泉水》同,"淇水在右,泉源在左。巧笑之瑳,佩玉之傩",虽想象,仍写实,仍是人间的美丽,并且这美丽,很真实,并不是用来作辞藻。

而承载诗之"思"的,便常常是车。《小雅·车辖》:

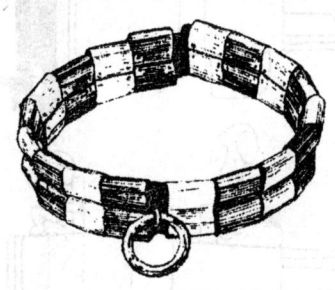

图 5-4　中山王墓出土重锴式
金银狗项圈

间关车之辖兮,思娈季女逝兮。

匪饥匪渴,德音来括。

虽无好友,式燕且喜。(一章)

依彼平林,有集维鷮。

辰彼硕女,令德来教。

式燕且誉,好尔无射。(二章)

虽无旨酒,式饮庶几。

虽无嘉肴,式食庶几。

虽无德与女,式歌且舞。(三章)

陟彼高冈,析其柞薪。

析其柞薪,其叶湑兮。

鲜我觏尔,我心写兮。(四章)

高山仰止,景行行止。

四牡騑騑,六辔如琴。

觏尔新昏,以慰我心。(五章)

序称诗乃刺幽王宠褒姒，"周人思得贤女以配君子"，宋人多不信。求贤女是也，何必一定为王而求。王质《诗总闻》卷十四："寻诗不见思君得女之意……皆动

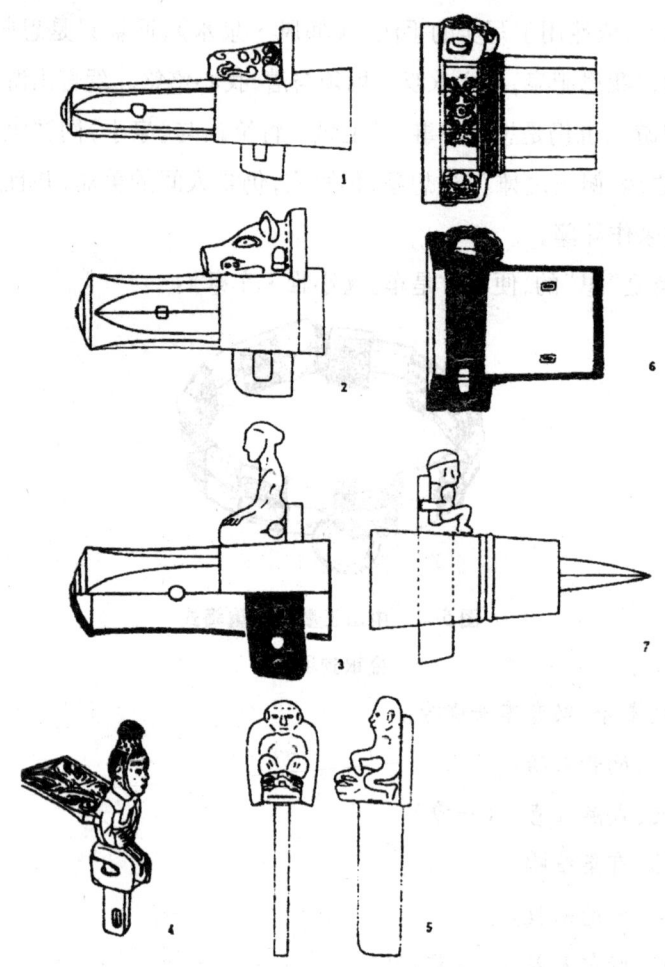

图 5-5　辖与軎（1—5.西周　6—7.春秋）

1.北京琉璃河出土　2.胶县西庵出土　3.洛阳北窑出土　4.洛阳庞家沟出土

5.曲沃晋侯墓出土　6.淅川下寺出土　7.户县宋村出土

于己情，非施于君也。"朱熹但坐实为燕乐新婚之诗，却也嫌凿。诗通篇只是设想拟喻，牛运震《诗志》"思字，通章之骨"，深挈诗旨。其实一个思字，也是通篇之骨。诗极力摹写的，只是追求与想望之情，用比较现代一点儿的话来解释，可以说，这位"思"者不专以美貌为求，不专以财富为求，只求能够同一位有教养、有德行的女子，过一种和乐而高尚的生活。这个意思很难得，较"《三百篇》"中的许多男女思慕之情的篇章，风调迥异，后世则尤少见。曰"鲜我觏尔"，便知这标准其实很高，故凡言

"虽"，都是谦逊之辞。"虽无好友"，友，即"'琴瑟友之'之友，以德相配，即好友也"（《诗志》），曰"虽无好友"，与下面"虽无德与女"，意思正相联属，当然也都是自谦。"好尔无射"，平静，却十分坚定。季女，即少女，毛传援《采蘋》中的"有齐季女"以为释，乃为伊划定了身份，但在此诗，不能说不合适——这位追求者本来有身份，车、马，便是身份的标志，于是通篇之思，便先由车写来。

"间关车之辖兮"，毛传："间关，设辖也。"孔疏："辖，无事则脱，行乃设之。"辖，也作辖，而辖为正字。驷马车的车轴两端，各有一个铜套，称作軎，是用来保护轴头的。軎一头小，一头大。小的一头常常做成封闭的，称作当；大的一头则用来套轴。軎上有两个对穿的销眼，把一个下端有孔的插销，即辖，从中间穿过去，即贯，即诗所谓"关"——"间"则用作动词——然后用革带缚住下边的孔，軎便固定在车轴上了。车辖虽然是很小的一个小零件，却是行车的关键。《墨子·鲁问篇》："子之为鹊也，不如匠之为车辖，须臾刘（斲）三寸之木，而任五十石之重。"《淮南子·缪称

图 5-6　密县打虎亭一号汉墓南耳室石刻画像

训》："故终年为车，无三寸之辖，不可以趋驰"，《人间训》："车之所以能转千里者，以其要在三寸之辖。"《墨子》所说的，是木制的车辖。早期的车辖，的确多为木制，安阳殷代车马坑与軎一起出土的辖，便为木质，不过却有一个铜套头，做成兽面。西周以降，车辖多用铜制，琉璃河西周燕国墓地与軎同出土的辖，便是铜质，依然有兽头，却更巧：卷眉，圆眼，阔鼻，眉间一个半环的鼻儿。西周青铜器作坊遗址发现的一组軎和辖，出土的时候，辖贯在軎上，辖首坐着一个小铜人。也有把辖首做成

一个小人儿骑在虎背上,小人儿弯着的臂肘,便正好为穿。辖在考古发掘中发现很多,不仅纹样反映时风,奇巧者也不鲜见,足证它是驷马车传动部分负固守之责的重臣。(图5-5)而辖的作用,尚有特别,即"无事则脱,行乃设之"。诗由贯穿车辖说起,则知车辖平日是取下来的。《邶风·泉水》"载脂载辖",也是同样的意思。取下车辖,车轮便松脱,势必随之卸下来。闲置不用的时候,卸下车轮,以减轻轴头的负担,正是对车的养护。这种做法大约延续了很久,至少到汉代也还如此。河南密县打虎亭汉墓石刻画像中的一幅马厩图,描绘驾车的马在厩中安闲进食,置于一旁的大小不同的七辆车,都刻画出辕、轴、舆,却没有车轮,可为一证。(图5-6)

末章"高山仰止,景行行止",极见气势——即便完全按照字面的意思理解,其中也自有一种精神在。《礼记·表记》:"《小雅》曰:'高山仰止,景行行止',子曰:'诗之好仁如此'。"《史记·孔子世家》赞引此句,云:"虽不能至,然心乡往之。"这样的引用,都不算不合诗意。此诗的确有一种高标独立的格调,"《三百篇》"写燕、写歌、写舞者,很不少,这些《车舝》也一一写到,但却别有境界,这是很显明的。

"四牡騑騑,六辔如琴",仍以车作为收束。"觏尔新昏,以慰我心",则依然是驷马车中深长的诗思。

> 扬之水:《诗经名物新证》,北京古籍出版社,2000年
> 本篇选自扬之水《诗经名物新证》。与上篇《驷马车中的诗思》一样,本篇也是考据之作。通过文献资料的细部分析和相关的科学知识,对《诗经》中"酒"的制作过程、类型、与酒相关的礼仪活动及其背后的功用意义进行考察。语言清朗晓畅,通俗浅易,娓娓道来。

诗之酒
扬之水

商、周制度,有同有异,但最大的不同在于周行封建,于是整个封建帝国的组织便大体上以族为经、以家为纬。如此,尊卑长幼的关系便十分重要。故周制虽然多承殷商而来,但在"制礼作乐"——真正确立自己的礼乐制度的时候,则无不以此为核心,即对尊卑长幼的关系规定得非常明确,并且通过各种礼仪,把这种观念贯穿于言语、饮食、洒扫、应对、事亲、事长、容貌、辞气等日常起居的每一个细节之中。所谓"经礼三百,曲礼三千"(《礼记·礼器》),而中心思想无非是:一,以明确尊卑

长幼为第一要义,可以说,各种礼仪都是为此而设,而每一次行礼的过程,都是对这尊卑长幼之序一次又一次的重温。二,以饮食之欢串联亲情。因此,一切礼仪无不以礼仪、歌乐、饮食为中心内容,所谓"古之饮食,可以感动其性情,发舒其意气,于威仪敬谨之中有心广体胖之象"(谢枋得《诗传注疏》卷中)。是礼乐把社会秩序与人的德行、品质、信仰紧紧固结在一起,然后又以饮食约束起情感与欲望。于是,一方面是整齐的秩序,一方面是整齐的秩序中所包括的人性与人情。日用伦常既政治化,也艺术化了。孔子曰:"古之君子,不必亲相与言也,以礼乐相示而已矣"(《礼记·仲尼燕居》),可知语言与思想的精华,已潜移默化于礼乐中。

诗中之礼,其实是充满了生活意趣的。其中所包含的感情,很真诚,也很切实,而最能体现情与礼之结合的,则是各种场面中各式各样的酒。周得天下,而"殷鉴不远",《大雅·荡》:"文王曰咨,咨女殷商,天不湎尔以酒,不义从式。"大盂鼎铭:"零殷正百辟,率肆于酒,故丧师已!"悚戒之辞,见于诗,见于铭。然而生活中毕竟不能没有酒——各种礼仪离不开酒,而诗作为乐歌,也总是和酒在一起。"食之饮之,君之宗之","饮之食之,教之诲之",饮与食于是渐渐形成制度。诗与礼,以时序而论,自然诗在前,礼在后,但以诗与西周金文互证,可以认为,诗的时代已经有了比较严格的用酒制度,而正因为如此,问世在后的礼书,才有了对用酒制度的详细记载,则诗、铭、礼,三者是可以转相证明的。

先秦文献中,酒的名称很多,或因酿造方式不同而各有名称,又或因饮用方式及饮用场合之别而称名各异,且又有名不同而实同者,其实就酿造方式来说,大别之,不外两类:其一,醴类;其一,酒类。

从化学的观点来看,只有碳水化合物可以经过发酵而成酒,淀粉,自然是最常见的碳水化合物,但它却不能与酵母直接起作用,而必须率先经过水解,变为麦芽糖或葡萄糖之后,方可发酵造酒。含有淀粉质的谷粒,发芽的时候会自然生出糖化酵素,使淀粉变成糖,这发芽的谷粒,文献称作蘖,《说文·米部》曰:"蘖,牙米也。"醴,便是用蘖做的甜酒。(《山海经·中山经》)"其祠用徐、黑牺、太牢之具、蘖酿",郭注:"以蘖作醴酒也。"醴糖化的程度高而酒化的程度低,所以是一种很薄的酒。醴饮用的时候常常连糟一起并用,所谓"沛曰清,不沛曰糟"(《周礼·天官·酒正》郑注),"饮醴用柶者,糟也;不用柶者,清也"(《浆人》郑注);《文选·南都赋》李注则引韩诗云:"醴,甜而不沸也。"两种饮用法都区分得很明白。柶即盛饭用的饭匙,凌廷堪《礼经释例目录》："凡扱醴扱羹之器皆曰柶。"饮醴用柶，自然是连糟并用，曰古人饮酒"是连酒糟一块儿吃的"，固然不错，但在这里却应特别指明，这仅仅是指醴类而言。《周礼·天官·酒正》"五齐三酒"中的"五齐"，都属于醴酒，其中的区别，大约只在于制作原料的不同，若祭祀，则专用来享神。

谷物里的淀粉质需要经过糖化和酒化的两个步骤才能成酒，即酿造时，先下能够产生淀粉酶的酒麹，把淀粉分解为简单的糖，再下含酵母的酒母（酒药、小麹），使糖转化为酒精，并产生适量的醛和酯，使酒带有香味。"五齐三酒"中的"三酒"，便都属于这一类用麹制作的真正意义上的酒。酒又可以分为若干品级：投料不精，酿造时间短，酒滓未经仔细过滤者，为浊酒之属，"三酒"中的"事酒"，即为祭祀、宾客等事而新酿的酒，约当此类。酿造过程精细，历时且长者，酒味自然清醇，"三酒"中的"昔酒"，约当此类。昔，有久的意思，《陈风·墓门》"谁昔然矣"，毛传："昔，久也。"与事酒相比，昔酒的酿造时间为长，故名。若事酒、昔酒与清酒并称，则这两种酒便都可以名之曰"白酒"——《礼记·内则》，"酒：清、白"，郑注："白，事酒、昔酒也。"白，乃就其不清而言。而《内则》中的"清"，即"三酒"中的"清酒"，则是一种用连续投料法反复重酿多次、且酿造过程更长的酒，也称酎酒。酎酒见于文献记载，在公元前五五一年，推知这种酿酒方法在实际生活中出现，应当更早。清酒色泽明亮，味醇而清冽。三酒若与五齐并言，则后者专用于神，前者专用于人，故也称"凡酒"。此外，尚有一种以特质黑黍，即秬，即所谓"一稃二米"者为原料，再合以香草而制成的香酒，名曰秬鬯，乃祭祀及聘飨宾客时专用来行祼礼。洛阳北窑西周贵族墓地出土的康伯壶盖，盖内铸有五字铭文："康伯作郁壶。"郁壶，便是盛鬯酒之壶。

以酒的品质来论，自推清酒为优，昔酒次之，事酒又次之；若五齐，便只是近乎饮料的薄酒。但以这两类酒在各种礼典中的应用来说，则秬鬯与五齐为尊——若祭祀，乃依灌鬯、朝践、馈食等不同的仪节，由不同身份者依次交相而献神；三酒，则为贱，所谓"诸臣自酢用凡酒"是也。

"五齐"于享神之前，须和，须沛。《周礼·春官·司尊彝》"醴齐缩酌，盎齐涗酌"，便是《礼记·郊特牲》中说到的以明水涗五齐——"明水涗齐，贵新也。凡涗，新之也。其谓之明水也，由主人之絜著此水也"，郑注："涗犹清也。五齐浊，沛之使清谓之涗齐"；孙希旦《礼记集解》："凡酒初成必浊，以清者和而沛之，谓之涗齐，谓五齐皆浣之也。新,谓明洁也。祭祀取明水于月,及浣五齐之酒,皆为贵其明洁也。凡浣,新之也……所以浣此酒者,致其新洁以敬鬼神也。"明水即水,或曰这是用鉴承接夜间的露水而得,似可信。明水浣五齐,沛之使清,然后可以献神。河北平山中山王墓出土的有盖而两两成对的壶,共六对,每一对都是一壶水、一壶酒配合置放。壶里的酒,酒精含量很低,液体下面并且有很多沉淀物,则它应是醴酒。又有一件中山王𰭥铜方壶,壶上刻了长铭,其中说到"铸为彝壶,节于醴(禋)酢(齐),可法可尚,以飨上帝,以祀先王";而郑注《周礼·天官·酒正》"齐者,每有祭祀,以度量节作之",与铭文正相合,可知这是祭祀时用来度量所用齐酒的量壶,也便是和酒所用之具。则"五齐"于享神之前须和,是很明确了。《小雅·信南山》"祭以清酒,从以骍牡",《大雅·旱麓》"清酒既载,骍牡既备",《商颂·烈祖》"既载清酤,赉我思成"(毛传:"酤,酒。"),几首诗都是讲述祭祀时候的情景,所引之句,义含动作,也含过程,即包括"节于禋齐",然后和也、沛也,那么这里说到的清酒,便都指的是既和、既沛之醴酒,此与《大雅·韩奕》中的"清酒百壶"之"清酒",名同而实不同,意义更不同。

各种仪礼中,酒、醴皆并陈,《丰年》《载芟》所以言"为酒为醴,烝畀祖妣,以洽百礼"(《周颂》)。"百礼"不仅指祭汜,养老、飨宾诸礼也可以包括其中,《大雅·行苇》所以称"酒醴维醹,酌以大斗"。青铜礼器有自铭为"醴壶"与"飲壶"者。醴壶自用来盛醴;飲(饮)壶,便是用来盛酒的。

宾客饮食之礼有三:曰飨,曰食,曰燕。飨礼最隆,食礼次之,燕礼最轻。飨礼虽亡,但从礼书与西周铜器铭文的若干记载中,仍可稍得其概,即飨礼在庙,有祼(灌鬯),有献(主人酌献宾,宾酢主人,主人酬宾,如此献、酢、酬,谓之一献;献的次数,依宾主身份的不同而不同),有侑币(酬宾以玉帛弓马之类);立而成礼,饮则唯醴。《小雅·彤弓》所述,略存其意。又《吉日》,土大会诸侯于周都而田猎也,诗曰"既张我弓,既挟我矢。发彼小豝,殪此大兕。以御宾客,且以酌醴",毛传:"飨醴,天子之饮酒也。"释语极简,若补足其意,则此释可作:天子以飨礼饮诸侯,飨礼用醴(郑笺"宾客,谓诸侯也"),即所谓"飨为盛礼,惟王飨诸侯则设醴,示不忘古礼之重也"(严粲《诗缉》卷十八)。西周晚期器铭文言飨礼,多作飨醴;《左传·庄公十八年》"虢公、晋侯朝王,王飨醴",杜注:"王之觐群后,始则行飨礼,先置醴酒。"是诗曰"酌醴",而飨礼意在其中也。

燕礼最轻,却最为亲切。《小雅·鹿鸣》《伐木》《湛露》,于燕礼场面的描绘,很是真切。燕所设之饮,以酒为主。《伐木》"酾酒有藇",毛传:"以筐曰酾,以薮曰湑。"酾与湑,都说的是滤酒。薮,则是籔之误。《说文·竹部》"籔,炊篱也",段注:"本漉米具也,既浚干可炊矣,故名炊籔……毛诗《伐木》传曰:'以筐曰酾,以薮曰湑',薮即今之溲箕也,今误从卿,作薮。筐者,盛炊之器,较细;籔者,淘淅之器,较粗,皆可以漉酒者。"酿酒以粮食为原料,酒成之后,酒醅中不免会有大量酒糟和泛滓,故须滤清,方好饮用,诗所以曰酾,曰湑,传所以曰筐,曰薮。又此诗末章更言"有酒湑我,无酒酤我",酤,毛传:"一宿酒也。"《说文·酉部》"酤"字释义之一与毛同,徐锴《系传》:"谓造之一夜而熟,若今之鸡鸣酒也,诗曰'无酒酤我'。"则此诗之"酤"与《烈祖》之"酤"不同,乃特指卒造之酒,是浊醪之属,酒之劣者也。诗称"有酒湑我",乃谓久酿之酒,已经滤而清矣;曰"无酒酤我",是言始酿之浊醪,未经澄滤,所以应仓卒之求而已。

"将行而饮酒曰祖"(《既夕礼》郑注),《韩奕》"韩侯出祖,出宿于屠。显父践之,清酒百壶",正咏其事。出行祖祭道神,于神有享神之礼,于人,则有饮饯之礼。"清酒百壶",饮饯于人也,自是"三酒"中的清酒之属。至于诗中屡屡说到的"旨酒",也是此类无疑。《仪礼·士冠礼》,醴辞曰"甘醴惟厚,嘉荐令芳",敖继公《仪礼集说》卷一:"谓以醴饮冠者也,言厚,见其未沛。"又醮辞曰"旨酒既清,嘉荐宜时",郑注:"旨,美也。"此言醴与酒之别,很是明确,也可为一证。

祭有绎祭之礼,即天子、诸侯于祭祀之明日又祭,乃行傧尸之礼,谓之绎。尸即代死者受祭的生人,通常是其孙或孙辈,女则必异姓。尸于祭祀之日扮演受祭的祖先,故只有祭酒、啐酒,而不得饮,不得食。为答谢尸的这一番辛劳,而有绎祭的宾礼事尸,于是可以饮,可以食也。《小雅·楚茨》《大雅·凫鹥》《周颂·丝衣》,都说到绎祭,而以《凫鹥》所述为详:

凫鹥在泾,公尸来燕来宁。

尔酒既清,尔殽既馨。

公尸燕饮,福禄来成。

凫鹥在沙,公尸来燕来宜。

尔酒既多,尔殽既嘉。

公尸燕饮,福禄来为。

兔罝在渚，公尸来燕来处。

尔酒既清，尔殽伊脯。

公尸燕饮，福禄来下。

兔罝在亹，公尸来燕来宗。

既燕于宗，福禄攸降。

公尸燕饮，福禄来崇。

兔罝在亹，公尸来止熏熏。

旨酒欣欣，燔炙芬芬。

公尸燕饮，无有后艰。

尸于正祭之日，有象神之劳，而未免拘束不安，今日为宾，乃可以登筵依几而安，饮而至于熏熏——熏熏，醉而和悦之貌也。而饮宾之酒曰清，曰湑，曰旨，不仅用酒制度这里见得明白，麹制的美酒，其品质，诗也解释得清清楚楚。

燕饮有一献之礼（也称正献），一献之后，有旅酬，都是为了辨尊卑、别长幼。春秋时候的季武子因此可以利用饮酒之礼，把年幼的悼子越次立为继承人，事见《左传·襄公二十三年》。一献之礼，《小雅·瓠叶》所歌者是。旅酬，诗虽然没有正面描写，但讽谏之时却是拈来做比喻——《小雅·小弁》"君子信谗，如或酬之"，郑笺："酬，旅酬也。如'酬之'者，谓受而行之。""受而行之"，只是旅酬中的仪节之一；《仪礼·乡饮酒礼》说旅酬，郑注"旅，序也，于是介酬众宾，众宾又以次序相酬"，即众宾以年齿排列，长者在前；立司正，由司正唱受酬者之名（称酬者之字，称受酬者曰某子）；宾之第一人受介酬，受酬后，即为酬者，由第二人受酬；第二人受酬后，即为酬者，由第三人受酬，如是递转相酬，犹今之接力赛。诗写谗言之流传，而用了旅酬为比喻，不惟形象之至，且讽意更深，诚可谓"奇思危语"（牛运震《诗志》），而酒的故事，也实在可以做史来读，至于诗中之酒，若细细品味，则可以说，是篇篇有故事了。

野性婚恋诗篇中的生命精神
李山

野性的婚恋习俗本根于生育的希求，但是，从表现着这种生活习俗的诗歌中可以清楚地感到，这种习俗已经不再停留于它原初的意义上，它像营养着生命的空气一样,培育着生活的情态,塑造着生命的精神。

在《郑风·溱洧》这首男女"相谑"、互赠"勺药"的诗篇中,它的景物描述体现出一种对这古老的习俗形成具有决定意义的自然而又深刻的生命观念。诗曰:"溱与洧,方涣涣兮。士与女,方秉蕑兮。""溱与洧,浏其清矣。士与女,殷其盈矣。"这里需要措意的是溱洧之畔士女殷盈与冰河融化、鲜花遍地时节上的对应。从周代相关的记载中可以确知,中国人同世界上其他古老的民族一样,将春天认定为体现着宇宙化生万物的生命力量的季节,即使是重典的周礼意义上的婚姻结合,一般也选择于春天进行——《关雎》篇中的"荇菜",《桃夭》篇中的"桃夭",都是春天景物的有力明示。然而所不同的是,周礼的婚礼安排只是一种形式上对这生命观念的服从,它诸多限制性的内涵却有着相反的意义;而发生于同样时节的自由野性的婚恋,才是真正意义上的对这天地精神的遵从。在这里,适龄的男女们无所限制地去选择自己的配偶,只是由于他们已经到了该结合、生养的时候。野性的婚俗也有自己凝重的观念,正像春天一定要鲜花盛开一样,适时的男女也要在两性关系缔结的要求上获得实现。由于有这种对春天精神的认同,风俗获得了一种理念上的保障,一切婚恋行为才真正具有自由的内涵。

由此,在野性的风诗中,我们读到那些赤裸、率直地表达着求偶的诗篇,就不仅不会惊诧于它们的不知羞怯的大胆,反而更加理解这大胆所特有的庄重了。"摽有梅,其实七兮,求我庶士,迨其吉兮","迨其今兮","迨其谓之"。(《召南·摽有梅》)"萚兮萚兮,风其吹女。叔兮伯兮,倡予和女","倡予要女"。(《郑风·萚兮》)率直大胆的内涵是对自己生命要求的尊重,是在追求着生命性灵的完整。这些求配偶的急切呼喊,使我们联想起柏拉图对话录里阿里斯托芬对爱情所做出的绝妙譬喻:人原先是一个整体,由于强行分劈,才有两性。两性的情爱,正是对生命内在本初结构恢复完整的焦渴。这譬喻的深刻处,就在于突显出了两性关系的本质:爱情是生命对生命的肯定。《国风》诗篇无所顾忌的呼唤,恰恰显露的是那个往往被正统婚配观念所轻忽的两性关系中最本质的东西。

野性的习俗既保障着生命渴求的真率表达,也同样保障着生命结合的实现。"野有蔓草,零露溥兮。有美一人,清扬婉兮。邂逅相遇,适我愿兮!野有蔓草,零露瀼瀼。有美一人,婉如清扬。邂逅相遇,与子偕藏!"(《郑风·野有蔓草》)"适我愿兮"的叹美中所暗示的行为是不言而喻的。"邂逅"一词,指代不期而遇的佳偶,是《诗经》特有的语意。这里值得注意的是促成着结合因素的直接和单纯。"有美一人"明确地显示,双方各自相遇的"一人"是互不相认也互不了解的,而且在这句指代含混的语句本身既已确切地表明,双方此时根本无意于此,激励着他们生命叠合的是对"有美"之"美"的直觉。一许"清扬婉兮"的惊心动魄的感觉,将对异性的渴望确证为生命对人性真谛的追求,在瓦解并荡散了一切世俗杂念的同时,也使此处的"邂逅"两性血肉关系化生为性灵的合一。"没有爱情的婚姻是不道德的婚姻。"不论"与子偕臧"是否在说"邂逅"者婚姻关系的确定,仅就其此时两性关系的结合看,就是"道德"的,因为它维护了生命,维护了生命的真性。

不要期望这风俗时时处处的美满,这不符合生活的真谛,也不符合爱情的本性。果然如此的话,风俗也就是廉价的了。《郑风·山有扶苏》:"山有扶苏,隰有荷华。不见子都,乃见狂且。"失意来自对方。《郑风·丰》:"予之丰兮,我乎巷兮,悔予不送兮!"失意来自己方。然而所有这些失意,在阻止着生命的希求时却使这希求现出本质性的心灵力量,这就是爱情。《郑风·狡童》:"彼狡童兮,不与我言兮。维子之故,使我不能餐兮!""维子之故,使我不能息兮!"哪怕恋人是稍许的背弃,其挫伤便深及基本的生存欲望,情爱等于生命的全部。《王风·采葛》:"彼采萧兮,一日不见,如三秋兮!"人生情境中,爱的渴望最不能容忍时间,生活因意义的失落感才会显得漫长,情爱就是生活的意义。爱的丧失,几乎等于夺走生活。失恋绽现出生命隐秘着的根机。在这个意义上,"不能餐""如三秋"的哀切中,实际已经呈现出爱情对两性生活深刻的意义。而在《褰裳》这首活泼的诗篇中,我们看到更明确的表达:"予惠思我,褰裳涉溱,予不思我,岂无他人!""予惠思我,褰裳涉洧。予不思我,岂无他人!"在这里"思我"之"思"表现出爱情的决定意义,如果"我"是"子"思的对象,则"我"可以将一切困难俱抛脑后,"我"对"子"可以不再是"思"的独立存在,而无所保留地归属于"子";如果相反,则"子"对"我"就不再有任何的意义。"思"是"我"与"子"一切关系的实质和基础。在这诙谐而又决绝的诗篇中,"岂无他人"一句是值得注意的,一方面它突出爱情至上,同时也显示着野性风俗所具有的自由品性对爱的保障意义。爱作为强大的生命力是自发的,因此需要男女在社会关系上的绝对自主。野性风俗真正具有的"文明"本质,就在这里。

爱情是一种精神状态,其内涵是丰富的心灵。在《野有死麕》中,"如玉"的"怀春"少女对"吉士"鲁莽动作"舒而脱脱兮,无感(撼)我帨兮,无使尨也吠"的躲闪和提醒,在极富表现力地展示着她依违的情态时,也精细地显示出她的爱意,她的羞涩,她对情感的珍重,以及她内心的层次和曲折。爱情既是生命的秘密,又是生活的秘密,而在《郑风·将仲子》中,我们看到的是爱情更复杂的遭遇和更加"狡黠"的心灵。"将仲子兮,无逾我里,无折我树杞。岂敢爱之,畏我父母。仲可怀也,父母之言,亦可畏也。""诸兄之言,亦可畏也。""人之多言,亦可畏也。"看来"仲子"要失恋了,但这是表面现象,"莆田郑氏曰:此淫奔者之辞。"(宋熹《诗集传·将仲子》篇注引)这位"郑(樵)氏"虽然措辞道学,但也的确道破了这里的机关:父母、诸兄及众人之言之所以"可畏",乃是他们体现着一股社会意志。然而一句"仲可怀也",却足以给此处的一切表白定谳。借用一位前辈学者的妙喻,爱在这里是"走私品"。对"仲子"的一切表白,都是启发他在"逾里""折树"的招术之外,另谋更牢靠的办法。爱的心灵并未因来自社会的沉重压力而畏缩,它变得更加足智多谋了。后世一切文学中"走私"的爱情,都可以在这里找到自己的女祖。

自由造就着自由的能力。在这里我们要重新提起《出其东门》这首表现着不受诱惑、忠贞于爱情的诗篇。"出其东门,有女如云。虽则如云,匪我思存。缟衣綦巾,聊乐我员。"这首《诗经》中情意少见的篇章,出在郑地这样一个在性爱关系上风俗开化的国度里是耐人寻味的。我们不能像朱熹《集传》"人见奔淫之女而作是诗","可谓能自好而不为习俗所移矣"的解释那样,将此诗理解为一种"假正经",而应当从诗中人的内在要求来理解:对"缟衣"的"思存"乃是由于她的"聊乐我","我"可以从对方那里得到精神的满足。在这里,摆脱美女"如云"的诱惑,靠的的确是道德,但这道德的根基乃是内在的充实。如果说卫宣公的"新台"行径显示的是人性力的丧失和道德的无能,此处的情况则恰好相反。

野性的风俗也并非一派祥和的田园牧歌,其中也有恶性的事件,也有欺诈和冲突。但风俗在含容着这一切消极的因素时,在它的自由本质中也培育着消除这些因素的力量,这就是人在这自由的习俗中所锻造的生活决断力。"厌浥行露,岂不夙夜,谓行多露。""谁谓女(汝)无家,何以速我狱?虽速我狱,室家不足。""谁谓女无家,何以速我狱?虽速我狱,亦不女从!"(《周南·行露》)"谓行多露"四句云云,隐约地表达着女子处事不慎、受人欺诈的后悔。但事件不会带来比暂时的上当更坏的后果,因为我们不仅在半是疑问半是揶揄的口吻中领略到了她性格的泼辣,更在"亦不女从"的决绝中看到她坚定的自主意识。自由只有对具备自由能力的人,才真正意味着生活的无限与可能;开放的风俗,以它所造就的硬朗的人格为自己的安全阀门。《行露》以特定的方式,显示了野性习俗中婚恋关系中的个体与周礼下婚姻关系中的男女一种根本性的不同,这就是,不论野性婚恋诗篇中是否都出现过"我"这个主语,个体生命的主体意识都是这些作品的中心观念;而周礼下婚姻则大相径庭,它们所突出的是社会对婚姻本身的愿望与期待,个人在婚姻关系缔结时的内心世界,是被迎亲送亲的鼓乐和赞许掩盖与漠视了。

即使是自由的恋情,也未必能保证婚姻关系的永远稳固。但是,与周礼下家庭关系的破裂不同,自由结成的婚姻在其"反睦"的时候,我们却看到了另外的情形。在《卫风·氓》这首表现着蚕妇与"贸丝"之氓从自主的结合到因氓的负心而关系破裂过程的诗篇中,与《邶风》《柏舟》《谷风》这些贵族之家的弃妇不同,蚕妇没有仅仅停止于对自己一切美德的自许,而是在对不幸的咀嚼中悟到了这样一层残酷的现实:"桑之未落,其叶沃若。于嗟鸠兮,无食桑葚。于嗟女兮,无与士耽。士之耽兮,犹可说(脱)也。女之耽兮,不可说也!"原来即使在自由的结合中,男女之间两个性别的权益差别,也依然可以败坏由爱情所凝结的婚姻。两性的不平等,是人类自身内部一个根深蒂固的矛盾。蚕妇在对同类做着"枯鱼"式的呼告时,语意明确地触及这个深层纽结,诗篇的意义就由此超越了那些诉说自己如何符合世俗贤德标准的篇章。因为那样的诗篇,不过是在周礼观念的封闭之下寻找着世俗的同情;而《氓》中蚕妇则不同,自主的结合甚至使她在经受不幸时得不到应有同情("兄弟不知,咥其笑矣。"),但她却由此可以直接面对现实,在残破的生活废墟中,发现真理。在这样的前提下,"亦已焉哉"的决绝才显得尤其刚毅,伤悼的情绪,才闪动着悲剧的性格色彩。

两性关系的一般状况,是衡量社会文明程度的一个标尺。克实而论,我们民族在后来的生活中,并没有从这野性的风俗中汲取多少自由的精髓。但这毕竟是我们民族青春时代的一种生活经历,每次读到它,如果不是枯燥的心灵,总会被它打动。这也是《诗经》这部古老的经典所以具有不朽价值的根源。

说鱼

闻一多

一、什么是隐语

我们这里是把"鱼"当作一个典型的隐语的例子来研究的,所以最好先谈谈什么是隐语。

隐语古人只称作隐(讔),它的手段和喻一样,而目的完全相反,喻训晓,是借另一事物来把本来说不明白的说得明白点;隐训藏,是借另一事物来把本来可以说得明白的说得不明白点。喻与隐是对立的,只因二者的手段都是拐着弯儿,借另一件事物来说明一事物,所以常常被人混淆起来。但是混淆的原因尚不止此,纯粹的喻和纯粹的隐,只占喻和隐中的一部分,喻有所谓"隐喻",它的目的似乎是一壁在喻,一壁在隐;而在多数的隐中,作为隐藏工具的(谜面)和被隐藏的(谜底),常常是两个不同量的质,而前者(谜面)的量多于后者(谜底),以量多的代替量少的,表面上虽是隐藏(隐藏的只是名),实质上反而让后者的质更凸出了。这一来,隐岂不变成喻了吗? 这便是说,喻与隐,目的虽不同,效果常常是相同的。手段和效果皆同,不同的只是目的,同的占了三分之二,所以毕竟喻与隐之被混淆,还是有道理的。

隐在《六经》中,相当于《易》的"象"和《诗》的"兴"(喻不用讲,是《诗》的"比"),预言必须有神秘性(天机不可泄露),所以占卜家的语言中少不了象。《诗》——作为社会诗、政治诗的雅,和作为风情诗的风,在各种性质的沓布(taboo)的监视下,必须带着伪装,秘密活动,所以诗人的语言中,尤其不能没有兴。象与兴实际都是隐,有话不能明说的隐,所以《易》有《诗》的效果,《诗》亦兼《易》的功能,而二者在形式上往往不能分别。下文所引的《剥》六五《爻辞》和卫侯贞卜的《繇辞》,便是明证。

隐语的作用,不仅是消极的解决困难,而且是积极的增加兴趣,困难愈大,活动愈秘密,兴趣愈浓厚,这里便是隐语的,也便是《易》与《诗》的魔力的泉源。但,如果根本没有隐藏的必要,纯粹的为隐藏而隐藏,那便是兴趣的游戏,魔力的滥用,结果便成了谜语。谜语是耍把戏的语言,它的魔力是廉价的,因为它不是必需品。

隐语应用的范围,在古人生活中,几乎是难以想象的广泛。那是因为它有着一种选择作用的社会功能,在外交场中(尤其是青年男女间的社交),它就是智力测验的尺度。国家靠它甄拔贤才，个人靠它选择配偶，甚至就集体的观点说，敌国间还靠它伺探对方的实力。一般说来，隐语的艺术价值，并没超过谜语，然而它的地位却在谜语之上，那正是为了它的这种社会价值。不用讲，我们之所以重视隐语，也就因为它是这样一种充沛着现实性的艺术。

《易》中的象与《诗》中的兴，上文说过，本是一回事，所以后世批评家也称《诗》中的兴为"兴象"。西洋人所谓意象、象征，都是同类的东西，而用中国术语说来，实在都是隐。

二、鱼

在中国语言中，尤其在民歌中，隐语的例子很多，以鱼来代替"匹偶"或"情侣"的隐语，不过是其间之一。时代至少从东周到今天，地域从黄河流域到珠江流域，民族至少包括汉、苗、傜、僮，作品的种类有筮辞、故事、民间的歌曲和文人的诗词——这是它出现的领域，现在我们依照不太严格的时代顺序，举例如下：

贯鱼，以宫人宠，无不利。（《易·剥》六五爻）

以犹于也，"以宫人宠"犹言"于宫人有宠"。贯鱼是一连串的鱼群，宫人是个集体名词，包括后、夫人、嫔妇、御女等整群的女性，"贯鱼"是宫人之象，因为鱼是代替匹偶的隐语。依《易经》体例说"以宫人宠"是解释"贯鱼"的象义的。李后主《木兰花词》"晚妆初了明肌雪，春殿嫔娥鱼贯列"，第二句可以做本爻很好的注脚。它即令不是用《易经》的典，我们也不妨这样利用它。

卫侯贞卜，其繇曰："如鱼窥尾，衡流而方洋……"（《左传·哀公十七年》）

疏引郑众说曰："鱼劳则尾赤，方洋游戏，喻卫侯淫纵。"以鱼的游戏喻卫侯的淫纵，则鱼是象征男性情偶的隐语。

遵彼汝坟，伐其条枚，未见君子，惄如调（朝）饥。

遵彼汝坟，伐其条肆，既见君子，不我遐弃。

鲂鱼赪尾，王室如燬，虽则如燬，父母孔迩。（《周南·汝坟》）

窥赪一字，根据上条，本条鱼字的隐语的性能，是够明显的，所应补充的是，上文"未见君子，惄如调（朝）饥"的调饥也是同样性质的隐语。王室指王室的成员，有如"公子""公族""公姓"等称呼，或如后世称"宗室""王孙"之类，燬即火字，"如火"极言王孙情绪之热烈。"父母孔迩"一句是带着惊慌的神气讲的。这和《将仲子篇》"仲可怀也,父母之言,亦可畏也"表示着同样的顾虑。

敝笱在梁,其鱼鲂鳏——齐子归止,其从如云。

敝笱在梁,其鱼鲂鱮——齐子归止,其从如雨。

敝笱在梁,其鱼鲂鲤——齐子归止,其从如水。(《齐风·敝笱》)

旧说以为笱是收鱼的器具,笱坏了,鱼留不住,便摇摇摆摆自由出进,毫无阻碍,好比失去夫权的鲁桓公管不住文姜,听凭她和齐襄公鬼混一样。

另一说:敝笱象征没有节操的女性,唯唯然自由出进的各色鱼类,象征她所接触的众男子。这一说似乎更好,因为通例是以第三句应第一句,第四句应第二句,并且我们也不要忘记,云与水也都是性的象征。但无论如何,鱼是隐语,是不成问题的。

桓公使管仲求宁戚,宁戚应之曰:"浩浩乎! 育 育 乎 !"管仲不知,至中食而虑之。婢子曰:"公何虑?"管仲曰:"……公使我求宁戚,宁戚应我曰:'浩浩乎, 育 育 乎 !'吾不识。"婢子曰:"《诗》有之:'浩浩者水,育育者鱼,未有家室,而安召我居?'宁子其欲室乎!"(《管子》)

最后几句的意义,经过尹注的解释,尤其清楚,注曰:"水浩浩然盛大,鱼育育然相与而游其中,喻时人皆得配偶,以居其室中,宁子有伉俪之思,故陈此诗以见意。"

江南可采莲,莲叶何田田,鱼戏莲叶间,鱼戏莲叶东,鱼戏莲叶西,鱼戏莲叶南,鱼戏莲叶北。(《江南》)

"莲"谐"怜"声,这也是隐语的一种,这里是鱼喻男,莲喻女,说鱼与莲戏,实等于说男与女戏,上引郑众解《左传》语:"鱼……方羊游戏,喻卫侯淫纵。"可供参证。唐代女诗人们还是此诗的解人,鱼玄机《寓言诗》曰:"芙蓉叶下鱼戏,螨螶天边雀声,人世悲欢一梦,如何得作双成?"薛涛得罪了元稹后,献给稹的《十杂诗》之一,《鱼离池》曰:"戏跃莲池四五秋,常摇朱尾弄银钩,无端摆断芙蓉朵,不得清波更一游。"

……当复思东流之水,必有西上之鱼,不在大小,但有朝于复来!(《前缓歌行》)

"不在大小"是以鱼之大小喻人之美丑,和龙阳君说的"后得又益大"(详下)之意相同。上文"但有意气,不能自前",意气即情义,《白头吟》"男儿重意气,何用钱刀为"可证。

枯鱼过河泣,何时悔复及! 作书与鲂鲤,相教慎出入。(《枯鱼过河泣》)

这是失恋的哀歌,下引《子夜歌》便是佐证。

……客从远方来,遗我双鲤鱼,呼儿烹鲤鱼,中有尺素书,长跪读素书,书中竟何如? 上言加飧饭,下言长相忆。(《饮马长城窟行》)

这鲤鱼指书函,书函刻成鱼的形状,所以烹鱼而"中有尺素书"(详拙著《乐府诗笺》)。但书函何以要刻成鱼形呢,我从前没有说明,现在才恍然大悟,那是象征爱情的。唐代女道士李冶《结素鱼贻友人诗》:"尺素如残雪,结为双鲤鱼,欲知心里事,看取腹中书。"元稹《鱼中素诗》:"重叠鱼中素,幽缄手自开,斜红馀泪渍,知著脸边来。"用意也都一样。

开门枕流水,三刀治一鱼,历乱伤杀汝。

(《华山畿》)

"开门枕流水"——与《安南情歌》"妹家门前有条沟",《黑苗情歌》"姐家门前有条沟",是同类的隐语。

常虑有贰意,欢今果不齐,枯鱼就浊水,长与清流平。

(《子夜歌》)

回望高城落晓河,长亭窗户压微波,水仙欲上鲤鱼去,一夜芙蓉红泪多。

(李商隐《板桥晓别》)

小小鱼儿粉红腮,上江游到下江来,头动尾巴摆。

(《扬州小调》)

天上星多月不明,河里鱼多水不清,朝中官多要造反,小大姊郎多要花心。

(《靖江情歌》,都安《侬倷情歌》略同。)

妹娇娥,怜兄一个莫怜多,己娘莫学鲤兄子,那河游到别条河。

(《粤风》)

行桥便行桥,船仔细细载双娘,鲤鱼细细会游水,郎君细细会睇娘。

(《海丰拳歌》)

青铜缠在金杆上,花鱼退下江水滩,二人林里交情意,得道团圆去会央。

四(使)得有仪连着妇,无茶吃水尚甘心,东海鲤鱼身代宝,西海鲤鱼身代珠。

(以上榴江《板傜情游歌》)

气死为兄命一条,有病得来无人晓,鱼在江边晒日死,少个媒人在里头。

塘里闹鱼气死虾,慢慢来把妹庚查,如今世界大不对,白盐出卖有掺沙。

(以上榴江《板傜情歌》)

流落安南化媚洞,脚踏娥媚殿上飞,望情新年八未岁,滩鱼下水好忧鳃。

自从离天隔万丈,难比士英抛绣球,揽元无恩难靠水,莲塘无水也无鱼。

（以上贺县《盘傜情歌》）

天上七星配七星,地下狮子配麒麟,山中禽兽皆有配,水里无鱼是配谁！

（陵云《背笼傜恋爱歌》）

妹是鲤鱼不食钩,哄哥食饭不成食,一条河水去悠悠,好是仙花水上浮。

有情有意跟花去,看花落在那滩头,一条河水去悠悠,金鱼鲜水水上浮。

（以上镇边《黑水恋爱歌》）

妹讲信伴不信伴,好比鲤鱼心事多,妹今话语说得好,妹的心事是如何？

（三江《僮人情歌》）

壁上画马求麒麟,漂亮情妹邪死人,好似鲤鱼浮水面,邪死一河两岸人。

（桂平《板傜情歌》）

鲤鱼在水鱼尾摆,大树风吹尾摇摇,我俩有情当天拜,何用拿香进庙烧？

（平治《白傜恋爱歌》）

火烧南京八过（角）楼,哥今无妻也要游,老虎想吃走夜路,鲤鱼想水望滩头。

哥为妹来哥为妹,鸟为青山鱼为河,哥不成人因为妹,粮田丢荒是娇娥。

（以上上东《陇傜合情歌》）

哥是画眉同一行,哥是鲤鱼同一郡,哥是牡丹同一树,哥是×村来的人。

山羊食草在小坡,今晒（金色）鲤鱼在黄河,哥有真心来连妹,说妹二人莫丢哥。

（以上都安《陇傜对歌》）

因为乾坤愁忧忆,困在学堂难过秋,两步合成心欢喜,同如春水配鲤鱼。

（荔浦《板傜寄情歌》）

重留姐妹二单身,破守清平受世亏,盛（胜）比鲤鱼塘里困,不有那日得欢时。

人亮胜比西洋镜,地图四国看清时,小肚胜如大（地？）中海,千鱼衔选那分亏？

（以上修仁《板傜苦情歌》）

好股凉水出岩脚,太阳出来照不着,郎变犀牛来吃水,妹变鲤鱼来会合。

（贵阳民歌,《仲家情歌》略同）

妹家门前有条沟,金盆打水喂鱼鳅,鱼鳅不吃金盆水,郎打单身不害羞？

（《安南民歌》）

大风打动田坎塘,鲤鱼打动水中央,唱个山歌打动妹,明明打动我同娘。

从没到过这个山,鲤鱼没在这条江,丢久没见这个表,哥们回家睡不安。

吃了早饭爬大山,抓把木叶丢下滩,大鱼小鱼都死了,不得情哥心不甘。

（以上《黑苗情歌》）

初会娘,燕子初会高楼房,鲤鱼初会大江水,我郎初会有钱娘。

哥哥送我到河中,对对金鱼水上浮,鱼儿也知风流事,可笑哥哥好朦胧。

十字街头哥爱坐,跌水滩头鱼爱游,鲤鱼就爱滩头水,情哥就爱妹风流。

一蓬慈姑开白花,那时得你坐一家,那时得你同床睡,犹如鲤鱼看龙虾。

大河涨水水登坡,鲤鱼衔花顺水梭,青年时候不玩娘,腊月梅花枉自多。

鱼在河中鱼显鳃,花在平河两岸开,鱼在水中望水涨,哥在床上望妹来。

鱼在埧脚听水响,哥在花园看花香,听说表乡花儿好,特意来看花朝阳。

枉自偷来枉自偷,好比鲤鱼跳干沟,干沟无水枉自跳,姐们无心枉自偷。

（以上《仲家情歌》）

大河涨水白浪翻,一对鲤鱼两分散,只要少郎心不死,哪怕云南隔四川。

（《昆明民歌》）

大河涨水沙浪沙,一对鲤鱼一对虾,只见鲤鱼来摆子,不见小妹来探花。

新来秧雀奔大山,新来鲤鱼奔龙潭,新来小妹无奔处,奔给小郎做靠山。

（以上《寻甸民歌》）

河中有鱼郎来寻,河中无鱼郎无影,有鱼之时郎来赴,无鱼之时郎费心。

（《会泽民歌》）

依封建时代的观念,君臣的关系等于夫妻的关系,所以象征两性的隐语,扩大而象征君臣,蜀先帝得到诸葛亮,自称"如鱼得水"便是一例。

三、打鱼　钓鱼

正如鱼是匹偶的隐语,打鱼、钓鱼等行为是求偶的隐语。

1.打鱼

新台有泚,河水浼浼浼,燕婉之求,蘧篨不鲜。新台有洒,河水浼浼,燕婉之求,蘧篨不殄。鱼网之设,鸿则离之——燕婉之求,得此戚施!（《邶风·新台》）

旧说这是刺卫宣公强占太子伋的新妇——齐女的诗,则鱼喻太子(少男),鸿喻公(老公)。"鸿""公"谐声,"鸿"是双关语。我从前把这鸿字解释为蝦蟆的异名,虽然证据也够确凿的,但与《九罭篇》的鸿字对照了看,似乎仍以训为鸟名为妥。

九罭之鱼鳟鲂:"我觏之子,衮衣绣裳。鸿飞遵渚:公归无所,于(与)女(汝)信处。鸿飞遵陆:公归不复,于(与)女(汝)信宿。是以有衮衣兮,无以我公归兮,无使我心悲兮。"(《豳风·九罭》)

这首诗相当麻烦,除非破一个字,读"于"为"与"是没有办法的,扮演着诗中情节的角色,除诗人自身外,还有两个,一个是公,一个是"之子",似乎就是公的儿子,这从他的服装"衮衣绣裳"可以证明。鱼喻公子,鸿喻公(此"鸿"字也是谐"公"声的双关语)。再宿曰信。以,与也。故事是:公和公子因事来到她(诗人)这里,她和公子发生了爱情。现在公该走了,为了不许她所心爱的人跟公走掉,她把他的衮衣藏起了,并且对他说道:咱们公一走掉,就不知去向,也不知道何年何月再回来,万一你也跟他走掉,还不是一样吗? 得了,让我跟你再住一夜吧! 为了这桩心事,所以我把你的衮衣藏起。是呀! 请不要跟公走掉了;白叫我心里难过! 九罭是密网,鳟鲂是大鱼,用密网来拦大鱼,鱼必然逃不掉,好比用截留衮衣的手段来留公子,公子也必然走不脱一样。

登白薠兮骋望,与佳期兮夕张(帐)。鸟何萃兮蘋中,罾何为兮木上?

(《九歌·湘夫人》)

"鸟何萃"二句是隐语,喻所求失宜,必不可得。罾在木上即缘木求鱼之意。

张罾不得鱼,不(?)橹空罾归。

(《欢闻恋歌》)

手上无罾又无网,两手空拍看鱼浮,平地有柴妹不砍,镇山英雄砍山峰。

不长不短尽好看,好比白马配金鞍,好汉打鱼来下水,那个贫汉不讲笑!

(以上镇边《黑水恋爱歌》)

天上无风燕子飞,江河无水现沙磊,鱼在深塘空得见,哄哥空把网来围。

(三江《僮人情重歌》)

半边月亮两头钩,照见云南连贵州,塘水无风空起浪,哄哥拿网撒江头。

(榴江《板傜情歌》)

一条河水清又清,两边绕有打鱼人,打鱼不得不收网,连妹不得不放心。

哥讲唱歌就唱歌，哥讲打鱼就下河，打鱼不怕滩头水，唱歌不怕歌人多。

（以上平治《白傜恋爱歌》）

大河里涨水小河分，两边只见打鱼人，我郎打鱼不到不收网，恋姐不到不放心。

（《安化民歌》）

久不唱歌忘记歌，久不打鱼忘记河，久不打鱼河忘记，久不连姐脸皮薄。

（《安南民歌》，《仲家情歌》略同）

砍柴要靠这边山，打鱼还靠这边潭，玩娘要玩这一个，拿当别人不稀罕。

（《仲家情歌》）

急水打鱼尽网丢，有鱼无鱼慢慢收，食禄天注定，姻缘前世修。

（未详）

2.钓鱼

其钓维何？维丝伊缗——齐侯之子，平王之孙。

（《召南·何彼秾矣》）

籊籊竹竿，以钓于淇——岂不尔思？远莫致之。

（《卫风·竹竿》）

魏王与龙阳君共船而钓，龙阳君得十余鱼而涕下，王曰："有所不安乎？如是，何不相告也?"对曰："臣无敢不安也。"王曰："然则何为涕出?"曰："臣为臣之所得鱼也。"王曰："何谓也?"对曰："臣之始得鱼也，臣甚喜，后得又益大，今臣直欲弃臣前之所得矣。今以臣之凶恶，而得为王拂枕席，今臣爵至人君，走人于庭，辟人于途，四海之内，美人亦甚多矣，闻臣之得幸于王也，必褰裳而趋王，臣亦犹曩臣之前所得鱼也，臣亦将弃矣，臣安能无涕出乎?" （《魏策》四）

龙阳君显然是因为在魏王跟前，按照自己当时的身份，用习惯的象征语言说，正当被呼作"鱼"，所以就很自然地从鱼的命运中看出了自己的命运。换言之，由于语言的魔术性的暗示，他早已将自己和鱼同体化了，他看到鱼，便看到了自己。因此忽然有所感触，便本能的自卑起来，这和普通的比喻，无疑是不一样的。

芳树日月，君乱如(拏)于风。芳树不上无心温，而鹄三而为行。临兰池，心中怀我怅，心不可匡，目不可顾，妒人之子愁煞人，君有他心，乐不可禁，王将何似？如孙(荪)如(伽)鱼乎？悲矣！

（《铙歌·芳树》）

　　这诗里有很多字句不好懂，但是一首情诗则无问题。兰池是池名，"孙"读为"苏"，"苏"即"荃"字，是一种饵鱼的香草。下"如"字读为"伽"，《诗·民劳》"柔远能迩"，笺："能犹伽也。"伽是怀徕招致之意，苏喻王，鱼是妇人自喻，"如苏伽鱼乎？"是说："你将香草钩引鱼一样的收取我吗？"

　　凄凄复凄凄，嫁娶不须啼，愿得一心人，白头不相离，竹竿何嫋嫋，鱼尾何簁簁！男儿重意气，何用钱刀为！

（《白头吟》）

　　钓竿何珊珊！鱼尾何簁簁！行路之好者，芳饵欲何为！

（魏文帝《钓竿篇》）

　　钓鱼钓到正午后，鱼未食饵心早躁，收起钓竿回去室，打隔无还此路头。（男唱）

　　钓鱼钓到正午后，鱼未食饵心勿躁，日头钓鱼鱼见影，有心钓鱼夜昏头。（女唱）

（《琼崖民歌》）

　　七文溪水七文深，七个鲤鱼头戴金，七条丝线钓不起，钓鱼阿哥空费心。

（《潮州民歌》）

　　太阳落坡坡背阴，坡背有个钓鱼坑，有心钓鱼用双线，用心连妹放宽心。

　　筋竹林头砍钓竿，闲着无事钓鱼玩，河中鱼儿翻白肚，不上金钩也枉然。

（以上《安顺民歌》）

　　姐家门口有条沟，有对金鸡在里头，哥打金钩来下钓，好对鲤鱼莫吃钩。

　　山歌好唱难起头，木匠难造吊角楼，瓦匠难烧透明瓦，铁匠难打细鱼钩。

（以上《黑苗情歌》）

　　一林竹子砍一棵，不钓深滩钓黄河，深滩黄河哥不钓，单钓城里小么婆。

（《青苗情歌》）

　　大河涨水滩对滩，沿河两岸紫竹山，别人说他没有用，我说拿做钓鱼竿。

（《寻甸情歌》）

　　池中游红鱼，劝郎携钓竿。

（《云龙小调》）

四、烹鱼　吃鱼

以烹鱼或吃鱼喻合欢或结配。

匪风发兮,匪车楬兮,顾瞻周道,中心怛兮!

匪风飘兮,匪车嘌兮,顾瞻周道,中心吊兮!

谁能烹鱼,溉(概)之釜鬵——谁将西归,怀(遗)之好音!

（《桧风·匪风》）

溉,《释文》本作摡,《说文·手部》亦引作摡,这里当读为乞,今字作给,"摡之釜鬵"就是"给他一口锅",釜鬵是受鱼之器,象征女性,也是隐语,看上文"顾瞻周道"和下文"谁将西归",本篇定是一首望夫词,这是最直接了当的解释。

衡门之下,可以栖迟,泌之洋洋,可以乐(疗)饥。

岂其食鱼,必河之鲂？——岂其娶妻,必齐之姜？

岂其食鱼,必河之鲤？——岂其娶妻,必宋之子？

（《陈风·衡门》）

前人说"衡门"是横木为门,言其浅陋,并用这和下文"乐饥"之语,来证明本篇是一位隐士作的诗,这未免太可笑了。"衡"读为"横",是对的,但不当释为横木,《南山篇》"衡从其亩",《韩诗》作横,曰:"东西曰横。"(《一切经音义》三又六引)横门当是陈国都城东西头之门,如他篇言东门、北门之类,汉代长安也有横门(《汉书·西域传》),据《三辅黄图》,是"长安城北出西头第一门",陈国横门命名之义,想必一样,《国风》中讲到男女相约之地,或曰城隅,或曰城阙,或曰某门,即国城的某门,本篇的衡门也还是这一类的场所,栖迟于衡门之下,和《静女篇》的"俟我于城隅",《子衿篇》的"在城阙兮",也都是一类的故事,并且古代作为男女幽会之所的高楳,其所在地,必依山傍水,因为那是行秘密之事的地方(《左传·庄公三十二年》:"初公筑台临党氏,见孟妊,从之閟,而以夫人言许之,割臂盟公,生子般焉。"閟密同,即行秘密之事),所以山和水,都叫作密,或分别字体,山名作密,水名作泌。本篇之泌水便是这样一般的水,因为水边有山,而山名也叫密,所以有人说本篇的泌字是丘名(蔡邕《郭有道碑》"栖迟泌丘",《周巨胜碑》"洋洋泌丘,于以逍遥"),《广雅·释丘》:"丘下有水为泌丘。"大概是调停二说的,其实要紧的是弄清这种山和这种水在民俗学中的性质,倒不必斤斤于山名水名的争执。诗人这回显然是和女友相约,在衡门之下会面,然后同往泌水之上。《释文》引郑本乐作瘵,即疗字,《韩诗外传》二,《列女传·老莱子妻传》,《文选·郭有道碑》注引《诗》并作疗。"饥"是隐语,已见上文,泌之言秘密也,"疗饥"是秘密之事,所以说"泌之洋洋,可以疗饥"。

一条江水白涟涟，两个鳙鱼在两边，鳙鱼没鳞正好吃，小弟单身正好怜。

（《粤风》）

妹不吃鱼哥不信，鱼头又有鲤鱼鳞，妹讲不吃塘中水，何必甘心去连人？

（忻城《盘徭风流歌》）

山歌好唱口难开，仙桃好吃树难栽，秘密痛苦实难说，鳞鱼好吃网难抬。

（《贵阳民歌》，淮南略同）

天上下雨地下滑，池中鱼儿摆尾巴，那天得鱼来下酒，那天得妹来当家！

（《安南民歌》）

大河涨水小河翻，两边两岸杨梅山，要吃杨梅上树采，要吃鲤鱼下水捉。

（《黑苗情歌》）

吃鱼要吃大头鱼，不吃细鱼满嘴流，连娘要连十八岁，不连小小背名偷。

大河涨水淹半岩，两边修起钓鱼台，有心吃鱼放双线，有心玩姐忠心来。

（以上《仲家情歌》）

要吃辣子种辣秧，要吃鲤鱼走长江，要吃鲤鱼长江走，要玩小妹走四方。

（《宣威民歌》，《仲家情歌》略同）

一对鲤鱼活鲜鲜，小妹来在大河边，要吃小鱼随郎捡，要吃大鱼要添钱。

（《晋宁民歌》）

五、吃鱼的鸟兽

另一种更复杂的形式，是除将被动方面比作鱼外，又将主动方面比作一种吃鱼的鸟类，如鸬鹚、白鹭和雁，或兽类，如獭和野猫。

维鹈在梁，不濡其咮——彼其之子，不遂其媾。

荟兮蔚兮，南山朝隮——婉兮娈兮，季女斯饥。

（《曹风·候人》）

鹈即鹈鹕，是一种捕鱼的鸟，又名鸬鹚，俗名水老鸦，伫立在鱼梁上，连嘴都没浸湿的鹈鹕，当然是没捕着鱼的。这是拿鹈鹕捕不着鱼，比女子见不着她所焦心期待的男人。和同类的篇章一样，这也是上二句是隐语，下二句点出正意。朝隮即朝云，这和饥字都是隐语，说已详上。

朱鹭！鱼以（已）乌（欤），路訾（鹭鹚）邪！鹭何食？食茄（荷）下，不之食，不以吐，将以问诛（姝）者？

（《铙歌·朱鹭》）

欤，吐也，"诛"疑读为"姝"，《诗·干旄》："彼姝者子。"大意是说：鹭鹚捕到了鱼，又把它吐出来了，那么，鹭鹚呀！你吃什么呢？现在你站在荷叶底下，把它含在嘴里，既不吃下去，又不吐出来，这是干什么的？末句的意思不大懂，全篇大意，是讽刺男子和他的女友，老维持着藕断丝连的关系，既不甘心放弃，又不肯娶她的。

张罾不得鱼，不（？）橹空罾归，君非鸬鹚鸟，底为守空池？

（《欢闻恋歌》）

第一龙宫女，相怜是阿谁？好鱼输獭尽，白鹭镇长饥。

（李群玉《龙安寺佳人阿最歌》）

鱼喻阿最，獭喻恶少们，白鹭诗人自喻。

王彦龄妻舒氏，工篇翰，彦龄失礼于妇翁，妇翁怒，邀其女归，竟至离绝，女在父家，偶独行池上，怀其夫，作《点绛唇词》云："独自临池，闷来强把阑干凭，旧愁新恨，耗却年时兴。鹭散鱼潜，烟敛风初定，波心静，照人如镜，少个年时影。"

（《夷坚支志》）

"鹭散鱼潜"，写景兼寄兴，是双关语。

高季迪年十八未娶，妇翁周建仲出《芦雁图》命题，季迪赋曰："西风吹折荻花枝，好鸟飞来羽翮垂，沙阔水寒鱼不见，满身风露立多时。"翁曰："是将求室也。"择吉日以女妻焉。

（《蓬轩杂记》）

这酷似《管子》所载宁戚的故事，不知是否从那里脱胎的。

远望乖姐靠门旁，寒脸凸腮不理郎，鹭鹚飞到井沿站，看你不像养鱼塘——小小年纪梳洋妆。

（《淮南情歌》）

"洋妆"谐"佯装"。

年年有个七月七，鹭鹚下田嘴衔泥，不是哥们巴结你，鱼养你来水养鱼。

（《曲靖民歌》）

大河涨水满河身,一对野猫顺水跟,野猫吃鱼不吃刺,小妹偷嘴不偷身。

(《陆良民歌》)

六、探源

为什么用鱼来象征配偶呢?这除了它的繁殖功能,似乎没有更好的解释,大家都知道,在原始人类的观念里,婚姻是人生第一大事,而传种是婚姻的唯一目的,这在我国古代的礼俗中,表现得非常清楚,不必赘述。种族的繁殖既如此被重视,而鱼是繁殖力最强的一种生物,所以在古代,把一个人比作鱼,在某一意义上,差不多就等于恭维他是最好的人,而在青年男女间,若称其对方为鱼,那就等于说:"你是我最理想的配偶!"现在浙东婚俗,新妇出轿门时,以铜钱撒地,谓之"鲤鱼撒子",便是这观念最好的说明,上引《寻甸民歌》"只见鲤鱼来摆子",也暴露了同样的意识。

文化发展的结果,是婚姻渐渐失去保存种族的社会意义,因此也就渐渐失去繁殖种族的生物意义,代之而兴的,是个人享乐主义,于是作为配偶象征的词汇,不是鱼而是鸳鸯、蝴蝶和花之类了。幸亏害这种"文化病"的,只是上层社会,生活态度比较健康的下层社会,则还固执着旧日的生物意识。这是何等鲜明的对照。

城里的琼花城外的鱼,花谢鱼老可奈何!

(《扬州民歌》)

让不事生产的城里人去做装饰品,乡下人是要讲实用的。

最后,一个有趣的事实,是以鱼为象征的观念,不限于中国人,现在的许多野蛮民族都有着同样的观念,而古代埃及,西部亚洲以及希腊等民族亦然。崇拜鱼神的风俗,在西部亚洲,尤其普遍,他们以为鱼和神的生殖能力有着密切的关系。至今闪族人还以鱼为男性器官的象征,他们常佩的厌胜物,有一种用神鱼作装饰的波伊欧式的(Boeotian)尖底瓶,这神鱼便是他们媒神赫米斯(Hermes)的象征,任何人都是生物,都有着生物的本能,也都摆不脱生物的意识,我们发现在世界的别处,这生物的意识,特别发达于各野蛮民族和古代民族间,正如在中国,看前面所举各例,汉族中,古代的多于近代的,少数民族的又多于汉族的。这里揭露了在思想上,"文化的人"和"生物的人"的区别。

本文中所引的近代民歌,除作者自己采辑的一小部分外,大部出自下列各书刊:陈志良著《广西特种民族歌谣集》,陈国钧著《贵州苗夷歌谣》,《民俗》和北京大学研究所《国学门月刊》,两种《歌谣集》都是承陈志良先生赠送的,谨此致谢。

朱佩弦先生指出:这个古老的隐语,用到后世,本意渐渐模糊,而变成近似空套的话头。他这意见是对的,附志于此。

一九四五,五,二五,昆明

特别提示:

本书在编写过程中,参阅和使用了一些报刊、著述和图片。由于联系上的困难,和部分作品的作者(或译者)未能取得联系,对此谨致深深的歉意。敬请原作者(或译者)见到本书后,及时与本书编者联系,以便我们按照国家有关规定支付稿酬并赠送样书。

联系电话:010-80776121　联系人:马老师

国学经典文库

诗经

·名家谈《诗经》·

图文珍藏版